# Ein letzter Sommer

Catrin Collier

# Ein letzter Sommer

Aus dem Englischen übersetzt von Karin Dufner

Weltbild

Originaltitel: *One Last Summer*
Originalverlag: Orion Books, London

Besuchen Sie uns im Internet:
*www.weltbild.de*



Weltbild Buchverlag
–Originalausgaben–


Projektleitung: Gerald Fiebig
Übersetzung: Karin Dufner
Redaktion: Carmen Dollhäubl
Umschlaggestaltung: *zeichenpool, München
Umschlagabbildungen: Masterfile und Shutterstock
Gesetzt aus der Adobe Garamond 11,8/15,5 pt
Druck und Bindung: GGP Media GmbH, Pößneck

Gedruckt auf chlorfrei gebleichtem Papier

Printed in the EU

ISBN 978-3-86800-224-9

*Für meine Großmutter Martha Gertrude Salewski, geborene Plewe, die in der Nazizeit Ehemann, Tochter, Mutter, Bruder, zwei Schwestern, Nichten, Neffen, Freunde, ihr Zuhause, ihre Heimat und ihre gesamte irdische Habe verloren hat. Dennoch hat sie überlebt und mich gelehrt, dass Geld eigentlich nichts wert sei, sodass ich besser jeden verdienten Penny sofort ausgeben solle, bevor die Russen kämen und mir alles wieder wegnähmen.*

*Ich fürchte mich nicht mehr vor den Russen, sondern liebe Land und Leute sogar, aber, liebe Omi, ich habe deine Lektion leider zu gut gelernt.*

*Ich widme dieses Buch auch meiner Urgroßmutter Amalia Plewe, geborene Mau, die mit ihrer Tochter Gretel, ihrer Enkelin Gisela und Zehntausenden weiterer ostpreußischer Zivilisten und deutscher Soldaten im Januar 1945 in Königsberg verschwand. Mögen sie in Frieden ruhen, wo immer sie auch sind.*

# *Danksagung*

Ich danke meiner Mutter Gerda Jones, geborene Salewski, die mir ihr Tagebuch und das meiner Großmutter überlassen hat. Das darin enthaltene Wissen habe ich nur ihr zu verdanken.

Außerdem danke ich Helen Rodzina und ihrer Familie in Olsztyn, dem ehemaligen Allenstein, für ihre warme und großzügige polnische Gastfreundschaft und dafür, dass meine Mutter und ich in ihrer Wohnung in dem Haus übernachten durften, das mein Großvater Albert Salewski, Architekt und Baumeister und außerdem früher Bürgermeister von Allenstein, für seine Familie im Jahr 1936 geplant und gebaut hat.

Ich danke meinem Agenten Philip Patterson dafür, dass er das Manuskript von *Ein letzter Sommer* ausgegraben hat, das schon seit zehn Jahren in meiner Schublade für unveröffentlichte Texte ruhte. Philip, du kannst gern weiter nachsehen – es gibt noch einige andere Schätze zu heben!

Ich bin der gesamten Mannschaft bei Orion zu Dank verpflichtet, insbesondere meiner Lektorin Yvette Goulden sowie Juliet Ewers und Susan Lamb, die das Manuskript in der Entstehungsphase gelesen haben und den Mut hatten, ein Buch über die »andere Seite« meiner Familie herauszubringen. Ich danke auch Rachel Leyshon für ihre hilfreichen Vorschläge und ihr sorgfältiges Korrekturlesen.

Zu guter Letzt möchte ich der polnischen Bevölkerung danken, die eine Reisende, die nicht nur ihr Land, sondern auch ihre eigene Vergangenheit besuchen wollte, freundlich willkommen geheißen hat.

Ich danke euch allen.

*Catrin Collier,* November 2006

# *Anmerkung der Autorin*

Ich habe die Namen von Grünwaldsee und Bergensee geändert. Beide Häuser gibt es tatsächlich – Bergensee ist inzwischen verfallen, wirkt aber trotzdem weiterhin beeindruckend und majestätisch; Grünwaldsee wurde liebevoll restauriert –, doch keines von ihnen befindet sich dort, wo ich es hingestellt habe.

Das Haus der Adolfs steht immer noch am beschriebenen Ort, und zwar in derselben Straße wie die aufgegebene Synagoge und der alte jüdische Friedhof, der laut Augenzeugenberichten in den frühen Siebzigern vom polnischen kommunistischen Regime aufgelassen wurde. Einige Wagenladungen voller Wertgegenstände, die die Juden während des Krieges vor ihrer Deportation in Konzentrationslager dort versteckt hatten, wurden zur Seite geschafft. Man öffnete die Särge, um den Leichen Edelmetalle und Schmuck abzunehmen. Selbst die Gebeine und die Särge wurden beseitigt. Heute ist das Gelände ein karstiges Stück Brachland in einer Straße, die von Wohnblocks aus der Nachkriegszeit und einem Flohmarkt geprägt wird.

Die wahre Anzahl der Toten im Anschluss an die Stauffenberg-Verschwörung, die das Ziel hatte, ein Attentat auf Hitler zu verüben, wird vermutlich nie ans Licht kommen. Die beteiligten Offiziere waren entweder Zeugen der Grausamkeiten gegen die osteuropäische Zivilbevölkerung durch Wehrmachtssoldaten aller Waffengattungen geworden oder hatten Berichte aus erster Hand gehört. Deshalb hielten sie es für ihre Pflicht, ihren Treueeid gegenüber Hitler zu brechen, so wie Hitler den seinen gegenüber dem deutschen Volk gebrochen hatte. Sie hatten vor, einen Frieden auszuhandeln.

Vor dem gescheiterten Attentat setzten sich die Verschwörer in der Hoffnung, das Ende des Krieges herbeiführen zu können, mit den Alliierten in Verbindung. Nach dem Attentat sendete die BBC Listen mit den Namen der Verschwörer – ein Glück für Hitler, da die Nazis nicht alle von ihnen kannten. Der versuchte Anschlag wurde als Vorwand dafür verwendet, sämtliche Gegner Hitlers zu verhaften. Mehr als siebentausend Personen wurden festgenommen. Bis April 1945 waren fünftausend von ihnen hingerichtet worden. Zwischen dem 20. Juli und dem 21. Dezember 1944 verurteilte der berüchtigte Volksgerichtshof unter Roland Freisler über zweihundert Offiziere der Armee zum Tode. Ursprünglich beabsichtigte Hitler, Schauprozesse nach dem Vorbild der sowjetischen Gerichtsverfahren der Dreißiger Jahre durchzuführen, die vom Radio und der Wochenschau übertragen werden sollten. Später jedoch änderte er seine Meinung und verbot am 17. August 1944 sämtliche Berichterstattung über die Prozesse. Ab diesem Tag wurden nicht einmal mehr die Hinrichtungen angekündigt.

Oberst Claus Schenk von Stauffenberg, sein Adjutant Oberleutnant Werner von Haeften, General der Infanterie Friedrich Olbricht und Oberst Albrecht Ritter Mertz von Quirnheim wurden noch in der Nacht des 20. Juli 1944 im Hof des Bendlerblocks von einem Erschießungskommando hingerichtet. Andere hatten weniger Glück. Zivilisten starben nach ihrem Prozess unter dem Fallbeil. Militärangehörige wurden entkleidet, an Stahlkabeln aufgehängt, langsam erdrosselt und anschließend abgenommen und wiederbelebt. Diesen Vorgang wiederholte man in einigen Fällen mehrere Male, bis der Betreffende endlich tot war. Die Folterszenen wurden auf persönlichen Befehl Hitlers gefilmt. Die Filme führte man in Hitlers Hauptquartier den Mitarbeitern vor.

Tausende von Angehörigen der Verschwörer, insbesondere Frauen und alte Leute, wurden voneinander und von ihren Kindern getrennt in Gefängnissen und den »Prominentenblocks« der Konzentrationslager interniert. Die Kinder der Verschwörer verschleppte man in staatliche Lager und Waisenhäuser, wo sie ihre Familien und ihre Herkunft vergessen sollten. Nicht alle, aber die meisten – auch Claus von Stauffenbergs Frau Nina und seine fünf Kinder – überlebten den Krieg.

Erich Koch, Gauleiter von Ostpreußen, der darauf beharrte, dass sein Gebiet nicht den Russen in die Hände fallen werde, befahl der Zivilbevölkerung, in ihren Städten und Dörfern zu bleiben. Unter seiner persönlichen Aufsicht wurden im Dezember 1945 zwei Güterwaggons mit seinen Besitztümern beladen und nach Hause ins Reich geschickt. Er selbst flog nach Libau, wo zwei Eisbrecher darauf warteten, ihn und seine Mitarbeiter zu evakuieren. Obwohl an Bord beider Schiffe genug Platz war, weigerte er sich, Flüchtlinge mitzunehmen. Er vertauschte die Offiziersuniform mit einer feldgrauen und konnte zunächst einer Gefangennahme entgehen, bis er 1949 von den Briten verhaftet wurde. Da er in der Ukraine und in Polen großen Schaden angerichtet hatte, wurde er an die polnischen Behörden ausgeliefert. Die Sowjets, die glaubten, Koch wisse etwas über den Verbleib des Bernsteinzimmers, dessen Inventar die Nazis aus dem Palast in Zarskoje Selo unweit von Leningrad geraubt hatten, ersuchten um seine Auslieferung. Doch die Polen weigerten sich. Falls Koch tatsächlich über das Bernsteinzimmer im Bilde war, gab er die Information jedenfalls niemals preis. Er wurde im Jahr 1958 in Warschau vor Gericht gestellt und des Mordes an 400.000 Polen für schuldig befunden (über seine Verbrechen in der Ukraine wurde nicht verhandelt). Am 9. März 1959 verurteilte man ihn zum Tode. Später wurde das Urteil in eine lebenslängliche Gefängnisstrafe umgewandelt. Einige glauben, er habe sein Leben damit erkauft, dass er die Verstecke der von den Nazis geraubten Kunstwerke verriet. Erich Koch starb am 12. November 1986 im Gefängnis von Barczewo in der Nähe von Olsztyn (früher Allenstein) im Herzen des alten Ostpreußen.

Im Gemetzel des Zweiten Weltkriegs mussten Schätzungen zufolge zwischen vierzig und fünfzig Millionen Menschen ihr Leben lassen. Elf Millionen davon kamen in Konzentrationslagern um. Mehr als die Hälfte von ihnen starb nach Oberst von Stauffenbergs gescheitertem Anschlag auf Hitler am 20. Juli 1944.

Über fünf Millionen russische Soldaten gerieten in deutsche Gefangenschaft. Eine Million und fünfzigtausend überlebten den Krieg, nur um anschließend unter Stalin hingerichtet zu werden oder für mindestens zehn Jahre in einem sibirischen Gulag zu verschwinden.

Achtzehn Prozent der polnischen Bevölkerung, also mehr als sechs Millionen Polen, wurden im Zweiten Weltkrieg entweder von den einmarschierenden Deutschen oder von den Russen getötet.

Während der russischen Invasion in Ostpreußen starben zwischen zwei und drei Millionen Zivilisten. Wer nicht abgeschlachtet wurde, erlag auf der Flucht Hunger, Kälte und Erfrierungen. (Man hatte den russischen Soldaten gesagt, Ostpreußen sei die Wiege des Faschismus, weshalb sie so grausam unter der Zivilbevölkerung wüteten wie die deutschen Todeskommandos es in Russland getan hatten.)

Die Schätzungen, wie viele deutsche Soldaten, die sich den Amerikanern ergaben, in amerikanischen Kriegsgefangenenlagern ums Leben kamen, gehen sehr auseinander. Kürzlich veröffentlichte Dokumente sprechen von zwischen ein- und zweihunderttausend, von denen manche erst vierzehn Jahre alt waren.

Die Lager waren identisch mit denen, die die Deutschen für russische Kriegsgefangene eingerichtet hatten: offene Felder ohne Wasserversorgung oder Latrinen. Außerdem teilten die Amerikaner Rationen an die Gefangenen aus, die nach heutigem Kenntnisstand zu klein waren, um einen Menschen am Leben zu erhalten.

Einige Historiker sind zwiegespalten, ob die Gräueltaten im ostpreußischen Nemmersdorf wirklich von den einmarschierenden Russen begangen wurden, als Vergeltung für die Verheerung, die die Deutschen in Russland angerichtet hatten. Manche glauben, dass es die SS selbst war, um die Ostpreußen damit aufzustacheln, ihren Heimatboden bis auf den letzten Zentimeter zu verteidigen.

Ich habe *Ein letzter Sommer* geschrieben, um den Statistiken ein Gesicht zu geben. Selbst nachdem ich die Denkmäler in Polen gesehen habe, kann ich es selbst kaum fassen.

Ich stütze mich auf Archivmaterial sowie auf private Dokumente aus meiner Familie, insbesondere die Tagebücher meiner Großmutter und meiner Mutter, die zwischen 1936 und 1948 entstanden sind.

Alle in *Ein letzter Sommer* geschilderten Ereignisse und Kriegserlebnisse haben sich tatsächlich zugetragen. Charlotte von Datski und ihre Familie sind typische Vertreter des ostpreußischen Landadels dieser Zeit. Doch abgesehen von bekannten historischen Persönlichkeiten sind alle Romanfiguren frei erfunden.

Die Idee zu *Ein letzter Sommer* kam mir im Jahr 1995, als ich meine Mutter zu dem Haus begleitete, aus dem ihre Familie 1945 geflohen war. Die polnische Familie Rodzina, die heute einen Teil des Hauses bewohnt (nachdem es einem russischen Kommandanten einige Jahre lang als Hauptquartier gedient hatte, wurde es in Wohnungen aufgeteilt), begrüßte uns wie alte Freunde. Sie erlaubten meiner Mutter und mir nicht nur, in dem Traumhaus zu übernachten, das mein Großvater für seine Familie gebaut hatte, sondern überließen uns sogar das ehemalige Zimmer meiner Mutter.

Ich saß da und hörte zu, während die Rodzinas und meine Mutter Kriegserinnerungen austauschten. Der Bauernhof, den die Familie seit Generationen bewirtschaftet hatte, wurde ihnen nach dem Krieg von den Russen weggenommen und einer vertriebenen russischem Familie übergeben. Sie selbst erhielten Anweisung, nach Norden zu ziehen, sich ein leeres Haus oder einen Bauernhof zu suchen und ihn zu besetzen, was sie auch taten.

Im Jahr 1947 tilgten die Alliierten den schon dreihundert Jahre vor Christi Geburt existierenden Namen Preußen von der europäischen Landkarte.

Mit der Ausnahme von Ostpreußen wurden die preußischen Ländereien unter den vier Besatzermächten aufgeteilt: Frankreich, Großbritannien, den USA und der Sowjetunion.

Der Großteil von Ostpreußen fiel an Polen, mit Ausnahme des Nordostens, der an die Sowjetunion angegliedert wurde. Die Hauptstadt Königsberg wurde in Kaliningrad umbenannt, nach Michail Kalinin, dem Vorsitzenden des Obersten Sowjets. Aus der ganzen Sowjetunion, insbesondere aus Sibirien, zogen Russen in das Gebiet.

Am 11. Februar 1945, bei der Konferenz von Jalta, beschlossen Churchill, Roosevelt und Stalin, dass Zwangsarbeit eine angemessene Reparationsleistung der Deutschen darstelle, eine Entscheidung, von der alle Siegermächte profitierten.

Stalin ordnete die Deportation der verbliebenen Männer und Frauen deutscher Herkunft aus Rumänien, Jugoslawien, Ungarn, Ostpreußen, Pommern und Schlesien in die Sowjetunion an, wo sie Sklavenarbeit leisten mussten.

Die letzten fünfundzwanzigtausend Menschen wurden zwischen 1947 und 1948 abtransportiert.

Von der einen Million Deutscher, die in den Gefangenenlagern der sowjetischen Ostprovinzen landeten, überlebten nur fünfundfünfzig Prozent.

Sobald Ostpreußen ethnisch gesäubert und die deutsche

einheimische Bevölkerung vertrieben war, änderte man die deutschen Städtenamen in russische oder polnische.

Als Tochter und Enkelin von Flüchtlingen wurde mir schon während meiner Kindheit klar, dass meine Mutter und meine Großmutter den Verlust nie verwunden hatten, so sehr sie sich auch bemühten, sich in ihr neues Leben in der Nachkriegszeit einzugewöhnen.

Der Schmerz, aus ihrer geliebten Heimat vertrieben worden zu sein, wo unsere Familie seit Jahrhunderten gelebt und gearbeitet hatte, wollte sich einfach nicht legen.

# 1

## *Im Zug auf der Fahrt nach Westen,*
## *von Moskau nach Ostpreußen*

*Samstag, 19. August 1939*

*Heute ist mein achtzehnter Geburtstag. Jetzt kann mich niemand mehr als Kind bezeichnen oder behaupten, ich sei noch zu jung, um Bälle und Feste zu besuchen. Damit ist jetzt endgültig Schluss! Mama war achtzehn, als sie Papa geheiratet hat, aber sie wollte ja, anders als ich, auch keinen Beruf ergreifen. Ich frage mich, warum Greta keine Berufsausbildung gemacht hat, anstatt BDM-Führerin zu werden. Sie tut nichts anderes als Zusammenkünfte für kleine Mädchen zu veranstalten und ihnen Nähen und Kochen beizubringen – was nicht heißen soll, dass sie eine besonders gute Köchin oder Schneiderin wäre.*

*Jetzt kriegt sie ganz sicher keinen mehr ab. In diesem Jahr wird sie nämlich siebenundzwanzig, und sie ist schon eine richtige alte Jungfer. Bestimmt wird es ihr gar nicht gefallen, einer Schwester Platz machen zu müssen, die genauso ein Recht auf die Aufmerksamkeiten junger Männer hat wie sie selbst.*

*Herr Schumacher hat heute morgen um sechs das gesamte Orchester zusammengerufen, um mir ein Geburtstagsständchen zu bringen. Zwanzig Minuten lang haben sie den Gang vor unserem Abteil blockiert, sodass kein Mensch zur Toilette oder in den Speisewagen konnte, aber das schien niemanden zu stören, nicht einmal die Schaffner. Anschließend haben mir alle gratuliert und mir etwas geschenkt. Von Manfred und Georg – die dummen Jungen – habe ich Rosen und Pralinen bekommen. Und zu Hause warten noch die wichtigen Geschenke auf mich. Ich freue mich ja so auf meinen Geburtstagstisch, der neben dem von Wilhelm und Paul in der Halle steht.*

*Hildegard und Nina haben wir ein wunderschönes Buch geschenkt, und Irene einen silbernen Füllfederhalter mit eingravierten Rosen. Ich habe beschlossen, das Buch als Tagebuch zu benutzen. Als Greta herausgefunden hat, dass ich letztes Jahr damit angefangen habe, meinte sie, nur wirklich wichtige Leute führten ein Tagebuch.*

*Tja, ich finde mich wichtig, und eines Tages werde ich sicher berühmt.*

*Herr Schumacher sagt, ich bin das begabteste Mitglied, nicht nur des Musikkorps der Allensteiner Hitlerjugend, sondern aller Jugendorchester, mit denen er je gearbeitet hat. Er hat darauf bestanden, dass ich am Ende jedes Konzerts ein Klaviersolo spiele und den ersten Geiger der Komsomolzen begleite.*

*Inzwischen steht meine Entscheidung fest. Nach dem Studium werde ich als Konzertpianistin Weltkarriere machen.*

*Der Zug ruckelt so, dass meine Schrift ganz verwackelt aussieht. Hildegard, Irene, Nina und ich schlafen in einem Abteil. Nach dem Geburtstagsständchen heute Morgen klappte der Schlafwagenschaffner die Betten weg, und alle drängten sich hinein. Sie blieben über eine Stunde, sogar die Jungens. Verglichen mit meinen Brüdern sind sie ja so kindisch. Wilhelm und Paul hätten Herrn Schumacher niemals Geigenwachs in den Tee geschüttet oder wären beim Essen im Speisewagen unter den Tisch gekrochen, um ihm Honig auf die Schuhe zu schmieren.*

*Wie Papa immer sagt, war es ein guter Einfall von Mama, mich ihm am Geburtstag der Zwillinge zu schenken. Jetzt werden sie am selben Tag einundzwanzig, an dem ich achtzehn werde. Wie werden wir heute Abend feiern! Und danach haben wir noch den ganzen Sommer vor uns. Ich freue mich riesig darauf, im Oktober mit Wilhelm und Paul nach Königsberg zu fahren.*

*Ich hatte großes Glück, einen Platz am Konservatorium zu ergattern, insbesondere deshalb, weil der Mädchenanteil an höheren Bildungsanstalten auf zehn Prozent gesenkt worden ist.*

*Mir ist es egal, was die anderen davon halten. Ich finde es ungerecht. Ganz bestimmt steckt nicht unser Führer selbst dahinter, sondern einer seiner Minister. Wahrscheinlich ahnt der Führer gar nichts davon.*

*Die arme Irene hat es nicht nach Königsberg oder an ein anderes Konservatorium geschafft und wird deshalb im Büro ihres Vaters arbeiten müssen. Mir graut schon davor, sie in Allenstein zurücklassen zu müssen. Schließlich sind wir, seit ich denken kann, eng befreundet. So wie unsere Väter auch. Nicht auszudenken, wie es sein wird, sie nur noch in den Ferien zu sehen.*

*Obwohl die Zwillinge schon im dritten Jahr studieren und ich erst Anfängerin bin, haben sie versprochen, mich allen ihren Freunden vorzustellen. Paul sagt, das Konservatorium sei ganz in der Nähe der Universität. Hoffentlich hat Papa eine gemeinsame Bude für uns aufgetrieben. Wir werden gewiss viel Spaß haben, weil Greta uns dann nicht mehr in die Suppe spucken kann.*

*Gestern in aller Früh sind wir aus Moskau abgereist. Allmählich glaube ich fast, dass wir nie in Allenstein ankommen werden.*

*Nina unkt, das hier sei sicher die Hölle, und wir seien dazu verurteilt, bis in alle Ewigkeit in diesem engen Zug durch die Landschaft zu kurven wie die verfluchten Seelen. (Nina hatte schon immer einen schwarzen Humor. Und dass ihr die Fahrerei so auf die Nerven fällt, liegt sicher daran, dass ihr Vater Lokführer ist.)*

*Irene hat mich in den letzten zehn Minuten dreimal gefragt, ob Wilhelm mich vom Bahnhof abholen wird. Ich wünschte, sie würde meinen Bruder nicht bei jeder Begegnung anglotzen wie ein Mondkalb. Es ist wirklich ein entsetzlich peinlicher Anblick.*

*Bei Morgengrauen haben wir die Grenze überquert. Nach einem ganzen Monat Abwesenheit war ich froh, wieder im guten alten Ostpreußen zu sein, obwohl es noch sehr früh war. Ich habe erst bemerkt, wie sehr mir die Wälder und Seen gefehlt haben, als wir sie durch die Fenster sahen. Alles – die Menschen, die Bauweise, die Straßen in den Städten und Dörfern – wirkt so viel ordentlicher und wohlhabender als in Russland.*

*Es tat mir leid, mich von Mascha verabschieden zu müssen, denn ich habe mich während der letzten Woche unserer Konzertreise bei den Belezkis in ihrer Moskauer Wohnung wohlgefühlt. Von den anderen kam niemand auch nur halb so gut mit seiner russischen Gastfamilie zurecht. Aber ich glaube,*

*Herr Schumacher hat die netteste Familie für mich ausgesucht. Mascha und ihr Bruder Alexander, der weißblonde Haare und blaue Augen hat, für einen Russen sehr gut aussieht und außerdem ein begnadeter Musiker ist, haben mich zum Bahnhof begleitet, um sich zu verabschieden. Sie haben mir eine Bernsteinkette geschenkt. Sie besteht aus riesigen, polierten Stücken, von denen manche Insekteneinschlüsse haben. Die Kette ist länger und schöner als jede, die Greta besitzt.*

*Ich habe versprochen, sie zu hüten wie meinen Augapfel und immer an die beiden zu denken, wenn ich sie trage. Greta wird gelb werden vor Neid. Ob sie wohl in Allenstein am Bahnhof ist? Hoffentlich nicht. Aber ich rechne damit, dass Wilhelm und Paul mich abholen. Wenn ich Glück habe, bringen sie vielleicht einen (hoffentlich einen ganz bestimmten) ihrer Freunde mit.*

*Ich fühle mich, als wäre ich eine Ewigkeit weg gewesen, und kann es kaum erwarten, unser liebes, gutes Haus wiederzusehen und Papa, Mama und die Zwillinge zu umarmen …*

»Der Doktor hat jetzt Zeit für Sie, Ms Datski.«

»Danke.« Charlotte lächelte die Sprechstundenhilfe an und klappte das Tagebuch zu. Die einst sauberen und strahlend weißen Seiten waren im Laufe der Jahre brüchig geworden. Vorsichtig wickelte sie das Buch in ein seidenes Tuch und nahm Schal und Handtasche von dem Stuhl neben sich. Eigentlich war es ja albern, ein Tagebuch, das sie seit Jahren nicht aufgeschlagen hatte, ins Wartezimmer eines Arztes mitzuschleppen. Außerdem war es seltsam, wie lebhaft ihr nach dem Lesen dieser wenigen Worte alles wieder vor Augen stand: das Rattern des Zuges, der rußige Qualm aus dem Schornstein, der an ihrem Fenster vorbeiwehte, der Geruch nach Kohl und Sauce, der aus dem Speisewagen über den Gang zog, die Gesichter ihrer Freundinnen, blitzblank geschrubbt, strahlend und frei von schmerzlichen Erfahrungen.

Und sie selbst, so entsetzlich naiv, romantisch und erfüllt von der Selbstgerechtigkeit der Jugend. Was war heute, da sie eine alte Frau war, noch von dem jungen Mädchen übrig geblieben?

»Wie geht es dir, Charlotte?« Dr. David Andrews stand auf und umrundete seinen Schreibtisch, um sie zu begrüßen.

»Eigentlich bin ich hier, damit du mir diese Frage beantwortest, David.«

»Nun, jedenfalls bist du so elegant und schön wie immer.«

»In meinem Alter ist man nicht mehr schön. Und wenn du mich als elegant bezeichnest, komme ich mir vor wie ein teuer eingerichtetes Wohnzimmer.«

Nachdem er ihr die Hand geschüttelt hatte, nahm er wieder Platz und betrachtete das Bild hinter ihr an der Wand, um ihrem Blick auszuweichen. Es war von dem Innenarchitekten aus New York ausgewählt worden, der vor einem Jahr die gesamte Praxis umgestaltet hatte. Doch nun nahm er die langweilige, in Pastelltönen gehaltene impressionistische Szene, die verschwommen im Sand spielende Kinder zeigte, zum ersten Mal wirklich wahr und kam zu dem Schluss, dass ihm das Bild nicht gefiel.

»Also, David?«, forderte sie ihn auf.

Noch während er sich räusperte und zu sprechen begann, war ihm klar, dass sein Tonfall kühler und geschäftsmäßiger klang als beabsichtigt. »Ich würde dir empfehlen, eine zweite Meinung einzuholen. Ich kenne da einen fähigen Kollegen in Boston und einen anderen in New York und könnte einen Termin in einer der beiden Städte für dich vereinbaren. Da könntest ihn ja mit einem Einkaufsbummel oder einem Museumsbesuch verbinden.«

»Und deine fähigen Kollegen hätten weniger Probleme damit, mir das mitzuteilen, wozu du offenbar nicht in der Lage bist?«

Er zwang sich, ihr in die Augen zu blicken. Sie waren strahlend blau und verstörend klar. Mit einem hysterischen Anfall wäre er besser zurechtgekommen. Dagegen konnte man schließlich Beruhigungsmittel verordnen.

»Wie viel Zeit bleibt mir noch?«

»Die meisten wollen wissen, was sich machen lässt.«

»Ich bin aber nicht wie die meisten, David.«

»Das warst du noch nie.« Eine über achtzigjährige Frau hatte einfach nicht das Recht, auszusehen wie Charlotte Datski. Und dabei gab sie sich nicht einmal Mühe, jünger zu wirken. Ihr Haar war naturweiß, ohne eine Spur von Farbe oder bläulicher Tönung. Ihre faltige Haut war nie mit dem Skalpell eines Schönheitschirurgen in Berührung gekommen. Und das hatte sie auch gar nicht nötig. Ihre Schönheit rührte von einem geheimnisvollen inneren Leuchten her, das aus ihren faszinierenden Augen strahlte. Ihre Figur – hochgewachsen, schlank und kerzengerade – hatte sich die Gelenkigkeit der Jugend bewahrt. Zu ihren langen, fließenden Gewändern trug sie Bernsteinketten und bunte Schals, die an jeder anderen Frau überkandidelt gewirkt hätten, ihr aber ausgezeichnet standen.

Als sein Vater sie vor dreißig Jahren einander vorgestellt hatte, hatte er sofort gewusst, dass Charlotte Künstlerin war. Etwas anderes kam einfach nicht infrage. Und obwohl sie so alt war wie seine Mutter, hatte er sich – wie sein Vater und die Hälfte der Männer in ihrem Bekanntenkreis – ein wenig in sie verliebt. Allerdings hatte Charlotte im Gegensatz zu den meisten Witwen Freude am Alleinleben und der Unabhängigkeit, die sie dadurch genoss. Es waren zwar Gerüchte über ihre Affären im Umlauf, doch es blieben eben immer nur Gerüchte. Falls Charlotte je einen Liebhaber gehabt hatte, war sie dabei diskret zu Werk gegangen. Keiner der Männer, die sie kannten, verlor je ein Wort über eine Beziehung, sie sei nun erotischer oder anderer Natur.

»Die Wahrheit, David.« Sie betastete die Perlenkette an ihrem Hals, ohne dass die Geste nervös gewirkt hätte.

»Es könnte Bauchspeicheldrüsenkrebs sein«, begann er zögernd, »doch wie ich schon sagte, solltest du eine zweite Meinung einholen.«

»Meinst du, du könntest dich geirrt haben?«

»Kein Arzt ist in der Lage, eine hundertprozentige Diagnose zu stellen, insbesondere in so einem Fall«, druckste er herum.

»David, du bist ein Genie und kommst aus einer Familie angesehener Wissenschaftler. Ich vertraue dir.«

»Der Befund ist allerdings sehr unklar. Von einem Tumor ist nichts zu sehen, was heißt, dass wir es mit einer invasiven Form zu tun haben. Einfach ausgedrückt, hat sich der Krebs wie ein Spinnennetz aus Zellen im gesamten Organ ausgebreitet. Eine Operation kommt nicht infrage, was nicht bedeutet, dass wir die Sache nicht behandeln können. Die ersten Untersuchungen zeigen, dass der Krebs nur langsam wächst und dass eine Chemotherapie …«

»Werde ich große Schmerzen haben?«, fiel sie ihm ins Wort.

»Meiner Erfahrung mit anderen Patienten mit ähnlichem Krankheitsbild nach nicht. Es könnte sein, dass du abnimmst.«

»Das kann nicht schaden«, erwiderte sie spöttisch. »Wie viel Zeit bleibt mir noch?«, wiederholte sie dann.

»Ich verabscheue diese Frage. Vor zwanzig Jahren habe ich einer Schwester in diesem Krankenhaus gesagt, sie hätte noch sechs Monate. Jedes Mal, wenn ich sie sehe, laufe ich rot an.« Ihr Schweigen verriet ihm, dass seine Bemerkung gönnerhaft und nicht sehr komisch gewesen war. »Wenn die Behandlung wirkt, noch einige Jahre.«

»Und wenn nicht?«

»Sie wird wirken, Charlotte.«

»Und wenn nicht?«, beharrte sie.

»Schwer zu sagen. Sechs Monate, vielleicht ein Jahr. Aber ich werde dafür sorgen, dass du noch diese Woche aufgenommen wirst. Dann fangen wir sofort mit den Spritzen an. Es wird nicht angenehm werden, doch …«

»Morgen habe ich keine Zeit.«

»Ich verstehe. Eine solche Diagnose ist immer ein Schock. Außerdem musst du sicher einiges organisieren.« Er blätterte seinen Terminkalender durch. »Was hältst du von Donnerstagvormittag?«

»Nein.«

»Charlotte, es gibt nichts, was wichtiger ist als diese Behandlung. Wir sprechen hier von deinem Leben.«

»Ich muss nach Hause.«

»Du wohnst nur siebeneinhalb Kilometer von hier entfernt«, seufzte er.

»Ich bin in Osteuropa geboren.«

»Als dein Arzt muss ich dir dringend vom Reisen abraten, ehe die Behandlung nicht abgeschlossen ist.«

»Vielleicht habe ich es ohnehin schon zu lange vor mir hergeschoben.«

»Anscheinend begreifst du es nicht. Du könntest sterben.«

»Das blüht uns allen einmal, David.« Sie lächelte. »Ich weiß, dass du mich schätzt und dass du es nur gut meinst. Aber ich werde nicht zum ersten Mal mit dem Tod konfrontiert, eine Erfahrung, die einem seltsamerweise die Angst vor dem Unvermeidlichen nimmt.«

»Soll das heißen, dass du sterben willst?« Er zwang sich, ihr in die Augen zu sehen.

»Weit gefehlt. Ich liebe das Leben. Jeden wundervollen, bunten Moment. Doch ich bin zu der Erkenntnis gekommen, dass es Schlimmeres gibt als das Ende. Entwürdigende Schmerzen zum Beispiel und den Verlust der Unabhängigkeit. Ich war dabei, als mein Mann an Krebs starb. Verzeih mir die zynische Bemerkung, aber ich hatte den Eindruck, dass er mehr unter der Behandlung durch wohlmeinende Ärzte gelitten hat als unter der Krankheit selbst. Wenn er noch eine Pistole gehabt hätte, hätte er sich schon Monate, bevor sie ihn haben ins Koma fallen lassen, erschossen.«

In all den Jahren, die David sie nun schon kannte, erwähnte sie zum ersten Mal ihren verstorbenen Mann. Obwohl sie bereits seit Jahrzehnten in den Vereinigten Staaten lebte, kannte er niemanden, der ihm je begegnet war.

»In den letzten dreißig Jahren hat die Medizin große Fortschritte gemacht«, wandte er ein.

»Daran zweifle ich nicht.«

»Du kannst nicht von mir erwarten, dass ich tatenlos zusehe«, flehte er.

»In meinem Alter ist Lebensqualität wichtiger als Lebensdauer.«

»Du könntest beides haben.«

»Kannst du mir das garantieren?«

»Kein Arzt kann irgendetwas garantieren«, erwiderte er verlegen, »doch ich glaube, dass du eine höhere Überlebenschance hast als die meisten. Du warst bis jetzt kerngesund. Du achtest auf dich, und bei der letzten Vorsorgeuntersuchung wurde der Krebs noch nicht festgestellt. Also haben wir ihn sicher früh genug diagnostiziert. Das sind keine ungünstigen Voraussetzungen.«

»Werde ich mich verändern, wenn ich die Chemotherapie ablehne?«

»Du wirst schneller ermüden und mehr schlafen.«

»Ich hätte keine Schmerzen?«

David knirschte mit den Zähnen, da er ihr eigentlich keinen weiteren Vorwand liefern wollte, sich nicht behandeln zu lassen. »Nichts, was sich nicht mit ein paar Schmerztabletten in den Griff bekommen ließe«, entgegnete er widerstrebend.

»Dann kaufe ich mir welche. Danke, dass du dir Zeit für

mich genommen hast und offen zu mir warst.« Sie griff nach ihrem Schal.

»Mein Vater würde dich gerne sehen.« Er folgte ihr zur Tür. »Komm doch heute zu uns zum Abendessen.«

»Damit dein Vater in den Chor einstimmen kann, der mich überreden soll? Nein, danke, David.« Sie gaben sich die Hand. »Es heißt, das Leben sei kurz. Mir hingegen erscheint es sehr lang. Zu lang, wenn ich an all die Menschen denke, die ich geliebt und verloren habe. Ich weiß dein Verständnis zu schätzen. Mit ein bisschen Übung wirst du zusätzlich zu all deinen anderen Fähigkeiten auch noch Anteilnahme lernen. Schick deine Rechnung an meinen Anwalt.«

»Kann ich wirklich nichts tun, um dich von einer Behandlung zu überzeugen?«

»Überhaupt nichts. Und da ich bekanntermaßen eine starrsinnige und ganz unmögliche alte Frau bin, brauchst du auch kein schlechtes Gewissen zu haben. Ich reise nach Europa, sobald ich einen Flug bekomme. Das habe ich schon seit Jahren vor, und du hast mir gerade einen Grund gegeben, nicht länger damit zu warten. Du wirst mich doch nicht etwa bei meinem Enkel oder irgendjemand anderem verpetzen?«

»Wie du sicher weißt, ist mir das ohne dein Einverständnis leider verboten. Werden wir dich wiedersehen?« Es klang eher wie eine Bitte als wie eine Frage.

Sie antwortete nicht, sondern hauchte ihm nur einen Kuss auf die Wange. »Der ist für deinen Vater«, murmelte sie.

David stand am Fenster und blickte ihr nach, als sie das

Gebäude verließ. Ihr langer schwarzer Rock und die in herbstlichen Farben gehaltenen Schals wehten im Wind.

»Dr. Andrews?«

Er drehte sich um und sah seine Sprechstundenhilfe hinter sich stehen.

»Soll ich in Boston oder in New York einen Termin für Ms Datski vereinbaren?«

»Nein«, erwiderte er barsch.

»Dann rufe ich in der Aufnahme an, ob ein Bett frei ist.«

»Nein.«

»Aber …«

»Schicken Sie den nächsten Patienten rein.«

»Und was ist mit Ms Datski?«

»Heben Sie ihre Akte auf und hoffen Sie, dass wir sie noch einmal brauchen.«

Auf der Heimfahrt hielt Charlotte sich zum ersten Mal seit Jahren an die Geschwindigkeitsbegrenzung. Als ihr klar wurde, wie absurd das war, lachte sie laut auf. Nach der Diagnose, die David ihr soeben mitgeteilt hatte, hätte sie die kurze Zeit, die ihr noch blieb, eigentlich im Geschwindigkeitsrausch verbringen müssen. Doch stattdessen kroch sie im Schneckentempo auf der rechten Spur dahin. Allerdings würde sie zum ersten Mal seit sechzig Jahren ihre Heimat besuchen, weshalb es ihr plötzlich sehr wichtig war, auch heil dort anzukommen.

Sie stoppte den Wagen am Ende der Zufahrt, die sich durch den Wald zu ihrem Holzhaus im neuenglischen Stil schlängelte. Die Blätter der Bäume, die sie nach dem Kauf des Hauses vor sechsunddreißig Jahren gepflanzt hatten, verwandelten sich rings um die Wurzeln in Mulch. Jedes Frühjahr breitete sich ein bunter Teppich aus Osterglocken, Krokussen und Glockenblumen am Ufer des Sees aus. Wenn sie verwelkten, war der Sommer da.

Charlotte öffnete das Wagenfenster, um den Briefkasten zu leeren, und nahm sich Zeit, um den Duft des Nadelwaldes und des Sees hinter dem Haus einzuatmen. Bildete sie es sich nur ein, oder konnte sie die letzten Kirsch- und Apfelblüten riechen?

Es waren Düfte, die ihr ein Land ins Gedächtnis riefen, das es nicht mehr gab. Allerdings war allem, was sie gebaut und gepflanzt hatte, dieses Schicksal beschieden gewesen. Es war zu einem kurzen Aufblitzen geworden, nicht greifbarer als ein Spiegelbild auf der Wasserfläche eines Teichs – so wie ihr geliebtes Zuhause, aus dem man sie vor sechzig Jahren vertrieben hatte.

Sie schob die Erinnerungen beiseite, nahm ihre Post und fuhr die ungeteerte Straße zu ihrem Haus hinauf. Nachdem sie den Wagen auf der mit Kies bestreuten Einfahrt geparkt hatte, schloss sie auf, ging in die Küche und füllte den Wasserkessel. Dann jedoch überlegte sie es sich anders. Im Kühlschrank stand noch eine Flasche Wein, die sie zusammen mit ihren Briefen nach oben in ihr Atelier nahm.

Es war ihr liebster Raum im Haus, der sich über die ganze erste Etage erstreckte. Einen Drittel des Platzes nahm die Terrasse ein, ein weiteres Drittel war verglast wie ein Wintergarten, und an die Wand des verbliebenen Drittels konnte sie ihre Bilder lehnen. Sie betrachtete die fertigen Gemälde, die sie heute Morgen aufgereiht hatte, und beglückwünschte sich zu dem Ergebnis, bevor sie die Weinflasche öffnete und es sich mit ihrer Post in einem Rattansessel gemütlich machte.

Drei Werbebriefe warf sie ungeöffnet in den Papierkorb und stieß schließlich auf das Schreiben, auf das sie gewartet hatte. Es war ein dicker Umschlag von ihrer englischen Enkeltochter. Nachdem sie jahrelang täglich E-Mails ausgetauscht hatten, wunderte sie sich, dass Laura plötzlich etwas per Post versendete. Charlotte riss den Umschlag mit dem Daumennagel auf und entnahm ihm eine Akte mit der Aufschrift »Grünwaldsee«, die einen Stapel Fotokopien enthielt. Als sie sie auseinanderfaltete, bestand kein Zweifel, was sie da vor sich hatte: Dokumente mit Passfotos, offiziell abgestempelt mit dem Adler und dem Hakenkreuz des Dritten Reichs. Die Gesichter ihres Vaters, ihrer Mutter, ihrer Brüder Wilhelm und Paul, ihrer Schwester Greta und ihr eigenes, blutjung, blickten ihr entgegen, alle sechs Gefangene einer Vergangenheit, der Charlotte nie hatte entkommen können.

*Liebe Oma,*
*noch nie ist es mir so schwergefallen, einen Brief zu schreiben. Bitte denke darüber nach und auch über die Dokumente und die Fragen, die sie aufwerfen. Tante Greta und mein Vater würden es sicher nicht tun.*

*Ich bin im Berliner Staatsarchiv darauf gestoßen, als ich für einen Dokumentarfilm recherchiert habe – das Thema spielt keine Rolle. Offenbar brauche ich nicht zu fragen, ob Ihr, Du und Tante Greta, Mitglieder der NSDAP wart, denn diese Papiere beweisen es.*

*Ich würde gerne wissen, warum Du beigetreten bist, und auch mehr über Dein Leben in Grünwaldsee erfahren …*

Mit einem Schaudern beugte Charlotte sich wieder über die Fotokopien.

Wenn sie geahnt hätte, dass sie noch existierten, hätte sie … was? Laura und Claus, was die Vergangenheit betraf, reinen Wein eingeschenkt? Sie mit Geheimnissen belastet, die sie noch immer verfolgten?

*… Ich bitte Dich nicht um meinetwillen darum, sondern für die ganze Familie, insbesondere für Claus' ungeborenes Kind, das irgendwann Fragen stellen wird, so wie ich heute. Ganz gleich, wie sehr Vater und Tante Greta auch versuchen, sich vorzumachen, der Krieg und Hitler seien historische Ereignisse, die für die Nachgeborenen ohne Bedeutung sind, ich halte das einfach für falsch. Wir haben ein Recht darauf, die Wahrheit zu erfahren, und zwar aus erster Hand, statt, so wie ich, in einer staubigen Akte zufällig darüber zu stolpern.*

*Bitte, Oma, ich liebe Dich so sehr, und zu dieser Liebe gehört auch mein Respekt für Dich. Ich möchte, dass dieses Gefühl erhalten bleibt, und das geht nur, wenn ich Deine Seite der Geschichte kenne …*

Charlotte betrachtete die Gemälde, die ihr gerade noch solche Freude bereitet hatten. Konnte sie Laura die Wahrheit sagen und hoffen, dass ihre Enkelin Verständnis dafür aufbrachte? Vergebung zu erwarten, war wohl zu viel. Schließlich hatte sie es selbst sich nie verziehen, dass sie der NSDAP beigetreten war. Deshalb hatte sie die Vergangenheit ja auch nie hinter sich lassen können. Allerdings lagen Schuld, Verantwortung und Reue ganz allein bei ihr und gingen ihre Enkel nichts an. Es musste doch möglich sein, Laura das begreiflich zu machen.

*Ich liebe Dich so sehr, und zu dieser Liebe gehört auch mein Respekt für Dich.* Die Fotokopien noch auf dem Schoß, griff Charlotte zum Telefon und wählte Lauras Mobilfunknummer, ohne zuvor über den Zeitunterschied nachzudenken. Nach dem sechsten Läuten wurde abgenommen. »Laura, hast du Zeit zu reden?«

»Ja.« Die Stimme ihrer Enkelin klang schlaftrunken.

»Habe ich dich geweckt?«

»Nein ...«

»Bitte lüg mich nicht an, nicht einmal, wenn es um Kleinigkeiten geht. Ich habe deinen Brief bekommen. Bist du noch in Berlin?«

»Ja.«

»Ich komme in ein paar Tagen zu dir. Ich nehme den ersten Flug, den ich kriegen kann. Denn ich will nach Hause, nach Ostpreußen«, erklärte sie, während am anderen Ende der Leitung Schweigen herrschte. »Außerdem möchte ich, dass du mich begleitest. Aber ich hätte Verständnis dafür, wenn du ablehnst.«

»Wirst du mir erzählen ...«

»Alles«, fiel Charlotte ihr ins Wort. »Doch nicht am Telefon. Hast du Zeit mitzukommen?«

»Ja, natürlich.«

»Ich gebe dir Bescheid, wann ich in Berlin eintreffe. Bevor ich dich sehe, muss ich mit deinem Vater und mit Onkel Erich sprechen.«

»Richte meinen Eltern liebe Grüße von mir aus.«

»Wird gemacht. Ich werde allerdings nur einen Tag in England bleiben.«

»Oma ...« – ein kurzes Zögern entstand – »... danke.«

»Ich liebe dich.«

Charlotte legte auf und blätterte das Telefonbuch durch, bevor sie erneut eine Nummer wählte. Den Flug im Reisebüro zu buchen, erwies sich als einfacher als gedacht. Plötzlich wurde ihr klar, dass sie nur wenig Zeit hatte, zu packen, ihre Habe zu ordnen und sich zu überlegen, was sie Erich und Jeremy sagen wollte. Doch stattdessen blieb sie nur sitzen, verloren in der Vergangenheit, und starrte auf den See hinaus, ohne ihn wirklich wahrzunehmen.

»Oma, bist du oben?«

Charlotte riss sich aus ihren Träumen, versteckte die Fotokopien und Lauras Brief unter dem Sesselpolster und nahm sich zusammen. Claus besaß nämlich die unheimliche Fähigkeit, sie zu durchschauen.

»Hier bin ich, Claus«, rief sie, was eigentlich fröhlich hatte klingen sollen, sich aber eher zittrig anhörte. Sie zwang sich zu einem Lächeln und schob alle Gedanken an Lauras Brief in die Ecke ihres Verstandes, die den Dingen vorbehalten war, mit denen sie sich später befassen wollte. Im Laufe der Jahre hatte diese Ecke sich mit schmerzlichen Erinnerungen und Problemen gefüllt. Hoffentlich würde die Zeit noch reichen, um sie alle abzuarbeiten.

Als ihr Enkel die Stufen hinaufkam, ließ seine unbeholfene, trampelige Art sie um die Sicherheit ihrer Bilder fürchten.

»Ich habe das Auto gesehen …« Er runzelte die Stirn, als er mit schweren Schritten näher kam. »Wein mitten am Tag? Hast du etwas zu feiern oder ertränkst du deine Sorgen?«

»Ich feiere.«

»Du hast also keine Magengeschwüre?«

»Nur ganz kleine«, log sie in Übereinstimmung mit den Ausreden, hinter denen sie ihre Symptome getarnt hatte.

»Musst du operiert werden?« Charlotte schüttelte den Kopf. »Keine OP, nur eine widerliche Diät.«

»So widerlich kann sie nicht sein, wenn Wein erlaubt ist.«

»Du benimmst dich wie eine Glucke.«

»Ich rufe David an und frage ihn, ob du Wein trinken darfst«, drohte er.

»Heute ist der letzte Tag, an dem ich normal esse. Morgen fange ich mit der Diät an.«

»Wenn das so ist, kommst du am besten heute zum Abendessen. Carolyn kocht.«

»Um wie viel Uhr soll ich da sein?«

Er musterte sie argwöhnisch. Noch nie hatte sie eine Einladung so spontan angenommen. Normalerweise musste man sich zwei Wochen im Voraus anmelden, und auch dann waren ausgiebige Debatten und Terminkalendervergleiche nötig.

»Passt es dir um halb acht?«

»Prima.« Sie hielt ihr Glas hoch. »Möchtest du einen Schluck?«

»Dann würde ich den ganzen Nachmittag krumme Stuhlbeine schnitzen.«

»Arbeitest du immer noch an der Esszimmergarnitur?«

»Der Tisch hat mir Spaß gemacht, aber zwölf Stühle sind einfach sechs zu viel. Welcher vernünftige Mensch lädt den heutzutage noch zwölf Personen zu einem förmlichen Abendessen ein?«

»Jemand, der sich einen Partyservice und deine handgemachten Möbel leisten kann. In der Küche steht noch Kaffee.«

»Gibt es auch Bier?«

»Im Kühlschrank. Bedien dich.« Er kehrte mit der Dose, aber ohne Glas zurück.

Nachdem er die Dose geöffnet hatte, setzte er sich neben Charlotte und legte die langen Beine auf einen Tisch, auf dem sich Zeitschriften türmten. »Dieses Zimmer ist ein Traum. Ich fühle mich wie zu Hause. Hier habe ich keine Hemmungen, Unordnung zu machen, und die Aussicht ist wundervoll. Wir wohnen zu nah am See für so ein Panorama.«

»Wenn ihr möchtet, könnt ihr ja hier leben, während ich weg bin. Ich habe nämlich beschlossen, nach Ostpreußen zu reisen.«

»Polen«, verbesserte er sie.

»Für mich wird ein Teil davon immer Ostpreußen bleiben.«

»Wir begleiten dich, wenn Carolyns Baby da ist.«

»Der Flug ist schon gebucht. Morgen verlasse ich Boston.«

»Morgen? Aber wir wollten doch immer zusammen hin,

und das ist ja schlecht möglich, jetzt, wo Carolyn im achten Monat ist.«

»Das wäre viel zu gefährlich, selbst falls die Fluggesellschaft sie noch mitnehmen würde.« Charlotte griff nach der Weinflasche und schenkte nach.

»Sagst du, was deine Magengeschwüre angeht, auch die Wahrheit?« Er betrachtete sie misstrauisch.

»Zweifelst du an den Worten deiner Großmutter?«

»Nur wenn es um ihre Gesundheit und die Kosten ihrer Geburtstags- und Weihnachtsgeschenke geht.«

»All diese Untersuchungen haben mir vor Augen geführt, dass ich nicht ewig leben werde. Ich habe nicht vor, in nächster Zeit zu sterben, aber ich werde auch nicht jünger und nie mehr so kräftig sein wie heute. Deshalb möchte ich meine Heimat besuchen, ohne mich im Rollstuhl herumschieben zu lassen. Ich habe Laura angerufen. Sie begleitet mich.«

»Zwei Frauen allein in Polen. Hast du denn nicht gehört, was im ehemaligen Ostblock los ist? Und die staatliche Ordnung bricht zusammen. Die Mafia …«

»Das ist in Russland«, unterbrach sie ihn ungeduldig. »Außerdem weiß jeder, dass die Zeitungen übertreiben.«

»Dann mach wenigstens einen Zwischenstopp in Deutschland. Vielleicht könnten mein Vater oder mein Bruder mitkommen …«

Als ihm die Tragweite seines Vorschlags klar wurde, erstarb seine Stimme.

»Muss ich dich daran erinnern, warum du Deutschland verlassen hast und zu mir gezogen bist?«

»Nun ja, vielleicht nicht mein Vater oder mein Bruder«,

machte er einen Rückzieher. »Aber da wäre immer noch Onkel Jeremy.«

»Claus, ich mag alt sein, doch ich bin nicht senil. Meine beiden Söhne ziehen es vor, mich in fünftausend Kilometern Entfernung zu wissen, was mir ganz recht ist. Und deshalb möchte ich auch nicht, dass sich etwas daran ändert. Und von meinen vier Enkeln ist Erich zu spießig und Luke zu jung, um mich zu ertragen. Also bleiben nur du und Laura übrig. Und da du wegen Carolyns Schwangerschaft ausfällst, werden Laura und ich uns eben ohne männlichen Schutz durchschlagen müssen. Ich bin sicher, wir schaffen das.«

»Wie geht es Laura?«, fragte er.

»Gut«, erwiderte sie ausweichend.

»Ist sie glücklich?«

»Sie klang ganz vergnügt.«

»Kein Mann in Sicht?«

Charlotte schüttelte den Kopf. »Das Problem mit glücklich verheirateten Menschen ist, dass sie am liebsten die ganze Welt verkuppeln würden. Laura ist eine Karrierefrau.«

»Nur, bis sie den Richtigen kennenlernt.«

»Mag sein.«

Charlotte hätte Claus gegenüber nie zugegeben, dass ihr Lauras Single-Dasein ebenfalls zu schaffen machte, seit ihre Enkelin dreißig geworden war. Obwohl sie sehr stolz auf Lauras Dokumentarfilme war, die schon viele Preise gewonnen hatten, konnte sie sich des Gefühls nicht erwehren, dass ein Leben, das man ständig auf Reisen und in Hotelzimmern verbrachte, recht einsam sein musste.

»Ein Jammer, dass Carolyn und ich dich nicht begleiten können.«

Claus stellte die Bierdose neben seinen Stuhl.

»Das hättest du dir vor acht Monaten überlegen sollen.«

»Es sollte *unsere* Reise werden«, protestierte er, ohne zu bemerken, dass sie ihn auf den Arm nehmen wollte.

»Aber wir haben es nie hingekriegt, weil ich es ständig vor mir hergeschoben habe. Ich sehe mir das Land an. Wenn es sich lohnt, kannst du ja nächstes Jahr mit Carolyn hinfliegen.«

»Vermutlich hast du recht.« Er trank sein Bier aus und stand auf. »Kann ich dir bei irgendetwas helfen?«

»Ich muss nur meine Verabredungen für den nächsten Monat absagen.«

»Und packen«, erinnerte er sie.

»Mit den paar Klamotten komme ich schon klar. Du könntest hin und wieder nach dem Haus sehen.«

»Wird gemacht.« Einen Moment lang erinnerte er sie an seinen Großvater. Hochgewachsen, blond, blauäugig und unverschämt attraktiv. Allerdings hätte sich ein Oberst in der Wehrmacht des Dritten Reiches nie einen Bart stehen lassen oder wäre in einer mit Sägemehl bedeckten Jeans und einem vergammelten Sweatshirt herumgelaufen. Ganz zu schweigen von Mokassins ohne Socken. Obwohl sie sich äußerlich so ähnelten, waren sie in ihrer Art und Persönlichkeit – und auch in ihrer Lebenseinstellung – sehr unterschiedlich.

»Danke.«

»Wofür?«

»Dass du hier auf dem Grundstück wohnst. Dass du nach

deiner Hochzeit geblieben bist. Dass du mich jeden Tag besuchst und dich um mich kümmerst.«

»Und du hast wohl gar nichts für uns getan, wie zum Beispiel uns zu erlauben, in deinem Garten ein Haus zu bauen und mir das Geld für die Gründung meiner Firma zu geben.«

»Das war reiner Egoismus. Ich brauche jemanden, der mich versorgt, wenn ich einmal eine Tattergreisin bin.«

»Du wirst nie alt werden, Oma.«

»Ich werde von Minute zu Minute älter. Und jetzt muss ich telefonieren und packen.«

»Halb acht«, erinnerte er sie. »Und wehe, wenn du die schweren Koffer selbst nach unten schleppst.«

»Morgen früh kommt der Kurier, um die Bilder abzuholen.«

»Bist du fertig geworden?« Carolyn reichte Charlotte ein Stück Kirschkuchen und die Schüssel mit der Schlagsahne.

»Mit allen achtundvierzig Ölgemälden und den vierundzwanzig Tuschezeichnungen. Nie wieder lese ich ein Märchen von Hans Christian Andersen, geschweige denn, dass ich eines illustrieren werde.«

»Ich würde sie einmal gerne alle nebeneinander sehen.«

»Kein Problem. Ich habe den Verlag gebeten, sie an dich, nicht an die Galerie zu schicken, wenn er sie nicht mehr braucht. Sie haben dir so gut gefallen, Carolyn. Das wäre doch ein angemessenes Taufgeschenk.«

»Angemessen!« Carolyn griff nach Charlottes Hand. »Ich bin überwältigt. Die Bilder werden wunderbar ins Kinderzimmer passen. Wie können wir dir jemals danken?«

»Spitze«, mischte Claus sich mit gespielter Entrüstung

ein. »Jetzt wird mein Sohn inmitten von politisch nicht korrekten Abbildungen von Aristokratenschlössern, Prinzessinnen und furchterregenden, seine Seele schädigenden Hexen und Trollen aufwachsen. Nicht zu vergessen die herzlose, Eiszapfen schleudernde Schneekönigin.«

»Ich habe Neuigkeiten für dich, mein Schatz. Die Welt ist nicht politisch korrekt.« Carolyn stand auf, um den Kräutertee aufzugießen.

»Und je früher er oder sie das begreift, desto besser«, stimmte Charlotte zu.

»Sie«, verkündete Carolyn und genoss die Reaktion, die diese Mitteilung bei Charlotte und ihrem Mann auslöste. »Eigentlich wollte ich ja vorher nicht wissen, was es wird, aber dann habe ich mir einen Baby-Katalog angeschaut, in dem die niedlichsten blauen Strampelanzüge und rosafarbenen Kleidchen abgebildet waren. Weil ich mich nicht entscheiden konnte, habe ich den Arzt angerufen.«

»Dann nennen wir sie Charlotte.« Claus legte den Arm um seine Frau und küsste sie auf den Bauch.

»Meinst du nicht, dass sie ein Recht auf einen eigenen Namen hat?«, fragte Charlotte.

»Carolyn und mir gefällt er.« Claus lächelte. »Wir haben uns schon vor Monaten darauf geeinigt.«

»Dann kürzt ihn wenigstens zu Charlie ab«, schlug Charlotte vor. «Das passt besser zu einem amerikanischen Mädchen.»

»Charlie«, überlegte Carolyn. »Das klingt, als wäre an ihr ein Junge verloren gegangen.«

»Ich will aber keinen Jungen als Tochter«, protestierte Claus.

»So etwas kann nur ein Mann sagen. Wilde Mädchen haben viel mehr Spaß als brave in Rüschenkleidchen. Möchte noch jemand Tee?«, erwiderte Carolyn. Doch Charlotte stand auf.

»Nein, danke, mein Kind. Aber ich muss vor der Abreise noch einmal richtig ausschlafen.«

»Holt Onkel Jeremy dich in London ab?« Claus reichte Charlotte ihr Umschlagtuch.

»Das übernimmt mein Agent Samuel Goldberg. Wir haben noch etwas Geschäftliches zu besprechen. Er fährt mich dann zu Jeremy.«

»Wir bringen dich zum Flughafen«, versprach Carolyn.

»Oh, nein, das werdet ihr bleiben lassen. Ich bestelle mir ein Taxi«, lehnte Charlotte ab.

»Ich muss sowieso noch ein paar Dinge für das Baby besorgen«, wandte Carolyn vergnügt ein. »Und ich habe nur selten Gelegenheit, diesen Menschen zu überreden, seiner Werkstatt den Rücken zu kehren und in die Stadt zu fahren.«

Charlotte musterte die beiden. »Musst du wirklich einkaufen?«

»Du hast die Chefin ja gehört.« Claus legte seiner Großmutter das Umschlagtuch um. »Ich begleite dich nach Hause.«

»Du würdest mich nur beim Denken stören. Außerdem wirst du von deinen Mädchen gebraucht.« Charlotte küsste ihren Enkel auf die Wange und umarmte Carolyn, ehe sie ging.

***

»Fehlt ihr auch wirklich nichts?«, fragte Carolyn, während Claus die Tür schloss.

»Hoffentlich nicht. Ich glaube, sie denkt viel über die Vergangenheit nach, seit sie sich zu dieser Reise entschlossen hat.«

»Sie muss deinen Großvater sehr geliebt haben.«

»Da bin ich nicht so sicher. Du hast meinen Vater und meinen Bruder ja kennengelernt. Von jemandem müssen sie ihre Charakterzüge ja geerbt haben, und dieser Jemand war ganz bestimmt nicht Charlotte.«

Carolyn tätschelte ihren Bauch. »Was machen wir, wenn die Kleine so wird wie die beiden?«

»Meine Tochter wird der Inbegriff der Perfektion. Schließlich hat sie dich als Mutter.«

Claus zog Carolyn sanft auf seinen Schoß und fing an, sie zu kitzeln.

Auf dem Heimweg am Ufer entlang hörte Charlotte Claus und Carolyn lachen. Sie zog die Schuhe aus, watete durch das seichte, kalte Wasser und genoss das Gefühl, als ihre Strümpfe nass wurden.

Der Mond hing wie eine riesige goldene Kugel am tiefblauen Nachthimmel. Es war derselbe Mond, der auch die Heimat ihrer Kindheit beschien. In wenigen Tagen würde sie dort sein. Alles war bereit. Die Tickets lagen am Abflugschalter bereit. Die Koffer waren gepackt. Ihre Unterlagen waren ordentlich im Safe gestapelt. Als Claus vor sechs Jahren aus Deutschland zu ihr gezogen war, hatte sie ihr Testament geändert, und seitdem stand ihre Entscheidung fest. Würde ihre Einstellung zu ihrem bisherigen Leben nach der

Reise noch dieselbe sein? Warum flog sie überhaupt dorthin? Was hoffte sie, nach all der Zeit dort zu finden? Und – was das Wichtigste war – war es richtig gewesen, Laura zu bitten, sie zu begleiten?

Sie ging die Stufen zur Veranda hinauf und begab sich ins Wohnzimmer.

Ihr Tagebuch befand sich schon im Handgepäck. Sie nahm es aus der Tasche und wickelte es aus. Die Worte, die sie am Morgen ihres achtzehnten Geburtstags geschrieben hatte, starrten ihr entgegen. *Ich habe das Gefühl, eine Ewigkeit fort gewesen zu sein, und kann es kaum erwarten, unser gutes, altes Haus zu sehen und Papa, Mama und die Zwillinge zu umarmen …*

Nicht einmal in diesem Satz hatte sie Greta erwähnt. Aber welchen Sinn hatte es, jetzt nach Grünwaldsee zurückzukehren? Von dem Haus würde nichts mehr übrig sein als Mörtel und Ziegelsteine. Nach jahrzehntelanger kommunistischer Misswirtschaft war davon auszugehen, dass das Gebäude verfallen war. War es da nicht besser, sich an die Erinnerung zu klammern?

Sie griff ein zweites Mal in die Tasche, holte noch ein Buch heraus, dessen Einband im Laufe der Jahre vergilbt war, und strich mit den Händen über die Abbildung auf dem Titel. *Ein letzter Sommer* von Peter Borodin. Das Bild zeigte ein großes Haus aus Holz, das weiß aus einem Nadelwald hervorleuchtete. Das war natürlich absolut falsch. Aber woher sollte der amerikanische Künstler, der den Einband der US-Ausgabe illustriert hatte, auch wissen, wie ein ostpreußisches Landgut aussah?

Als sie das Buch aufschlug, fielen zwei Skizzen heraus.

Eine stellte Grünwaldsee dar, wie sie es in Erinnerung hatte – ein langgezogener, niedriger Landsitz im klassischen Stil des achtzehnten Jahrhunderts. Die schlichte Fassade wurde in der Mitte von einer kurzen Treppe unterbrochen, die zu einer von korinthischen Säulen flankierten Tür führten.

Das zweite Bild zeigte einen jungen Mann und war aus dem Gedächtnis entstanden. Lange betrachtete Charlotte die Skizze. Als sie sie endlich weglegte, wusste sie, dass die Reise notwendig war.

# 2

»Laura, ich bin es, Claus.«

Laura zögerte. Hatte ihre Großmutter ihm die Fotokopien gezeigt? Bis jetzt hatte sie gar nicht darüber nachgedacht, dass Charlotte mit Claus darüber sprechen könnte. Allerdings standen sich die beiden sehr nah.

»Laura, bist du noch dran?«

»Ja.« Sie flüsterte dem Bibliothekar, mit dem sie beim Abendessen saß, eine Entschuldigung zu und ging zur Damentoilette. »Ich bin nur überrascht, dass du dich meldest, und hatte nicht mit deinem Anruf gerechnet. Aber es ist schön, deine Stimme zu hören. Wie fühlt sich Carolyn?«

»Ausgezeichnet. Es wird ein Mädchen.«

»Wunderbar. Unsere Familie braucht dringend Frauen. Weiß Oma es schon?«

»Wir haben es ihr gestern Abend gesagt. Heute Morgen haben wir sie zum Flughafen gefahren. Sie hat uns erzählt, dass du sie nach Polen begleiten willst.«

»Willst du *mich* kontrollieren oder sie?«, erkundigte sie sich.

»Keine von beiden.«

»Vergiss es, Claus. Da du offenbar vor Neugier stirbst, verrate ich dir, dass wir am Freitag von Berlin nach Warschau fliegen.«

»Du bist in Berlin?«, wunderte er sich.

»Sind Mobiltelefone nicht eine tolle Erfindung? Kein

Mensch weiß, wo man sich gerade aufhält. Aber, ja, ich bin in Berlin. Um genau zu sein, in einem ausgesprochen guten türkischen Restaurant. Ich arbeite hier schon seit einem Monat an einem Dokumentarfilm über die Stasi für den *History Channel* und bin gerade fertig geworden. Also genau der richtige Zeitpunkt für einen kleinen Urlaub. Und ich kann mir nichts Schöneres vorstellen, als mit Oma zu verreisen.«

»Oma hat gar nicht gesagt, dass du in Deutschland bist.«

»Wahrscheinlich wollte sie dich nicht verärgern. Bevor du fragst: Ich war nicht bei deinen Eltern. Zwischen dir und deinem Vater herrscht derart dicke Luft, dass ich mich lieber raushalte.«

»Außerdem kannst du ihn nicht ausstehen«, erinnerte er sie freundlich. »Genau«, stimmte sie zu.

»Hinzu kommt, dass das Verhältnis zwischen meinem Vater und Oma auch nicht das beste ist«, fügte er rechtfertigend hinzu.

»Vielleicht möchte sie in ihrem Alter das Kriegsbeil ja begraben.«

»Es wäre besser, es ihm über den Schädel zu ziehen«, entgegnete Claus, was nicht als Scherz gemeint war.

»Ich habe vorgeschlagen, dass sie sich hier ein paar Tage ausruht, bevor es weitergeht«, wechselte Laura ganz bewusst das Thema. Wenn Claus erst einmal anfing, über seinen Vater zu reden, fand er nämlich kein Ende mehr. »Ein Transatlantikflug ist ziemlich anstrengend, insbesondere für jemanden in ihrem Alter. Aber du kennst ja Oma. Wenn sie sich etwas in den Kopf gesetzt hat, gibt es für sie kein Halten mehr.«

»Hast du dir schon überlegt, wie ihr euch in Polen fortbewegen wollt?«

»Ich habe mit siebzehn den Führerschein gemacht, liebster Cousin.«

»Du hast also ein Auto gemietet?«

»Es steht am Flughafen bereit.«

»Sei vorsichtig …«

»Bitte verschon mich mit deinen Vorträgen. Ich kann genauso gut auf Oma aufpassen wie du.«

»So habe ich es nicht gemeint.» Er hielt einen Moment inne. «Doch du solltest sie nicht ans Steuer lassen.«

»Stimmt etwas nicht mit Oma?«, fragte sie besorgt.

»Abgesehen von ihren Magengeschwüren … davon hat sie dir erzählt, oder?«

»Nein.«

»Sie behauptet, es sei nur eine Kleinigkeit und könne mit einer Diät behandelt werden. Außerdem sieht sie aus wie das blühende Leben …«

»Warum soll ich sie dann nicht ans Steuer lassen?«, fiel sie ihm ins Wort.

»Sie wirkt in letzter Zeit so merkwürdig. Nichts, was ich in Worte fassen könnte … irgendwie geistesabwesend. Es ist schwer zu erklären, aber ich habe das Gefühl, dass etwas nicht stimmt.«

Da ihre Großmutter Claus offenbar nichts von den Dokumenten erzählt hatte, beschloss Laura, sie ebenfalls nicht zu erwähnen.

Obwohl es ihr nicht gefiel, Geheimnisse vor Claus zu haben, war es nicht ihre Aufgabe, sie zu enthüllen. »Oma hat sich endlich entschieden, nach sechzig Jahren im Exil ihre Heimat zu besuchen. Würdest du dich da an ihrer Stelle nicht auch ein bisschen merkwürdig fühlen?«

»Ich würde sofort die Flucht ergreifen, und dabei bin ich erst seit sechs Jahren aus Deutschland weg.«

»Anscheinend ist dir übel mitgespielt worden.«

»Wenn du damit den militärischen Befehlston, die kalten Duschen und einen Vater mit dem Gemüt eines Rottweilers meinst, hast du recht. Aber jetzt wieder zurück zu Oma …«

»Machst du dir wirklich Sorgen um sie, Claus, oder bist du nur eifersüchtig, weil sie mich und nicht dich auf diese Reise mitnimmt?«

»Teils, teils«, gab er freimütig zu.

»Ich hatte immer gedacht, wir drei würden die Reise zusammen machen.«

»Schließlich bist du derjenige, der Carolyn geschwängert hat.«

»Warum habe ich nur das Gefühl, dass alle auf mir herumhacken?«

»Weil es stimmt«, entgegnete sie knapp.

»Es geht ja nicht bloß um Oma. Immerhin wollt ihr nach Polen, also in den ehemaligen Ostblock. Den Zeitungen zufolge sollte man sich zurzeit nicht dort herumtreiben.«

»Seit wann glaubst du, was in der Zeitung steht?«

»Seit du Journalistin geworden bist.«

»Ich arbeite inzwischen fürs Fernsehen.«

»Das ist ja noch schlimmer. Zum Teufel mit der Wahrheit, solange nur die Quote stimmt.«

»Das gilt nur in Amerika.« Wieder wechselte sie das Thema. »Oma sagt, du seist überglücklich. Wie im Märchen.«

»Sie hat recht. Ich weiß nicht, womit ich Carolyn und das Baby verdient habe. Doch ich wage kaum, zu oft darüber nachzudenken, nur für den Fall, dass das Unglück bringt. Und bei dir?«

»Ich habe meine schönen Momente und meinen Beruf.«

»Du kannst uns jederzeit besuchen.«

»Ich weiß. Ich versuche zu kommen, wenn das Baby da ist.«

»Dann flieg doch mit Oma zurück. Sie würde sich bestimmt freuen. Uns müsstest du ja nicht sehen, wenn du nicht willst.«

»Ihr wohnt am anderen Ende ihres Gartens.«

»Wie die englischen Feen.«

Laura fiel ihr Tischgenosse wieder ein. »Dieses Gespräch kostet sicher ein Vermögen«, sagte sie.

»Was ist schon Geld?«, erwiderte er wegwerfend. »Laura, du passt doch gut auf Oma auf, oder?«

»Genauso gut, wie du es tätest, Claus.«

»Ich soll dir von Carolyn liebe Grüße ausrichten.«

»Grüß sie von mir zurück.«

»Möchtest du Taufpatin unserer Tochter werden?«

»Hast du keine Angst, eine Journalistin könnte sie verhexen?«

»Dieses Risiko gehe ich ein. Rufst du mich aus Polen an?«

»Sobald wir im Hotel sind.«

»Aber achte auf den Zeitunterschied. Ich lasse mich nur ungern wecken.«

Das Flugzeug war von Wolken umgeben. In der Maschine herrschte Schweigen, als alle ihre Kopfhörer einstöpselten und sich, jeder auf seinem eigenen Bildschirm, einen Film ihrer Wahl ansahen. Nur Charlotte rührte ihren nicht an, sondern stellte die Leselampe so ein, dass der Lichtstrahl genau auf das Tagebuch fiel, das vor ihr auf dem Klapptisch lag.

*Morgens, in meinem Zimmer in Grünwaldsee*

*Sonntag, 20. August 1939*
*Seit gestern ist so viel geschehen, dass ich mich fühle wie ein völlig neuer Mensch. Ich bin das glücklichste Mädchen auf der ganzen Welt. Greta kocht vor Wut, auch wenn sie nicht wagt, sich etwas anmerken zu lassen, insbesondere nicht gegenüber Mama und Papa. Als ich nach oben kam, hatte ihr Gesicht eine ausgesprochen unschöne grünliche Färbung.*

*Eigentlich sollte ich ja noch schlafen, aber ich bin viel zu aufgeregt. Deshalb schreibe ich jetzt eine vollständige Schilderung meines achtzehnten Geburtstags, des bis jetzt wichtigsten Tages meines Lebens.*

*Irgendwann einmal werde ich dieses Tagebuch meinen Kindern und Enkeln zeigen. Ich weiß, dass sie wunderschön sein werden. Doch welche Berufe werden sie einmal ergreifen? Werden sie Soldaten, Musiker oder Gelehrte sein? Werden die Jungen aussehen wie ihr Großvater?*

*Da das hier ein Bericht werden soll, muss ich aufhören abzuschweifen und mich auf die Ereignisse konzentrieren.*

*Als der Zug endlich in den Bahnhof von Allenstein einfuhr, waren alle froh. Herr Schumacher sagte beim Mittagessen, wir sollten unseren Familien nichts von unserer Unterbrin-*

*gung in den kleineren Städten und auf dem Land erzählen, insbesondere in den Häusern, wo wir das Bett mit unserer gesamten Gastfamilie teilen mussten. Bei der bloßen Erinnerung schüttelt es mich noch. Irene und ich schauten entgeistert zu, als Großeltern, Eltern, vier Söhne und drei Töchter sich alle auszogen und sich in das Gemeinschaftsbett auf dem Ofen legten. Aber ich habe Herrn Schumacher erklärt, dass nichts Anstößiges passiert ist.*

*Die Zellen in den Polizeirevieren waren zwar nicht sehr sauber und für gewöhnlich kalt und zugig, doch man hatte dort zumindest seine Ruhe. Irene und ich haben gelobt zu schweigen. Allerdings haben wir Herrn Schumacher gewarnt, wir könnten für Hildegard, Nina und die übrigen Mädchen nicht die Hand ins Feuer legen.*

*Die Jungs hielten das ganze natürlich für einen Riesenulk. Allerdings ist Irenes Bruder Manfred der einzige, bei dem Herr Schumacher sich darauf verlassen kann, dass er den Mund hält. Die Konzertreise hat bei ihm nichts bewirkt. Er ist noch immer ein begeisterter Kommunist. »Ein hoffnungsloser Fall«, wie Irene es ausdrückt. Sie hatte ihre liebe Not, ihn dazu zu bringen, seine Meinung wenigstens manchmal für sich zu behalten. Mir hat sie anvertraut, ihre Eltern hätten eine Heidenangst, dass er versuchen könnte, jemanden für die kommunistische Partei anzuwerben, der keine Rücksicht auf seine Jugend und seine Familie nimmt.*

*In diesem Fall wird er nämlich in einem dieser schrecklichen Lager wie Dachau landen, über die die Leute nur hinter vorgehaltener Hand reden. Keiner der Eindrücke in Russland hat etwas an seiner Treue zu den Kommunisten geändert, und er hat geschworen, nicht eher zu ruhen, bis Deutschland ein kommunistischer Staat ist. Da hat er sich aber eine Menge vorgenommen.*

*Politik! Die Jungs reden und streiten über nichts anderes, wenn sie sich nicht gerade in dunklen Ecken herumdrücken und sich kichernd Fotos von nackten Mädchen anschauen. Als Nina auf dem Weg zur Toilette an Georgs Platz vorbeikam, sind ihm seine schmutzigen Fotos heruntergefallen. Sie hat sie aufgehoben und ihm zurückgegeben. Er wurde rot wie eine Tomate.*

*Sie sagte, die Fotos seien eher lustig als widerlich gewesen. Das Mädchen darauf hätte mit seinen Perlenketten und Federboas einfach nur dämlich ausgesehen. Keine Ahnung, warum die Jungs stundenlang dieses Zeug anglotzen. Irene und ich haben darüber gesprochen und sind uns einig, dass wir unsere Zeit nicht mit Fotos von nackten Männern vergeuden würden.*

*Paul erwartete mich am Bahnhof, und er war dabei. Die beiden standen nebeneinander da, groß und blond wie die romantischen Ritter aus den germanischen Heldensagen. Er war in Uniform. Peter stieß mich in die Seite und rief so laut, dass es alle hören konnten, sie sollten sich seinen Bruder ansehen, denn er sei zum Major befördert worden. Es ärgerte mich, dass es mir nicht zuerst aufgefallen war. Peter hat recht. Er ist nicht mehr Hauptmann, sondern Major. Und das mit erst dreißig Jahren.*

*Es wurde so unhöflich gedrängelt und geschubst, dass ich mich wieder auf meinen Platz setzte und alle vor mir aussteigen ließ, auch Irene, die schlechte Laune hatte, weil Wilhelm nicht gekommen war. Paul erklärte, sie hätten für Papa ein neues Pferd in Königsberg abgeholt, und weil es noch nicht richtig zugeritten sei, sei Wilhelm zu Hause geblieben, um den Männern zu helfen, es in den Stall zu bringen.*

*Paul erzählte auch, dass Greta mitkommen wollte. Doch er habe ihr gesagt, in seinem Auto sei nicht genug Platz für Paul, ihn, Peter, mich und unser Gepäck. Ich war erleichtert. Greta wäre nicht meinetwegen mitgefahren, und ich freute mich, ihn und Paul ganz allein für mich zu haben. Weil Peter sofort nach Bergensee wollte, ist er bei Georgs Vater mitgefahren.*

*Während ich mit Paul redete, wies er einen Träger an, mein Gepäck zu holen und es zum Auto zu bringen. Es ist ein Cabriolet und viel schneller und moderner als Papas große Autos. Paul schüttelte dem ganzen Orchester die Hand und erinnerte alle an den großen Ball heute Abend. Herr Schumacher und seine Frau, die ihn vom Bahnhof abgeholt hatte, wirkten sehr gerührt, dass sie auch eingeladen waren.*

*Es war so schön, durch die Stadt und hinaus aufs Land zu fahren. Vorbei am See, die Auffahrt hinunter bis in den Hof des guten, alten Grünwaldsee. Es kommt mir immer so ungerecht vor, dass das Leben hier weitergeht, auch wenn ich nicht dabei bin.*

*Paul bestand darauf, dass ich zuerst in den Stall ging, bevor ich das Haus betrat. Mama, Papa, Wilhelm und Greta erwarteten mich dort, und ich stellte fest, dass Paul mich, was das Pferd betraf, angeschwindelt hatte. Es ist eine graue Stute, kein Hengst, und das schönste Reitpferd, das eine Dame sich wünschen kann. Er und Wilhelm haben sie mir zum Geburtstag geschenkt. Sie haben sie Elise genannt, nach meinem Lieblingsstück von Beethoven. Einen eleganten Damensattel bekam ich dazu. Wilhelm hatte das Pferd schon gesattelt, sodass ich gleich losreiten konnte. Nichts lieber als das. Aber zuerst musste ich ins Haus, um Reitkleidung anzuziehen. Mama ließ mich den Seiteneingang und die Dienstbotentreppe benutzen, damit ich die Vorhalle, den Ballsaal und meine Geschenke erst nach dem Abendessen zu Gesicht bekam.*

*Paul und Wilhelm führten vier Pferde hinter das Haus. Greta hatte keine Lust zu reiten, aber die Zwillinge wollten wissen, wie Elise mit mir zurechtkam, und er war auch mit von der Partie. Es war ein Traum. Elise trabt und galoppiert wie ein Engel. Als wir um den See preschten, hatten Paul und Wilhelm Mühe mitzuhalten. Es war mir ziemlich unangenehm, dass ich für sie nur Erstausgaben von Schillers Werken und goldene Krawattennadeln besorgt hatte.*

*Wir hatten solchen Spaß, dass Mama Brunon schickte, um uns zu erinnern, dass wir uns noch für den Ball umziehen mussten. Er fuhr nach Hause nach Bergensee, die Zwillinge und ich übergaben die Pferde an die Stallburschen. Dann gingen wir ins Haus.*

*Papa hatte Biertische im Hof aufstellen lassen, damit unsere Landpächter, die Arbeiter und die Dienstboten, die bei dem Ball nicht gebraucht wurden, ebenfalls unsere Volljährigkeit feiern konnten.*

*Außerdem wies er Brunon an, zwanzig Fässer Bier und achtzig Flaschen Wein für die Leute bereitzustellen. Greta fand das übertrieben. Aber sie war nur neidisch, weil unser Fest größer war als das, das Papa bei ihrer Volljährigkeit gegeben hatte. Offenbar hatte sie vergessen, dass dieser Ball für drei Personen gedacht ist, nicht nur für eine.*

*Mama beauftragte Minna damit, mir beim Ankleiden zu helfen, weil Maria noch nicht richtig ausgebildet ist. Mein Ballkleid war an diesem Morgen von der Schneiderin geliefert worden. Es ist ärmellos und besteht aus silbrig schimmernder blauer Seide. Das Oberteil liegt eng an, und der Ausschnitt ist der tiefste, den ich je getragen habe. Mama sagte, ich solle keinen Schmuck anlegen, also konnte ich mir schon denken, was sie und Papa mir schenken würden.*

*Ich bestand darauf, mein Haar hochzustecken und nicht zu einem Zopf zu flechten. Als Greta das sah, bekam sie einen Anfall, rannte sofort zu Mama und kreischte, ein Mädchen müsse einen Zopf tragen, bis es einundzwanzig sei. Zum Glück war Mama meiner Ansicht. Achtzehn sei alt genug, um sich wie eine erwachsene Frau anzuziehen. Außerdem sei es mein Abend und nicht Gretas.*

*Papa ließ sich erweichen und erlaubte uns, uns schon vor dem Essen unsere Geburtstagstische anzusehen. Mama hatte sich selbst übertroffen und den Saum der Tischdecken mit roten und cremefarbenen Rosen bestickt. Die Lücken zwischen den Geschenken waren mit französischen Trüffeln, Bonbons, winzigen Champagnerflaschen und Schokoladenkäfern gefüllt. Alles war wunderschön. Aber wir durften vor dem Abendessen kein einziges Päckchen öffnen. Zum Essen kamen einhundert Gäste. Weitere zweihundertfünfzig wurden zum Ball erwartet.*

*Mama und Papa schenkten mir eine goldene Uhr, eine Perlenkette und Ohrringe.*

*Die Zwillinge kamen in den Genuss des Erbes, das Opa und Oma ihnen hinterlassen hatten. Außerdem überreichten Papa und Mama jedem von ihnen einen Autoschlüssel. Papa hatte die Autos in der Scheune versteckt, weshalb wir alle nach draußen gingen, um sie uns anzuschauen. Es sind zwei Mercedes-Cabriolets. Die Zwillinge hatten sich ein Auto gewünscht, aber gedacht, dass sie sich eines würden teilen müssen. Doch Papa meinte, da sie jetzt Männer seien, könne man nicht von ihnen erwarten, dass sie weiterhin alles gemeinsam unternähmen.*

*Alle lachten, weil Irene sich während des Geschenkeaufmachens wie ein Hündchen an Wilhelms Fersen heftete. Nachdem alle Geschenke bewundert und die kleineren nach oben gebracht worden waren, begann der Ball. Ich versuchte, mir meine Enttäuschung nicht anmerken zu lassen, weil ich von ihm kein eigenes Geschenk bekommen hatte. Seine Familie hat mir ein Schmuckkästchen aus mit Bernstein verziertem Zedernholz geschenkt. Es ist über dreihundert Jahre alt und sehr wertvoll. Sein Name stand zusammen mit denen seiner Eltern und Peters auf der Karte. Doch ich hatte auf ein Geschenk nur von ihm gehofft. Nichts Teures, nur eine Rose, die ich pressen und zur Erinnerung zwischen die Seiten dieses Tagebuchs hätte legen können.*

*Papa eröffnete den Ball mit mir. Mama tanzte mit Wilhelm, und der arme Paul musste sich mit Greta begnügen, die schmollte, weil sie nicht im Mittelpunkt stand.*

*Mama hatte sich große Mühe mit dem Schmücken des Ballsaales gegeben.*

*Da wir ihn so selten benutzen, ist er für mich nichts weiter als ein großer, kalter, leerer Raum. Aber gestern Abend sah er bezaubernd aus. Mama hatte die Dienstboten angewiesen, Decke und Wände mit Girlanden aus Rosen und Immergrün zu behängen. Der Kronleuchter war geputzt, poliert und mit Kerzen bestückt worden.*

*Ich bin froh, dass Papa diesen Teil des Hauses nicht hat elektrifizieren lassen. Es ist so romantisch, bei Kerzenlicht im*

*Speisezimmer zu essen und unter flackernden Flammen im Ballsaal zu tanzen. Papa hatte das Orchester aus dem Hotel kommen lassen, das ausgezeichnet war. Allerdings nicht so gut wie das Orchester der Allensteiner Hitlerjugend. Allerdings würde ich das Papa nie verraten, weil er mich sonst für eine Angeberin halten könnte.*

*Georg spielte uns etwas auf der Geige vor. Er schenkte mir noch eine Rose und ein Silberarmband und flehte mich um einen Tanz an. Ich will aber keine Rosen und Armbänder von einem dummen Jungen wie Georg. Doch einen Tanz habe ich für ihn reserviert, weil es sonst unhöflich gewesen wäre. Das Armband ist sehr hübsch und besteht aus ineinander verschlungenen Rosen und Noten.*

*Von Manfred habe ich ein Buch bekommen. Das erkannte ich schon vor dem Auspacken.*

*Ich hatte Angst, es vor aller Augen zu öffnen, denn es hätte ja von einem verbotenen Autor wie Karl Marx sein können. Manfred liest ständig verbotene Bücher. Nicht einmal Irene weiß, woher er sie hat. Ich habe ihm versprochen, sein Geschenk später aufzumachen, wenn ich allein sei. Damit musste er sich abfinden.*

*Papa erlaubte mir erst nach der feierlichen Eröffnung des Balls, jemandem meine Tanzkarte zu geben. Es kostete mich einige Mühe, eine Polka für Georg freizuhalten. Schon zwei Minuten, nachdem ich mit Papa den Eröffnungswalzer getanzt hatte, war meine Karte voll. Greta brauchte zehn Minuten dafür.*

*Er reservierte sich den letzten Walzer vor dem Imbiss und die drei letzten des Abends, aber davor musste ich mich mit jeder Menge langweiliger Jungen abgeben.*

»Kann ich Ihnen etwas bringen, Ms Datski?« Charlotte war so in die Vergangenheit vertieft, dass sie die Stewardess verständnislos ansah.

»Etwas zu trinken? Eine Zeitung?«

»Nein, danke.«

*Als er endlich den Raum durchquerte, um mich vor dem Imbiss zum Tanz aufzufordern, wäre ich vor Glück fast gestorben. In seiner Ausgehuniform war er der stattlichste und bestaussehendste Mann im Raum. Er schlug die Hacken zusammen und verbeugte sich. »Der letzte Walzer vor dem Imbiss ist, glaube ich, meiner, Fräulein Charlotte.«*

*Ich hatte das Gefühl, dass alle Augen auf uns ruhten, als er mich in die Mitte des Ballsaals führte. Ich versuchte, mich auf die Schritte zu konzentrieren, und muss zu meiner Schande gestehen, dass ich sogar mitgezählt habe wie in der Tanzstunde. Eins, zwei, drei, eins, zwei, drei, eins, zwei, drei … Dabei rief ich mir alle Feinheiten ins Gedächtnis, die meine Tanzlehrerin mir beigebracht hatte. Es wäre schrecklich gewesen, wenn er mich für einen Trampel gehalten hätte.*

*Schließlich endete die Musik, und er schlug vor, auf den Imbiss zu verzichten und stattdessen auf die Terrasse hinauszugehen. Ich hoffte, dass Greta es bemerken würde. Nie werde ich ihr verzeihen, dass sie mich im letzten Sommer dabei erwischt hat, wie ich ihn vom Balkon des Westflügels aus beobachtete. Sie sagte, es sei albern und kindisch von mir, für einen Mann zu schwärmen, der viel zu alt für mich sei. Seitdem habe ich mich nach einer Gelegenheit gesehnt, ihr das Gegenteil zu beweisen. Auch wenn ich erst achtzehn bin, werde ich niemanden im Leben so sehr und innig lieben wie ihn. Alle*

*Liebe, die ich besitze, mein ganzes Herz und meine Seele gehören nur ihm und ihm allein. Zwölf Jahre Altersunterschied sind doch nicht die Welt. Papa ist immerhin auch zehn Jahre älter als Mama.*

*Der Garten sah im Mondlicht zwar verwunschen aus, aber weil ich mein langes Kleid nicht beschmutzen oder beschädigen wollte, blieben wir auf der Terrasse. Die Lichter aus dem Haus hinter uns tauchten Bäume und Blumen in einen goldenen Schein. Während alle beim Imbiss saßen, spielte das Orchester ein leises, langsames Stück von Brahms. Ich schäme mich nicht zu gestehen, dass ich auf meinen ersten richtigen Kuss hoffte. Der, den mir Georg auf der Konzertreise aufdrängen wollte, gilt nicht, denn ich habe mich weggedreht, sodass er nur mein Ohr erwischt hat. Hinterher war es ganz nass. Außerdem habe ich nicht die geringste Lust, mich jemals von Georg küssen zu lassen.*

*Nebeneinander standen wir da, blickten in den Garten hinaus, tranken den Champagner, den er bei einem der Kellner geholt hatte, und genossen einfach die Gegenwart des anderen, ohne ein Wort zu sagen.*

*Es war ein Zeichen wahrer Kameradschaft und Seelenverwandtschaft.*

*Im Mondlicht sah er so wundervoll aus, wie ich mir meinen Traumprinzen immer vorgestellt hatte. Sein blondes Haar schimmerte wie ein Heiligenschein, seine blauen Augen waren tief, dunkel und unergründlich. Als er mich um die Erlaubnis bat zu rauchen, erwiderte ich, dass ich den Geruch seiner Zigarren mochte. Dann sagte er, ich sei in meinem Seidenkleid so schön wie eine Göttin.*

*Da ich nicht wusste, was eine Dame auf so ein Kompliment*

*antworten sollte, schwieg ich und rückte ein Stück näher an ihn heran, immer noch in der Hoffnung, dass er mich küssen würde. Dabei betete ich, er würde das nicht aufdringlich finden. Doch angesichts der späteren Ereignisse tat er das offenbar nicht. Verglichen mit der Hitze im Ballsaal war es draußen angenehm kühl, und der Duft der Rosen stieg mir in die Nase. Vom Hof auf der anderen Seite des Hauses wehten Gelächter und der Klang von Brunons Akkordeon herüber. Ich murmelte, die Dienstboten hielten sich offenbar an die Anweisung meines Vaters, sich nach Herzenslust zu amüsieren, aber er unterbrach mich.*

*Er gestand mir, dass er mich liebte. Mich! Er liebt mich. Und ich hatte bis jetzt gedacht, er sei nur nach Grünwaldsee gekommen, um Greta zu besuchen. An meine Antwort kann ich mich nicht erinnern. Und dann küsste er mich endlich. Jetzt weiß ich, was ein richtiger Kuss ist. Er legte die Arme um mich und drückte mich fest an sich.*

*Die Ärmel seiner Uniform fühlten sich auf meinem nackten Rücken kratzig an. Es ist zwar nicht sehr romantisch, so etwas zu schreiben, aber ich habe mir schließlich fest vorgenommen, dass dieses Tagebuch so weit wie möglich der Wahrheit entsprechen soll.*

*Aus der Nähe roch er nach Rasierwasser, nach dem Lederfett seines Uniformgürtels, nach Pomade und nach Zahnpulver. Nach dem Kuss beichtete ich ihm, ich sei schon seit meinem zwölften Lebensjahr in ihn verliebt, hätte allerdings angenommen, dass er nur Augen für Greta habe. Eigentlich hatte ich sie nicht erwähnen wollen, doch er ging gar nicht darauf ein, sondern küsste mich noch einmal. Es war ein wundervoller Kuss, der mir den Atem raubte. Im nächsten*

*Moment nahm er eine kleine Schatulle aus der Tasche und forderte mich auf, sie zu öffnen.*

*Darin befand sich der schönste Diamantring, den ich je gesehen hatte.*

*Er erklärte mir, seine Urgroßmutter habe ihn als Verlobungsring getragen. Friedrich der Große habe ihn einer seiner Vorfahrinnen geschenkt.*

*Der Ring ist mir ein wenig zu groß, aber er lachte nur und meinte, ich würde schon noch hineinwachsen. Dann hob er ganz sanft mit den Fingerspitzen mein Kinn an und fragte mich, ob ich seine Frau werden wolle. Es war ein Heiratsantrag, wie ihn jedes Mädchen sich erträumt. Alles war wie im Märchen – mein Kleid, die Terrasse, der Ring und vor allem Claus von Letteberg. Mir ist vor Glück ganz schwindelig. Ich werde seine Frau sein. Charlotte, die zukünftige Gräfin von Letteberg. Seine Frau.*

Die Stewardess schob den Getränkewagen an Charlottes Platz vorbei. Charlotte bat um ein Mineralwasser, klappte das Tagebuch zu, wickelte es in das Seidentuch und verstaute es in ihrer Handtasche. Es war seltsam, wie man rückblickend betrachtet Ereignisse und Gefühle viel klarer sah. Inzwischen wusste sie, dass Claus sie nie für sich gewinnen hätte können, wenn Greta nicht auch in ihn verliebt gewesen wäre.

Gretas abfällige Bemerkung, sie solle aufhören, für ältere Männer zu schwärmen, und sich an unerfahrene Jungen wie Manfred und Georg halten, hatte sie gekränkt. Schließlich kannte sie ihre Schwester gut genug, um zu wissen, dass die Worte nicht nur so dahingesagt gewesen waren. Greta hatte ihr wehtun wollen, und sie war zu naiv und verunsichert gewesen, um die Motive ihrer Schwester zu hinterfragen.

Sie erinnerte sich an all die Nächte vor Claus' Heiratsantrag, in denen sie sich in den Schlaf geweint hatte, weil sie Greta glaubte. Warum sollte ein weltgewandter Mann wie Claus Graf von Letteberg mit all seinen Titeln, seinen Ländereien und seinem Vermögen, dem sich die gesamte heiratswillige adelige weibliche Bevölkerung Ostpreußens zu Füßen warf, mit einem unerfahrenen kleinen Mädchen abgeben? Die Frage nach dem Warum war noch immer offen.

Gut, sie war jünger gewesen als Greta und deshalb, nach seinem späteren Verhalten ihr gegenüber zu urteilen, vermutlich das bessere Zuchtmaterial. Sie war nicht die Hübschere, allerdings trotz ihrer Verwöhntheit und ihres Eigensinns vielleicht leichter zu beeinflussen. Oder hatte Claus erkannt, dass sie sich in ihrer Jugend und Naivität noch nie so sehr nach etwas gesehnt hatte wie nach ihm? Hatte er ihr einen Antrag gemacht, weil er sich durch ihre offensichtliche Bewunderung geschmeichelt gefühlt hatte?

Beflügelt von den Liebesromanen, die sie allabendlich anstelle der von ihren Lehrern empfohlenen philosophischen Werke im Bett las, hatte sie sich vor Claus' Antrag ein Leben ohne ihn ausgemalt. Dabei war sie zu dem Schluss gekommen, dass sie einfach aufhören würde zu existieren, wenn er eine andere heiratete. Sie würde dahinsiechen wie Cathy in *Sturmhöhe* oder hustend und den Namen des Geliebten flüsternd sterben wie Marguerite Gautier. Sie hatte sich sogar damit getröstet, dass sie sich vorstellte, wie Claus nach ihrem Tod gramgebeugt zu ihr zurückkehrte. So wie Heathcliff und Armand, die sich ihren Geliebten über das Grab hinaus wieder zugewandt hatten.

Nur dass es im Leben nicht so romantisch zuging wie in Romanen.

Samuel Goldberg stand an der Schranke und beobachtete die laut und aufgeregt durcheinanderredenden Amerikaner, die schwere Gepäckwagen am Zoll vorbeischoben und auf die Türen oder wartenden Kurierfahrer zuströmten. Hinter ihnen, makellos elegant und hellwach, wie es nach einem Flug von fünftausend Kilometern eigentlich gar nicht möglich war, erschien Charlotte.

»Du siehst bezaubernd aus.« Er küsste sie auf die Wange.

Charlotte erwiderte den Kuss und umarmte ihn. »Lüg mich nicht an, Samuel. Ich bin ein Wrack. Im Flugzeug kriege ich immer fettige Haare. Sicher ist die Klimaanlage schuld daran. Aber du bist seit unserer letzten Begegnung keinen Tag älter geworden.«

»Vor fünf Jahren. Fünf lange Jahre, seit du mir einen Kurzbesuch abgestattet und mich mit gebrochenem Herzen zurückgelassen hast.«

»Dann steht dir ein gebrochenes Herz offenbar gut.«

»Grausam wie eh und je.«

»Danke, dass du mich abgeholt hast.« Sie hakte ihn unter. »Reisen ist scheußlich, wenn einen am Zielort kein freundliches Gesicht erwartet.«

»Das ist eine Anzahlung auf all die Mittagessen, die ich dir schulde. Ich habe am Verkauf deiner Arbeiten gut verdient. Hoffentlich bedeutet dieser Besuch, dass du in

Zukunft mehr Zeit in Europa verbringen wirst.« Er forderte den Gepäckträger auf, ihnen mit Charlottes Koffern zu folgen.

»Das ist mein letzter Besuch, Samuel.«

»So etwas kannst du nicht sagen.«

»Doch, kann ich«, entgegnete sie.

Er blickte ihr in die Augen und holte tief Luft. »Willst du deshalb zurückkehren?«

»Ja. Hast du jemals daran gedacht, nach Osteuropa zu fahren, um deine Heimatstadt noch einmal zu sehen, Samuel?«

»Manchmal in meinen Träumen und Albträumen tue ich es sogar. So spare ich mir die Mühe, tatsächlich eine Fahrkarte zu kaufen. Außerdem hasse ich Kofferpacken.« Er tätschelte ihre Hand, die in seiner Armbeuge lag. »Und jetzt zu den guten Nachrichten.«

»Jeremy hat dich zum Abendessen eingeladen, und du hast abgelehnt«, mutmaßte sie.

»Ich habe gesagt, ich sei bereits mit einem Kunden verabredet.«

»Das mag für dich eine gute Nachricht sein, aber nicht für mich. Ist es die Wahrheit?«

»Fünf Minuten nach dem Telefonat habe ich alles Nötige veranlasst. Ich setze dich bei Jeremy ab. Mein Chauffeur wird dich abholen, wann immer es dir passt. Dann übernachtest du bei mir und gestattest mir, dich morgen zum Flughafen zu bringen«, bat er.

»Du machst dir meinetwegen viel zu große Umstände.«

»Schließlich ist es dein erster Besuch seit fünf Jahren. Außerdem hat meine Haushälterin im Gästezimmer schon das Bett frisch bezogen, Blumen hingestellt und für das Frühstück Melonen und Erdbeeren eingekauft. Du willst sie doch nicht enttäuschen, oder?«

Sie berührte seine Hand. »Du warst sechzig Jahre lang ein guter, treuer und liebevoller Freund, Samuel.«

»Du hast mir diese sechzig Jahre geschenkt.« Er zwinkerte ihr zu. »Bist du sicher, dass du bei Jeremy und seiner Familie essen möchtest? Ich bin mit einem alten Kunden verabredet, der dich unbedingt kennenlernen will. Nach dem Essen könnten wir uns allen möglichen Lustbarkeiten hingeben.«

»Führe mich nicht in Versuchung.«

»War das ein Ja?«

»Nein. Jeremy billigt meine Lebensweise zwar nicht, aber fühlt sich als mein Sohn dazu verpflichtet, meine Existenz zumindest zur Kenntnis zu nehmen. Und das bringt mir eine Einladung zum Abendessen ein, jedes Mal, wenn ich in Großbritannien bin. Meine Mutterpflicht verlangt, dass ich zusage.«

»Eine kurze Verabredung zum Kaffee wäre ratsamer. Dann würdet ihr es euch ersparen, euch gegenseitig mit Essen anzuspucken«, neckte er sie.

»Wir beide wissen, dass Jeremy und mir die Gegenwart des jeweils anderen entsetzlich unangenehm ist, denn wir haben überhaupt nichts gemeinsam. Manchmal frage ich mich, ob die Elfen mein Baby mit einem Wechselbalg vertauscht haben. Aber lass uns nicht über Jeremy reden. Den sehe ich noch früh genug.«

»Hier ist der Wagen.« Als Charlotte ihre Handtasche öffnete, hob Samuel die Hand. Dann holte er einige Münzen aus der Manteltasche und gab dem Gepäckträger ein Trinkgeld. »Charlotte, das ist Hassan, mein Chauffeur. Er ist Kurde.«

Charlotte schüttelte ihm die Hand. »Sind Sie Flüchtling?«

»Das war ich, bis Mr Goldberg mir Arbeit und ein Zuhause gegeben hat.« Er lächelte ihr zu und brachte dann das Gepäck zum Kofferraum.

»Man hat mir geholfen, als ich Hilfe brauchte«, meinte Samuel beinahe entschuldigend.

»Und seitdem hilfst du, wo du kannst.«

»Du warst eine gute Lehrerin, Charlotte.« Er öffnete die rückwärtige Tür. »Es gibt hier auch einen Kühlschrank. Möchtest du Mineralwasser oder Wein? Oder vielleicht einen Brandy mit Soda, da dein nächster Besuch ja Jeremy gilt?«

»Mutter, wie schön, dich zu sehen.« Jeremy Templeton machte die Haustür auf und hielt ihr die Hand hin. Charlotte schüttelte sie und erinnerte sich an das erste Mal, als er ihr die Hand gegeben hatte. Damals war er sieben Jahre alt gewesen. Sie hatte ihn vor der Tür des Schlafsaals seines Internats zurücklassen müssen. Der Gedanke sorgte dafür, dass bittere Reue in ihr aufstieg, und sie bekam wegen der Trennung und des Händedrucks ein schlechtes Gewissen. Hätte Jeremy sich vielleicht anders entwickelt, wenn sie darauf bestanden hätte, ihn selbst zu erziehen? Hätte sie verhindern können, dass sein Vater ihren Sohn zu seinem Ebenbild machte, dem Inbegriff eines englischen Militärs und Gentlemans?

»Mutter, nett dass du hier bist«, rief ihre Schwiegertochter Marilyn aus, trat vor und küsste sie rasch auf die Wange. »Wirst du lang bleiben?«

Die direkte Frage brachte Charlotte zum Schmunzeln. »Die Zeit reicht gerade, um ein paar Sachen zum Übernachten bei Samuel Goldberg auszupacken. Ich habe seine Einladung angenommen. Morgen bringt er mich zum Flughafen.«

»Damit wollte ich nicht …«

Marilyn errötete verlegen. »Du hättest genauso gut bei uns wohnen können.«

»Ich weiß, Marilyn. Habt ihr irgendetwas von Laura gehört?«

»Nein«, entgegnete Jeremy gereizt. »Sie ruft nur selten an. Meistens haben wir keine Ahnung, wo sie sich gerade herumtreibt.«

Beinahe hätte Charlotte erwidert, er habe schließlich Lauras Mobilfunknummer. Also könne er sich ebenso bei ihr melden, anstatt auf ihren Anruf zu warten. Dann jedoch fiel ihr ein, dass er die Sparsamkeit seines Vaters geerbt hatte. Außerdem hatte sie einen bestimmten Grund, ihn zu besuchen, weshalb es sie nicht weiterbringen würde, ihn unnötig zu verärgern.

»Laura war sehr beschäftigt, als ich mit ihr telefoniert habe. Sie beendet gerade einen Dokumentarfilm, den sie in Berlin dreht. Ich soll euch beiden liebe Grüße ausrichten.«

»Dass sie in Berlin ist, war uns bekannt. Gib mir deinen Mantel, Mutter.« Marilyn öffnete den Garderobenschrank und entnahm ihm einen Kleiderbügel.

»Ich fliege morgen nach Deutschland.«

»Wirst du den Sommer bei Erich und Ulrike verbringen?«

Jeremys Tonfall war scharf. Er wollte zwar nicht, dass seine Mutter bei ihm übernachtete, mochte es aber ebenso wenig, wenn sie sich mit Erich traf. Charlotte fragte sich, ob die beiden wohl je über die Eifersucht ihrer Kindheit hinwegkommen würden. Dann erinnerte sie sich, dass es mit der Rivalität zwischen ihr und Greta ja nicht anders gewesen war. Vielleicht sogar noch schlimmer.

»Nein, Jeremy, ich bleibe nicht bei deinem Bruder. Allerdings werde ich ihm einen Kurzbesuch abstatten, bevor ich mich mit Laura in Berlin treffe. Von dort aus fliegen wir nach Warschau.«

»Nach Polen? Wozu denn das?«, fragte Jeremy.

»Für mich ist der Nordosten des Landes noch immer Ostpreußen, aber ich bin ja nur eine närrische alte Frau, die hin und wieder lieber in der Vergangenheit lebt als in der Gegenwart.«

»Bitte komm doch herein, Mutter.« Jeremy machte Platz, damit sie vor ihm ins Wohnzimmer treten konnte.

Obwohl Jeremy vor Kurzem seinen Abschied von der Armee genommen hatte, war von dem Wechsel ins Zivilleben nur wenig zu bemerken. Nach dreißig Jahren in Militärunterkünften hatten er und Marilyn Geschmack an den nichtssagenden, stabilen und funktionalen Möbeln gefunden, die die Armee ihren hochrangigen Offizieren und deren Familien zur Verfügung stellte. Das Zimmer sah aus wie ein Spiegelbild derer, die Jeremy an seinen verschiedenen Stationierungsorten bewohnt und von denen er seiner Mutter zu jedem Weihnachtsfest brav Fotos geschickt hatte. Da Charlotte ein wenig Platz für sich brauchte, entschied sie sich für einen der Sessel.

»In Osteuropa ist es gefährlich, Mutter.«

»Für gewöhnlich bist du der erste, der andere darauf hinweist, wie sehr die Presse jede Situation aufbauscht, Jeremy. Außerdem wird Laura mich ja begleiten.«

»Laura kann doch kaum auf sich selbst aufpassen, geschweige denn auf andere«, zischte er.

»In den letzten Jahren hat sie sich recht wacker allein durchgeschlagen und sich als Produzentin von Dokumentarfilmen einen Namen gemacht.«

»Aber zwei Frauen allein sind leichte Beute für Verbrecher. Warum willst du unbedingt ohne zwingenden Grund dorthin reisen, vor allem in deinem Alter, Mutter?«

»Findest du, ich sollte lieber in einem Altenheim herumsitzen und Socken stricken als meine ehemalige Heimat zu besuchen?«

»Ich hatte ganz vergessen, wie sarkastisch du sein kannst. Ich protestiere ...«

»Ich denke, dein Protest muss warten, Jeremy. Es hat nämlich gerade geklingelt.«

Marilyn stand auf. »Das ist Tante Greta. Da ihr beide euch seit Jahren nicht gesehen habt, dachte ich, es wäre eine nette Überraschung.«

»Eine Überraschung für mich, für Greta oder für uns beide?«, erkundigte sich Charlotte.

»Marilyn hat ihr gestern erzählt, dass du kommst«, antwortete Jeremy.

»Wir wollten sie nicht erschrecken. Du weißt ja, dass sie ein schwaches Herz hat.«

»Das hatte sie schon immer, Jeremy.« – »Verzeihung?« – »Wollt ihr sie nicht hereinlassen?« Charlotte straffte die Schultern.

Die Beziehung zu ihrer Schwester, die ohnehin schon auf tönernen Füßen gestanden hatte, war nach Kriegsende endgültig zerbrochen. Bei ihrer letzten Begegnung mit Greta hatte sie sich kaum beherrschen können. Und als sie Zeit gehabt hatte, über die Worte und das Verhalten ihrer Schwester nachzudenken, war sie zu dem Schluss gekommen, dass es die Mühe nicht wert gewesen war.

# 3

Guten Abend.« Greta kam in Jeremys Flur gerauscht. Ihr Mann John folgte ihr, wie schon sein ganzes Eheleben lang, gehorsam auf den Fersen.

Jeremy küsste seine Tante auf die Wange. »Lass mich dir aus dem Mantel helfen, Tante Greta.«

»Danke, Jeremy. Es ist schön zu wissen, dass die Ritterlichkeit noch nicht ausgestorben ist.« Nachdem sie ihm ihren Schal gereicht hatte, blieb sie reglos und mit ausgestreckten Armen stehen, damit er ihr die gesteppte Seidenjacke ausziehen konnte. »Marilyn, hier sind die Backformen, die ich dir versprochen habe. Seit ich älter werde, backe ich nicht mehr so viel wie früher, und es wäre ein Jammer, sie im Schrank verstauben zu lassen.« Sie reichte ihr eine überquellende, fleckige und zerrissene Einkaufstüte von Marks and Spencer und wandte sich dann an ihren Mann. »Du hast die Kartons mit den Samen, die ich Marilyn mitbringen wollte, im Auto vergessen.«

»Ich habe sie an die Hintertür gestellt, wie du gesagt hast«, antwortete er schüchtern.

»Gut.« Sie blickte ins Wohnzimmer und nahm ihre Schwester endlich zur Kenntnis. »Du brauchst nicht aufzustehen, Charlotte.«

»Das werde ich auch nicht. Mir ist nämlich ein wenig schwindlig. Wahrscheinlich von dem langen Flug.«

»Dann stört es dich sicher nicht, wenn ich mich nicht

bücke, um dich zu küssen«, gab Greta spitz zurück. »Inzwischen habe ich schreckliche Arthritis.«

»Das tut mir leid.« Da Charlotte sich selbst mit diesem Gebrechen herumplagte, war das ehrlich gemeint. Aber Greta konnte sich einen Seitenhieb nicht verkneifen.

»Ich begreife einfach nicht, warum die Leute das Fliegen so anstrengend finden. Man sitzt doch nur herum und lässt sich vom Kabinenpersonal bedienen.«

»Es liegt sicher an dem fünfstündigen Zeitunterschied.« Charlotte beobachtete, wie Greta ins Wohnzimmer stolzierte. Obwohl sie in wenigen Monaten fünfundneunzig werden würde, hatte sie die schlanke Figur, die sie von ihrer Mutter geerbt hatten, gehalten. Ihr graues Haar war hellblond gefärbt, und sie sah zwanzig Jahre jünger aus. Allerdings hatte sie noch immer die Angewohnheit, abfällig die Lippen zu schürzen und ihre Umwelt mit Missbilligung zu betrachten. Charlotte erinnerte sich nur zu gut an diesen Gesichtsausdruck.

»Ich hole Luke. Er möchte euch sicher begrüßen, Tante Greta und Onkel John. Und dich natürlich auch, Mutter.« Jeremy ging zur Treppe und rief den Namen seines siebzehnjährigen Sohnes. Charlotte fragte sich, warum er das nicht schon bei ihrer Ankunft getan hatte.

»Luke verbringt jede freie Minute auf dem Speicher mit seinen Computerspielen«, erklärte Marilyn, als Jeremy seinen Sohn zum zweiten Mal rief.

Greta machte es sich in dem zweiten Sessel gemütlich, sodass ihr Mann zwischen Jeremy und Marilyn auf dem Sofa sitzen musste. »Du siehst blendend aus, Charlotte. Aber wie sollte es auch anders sein? Im Gegensatz zu uns

Ehefrauen, die ihre Männer versorgen müssen, kannst du dich den ganzen Tag selbst verwöhnen.«

»Du kennst mich doch. Ich hatte schon immer eine Schwäche fürs Haarebürsten und Zähneputzen«, entgegnete Charlotte.

Greta beäugte Charlottes aus großen Perlen bestehende Bernsteinkette und die dazugehörigen tropfenförmigen Ohrringe und Armbänder. »Du trägst ja Mamas Schmuck.«

Charlotte hatte Mühe, sich nicht anmerken zu lassen, wie sehr sie diese Bemerkung ärgerte. »Du weißt doch genau, dass sämtlicher Familienschmuck im Krieg verloren gegangen ist.« – »Das behauptest wenigstens du.«

Gretas Misstrauen machte Charlotte wütend. »Die Armbänder und die Ohrringe habe ich in den Siebzigern in der Dominikanischen Republik gekauft. Es gibt dort sehr schönen Bernstein.«

»Und die Kette?«

»Die habe ich 1939 während der Konzertreise des Allensteiner Orchesters in Russland geschenkt bekommen.« Charlotte betastete die Perlen.

»Geschenkt?«

»Von der Gastfamilie, bei der ich in Moskau untergekommen bin.«

»Von Russen!«, rief Greta aus.

»Die Konzertreise wurde von den deutschen und russischen Behörden organisiert, Greta. Die beiden Länder waren damals noch Verbündete.«

»Ich kann mich nicht entsinnen, dass du von fremden Leuten ein so wertvolles Geschenk bekommen hättest«, stellte Greta fest.

»Für mich waren sie keine Fremden.« – »Offenbar nicht, wenn sie so großzügig zu dir waren.« Greta stellte die Handtasche auf ihren Schoß und umfasste sie mit beiden Händen, als befürchte sie, sie könnte gestohlen werden.

»Oma! Wie lange bist du denn schon hier? Schön, dich zu sehen.« Luke kam hereingelaufen, setzte sich auf die Armlehne von Charlottes Sessel, fiel ihr um den Hals und küsste sie. »Die Spiele, die du mir zu Weihnachten geschickt hast, waren spitzenklasse.«

»Claus dachte, sie würden dir gefallen.« Charlotte öffnete eine Tasche mit dem Emblem der Fluggesellschaft, die sie mitgebracht hatte, und holte ein Päckchen heraus. »Die soll ich dir von ihm geben. Eigentlich wollte er sie dir zum Geburtstag mit der Post schicken, aber dann dachte er, dass du sicher nichts dagegen hast, sie früher zu bekommen.«

Luke riss das Einwickelpapier ab. »Mann! Danke, Oma.«

»Bedank dich nicht bei mir, sondern bei Claus. Und vergiss nicht, ihm eine E-Mail zu schreiben.«

»Wird gemacht.«

»Tante Greta und Onkel John sind auch hier, Luke«, mahnte Jeremy.

Luke stand von Charlottes Armlehne auf, schüttelte Greta und John die Hand und kehrte wieder zu Charlotte zurück. »Der letzte Sommer war einfach toll, Oma. Können Laura und ich dich und Claus wieder besuchen?«

»Aber natürlich.«

»Ich freue mich zu hören, dass Claus Vater wird. Ich sage immer, dass Kinder und Blumen das Schönste im Leben sind«, verkündete Greta.

Charlotte fand diese Bemerkung aus Gretas Mund seltsam, denn schließlich hatte sie nie Kinder gewollt. »Das war einer von Hitlers Lieblingssprüchen, Greta.«

»Wirklich? Ich habe mich nie sehr für Hitler interessiert«, log Greta. »Erst letztens habe ich zu John gesagt, dass wir dich einmal besuchen sollten, Charlotte. Ich würde gern einmal dein Haus sehen.«

»Es ist sehr modern«, erwiderte Charlotte spitz. »Selbst die Möbel. Ich tausche schrittweise alles gegen Entwürfe von Claus aus. Das heißt, wenn er Zeit hat, meine Aufträge zu bearbeiten. Er ist nämlich sehr gefragt.«

»Es wundert mich, dass er seine Firma in Amerika und nicht in Deutschland eröffnet hat.«

»Claus ist mit einer Amerikanerin verheiratet, Tante Greta. Einen Sherry?« Marilyn hielt Greta ein Tablett mit Getränken hin, die Jeremy eingeschenkt hatte.

»Hoffentlich ist Claus' Frau intelligent genug, Deutsch zu lernen und es dem Kind beizubringen«, meinte Greta.

»Das ist sie«, antwortete Charlotte.

»Claus sollte in seine Heimat zurückkehren. In Deutschland ist es so viel friedlicher. Es herrscht Wohlstand, und die Lage ist stabil. Außerdem ist Claus' Familie bekannt und angesehen. Er hätte dort viel größeren geschäftlichen Erfolg.«

Charlotte schüttelte den Kopf, als Marilyn ihr das Tablett anbot. Sie hatte Sherry noch nie gemocht und außerdem den Verdacht, dass er sich nicht mit Samuels teurem Brandy vertragen würde. »Hast du die Nachrichten denn nicht verfolgt, Greta? Die Kosten der Wiedervereinigung haben die deutsche Wirtschaft sehr geschwächt. Die Arbeitslosenzahlen sind hoch, und der Faschismus regt sich wieder. Türken und andere Gastarbeiter werden von Neonazis angegriffen und verfolgt und außerdem vom Staat diskriminiert. Sie dürfen in einem Land, in dem sie Steuern zahlen, nicht einmal wählen.«

»Warum sollten Ausländer auch wählen dürfen?«

»Ausländer, Greta?«, gab Charlotte zurück. »Zehntausende türkischer Kinder wurden in Deutschland geboren. Sie waren noch nie in der Türkei. Manche von ihnen sprechen nicht einmal Türkisch.«

»Du kannst den deutschen Staat nicht für die Unfähigkeit türkischer Eltern verantwortlich machen, Charlotte. Wenn die Bundesrepublik nicht so viele undankbare Gastarbeiter und Flüchtlinge aus allen möglichen verarmten kommunistischen und muslimischen Ländern aufgenommen hätte, müssten anständige und fleißige Deutsche jetzt nicht so hohe Steuern bezahlen, um die Sozialhilfe für arbeitsscheue Einwanderer zu finanzieren.«

»Vielleicht kann der deutsche Staat das Problem ja dadurch lösen, dass er das Geld und die Firmen der Ausländer beschlagnahmt, wie Hitler es bei den Juden gemacht hat«, frotzelte Luke.

»Luke! Sei nicht so frech zu deiner Großmutter und deiner Großtante«, rügte sein Vater streng. »Bitte, Jeremy, unterbrich jetzt nicht. Ich bin nämlich neugierig auf Gretas Antwort.« Charlotte sah ihre Schwester an.

»Jeremy hat recht. Bei Familientreffen politisiert man nicht, sondern plaudert über schöne und angenehme Dinge.« Greta trank einen Schluck Sherry.

»Ich finde, dass die Jugend das Recht hat, ihre Meinung zu sagen«, entgegnete Charlotte.

»Wie ich sehe, ermutigst du Luke, genauso eigensinnig zu sein, wie du es als Kind warst, Charlotte.«

»Mit siebzehn ist man kein Kind mehr, Tante Greta«, protestierte Luke. »Obwohl man aus der Art und Weise, wie man in diesem Haus mit mir umgeht, etwas anderes schließen könnte.«

»Kind oder nicht, jedenfalls hast du offenbar die Fehler deiner Großmutter geerbt. Zu viele gedankenlose Bemerkungen und leichtsinnige Handlungen, als für dich und deine Familie gut sind.«

»Das kann ich nur unterschreiben, Tante Greta«, stimmte Jeremy zu. »Hast du schon von dem letzten verrückten Einfall gehört? Mutter und Laura reisen nach Polen.«

»Nach Grünwaldsee?« Mit zornesrotem Gesicht starrte Greta Charlotte an.

»Ich möchte unsere Heimat wiedersehen.«

»Warum, in Gottes Namen? Wäre es nicht ein schrecklicher Anblick, wie Russen in unserem Haus herumstolzieren, die Füße auf Mamas Möbel legen und sich in Papas Arbeitszimmer betrinken?«

»Die Russen sind schon lange aus Polen abgezogen, Greta. Außerdem bezweifle ich, dass von unsere Möbeln noch etwas übrig ist. Leute, die schon dort waren, bestätigen, dass die Russen nach dem Krieg alles, was nicht niet- und nagelfest war, nach Russland geschafft haben.«

»Dann brauchst du doch auch nicht mehr hinzufahren.« Greta lehnte sich zurück und umfasste ihr Sherryglas mit beiden Händen. »Ich halte diese Reise für absolut überflüssig.«

»Die Landschaft können sie ja nicht abtransportiert haben. Und wenn noch ein paar Steine von dem alten Haus stehen, bin ich schon zufrieden.«

»Zufrieden!«, empörte sich Greta. »Du bist so viel hartherziger als ich, Charlotte. Nach allem, was unsere Familie durchgemacht und was wir verloren haben …«

»Das ist schon lange her, Greta«, unterbrach Charlotte. Die Viertelstunde mit ihrer Schwester hatte sie mehr angestrengt als die elf Stunden in einem Flugzeug und in den Warteschlangen am Flughafen.

»Papa meinte immer, du hättest etwas Grausames an dir.«

»Falls das stimmt, hat er es mir aber nie ins Gesicht gesagt.« Charlotte wusste stets, wenn ihre Schwester log.

»Ich erinnere mich an alles, als wäre es gestern gewesen«, fügte Greta hinzu.

»Hoffentlich nur an die guten Zeiten, Greta. Auf dem Weg hierher habe ich Samuel Goldberg im Auto erzählt, ich hätte gerade eine Neuausgabe alter europäischer Märchen illustriert. Als ich all die Schlösser, Wälder, Seen, Wildschweine, Prinzessinnen und Drachen malte, musste ich an unsere Kindheit denken. Wir waren glücklich in Grünwaldsee.«

»Bevor die Russen es uns weggenommen haben«, wandte Greta erbittert ein. »Ich fasse es einfach nicht, dass du noch einmal dorthin willst.«

»Ich hoffe, vor Ende der Woche da zu sein.«

»Lieber würde ich sterben, als mir die Ruine unseres früheren Zuhauses anzuschauen. Aber du warst ja schon immer unsensibel, Charlotte.«

Nun riss Charlotte endgültig der Geduldsfaden. »Und du

verschließt die Augen noch mehr vor der Wahrheit als kurz nach dem Krieg, Greta.«

»Luke, ich brauche Hilfe in der Küche.« Marilyn nahm ihr Glas und ging zur Tür.

Luke rutschte enger an Charlotte heran.

»Deine Mutter hat dich gebeten, ihr zu helfen, Luke!«, brüllte Jeremy in militärischem Befehlston.

»Ihr wollt nur, dass ich verschwinde, damit Oma und Tante Greta über Politik und die Familiengeschichte streiten können. Aber ich habe ein Recht zu erfahren ...«

»Siehst du, was du angerichtet hast, weil du unbedingt nach Polen zurückkehren willst, Charlotte? Du versetzt die ganze Familie in Aufruhr. Sogar den armen kleinen Luke.« Greta nahm ein Taschentüchlein aus Seide und Spitze aus der Handtasche und tupfte sich die Augen ab.

»Ich glaube, der arme kleine Luke wird es überleben.« Als Luke ihr zuzwinkerte, musste Charlotte ein Lachen unterdrücken. »Du tust ja so, als hätte ich dich gebeten, mich zu begleiten.«

»Was bringt es, in alten Wunden herumzustochern. Ich habe gelitten. Oh, wie ich gelitten habe ...«

»Aber, aber, Tante Greta.« Jeremy ging zu ihr und tätschelte ihr die Hand.

Charlotte konnte nicht anders, als sich zu fragen, ob ihr Sohn seine Tante wohl auch so liebevoll getröstet hätte, wenn er und sein Bruder nicht ihre einzigen Erben gewesen wären.

»Die Suppe ist fertig«, rief Marilyn nervös durch die Durchreiche. »Es gibt deine Lieblingssuppe, Tante Greta.«

»Spargelcreme?« Gretas Miene hellte sich auf.

»Karotte und Koriander«, erwiderte Marilyn entschuldigend.

»Aha, Fertigsuppe aus dem Supermarkt.«

Charlotte glaubte, dass selbst der sonst nicht leicht aus der Fassung zu bringende Jeremy erleichtert aufatmete, als Greta und ihr Mann sich verabschiedeten, nachdem die Nachspeise verzehrt und die Kaffeekanne leer war.

»Tante Greta ist sehr nett zu uns«, meinte Marilyn rechtfertigend, während sie die Tassen auf ein Tablett stellte. »Immer denkt sie an uns und bringt uns Pflanzen für den Garten, selbst gemachte Marmelade und eingewecktes Gemüse mit.«

Luke, der sich während des Kaffeetrinkens nach oben geflüchtet hatte, um seine neuen Computerspiele auszuprobieren, kehrte rechtzeitig zurück, um diesen Satz zu hören.

»Igitt«, lautete sein einziger Kommentar.

»Ich wecke auch Obst und Gemüse ein«, erinnerte ihn Charlotte.

Mit einem spöttischen Grinsen nahm Luke auf dem Stuhl neben Charlotte Platz, wo eben noch John gesessen hatte. »Ich verzeihe dir, Oma, denn im Gegensatz zu Tante Greta zwingst du mich nicht, das Zeug zu essen.«

»Luke, hast du getrunken?«, fragte Jeremy überflüssigerweise, denn sein Sohn verbreitete einen kräftigen Dunst nach Bier und Zigaretten.

»Ich?« Lukes Unschuldsmiene misslang.

»Ich werde den Speicher durchsuchen …«

»Ich könnte Hilfe beim Geschirrspülen gebrauchen, Luke«, fiel Marilyn ihm ins Wort.

Charlotte ahnte, dass Marilyn einen ausgewachsenen Streit zwischen Vater und Sohn verhindern wollte. »Tu, was deine Mutter sagt, Luke.« Heimlich drückte sie Luke beim Aufstehen einige Geldscheine in die Hand. »Ich muss mit deinem Vater etwas Geschäftliches besprechen.«

»Am besten setzen wir uns in mein Arbeitszimmer, Mutter.« Jeremy war froh über den Vorwand, nicht weiter auf das Benehmen seines Sohnes eingehen zu müssen. Luke wurde immer störrischer und widerspenstiger, sodass in den letzten beiden Monaten auch der mildeste Tadel in einem Brüllduell geendet hatte. Jeremy machte kein Geheimnis daraus, wie sehnsüchtig er darauf wartete, dass sein Sohn endlich an die Universität ging. Sein schlimmster Albtraum war es, dass Luke den erforderlichen Notendurchschnitt nicht schaffen und ein weiteres Jahr zu Hause herumsitzen würde, um für die Abschlussprüfung zu büffeln.

»Brauchst du Hilfe in geschäftlichen Angelegenheiten, Mutter?«, erkundigte sich Jeremy voller Hoffnung. Er schob Charlotte ins Arbeitszimmer und ließ sich hinter seinem Schreibtisch nieder, sodass für sie nur noch ein unbequemer Holzstuhl blieb. Charlotte fühlte sich, als säße sie vor dem Filialleiter einer Bank und müsse um einen Kredit betteln.

»Nein, danke, ich habe alles im Griff. Aber da ich schon einmal hier bin, wollte ich dir erklären, wie ich meinen Nachlass geordnet habe.«

»Du hast doch sicherlich ein Testament gemacht.«

Charlotte hatte sich schon immer darauf verlassen können, dass Jeremy Geldangelegenheiten emotionslos betrachtete. »Selbstverständlich, denn schließlich möchte ich nicht, dass es nach meinem Tod zu einem Familienstreit kommt. Falls dir meine Entscheidung also nicht zusagt, möchte ich es hier und jetzt hören. Wie du weißt, habe ich mein Vermögen meinen Enkelkindern und nicht dir und Erich vermacht. Ihr beide seid gut versorgt und besitzt mehr Häuser, Autos und Geld, als ihr braucht.«

»Erich hat ein Ferienhaus am Gardasee.«

»Mir hat deine und Marilyns Lösung immer besser gefallen. Wenn man jedes Jahr in einem anderen Land Urlaub macht, sieht man viel mehr von der Welt.« Nachdem sie seinen Neid zu einem Kompliment umgedeutet hatte, fuhr sie fort: »Ich bin stolz auf dich und Erich, Jeremy. Ihr seid beide beruflich erfolgreich, ernährt eure Familien und konntet euren Kindern die bestmögliche Ausbildung und Erziehung bieten.«

»Und das, ohne dass uns jemand geholfen hätte«, merkte er spitz an.

»Du und Erich hattet Glück in dieser Hinsicht; die Jugend in den Sechziger und Siebziger Jahren hatte es leichter als die heutige. Deshalb habe ich für Luke einen Treuhandfonds eingerichtet, damit er seine Studiengebühren bezahlen und sich wie Laura eine Wohnung kaufen kann.«

Jeremy runzelte die Stirn. Charlotte nahm an, dass er nachrechnete, wie viel von der Summe, die er für Lukes Studium beiseitegelegt hatte, er dadurch einsparen konnte.

»Du bist sicher sehr großzügig gewesen.«

»Genau wie bei meinen anderen Enkeln. Gewiss ist dir bekannt, dass ich auch für Erich junior einen solchen Fonds eingerichtet habe.«

»Du finanzierst Erichs Studium?« Seine Stimme wurde eine Oktave höher.

»Das habe ich auch bei Laura getan«, erinnerte sie ihn. »Und da Claus nicht studieren wollte, habe ich ihm bei der Eröffnung seiner Firma geholfen.«

»Aber Erich will Jura studieren. Das dauert eine Ewigkeit.«

»Die Treuhandfonds belaufen sich auf eine identische Summe, Jeremy.«

»Und meine Kinder sind sehr dankbar …«

»Ich habe nicht mehr getan als andere Großeltern in meiner Position«, fiel sie ihm ins Wort. »Was mein restliches Vermögen betrifft, habe ich frei darüber verfügt und möchte mir von niemandem dreinreden lassen. Von dir verlange ich die Bestätigung, dass du mein Testament nicht anfechten wirst. Glaubst du mir, dass ich bei klarem Verstand bin?«

»Natürlich, Mutter.«

»Das Haus und das Land in Connecticut habe ich Claus vermacht.«

»Du meinst als Geschenk?« Er schnappte ungläubig nach Luft.

»Er wohnt seit sechs Jahren dort. Es ist genauso sein Zuhause wie meins.«

»Aber es stehen zwei Häuser auf dem Grundstück.«

»Von denen er eins selbst gebaut hat.«

»Mit deinem Geld.«

»Laura hat eine Wohnung, Claus ein Haus. Beides wurde mit ihren Treuhandfonds finanziert.« Sie musterte Jeremy kühl. »Und da das Haus von Claus und meines so nah beieinander liegen, wäre es nicht nett, ihm nach meinem Tod fremde Nachbarn aufzudrängen.«

»Wie mich zum Beispiel?« – »Was willst du mit einem Haus in Connecticut, Jeremy? Du würdest es ohnehin verkaufen.«

»Ich könnte meine Ferien dort verbringen.«

»Claus und Carolyn werden dich sicher aufnehmen, wenn du sie darum bittest. Die Entscheidung liegt bei ihnen.«

»Claus hat seinen Anteil bereits bekommen.«

»Und er hat mich in den letzten sechs Jahren ertragen.«

»Was ist mit deinen Möbeln und deinem Schmuck? Soll er die etwa auch erben?«, erkundigte Jeremy sich in eisigem Ton.

»Die wertvollen Möbel sind in meinem Testament einzeln aufgeführt. Mit Ausnahme von einem oder zwei Stücken bekommt Laura meinen Schmuck.«

»Aber du hast zwei Schwiegertöchter.«

»Die selbst eine beträchtliche Sammlung zusammengetragen haben.« Sie öffnete ihre Handtasche und nahm ein kleines Lederetui heraus. »Die waren ein Geschenk deines Vaters. Er wollte sie nicht zurückhaben, als ich ging. Ich dachte, du möchtest sie vielleicht zur Erinnerung behalten.«

Jeremy öffnete das blaue Etui. Auf einem Bett aus ausgeblichenem grauem Samt lagen ein schlichter, dünner Goldring, ein zweiter Ring mit drei winzigen Diamanten und ein Paar Ohrringe. »Ein Ehering für arme Leute. Ich wusste gar nicht, dass es auch Verlobungsringe in Sparversion gibt«, spöttelte er.

»Dein Vater hat ihn mir nach einem seiner Heimaturlaube nach Deutschland mitgebracht.« Beinahe hätte sie hinzugefügt: *»Leider hat er kein passenderes Mädchen gefunden,* *dem er den Schmuck schenken konnte.«* Doch sie biss sich auf die Zunge. Ihre und Julians Ehe war schon vor vielen Jahren gescheitert. Es war sinnlos, Salz in die Wunden zu streuen.

»Aber die hier sind wirklich reizend.« Er nahm die Ohrringe aus Gold und Saphiren heraus.

»Die hat dein Vater nach dem Krieg beschafft.«

»Beschafft?«

Charlotte führte es nicht weiter aus. Wie sollte sie jemandem, der es nicht selbst miterlebt hatte, die Zustände im vom Krieg verwüsteten und unterlegenen Deutschland erklären? Der Rausch, der die siegreichen Soldaten ergriffen hatte. Das Plündern und Rauben, was nicht hieß, dass Julian sich an etwas beteiligt hätte, das dem Ehrenkodex eines britischen Gentlemans widersprach. Vermutlich hatte er die Ohrringe irgendeiner armen Frau abgekauft, die so verzweifelt war, dass sie Familienerbstücke zu Geld machen musste, um Lebensmittel kaufen zu können. Wurde auch der Schmuck der Familie von Datski gerade in Russland verkauft oder vererbt? Schmuck, den man ihr auf der Flucht aus Grünwaldsee gestohlen hatte?

»Das ist sehr großzügig von dir, Mutter.«

Sie erkannte einen ironischen Unterton und wusste, dass er sich mehr erwartet hatte. »Ich habe meinen Anwalt angewiesen, dir und Erich Kopien meines Testaments zu schicken. Es enthält eine Klausel, die ihr beide unterschreiben sollt und in der ihr zusichert, dass ihr das Testament nicht anfechten werdet.«

»Wenn Claus das Haus und die Kinder Treuhandfonds bekommen, wer erbt dann den Rest deines Vermögens?«

»Durch die Treuhandfonds ist es ziemlich geschrumpft, Jeremy.«

»Aber es ist doch sicher nicht völlig aufgebraucht.«

»Danke, dass du dir Sorgen um mich machst. Es genügt für meinen Lebensunterhalt.« Sie hatte ihn absichtlich missverstanden. »Was noch übrig ist, wird an verschiedene Empfänger verteilt.«

»Darf ich erfahren, an wen?«

»Spielt es eine Rolle? Ich habe dir ja bereits mitgeteilt, dass du und Erich nichts erbt. Und jetzt würde ich gerne gehen, wenn du nichts dagegen hast. Es war ein langer Tag.«

»Möchtest du Samuel anrufen?«

»Bitte.«

Als er ihr das Telefon reichte, wählte sie eine Nummer, wechselte ein paar Worte mit Samuels Haushälterin und gab Jeremy dann den Hörer zurück.

»Der Wagen kommt in zehn Minuten.« Sie erhob sich von dem unbequemen Stuhl. »Du wirst das Testament nicht anfechten?«

»Ich muss es zuerst lesen und mit Marilyn darüber sprechen.«

»Wenn du vor Gericht gehst, Jeremy, werden nur die Anwälte an dir verdienen. Deine Familie bekommt keinen Penny mehr, als ihr bereits von mir erhalten habt«, warnte sie.

»Ich habe nicht gesagt, dass ich nicht unterschreiben werde, sondern nur, dass ich mit meiner Frau reden will.«

»Wie geht es deinem Vater?«, fragte Charlotte, als er ihr die Tür aufhielt.

»Immer schlechter. Doch M...« Verlegen hielt er inne.

»Du hast das Recht, Judith Mutter zu nennen, Jeremy. Sie war dir eine bessere Mutter als ich.«

»Sie sorgt gut für Vater.«

Charlotte musste sich am Türrahmen festhalten. »Jeremy, ich wollte dich nicht zurücklassen. Ist dir das klar?«

»Ich wäre in Deutschland nicht glücklich geworden.«

Wie damals sein Vater hielt er sie auf Abstand. Woher wollte er wissen, dass er bei ihr in Deutschland nicht glücklicher gewesen wäre als bei seinem Vater in England? Allerdings war ihr Verhältnis zu Erich, ihrem deutschen Sohn, auch nicht enger oder besser. Vielleicht war es ja das Schicksal einer Frau, Söhne für Männer zu gebären, deren Einfluss sich letztlich durchsetzte und das Band zwischen Mutter und Kind zerschnitt.

Wenn sie heute die beiden Söhne betrachtete, die sie zur Welt gebracht hatte, sah sie zwei Fremde, die ihr nicht sympathisch waren und die sie keines Blickes gewürdigt hätte, wären da nicht die kostbaren Erinnerungen an ihre Kleinkinderzeit gewesen.

»Bleibst du lange bei Erich?«, erkundigte er sich auf dem Weg in den Flur.

»Nein, ich kann es kaum erwarten, nach Hause zu kommen. Nach Polen.« Während sie diese Worte aussprach, erschauderte sie bei dem Gedanken an Erichs Haus, in dem trotz der eleganten Möbel eine so kalte, steife und förmliche Stimmung herrschte wie hier.

»Wann kehrst du zurück nach Amerika?«

»Bald«, erwiderte sie ausweichend.

»Richte Erich, Ulrike und Erich junior viele Grüße von uns aus.«

»Versprochen.« – »Es tut mir leid, dass wir letztes Jahr nicht zu Claus' Hochzeit in die Staaten kommen konnten, aber Marilyns Eltern sind gebrechlich, und Vater …«

»Luke und Laura haben euch würdig vertreten.« Sie sah ihn an. »Schon gut, Jeremy, ich bin dir wirklich nicht böse.« Als sie ihm die Hand hinhielt, schüttelte er sie kurz und schien ihren liebevollen Tonfall nicht bemerkt zu haben.

»Kommst du uns auf dem Rückweg noch einmal besuchen?« Er holte ihren Umhang aus dem Schrank.

»Ich werde eine andere Strecke nehmen.«

»Also einen Direktflug von Polen nach Amerika?«

»Ich habe noch nichts geplant.« Charlotte ließ sich auf einem Stuhl im Flur nieder.

»Wenn du den Rückflug gleich mitgebucht hättest, hättest du einen Preisnachlass aushandeln können.«

»Es ist ein bisschen zu spät, um noch einen organisierten Menschen aus mir zu machen, Jeremy.«

»Wahrscheinlich«, räumte er ein. »Ich wünschte nur, Laura hätte nicht so viel von diesem künstlerischen Temperament mitbekommen.«

»Sie hat sich zu einer wundervollen Frau entwickelt, Jeremy. Ich bin stolz auf sie und das, was sie geleistet hat.«

»Wirklich?«, wunderte er sich.

»Du etwa nicht?« Sie war noch erstaunter als er.

»Ich hatte gehofft, dass sie nach ihrem Abschluss Lehrerin wird und sich diese Journalismus-Flausen aus dem Kopf schlägt. Ihre Filme sind eindeutig linkslastig, und sie findet einfach keinen festen Freund. Kein Wunder, wenn man sich ihr Verhalten ansieht. Ständig predige ich ihr, dass Männer keine aufdringlichen und lauten Frauen mögen.«

»Vielleicht brauchen ›aufdringliche und laute Frauen‹, wie du es ausdrückst, keine Männer.«

»Das hat Laura offenbar von dir gelernt. Ihr beide sagt genau das gleiche.«

»Ich möchte mir nicht anmaßen, Laura irgendetwas beigebracht zu haben, Jeremy. Sie war schon von klein auf sehr selbstständig.«

»Und das soll wohl ein Vorzug sein«, gab er zurück. »Sie hat keinerlei Achtung vor den Dingen, die Marilyn und mir wichtig sind. Die Tradition, die Kirche, die Ehe, die altbewährte Moral, kurz gesagt, die britische Lebensart …«

»Zum Glück ist das Leben hier inzwischen wie in den meisten Ländern dieser Erde multikulturell«, fiel sie ihm ins Wort. Den Hang zur Bigotterie hatte Jeremy offenbar von seinem Vater. Und angesichts ihrer eigenen Herkunft weigerte sie sich kategorisch, solche Aussagen zu dulden.

»Wenn du damit meinst, dass wir Engländer inzwischen Fremde in unserem eigenen Land sind, hast du recht.«

»Das habe ich ganz und gar nicht gemeint, Jeremy. Laura dreht Filme, die weltweit von Menschen aller Hautfarben und Überzeugungen gesehen und geschätzt werden.«

»Aber was ist mit ihrem Privatleben?«, beharrte Jeremy.

»Sie wird zu gegebener Zeit schon zur Ruhe kommen, wenn sie das möchte.«

»Das macht uns die größten Sorgen. Sie begegnet in ihrem Beruf jeder Menge unpassender Menschen. Es ist ja nicht, dass ich und Marilyn die Religion oder die Hautfarbe dieser Personen ablehnen …«

»Was dann, Jeremy?«, unterbrach sie ihn.

»Dass sie zwei Jahre lang mit einem von ihnen zusammengelebt hat, ohne es uns zu verraten. Er stammte aus Somalia. Wir mussten von Fremden erfahren, dass die beiden ein Paar sind.«

»Vielleicht war es auch nur eine Wohngemeinschaft. Angesichts der hohen Lebenshaltungskosten teilen sich Männer und Frauen häufig eine Wohnung auf rein freundschaftlicher Basis«, wandte Charlotte ein.

»Da lachen ja die Hühner«, ereiferte sich Jeremy.

»Hast du sie je nach ihm gefragt?«

»Nein.« Er musterte sie argwöhnisch. »Wusstest du etwa Bescheid?«

»Laura erzählt mir so viel von ihren Freunden, dass ich nicht sagen kann, von wem du redest. Und falls sie wirklich mit jemandem zusammengelebt hat, ist sie möglicherweise einfach vernünftig damit umgegangen. Heutzutage zieht eine Hochzeit oft eine unschöne Scheidung nach sich. Da ist es doch praktischer und gefühlsmäßig leichter, sich einfach zu trennen, wenn es nicht mehr klappt.«

»Du billigst es also, wenn deine Enkelin unverheiratet mit einem Mann zusammenlebt?«, entrüstete sich Jeremy.

»Ich hätte nichts dagegen.«

»Claus ist verheiratet.«

»Das war seine Entscheidung, Jeremy.« Charlotte nahm ihrem Sohn den Umhang aus der Hand. »Und er hat sie getroffen, nachdem er die Richtige kennengelernt hatte.«

»Da du ganz in der Nähe wohnst, hast du ihn sicher beeinflusst.«

»Ich betrachte uns trotz der Verwandtschaft und des Altersunterschieds lieber als gute Freunde. Aber beeinflussen?« Charlotte schüttelte den Kopf. »Das würde ich niemals tun. Claus ist wie Laura ein selbstständiger Mensch.«

Marilyn trat aus der Küche. Offenbar hatte sie das Gespräch belauscht. »Vielleicht könntest du mal mit Laura reden«, schlug sie in verschwörerischem Ton vor. »Erkläre ihr, dass die Zeit nicht stehen bleibt. Wenn sie nicht bald heiratet, wird sie irgendwann ganz allein sein.«

»So wie ich?«

Verlegen wich Marilyn zurück.

»Ich werde in den nächsten Wochen einige Gespräche mit Laura führen, Marilyn.« Charlotte hörte, dass draußen ein Wagen vorfuhr, und stand auf. »Danke für das leckere Essen und dass du dir meinetwegen so viel Mühe gemacht hast. Ach, fast hätte ich es vergessen.« Sie holte eine große Schachtel belgischer Pralinen aus ihrer Tasche und reichte sie Marilyn. Jeremy bekam eine Flasche Brandy. »Duty free.«

»Danke, Mutter.« Als es läutete, bedeutete Jeremy seiner Frau, die Tür zu öffnen. Marilyn ging hinaus und winkte Samuels Chauffeur zu.

Jeremy nahm Charlotte die Tasche ab. »Bitte Laura, nicht über eure alte Heimat zu sprechen, wenn sie Tante Greta und Onkel John besucht. Und falls sie nachfragen, soll sie sich kurz fassen. Tante Greta ist trotz ihres robusten Äußeren eine alte Frau und mit schmerzlichen Erinnerungen überfordert.«

»Bist du denn gar nicht neugierig, Jeremy?«

»Nicht auf ein Land, das es nicht mehr gibt, oder auf einen Krieg, der vor meiner Geburt stattgefunden hat.«

»Und was ist mit der Geschichte deiner Familie?«

»Ich finde wie Tante Greta, dass man die Vergangenheit ruhen lassen soll.«

»Gehst du schon, Oma?« Als Luke aus der Küche kam und bemerkte, dass sie fertig zum Aufbruch war, malte sich Enttäuschung auf seinem Gesicht.

»Ich muss.« Sie umarmte ihn.

»Kommst du bald wieder?«

»Ich glaube nicht.« Am liebsten hätte sie ihn gar nicht mehr losgelassen.

»Aber Laura und ich dürfen dich doch besuchen. Was hältst du von diesem Sommer?«, fragte er voller Hoffnung.

»Wann immer ihr wollt. Wenn ich nicht da bin, nehmen Claus, Carolyn und das Baby euch sicher gerne bei sich auf.« – »Warum solltest du nicht da sein, Oma?«

»Die Kunst«, antwortete sie. »Es gibt so viele Orte, die ich mir anschauen und die ich malen muss.« Sie küsste ihn ein letztes Mal. Im nächsten Moment läutete das Telefon, und er ging an den Apparat.

»Gute Reise, Mutter.« Jeremy begleitete sie zum Auto. »Ruf uns an, damit wir wissen, ob ihr wohlbehalten angekommen seid. Und erinnere Laura daran, dass ihre Eltern gerne ab und zu von ihr hören würden.«

»Marilyn.« Charlotte umarmte ihre Schwiegertochter, schüttelte ihrem Sohn noch einmal die Hand und stieg ein.

Hassan stellte ihre Tasche auf den Vordersitz. »Ich soll Ihnen von Mr Samuel ausrichten, dass er gern in seinem Esszimmer einen Kaffee und einen Brandy mit Ihnen trinken würde. Aber wenn Sie sofort zu Bett gehen wollen, stehen in der Küche eisgekühlter Weißwein und Brandy für Sie bereit.«

»Sagen Sie Mr Samuel, dass er ein ganz besonderer Mensch ist.«

»Das werde ich, Madam.«

Als sie langsam die Straße entlangfuhren, drehte Charlotte sich um, um einen letzten Blick auf Jeremy zu erhaschen. Er stand in der Haustür, flankiert von einem winkenden Luke und einer weniger begeistert winkenden Marilyn. Charlotte wischte sich eine Träne weg und tröstete sich mit dem Gedanken, dass Luke es mit der Hilfe von Laura und Claus schon schaffen würde.

Allerdings hatte sie die Träne nicht wegen ihres Enkels vergossen. Vermutlich hatte sie Jeremy heute zum letzten Mal gesehen, und es machte sie traurig, wie gleichgültig ihr das war. Sie empfand nichts. Absolut nichts – weder Schmerz, noch Freude oder Trauer. Nur Erleichterung, dass sie niemals wieder in Jeremys kaltem, ungemütlichem Haus über Belanglosigkeiten würde plaudern müssen.

# 4

Haben Sie alles, was Sie brauchen, Ms Datski?«

»Ich bin mehr als zufrieden. Danke, Mrs Green. Normalerweise werde ich nicht so verwöhnt.«

Charlotte legte ihr Tagebuch auf den Nachttisch, öffnete den Bindegürtel ihres Morgenmantels, hängte das Kleidungsstück in den Schrank und schlüpfte ins Bett.

»Mr Goldberg schätzt Sie sehr, Ms Datski.«

»Das kann ich nur erwidern.« Charlotte lächelte.

Mrs Green, geborene Melerski, hatte nach dem Tod ihrer Mutter deren Stellung als Samuels Haushälterin übernommen. Samuel hatte ihre Mutter, damals noch ein minderjähriges Mädchen, nach dem Zweiten Weltkrieg in einem Durchgangslager aufgelesen, als er selbst auf der Suche nach seiner Familie gewesen war. Und so hatte er sie, typisch Samuel, bei sich aufgenommen.

»Schlafen Sie gut. Soll ich das Licht ausmachen?«

»Nur die Deckenbeleuchtung bitte, Mrs Green«, erwiderte Charlotte. »Lassen Sie die Nachttischlampe an. Ich möchte noch ein wenig lesen.«

*Später Nachmittag, in meinem Zimmer*
*in Grünwaldsee*

*Sonntag, 20. August 1939 (Fortsetzung)*
*Nachdem Claus mir den Ring an den Finger gesteckt hatte,*

*ging er, um Papa zu suchen und ihn um seine Zustimmung zu bitten. In banger Erwartung stand ich auf der Terrasse, bis Claus zurückkam, und zwar nicht nur mit Papa, sondern auch mit Mama und seinen eigenen Eltern. Ich merkte Papa sofort an, wie sehr er sich freute. Die von Lettebergs können auf eine noch ältere Tradition zurückblicken als wir. Mama war überglücklich. Sie und die Gräfin von Letteberg konnten gar nicht aufhören einander und mir um den Hals zu fallen und sich zu küssen. Claus hatte seine Eltern schon am Nachmittag um ihren Segen gebeten. Sein Vater hatte gemeint, sein Sohn hätte sich keine bessere Braut aussuchen können. Nachdem sie mich umarmt und in der Familie von Letteberg willkommen geheißen hatten, musste die Verlobung nur noch offiziell bekannt gegeben werden.*

*Papa wäre am liebsten sofort ins Speisezimmer gestürmt, um es allen zu sagen. Aber Mama bestand darauf, zu warten, bis der Imbiss vorbei sei und der Tanz wieder begänne. Dann machte sie sich auf die Suche nach Greta. Ich glaube, sie wollte es ihr vor allen anderen sagen, denn sie wusste, dass Greta auf einen Heiratsantrag von Claus gehofft hatte. Claus und ich gingen zu Wilhelm, Paul und Peter, die gerade mit Irene, Nina und Hildegard Champagner tranken. Claus forderte die Jungen auf, ihn auf eine Zigarette nach draußen zu begleiten. Sie ließen die Mädchen zwar nur ungern allein, doch offenbar ahnten sie etwas, denn sie folgten ihm ohne Widerspruch. Als ich nach einer Weile auch hinauskam, schüttelten sie einander gerade die Hand.*

*Wilhelm und Paul gratulierten mir, weil ich so einen netten Kerl mit in die Familie gebracht hätte. Die beiden betrachten Claus schon lange als guten Freund, und ich bin ja so froh, dass alle, die mir wichtig sind, meinen zukünftigen Ehemann von ganzem Herzen gutheißen.*

*Als die Musik einsetzte, führte Claus mich zurück in den Ballsaal. Sein Ring fühlte sich an meinem Finger merkwürdig schwer an. Ich war sicher, dass alle darauf starrten. Mir würde es ganz bestimmt auffallen, wenn eine meiner Freundinnen einen Verlobungsring trüge. Aber niemand sagte ein Wort. Während ich beim Tanzen darauf wartete, dass die Musik aufhörte, damit Papa seine Ankündigung machen konnte, dachte ich nur daran, wie wundervoll es war, jemanden zu lieben, der diese Liebe erwiderte. Ich würde den Rest meines Lebens mit einem ganz besonderen Menschen verbringen, und Claus und ich würden nur füreinander da sein.*

*Vor lauter Aufregung bekam ich kaum ein Wort von Papas Ansprache mit. Ich merkte meinen Freundinnen an, wie sehr sie diese plötzliche Verlobung überraschte und wie sie mich wegen meines Glücks beneideten, weil ich mir einen so traumhaften, aristokratischen, attraktiven und angesehenen Mann geangelt hatte. Während der Rede sah ich mich nach Greta um, konnte sie aber nirgendwo entdecken.*

*Ich war so stolz und glücklich, als Claus zum ersten Mal das Recht eines Verlobten für sich in Anspruch nahm, mich in aller Öffentlichkeit zu küssen. Außerdem schwor ich mir, in Zukunft besonders nett zu Greta zu sein. Ich weiß, mir wäre das Herz gebrochen, wenn er sich statt für mich für sie entschieden hätte. Sicher hätte ich sterben wollen.*

*Papa hatte noch kaum ausgeredet, als alle uns mit Glückwünschen bestürmten. Ich wurde mit Fragen überhäuft. Würde ich trotzdem in Königsberg studieren? (Herr Schumacher) Wann würde die Hochzeit sein? (Irene) Würde es eine Verlo-*

*bungsfeier geben? (Peter und Nina) Alle lachten, als Papa vorschlug, sie sollten doch zum Frühstück bleiben. Er meinte, ein Verlobungsfrühstück wäre weniger Aufwand als ein zweiter Ball.*

*Es hätte durchaus geklappt, denn niemand ging vor Morgengrauen. Während die Dienstboten den Gästen vor dem Aufbruch eine Suppe servierten, schaltete Papa das Radio ein. Das Orchester packte schon die Instrumente zusammen, und ich glaube, er wollte den Gästen zum Abschied noch ein wenig heitere Musik bieten. Aber es kamen nur Nachrichten. Schlechte Nachrichten. Polnische Truppen marschieren an unseren Grenzen auf. Georg sagte, Deutschland werde nicht dulden, dass ausländische Angreifer ihre Waffen auf das deutsche Vaterland richten. Und das kann nur eines bedeuten: Krieg.*

*Alle waren aufgebracht, als Papa meinte, bei einem Krieg könne nichts Gutes herauskommen. Es klang unpatriotisch und respektlos gegenüber dem Führer. Es ist allgemein bekannt, dass Papa als einer der ersten der NSDAP beigetreten ist, doch als junger Mann war er einige Monate lang Mitglied der Freimaurer. Die Parteispitze sagt zwar, sie habe ihm verziehen und würde in seinem Fall eine Ausnahme machen. Aber selbst ich sehe ein, dass es besser wäre, wenn Papa nicht so oft an den Entscheidungen des Führers zweifeln würde.*

*Mama versuchte die Wogen zu glätten, indem sie erklärte, Papa habe im letzten Krieg viele Freunde verloren, worauf einige ihre Anteilnahme zum Ausdruck brachten. Auch die Gräfin von Letteberg. Ich habe sie bereits ins Herz geschlossen.*

*Während alle noch den unvermeidlichen Krieg erörterten, schloss Claus sich in Papas Arbeitszimmer ein, um seinen Vor-*

*gesetzten anzurufen. Da wurde mir klar, dass ich mich in Zukunft für Politik werde interessieren müssen. Schließlich ist mein zukünftiger Ehemann Offizier. Als Claus zurückkehrte, vertraute er uns an, nach Ansicht seines Vorgesetzten würde die Armee bald nach Polen beordert werden, um den Unruhen ein Ende zu bereiten. Georg, der das hörte, wiederholte die Worte des Führers, es sei ungerecht, dass wir Deutschen um Land und Lebensraum kämpfen müssten, auf die wir von Geburt an einen Anspruch hätten. Leider bekam Manfred das mit und brach eine ausführliche und langweilige politische Debatte vom Zaun, in der es um Landbesitz, das Allgemeinwohl und darum ging, dass jeder bekommen solle, was er brauche, und nicht, was er zu brauchen glaube. Das ganze endete mit einer Prügelei zwischen Georg und Manfred.*

*Warum glauben die dummen Jungen nur, sie könnten jemanden überzeugen, indem sie ihn auf die Nase hauen? Zum Glück ging Claus dazwischen, bevor es ernst wurde oder jemandem auffiel. Ich bin froh, dass Claus nie über Politik spricht. Ich denke, dass er als Offizier die Ansicht vertritt, es sei besser, seine Meinung für sich zu behalten.*

*Nachdem die Gäste fort waren, nahmen Papa, Mama, Claus, seine Eltern und ich im kleinen Esszimmer ein Frühstück ein. Greta ging zu Bett. Sie schützte zwar Müdigkeit vor, aber ich bin sicher, dass sie nicht mitansehen konnte, wie glücklich ich mit Claus bin. Sie tat mir leid, als sie allein die Treppe hinaufstieg.*

*Angesichts der sich zuspitzenden Krise zwischen Deutschland und Polen bat Claus Papa um die Erlaubnis, mich sofort heiraten zu dürfen. Er habe noch drei Wochen seines einmonatigen Sommerurlaubs übrig und wolle so viel wie möglich davon als Ehemann verbringen. Natürlich war ich einverstanden, doch Papa zögerte lange, bevor er einwilligte. Er hatte auf eine lange Verlobungszeit gehofft und schlug vor, wir sollten noch mindestens ein Jahr warten. Es war vielleicht recht frech von mir, aber ich erinnerte ihn daran, dass Mama schließlich auch in meinem Alter geheiratet habe. Danach widersprach er nicht mehr.*

*Ich liebe Claus so sehr, dass ich mir ein Leben ohne ihn nicht vorstellen kann. Wenn wir wirklich Mann und Frau sind, kann ich die wochen- oder vielleicht sogar monatelange Trennung, falls es zu einem Krieg kommt, sicher besser ertragen. Ich wünschte, er wäre kein Offizier. Der Gedanke, er könnte verwundet werden oder sogar fallen, ist mir unerträglich.*

*Claus war so überzeugend, dass Papa und Mama schließlich mit einer baldigen Hochzeit einverstanden waren. Papa ließ den Pastor rufen, der sofort erschien, da er mit einer Tragödie rechnete. Was haben wir über seinen verdatterten Gesichtsausdruck gelacht, als ihm klar wurde, dass er eine Trauung, keine Beerdigung abhalten sollte. Also werde ich am kommenden Samstagvormittag in der Kapelle von Grünwaldsee Claus' Frau werden.*

*Sobald der Zeitpunkt feststand, fingen Mama und die Gräfin von Letteberg an, sich Gedanken über die Kleider, die Gästeliste und die Feier zu machen. Aber Claus sagte, er wolle nur eine schlichte Trauung im Kreise der Familie und einiger enger Freunde. Ich war einverstanden. Schließlich geht es hier um unsere gemeinsame Zukunft, nicht um Hochzeitskleider, Blumen und ein kaltes Büffet für die Gäste. Allerdings bezweifle ich, dass wir unseren Willen durchsetzen werden. Die*

*Gräfin von Letteberg und Mama haben bereits eine Liste von über zweihundert Leuten zusammengestellt, die ihrer Ansicht nach unbedingt eingeladen werden müssen.*

*Anschließend wollte Mama, dass ich mich ausruhe. Aber ich erwiderte, ich sei überhaupt nicht müde. Claus fragte mich, ob ich mit ihm ausreiten wolle. Ich ahnte, dass Mama es nicht richtig findet, dass ich allein mit Claus bin, obwohl wir in einer knappen Woche heiraten werden. Doch Papa weiß, dass Claus ein Offizier und Ehrenmann ist. Also erlaubte er es, und während Brunon die Pferde sattelte, zog ich Reitkleidung an.*

*Wir ritten zum See. Claus hatte einiges mit mir zu besprechen, zum Beispiel, wo wir unsere Flitterwochen verbringen wollen. Er schlug das Grand Hotel in Sopot vor, das mein absolutes Lieblingshotel ist. Der Speisesaal geht direkt auf den Strand hinaus. Ich antwortete, wenn ich das beste Flitterwochenhotel der Welt planen könnte, wäre es das Grand Hotel in Sopot mit seinen eleganten Gästen und den schönen Gärten.*

*Claus versprach, anzurufen und ein Zimmer mit Meerblick zu reservieren. Das könnte allerdings schwierig werden, weil es mitten in der Saison ist. Anschließend würden wir in das Haus seiner Familie, nach Bergensee, zurückkehren, das ab nächster Woche auch mein Zuhause sein wird.*

*Ich wollte gar nicht darüber nachdenken, was ich tun werde, wenn er wieder zu seinem Regiment muss. Aber er bestand darauf, dass ich Pläne schmiedete. Wir waren uns einig, dass es sinnlos ist, dass ich ein Studium am Konservatorium in Königsberg beginne. Klavierüben kann ich schließlich auch zu Hause. Außerdem glaubt Claus, dass die Universitäten im Fall eines Krieges ohnehin schließen müssen, weil so viele jun-*

*ge Männer eingezogen werden. Als Reservisten wird es Wilhelm und Paul wohl als erste treffen. Das haben sie uns nach den Radionachrichten erzählt.*

*Schließlich entschieden wir, dass ich nach den Flitterwochen wieder in Grünwaldsee wohnen werde. Wenn es zum Krieg kommt, werden gewiss einige unserer Arbeiter eingezogen. Dann wird Papa meine Hilfe brauchen, um die Pferde zu bewegen und das Gut zu verwalten. Also werde ich beschäftigt sein, allerdings, wie ich Claus sagte, nicht glücklich. Nicht ohne ihn.*

*Ich hatte gehofft, dass er mich wieder küssen würde, aber er hielt nur meine Hand und strich mit dem Daumen über meinen Ringfinger. Als ich so kühn war, ihn auf die Wange zu küssen, lächelte er und meinte, nach der Hochzeit würden wir noch genug Zeit für diese Dinge haben. Bis dahin geböte es ihm die Ehre, auf Papas Wünsche und auch auf meinen guten Ruf zu achten. Dafür liebe ich ihn nur noch mehr.*

*Dann fing er an, über Kinder zu sprechen, und sagte, er wünsche sich eine große Familie, doch im nächsten Moment wurden wir von Brunon gestört. Obwohl es Sonntag war, hatte Mama die Schneiderin mit dem Wagen abholen lassen. Gerade habe ich die Anprobe hinter mir. Mamas Hochzeitskleid wird für mich gekürzt. Greta platzte fast vor Wut, denn weil sie größer ist als ich, heißt das, dass sie es zu ihrer Hochzeit nicht mehr tragen kann. Mama erwiderte, da sie mehr Zeit für die Planung haben würde als ich, könne sie sich ja eines maßschneidern lassen.*

*Inzwischen bin ich todmüde. In zwei Stunden kommt Claus, um mit mir zur Kirche zu fahren und mit dem Pastor die Hochzeit zu besprechen. Er wird uns auch erklären, was eine Ehe bedeutet. Aber vorher muss ich noch ein bisschen schlafen. Allerdings kann ich trotz meiner Erschöpfung nur an meinen geliebten Claus denken. Ich freue mich ja so darauf, seine Frau zu werden.*

*Ich bin aufgeregt, glücklich, habe jedoch auch ein kleines bisschen Angst. Vorhin kam Mama in mein Zimmer, um mit mir zu reden. Sie sagte, es sei die Pflicht einer Ehefrau, sich ihrem Mann in allen Dingen unterzuordnen, und zwar im Schlafzimmer wie im Wohnzimmer. Ich weiß, was sie damit meint, denn Nina erzählt ständig davon. Hildegard findet, kein anständiges Mädchen könnte Gefallen an den scheußlichen Dingen haben, die die Männer sich so vorstellten. Das sei nur etwas für die Flittchen, die es für Geld täten. Wenn ich an Claus denke, weiß ich nur, dass ich ihn in jeglicher Hinsicht zufriedenstellen will. Ich hoffe und bete, dass ich ihn nie enttäuschen oder unglücklich machen werde und dass Gott im Fall eines Krieges seine schützende Hand über ihn hält.*

Samuel wartete, bis Charlotte ihr Gepäck am Schalter der Lufthansa abgegeben hatte, und umarmte sie fest. »Bist du froh, den Londoner Vorstädten den Rücken zu kehren?«

»Ja«, stimmte sie zu. »Aber dich verlasse ich nur ungern, Samuel.«

»Hoffentlich findest du in Polen das, was du suchst.«

»Danke.« Charlotte küsste ihn zum ersten Mal im Leben auf die Lippen.

Er berührte seinen Mund. »Wenn du das vor sechzig Jahren getan hättest, hätte sich unser Leben vielleicht ganz anders entwickelt.«

»Das Schicksal wollte, dass wir gute Freunde sind, Samuel.«

»Nimm das.« Er drückte ihr einen Umschlag in die Hand.

»Was ist das?« Sie drehte das Kuvert um.

»Meine streng geheimen Telefonnummern und meine Mobilfunknummer.«

»Die habe ich doch.«

»Ich weiß. Aber ich denke, du solltest sie in deinem Pass aufbewahren, zusammen mit der Anweisung, mich im Notfall zu benachrichtigen. Deine Söhne sind sehr beschäftigt. Claus muss sich um seine schwangere Frau kümmern. Vielleicht braucht ihr, du und Laura, ja Hilfe.« Er zuckte die Achseln. »Ich habe Beziehungen.«

»Daran zweifle ich nicht. Sogar in Polen«, erwiderte sie.

»Auch dort kann ich dir einiges erleichtern oder Dinge in die Wege leiten.«

»Samuel.« Sie umarmte ihn noch einmal. »Was wäre nur aus mir geworden, wenn ich dir nie begegnet wäre?«

»Ich weiß, was mit mir geschehen wäre.« Er nahm ihr Handgepäck vom Wagen und reichte es ihr. »Ich werde dich wiedersehen, Charlotte, entweder in diesem Leben oder im nächsten. Ach, und falls du vor mir im Jenseits ankommen solltest, such meine Frau. Sie heißt Taube. Sie müsste meine Söhne Shlomo und Simcha und die kleine Lola bei sich haben. Ich weiß nicht, ob Kinder im Himmel erwachsen werden, aber Lola war so ein hübsches Mädchen. Erst ein Jahr alt, mit wunderschönen schwarzen Augen und einem Wuschelkopf.« Er verstummte. Charlotte kannte dieses Schweigen. Bei ihr war es genauso, wenn sie in Erinnerungen schwelgte.

Er sah sie an und erwiderte ihr Lächeln. »Richte Taube aus, dass ich bald nachkomme. Und sag denen, die da oben für die Verpflegung zuständig sind, dass ich am liebsten starken Brandy und dünnen Kaffee mit viel Schlagsahne trinke.«

»Mutti, es freut mich, dass du so gut aussiehst.« Erich saß am Kopf der Tafel und prostete seiner Mutter zu. »Auf deine Gesundheit.«

»Danke, Erich.« Charlotte stieß mit ihm an. »Und dir auch, Ulrike. Der Tisch ist wunderschön geschmückt, und ich bin sicher, dass das Essen köstlich sein wird.«

»Unser neuer indonesischer Koch ist ausgezeichnet.« Nervös strich Ulrike ihr Haar glatt und spielte dann an Teller und Besteck herum. »Wie geht es Claus?«

»Er ist sehr glücklich mit Carolyn und freut sich auf das Baby. Eigentlich wollten sie mir einen Brief an euch mitgeben«, log sie diplomatisch. »Aber ich bin so überraschend abgereist, dass die Zeit nicht mehr zum Schreiben reichte.«

»Schwangerschaft und Geburt sind so eine Belastung für eine Frau. Hoffentlich achtet Carolyn auch auf sich. Ich war nach der Geburt von Claus und Erich junior nie mehr die Alte …«

»Carolyn ist eine gesunde junge Frau. Reich den Salat weiter«, fiel Erich ihr ungeduldig ins Wort.

Charlotte bemerkte, dass Ulrikes Unterlippe zitterte. Obwohl ihr die Hypochondrie ihrer Schwiegertochter ziemlich auf die Nerven fiel, lächelte sie ihr mitfühlend zu. Erichs barscher Ton löste unangenehme Erinnerungen an das Zusammenleben mit seinem Vater in ihr aus.

»Claus kümmert sich rührend um Carolyn.« Kurz tätschelte Charlotte Ulrikes Hand, bevor sie nach ihrer Serviette griff.

»Ich kann mir nicht vorstellen, dass sich dieser junge Faulpelz um irgendetwas kümmert. Den Hamster, den wir ihm zum sechsten Geburtstag geschenkt haben, hat er jedenfalls verhungern lassen«, schimpfte Erich. »Jeden Morgen habe ich nach dem Tier gesehen. Nie war Futter da, und Streu und Wasser hat er auch nur selten gewechselt.«

»Claus arbeitet Tag und Nacht, Erich«, widersprach Charlotte. »Seine Firma ist sehr erfolgreich.«

»Wenn er in der Schule fleißiger gewesen wäre, müsste er jetzt keine niedrigen Arbeiten verrichten.«

»Claus ist kein ungelernter Arbeiter, sondern ein begabter Handwerker. Die Liebe zur Holzschnitzerei hat er sicher von meinem Vater geerbt.«

»Möchtest du Wild, Mutti?« Mit einem schüchternen Lächeln hielt Ulrike ihr die Platte hin.

»Danke, Ulrike.« Charlotte nahm sich die kleinste Scheibe und sah ihren Enkel an, der nach seinem Vater benannt war und überall nur Erich junior hieß. Er war drei Jahre jünger als Claus, aber ebenfalls hochgewachsen, blond und attraktiv wie sein Vater und sein Großvater. Von wem er jedoch die ständige Leichenbittermiene geerbt hatte, blieb ein Rätsel. »Freust du dich schon darauf, im Herbst mit dem Studium anzufangen, Erich?«, fragte sie.

»Ja, obwohl es eine schwere Verantwortung ist, allein den Ruf unserer Familie hochhalten zu müssen.«

»Nicht jeder schafft es an die Universität, Erich.« Charlotte angelte eine Kartoffel aus einer Schüssel.

»Nein, Oma, nur die, die sich ins Zeug legen«, entgegnete er herablassend.

»Soße, Mutti?« Ulrike streckte ihr die Sauciere hin.

»Himmelherrgott, Ulrike«, brüllte Erich senior. »Es ist völlig überflüssig, dass du alles herumreichst, obwohl sich jeder selbst bedienen kann.«

»Wie laufen die Geschäfte, Erich?«, erkundigte sich Charlotte, um die Stimmung aufzulockern.

»Wir schlagen uns so durch. In der gegenwärtigen Wirtschaftslage ist es nicht leicht. Alle Großkonzerne bauen Stellen ab. Die Arbeitslosigkeit schadet der deutschen Wirtschaft.«

»Ich dachte, deine Kanzlei sei auf Firmenrecht spezialisiert.«

»Richtig. Doch die internationalen Unternehmen streichen genauso Arbeitsplätze wie die deutschen.«

»Ein reizendes Kostüm, Mutti. Darf ich fragen, wo du es gekauft hast?«

Charlotte wusste, wie viel Mut es Ulrike gekostet hatte, in Erichs Gegenwart das Wort an sie zu richten. Sie zermarterte sich das Hirn nach Informationen über Kleidung und Designer, obwohl sie sich nicht mehr an Modetrends orientierte, seit sie in den Fünfzigerjahren aus England und vor Jeremy geflohen war. Sie hatte vorgegeben, Geld sparen zu müssen. Doch in Wirklichkeit hatte sie ihren eigenen Stil entwickeln wollen. Also begann sie ein Gespräch über Mode, an dem Ulrike sich stockend beteiligte. Allerdings warf sie nach jeder Meinung, die sie zu äußern wagte, ihrem Mann einen ängstlichen Blick zu.

Seit ihrer Hochzeit hatte Ulrike drei Nervenzusammenbrüche erlitten, die Charlotte auf Erichs mangelndes Einfühlungsvermögen zurückführte. Nach ihrer derzeitigen Nervosität zu urteilen, schien der vierte nicht mehr fern zu sein.

»Mutti?« – »Entschuldige, Erich, hast du etwas gesagt?« Charlotte wartete ab, bis Ulrike ausgeredet hatte, bevor sie sich an ihren Sohn wandte.

»Ich wollte wissen, warum du ausgerechnet jetzt nach Polen reist.«

»Es gibt keinen besonderen Grund, bis auf die Tatsache, dass ich nicht jünger werde und noch einmal meine alte Heimat sehen möchte.«

»Alle, die dort waren, berichten, das Land hätte sich bis zur Unkenntlichkeit verändert.«

»Das habe ich auch gehört. Aber ich würde mir diese Veränderungen gern selbst anschauen. Erinnerst du dich noch an Grünwaldsee und die Landschaft?«

»Kaum, doch ich war ja erst vier, als wir gingen. Und wenn man bedenkt, was mir später zugestoßen ist, sind meine Gedächtnislücken wahrscheinlich von Vorteil.«

»Danke.« Charlotte gab ihren Teller dem philippinischen Hausmädchen, das hereingekommen war, um den Tisch abzuräumen.

»Vielleicht können wir den Kaffee und die Nachspeise im Wintergarten zu uns nehmen«, schlug Ulrike vor und sah ihren Mann wieder abwartend an.

»Das wäre schön, Ulrike«, stimmte Charlotte zu. »Aber wenn du nichts dagegen hast, möchte ich zuvor kurz unter vier Augen mit Erich sprechen. Ich muss etwas Geschäftliches mit ihm erörtern.«

»Jeremy hat mich gestern Abend angerufen«, verkündete Erich, als sie in sein Arbeitszimmer traten. Es war etwa sechsmal so groß wie das von Jeremy und nüchterner und teurer eingerichtet. Der maßgefertigte Schreibtisch und die verglasten Bücherregale bestanden aus massiver, dunkel gebeizter Eiche. Die Sessel waren mit dickem, weinrotem Leder bezogen.

»Ich wusste gar nicht, dass ihr beide Kontakt zueinander pflegt.«

»Eigentlich tun wir das nicht, abgesehen von den Weihnachts- und Geburtstagskarten, die unsere Frauen schicken. Er wollte mich nur warnen, dass du uns beide enterbt hast.«

»Ich verstehe.« Charlotte ließ sich in einen Sessel sinken, erleichtert, dass er im Gegensatz zu dem Stuhl bei Jeremy bequem war. Außerdem sahen die Sessel alle gleich aus, sodass sich der Besucher dem Gastgeber nicht unterlegen fühlen musste.

»Oder hat er dich missverstanden?« Erich griff nach der Brandyflasche, die auf einem Beistelltisch stand, und schenkte zwei Gläser ein, ohne sie zu fragen, ob sie etwas trinken wollte. Als er ihr ein Glas reichte, musterte er sie forschend.

»Ich habe Treuhandfonds für die Kinder eingerichtet. Der für Erich junior ist mit denen von Claus, Laura und Luke identisch.«

»Das war sehr großzügig von dir, und wir wissen es zu schätzen.« Er setzte sich ihr gegenüber.

»Danke.«

»Jeremy hat mir erzählt, du hättest dein Haus in Amerika Claus vermacht.«

»Da unsere Häuser nur einen Katzensprung voneinander entfernt sind, haben wir das Grundstück nie geteilt. Es erschien mir nur recht und billig.«

»Jeremy ist da ganz anderer Ansicht.«

»Und du?« Sie blickte ihn unverwandt an.

»Ich finde, dass du das Recht hast, nach Gutdünken über dein Vermögen zu verfügen.«

»Genau das hätte dein Vater auch gesagt.« Charlotte hatte mit keiner anderen Antwort gerechnet. Erich war ein Meister darin, seine Gefühle zu verbergen und stets das Richtige zu sagen und zu tun. Das waren zwar löbliche Eigenschaften, doch sie wünschte, dass Vater und Sohn ein wenig spontaner, einfühlsamer und toleranter gegenüber den Fehlern ihrer Mitmenschen gewesen wären.

»Jeremy sagte auch, wir müssten beide eine Klausel unterzeichnen, dass wir das Testament nach deinem Tod nicht anfechten werden.«

»Ja, das verlange ich von euch.«

»Kein Problem. Wenn du sonst nichts mehr auf dem Herzen hast, können wir ja wieder zu den anderen gehen.« Er leerte sein Glas.

»Erich, ich wollte dir noch sagen, dass ich dich sehr liebe.« Sie betrachtete ihn ernst.

»Mutti …«, unterbrach er sie verlegen, wie immer, wenn Gefühlsdinge im Spiel waren.

»Dein Leben hat sich nicht so entwickelt, wie dein Vater und ich es wollten.«

»Nun, das ist Schnee von gestern«, entgegnete er und wechselte von Deutsch zu fließendem Englisch mit Oberschichtakzent.

»Aber du sollst wissen, wie stolz ich auf dich bin.« – »Danke«, antwortete er peinlich berührt und stand auf.

»Und noch etwas, Erich. Bitte hab ein bisschen mehr Geduld mit Ulrike.«

»Überspannte Frauen brauchen eine starke Hand.«

»Was sie braucht, ist Hilfe, Erich.«

»Sie hat die besten Ärzte.« Charlotte gab sich geschlagen. Es war, als sprächen sie nicht dieselbe Sprache. Als er ihr den Arm bot, hakte sie ihn unter.

»Erich junior möchte sich sicher für den Treuhandfonds bedanken. Darf ich es ihm erzählen?«

»Ja, Erich, du darfst. Und wenn es dir nichts ausmacht, möchte ich nach dem Kaffee gern zu Bett gehen. Ich habe noch eine lange Reise vor mir. Zuerst nach Berlin, um mich mit Laura zu treffen, und dann nach Warschau und Allenstein – ich meine Olsztyn.«

»Ich muss um halb sechs los, weil ich einen Geschäftstermin in Brüssel habe«, erklärte er. »Aber Ulrike wird da sein und sich um das Frühstück kümmern. Anschließend fährt Erich junior dich zum Frankfurter Flughafen.«

»Ich kann auch ein Taxi nehmen.«

»Das brauchst du nicht. Und jetzt überbringen wir Erich die gute Nachricht und trinken unseren Kaffee, bevor wir uns verabschieden, Mutti.«

Die Nachspeise, Kaffee, weitere bedeutungslose Küsse von Ulrike, zwei kühle kräftige Händedrücke von ihrem Sohn und ihrem Enkel. Ihre Söhne sprachen zwar nicht dieselbe Sprache, und auch ihr Einrichtungsstil unterschied sich. Dennoch herrschte in beiden Häusern eine sterile Atmosphäre, die alle Gefühle im Keim erstickte.

Das schlechte Gewissen lastete auf Charlotte wie eine schwere Steppdecke, als sie eine halbe Stunde später die Tür von Erichs und Ulrikes größtem Gästezimmer hinter sich schloss. Dann dachte sie an Claus, Carolyn, Luke und Laura und das enge Verhältnis, das sie zu ihnen hatte. Irgendwo und irgendwann musste sie etwas richtig gemacht haben, um so liebevolle Enkelkinder wie sie zu bekommen.

*Grand Hotel Sopot*

*Sonntag, 27. August 1939*
*Nach dem heutigen Tag werde ich mir ein sicheres Versteck für dieses Tagebuch suchen müssen, damit niemand es findet, vor allem nicht Claus. Doch zuerst muss ich jemandem erzählen, was passiert ist, und wenn es nur ich selbst bin, sodass ich es schwarz auf weiß sehen kann. Vielleicht wird es dadurch weniger schlimm.*

*Gestern habe ich geheiratet. Allerdings habe ich das Gefühl, dass die Trauung schon vor Jahren stattgefunden hat und dass eine andere vor dem Altar stand. Trotz der überstürzten Vorbereitungen war es eine Traumhochzeit. Aber jetzt … wie soll ich das für den Rest meines Lebens aushalten? Wie kann ich das ertragen?*

*In wenigen Wochen kehrt Claus zu seinem Regiment zurück, und ich ziehe wieder zu Papa und Mama nach Grünwaldsee. Wenn ich Glück habe, muss ich Claus ja nicht so oft sehen. Allerdings wage ich nicht, jemandem außer diesem Buch anzuvertrauen, was in mir vorgeht.*

*Also werde ich schildern, was geschah, bevor sich mein Leben für immer verändert hat.*

*Ich war so glücklich, als Wilhelm und Paul uns nach der Hochzeitsfeier zum Bahnhof fuhren. Alle waren mit von der Partie. Mama, Papa, Mama und Papa von Lettenberg, Irene, alle meine Freundinnen und die Offizierskameraden von Claus. Der Bahnhofsvorsteher witzelte, ihm würden gleich die Bahnsteigkarten ausgehen. Als ich meinen Brautstrauß warf, fing Irene ihn auf. Der letzte Anblick, der sich Claus und mir bot, war, wie sie ihn Wilhelm lachend hinhielt. Claus hatte ein ganzes Abteil reserviert, damit wir unter uns waren. Der Schaffner servierte uns das Abendessen in unserem Privatabteil: Kaviarbrötchen, Räucherlachs, Wildschweinsteaks mit Kartoffeln und Spargel, grüner Salat und frische Erdbeeren mit Schlagsahne. Claus hatte das Essen vom französischen Küchenchef seines Vaters in Bergensee zubereiten und zusammen mit zwei Flaschen Champagner und Eis für den Sektkübel in die Küche des Speisewagens bringen lassen.*

*Wir aßen, wir stießen auf unsere Zukunft an, wir tranken, und als der Zug in Sopot einfuhr, dachte ich, ich würde vor Glück sterben, weil der Bahnsteig unter meinen Füßen zu schwanken schien. Das Hotel hatte uns eine Limousine geschickt. Und dann unterschrieb ich zum ersten Mal mit meinem neuen Namen: Frau Claus von Letteberg.*

*Ich liebe alles am Grand Hotel: den Empfang mit den bunten Tiffanylampen, die in den gewaltigen Spiegeln reflektieren, die geschwungenen schmiedeeisernen, die von den oberen Stockwerken herunterführen, die Wandgemälde im Speisesaal und die Türen, die auf die an den Strand angrenzenden Gärten hinausgehen.*

*Claus hatte eine Suite im dritten Stock reserviert: ein Schlafzimmer, ein Wohnzimmer, ein Bad und ein Balkon mit*

*Meerblick. Hier wartete noch mehr Champagner auf uns und außerdem ein Obstkorb. In allen Zimmern standen Blumen.*

*Mama hatte trotz der Zeitnot darauf bestanden, dass ich eine richtige Aussteuer bekam. Das hieß zwar, dass wir einige Kleidungsstücke und Wäsche im Laden kaufen mussten. Doch die Schneiderin bekam das Nachthemd aus weißer Seide und das Negligé, gesäumt mit Brüsseler Spitze, die Oma mir in ihrem Testament vermacht hat, noch rechtzeitig fertig. Während das Zimmermädchen auspackte und Claus den Champagner öffnete, ging ich ins Bad, parfümierte das Badewasser und mich selbst, löste mein Haar, bürstete es und zog mein bräutliches Nachtgewand an, um so hübsch wie möglich auszusehen.*

*Wofür?*

Charlotte betrachtete das letzte, von einer Träne verschmierte Wort auf der Seite. Die Vergangenheit stand ihr so deutlich vor Augen, dass sie sogar das Parfüm riechen konnte, das seit über vierzig Jahren nicht mehr hergestellt wurde. Sie war wieder die unerfahrene, vor banger Erwartung bebende Achtzehnjährige von damals, die sich prüfend im Badezimmerspiegel der Hochzeitssuite im Grand Hotel von Sopot musterte, voller Angst, ihr Bräutigam könnte sie hässlich, abstoßend oder auf sonstige Weise mangelhaft finden.

*Mein Herz klopfte wie wild, weil ich mich so auf das freute, was gleich geschehen würde, und mich gleichzeitig schrecklich davor fürchtete. Ich liebte (ja, ich benutze bereits die Vergangenheitsform, wenn ich von ihm spreche) Claus so sehr, dass ich schreckliche Angst hatte, ihn zu enttäuschen. Deshalb trö-*

*delte ich herum, so lange ich konnte, und bürstete mein Haar, bis es elektrisch aufgeladen war, an der Bürste kleben blieb und mir vom Kopf abstand.*

*Zum ersten Mal im Leben flocht ich mir vor dem Zubettgehen keinen Zopf. Ich wusste zwar, dass es am nächsten Morgen völlig verfilzt sein würde, aber Claus sollte mich als Frau und nicht als das Schulmädchen sehen, das ich noch vor wenigen Wochen gewesen war.*

*Ich hatte auf die Hochzeitsreise nur Dinge mitgenommen, die dafür sorgen sollten, dass ich älter wirkte. Mein Parfüm stammte aus Frankreich, »das Beste, was wir auf Lager haben«, hatte mir die Verkäuferin in der Parfümerie versichert. Jedenfalls war es recht teuer gewesen, ebenso wie die parfümierte Creme, mit der ich mein Gesicht eingerieben hatte, damit meine Haut glatter und heller aussah. Während ich die Handtücher aufhängte, betrachtete ich mich im Spiegel. Durch das seidene Nachthemd und das Negligé zeichnete sich meine Figur ab, und ich war schockiert, als ich feststellte, wie viel Haut die zarte Spitze freigab.*

*Claus rief nach mir und fragte, ob alles in Ordnung sei. Ich erwiderte, alles sei bestens. Da ich es nicht mehr hinausschieben konnte, drehte ich den Schlüssel um und kam aus dem Bad.*

*Die Balkontür war offen. Claus stand auf dem Balkon. Er sagte mir, ich sähe wunderschön aus. Dann bot er mir Champagner an. Die Flasche und die Gläser hatte er mit nach draußen genommen. Ich gesellte mich zu ihm und griff nach dem vollen Glas, das er mir hinhielt. Dabei stellte ich fest, dass die Schlafzimmertür offen war. Das Zimmermädchen hatte, bevor es ging, die Bettdecke zurückgeschlagen.*

*Claus brachte einen Trinkspruch aus: »Auf ein langes und glückliches gemeinsames Leben und viele Kinder.«*

*Er stieß mit mir an, legte mir den Arm um die Taille und zog mich an sich. Als ich seinen warmen Körper und seinen Arm spürte, wurde mir klar, wir stark er war – und wie schwach ich verglichen mit ihm bin. Plötzlich wurde ich von Angst ergriffen, und ich versuchte, mich auf die Landschaft zu konzentrieren und im Geist Gedichte aufzusagen, nur um nicht an ihn und das, was nun geschehen würde, denken zu müssen.*

*Die salzige Nachtluft prickelte mir auf dem Gesicht und den nackten Armen. Der Sand vor uns schimmerte im Mondlicht dunkelblau. Die Lämpchen am Bootssteg waren in Zweierreihen angeordnet und wirkten wie silbrige Diamanten auf dem blauen Meer. Die, die am weitesten entfernt waren, schienen mit den am Nachthimmel funkelnden Sternen zu verschmelzen.*

*Der Anblick war so wunderschön, dass ich etwas Geistreiches und Poetisches sagen wollte. »Das Mondlicht sieht aus wie eine silberne Straße«, platzte ich stattdessen heraus. Es klang kindisch.*

*Claus störte das offenbar nicht. Er erwiderte, es sei die Straße in unsere Zukunft. Dann stellte er das Glas weg und blickte mir in die Augen. Ich wandte mich verlegen ab. Es war leichter, den Bootssteg anzuschauen als ihn. Doch das Schweigen zwischen uns war so beklommen, dass ich ihn bat, mich dort hinzubringen.*

*Er fragte, ob ich den Bootssteg oder unsere Zukunft meinte. Als ich mit »beides« antwortete, sagte er: »Wir fangen mit dem Bootssteg an. Es ist der längste an der Ostsee.« Er fügte hinzu,* er werde sich jetzt bettfertig machen. Ich erschauderte, allerdings nicht vor Kälte.

Claus ging hinein und hängte seine Uniformjacke in den Schrank. Ich betrachtete weiter den Bootssteg und den Schwarm Schwäne, der darunter schlief. Die Vögel hatten die Köpfe unter die Flügel gesteckt. Ihre zusammengerollten Körper tanzten auf den Wellen. Wie gerne wäre ich unten bei ihnen am Strand gewesen und wäre lachend ins Mondlicht hineingelaufen, wie ich es so oft mit Paul und Wilhelm getan hatte. Denn wenn wir mit Papa und Mama die Sommerfrische hier verbracht hatten, hatten wir uns häufig spätnachts hinausgeschlichen.

Claus kehrte zurück und fragte mich, ob ich glücklich sei. Natürlich sagte ich ja. Dann küsste er mich auf die Lippen, so sanft, dass ich gar keine Angst mehr hatte. In diesem Moment war ich wirklich überzeugt, es sei der glücklichste Augenblick am glücklichsten Tag meines Lebens. Er meinte, ich sollte nicht mehr zu lange auf dem Balkon herumstehen, und ging ins Schlafzimmer.

Als ich hörte, wie die Badezimmertür ins Schloss fiel, kehrte ich ins Schlafzimmer zurück. Die Leinenlaken waren kühl und starr von der Stärke, wie man sie offenbar nur in Hotels verwendet. Als ich so dalag, dachte ich darüber nach, wie es wohl sein würde, nicht nur heute Nacht, sondern jede Nacht in meinem Leben neben Claus einzuschlafen.

Die Badezimmertür öffnete sich, und er kam nackt heraus. Ich konnte ihn nicht anschauen. Seit die Zwillinge zehn gewesen und nackt im See geschwommen waren (ein Vergnügen, dem Greta einen Riegel vorgeschoben hatte), hatte ich keinen nackten Mann oder Jungen mehr gesehen.

*Er schlug die Decke zurück und legte sich neben mich ins Bett. Seine Beine berührten meine: Sie waren lang, kalt und behaart.*

*Ich fing an zu zittern und konnte nicht mehr aufhören. Er zog mich an sich. »Du brauchst keine Angst zu haben, Charlotte«, sagte er. »Es ist ein völlig natürlicher Vorgang und außerdem notwendig, wenn man Kinder haben will.«*

*Im nächsten Moment zog er mir die Decke weg und schob mir das Nachthemd hoch. Als ich mich bedecken wollte, hielt er mir die Hände fest. »Alles ist in Ordnung. Wir sind verheiratet, also ist es nicht verboten«, meinte er. »Was hältst du davon, dich auszuziehen, damit ich dich richtig anschauen kann? Setz dich auf. Ich helfe dir.«*

*Ich erinnerte mich an Mamas Worte und daran, dass ich erst an diesem Morgen vor Gott gelobt hatte, Claus zu gehorchen. Also ließ ich mich von ihm ausziehen. Nachdem ich nackt war, ging er ins Bad, holte ein Handtuch und legte es unter mich.*

*Als ich ihn anflehte, das Licht zu löschen, erwiderte er, er müsse sehen, was er täte. Dann umfasste er unsanft meine Brust. Ich verkrampfte mich. Aber er wälzte sich auf mich und zwang mir mit dem Knie die Beine auseinander.*

*Ich schrie auf, als er in mich eindrang. Noch nie hatte ich solche Schmerzen gehabt. Mit einer Hand hielt er mir den Mund zu, sodass ich keinen Ton mehr herausbrachte. Dann drückte er mich aufs Bett und stieß immer wieder in mich hinein …*

*In seinem Tun lag keine Spur von Liebe und Zärtlichkeit. Es war brutal und tötete jegliche Hoffnung und Erwartung ab, die ich je an die Ehe gehabt hatte. Stattdessen fühlte ich mich verletzt, erniedrigt und gekränkt, und das nicht nur körperlich.*

*Ich konnte mir nicht vorstellen, dass dieser schreckliche, entwürdigende und bestialische Akt der Gipfel von Liebe, Romantik und Poesie sein sollte – und die Erfüllung meiner Träume.*

*Deshalb verhielt ich mich so wie immer, wenn ich einer unangenehmen oder schmerzhaften Situation wie einem Besuch beim Arzt oder Zahnarzt ausgesetzt bin – ich schloss die Augen und tat so, als wäre ich anderswo und als geschehe das alles nicht wirklich. Doch es ging nicht. Er drängte sich mir wieder und wieder auf, bis ich aufhörte mitzuzählen. Immer wenn ich glaubte, er sei endlich fertig, ging es von vorne los. Weiter und weiter, bis ich wünschte, ich sei tot.*

*Fahles Licht schimmerte durch die Vorhänge, als er schließlich von mir abließ. Er besaß tatsächlich die Frechheit zu lächeln.*

*»So schlimm war es doch nicht, oder?«, sagte er.*

*Ich konnte nicht antworten.*

*Dann warf er einen Blick auf das Bett und wies mich an, mich zu säubern.*

*Das Handtuch unter mir war mit Blut getränkt, ebenso wie das Nachthemd und das Negligé, die im Bett gelegen hatten. Ich rollte alles zu einem Bündel zusammen und ging ins Bad.*

*Dort drehte ich die Wasserhähne auf, setzte mich an den Wannenrand und weinte. Als die Wanne voll war, stieg ich hinein und versuchte, das Blut wegzuwaschen. Anschließend wickelte ich mich in den Hotelbademantel und schlich aus dem Badezimmer. Er lag schnarchend auf dem Rücken. Ich pirschte mich ins Wohnzimmer, holte das Tagebuch und schloss mich damit im Bad ein. Wenigstens bin ich hier sicher.*

*Ich habe solche Schmerzen, dass ich mich kaum bewegen oder gehen kann. Wie soll ich ihm gegenübertreten, wenn er aufwacht? Hoffentlich tut er nie wieder so etwas Ekelhaftes. Wie soll ich es aushalten, falls er es doch versucht?*

*Wie ertragen es die anderen Frauen? Mama? Gräfin von Letteberg? Warum habe ich bloß geheiratet?*

*Wahrscheinlich wäre es besser gewesen, als alte Jungfer zu sterben.*

# 5

Laura erwartete sie in Berlin am Flughafen. Sie hatte alles organisiert, sodass schon zwanzig Minuten nach Charlottes Landung ein Gepäckträger die Koffer in den Mietwagen lud. Nach der Begrüßung und der ersten Wiedersehensfreude stellte Charlotte fest, dass Laura müde wirkte. Sie fragte sich, ob ihre Enkelin zu viel arbeitete oder ob es an den im Archiv gefundenen Dokumenten lag.

Charlotte nahm auf dem Beifahrersitz Platz, während Laura sich ans Steuer setzte und den Zündschlüssel ins Schloss steckte. »Ich habe für dich ein Zimmer in meinem Hotel reserviert. Morgen fliegen wir nach Warschau. Ich kann die Tickets aber auch umbuchen, falls du dich vor der Reise nach Polen noch ein paar Tage ausruhen willst.« – »Ich möchte so schnell wie möglich los.«

»Ist morgen früh genug?« Laura bedachte ihre Großmutter mit einem Seitenblick.

»Ja. Hast du in den nächsten Wochen wirklich Zeit?« Als Charlotte aus dem Fenster sah, erkannte sie nichts wieder. Berlin hatte sich seit damals sehr verändert.

»Ich habe für die kommenden drei Monate keine Aufträge angenommen. Ich brauche nämlich dringend eine kleine Pause.« Nun, da Laura tatsächlich neben ihrer Großmutter saß, wurde ihr klar, dass es nicht leicht werden würde, ihr all die Fragen über die Vergangenheit zu stellen, die sie sich zurechtgelegt hatte.

»Geht es dir gut?«, erkundigte Charlotte sich taktvoll.

»Blendend. Wie lange planst du, in Polen zu bleiben?« Laura fädelte sich in den Verkehrsstrom ein, der den Flughafen verließ.

»Bis ich alles Notwendige gesehen habe.«

»Ich wünschte, ich könnte ohne Uhr und Kalender leben wie du.«

»In den letzten sechs Monaten war ich wie eine Sklavin an die Uhr gekettet«, gestand Charlotte. »Ich bin mit der Illustration der Märchen fertig.«

»Mit allen?«

»Mit allen. Und ich muss zugeben, dass es meine bislang besten Arbeiten sind.«

»Du musst ja Tag und Nacht geschuftet haben.«

»Es fühlte sich zumindest so an.«

»Claus klang bei unserem letzten Telefonat wie im siebten Himmel.«

»Das ist er auch. Aber mit Carolyn als Ehefrau, einem Baby, auf das er sich freuen kann, und einer erfolgreichen Firma hat er allen Grund dazu.«

»Der Glückspilz.« Laura hielt an einer Ampel.

Charlotte tätschelte Lauras Hand, die auf dem Lenkrad lag. »Wie geht es dir wirklich, Laura?«

»Ich bin total erledigt. Der letzte Dokumentarfilm hat mich emotional sehr belastet. Ich habe Dutzende von Leuten interviewt, die nicht ahnten, dass sie von ihren Angehörigen und engen Freunden ausspioniert worden waren. Die Stasi mag zwar Geschichte sein, doch es wird noch Jahre dauern, bis Deutschland die Folgen ihrer Machenschaften vergessen kann.«

»Das kann ich mir denken. Vermutlich ist es ähnlich wie mit den Schrecken des Zweiten Weltkriegs. Der Hass wird erst aufhören, wenn die letzten Zeitzeugen gestorben sind«, erwiderte Charlotte traurig. »Laura, auch wenn du mich jetzt für ein neugieriges altes Waschweib hältst, finde ich, dass du ziemlich blass um die Nase bist. Liegt es an den Nazi-Dokumenten, die du gefunden hast? Wenn ja, verspreche ich dir, dass ich alle deine Fragen beantworten werde. Allerdings erst in Polen, wenn du nichts dagegen hast.«

»Warum nicht jetzt?«

»Weil es mir anders lieber ist. Der Grund ist nicht, dass ich dich auf die Folter spannen will. So seltsam es klingen mag, gibt es da einige Dinge, die mir selbst noch nicht ganz klar sind. Damit meine ich nicht die Ereignisse. An die erinnere ich mich nur zu gut. Es geht eher darum, wie ich damals dazu gestanden habe und wie meine Haltung sich seitdem verändert hat.«

»Ich glaube, ich verstehe dich.« Als die Ampel umsprang, fuhr Laura weiter.

»Hast du noch andere Sorgen?«, hakte Charlotte nach.

»Warum fragst du?«

»Dein Vater hat etwas von einem Somalier erzählt.«

»Wenn er Angst hat, ich könnte einen Afrikaner heiraten, braucht er sich darüber nicht mehr den Kopf zu zerbrechen. Es hat nicht geklappt. Ahmed hat sich von mir getrennt.« Sie sah Charlotte an. »Er ist zu seiner Frau und seiner Tochter zurückgekehrt.«

»Das tut mir leid für dich, Laura.«

»Du bist nicht schockiert, dass er verheiratet war?«

»Ich kenne dich und weiß, dass du dich nie auf eine Affäre mit einem verheirateten Mann einlassen würdest, wenn du ihn nicht liebst.«

»Stimmt«, gab Laura zu.

»Hoffentlich war er deiner würdig und ihr habt auch schöne gemeinsame Momente erlebt.«

»Ich wünschte, alle wären so verständnisvoll und tolerant wie du, Oma«, seufzte Laura. »Wir haben uns sehr geliebt und waren eine Weile zusammen glücklich.«

»Das freut mich.«

»Wie geht es meinen Eltern und Luke?«, wechselte Laura das Thema.

»Deine Eltern sind eben, wie sie sind. Und Luke bringt deinen Vater auf die Palme.«

»Der gute alte Luke. Seit du hier bist, fühle ich mich schon viel besser. Es ist schön, dass wir ein wenig Zeit füreinander haben, Oma. Ich brauche dringend Gesellschaft und deinen guten Rat.«

»Das mit der Gesellschaft ist kein Problem, was den Rat betrifft, bin ich mir allerdings nicht so sicher. Geht es um etwas Persönliches oder Berufliches?«

»Beides.«

»Dann wirst du von mir nichts zu hören kriegen. Ich bevorzuge es, mich wie ein Feigling aus allem rauszuhalten, damit später niemand kommt und mir vorwirft, er habe meine Empfehlung befolgt, die Sache sei schiefgegangen, und jetzt sei ich allein schuld daran.«

Laura zwang sich zu einem Lächeln. »Hat das je ein Mensch gewagt?«

»Nur Familienmitglieder.« Charlotte streichelte Lauras Wange. »Meiner Erfahrung nach bringt es nichts zu grübeln, mein Kind. Die meisten von uns entscheiden sich erst, wenn ihnen nichts anderes übrig bleibt. Und falls die Entscheidung falsch war, merkt man es ziemlich bald. Letztlich ist im Leben alles vorherbestimmt.«

»Ich wünschte, ich könnte das glauben.«

»Versuche, das, was du willst, nicht aus den Augen zu verlieren, und schau nach vorne, nicht zurück.«

»Das tue ich ja. Allerdings tröstet mich in letzter Zeit nur noch, dass sich in hundert Jahren niemand mehr dafür interessieren wird, was ich getan oder nicht getan habe.«

»Du musst aufhören, dir den Kopf über andere Leute zu zerbrechen, Laura, und dafür mehr auf dich selbst achten. Es tut mir leid, dass deine Beziehung gescheitert ist. Lass uns hoffen, dass da irgendwo ein anderer Ritter in schimmernder Rüstung ist, der nur auf dich wartet.«

»Momentan würde ich ihn nicht erkennen, und wenn er auf einem Streitross angeritten käme und einen silbernen Panzer trüge. Was meinen Beruf angeht, hat man mir eine Festanstellung bei einem amerikanischen Sender angeboten, und zwar für ein unverschämt hohes Gehalt.«

»Wirst du annehmen?«

»Abgesehen davon, dass ich dann näher bei dir und bei Claus wäre, bin ich nicht sicher, ob ich in den Staaten leben und diese Art von Filmen drehen will. Es handelt sich um rührselige Streifen über benachteiligte Leute, die schließlich trotzdem Cheerleader oder erfolgreiche Footballspieler werden.«

»Dann lehn ab«, erwiderte Charlotte mit Nachdruck.

Lachend bog Laura in den Hotelparkplatz ein. »Woran liegt es nur, dass du eine Sache mit wenigen Worten klarstellen kannst? Du hast absolut recht. Diese Stelle ist das letzte, was ich will. Und ich habe gerade beschlossen, sie nicht anzunehmen.«

Nach dem Essen im Hotelrestaurant begleitete Laura ihre Großmutter in ihr Zimmer. Sie griff nach der Ausgabe von *Ein letzter Sommer,* die Charlotte aus ihrer Tasche genommen und zusammen mit dem Tagebuch aufs Nachtkästchen gelegt hatte.

»Schleppst du das immer noch mit dir herum?«

»Ja«, erwiderte Charlotte.

»Du hast es sicher schon hundert Mal gelesen, habe ich recht?«

»Vermutlich eher zweihundert Mal«, antwortete Charlotte. »Hast du einen Blick in die Ausgabe geworfen, die ich dir geschenkt habe?«

»Nur in den Anfang.« Laura setzte sich mit dem Buch in einen Sessel am Fenster.

»Du hast es nicht zu Ende gelesen?«

»Ich habe es nicht ausgehalten. Diese russische Trübseligkeit und das Leid waren zu viel für mich. Der arme Mann, eingesperrt in einem sibirischen Gulag, der jeden Tag unmenschliche Grausamkeiten ertragen und bei Hungerrationen darben muss. Die schrecklichen Lebensumstände und die eisige Kälte, die ihm keine andere Wahl lassen, als sich in seine Gedankenwelt zurückzuziehen und sich vorzustellen, er wäre in einer anderen Zeit an einem anderen Ort, und zwar bei der einzigen Frau, die er je geliebt hat.«

»Hast du nicht erkannt, dass diese Traumwelt seine Wirklichkeit war?«, gab Charlotte zurück. »Und dass sein Leben im Lager nicht mehr Bedeutung für ihn hatte als ein vergänglicher Albtraum?«

»Ich konnte den Gedanken nicht ertragen, dass er nur noch seine Vergangenheit hatte. Keine Zukunft, keine lebbare Gegenwart außer der, die er sich in seiner Fantasie ausmalte. Nichts, auf das er sich freuen konnte, außer den Tod.«

»Ohne diese Vergangenheit wäre es noch viel schlimmer für ihn gewesen. So hatte er wenigstens einen Grund, durchzuhalten und ums Überleben zu kämpfen. Und was die Zukunft angeht, ist in der Welt der Fantasie alles möglich.«

»Man kann noch so viel Fantasie haben, gegen den Dreck, die Demütigungen und die entwürdigenden Bedingungen in diesem Lager ist sie machtlos.« Laura drehte das Buch hin und her. »Er hat mir so leidgetan.«

»Vielleicht weißt du das Buch besser zu schätzen, wenn du erst einmal in meinem Alter bist.« Charlotte setzte sich auf den Hocker vor den Frisiertisch, löste ihr Haar und verabreichte ihm wie schon ihr ganzes Erwachsenenleben lang fünfzig Bürstenstriche. »Deine Mutter wollte, dass ich mit dir rede.«

»Hat sie auch gesagt, worüber?«

»Dass du endlich eine Familie gründen sollst. Ich habe zurückgegeben, ich hätte ohnehin einiges mit dir zu besprechen.«

»Du bist unverbesserlich, und ich liebe dich.« Laura küsste ihre Großmutter auf die Wange.

»Obwohl ich einmal Mitglied der NSDAP war?«

»Also war es kein Irrtum.« Laura wurde ernst. Charlotte

war klar, dass ihre Enkelin auf einen Beweis gehofft hatte, es könnte sich um eine Verwechslung handeln.

»Nein, war es nicht.« – »Wenn du es mir erklärst, werde ich versuchen, es zu verstehen.«

»In den Dreißigerjahren des letzten Jahrhunderts waren die meisten Leute, die ich kannte, im Besitz eines Parteibuchs. Alle wollten gute Nazis, anständige Staatsbürger und treue Gefolgsleute des Führers sein, denn der hatte dem deutschen Volk schließlich seine Wünsche und noch viel mehr erfüllt. Wir glaubten wirklich an den Wahlspruch ›Ein Volk, ein Reich, ein Führer‹. 1936 wurde ein Gesetz erlassen, das alle deutschen Kinder dazu verpflichtete, Mitglied der Hitlerjugend zu werden, aber uns brauchte niemand zu zwingen. Wir liebten die Hitlerjugend. Sie ermöglichte uns Reisen, sodass wir der Überwachung durch unsere Eltern entrinnen konnten, und wir bekamen Unterricht im Segeln, Reiten, Schießen, Fechten, Skilaufen, in der Gymnastik und sogar im Fliegen. Selbst nach dem Krieg, als die Verbrechen der Nazis allgemein bekannt wurden, beteuerten viele meiner Schulfreundinnen weiterhin, die Hitlerjahre seien die schönste Zeit ihres Lebens gewesen.«

»Ich habe von Hitlers Wirtschaftswunder gehört«, meinte Laura beklommen. »Aber was ist mit den Gräueltaten, den Lagern, der Judenverfolgung? Die Leute müssen doch gewusst haben, was gespielt wurde.«

»Ich war damals noch ein Kind und erinnere mich deshalb nur undeutlich daran, wie es in den Zwanzigerjahren in Ostpreußen zuging. Gesetz und Ordnung waren zusammengebrochen. Eine gewaltige Inflation entwertete die Gehälter, noch ehe sie ausgezahlt wurden. Rivalisierende Banden bekämpften sich auf den Straßen. In Allenstein wimmelte es von Bettlern – Kriegskrüppeln, Arbeitslosen und Kindern. Mein Vater wurde von Menschen, die bereit waren, nur für ein Stück Brot zu arbeiten, förmlich überrannt. Damit will ich nicht sagen, dass die Situation in Deutschland während der Weltwirtschaftskrise schlimmer war als in den USA oder in Großbritannien. Doch Deutschland war ein besiegtes, gedemütigtes Land, das bei der Unterzeichnung der Friedensverträge nach dem Ersten Weltkrieg gezwungen worden war, große Gebiete abzutreten. Hitler vermittelte den Menschen Hoffnung. Er stellte den Nationalstolz wieder her. Und um deine Frage zu beantworten, ja, alle wussten, dass die Nazis Antisemiten waren. Angesichts der antijüdischen und antikommunistischen Propaganda im Radio, in den Zeitungen, auf Plakaten und in Filmen war es unmöglich, die Augen davor zu verschließen. Ganz zu schweigen von den Ansichten, die man uns in der Hitlerjugend eintrichterte. Aber man sagte uns Deutschen so oft, wir seien eine Herrenrasse, dass die meisten jungen Leute – zu meiner Schande muss ich eingestehen, auch ich – wirklich glaubten, wir seien etwas Besonderes. Ja, wir erlebten mit, wie Juden auf der Straße misshandelt wurden. Meine jüdischen Freundinnen wurden aus der Schule geworfen. Es war allgemein bekannt, dass Juden nicht mehr arbeiten, wählen und keinen Grund mehr besitzen durften. Offiziell hieß es, dass man sie umsiedeln würde. Es war von Madagaskar oder dem Osten die Rede. Doch die meisten, auch mein Vater, fanden, dass Hitlers antijüdische Gesetze ein kleiner Preis für volle Mägen und Vollbeschäftigung waren.«

»Und es endete mit dem Holocaust.« – »Ja, das tat es.« Schmerz stand in Charlottes Blick. »Und ich und allen Deutschen, die damals lebten, bleibt nichts weiter übrig, als uns damit abzufinden, dass es zu Deutschlands ewiger Schande geschehen ist, und um Verzeihung zu bitten. Was allerdings nicht heißt, dass wir sie verdient hätten.«

»Ich begreife nicht, wie man tatenlos zusehen kann, wenn eine Minderheit verfolgt wird«, meinte Laura leise.

»Du und Claus hättet das nicht getan, denn ihr beide seid, anders als ich in meiner Jugend, ganz besonders einfühlsame Menschen. Mein Vater, der sich eigentlich nicht leicht beeinflussen ließ, trat noch in derselben Nacht, als er Hitler zum ersten Mal reden hörte, in die NSDAP ein. Nachdem Hitler Reichskanzler wurde, änderte sich alles.«

»Über Nacht?«

Laura legte *Ein letzter Sommer* weg.

»Uns kam es so vor. Der beste Freund meines Vaters war Baumeister und Architekt. Aber seine Familie konnte von dem, was er mit Aushilfstätigkeiten verdiente, kaum leben. Vor Hitlers Machtergreifung brachten wir ihnen bei jedem Besuch einen Korb mit Lebensmitteln mit. So wie wir es mit den meisten Freunden meiner Eltern hielten.«

»Wart ihr so reich?«, fragte Laura erstaunt.

»Mein Vater besaß einige Landgüter, und die Pächter bezahlten ihre Pacht in Naturalien. Deshalb hatten wir mehr zu essen, als wir brauchten. Mein Vater brachte es nicht über sich, die Lebensmittel zu verkaufen, während seine Freunde und ihre Kinder hungern mussten. Als Hitler an die Macht kam, setzte er die verschiedensten Bauvorhaben in Gang – Straßen, Schulen, Jugendherbergen, Fabriken.

Schon vier Jahre später hatte der Freund meines Vaters so viel verdient, dass er für seine Familie ein großes Haus bauen konnte. Außerdem kaufte er ein riesiges Grundstück, wo er Wohnhäuser und Werkstätten errichtete.«

»Waren alle in deiner Familie Nazis?«

»Vor dem Krieg schon«, erwiderte Charlotte. »Mein Vater sorgte dafür, dass ich, meine Brüder und meine Schwester an unserem achtzehnten Geburtstag vollwertige Parteimitglieder wurden und nicht wie die anderen warten mussten, bis wir einundzwanzig waren. Deine Großtante Greta war Gebietsführerin des BDM, des Bundes deutscher Mädchen. Ich spielte im Musikkorps der Allensteiner Hitlerjugend, und meine beiden Brüder gehörten der Hitlerjugend an, bevor sie Offiziere bei der Wehrmacht wurden. Mein Vater war Bürgermeister, und meine Mutter organisierte Wohltätigkeitsveranstaltungen. Nach dem Krieg wollten viele Deutsche nicht mehr zugeben, dass sie Parteimitglieder gewesen waren. Aber ich kann es nicht leugnen, und du hast allen Grund, schockiert zu sein.«

Charlotte griff nach ihrem Tagebuch.

»Ich weiß, dass du Deutsch lesen kannst. Aber was ist mit Sütterlin?«

»Nachdem ich einen Monat lang im Staatsarchiv gewühlt habe, klappt es einigermaßen.«

»Dieses Tagebuch habe ich an meinem achtzehnten Geburtstag begonnen und es während des Krieges und danach noch eine Weile weitergeführt. Möchtest du es lesen?«

»Wenn es dich nicht stört.«

»So haben wir etwas, womit wir anfangen können. Aber nicht mehr heute Abend. Wir haben morgen eine lange Reise vor uns. Nicht nur in Bezug auf die Kilometer, sondern auch auf die Jahre.«

»Stimmt.« Laura stand auf. »Oma, du hast aber nichts verbrochen … ich meine, in den Lagern …«

»Bei Greta bin ich nicht sicher, aber mein Vater, meine Mutter und ich haben das schlimmste aller Verbrechen begangen.« Charlotte sah Laura an, dass ihre Enkelin Angst hatte weiterzufragen. »Wir haben nichts getan, um den Menschen zu helfen, die dort eingesperrt wurden«, fuhr sie fort. »Absolut nichts.«

*Sonntag, 27. August 1939 (Fortsetzung)*
*Wir kehren nach Bergensee zurück. Gestern, als Claus und ich geheiratet haben, hat der Führer eine Rede gehalten, in der er die Rückgabe von Danzig und dem polnischen Korridor forderte, der Preußen vom restlichen Deutschland trennt. Außerdem sollen die Engländer und die Franzosen ihr Versprechen zurücknehmen, die polnische Aggression gegen Deutschland zu unterstützen. Heute Morgen haben alle im Hotel darüber gesprochen. Als Claus und ich nach dem Frühstück in unserem Zimmer herunterkamen, drängten sich in der Hotelhalle die Sommerfrischler, die unbedingt abreisen wollten, weil sie jeden Moment mit dem Kriegsausbruch rechneten. Allerdings hinderte sie das nicht daran, mich anzustarren und einander wissend zuzunicken.*

*Da kein Zimmermädchen frei war, kehrte ich in unser Zimmer zurück, um selbst zu packen. Claus folgte mir später. Er hatte uns die letzten verfügbaren Rückfahrkarten nach Allenstein gesichert. Dritte Klasse in einem Nachtzug. Ein himmelweiter Unterschied zu unserer gestrigen Reise. Claus ist enttäuscht, ich nicht. Heute Nachmittag unternimmt er mit mir einen Spaziergang zum Strand und zum Bootssteg. Ein Besichtigung der Altstadt kommt nun wohl nicht mehr infrage.*

*Im Garten spielt eine Kapelle Militärmärsche. Die Kinder tanzen und singen. Die Jungen exerzieren und marschieren mit gestreckten Beinen wie Soldaten. Ich kann nicht fassen, dass wir in wenigen Stunden tatsächlich Krieg haben werden. Die Polen werden sich doch bestimmt den Forderungen des Führers beugen. In allen Zeitungen steht, dass diese ganz und gar vernünftig sind und dass wir ein Recht auf die Rückgabe der Gebiete haben, die uns nach dem Weltkrieg weggenommen wurden, damit Preußen wieder mit dem restlichen Deutschland vereint wird.*

*Claus konnte mit seinem Vorgesetzten telefonieren, obwohl die Telefonzentrale des Hotels vier Stunden gebraucht hat, um das Hauptquartier seines Regiments zu erreichen. Sein Urlaub ist gestrichen. Am 30. August muss er seinen Dienst wieder antreten. Also werden unsere kurzen Flitterwochen nur drei Tage dauern.*

*Ich habe versucht, ein enttäuschtes Gesicht zu machen, als er mir das mitteilte. Allerdings ahnt er sicher, wie sehr ich das verabscheue, was er mir antut.*

*Heute Morgen war es noch schlimmer als letzte Nacht. Sobald er aufwachte, zog er mich wieder aus, und danach, beim Frühstück, wollte er mich ständig begrapschen und riss dabei anzügliche Witze.*

*Heute Nacht sind wir wieder in Bergensee. Er hat seinem Vater telegrafiert, damit er einen Wagen schickt, um uns vom Bahnhof abzuholen.*

## *Grünwaldsee*

*Dienstag, 29. August 1939*
*Claus ist fort, und ich sitze – Gott sei Dank – wieder allein in meinem Zimmer in Grünwaldsee. Allerdings hat Mama mein kleines Bett weggeräumt und es durch ein riesiges Ungetüm von einem Himmelbett ersetzt, in dem auch ein Regiment Platz hätte. Mama und Papa von Letteberg sind in ihr Haus in Berlin gefahren, bevor Claus und ich aus Sopot zurückkamen, damit wir unsere Flitterwochen in Bergensee fortsetzen konnten. Sie wollten, dass wir unter uns sind. Ich wünschte, sie wären geblieben. Dann hätten wir wenigstens das Schlafzimmer verlassen müssen, um im Speisezimmer zu essen.*

*Obwohl ich schon oft in Bergensee gewesen bin, war mir nie aufgefallen, dass es verglichen mit Grünwaldsee viel eleganter und förmlicher eingerichtet ist. Vermutlich lag das daran, dass ich nur Augen für Claus hatte.*

*Ich wusste zwar, dass es ein großes Haus ist, hatte aber keine Ahnung, dass es über 465 Zimmer verfügt.*

*Das Personal ist sehr steif (ich würde eher dünkelhaft sagen), und die Haushälterin macht mir richtig Angst. Sie sieht stets geschniegelt und gebügelt aus und mustert mich immer von oben herab.*

*Als sie mir die Familienporträts in der Galerie zeigte, hatte ich den Eindruck, sie findet mich weder hübsch noch stilvoll genug, um einen von Letteberg zu heiraten.*

*Allerdings dauerte der Rundgang nicht lang. Claus sagte, ich würde nach seiner Abreise noch genug Zeit haben, mich mit dem Haus vertraut zu machen. Er hatte angeordnet, dass alle Mahlzeiten in seinen Räumlichkeiten serviert wurden. Obwohl wir nur so wenig gemeinsame Zeit hatten, bestand er darauf, dass wir versuchen sollten, für seinen Vater und seine Familie einen Stammhalter zu zeugen.*

*Ich hasse Geschlechtsverkehr. Als ›Liebe machen‹ kann ich es nicht bezeichnen.*

*Was Claus mir antut, hat nichts mit Liebe zu tun. Manchmal konnte ich nicht verhindern, dass ich zu weinen anfing, obwohl ich mir ständig Mamas Ermahnung vor Augen hielt, dass eine Ehefrau die Pflicht habe, sich zu fügen.*

*Heute hat Mama angerufen, um uns zum Mittagessen nach Grünwaldsee einzuladen. Ich war sehr froh darüber, weil das hieß, dass ich meine Kleider anbehalten und mich zu Hause im Kreis meiner Familie von Claus verabschieden konnte. Bergensee kann so prunkvoll sein, wie es will, ich fühle mich dort trotzdem nicht zu Hause und frage mich, ob ich es wohl je tun werde.*

*Trotz der Hitze musste ich ein langärmeliges Kleid tragen, damit Mama und Papa die Blutergüsse an meinen Armen nicht sahen. Aber ich vermute, dass Mama einen Verdacht hat, dass etwas im Argen liegt, denn sie erkundigte sich ständig nach meinem Befinden. Ich zwang mich zu einem Lächeln und versicherte ihr, alles sei bestens. Claus benahm sich so wie immer. Sein Verhalten bleibt immer gleich, und offenbar kann nichts und niemand ihn glücklich oder traurig machen. Inzwischen ist mir klar, dass ich vor unserer Hochzeit nur sein ebenmäßiges Gesicht, seine Uniform und seine aristokratische Art wahrgenommen habe.*

*Die Zwillinge und Peter trugen ihre neuen Leutnantsuniformen. Sie wurden am Montag zu ihren Regimentern beor-*

*dert. Papa ist sehr bedrückt und wiederholt ständig, die Jungen hätten ja keine Ahnung, wie es im Krieg wirklich zuginge. Er sprach so ausführlich über das Töten, die Verwundungen und das Blutvergießen, dass mir ganz übel wurde. Ich verstehe nicht, warum er so böse auf die Zwillinge und Peter ist. Schließlich war es ja nicht ihre Idee, Reservisten zu werden oder zur Armee zu gehen.*

*Da alle drei ihre militärische Ausbildung nun hinter sich haben, haben sie ihr Offizierspatent bekommen. Jetzt sind meine Brüder und mein Schwager ebenso wie mein Mann Offiziere der Wehrmacht.*

*Ich finde es komisch, dass Peter jetzt mein Schwager ist. Im Orchester hat er immer den Klassenclown gegeben, und wir sind gleichaltrig.*

*Doch seit ich verheiratet bin, fühle ich mich um Jahre älter als er und das sorglose Mädchen, das erst vor wenigen kurzen Tagen aus Russland zurückgekehrt ist.*

*Die Jungen redeten über nichts anderes als über den bevorstehenden Krieg. Greta gesellte sich zu uns. Da Peter zu jung ist, um ihm schöne Augen zu machen, und außer Claus kein anderer Mann verfügbar war, war sie einfach unausstehlich. Ich weiß gar nicht mehr, was ich zu ihr gesagt habe. Nach meinen »Flitterwochen« fühlte ich mich so miserabel und elend, dass ich das Essen, mit dem Mama sich solche Mühe gegeben hatte, nicht anrühren konnte.*

*Ich merkte Papa und Mama an, dass sie sich Sorgen um mich machten. Sie dachten, ich sei traurig, weil Claus fortmuss. Wenn die wüssten! Ich konnte es kaum erwarten, dass er endlich verschwand.*

*Mama und Papa hatten auch Mama und Papa von Lette-*

*berg eingeladen. Sie sind den ganzen weiten Weg aus Berlin gekommen, nur um den Tag mit uns und Claus zu verbringen. Obwohl Papa von Letteberg bereits im Ruhestand war, hat man ihn reaktiviert, ihm wieder den Rang eines Generals verliehen und ihm einen wichtigen Posten beim Oberkommando des Heeres gegeben. Er und Mama von Letteberg wollen während des Krieges in Berlin leben – ganz gleich, wie lange er auch dauern mag. Gräfin von Letteberg ist so nett. Sie hat mich gebeten, sie so oft wie möglich dort zu besuchen. Wahrscheinlich ahnt sie, dass es zwischen Claus und mir nicht zum Besten steht.*

*Aber jetzt habe ich endlich Abstand. Viele Wochen – wenn ich Glück habe, sogar Monate – kein Claus und kein schreckliches »Eheleben«. Obwohl die Ehe ganz und gar nicht meinen Hoffnungen und Erwartungen entspricht, ist sie erträglich, solange Claus nicht da ist. Ist es falsch von mir, darum zu beten, dass ihm nichts zustößt – und darum, dass er trotzdem möglichst lange wegbleibt?*

## *Grünwaldsee*

*Mittwoch, 7. September 1939*
*Krieg! Morgen vor einer Woche sind die deutschen Truppen in Polen einmarschiert. Wir sind zwar nicht sicher, gehen aber davon aus, dass Claus, Paul und Wilhelm auch dabei waren. Ich bete zu Gott, dass er sie vor Schaden beschützt. Papa hat mich gewarnt, es könnte ein langer Krieg werden. Großbritannien und Frankreich fordern unseren Rückzug aus Polen. Da das für die Regierung nicht möglich war, haben die beiden Länder uns am 3. September den Krieg erklärt.*

*Bald müssen wir nicht nur Truppen nach Osten schicken, sondern auch nach Westen. Werden Claus und die Zwillinge dort eingesetzt?*

## *Grünwaldsee*

*Dienstag, 12. Dezember 1939*
*Ich habe seit drei Monaten nicht geschrieben, weil ich mich ständig so elend fühle. Erst die Flitterwochen und dann auch noch dieses Baby. Mama beteuert, ich werde wieder sein wie neu, wenn das Baby erst einmal da sei, aber ich glaube ihr nicht. Nach dieser Hochzeitsnacht wird es mir nie mehr gut gehen.*

*Seit Claus sich Ende August in Grünwaldsee von mir verabschiedet hat, hat er keinen Urlaub mehr gehabt. Es ist zwar schrecklich, so etwas zu sagen, doch da ich hier mit meinen Gedanken allein bin, kann ich aufrichtig sein: Ich bin froh darüber. Wir wissen, dass er in Polen stationiert ist. Wilhelm und Paul ebenfalls. Wilhelm und Paul schreiben, wie schnell Polen unserer siegreichen Armee unterlegen ist, und schildern ihre feuchtfröhlichen Gelage.*

*In Claus' Briefen geht es nur darum, was wir nach dem Krieg in Bergensee anfangen werden und wie er seinen Sohn erziehen will.*

*Ich frage mich, was er tut, falls ich es wagen sollte, ihm eine Tochter zu schenken.*

*Die meisten Vormittage verbringe ich im Bett. Ich fühle mich so krank und schwach, dass ich kaum den Kopf vom Kissen heben kann. Nachmittags sitze ich mit Mama im Wohnzimmer.*

*Seit meiner Hochzeit habe ich das Klavier nicht angerührt. Papa hat Andeutungen gemacht, er hätte gern meine Hilfe bei der Verwaltung des Gutes, und wenn ich nur die Bücher führe, Pferdefutter bestelle oder den Verkauf von Lebensmitteln ans Kriegsministerium organisiere. Also habe ich gestern die Bücher auf Vordermann gebracht. Etwas bedrückt Papa. Ich weiß nicht, was es ist, aber wenn ich ihn frage, antwortet er nur, seine einzigen Sorgen seien der Krieg und meine Gesundheit.*

*Bald reist Papa ab, um die ostpreußischen Unternehmer bei einer Tagung in Bayern zu vertreten. Ich habe mich danach erkundigt, doch nur dasselbe zu hören gekriegt wie immer, wenn Mama und ich etwas Geschäftliches von ihm wissen wollen, nämlich, dass wir uns unsere hübschen kleinen Köpfchen nicht darüber zerbrechen sollen. Wahrscheinlich heißt das, dass es etwas mit dem Krieg oder der Partei zu tun hat. Seit er zum Bürgermeister ernannt wurde, hat er viele Pflichten.*

*Zum Glück für Grünwaldsee ist Brunon schon fünfzig und damit zu alt, um eingezogen zu werden. Also bleibt wenigstens er uns erhalten. Aber die jungen Männer mussten, bis auf Wolfie, der geistig zurückgeblieben ist, einrücken. Die meisten Hausmädchen arbeiten jetzt in den Fabriken. Der Arbeitskräftemangel ist so groß, dass Brunons Frau Martha jetzt im Haus mithelfen muss.*

*Da Holz und Kohle knapp sind, hat Mama beschlossen, den Ballsaal, acht Gästezimmer und das Speisezimmer, in dem wir Gesellschaften geben, zu schließen. Ich kann mir nicht vorstellen, wie wir uns alle in das kleine Speisezimmer zwängen sollen, wenn die Jungen über Weihnachten nach*

*Hause kommen. Claus kommt nicht. Er findet es nicht richtig, dass Offiziere Urlaub nehmen, während gewöhnliche Soldaten auf ihren Posten bleiben müssen. Er schreibt, er käme vielleicht zu Silvester. Wenn die Engel gnädig mit mir sind, überlegt er es sich vielleicht noch anders.*

*Greta ist auch in Polen, um die Mädchen vom BDM zu beaufsichtigen. Sie richten Häuser für die deutschen Umsiedler aus Estland und den anderen Ländern im Osten her, die unter sowjetischer Herrschaft stehen. Sie schreibt Mama und Papa fast täglich und meint, die Polen hätten keine schönen Häuser verdient, weil sie so schmutzig seien. Außerdem sei es fast unmöglich, die Polinnen dazu zu bringen, ihre ehemaligen Häuser für die anreisenden deutschen Familien zu putzen.*

*Nina und Hildegard sind beide nach Berlin gezogen, um im Kriegsministerium zu arbeiten.*

*In ihrem Brief tut Hildegard, als bekleide sie einen hohen und wichtigen Posten. Aber Nina, die im selben Büro sitzt, sagt, sie schöben nur Modelle von Flugzeugen, Panzern und Soldaten auf einer großen Tafel hin und her, nähmen Anrufe entgegen und tippten Briefe.*

*Ich wünschte nur, dass mir nicht ständig schlecht wäre. Gestern Nachmittag ließ Mama den Wagen kommen und bestand darauf, dass ich sie in die Stadt begleitete.*

*Unterwegs musste Brunon dreimal anhalten, damit ich mich übergeben konnte.*

*Wilhelm hat Papa in einem Brief um die Erlaubnis gebeten, Irene an Weihnachten in der Kirche von Grünwaldsee zu heiraten.*

*Sie sind zwar noch sehr jung, aber Papa sagt, es ist nicht leicht für Jungen, die in den Krieg ziehen müssen, weiter in die Zukunft zu denken.*

*Schließlich könnten sie jederzeit fallen. Da die Zwillinge nun Offiziere sind, muss Papa sich damit abfinden, dass er es mit Erwachsenen zu tun hat.*

*Ich kann mir nicht vorstellen, dass der liebe und sanfte Wilhelm Irene die gleichen Scheußlichkeiten antun will, die Claus mit mir macht. Je länger ich über Ninas Beteuerungen nachdenke, dass manche Frauen Spaß daran haben, desto weniger glaube ich ihr.*

*Unvorstellbar, dass einige Frauen es vor lauter Verzweiflung sogar für Geld tun! Lieber würde ich mich aufhängen oder verhungern.*

*Irene ist sehr aufgeregt und hat mich gefragt, wie die Ehe denn so sei. Ich glaube, sie wollte über Intimes reden, doch ich konnte ihr nicht die Wahrheit sagen, weil sie so überglücklich wirkte. So glücklich wie ich vor meiner Hochzeitsnacht. Da sie Wilhelms Antrag bereits angenommen hat, gibt es ohnehin kein Zurück mehr. Außerdem ist es die Pflicht jedes deutschen Mädchens, zu heiraten und dem Vaterland Söhne zu schenken. Wenn Irene Wilhelm also nicht heiratet, wird sie einen anderen heiraten müssen.*

*Mama und Irenes Mutter, Frau Adolf, planen bei endlosen Kaffeekränzchen die Hochzeit. Sie wird in Grünwaldsee stattfinden, nicht nur, weil wir mehr Platz haben, sondern weil ein von Datski nur dort heiraten kann. Leider können sie wegen des Krieges und der Lebensmittelrationierung nicht so viele Gäste einladen. Also wird die Hochzeit von Wilhelm und der armen Irene kein so rauschendes Fest werden wie meine.*

*Die Zwillinge kommen zu Weihnachten nach Hause. Am Abend des ersten Weihnachtstags ist dann die Trauung. Ihre Flitterwochen werden Wilhelm und Irene in Grünwaldsee verbringen müssen, weil Wilhelm nur eine Woche Urlaub hat, und man sich nicht darauf verlassen kann, dass man auch eine Reisegenehmigung kriegt.*

*Papa hat angeordnet, das Sommerhaus am See zu putzen und von innen und außen neu zu streichen, damit sie dort wohnen können.*

*Martha wird die beiden bekochen.*

*In gewisser Weise beneide ich Irene, denn der Morgen nach unserer Hochzeitsnacht im Grand Hotel von Sopot war entsetzlich. Wie ich wusste, sahen uns alle Leute an, dass wir ein Brautpaar waren, und sie stellten sich sicher vor, was Claus mit mir gemacht hatte.*

*In Zukunft werde ich versuchen, öfter zu schreiben. Aber jetzt fahre ich mit Mama und Papa zum Bahnhof, um Papa zum Zug zu bringen. Außerdem muss ich mir mehr Mühe geben, damit Irene sich in unserer Familie zu Hause fühlt, und sie außerdem taktvoll warnen, dass es in der Ehe nicht zugeht wie im Märchen.*

»Falsche Straßenseite, Laura«, sagte Charlotte.

»Ach, verdammt, du hast recht! Warum müssen die Briten nur andersherum fahren als der Rest der Welt?«

»Wenn du müde bist, kann ich übernehmen.«

»Nein, es geht schon. Außer du hast Lust zu fahren«, erwiderte Laura, bevor ihr Claus' Bitte einfiel, ihre Großmutter nicht ans Steuer zu lassen.

»Ganz und gar nicht.« Charlotte faltete die Karte auf

ihrem Schoß zusammen, auf der sie sich die Strecke angesehen hatte. Von Warschau aus nach Norden und dann die Elblag-Straße entlang bis zum Wegweiser nach Olsztyn. Zu ihrer Überraschung war der Weg wirklich leicht zu finden. »In etwa einer Stunde müssten wir am Hotel sein.«

»Vorausgesetzt, ich fordere das Schicksal nicht heraus, indem ich wieder auf der falschen Straßenseite fahre«, sagte Laura. »Nach einem Monat in Berlin möchte man meinen, dass ich mich daran gewöhnt haben müsste. Hoffentlich sind wir rechtzeitig in Olsztyn, damit wir vor dem Abendessen noch auspacken und duschen können.«

»Ich werde mich nie daran gewöhnen, Allenstein Olsztyn zu nennen. Es ist so ein hässliches Wort«, stellte Charlotte wehmütig fest.

»Für die Polen vielleicht nicht.«

»Warum stehen denn so viele Trabis und Fiats am Straßenrand? Die können doch nicht alle eine Panne haben.«

»Offenbar sind Autoersatzteile in Osteuropa noch immer Mangelware«, antwortete Laura. »Deswegen fahren hier auch so viele Pferdekarren herum.«

»Ganz zu schweigen von den Radfahrern, die aus allen Richtungen auf einen zuflitzen«, ergänzte Charlotte, als ein junger Mann vor ihnen gefährlich ins Schleudern geriet.

»Erkennst du etwas wieder?«

»Noch nicht. Aber die Landschaft sieht genauso aus, wie ich sie im Gedächtnis habe.

Ich habe befürchtet, alles hier könnte durch die Umweltverschmutzung in Mitleidenschaft gezogen sein, doch die Wälder sind so grün und die Seen so klar wie in meiner Jugend.«

»Ich weiß nicht, was ich erwartet habe, jedenfalls nicht so viele Neubauten und frisch gestrichene Häuser.« An einem Wegweiser wurde Laura langsamer. »Olsztyn, acht Kilometer. Möchtest du unterwegs irgendwo anhalten?«

»Kommt darauf an, auf welcher Straße wir sind.«

»Das hier muss die Hauptstraße sein.«

Charlotte blickte sich um. »Ich erkenne nichts wieder.«

»Was ist mit diesem See?« Laura wies auf einen kleinen See links von der Straße.

Charlotte erbleichte. »In zwei oder drei Kilometern führt eine Abzweigung nach rechts.« Sie hatte nicht damit gerechnet, dass es so schnell gehen würde. Schließlich hatte sich manches verändert, und da die Bäume gewachsen waren, machte die Landschaft nicht mehr denselben Eindruck wie früher. »Sie ist nicht viel breiter als ein Feldweg. Früher gab es hier ein Tor mit Säulen, die von steinernen Wolfsköpfen gekrönt wurden.«

Laura bemerkte, dass Charlotte zitterte, während sie danach Ausschau hielt.

Als sich die Hände ihrer Großmutter zu Fäusten verkrampften, hielt sie an.

Doch die Säulen mit den Wolfsköpfen gab es nicht mehr, nur zwei von Efeu überwucherte Steinhaufen.

»Soll ich hier abbiegen, Oma?«

Charlotte nickte.

Langsam fuhr Laura die mit zerborstenem Kopfsteinpflaster befestigte und mit Laub und Tannennadeln bedeckte Straße entlang. Immer wieder musste sie Schlaglöchern ausweichen, die so tief waren, dass sie beinahe mit dem Reifen darin stecken geblieben wäre. Dann beschrieb die Straße plötzlich eine Rechtskurve, und sie standen in einem großen Hof. Vor ihnen erhob sich eine L-förmige, sechsgeschossige Barockvilla.

»Hier hast du gewohnt?«, stieß Laura hervor.

Charlotte konnte nicht antworten und nestelte am Türgriff herum. Beim Aussteigen zitterte sie trotz des warmen Sonnenscheins. Eine Brise trug den unverkennbaren Harzgeruch des Tannenwaldes heran.

Sie blickte sich um und ließ ihre Umgebung auf sich wirken.

Der Brunnen mitten im Hof stand noch, doch die steinernen Putten waren zerbröckelt, und die Wasserdüsen waren von Unkraut und angetrocknetem Schlamm verstopft und verrostet.

Die geschwungenen Dächer der Gebäude wiesen mehr Löcher als rote Ziegel auf. Die Fenster waren mit Brettern verrammelt, von denen einige in den unteren Etagen wieder abgerissen worden waren. Das einst so hübsche Mauerwerk war verfallen, von den Ecken rieselte der Putz, und die Fassade war so schmutzig und verwittert, dass man die ursprüngliche Cremefarbe nur noch in einigen geschützten Nischen erahnen konnte.

»Ist das Grünwaldsee?« Lauras Stimme klang in der Stille unnatürlich laut.

»Nein, Bergensee«, erwiderte Charlotte mit tränenerstickter Stimme. »Das Zuhause des Vaters von deinem Onkel Erich.«

»Und du hast hier auch gewohnt?«

»Für kurze Zeit, nachdem ich ihn geheiratet hatte.«

»Ich hätte nie gedacht, dass du einmal in einer solchen

Prunkvilla gelebt hast. Claus geht es sicher genauso. Warum hast du uns das nie erzählt?«

»Weil ich verhindern wollte, dass ihr mit dem, was ihr habt, unzufrieden seid.«

Während Charlotte antwortete, kamen einige dunkelhäutige, schwarzhaarige Frauen auf sie zu. Sie hatten Babys im Arm. Kleinkinder klammerten sich an ihre Röcke.

»Was wollen Sie hier?«

Die Frage wurde auf Polnisch gestellt. Charlotte verstand sie nur mit knapper Not, denn sie beherrschte lediglich ein paar Brocken dieser Sprache, da ihr Vater vor dem Krieg Polen beschäftigt hatte. »Von Letteberg«, entgegnete sie und deutete auf sich selbst.

Die Antwort erfolgte auf Deutsch. »Sind Sie hier, weil Sie das Haus zurückwollen?«

Charlotte betrachtete die verfallene Villa und schüttelte den Kopf. »Das könnte ich nicht, selbst wenn ich es wollte. Nein.« Sie wandte sich an Laura. »Fahren wir.«

»Möchtest du dich nicht noch weiter umschauen, Oma?«

»Ich habe genug gesehen.«

»Vielleicht kommen wir ja später wieder«, schlug Laura vor, die bemerkte, dass ihre Großmutter zu erschüttert war, um eine vernünftige Entscheidung zu fällen.

Charlotte stieg in den Wagen und schloss die Tür. »Dafür gibt es keinen Grund.«

»Wird Grünwaldsee auch so aussehen?«

»Das weiß ich nicht.« Charlotte warf einen hoffentlich letzten Blick auf Bergensee. Das Haus wirkte traurig und gebrochen. Auf dem Hof, wo früher Prinzen und Präsidenten in Kutschen und Autos vorgefahren waren, lagerten nun

Zigeuner. »Grünwaldsee war nie so prunkvoll wie Bergensee. Ich hoffe nur, dass es nicht genauso verfallen ist. Greta hatte recht. Ich hätte nicht herkommen sollen.«

Laura griff nach ihrer Hand. »Je schneller wir dich ins Hotel bringen, wo eine warme Mahlzeit und ein weiches Bett auf dich warten, desto besser.«

»Du klingst wie meine Mutter.« Trotz der Tränen zwang Charlotte sich zu einem Lächeln.

Laura ließ den Motor des gemieteten Fiat an, legte den Gang ein und kehrte auf die Hauptstraße zurück.

# 6

Eine Stunde nach ihrer Ankunft im Hotel klopfte Laura an Charlottes Zimmertür. Als ihre Großmutter aufmachte, trat sie ein und blickte sich um. »Dein Zimmer sieht genauso aus wie meins.«

»Langweilig, gesichtslos, bequem und leicht sauber zu halten.« Charlotte ging hinaus auf den kleinen Balkon mit Blick auf den See.

»Unsere Balkone grenzen aneinander. Du brauchst nur an die Wand zu klopfen. Dann kann ich rüberklettern.«

»Du tust, als wäre ich eine Altenheimbewohnerin, die ständig überwacht werden muss. Als nächstes drückst du mir wahrscheinlich einen Krückstock in die Hand, damit ich Klopfsignale geben kann. Einmal für ›dringend‹. Zweimal für ›du hast noch Zeit die Schuhe anzuziehen‹.«

»Ich mache mir eben Sorgen um dich und bin nicht sicher, ob du krank oder einfach nur erschöpft bist.«

Charlotte lächelte. »Körperlich erledigt von der langen Fahrerei und emotional erschüttert wegen des Zustands von Bergensee. Ich dachte, ich wäre stark genug, das auszuhalten. Dass ich es nicht bin, war eine unangenehme Überraschung.«

»Du hattest einen Schock. Bergensee war zu seinen Glanzzeiten sicher ein Traum.«

»Die Haushälterin meiner Schwiegermutter hätte dir sicher gern mitgeteilt, dass es vierhundertfünfundsechzig

Zimmer hatte. Es war mit quadratkilometerweise italienischem Marmor ausgestattet. An den Wänden der Empfangssäle hingen Originalgemälde von Bartholomäus Pens und Peter Kolberg, denselben Künstlern, die im siebzehnten Jahrhundert Teile der Barockkirche in Âwi'ta Lipka gestaltet haben. Im Esszimmer gab es ein Bild, das Leonardo da Vinci zugeschrieben wurde.«

»Könnte es noch dort sein?«

»Die Russen haben jedes Haus in Ostpreußen geplündert. Ich versichere dir, hinter diesen verfallenen Mauern wirst du nichts als leere Räume finden.«

»Und Gespenster?«, meinte Laura.

»Vielleicht. Aber nicht meines.« Charlotte kehrte zurück ins Zimmer und ließ sich in einen Sessel sinken.

»Du hättest uns erzählen sollen, wie es damals war.«

»Nach dem Krieg haben zu viele Leute in die Vergangenheit, nicht in die Zukunft geblickt, Laura. Ich wollte nicht, dass meine Kinder und Enkel so aufwachsen.«

»Wenn Claus gewusst hätte, dass du so einen Familiensitz hattest, hätte er dich schon vor Jahren hierher geschleppt.«

»Wovon redest du?«, gab Charlotte zurück. »Es hat kein Dach und keine Fenster mehr, und in den Nebengebäuden wohnen Zigeuner. Noch ein paar eiskalte Winter und warme Sommer, und das Mauerwerk wird so brüchig sein, dass man das Haus wegen Einsturzgefahr abreißen muss.«

»Man könnte es noch retten.«

»Aber weder ich noch Erich oder Claus werden es tun«, entgegnete Charlotte entschlossen. »Nach der deutschen Wiedervereinigung war die westdeutsche Regierung damit einverstanden, auf Wiedergutmachung und Rückerstattung von Land, Gebäuden und Besitz auf heutigem polnischen Gebiet zu verzichten.«

»Man könnte es kaufen«, beharrte Laura. »Sicher interessieren sich nur wenige Leute für ein Haus in einem solchen Zustand. Vielleicht kriegen wir es ja für ein Butterbrot.«

»Selbst wenn das möglich wäre, besitzt niemand in unserer Familie das Geld, um Bergensee instand zu setzen, geschweige denn, es zu dem zu machen, was es einmal war«, erwiderte Charlotte. »Außerdem sprechen wir alle kein Polnisch. Warum also sollten wir hier wohnen wollen?«

»Grünwaldsee hast du kaum je erwähnt.«

»Du wirst es ja selbst sehen«, sagte Charlotte ausweichend.

»Möchtest du allein in deinem Zimmer essen?«, erkundigte Laura sich taktvoll.

»Wäre das sehr eigenbrötlerisch von mir? Hast du etwas dagegen?«

»Überhaupt nicht. Ich muss noch auspacken und mich orientieren. Ich erkunde gern allein fremde Städte. Man weiß nie, wem man so alles begegnet.«

»Danke für dein Verständnis und dafür, dass du mitgekommen bist.«

Laura ging zur Tür. »Frühstück gibt es bis zehn. Soll ich dich um neun wecken?«

»Ich verspreche dir, dass ich mich bis dahin wieder beruhigt habe.«

»Du bist doch immer die Ruhe in Person, Oma.« Laura küsste ihre Großmutter und ließ sie dann in den Schatten eines längst verschwundenen Landes zurück. Sie hatte das

Gefühl, dass die Geister der Vergangenheit sie aus dem Zimmer drängten.

*Mittwoch, 20. Dezember 1939*
*Papa ist tot. Selbst jetzt, da ich die Worte niederschreibe, kann ich es nicht fassen. Das Telegramm kam am Mittag. Er ist letzte Nacht in einem Münchner Hotel an einem Herzinfarkt gestorben. Seine Leiche wird zur Beerdigung hierher überführt. Mama ist außer sich vor Trauer, sodass ich einen Arzt rufen musste, der ihr ein Beruhigungsmittel gegeben hat. Der Arzt hat auch mit den Behörden telefoniert, die ihm mitteilten, der Sarg sei verplombt und dürfe unter gar keinen Umständen geöffnet werden. Er hat mir erklärt, dass sich bei einem Herzinfarkt manchmal die Züge verzerren und dass wir Papa so in Erinnerung behalten sollen, wie er war.*

*Ich versuche, stark zu bleiben und mich so zu verhalten, wie Papa es von mir erwartet hätte. Es ist ja sonst niemand da, der sich um die Beerdigung kümmern kann, auch wenn ich mich am liebsten wie Mama ins Bett legen, die Decke über den Kopf ziehen und die Welt aussperren würde.*

*Der Arzt hat mir versichert, dass Mama mindestens sechs Stunden schlafen würde. Deshalb habe ich Minna gebeten, sich zu ihr zu setzen. Dann habe ich den Pastor und Papa und Mama von Letteberg angerufen. Da Papa von Letteberg im Kriegsministerium ist, hoffte ich, er könnte sich mit Paul und Wilhelm in Verbindung setzen und ihnen zu Urlaub verhelfen, damit sie zur Beerdigung nach Hause kommen dürfen. Anschließend habe ich Greta in Polen kontaktiert. Es war schrecklich, ihr am Telefon von Papas Tod berichten zu müssen. Sie klang so seltsam, dass ich noch einmal in ihrer Unter-*

*kunft angerufen und einem der BDM-Mädchen von Papas Tod erzählt habe. Sie hat versprochen, auf Greta zu achten, bis sie ihre Reisegenehmigung erhält.*

*Als das Telegramm eintraf, stand Brunon gerade in der Vorhalle. Ich habe ihn gebeten, alle Arbeiter zusammenzurufen. Eigentlich wäre es ja Mamas, Wilhelms oder Pauls Aufgabe gewesen, ihnen mitzuteilen, dass Papa verstorben ist. Aber da Mamas Zustand das nicht gestattete und die Jungen nicht da sind, musste ich es übernehmen. Noch nie habe ich mich so überfordert gefühlt. Doch weil Papa nun nicht mehr lebt, muss jemand Grünwaldsee leiten, bis der Krieg aus ist und die Zwillinge zurückkommen. Es ist nur recht und billig, dass ich Mama so viel Last und Arbeit wie möglich abnehme. Wenn ich mich wegen der Schwangerschaft nur nicht so elend fühlen würde!*

*Mama und Papa von Letteberg sind eigens aus Berlin angereist und heute am späten Abend eingetroffen. Sie sind einfach wundervoll. Papa von Letteberg hatte schon mit den Kommandanten von Wilhelm und Paul telefoniert und Claus, der sich nicht bei seinem Stützpunkt aufhält, ein Telegramm geschickt. Außerdem hat er mir bei der Vorbereitung des Trauergottesdienstes geholfen, der an Heiligabend stattfinden soll, und versprochen, bis zum Neujahrstag in Grünwaldsee zu bleiben.*

*Alle glauben, dass ich mich ausruhe, aber ich kann mich jetzt nicht hinlegen. Ich würde sowieso kein Auge zutun, und der Arzt darf mir wegen des Babys kein Beruhigungsmittel geben. Also bin ich in Mamas Zimmer gegangen und habe Minna zu Bett geschickt. Jetzt sitze ich neben ihr und schreibe.*

*Ich kann es immer noch nicht fassen, dass ich Papa nie wiedersehen werde.*

*Die Tür zu seinem Ankleidezimmer steht offen. Ich kann seine Kommode erkennen. Darauf befindet sich die Schatulle mit den Bernsteinverzierungen, in der er seine Manschettenknöpfe und Krawattennadeln aufbewahrt.*

*Daneben liegen seine silbernen Haarbürsten. Sie bleiben immer in Grünwaldsee, weil er findet, dass sie zu wertvoll sind, um sie auf Reisen mitzunehmen. Werden sie seine Kleider und die schlichten Bürsten aus Holz bei der Überführung mitschicken?*

*Der Sarg trifft am Samstagnachmittag um drei mit dem Zug in Allenstein ein. Ich werde ihn abholen. Papa von Letteberg war zwar dagegen, aber ich habe darauf bestanden. Er hat einen Leichenwagen zum Bahnhof beordert. Ich hätte wahrscheinlich Brunon mit einem Karren geschickt. Ich muss noch so viel lernen.*

*Ein Glück, dass ich Brunon habe.*

*Jedenfalls muss ich mir mehr Mühe geben, gegen meine Schwäche und Übelkeit anzukämpfen und stark zu sein, und zwar Mama, Wilhelm und Paul zuliebe. Denn bis der Krieg aus ist und die Jungen nach Hause kommen, ist es meine Verantwortung, das Gut Grünwaldsee richtig zu leiten, damit sie es übernehmen können.*

*Unser Zuhause bedeutet uns viel, und es ist meine Pflicht und die meiner Brüder, dafür zu sorgen, es zu schützen und in gutem Zustand zu erhalten, um es an die nächste Generation weiterzugeben. Außerdem muss ich mich um Mama kümmern. Das hätte Papa so gewollt. Also muss ich stark sein. Ich muss einfach.*

»Was möchtest du zuerst tun, jetzt, da wir endlich hier sind?«, fragte Laura, als sie und Charlotte am Frühstücksbüfett anstanden.

»Essen, falls für uns noch etwas übrig bleibt.« Charlotte musste dem Ellenbogen eines dicken Deutschen ausweichen, der offenbar vorhatte, die Hälfte des Aufschnitts von der Platte auf seinen Teller zu stapeln.

Laura griff nach einem Brotkorb. »Was für ein Brötchen möchtest du denn? Sesam, Mohn, Vollkorn oder ein normales?«

»Such du eines aus.«

»Falls du heute nicht nach Grünwaldsee willst, können wir ja einen Stadtbummel machen. Einige der alten Gebäude sehen sehr interessant aus. Bestimmt gibt es auch einen Kunstgewerbeladen oder eine Galerie.«

»Im Schloss findet eine Ausstellung statt«, erklärte die Kellnerin schüchtern auf Englisch, als sie den bestellten Kaffee brachte. »Französische Plakatkunst aus dem neunzehnten Jahrhundert.«

»Was meinst du, Oma?« Laura sah Charlotte an.

»Kannst du Gedanken lesen, oder ist es so offensichtlich?« Charlotte schenkte sich Kaffee ein.

»Man muss nicht Gedanken lesen können, um zu merken, dass der Anblick von Bergensee dir sehr zu schaffen gemacht hat.

Es war entsetzlich. Selbst ich hätte fast geweint, und dabei kannte ich das Haus in seinem ursprünglichen Zustand gar nicht.«

»Ich könnte es nicht ertragen, Grünwaldsee auch so zu sehen.«

»Wir sollten uns umhören, um herauszufinden, ob das Haus überhaupt noch steht.«

»Nein«, protestierte Charlotte. »Ich weiß, dass es unvernünftig klingt, aber ich möchte mit niemandem über Grünwaldsee sprechen, bevor ich nicht selbst dort gewesen bin.«

»Es gibt in dieser Stadt doch sicher niemanden mehr, der dich kennt«, wandte Laura ein.

»Nein, ganz bestimmt nicht. Aber du hast ja gestern die Zigeunerinnen erlebt. Obwohl sie erst nach dem Krieg dort eingezogen sein können, sagte ihnen der Name von Letteberg etwas. Sicher wohnen sie schon seit Jahren in den Nebengebäuden. Es wäre ihnen sicher nicht recht, wenn jemand Ansprüche darauf erheben würde.«

»Das hast du auch nicht, obwohl du früher dort gelebt hast«, entgegnete Laura. »Ich an ihrer Stelle würde etwas über die Geschichte des Hauses erfahren wollen.«

»Doch im Gegensatz zu dir haben sie nicht das geringste Interesse daran.«

»Niemand kann es dir zum Vorwurf machen, dass du deine alte Heimat besuchen willst.«

»Von Freunden habe ich gehört, dass manche der derzeitigen Besitzer eher bereit sind als andere, den früheren Eigentümern das Haus zu zeigen.« Charlotte bestrich ein Brötchen mit Butter und belegte es mit einer Scheibe Räucherkäse.

»Vielleicht, weil sie wissen, dass keine Entschädigungszahlungen geleistet wurden, und nun befürchten, die Leute könnten die Häuser zurückfordern.« Laura gab Milch in ihren Kaffee.

»Das ist gesetzlich nicht möglich, und die neuen Besitzer

wurden darüber informiert. Einige von ihnen haben die Häuser dem kommunistischen Regime abgekauft.«

»Ich dachte, das wäre verboten gewesen.« – »Aber es ist trotzdem passiert. Es waren hauptsächlich Staatsangestellte wie zum Beispiel Polizisten.« Charlotte lehnte sich zurück und sah sich um. Abgesehen von ein paar jungen Leuten in Geschäftskleidung waren die meisten Gäste schon älter und vermutlich aus demselben Grund hier wie sie.

»Ich finde immer noch, dass du Claus Bergensee zeigen solltest.«

»Ja, er sollte es sehen, falls er will. Doch selbst wenn wir Ansprüche auf Bergensee oder Grünwaldsee erheben könnten, was wie gesagt nicht geht, wüssten ich oder dein Onkel Erich mit den Häusern nichts anzufangen. Erich meinte, er könnte sich kaum noch an seine Zeit hier erinnern. Schließlich war er erst vier, als wir fortmussten.« Charlotte versuchte die Bilder von der Flucht aus ihrer Heimat beiseitezuschieben, die sich unauslöschlich in ihr Gedächtnis eingegraben hatten.

»Selbst als Ruine war Bergensee noch beeindruckend«, sagte Laura.

»Hoffentlich ist der neue Besitzer reich. Du hast ja selbst gesehen, in welchem Zustand das Haus ist. Was meinst du? Eine Million Dollar für den Abriss, sechs Millionen für eine Renovierung?«

»Vermutlich hast du recht«, räumte Laura ein. »Doch seit ich das Haus kenne, beneide ich Claus. Seine Familiengeschichte ist so viel interessanter als meine. Ich kann mir gar nicht vorstellen, einen Familiensitz wie Bergensee zu haben und nicht dort wohnen zu wollen.«

»Dann ist es ein Glück, dass du eine Templeton und keine von Letteberg bist. Womit, um alles in der Welt, würdest du hier mitten in Polen dein Geld verdienen? Oder hast du vergessen, dass du kein Wort Polnisch sprichst?«

»Entschuldige, aber die Romantikerin in mir denkt eben nicht an alltägliche Banalitäten wie unbezahlte Rechnungen und Arbeit.«

»Eine romantische Ader ist nicht unbedingt etwas Schlechtes, solange sie mit ein wenig Realismus gepaart ist. Ohne diese Eigenschaft wäre ich niemals Künstlerin geworden.« Charlotte schenkte Kaffee nach. »Claus' Familiengeschichte mag zwar abenteuerlicher sein als deine, aber deshalb ist deine sicher nicht langweilig. Dein Vater hat mir vor ein paar Jahren erzählt, dein Großvater habe sich als Rentner mit Ahnenforschung befasst und den Familienstammbaum der Templetons bis ins fünfzehnte Jahrhundert zurückverfolgt.«

Laura verzog das Gesicht. »Ja, sie waren Stoffhändler in Cheapside und hatten weder die Fantasie noch den Antrieb, um etwas wie Bergensee zu bauen.«

»Bergensee war nur ein Haus. Egal ob man arm oder reich ist, kann man höchstens ein halbes Dutzend Räume bewohnen, Badezimmer und Küche eingeschlossen. Die übrigen Räumlichkeiten von Bergensee wurden von Dienstboten und Gästen genutzt, was hieß, dass wir dort keine Minute ungestört waren.« Charlotte schob Kaffeetasse und Teller weg. »Wollen wir uns die Stadt anschauen?«

»Gerne.« Laura stand auf.

»In einer Stunde.« Charlotte wollte noch ein wenig in ihrem Tagebuch weiterlesen, um die Passage, die vom traurigen Tod ihres Vaters handelte, hinter sich zu bringen. »Seit ich achtzig geworden bin, ruhe ich mich nach dem Frühstück immer ein wenig aus.«

»Also gut, in einer Stunde, Oma. Währenddessen kann ich ja meine E-Mails abrufen.«

»Bist du immer noch in Gedanken bei der Arbeit?«

»Ich bin nur neugierig, wie der Sender meinen neuesten Film findet. Die DVDs müssten inzwischen angekommen sein.«

*Sonntag, 24. Dezember 1939*
*Obwohl Brunon und die Arbeiter nicht wie üblich einen Weihnachtsbaum in der Vorhalle aufstellen wollten, habe ich darauf bestanden.*

*Papa hätte die Kinder der Arbeiter sicher nicht enttäuschen wollen, insbesondere in Kriegszeiten, wo man ohnehin so wenig Grund zur Freude hat. Ich versuche, alles so zu machen, wie Papa es machen würde. Mama ist noch immer nicht in der Lage, aus dem Bett aufzustehen.*

*Papa von Letteberg und ich waren gestern am Bahnhof und liefen dort Greta in die Arme, die auf der Suche nach einem Taxi war. Ich weiß nicht, warum sie nicht angerufen und ihre Ankunft angekündigt hat. Dann hätte ich sie von Brunon abholen lassen. Sie wartete mit uns auf den Zug aus München, mit dem Papa überführt wurde.*

*Eigentlich wollte ich mit ihr sprechen, doch der Bahnhof war nicht der richtige Ort dafür, und als wir nach Hause kamen, war Frau Gersdoff, die Floristin, wegen des Blumenschmucks eingetroffen. Nachdem wir die Kränze und Blumen für Papa ausgesucht und bestellt hatten, schloss Greta sich in ihrem Zimmer ein. Ich hörte sie weinen und hätte am liebsten das Gleiche getan. Dennoch fiel mir nichts ein, mit dem ich sie hätte trösten können.*

*Sie hat Frau Gersdoff eine schreckliche Szene gemacht. Offenbar sind rote Rosen Mangelware, was um diese Jahreszeit nicht weiter verwunderlich ist. Greta beharrte auf einem Kranz aus zweihundert Blüten, musste sich aber mit einem Dutzend Rosen und einigen Lilien begnügen. Ich habe ihr erklärt, dass Papa einen protzigen Kranz sowieso nicht gutgeheißen hätte, insbesondere im Krieg, doch sie wollte nicht hören und weigerte sich, den Trauergottesdienst zu besprechen, den Papa von Letteberg und ich vorbereitet hatten. Als ich Mama fragte, ob sie mit den ausgesuchten Kirchenliedern einverstanden sei, konnte sie nicht einmal antworten, war mir also keine große Hilfe.*

*Wilhelm und Paul kamen heute um die Mittagszeit nach Hause. Nun ziehen wir uns alle für den Gottesdienst um. Irene und ihre Eltern und auch Manfred, der Urlaub hat, wollen dabei sein. Dann natürlich noch Papa und Mama von Letteberg und alle unsere Landpächter und Arbeiter. Ich weiß nicht, wer sonst noch erscheinen wird, aber seit ich oben bin, höre ich immer wieder Autos vorfahren und Leute durch Eis und Schnee zur Kirche stapfen.*

*Ich war heute Morgen dort, um mir die Blumen anzusehen. Die offen stehende Gruft, in der Papa zur letzten Ruhe gebettet werden wird, war ein schrecklicher Anblick. Der Gedanke, dass sein Sarg neben denen von Opa und Oma und den anderen von Datskis dort stehen wird, ist mir unerträglich. Claus hat nicht von sich hören lassen, was alle außer mir merkwürdig finden. Ich fühle mich kalt und leer. Eigentlich dachte ich, dass die Ehe das Ende meiner Kindheit bedeuten würde, doch das war nicht so. Papa war immer für mich da, um mich zu lieben, zu beschützen und zu beraten. Ohne ihn ist alles so schwer, und ich bin so allein.*

Charlotte bestand darauf, den Mietwagen ins Zentrum von Allenstein zu steuern. Sie fuhr in die Altstadt und parkte das Auto in einer ruhigen, breiten, von Bäumen gesäumten Straße.

Laura betrachtete die solide wirkenden Gebäude. »Die müssen noch aus der Vorkriegszeit sein.«

»Richtig. Es ist wirklich seltsam, dass diese Straße sich in über sechzig Jahren nicht verändert hat. Menschen und Regierungen kamen und gingen, aber der Alltag lief einfach weiter wie bisher. Hier im ersten Stock wohnten die Müllers.« Charlotte wies auf ein Wohnhaus im Art-Deco-Stil, der auch gut nach New York gepasst hätte. »Darüber lebte die Familie Heine, und dort hinten über dem Laden hatten die Freibergs ihre Wohnung. Der Vater war ein Cousin zweiten Grades von meinem Vater.«

»Konnten nach dem Krieg alle vor der russischen Invasion fliehen?«, fragte Laura.

»Nein. Frau Müller und ihr Mann waren nicht besonders helle, Gott sei ihrer Seele gnädig. Sie haben erst spät geheiratet und hatten eine Tochter, Nina, die eine gute Freundin von mir war. Sie arbeitete in Berlin, als die Russen kamen. Ich habe später gehört, dass sie den Krieg überlebt hat. Ihr Vater war bei der Eisenbahn. Sein Zug sollte nach Osten fahren, und obwohl die deutsche Armee vor den vorrückenden Russen floh, beharrte er darauf, sich an den Fahrplan zu halten, und lief ihnen somit direkt in die Arme. Seine Frau wollte nicht ohne ihn fort, so sehr die Nachbarn sie auch anflehten. Sie bestand darauf, auf seine Rückkehr zu warten.«

»Und was ist aus ihnen geworden?«

»Über Herrn Müllers Schicksal ist nichts bekannt, obwohl wir es uns denken konnten. Frau Müller wurde von mehreren russischen Soldaten vergewaltigt und ermordet. Ihre Leiche haben sie einfach auf die Straße geworfen. Ein deutscher Soldat aus dieser Stadt, der in russische Gefangenschaft geriet, hat die Ereignisse später niedergeschrieben. Man hat die Leiche offenbar tagelang liegen lassen.«

Laura starrte zu dem Fenster hinauf, auf das Charlotte gezeigt hatte. Es war schwer, sich vorzustellen, dass sich in dieser ruhigen Gegend solche Gräueltaten abgespielt hatten. »Und eure Verwandten, die Freibergs?«

»Herr Freiberg war Apotheker. Er hat sich, seine Frau und seine vier Kinder vergiftet. Das älteste war zwölf und galt in der Musikschule als eine Art Wunderkind.«

»Ich hatte keine Ahnung, dass in Ostpreußen bei Kriegsende solche Dinge geschehen sind.« Laura traten Tränen in die Augen.

»Es ist so seltsam, wieder hier zu sein.«

Charlotte betrachtete das alte Kloster gegenüber dem Haus. Es schien sich überhaupt nicht verändert zu haben und war noch immer cremefarben gestrichen. Schwarzweiß gewandete Nonnen gingen die Stufen hinauf und hinunter und in die Kirche.

»Das hier ist meine Heimatstadt. Jede Straße ist mir vertraut. In fast allen Häusern wohnten Menschen, die ich kannte. Klassenkameraden, Verwandte, Geschäftsfreunde meines Vaters, Leute, die Teil meines Alltags waren und deren Anwesenheit ich für selbstverständlich nahm. Ich fühle mich, als wäre ich in einem Albtraum aufgewacht, in dem die Häuser zwar älter geworden und die Menschen verschwunden sind, ich aber jung geblieben bin.«

Sie sah Laura wehmütig an. »Das ist das Schlimmste am Alter. Innerlich ist es, als wäre ich noch achtzehn. Und seit ich hier bin, ist mir, als müsste ich nur um die Ecke biegen, und meine Gelenkschmerzen wären verschwunden, und meine Brüder würden mich in einem ihrer neuen Autos erwarten.«

Laura nahm sie am Arm. »Ich kann mir gar nicht vorstellen, was du durchgemacht hast. Du hast miterlebt, wie deine Heimatstadt entvölkert wurde, und musstest fliehen, um dein Leben zu retten. Und jetzt kehrst du zurück und stellst fest, dass alles sich verändert hat.«

»Nicht alles.« Charlotte warf noch einen Blick auf das Kloster.

»Möchtest du dir die Kunstausstellung im Schloss anschauen?«

»Das Zimmermädchen meinte, dass es gleich daneben eine ausgezeichnete Eisdiele gibt. Wie heißt es immer? ›Iss so viel Eis, wie du kannst, bevor der Arzt es dir verbietet.‹ Lass uns dort hingehen, nachdem wir uns im Schloss umgesehen haben. Dann genehmigen wir uns die größten Eisbecher, die sie auf der Karte haben.«

»Und danach?«, erkundigte sich Laura.

»Danach fahren wir zurück ins Hotel und essen zu Mittag. Anschließend ruhe ich mich kurz aus, und am Nachmittag unternehmen wir eine Fahrt mit der Ponykutsche um den See. Ich habe in der Hotelhalle Werbebroschüren dafür gesehen.« Charlotte hakte ihre Enkelin unter, und sie spazierten den Hügel hinauf zu dem Backsteinschloss aus dem vierzehnten Jahrhundert. Sie hatte Laura verschwiegen, dass es sich um denselben See handelte, an dessen Ufer Grünwaldsee lag.

Das Haus stand zwar ein Stück vom See entfernt, doch man konnte es von einigen Punkten am Ufer aus erkennen. Charlotte hoffte, auf diese Weise festzustellen, ob die Mauern noch standen.

Außerdem wollte sie unbedingt wissen, ob das kleine hölzerne Sommerhaus, das ihr Vater im Dezember 1939 so liebevoll für Wilhelms und Irenes Flitterwochen renoviert hatte, es bis ins neue Jahrtausend geschafft hatte. Denn es war später, im glücklichsten Sommer ihres Lebens, ihr Rückzugsort und Ruhepol geworden.

*Montag, 25. Dezember 1939*
*Gestern um vier Uhr haben wir Papa zur letzten Ruhe gebettet. Der Pastor war gezwungen, den Zutritt zur Kirche auf die Familie und die engsten Freunde zu begrenzen. Draußen im Schnee drängte sich eine Menschenmenge. Die Männer hatten zum Zeichen ihrer Hochachtung die Hüte abgenommen. Es waren Hunderte. Wahrscheinlich war die ganze Stadt gekommen. Ich hatte gar nicht geahnt, dass Papa so viele Leute kannte.*

*Obwohl Mama seit Eintreffen des Telegramms das Bett gehütet hatte, bestand sie darauf, zur Kirche zu gehen. Sie sagte, wenn wir sie daran hinderten, würde sie es für den Rest ihres Lebens bereuen, sich nicht von Papa verabschiedet zu haben.*

*Der Arzt gestattete ihr die Teilnahme am Gottesdienst unter der Bedingung, dass sie sich anschließend sofort wieder hinlegte. Greta und ich halfen ihr beim Anziehen, und weil wir befürchteten, dass sie in Ohnmacht fallen könnte, gingen Paul und Wilhelm links und rechts von ihr und wichen während der ganzen Trauerfeier nicht von ihrer Seite. Es war schrecklich, dem Sarg aus dem Haus und die Straße entlang zur Kirche zu folgen.*

*Brunon und fünf unserer ältesten Arbeiter trugen Papa auf seinem letzten Weg auf den Schultern. Danach kamen Paul und Wilhelm mit Mama. Greta ging neben mir her. Als wir die Kirche erreichten, spürte ich eine Hand auf der Schulter. Ich drehte mich um und bemerkte Claus hinter mir. Er sah kränklich aus. Später erzählte er mir, er sei drei Tage und Nächte lang ohne Pause gereist. Als er von Papas Tod erfuhr, sei er im Manöver gewesen.*

*Obwohl sein Vorgesetzter ihm sofort Urlaub gegeben habe, habe er wegen der Weihnachtsfeiertage Schwierigkeiten gehabt, einen Zug zu bekommen.*

*Ich hätte nie gedacht, dass ich das einmal schreiben würde, aber es war beruhigend, ihn in der Kirche neben mir zu wissen. Er ging mit mir in die Gruft, als Papas Sarg hineingebracht wurde, und begleitete mich nach dem Gottesdienst nach Hause.*

*So viele Menschen erschienen, um zu kondolieren. Ich war dankbar, dass Brunons Frau Martha sich erboten hatte, sich um das Essen zu kümmern. Keine Ahnung, wo sie das alles aufgetrieben hat, doch es gab sogar Tee und echten Bohnen-*

*kaffee und außerdem genug Wein und Weinbrand für alle. Die Kuchen, das Kompott und die belegten Brote, die die Trauergäste vertilgten, haben vermutlich unsere Lebensmittelmarken für den nächsten Monat verschlungen. Aber das spielt keine Rolle. Wichtig ist nur, dass Papa würdig und angemessen bestattet wurde.*

*Nachdem der Großteil der Gäste fort war, halfen Greta und ich Mama beim Ausziehen. Dann verabreichte der Arzt ihr wieder ein Beruhigungsmittel. Da Greta darauf bestand, bei Mama zu wachen, machte ich mich auf die Suche nach Claus. Er saß mit Wilhelm, Paul, den Adolfs, seinen Eltern, einigen Verwandten und ein paar engen Freunden im Wohnzimmer. Mir teilte er mit, er müsse am Tag nach Weihnachten wieder fort. Weder er noch die Zwillinge sprachen viel über die Vorgänge in Polen. Doch als Herr Adolf und einige andere Männer wissen wollten, wann die Wehrmacht die Engländer aus Frankreich vertreiben würde, wurden sie sehr schweigsam. Also nehme ich an, dass es in Frankreich bald zu Kämpfen kommen wird.*

*Mir war klar, dass Claus mit mir allein sein wollte. Doch das hätte mir gerade noch gefehlt. Also ging ich in die Vorhalle, um das Schmücken des Weihnachtsbaums zu überwachen. Minna hatte Tische für die Weihnachtsgeschenke der Familie aufstellen lassen.*

*Meine lagen zwar oben in meinem Zimmer, aber es erschien mir nicht richtig, sie zu holen und in der Vorhalle aufzubauen, nachdem wir gerade Papa beerdigt hatten. Aus Respekt vor Papa hatten Brunon und ich beschlossen, in diesem Jahr mit der Tradition zu brechen.*

*Da wir nicht am Tag von Papas Beerdigung Heiligabend*

*feiern wollten, hatten wir vereinbart, den Kindern der Arbeiter den Baum erst am nächsten Morgen zu zeigen und anschließend unsere Geschenke zu öffnen. Es war seltsam, diese kleinen Rituale einen Tag verspätet und noch dazu nach dem Frühstück abzuhalten. Weihnachten wird für mich nie wieder dasselbe sein.*

*Bevor Mama zu Bett ging, bestand sie darauf, dass Wilhelms und Irenes Hochzeit wie geplant vonstatten gehen müsse. Papa hätte sicher nicht gewollt, dass sie seinetwegen verschoben würde.*

*»Papa hätte es so gewollt«, das ist der Satz, den alle, auch ich, ständig wiederholen.*

*Wir sprechen ihn aus, ohne nachzudenken. Ich habe ihn sogar aufgeschrieben.*

*Doch als Mama die Hochzeit erwähnte, wurde mir klar, dass keiner von uns wissen kann, was Papa wirklich will, weil er nicht mehr da ist, um es uns mitzuteilen.*

*Ich habe Minna gebeten, nach oben zu gehen und meine Geschenke für die anderen zu holen, sie aber bis zum Morgen des ersten Weihnachtstages im Nähzimmer zu verstecken. Außerdem habe ich Brunon angewiesen, für Wilhelms und Irenes Hochzeitsgeschenke noch einen Tisch vom Speicher herunterzubringen.*

*Da Mama von Letteberg bemerkte, dass Claus unbedingt mit mir allein sein wollte, erbot sie sich, die weiteren Vorbereitungen zu übernehmen, damit wir beide uns zurückziehen konnten.*

*Ich hatte nicht geahnt, wie sehr mir seine Anwesenheit in dem Zimmer, das ich seit meiner Kleinkinderzeit bewohne, gegen den Strich gehen würde. Obwohl das Himmelbett, das*

*Mama während unserer Flitterwochen hat aufstellen lassen, riesig ist, war mir der Gedanke unerträglich, es mit Claus zu teilen.*

*Und da war er nun und lag in seiner Uniform auf der Überdecke aus besticktem Leinen. Seine schmutzigen Stiefel hatte er vor die Tür gestellt, damit Brunon sie mitnehmen und putzen konnte.*

*Claus küsste mich und machte mir ein Kompliment zu meiner Figur. Ich erzählte ihm, ich sei zu sehr damit beschäftigt gewesen, mich zu übergeben, um zuzunehmen. Er antwortete, er freue sich sehr auf das Baby und wisse aus den Briefen seiner Mutter, dass ich mich nicht wohl fühlte und ihn vermisste.*

*Ich zwang mich zu einem Lächeln, aber es fiel mir schwer. Ich konnte nur daran denken, dass Papa nun in dieser eiskalten Gruft lag. Und dabei hat er Kälte immer gehasst.*

*Claus schlug vor, einen Schluck Wein zu trinken und zu Bett zu gehen. Es war zwar erst neun, doch er meinte, ich sähe genauso müde aus wie er. Widerspruch war zwecklos, denn wie ich wusste, erwarteten alle von uns, dass wir bis morgen früh in diesem Zimmer blieben.*

*Ich frage mich, ob ich mich allmählich an das gewöhne, was er mit mir macht, oder ob er wirklich sanfter geworden ist. Es tat nicht so weh, wie ich es in Erinnerung hatte, obwohl ich es immer noch widerlich fand. Anschließend musste ich mich heftig übergeben. Doch da Claus inzwischen eingeschlafen war, spielte es keine Rolle. Weil ich es nicht ertragen konnte, neben ihm zu liegen und mir sein Schnarchen anzuhören, blieb ich auf und schrieb. Um drei bekam ich schrecklichen Hunger und Durst, und mir wurde klar, dass ich seit Papas*

*Tod kaum etwas gegessen hatte. Also zog ich meinen Morgenmantel an und ging hinaus.*

*Das Haus war still. Zuerst sah ich nach Mama. Greta war bei ihr geblieben, vermutlich um allen zu zeigen, was für eine Märtyrerin sie ist. Allerdings hätte sie sich die Mühe sparen können. Sie war nämlich auf dem Sofa eingeschlafen. Wenn Mama also etwas gebraucht hätte, wäre Greta zu nichts nütze gewesen. Offenbar schlief sie sehr fest, denn als ich hereinschlich und alle Lichter bis auf Mamas Nachttischlampe löschte, rührte sie sich nicht.*

*Selbst Putzi hob kaum den Kopf aus ihrem Korb, als ich die Treppe hinunterkam. So viel zum Thema Wachhund. Jemand hatte die Geschenke auf den Tischen aufgebaut. Auf einigen war Claus' Handschrift zu sehen. Also hatte er sicher seiner Mutter seinen Koffer zum Auspacken gegeben.*

*Auf dem Weg in die Küche hörte ich ein Geräusch aus Papas Arbeitszimmer. Ich erstarrte und rechnete fast damit, dass er es war. Voller Angst schob ich die Tür auf. Es war nicht Papa, es waren Wilhelm und Irene.*

*Sie hatten zwar die Tür zum Flur abgeschlossen, aber die kleine Tür zum Dienstbotentrakt vergessen. Nun standen sie vor dem Kamin und unterhielten sich so leise, dass ich sie nicht verstehen konnte. Irene knöpfte Wilhelm die Hose auf, etwas, das ich bei Claus nie getan hätte. Dann zogen die beiden sich gegenseitig aus.*

*Ich blieb stehen, weil ich befürchtete, sie könnten mich im Spiegel über dem Kamin sehen, wenn ich mich bewegte. Außerdem wollte ich – obwohl ich mich schäme, es zuzugeben – feststellen, ob Wilhelm Irene ebenso wehtun würde wie Claus mir.*

*Als sie beide nackt waren, legten sie sich nebeneinander auf den Teppich vor dem Kamin. Irene küsste Wilhelm am ganzen Körper. Überall.*

*Ich war schockiert.*

*Allein beim Gedanken, Claus auf den Mund zu küssen, wird mir übel. Dann fing er an, sie zu streicheln und zu küssen. Ich hätte gehen sollen, aber ich traute meinen Augen nicht, wie Irene sich verhielt. Sie hinderte ihn nicht an seinem Tun und lächelte und lachte die ganze Zeit, als hätte sie Freude daran, dass er sie anfasste. Falls sie Schmerzen hatte, ließ sie es sich jedenfalls nicht anmerken.*

*Hat Nina vielleicht doch recht? Gibt es wirklich Frauen, denen es gefällt, was Männer mit ihnen machen?*

*An Irenes und Wilhelms Umgang miteinander war klar zu erkennen, dass sie nicht zum ersten Mal nackt beieinander lagen.*

*Ich schlich wieder die Treppe hinauf in mein Zimmer, um zu schreiben. Claus schläft tief und fest. Ich bin müde, mir ist übel, und ich habe immer noch Hunger, denn ich habe nichts gegessen, weil ich Angst hätte, ein Geräusch zu machen und Wilhelm und Irene zu stören.*

*Ich begreife nicht, wie Irene nackt und ohne sich zu schämen in Wilhelms Armen liegen kann. Ist sie eine bessere Schauspielerin als ich? Oder findet sie wirklich Gefallen daran?*

*Ist es meine Schuld, dass es mich anekelt, wenn Claus mich berührt? Muss ich mir mehr Mühe geben, ihm eine gute Ehefrau zu sein? Ich wünschte, ich könnte mit jemandem darüber sprechen. Ich stand Irene schon immer näher als Greta, und wir können über alles reden. Vielleicht werden wir nach ihrer Hochzeit mit Wilhelm ja die vertraulicheren Seiten des Ehelebens erörtern.*

Laura beugte sich aus der offenen Kutsche, um sich zu vergewissern, ob der Kutscher wirklich nur so tat, als zöge er dem Gespann aus Grauschimmeln eins mit der Peitsche über. Dann lehnte sie sich erleichtert zurück. »Diese Landschaft erinnert mich an abgelegene Gegenden in Maine. Der Wald hier sieht aus, als hätte er sich seit Jahrhunderten nicht verändert.«

»Das hat er auch nicht«, stimmte Charlotte geistesabwesend zu.

Sie suchte das Ufer nach dem Sommerhaus von Grünwaldsee ab. Falls es noch da war, konnte sie weder das Haus selbst noch die Nebengebäude sehen. Im nächsten Moment fiel ihr jedoch ein, dass die jungen Schösslinge inzwischen hohe Bäume waren und zusammen mit dem dichten Unterholz die Mauern verdecken mussten.

Laura beobachtete, wie zwei Ruderboote ein Wettrennen zu einer Anlegestelle veranstalteten. »Seid ihr je auf diesem See gesegelt, als du noch hier gewohnt hast, Oma?«

»Ja, aber unsere Boote waren nicht so schnell und bunt wie die hier.«

»Sie haben einmal hier gewohnt?« Eine aufdringliche ältere Frau mit blondiertem Haar und amerikanischem Akzent mischte sich in ihr Gespräch ein.

»Vor langer Zeit«, erwiderte Charlotte und wünschte, sie hätte nicht der Bitte des Kutschers nachgegeben, die Kutsche mit zwei weiteren Hotelgästen zu teilen. Es war nicht der angebotene Preisnachlass gewesen, der sie überzeugt hatte, sondern die Aussicht, ansonsten eine Stunde auf die nächste freie Kutsche warten zu müssen.

»Ich auch«, fuhr die Frau aufgeregt fort. »Meine Familie hat in der Seestraße gewohnt. Vielleicht erinnern Sie sich ja an die Schülers.«

Charlotte schüttelte den Kopf. »Die einzige Familie, die ich in dieser Straße kannte, waren die Adolfs.«

»Die habe ich noch gut im Gedächtnis. Der Sohn war Kommunist und hatte immer Ärger mit der Polizei. Die Tochter, Irene, war sehr hübsch und hat in den Adel eingeheiratet. Einen von Datski. Aber alle wissen, was aus ihnen geworden ist. Es war damals ein richtiger Skandal ...«

»Ein Skandal?« Laura sah die Frau fragend an.

Charlotte mischte sich ein. Dass Laura ein Stück Familiengeschichte in Form von Klatsch aus dem Mund einer Fremden erfuhr, hatte ihr gerade noch gefehlt. »Sind Sie hier, um Ihre alte Heimat zu besuchen?«

»Ich wollte meiner Tochter zeigen, wo ich geboren bin.« Sie wies auf die jüngere Frau neben sich, die ihr wie aus dem Gesicht geschnitten war. »Mrs Charles Grant III.«

»Nett, Sie kennenzulernen.« Charlotte hielt ihr die Hand hin. »Das ist meine Enkelin Laura Templeton.«

»Sind Sie aus England?«

»Nur ich«, erwiderte Laura.

»Wir wenden.« Charlotte berührte Laura am Arm. »Wenn Sie uns jetzt entschuldigen würden. Ich möchte gerne die Aussicht genießen.«

»Ich auch. Natürlich war die Gegend damals nicht so dicht besiedelt.

Schauen Sie nur. Auf dieser Seite des Sees hat man den

ganzen Wald abgeholzt, um Platz für kleine Hütten, Sommerhäuser und Gemüsegärten zu schaffen. Die ganze Landschaft ist verschandelt.«

»Vermutlich sehen die Leute, die sich von diesen Gemüsegärten ernähren, das anders«, merkte Charlotte an. »Seit dem Zusammenbruch des Kommunismus sind die Lebensmittelpreise explodiert.«

»Gut, dass sie weg sind. Hatte Ihre Familie Immobilienbesitz in Allenstein?«

»Ein wenig«, antwortete Charlotte ausweichend.

»Natürlich können die Deutschen, die 1945 vor den Russen geflohen sind, nichts zurückfordern, ganz im Gegensatz zu den Polen. Ich bin hier, weil ich gehört hatte, dass das Haus meines Vaters zum Verkauf steht.«

»Werden Sie es kaufen?«

»Das habe ich bereits. Für ein Butterbrot. Nur fünfundvierzigtausend Dollar.«

»Und was werden Sie damit anfangen?«

»Zuerst einmal muss es renoviert werden. Seit wir fort sind, ist es nicht einmal mehr gestrichen worden. Nach der Modernisierung vermiete ich es an Touristen. Ein Haus zu mieten, ist für Familien günstiger, als im Hotel zu wohnen. Von hier aus lassen sich wunderbare Ausflüge an die masurische Seenplatte unternehmen. Da bist du ja, Ranolf«, begrüßte sie einen älteren Mann, der auf die langsam die Hotelauffahrt entlangrollende Kutsche zukam. »Ich habe gerade diese reizende Dame und ihre Enkelin kennengelernt. Sie ist auch ein Flüchtling, die einer Verwandten die alte Heimat zeigen will. Wir müssen nächstes Jahr mit unseren Enkeln wiederkommen.« Sie wandte sich an Charlotte.

»Mein Mann Ranolf Hedley der Vierte. Tut mir leid, ich habe vorhin Ihren Namen nicht verstanden.«

»Charlotte Templeton. Wenn Sie uns jetzt entschuldigen. Wir müssen gehen. Wir erwarten einen Anruf.«

»Templeton?«, wunderte sich Laura auf dem Weg zur Caféterrasse. »Du benutzt doch sonst nie Großvaters Namen. Warum hast du der Frau nicht erzählt, wer du bist?«

»Weil sie an Standesdünkel leidet. Du hast ja gehört, wie sie über die Adeligen von Datskis und ihren Skandal geredet hat.«

Laura machte sich auf das Schlimmste gefasst. »Was denn für ein Skandal?«

»Es war nur einer für überzeugte Nazis, die sich heute noch an die Hitlerzeit erinnern«, antwortete Charlotte ausweichend. »Die Nachgeborenen geheimnissen viel zu viel in die preußischen Landjunker hinein. Wer kann heute noch sagen, wie reich, glamourös und mächtig sie waren? Nichts führt so sehr dazu, dass man die Dinge verklärt, wie Verlust, Zeit und Abstand. Ganz zu schweigen davon, dass sich die Angehörigen dieses Standes auf unerklärliche Weise vermehrt haben. Es gibt Leute, die damals im schlechtesten Teil der Stadt lebten und heute behaupten, ihre Familie hätte früher riesige Ländereien besessen.«

»Und du bist ihnen nie über den Mund gefahren?«

Charlotte schmunzelte. »Was hätte das gebracht? Man konnte jahrelang sowieso nichts beweisen. Warum sie also verärgern?«

»Du sprichst nie über deine Kindheit.«

Charlotte nahm Lauras Hand. »Diese Ruine da drüben ist ein Wachturm aus dem vierzehnten Jahrhundert. Meine

Brüder und ich sind als Kinder oft mit dem Boot hinübergerudert, um zu picknicken.« Sie zögerte. »Ich verrate dir mehr, Laura, nachdem wir in Grünwaldsee waren. Bis dahin möchte ich meine Erinnerungen für mich behalten, denn so lange sie hier drin gefangen sind« – sie tippte sich an die Stirn – »gehören sie einzig und allein mir. Sobald ich dir davon erzähle, werden sie zu Vergangenheit, zu geschichtlichen Ereignissen. Im Moment leben meine Toten, abgesehen von Bergensee, noch, und ich möchte, dass das noch eine kleine Weile so bleibt.«

# 7

*Sonntag, 16. Juni 1940*

*Es ist lange her, dass ich die Muße hatte, etwas in mein Tagebuch zu schreiben, aber wie es im Radio ständig heißt, muss in einem Land, das Krieg führt, eben jeder hart arbeiten, und zwar die Frauen genauso wie die Männer. Da Mama krank ist und die Zwillinge fort sind, lastet die Verwaltung von Grünwaldsee nun auf mir. Wilhelm hat Greta gebeten, ihre Tätigkeit beim BDM aufzugeben und mir zu helfen. Doch sie erwiderte, die Aufgabe, das deutsche Umsiedlungsprogramm umzusetzen, sei dazu viel zu wichtig. Schließlich ginge es nicht nur um den Krieg, sondern um die gesamte Zukunft des Dritten Reiches.*

*Ich habe Wilhelm angefleht, nicht mit ihr zu streiten. Ich trage gern die Alleinverantwortung für unser Zuhause, denn es wäre mir ein Graus, wieder mit Greta zusammenleben zu müssen. Das Gut zu führen, hält mich zwar ziemlich auf Trab, aber ich bin froh darüber, denn so habe ich wenigstens keine Zeit, darüber nachzugrübeln, wie sehr ich Papa vermisse. Und über meine Ehe mit Claus.*

*Wie ich festgestellt habe, muss man sich ziemlich ins Zeug legen, damit in Grünwaldsee alles reibungslos läuft. So viele Dinge, die für mich stets selbstverständlich waren, wollen sorgfältig geplant werden. Ich war es gewohnt, nach sauberem, poliertem Zaumzeug zu greifen, die Stallburschen zu bitten, mein Pferd zu satteln, und die Futtertröge stets gefüllt vorzu-*

*finden. Nun nimmt allein das Aufstellen der wöchentlichen Dienstpläne einen ganzen Tag in Anspruch. Außerdem müssen die Bücher geführt, Rechnungen gestellt, Formulare des Kriegsministeriums ausgefüllt und Kosten beglichen werden. Für die Büroarbeit brauche ich zwei bis drei Tage pro Woche. Ich würde diese Zeit lieber damit verbringen, Brunon bei der Beaufsichtigung der Arbeiter zu helfen. Es gibt noch so viel zu lernen.*

*Ich wünschte, ich wäre nicht so faul gewesen und hätte Papa besser zugehört, als er noch lebte. Aber ich dachte, ich hätte noch alle Zeit der Welt. Damals konnte ich mir Grünwaldsee ohne ihn und ohne die Jungen gar nicht vorstellen.*

*Ich benutze Papas Arbeitszimmer und betrachte oft die gerahmte Urkunde, die an der Wand gegenüber des Schreibtisches hängt. Es ist eine Kopie des Briefes, in dem der Grünwaldsee und die umliegenden Ländereien dem ersten Wilhelm von Datski übertragen werden. Unterzeichnet ist er vom Großmeister des Ordens der Teutonischen Ritter im Jahr 1286. Manchmal fühle ich mich wie erdrückt von den vielen Generationen der von Datskis, die hier vor mir gelebt haben, und spüre ihre Missbilligung, dass ich, eine Frau und überdies noch eine junge, für meine Familie die Entscheidungen treffen muss.*

*Vor dem Zubettgehen stehe ich oft auf dem Balkon vor meinem Zimmer, betrachte den See und stelle mir nicht nur die verstorbenen von Datskis in den vergangenen Jahrhunderten vor, sondern auch die zukünftigen, die nach mir kommen werden. Hoffentlich werden wenigstens sie mein Verhalten gutheißen. Es wäre schrecklich, als Charlotte von Letteberg, geborene von Datski, in die Geschichte einzugehen, die das*

*Gut ruiniert oder in den Bankrott getrieben hat. Aber ich denke, mit Brunons Hilfe wird es mir gelingen, folgenschwere Fehler zu vermeiden.*

*So Gott will, werden eines Tages meine Enkel hier mit denen von Wilhelm und Paul spielen. Irenes Baby kommt im September. Sie und Wilhelm sind außer sich vor Freude, doch niemand könnte glücklicher sein als Mama. Sie ist sicher, dass Irene einen Jungen zur Welt bringt, der den Namen von Datski in das Tausendjährige Reich des Führers hineintragen wird. Wie mag Grünwaldsee wohl in tausend Jahren aussehen? Wenn wir Glück haben, unverändert und so idyllisch wie jetzt.*

*Ich verlasse mich voll und ganz auf Brunon. Papa pflegte zu sagen, er sei der beste Verwalter, den Grünwaldsee je hatte. Er weiß mehr über das Gut als jeder andere. Ich bin froh, dass er zu alt ist, um in der Armee zu dienen, denn anstelle der kräftigen Männer, die eingezogen worden sind, hat man uns Mädchen vom Reichsarbeitsdienst und polnische Zivilisten zugeteilt.*

*Die Mädchen vom Reichsarbeitsdienst wohnen bei den Familien, deren Männer in den Krieg mussten. Anfangs war es ein wenig schwierig, die Schlafplatzfrage zu klären, doch als den Ehefrauen klar wurde, dass sie Geld für die Unterbringung bekommen würden, waren sie bereit, sie aufzunehmen. Die Polen leben in einigen der älteren Hütten, die Papa stets renovieren wollte, was er aber aus verschiedenen Gründen nie getan hat. Sie bekommen weniger Lebensmittelmarken als wir, aber ich habe ihre Rationen ein wenig aufgestockt, weil sie viel zu gering für Landarbeiter waren.*

*Brunon hat ihnen erlaubt, es sich so gemütlich wie möglich zu machen, und ihnen Holz gegeben, um Türen und Fenster zu reparieren. Wir haben ihnen auch einige alte Möbel vom Speicher überlassen. Sie haben sich sehr geschickt angestellt, denn die Hütten sehen jetzt besser aus als seit Jahren.*

*Es hat zwar eine Weile gedauert, doch inzwischen läuft alles wie am Schnürchen. Allerdings müssen wir die beiden Gruppen streng getrennt halten, weil die deutschen Mädchen auf die Polen herunterschauen und sie bei jeder sich bietenden Gelegenheit demütigen. Wir haben eine schriftliche Anweisung vom Büro des Gauleiters erhalten, in der steht: »Alle Deutschen müssen den polnischen Arbeitern im Reich mit einer Haltung gegenübertreten, die der Würde unseres Landes und den Zielen der deutschen Regierung entspricht.« Ich habe nicht gleich verstanden, worum es ging, aber Brunon hat mir erklärt, es handle sich um eine Warnung, dass wir nicht zu freundlich zu den Polen sein dürften. Sie hätten sich dieses Schreiben sparen können. Ich habe ja kaum Zeit, freundlich zu meiner eigenen Familie zu sein.*

*Wir werden dieses Jahr eine gute Ernte haben, jedoch nicht viel daran verdienen, weil die Armee drei Viertel davon beansprucht und wir zu festgesetzten Preisen verkaufen müssen. Doch das ist nur ein kleines Opfer, wenn der Krieg dafür nur schneller vorüber ist.*

*In den letzten Wochen sind viele in Frankreich gefallen, auch vier Jungen aus meinem Orchester. Peter war unter ihnen. Der liebe Peter, mit dem man so viel Spaß haben konnte, selbst wenn er manchmal eine Landplage und ein arger Lausbub war. Mama und Papa von Letteberg haben das Telegramm vor drei Tagen erhalten, obwohl er schon am 30. Mai gestorben ist. Es war ein schwerer Schlag für sie und sicher auch für Claus. Mein armer Schwager. Unsere Verwandtschaft dauerte nicht lang.*

*Ich bin noch gar nicht zu dem eigentlichen Grund gekommen, warum ich nach all dieser Zeit wieder zum Stift gegriffen habe.*

*Mein Sohn Erich Peter Claus von Letteberg wurde heute Morgen um zwei Uhr geboren. Zwei Tage nachdem unsere Flagge am Triumphbogen wehte und unsere Soldaten die Champs-Élysées hinuntermarschierten.*

*Die Geburt war eine elende Quälerei. Der Arzt gab mir so viel Morphium, wie er es wagte, aber ohne Minna und Mama von Letteberg wäre ich sicher gestorben. Doch als es vorbei war und ich zum ersten Mal meinen niedlichen Sohn sah, konnte ich es kaum fassen. Ein wunderschöner, blonder, blauäugiger Junge, so lebendig, temperamentvoll, kerngesund und seinem Vater wie aus dem Gesicht geschnitten. Das behaupten wenigstens Mama und Papa von Letteberg.*

*Sie reisten aus Berlin an, sobald sie von Peters Tod erfuhren, weil sie es mir persönlich mitteilen wollten. Das war sehr rücksichtsvoll von ihnen, und ich habe mich wirklich gefühlt wie ihre Tochter. Da kurz nach ihrer Ankunft die Wehen einsetzten, sind sie geblieben.*

*Sie vergöttern den kleinen Erich. Der arme Peter musste sterben, bevor er Onkel wurde. Claus hatte bereits in einem Brief zugestimmt, dass das Kind den Namen meines Vaters tragen soll, wenn es ein Junge wird. Doch ich habe ihn auch noch nach Peter benannt.*

*Ich weiß, dass Claus versucht hat, Urlaub zu nehmen, aber ich bin froh, dass er keinen gekriegt hat, denn er hätte nur zwei Tage und Nächte lang meine Schreie durchs Haus hallen gehört. Papa von Letteberg hat mir erklärt, beim großen Einmarsch in Frankreich könne kein deutscher Soldat entbehrt werden.*

*Allerdings hat er seine Beziehungen spielen lassen und Claus angerufen, um ihm zu sagen, dass er einen Sohn hat. Nachdem die englische und die französische Armee sich ergeben und Deutschland Europa von den alliierten Streitkräften befreit hat, möchte Claus, dass ich und seine Eltern ihn in Paris besuchen. Papa von Letteberg meinte, für ihn käme das nicht infrage, doch Mama von Letteberg könne gern fahren. Die arme Mama von Letteberg. Zurzeit will sie nichts anderes tun, als mit Erich zu spielen und über Peter zu sprechen. Da er in Frankreich bestattet wurde, wird es keine Beerdigung und keine Trauerfeier geben.*

*Was mich betrifft, wird Claus warten müssen, bis es mir wieder besser geht. Der Arzt hat mich gewarnt, es sei eine schwere Geburt gewesen, und ich würde mindestens zwei Jahre brauchen, um mich davon zu erholen.*

*Außerdem ist Erich noch viel zu klein zum Reisen. Ich bin froh, eine Ausrede zu haben. Vielleicht bekomme ich ja in einem oder zwei Monaten Lust, Claus zu sehen. Wahrscheinlich eher nicht.*

*Während ich meinen Sohn betrachte, der in dem Bettchen schläft, in dem schon Greta, meine Brüder und ich gelegen haben, bete ich, dass der Krieg bald aus ist und dass es nie mehr einen neuen gibt. Wenn ich mir vorstelle, dass Erich in achtzehn Jahren eingezogen werden und wie Peter fallen könnte, möchte ich ihn am liebsten in die Arme nehmen und ihn vor der Welt verstecken, damit er niemals Schmerz und Leid kennenlernt.*

## *Im Zug unterwegs von Paris nach Ostpreußen über Berlin*

*Freitag, 23. August 1940*
*Nach zwei Wochen bei Claus in Paris kehre ich nach Grünwaldsee zurück. Da er zum Oberst befördert worden ist, kann er keinen Urlaub bekommen. Das tat mir nicht sehr leid, bis Greta Anfang des Monats in Grünwaldsee eintraf. Sie war in Begleitung von Helmut Kleinert, einem entfernten Verwandten von einem Cousin zweiten Grades von Papa. Sie verkündete, sie werde zwei Wochen bleiben, weil sie dringend Urlaub brauche. Warum sie glaubt, Urlaub nötiger zu haben als die Jungen an der Front, ist mir schleierhaft.*

*Greta war so zänkisch und anstrengend wie eh und je und heftete sich den ganzen Tag auf Schritt und Tritt wie eine Klette an mich, sodass ich schließlich Claus' Einladung annahm. Zu Mama sagte ich, ich könnte jetzt fahren, da Greta ja da sei, um sie zu versorgen.*

*Greta hat Helmut in Berlin kennengelernt. Sie ist zu Ostern in die dortige Zentrale des BDM versetzt worden. Sie und Helmut haben ihre Verlobung mit ihren Kollegen gefeiert, was angesichts der Versorgungslage in Grünwaldsee wohl die beste Lösung war. Papa wäre sicher mit Helmut einverstanden gewesen, denn er ist ein zurückhaltender und freundlicher junger Mann. Allerdings hätte ihm Gretas protziger Verlobungsring gar nicht gefallen. Greta hat mir erzählt, sie hätte ihn selbst ausgesucht. Ich würde mich schämen, so etwas zuzugeben. Außerdem würde ich nie wagen, so einen riesigen Diamanten zu tragen, vor allem nicht im Krieg, wenn überall Mangel herrscht.*

*Helmuts Vater ist Waffenfabrikant und hat seine Verbindungen genutzt, um seinem Sohn einen Posten beim Stab in Berlin zu verschaffen. Das heißt, dass Helmut nie an der Front wird kämpfen müssen. Greta hatte schon immer nur ihre eigenen Interessen im Blick und kümmert sich nicht um andere, nicht einmal um das Wohl des Vaterlandes.*

*Als ich Grünwaldsee verließ, hatte ich Angst, Erich in eine Stadt mitzunehmen, die vielleicht bombardiert werden könnte. Doch während unseres Aufenthalts in Paris gab es nur einmal Fliegeralarm, und der entpuppte sich noch dazu als Irrtum.*

*Ich blieb vierzehn Tage – und Nächte – bei Claus. Da es eine weite Reise ist, beharrte er darauf, dass sich die Anstrengung für einen kürzeren Zeitraum nicht lohnen würde. Ich war nur einverstanden, weil ich mit der Rückkehr nach Grünwaldsee bis zu Gretas Abreise warten wollte. So kann ich das Gut wieder wie gewohnt verwalten, ohne mich ständig um Abendessen und Belustigungen für sie kümmern zu müssen.*

*Wenn Gretas Haltung ein Beispiel für die Zustände in Berlin ist, sollte sich einmal jemand die Zeit nehmen, sich im Rest des Landes umzusehen. An allem herrscht Mangel – Lebensmittel, Kleidung, Benzin.*

*Manchmal ist es unmöglich, die einem zustehende Essensration aufzutreiben, und die ist ohnehin schon kärglich genug. Trotzdem gebärden sich Greta und Helmut, als gäbe es keinen Krieg, und gehen davon aus, dass wir über unbegrenzte Vorräte an Fleisch, Butter und Eiern verfügen, nur weil wir auf dem Land leben.*

*Irene hat mir erzählt, ihr Vater brauche so dringend Arbeitskräfte in seiner Baufirma, dass er bei den Behörden*

*Kriegsgefangene beantragt hat. Ich hätte nur ungern englische und französische Kriegsgefangene in Grünwaldsee, weil ich befürchten müsste, dass sie unsere Anstrengungen, die Produktion zu steigern, sabotieren.*

*Jetzt habe ich über alle geschrieben, bis auf Claus. Der beste Grund für unsere Ehe schläft neben mir in seiner Wiege. Claus hat sich auf seinen Rang berufen, um ein Privatabteil für uns aufzutreiben, damit Erich bloß nicht mit ansteckenden Krankheiten in Berührung kommt. Das war sicher nicht leicht, nicht einmal für einen Oberst. Alle Züge sind überfüllt, und eine Reisegenehmigung ist schwer zu bekommen, aber Claus betet seinen Sohn ebenso an, wie seine Eltern es tun, und würde nichts unversucht lassen, um ihn zu beschützen. Also hat er sogar auf seinen Rang gepocht und ihm Privilegien gesichert, was er für sich selbst oder für mich bestimmt niemals täte.*

*Als er Erich zum Abschied küsste, sah ich zum ersten Mal einen zärtlichen Ausdruck auf seinem Gesicht. Ich finde, dass wir eine seltsame Ehe führen. Sie ist ganz anders als die von Irene und Wilhelm. Wilhelm hat seit seiner Hochzeit zu Weihnachten nur zwei Mal Urlaub nehmen können. Aber Irene reist kilometerweit, bettelt um Mitfahrgelegenheiten und sitzt mit allen möglichen fremden Männern in Lastwagen, nur um ein oder zwei Stunden mit ihm zu verbringen. Wenn sie zusammen sind, können sie kaum die Finger voneinander lassen, und Irene steht Wilhelm da in nichts nach.*

*Claus verhält sich stets höflich und förmlich. Allerdings muss er sich als Oberst auch korrekt benehmen, im Gegensatz zu Wilhelm, der als Leutnant auch einmal über die Stränge schlagen darf.*

*Bei meiner Ankunft in Paris war Claus nicht am Bahnhof, hatte mir aber seinen Fahrer geschickt. Der Feldwebel entschuldigte sich und erklärte, es gebe ein Problem mit der Bombardierung Englands und den Geschützen, die wir auf die englische Küste gerichtet hätten. Obwohl ich zu höflich war, um ihn oder Claus darauf anzusprechen, wusste ich, dass es nur eine Ausrede war.*

*Claus bewohnt eine Suite in einem wunderschönen Hotel mit Blick auf die Seine. Sie verfügt über ein Wohnzimmer, ein Esszimmer, zwei Schlafzimmer und zwei Bäder. Zum ersten Mal schlief Erich nicht neben mir. Claus hatte die Hoteldirektion gebeten, eine Wiege in das Zimmer des Dienstmädchens zu stellen. Ich hatte Brunons Tochter Maria mitgenommen. Sie hilft mir seit Erichs Geburt, ihn zu versorgen, und hatte mir versprochen, mich zu rufen, wenn er aufwachte. Allerdings tat sie es nicht. Vermutlich hat Claus es ihr untersagt, und sie hat wie alle unsere Dienstboten eine Heidenangst vor ihm.*

*Claus – oder wahrscheinlich sein Adjutant – hatte an alles gedacht. In sämtlichen Zimmern standen Blumen. Im Bad gab es Parfüm und Kosmetika. Im Wohnzimmer warteten eisgekühlter Champagner und Brandy auf mich. Und sein Fahrer stand bereit, um mich in ein Modehaus zu bringen, wo Claus ein Konto für mich eröffnet hat.*

*Außerdem hatte Claus mir einen Zettel hinterlassen, auf dem stand, er habe Opernkarten besorgt, um meinen ersten Abend in Paris zu feiern. Anschließend würde mir zu Ehren ein Abendessen stattfinden.*

*Ich war froh, dass Claus das alles arrangiert hatte. In der Öffentlichkeit ist es leichter, seine Frau zu sein, als privat. Ich zog die Reisekleidung aus, badete und fuhr danach zum Modehaus, wo ich mir einige Tageskleider und zwei Abendroben kaufte. Eine wurde sofort geändert, damit ich sie am Abend tragen konnte. Dann suchte ich den Schönheitssalon im Hotel auf, ließ mir die Haare waschen und legen und eine Maniküre verabreichen. Als Claus um sechs erschien, war ich angezogen und bereit.*

*Ich war fast so aufgeregt wie auf unserer Hochzeitsreise. Obwohl wir seit einem Jahr verheiratet waren, hatten wir nur sieben Tage und Nächte miteinander verbracht.*

*Bevor er kam, holte ich ein Foto von ihm aus meinem Koffer und stellte es auf den Frisiertisch, um mich zu erinnern, wie er aussah.*

*Unverschämt attraktiv, leicht distanziert und vom Scheitel bis zur Sohle ein Oberst der Wehrmacht. Es schockierte mich ein wenig, wie unterwürfig sich alle uns gegenüber benahmen. Türen wurden aufgehalten, und die Leute verbeugten sich – nicht nur die deutschen Militärangehörigen, sondern auch französische Zivilisten.*

*Als erstes wollte Claus seinen Sohn sehen. Obwohl Erich schlief, bestand er darauf, ihn zu wecken. Bis jetzt hatte ich gedacht, dass Männer nichts mit Kleinkindern anfangen können. Aber Claus hielt ihn in den Armen und war so stolz, als Erich die Beinchen ausstreckte, wie um zu stehen. Claus war überzeugt, dass sein Sohn ein Wunderkind sei.*

*Es war zwecklos, ihm klarmachen zu wollen, dass sich laut Minna und dem Arzt alle Babys so verhielten. Nachdem er mit seinem Sohn gespielt hatte, bat er mich, ihn ins Schlafzimmer zu begleiten, damit wir miteinander reden könnten, während er badete und seine Ausgehuniform anzog. Ich wuss-*

*te genau, was er wollte. Es kümmerte ihn nicht, dass ich bereits mein Abendkleid trug. Er drückte mich einfach bäuchlings aufs Bett, hob meinen Rock hoch und zog mir das Höschen hinunter.*

*Vielleicht werde ich ja wirklich allmählich zur Frau, denn die Vorstellung, was gleich geschehen würde, war schlimmer als der Vorgang selbst. Es tat immer noch weh, war demütigend und erinnerte mich ein wenig an die ärztlichen Untersuchungen während der Schwangerschaft, aber ich habe inzwischen gelernt, an etwas anderes zu denken. Nichts dauert ewig, nicht einmal das.*

*Der restliche Abend war ein Traum. Die Oper war ausgezeichnet und machte mir klar, wie sehr mir gute Musik gefehlt hatte.*

*Claus' Offizierskameraden waren charmant, und das Essen im Restaurant schmeckte köstlich. Die Soßen enthielten echte Sahne und Butter, und Fleisch und Nachspeise waren ein Gedicht. Außerdem glaube ich, dass ich noch nie so viel getanzt habe wie an diesem Abend. Jeder von Claus' Kameraden forderte mich auf. Doch als es später wurde, graute mir schon vor der Rückkehr ins Hotel.*

*In den beiden Wochen kam ich kaum zum Schlafen. Claus ließ mir keine Ruhe. Er möchte, dass ich so schnell wie möglich wieder schwanger werde. Als ich ihm erklärte, der Arzt habe mir von einer erneuten Schwangerschaft abgeraten, bevor ich mich nicht wieder vollständig erholt hätte, erwiderte Claus, Schwangerschaft und Geburt seien bei einer Frau der Normalzustand. Wenn mein Arzt mit meinem Fall überfordert sei, sollte ich nach Paris ziehen, damit er mir einen besseren suchen könne.*

*Er wollte eine Villa vor der Stadt, aber ganz in der Nähe, mieten, damit er Erich und mich besuchen und gelegentlich dort übernachten könne. Ich denke, wenn ich nicht Grünwaldsee leiten müsste, hätte er mir befohlen, bei ihm zu bleiben.*

*Ich bin froh, bald wieder zu Hause zu sein. Ich habe keine Ahnung, wann ich Claus wiedersehen werde, doch hoffentlich nicht vor Weihnachten. Eines Tages wird der Krieg vorbeisein, und dann müssen wir zusammenleben. Obwohl ich mich auf das Kriegsende freue, habe ich überhaupt keine Lust, jeden Tag mit Claus zu verbringen. Für zwei Wochen ist das Eheleben gerade noch auszuhalten. Auf Dauer wird es unerträglich sein.*

»Das war wirklich lecker.«

Laura schob die Kaffeetasse weg und griff nach dem Brandyglas.

»Was möchtest du morgen unternehmen?«

»Ich habe doch schon gesagt, dass ich nach Grünwaldsee will«, erwiderte Charlotte.

»Das muss nicht unbedingt sein. Ich habe einen Blick in die Reiseführer geworfen. In der Umgebung von Olsztyn gibt es viele Sehenswürdigkeiten. Das Schloss in Malbork, Hitlers Wolfsschanze. Wir könnten uns auch die masurische Seenplatte anschauen.«

»Ich bin hier, um meine alte Heimat zu sehen. Findest du nicht, dass ich es schon lange genug vor mir herschiebe?«, gab Charlotte zurück.

»Dann fahren wir hin, aber nur, wenn du absolut sicher bist, dass es dir nicht zu viel wird.«

»Ich werde versuchen, diesmal nicht zu weinen.« – »So habe ich es nicht gemeint«, sagte Laura rasch.

»Das weiß ich doch, Kind.«

»Ich kann es nur nicht ertragen, wenn du traurig bist.«

»Es war dumm von mir, dich zu bitten, auf der Herfahrt in Bergensee haltzumachen. Und noch dümmer war es, zu erwarten, dass es sich nicht verändert hatte. Im kommunistischen Polen hatte man andere Sorgen als den Erhalt alter Adelssitze.«

»Wir könnten Erkundigungen über Grünwaldsee einholen, ehe wir hinfahren«, schlug Laura noch einmal vor.

Charlotte schüttelte den Kopf. »Ich brauche davor nur eine ordentliche Mütze voll Schlaf. Macht es dir etwas aus, wenn ich dich wieder allein lasse?«

»Offen gestanden wäre mir im Moment nichts lieber, als mich mit einem guten Buch ins Bett zu legen und dabei die Minibar leerzutrinken.«

»Ich würde dir eher zu einer Flasche Brandy raten. Vom Durcheinandertrinken bekommt man nämlich Kopfschmerzen.«

»Möchtest du etwa, dass ich einen Rausch kriege?« Laura grinste.

»Vielleicht ein bisschen. Da dein Film jetzt fertig ist, hast du allen Grund zu feiern.« Charlotte stand auf. »Also bis morgen.«

Laura leerte ihr Brandyglas und ging in die Hotelhalle. Zwischen dem unvermeidlichen Juwelier, der Bernsteinschmuck anbot, und einer überteuerten Damenboutique befand sich ein kleiner Laden, der polnische und ausländische Zeitungen und einige Bücher verkaufte. Die Auswahl an englischen Titeln war nicht sehr groß und beschränkte sich auf ein halbes Dutzend der in den letzten zehn Jahren erschienenen Bestseller.

Laura erkannte den Einband von *Ein letzter Sommer*, beschloss, dass sich der Zeitpunkt ausgezeichnet eignete, es noch einmal damit zu versuchen, und ging mit dem Buch zur Kasse.

Am nächsten Morgen stellte sie zu ihrer Enttäuschung fest, dass sie schon bei der ersten Seite eingeschlafen war.

*Montag, 30. Juni 1941*
*Inzwischen verstehe ich, warum Claus, Paul und Wilhelm am Anfang des Monats drei Wochen Urlaub bekommen haben. Vor acht Tagen sind unsere Truppen nämlich in Russland einmarschiert, und wir glauben, dass die drei zur Vorhut gehört haben.*

*Es war ein schweres Jahr. Das Kriegsministerium sitzt uns ständig im Nacken und fordert mehr und mehr von unserer Ernte, obwohl wir sie selbst brauchen. Bei ihrem letzten Besuch haben die Beamten zwölf Pferde mitgenommen.*

*Die Männer beteuerten zwar, dass sie für Transportzwecke bestimmt sind, aber Brunon ist sicher, dass sie geschlachtet werden sollen. Als ich sah, dass einer der Beamten Elise beäugte, sagte ich zu ihm, er würde sie nur über meine Leiche kriegen.*

*Ich habe keine Ahnung, wie wir die beschlagnahmten Rinder und Schweine ersetzen sollen. Seit Kriegsbeginn hat sich unser Bestand an Zuchttieren halbiert. Die Lebensmittelrationen wurden auf das Minimum beschränkt, und es heißt, sie sollen noch einmal gekürzt werden. Unsere »Freunde« in*

*Allenstein sind uns auch keine Hilfe. Leute, die wir kaum kennen, besuchen uns und bieten uns Geld für Lebensmittel, die wir nicht haben. Wenn ich ihnen zu erklären versuche, dass kaum genug für uns übrig bleibt, weil wir die Quoten der Armee erfüllen müssen, werfen sie uns vor, wir schlügen uns die Bäuche voll, während alle anderen hungern müssten.*

*Mama von Letteberg hat in Bergensee mit den gleichen Schwierigkeiten zu kämpfen. Alle gehen davon aus, dass die Pächter ihre Pacht an das Gut Bergensee in Naturalien bezahlen.*

*Selbst Irenes Vater verschenkt die meisten Eier, die die Hühner in seinem Garten legen. Er sagt, überall stieße man auf Kinder mit großen Augen und leeren Mägen.*

*Irene und Wilhelm haben seinen Urlaub im Sommerhaus am See verbracht, und zwar mit ihrer kleinen Tochter Marianne, die letzten September zur Welt kam. Sie haben sie nach Mama benannt, in der Hoffnung, ihr damit eine Freude zu machen. Aber der armen Mama geht es schlechter denn je. Die meiste Zeit erinnert sie sich nicht einmal mehr daran, dass Papa tot ist. Martha, Minna, Irene und ich tun, was wir können, doch sie weigert sich oft tagelang, ihr Zimmer zu verlassen. Als wir sie an dem Abend von Pauls, Wilhelms und Claus' Ankunft überreden konnten, mit uns zu essen, fing sie zu weinen an, griff dann nach einem Messer und richtete die Klinge gegen sich. Wir haben eine Heidenangst, dass sie sich etwas antun könnte.*

*Die drei Wochen mit Claus waren schrecklich anstrengend. Die meiste Zeit hat er auf dem Gut mit Erich gespielt. Inzwischen bin ich zu dem Schluss gekommen, dass es in einer Ehe hauptsächlich darum geht, die Nächte so gut wie möglich hin-*

*ter sich zu bringen. Tagsüber und in Gegenwart anderer ist es annehmbar.*

*Wir haben drei Abende in Bergensee verbracht. Seine Mutter hat ihm zu Ehren eine Gesellschaft gegeben. Auch sein Vater konnte sich ein paar Tage Urlaub nehmen.*

*Greta kam, um Paul und Wilhelm zu sehen. Ich habe den Eindruck, dass sich zwischen Paul und Brunons Tochter Maria etwas tut. Einmal habe ich beobachtet, wie die beiden spätnachts zusammen aus der Scheune kamen. Sie waren mit Stroh bedeckt.*

*Außerdem reitet er ständig mit ihr aus. Hoffentlich ist es nichts Ernstes. Es gehört sich nicht, dass ein von Datski die Tochter eines Gutsverwalters heiratet.*

*Seit Wilhelm, Paul und Claus fort sind, leben wir von der Hand in den Mund, stecken all unsere Kraft in den Betrieb von Grünwaldsee und beten, der Krieg möge endlich aufhören. Was, wenn es so weit ist? Claus ist bereits entschlossen, seine militärische Laufbahn fortzusetzen. Wilhelm will zu Ende studieren und in Königsberg eine Anwaltskanzlei eröffnen. Irene sagt, sie könne überall glücklich werden, solange sie nur bei ihm ist. Nach der Hochzeit ist sie nach Grünwaldsee gezogen, um hier auf Mariannes Geburt zu warten, und ist danach geblieben. Ich glaube, es tröstet sie, in Wilhelms Bett zu schlafen, auch wenn er nicht darin liegt, und ich freue mich sehr über ihre Gesellschaft.*

*Ich kann mit ihr über alles reden, nur nicht über das Eheleben, weil sie annimmt, dass ich mit Claus so glücklich bin wie sie mit Wilhelm. Diese Illusion möchte ich ihr nicht rauben. Sie wäre nur bestürzt darüber, und ich kann den Gedanken nicht ertragen, sie traurig zu machen. Schließlich ist sie so nett zu mir und mir eine bessere Schwester, als Greta es je war oder sein wird.*

*Nur Paul weiß noch nicht, was er nach dem Krieg anfangen will. Hoffentlich übernimmt er die Leitung von Grünwaldsee. Ich bin völlig erschöpft, kann mir im Moment jedoch kein anderes Leben vorstellen. Wenn Claus in der Armee bleibt, könnte er in Paris oder Russland stationiert werden. Er hat nicht gesagt, ob er von mir erwartet, dass ich ihn dorthin begleite, und ich habe lieber nicht nachgefragt. Manchmal glaube ich, er hat mich nur geheiratet, damit ich ihm Söhne schenke. Er ist enttäuscht, dass Erich noch immer Einzelkind ist. Ich wünschte, es gäbe einen anderen Weg, schwanger zu werden.*

*Nach Paris dachte ich, ich könnte mich an die Ehe gewöhnen. Jetzt habe ich drei Wochen mit Claus hinter mir und weiß, dass das nie geschehen wird. Selbst Paul ist der Unterschied zwischen mir und Irene aufgefallen. Sie hält es keine Minute ohne Wilhelm aus, während ich stets nach Ausreden suche, um Claus aus dem Weg zu gehen.*

*Gerade habe ich den Anfang dieses Tagebuches noch einmal gelesen.*

*Seitdem ist so viel geschehen. Heute Morgen hatte ich Besuch von Herrn Schumacher. Das Oberkommando der Wehrmacht hat ihn gebeten, eine Konzertreihe zu organisieren, um die Truppen in Polen zu unterhalten. Er möchte, dass ich für zwei Wochen mitkomme. Soll ich?*

*Es wäre nicht leicht, Erich und Mama zurückzulassen, aber Irene, Minna, Martha und Brunon beteuern, dass sie es auch ohne mich schaffen. Vielleicht sollte ich es wirklich tun. Ich werde es mir überlegen.*

*Donnerstag, 13. November 1941*
*Ich bin so zornig und schäme mich so. Gestern sind Irene und ich in die Stadt gefahren, um Weihnachtseinkäufe zu machen, obwohl wir wussten, dass in den Läden nicht viel zu bekommen ist.*

*Zuerst waren wir in der Konditorei. Süßigkeiten sind inzwischen Mangelware, weil die Armee solche Mengen von Lebensmitteln verbraucht. Zucker, Butter, Sahne und Mandeln sind fast nicht aufzutreiben, wenn man keinen Bauern kennt, der hamstert und damit eine Gefängnisstrafe riskiert. Endlich konnte mein Flehen Herrn Meyer erweichen, denn schließlich waren wir vor dem Krieg seine besten Kunden. Er gab uns eine kleine Schachtel mit Trüffeln, wies uns aber darauf hin, dass sie wegen der minderwertigen Zutaten nicht die übliche Qualität aufwiesen.*

*Nach dem Einkauf fuhr Brunon uns zu Irenes Eltern. Herr Adolf hat im Jahr 1934 den Juden ein großes Stück Land abgekauft und dort ein Haus und die für seine Baufirma nötigen Werkstätten errichtet. Der jüdische Friedhof und die Synagoge grenzen an sein Grundstück an. Ich weiß nicht, wann die Synagoge zuletzt geöffnet war. Wie die meisten Leute versuche ich, nicht an die Juden zu denken oder über sie zu sprechen. Wenn man sie auch nur erwähnt, zeigen sich die meisten Leute von ihrer unangenehmsten Seite, besonders die kleinen Jungen.*

*Papa bestand darauf, dass nicht alle Juden schlechte Menschen seien, obwohl er nie so weit gegangen wäre wie der alte Onkel Ernst. Der lud nämlich jeden Juden, den er finden konnte, zu sich nach Hause ein, nur um die Behörden zu foppen. Zum Glück ist Onkel Ernst 1938 gestorben. Ansonsten hätte er die ganze Familie in ziemliche Schwierigkeiten bringen können.*

*Papa sagte, er sei genauso traurig gewesen wie ich, als Ruth und Emilia und meine übrigen jüdischen Freundinnen 1935 aus der Schule geworfen wurden. Außerdem durften Juden nicht mehr studieren. Weil sie gute Freundinnen waren, hatte Papa nichts dagegen, wenn ich sie besuchte oder nach Grünwaldsee einlud, doch ich hatte seit meinem siebzehnten Geburtstag nichts mehr von ihnen gehört. Papa warnte mich, es sei unklug von mir, sie an meinem achtzehnten Geburtstag zum Ball einzuladen.*

*Da alle jüdischen Geschäfte in der Stadt von Deutschen übernommen worden sind, hatte ich schon länger keinen Juden mehr auf der Straße getroffen. Vermutlich wollten sie sich keinen Ärger einhandeln. Es heißt, dass sie nach Afrika oder Madagaskar umgesiedelt werden oder im Osten einen eigenen Staat bekommen sollen. Ich war nicht sicher, ob die Familien von Ruth und Emilia bereits weggezogen waren. Doch heute habe ich sie zum ersten Mal seit über drei Jahren wiedergesehen.*

*Brunon musste anhalten, als wir in Irenes Straße einbogen, denn sie wurde von einem Lastwagenkonvoi blockiert, der vor der Synagoge parkte. Es wimmelte von SS-Leuten und Soldaten, unter ihnen auch Georg. Es war typisch für Georg, sich einem neuen Regiment anzuschließen, das einen derart schlechten Ruf genießt. Er stolzierte in seinen Stiefeln und seiner feldgrauen Uniform herum wie ein männliches Küken, das sich als Hahn aufspielt.*

*Die Soldaten trieben kleine Kinder und Mädchen aus der Synagoge. Es waren so viele, dass ich mich fragte, wie sie wohl alle hineingepasst hatten, denn das Gebäude ist nicht sehr groß. Die meisten waren sehr hübsch und hatten blondes Haar und blaue Augen, ein himmelweiter Unterschied zu den grässlichen alten Juden auf den Plakaten. Einige der älteren Mädchen hatten Babys im Arm.*

*Da stellte ich fest, dass Georg mit seinem Gewehr auf Ruth und Emilia zielte.*

*Ich traute meinen Augen nicht. Er hat mit uns den Kindergarten besucht und mit den beiden im Orchester gespielt, bevor sie ausgeschlossen worden waren. Trotz der Kälte kurbelte ich das Fenster herunter. Ich wusste, dass Ruth mich bemerkt hatte, denn sie rief meinen Namen und lief auf das Auto zu. Doch Irene fasste mich am Ärmel. »Mach um Gottes willen das Fenster zu«, flüsterte sie. »Wenn du schon nicht an dich denkst, dann wenigstens an die Kinder.«*

*Georg schlug Ruth mit dem Gewehrkolben auf den Kopf. Sie taumelte und war offenbar verletzt. Aber er zwang sie, sich wieder einzureihen. Wir saßen da und beobachteten, wie die Soldaten die jungen Mädchen und die Kinder prügelten und traten und sie in die Lastwagen trieben. Das ganze schien eine Ewigkeit zu dauern, doch als ich auf die Uhr sah, stellte ich fest, dass nur zehn Minuten vergangen waren. Marianne verschlief alles, und Irene hielt Erich die Augen zu, damit er es nicht mitansehen musste. Er glaubte, wir spielten Verstecken.*

*Nachdem Irene das Fenster geschlossen hatte, verharrten wir schweigend. Weder Irene noch Brunon sagte ein Wort, obwohl ich sicher bin, dass Irene Ruth und Emilia auch erkannt hatte.*

*Als die ersten Lastwagen sich in Bewegung setzten, wurden der Rabbi und einige alte Männer aus dem Gebäude gebracht.*

*Ein SS-Mann forderte Brunon mit einem Winken auf, weiterzufahren. Ich blickte mich um und sah den Rabbi auf der Straße liegen. Die Soldaten traten auf ihn ein; er war blutüberströmt.*

*Vermutlich waren die SS-Leute wütend, weil er so viele Kinder in der Synagoge versteckt hatte. Wollte er sie vor der Deportation schützen? Wozu die Mühe, wenn sie doch ihr eigenes Land bekommen sollten? Und warum wurde er geschlagen? Er war ein alter Mann, der sich nicht verteidigen konnte und für niemanden eine Bedrohung darstellte. Die Soldaten lachten, als amüsierten sie sich königlich. Georg lachte am allerlautesten.*

*Ich wollte mit Irene darüber sprechen, aber sie schwieg eisern, und als ich bemerkte, dass sie ebenso erschüttert war wie ich, bedrängte ich sie nicht länger. Seit Herr Schumacher uns gebeten hat, kein Wort über unsere Unterbringung in Russland zu verraten, besteht mein Leben nur noch aus Geheimnissen. Was ich für Claus oder angesichts unserer Ehe empfinde, darf ich niemandem anvertrauen. Und nun das.*

*Wie konnte Georg Ruth schlagen? Weshalb waren er und die anderen Soldaten so brutal? Warum prügelte jemanden einen hilflosen alten Mann blutig?*

*Irenes Mutter erwartete uns mit Kaffee und kleinen Kuchen, aber ich brachte keinen Bissen herunter. Mir war übel. Einige ihrer Fenster haben Blick auf die Synagoge. Wie konnte sie so einfach zur Tagesordnung übergehen?*

*Ich hasse den Krieg. Ich hasse es, dass ich nicht mit Ruth und Emilia befreundet sein darf. Ich hasse es, dass ich mitansehen musste, wie sie von einem Schwachkopf wie Georg mit der Waffe bedroht und weggeschafft wurden. Und ich hasse es, mit so vielen Lügen zu leben und nicht aussprechen zu können, was ich wirklich denke.*

*Warum muss ich allen vormachen, dass ich Claus vermisse, obwohl es nicht stimmt?*

*Vielleicht bin ich ja nach Onkel Ernst geraten. Ihm war die Meinung seiner Mitmenschen einerlei. Zum ersten Mal verstand ich, warum er immer gegen die Rassengesetze des Führers gewesen war. Es ist eine Sache, wenn man stolz darauf ist, ein Deutscher zu sein. Aber deshalb braucht man doch keine Juden zu treten und sie mit vorgehaltener Waffe abzutransportieren. Insbesondere nicht, wenn es sich um Freundinnen handelt.*

*Werden Ruth und Emilia mich je wieder als Freundin betrachten, nachdem ich sie nicht verteidigt und Irene erlaubt habe, das Autofenster zu schließen und sie auszusperren?*

*Obwohl ich mir beim Kaffee Mühe gab, mich am Gespräch zu beteiligen, konnte ich keine Fröhlichkeit vortäuschen und war deshalb erleichtert, als es Zeit zum Aufbruch wurde. Während das Hausmädchen uns in die Mäntel half, kam Herr Adolf nach Hause. Er rief Brunon aus der Büroküche im Erdgeschoss herbei, wo er mit Herrn Adolfs Sekretärin Tee getrunken hatte, und dann begleiteten er und Frau Adolf uns zum Auto. Da es im Haus sehr warm gewesen war, empfand ich die kühle Luft als erfrischend. Herr Adolf erzählte uns von den merkwürdigen Geräuschen, die er spätnachts und in den frühen Morgenstunden auf dem jüdischen Friedhof hinter dem Haus gehört hatte.*

*Nur eine niedrige Mauer trennt den Garten der Adolfs vom jüdischen Friedhof. Es ist zwar keine sehr gute Gegend, aber Irene hat mir erklärt, ihr Vater habe nur dort genug Land für sein Haus, die Büros, die Werkstätten und die Garagen kaufen können, die er für seine Firma braucht. Ich hatte mich schon gefragt, wie Herr Adolf sich ein so großes Grundstück hatte leisten und eine Firma hatte gründen können. Schließlich haben sie noch vor sieben Jahren zur Miete gewohnt, und er war abhängig beschäftigt. Inzwischen glaube ich, dass er das Land zu einem ermäßigten Preis bekommen hat, weil die Juden gezwungen waren zu verkaufen, denn die Rassengesetze verboten es ihnen ja, Land oder ein Unternehmen zu besitzen.*

*Herr Adolf hielt mir die Autotür auf, aber ich wollte mehr über die merkwürdigen Geräusche erfahren. Ich befürchtete schon, die SS könnte nachts zurückkehren und Ruth und Emilia dort verscharren. Mit gesenkter Stimme antwortete Herr Adolf, die Leute hätten die Gräber geöffnet, allerdings nicht, um Leichen zu vergraben oder sie zu schänden, sondern um Wertgegenstände zu verstecken. Frau Adolf meint, es liege an den Gesetzen, die die Ausfuhr von mehr als zehn Mark aus dem Reich verböten. Die Juden, die umgesiedelt werden sollen, hofften sicher, nach dem Krieg wiederkommen zu können, um ihre zurückgelassene Habe zu holen. Aber wird man es ihnen erlauben?*

*Ich erinnere mich an eine Rede des Führers vor dem Krieg. Ich selbst habe damals kaum darauf geachtet, ganz im Gegensatz zu Wilhelm. Später haben er und Paul mit Onkel Ernst darüber gesprochen: »Im Falle eines Krieges wird das Ergebnis nicht die Bolschewisierung der Welt und somit ein Sieg der Juden sein, sondern eine Ausrottung der Juden in Europa.«*

*Bedeutet »Ausrottung«, dass Kinder und junge Mädchen wie Ruth und Emilia eingesperrt und deportiert werden? Oder steckt, wenn man betrachtet, was die SS mit dem Rabbi gemacht hat, noch etwas Schlimmeres dahinter? Warum stellt niemand Fragen oder versucht, es zu verhindern?*

*Ganz gleich, was die Juden auch verbrochen haben mögen, junge Mädchen wie Ruth und Emilia haben es sicher nicht verdient, von Jungen wie Georg in einen Lastwagen getrieben zu werden. Von Jungen, die anschließend alte Männer zusammenschlagen. Eine schöne Heldentat, Menschen anzugreifen, die zu schwach sind, um sich zu wehren! Ich werde mit Paul und Wilhelm darüber sprechen, wenn sie zu ihrem nächsten Heimaturlaub nach Hause kommen.*

# 8

»Bist du wirklich sicher?«

»Absolut«, erwiderte Charlotte mit Nachdruck, als sie den bewachten Hotelparkplatz erreichten.

»Wir können es auch verschieben.«

»Bis wann? Nächstes Jahr?«, gab Charlotte zurück. »Ich bin heute Morgen streng mit mir ins Gericht gegangen. Wir sind jetzt schon zwei Tage hier …«

»Anderthalb«, verbesserte Laura.

»Jedenfalls ist es Zeit, dass wir hinfahren. Schließlich bin ich deshalb um die halbe Welt geflogen.«

Laura schloss das Auto auf. »Nehmen wir die Straße, auf der wir gekommen sind?«

»Nein, du biegst am Tor rechts ab.«

»Also ist Grünwaldsee nicht in der Nähe von Bergensee?«

»Die Häuser stehen an verschiedenen Seen am jeweils anderen Ende der Stadt. Es ist nicht weit. Nach etwa drei Kilometern kommt eine Abzweigung nach rechts.«

Laura fuhr schweigend und warf hin und wieder einen Blick auf ihre Großmutter, die kerzengerade auf dem Beifahrersitz saß und demonstrativ die Landschaft bewunderte.

»Hat sich etwas verändert?«, erkundigte sie sich, nachdem sie die tristen Wohnblocks des von den Kommunisten erbauten Vororts hinter sich hatten.

»Viel zu viel. Dieser Haufen Steine war einmal ein florierender Bauernhof, der einer Familie namens Zalewski gehörte. Sie hatten einen Sohn im Alter meiner Brüder, und sie sind oft zusammen ausgeritten. Gleich da vorne musst du abbiegen.«

Laura griff nach der Hand ihrer Großmutter. »Alles wird gut.«

»Ich weiß nicht, wovor mir mehr graut. Dass Grünwaldsee verfallen sein könnte wie Bergensee oder dass es gar nicht mehr steht und nur noch ein Schutthaufen ist.«

»Ist das die Auffahrt?«, fragte Laura, während sie über die Schlaglöcher holperten.

»Nein, dieser Weg führt zum Sommerhaus. Mein Vater hat es für meinen Bruder Wilhelm renovieren lassen, als er 1939 heiratete.«

»Ich kann dort vorne den See sehen.«

Charlotte schlug das Herz bis zum Halse, als sie sich dem Gebäude näherten. »Das Sommerhaus ist links«, flüsterte sie.

»Es ist wunderschön. Ein Häuschen wie aus dem Märchen!«, rief Laura aus, als sie vor der Datscha stoppte. Der Obsthain ringsherum erstreckte sich bis zum See. An den Ästen, die über das barocke Dach ragten, reiften winzige Äpfel und Birnen sowie Kirschen von gewöhnlicher Größe.

Charlotte öffnete die Tür, noch ehe der Wagen richtig stand, und kramte einen riesigen Schlüsselbund aus ihrer Handtasche hervor, den Laura noch nie zuvor gesehen hatte.

»Du hast noch die Schlüssel zum Haus?«

»Albern, findest du nicht?«, erwiderte Charlotte verlegen, weil sie erwischt worden war. »Ich habe wegen der Russen nichts abgeschlossen, weil ich es für zwecklos hielt. Ich wusste, dass sie dann ohnehin die Türen eingetreten hätten, und den Gedanken an den Schaden konnte ich nicht ertragen.« Sie öffnete das Gartentor und ging den geteerten Weg entlang zur Tür.

»Es sieht gut gepflegt aus«, stellte Laura fest.

»Die alten Schlösser sind noch da.« Charlotte wies auf ein gewaltiges Schlüsselloch. Doch darüber prangte ein glänzendes neues Schloss. Als sie an die Tür klopfte, klang es hohl. Nachdem sie eine Weile vergeblich gewartet hatte, trat sie in den Garten und setzte sich auf eine Holzbank an der Mauer. Sie blinzelte ins grelle Sonnenlicht, und Laura stellte fest, dass ihr eine Träne die Wange hinunterlief.

Charlotte bemerkte, dass Laura sie beobachtete. »Hier sieht es genauso aus wie während des Krieges. Die Fugen sind frisch verputzt, alles ist sauber und ordentlich. Es erinnert mich an die Renovierungsarbeiten, die Papa durchführen ließ, als mein Bruder Wilhelm sich mit Irene verlobte.«

»Haben sie nach ihrer Hochzeit hier gewohnt?«

»Nicht wirklich. Wenn Wilhelm an der Front war, lebte Irene bei uns im Haus. Aber sie haben Wilhelms Urlaube hier verbracht. Ich glaube, in der ganzen Kriegszeit hatten sie nicht mehr als zwei oder drei gemeinsame Wochen.«

»Aber sie waren sicher sehr glücklich. Alles hier verbreitet eine wundervolle Atmosphäre.«

»Ja, du hast recht.« Charlotte wandte sich ab. »Wenn das Glück von Menschen sich auf eine Gegend und ein Haus überträgt, hat sich nicht nur das von Wilhelm und Irene in diesen Mauern gehalten. Ich wünschte, wir könnten es uns von innen anschauen.«

»Vielleicht sind ja noch Möbel von früher da.« – »Nach sechzig Jahren?« Charlotte schüttelte den Kopf. »Papa hat es mit alten Möbeln aus dem Haupthaus eingerichtet, und die waren damals schon nicht mehr die besten.«

»Wir könnten nach hinten gehen und durch die Fenster hineinsehen«, schlug Laura vor.

»Und wenn jemand drin ist?«

»Dann hätte derjenige aufgemacht.« Laura half Charlotte beim Aufstehen. Doch sie waren erst ein paar Schritte weit gekommen, als sich vom Pfad, der am Ufer entlangführte, ein junger Mann näherte und sie auf Polnisch ansprach.

Da Charlotte immer noch weinte, konnte sie nicht antworten. Laura versuchte es auf Deutsch. Er schüttelte den Kopf.

»Oma, kannst du versuchen, ihm zu erklären, warum wir hier sind?«

»Englisch?« Der junge Mann strahlte sie an.

Bevor Charlotte sie daran hindern konnte, setzte Laura zu einer Antwort an. »Das ist meine Großmutter. Sie hat früher hier gewohnt.«

»In diesem Haus?«

»Nein, nicht hier, sondern in Grünwaldsee.«

Der junge Mann runzelte die Stirn. »Im großen Haus?«

»Oma?« Hilfesuchend sah Laura Charlotte an.

»Mein Großvater lebt dort. Kommen Sie, ich bringe Sie hin.« Plötzlich fielen ihm seine guten Manieren ein. Nachdem er seine Hand auf Sauberkeit überprüft und sie an der Hose abgewischt hatte, hielt er sie ihr hin. »Nett, Sie kennenzulernen. Ich bin Brunon Niklas.«

Charlotte starrte ihn an. Er war dunkelhaarig, mittelgroß und gedrungen und hatte dunkle Augen.

»Wir haben ein Auto.« Laura schloss das Gartentor hinter sich.

»Das habe ich schon bemerkt. Kommen Sie, ich zeige Ihnen die Straße.« Brunon hob eine Gartenschere und eine Sichel auf, warf sie auf die Ladefläche eines zerbeulten Lasters, der hinter dem Sommerhaus stand, und stieg ein.

»Du hättest ihm nicht sagen sollen, dass ich früher in Grünwaldsee gewohnt habe«, schimpfte Charlotte, als sie allein im Auto saßen.

»Warum? Du wolltest dir doch unbedingt das Haus anschauen. Außerdem hat er gesagt, sein Großvater wohne dort. Also kann es nicht in einem so schlechten Zustand sein wie Bergensee. Erinnerst du dich an diese Straße?«

»Ja, aber sie wurde verbreitert. Wir sind nie mit dem Auto hierher gefahren. Damals wurden auf dem Gut nur Karren benutzt.« Charlotte klammerte sich so fest an den Sitz, dass sich ihre Knöchel weiß färbten, als die Ställe in Sicht kamen.

Brunon bog zweimal scharf links ab. Charlotte, der es davor graute, Grünwaldsee als Ruine zu sehen, schloss die Augen.

»Ist es das, Oma?«

Lauras Stimme zitterte. Charlotte riskierte einen Blick. Wo früher hohe, silbern lackierte Tore gestanden hatte, erhoben sich nun verrostete Pfosten. Die Hütten der Farmarbeiter auf der rechten Seite des viereckigen Hofs waren eingerüstet. Handwerker arbeiteten an den Gebäuden, rissen zerbrochene Fenster heraus und entfernten morsche Rahmen. Sie war froh, dass die Hütten renoviert wurden.

Selbst zu Lebzeiten ihres Vaters war nie genug Geld dagewesen, um sie in Schuss zu halten.

Der Hof selbst stand voller rostiger Landmaschinen. Doch hinter den offenbar nicht mehr benutzten Gerätschaften ragte das Haus empor. Es sah noch genauso aus wie an dem verschneiten Januarnachmittag 1945, als sie in einem Pferdewagen vom Hof gefahren war.

Die Mauern waren in einem satten Cremeton gestrichen, die Steine rings um Tür und Fenster in demselben kräftigen Weinrot hervorgehoben, das ihr Vater vor dem Krieg ausgesucht hatte. Der Rasen zwischen der Eingangstür und dem kopfsteingepflasterten Hof war ordentlich gemäht. Die hölzernen Fensterrahmen waren weiß gestrichen, und das Schieferdach befand sich in gutem Zustand. Die Säulen zu beiden Seiten der Tür waren weiß und mit frischer weinroter Farbe abgesetzt. Die Stufen, die zu den Kellerfenstern führten, waren mit neuen Marmorplatten belegt. Metallgitter und Balkongeländer wirkten, als wären sie gestern erst geschmiedet worden, selbst das des kleinen Balkons vor dem Ankleidezimmer ihres Vaters.

»Ist das Grünwaldsee?«, wiederholte Laura.

Charlotte starrte weiter wie gebannt auf das Haus. Nach all ihren Albträumen von verfallenen Ruinen war es ein Schock, es unverändert zu sehen, und sie fühlte sich, als wäre sie in eine Zeitmaschine geraten.

Fast rechnete sie damit, dass Laura sich auflösen würde. Wilhelm und Paul würden, die Reitjacken über der Schulter und die Peitsche in der Hand, die Treppe hinuntergelaufen kommen und sich, begleitet von lautstarken Hänseleien, auf den Weg zu den Ställen machen. Im nächsten

Moment erschiene ihre Mutter auf dem kleinen Balkon über der Eingangstür und riefe ihnen nach, sie sollten sich nicht verspäten, weil zum Abendessen Gäste erwartet würden. Sie selbst als junges Mädchen stünde auf dem Pfad, der hinter das Haus führte, und zankte sich mit Greta. Ihr Vater träte aus der Seitentür seines Arbeitszimmers im Westflügel und bäte sie, sich nicht zu streiten.

»Fräulein Charlotte?« Ein alter Mann kam auf das Auto zu. Sie öffnete die Tür und erkannte zwar die Stimme, aber nicht den Sprecher.

»Sie sind zurück, Fräulein Charlotte. Nach all den Jahren sind Sie wieder da.«

# 9

Marius?« Charlotte stieg aus und näherte sich ihm zögernd. »Sie sind die ganze Zeit hiergeblieben?«

»Haben Sie etwa gedacht, ich würde Grünwaldsee den Russen überlassen, Fräulein Charlotte? Natürlich bin ich geblieben. Wer sonst als ein Niklas kann sich um Grünwaldsee kümmern?«

Marius' Deutsch war stockend und vom mangelnden Gebrauch eingerostet. Charlotte erinnerte sich, dass sie gehört hatte, die Kommunisten hätten die deutsche Sprache im ehemaligen Preußen verboten. Erst seit Kurzem war es wieder erlaubt, Deutsch zu sprechen.

Die beiden starrten einander weiter an. Im ersten Moment dachte Laura, dass ihre Großmutter dem alten Mann um den Hals fallen würde. Doch irgendetwas – Förmlichkeit oder Klassenunterschiede, die es seit dem Weltkrieg vor sechzig Jahren nicht mehr gab – hinderte sie daran.

Marius brach das Schweigen. »Kommen Sie rein, Fräulein Charlotte. Trinken Sie einen Wodka oder einen Kaffee mit uns.«

Die alte Frau, die hinter Marius stand, war offenbar seine Ehefrau. Anscheinend hatte sie nicht verstanden, was ihr Mann gesagt hatte, und wusste nicht, wer Charlotte war und was sie wollte. Aber als Marius ihr erklärte, er habe sie gerade eingeladen, bekräftigte sie das auf Polnisch.

Laura und Brunon, die ahnten, dass sie hier überflüssig

waren, wollten sich aus dem Staub machen. Charlotte sah ihre Enkelin an.

»Geh nur, Oma«, forderte Laura sie auf. »Unterhalte dich mit deinem Freund. Ich werde mich schon amüsieren.«

»Ich zeige ihr die Ställe«, sagte Brunon auf Englisch, bevor er sich auf Polnisch an das alte Ehepaar wandte.

Laura blickte Charlotte nach, die von Marius und seiner Frau in eine der beiden Nebengebäude geführt wurde, die zu beiden Seiten des Eingangs zum Hof standen. Das eine war in demselben ausgezeichneten Zustand wie das Haupthaus. Das andere war verfallen, allerdings eingerüstet, was auf bevorstehende Renovierungsarbeiten hinwies.

»Möchten Sie die Pferde sehen?«, fragte Brunon, nachdem sein Großvater die Tür geschlossen hatte und sie allein auf dem Hof waren.

»Sehr gerne.«

»Mein Großvater hat Ihre Großmutter Charlotte genannt«, meinte er. »War sie Charlotte von Datski?«

»Das ist sie immer noch, aber sie benutzt das ›von‹ nicht mehr.« Laura folgte ihm zu den Gebäuden auf der linken Seite des Hofes.

»Seltsam, dass sie ihren Mädchennamen verwendet.«

»Das tut sie, seit ihr Mann vor knapp vierzig Jahren gestorben ist.«

»Sicher hat sie Ihnen alles über dieses Haus erzählt.«

»Nur sehr wenig, und ich verstehe jetzt, warum.« Laura drehte sich um und betrachtete das Haupthaus. »Es muss ein schwerer Schlag für sie gewesen sein, das alles hier zurückzulassen.«

»Nach Kriegsende hatten die Deutschen keine andere

Wahl«, entgegnete er knapp. »Wer den Russen in die Hände fiel, wurde entweder getötet oder in einen Zug nach Sibirien gesteckt und dort einfach in der Wildnis ausgesetzt. Die meisten sind erfroren oder verhungert.«

»Mich wundert, dass Ihr Großvater noch hier ist.«

»Die Familie Niklas arbeitet schon seit über dreihundert Jahren als Gutsverwalter bei den von Datskis. So etwas gibt man nicht so einfach auf.«

»Mussten Sie denn nicht fort, als die Russen kamen?«, erkundigte sich Laura.

»Für gewöhnlich haben sie die Polen in Ruhe gelassen, was ein Glück für mich war, denn sonst wäre ich nie geboren worden. Meine Urgroßmutter weigerte sich standhaft, von Grünwaldsee fortzugehen. Sie war überzeugt, dass mein Urgroßvater Brunon, nach dem ich benannt bin und der im Dezember 1944 zum Volkssturm eingezogen wurde, zurückkehren würde. Und wenn sie dann nicht mehr da gewesen wäre, hätten sie einander nie wiedergefunden. Mein Großvater war zwar damals erst dreizehn, wollte aber nicht von ihrer Seite weichen. Als die russische Armee Grünwaldsee zu ihrem Hauptquartier machte, gaben sie ihr Arbeit als Köchin, und mein Großvater wurde Stallbursche. Bezahlt wurden sie mit Lebensmitteln, die nach dem Krieg mehr wert waren als Gold.«

»Aber sie waren doch bei der Familie meiner Großmutter beschäftigt.«

»Überrascht es Sie, dass sie erst für die von Datskis und dann für die Russen arbeiten konnten?«

»Überhaupt nicht. Ich bin nur verwundert, dass es hier noch jemanden gibt, den meine Großmutter kannte.«

»Es ist noch etwas anderes übrig geblieben.« Er öffnete eine Holztür und ging voran in den Stall.

Als Laura ihm folgte, stellte sie fest, dass das Gebäude nur von außen verfallen wirkte. Das Innere war ordentlich renoviert. Die Boxen waren frisch betoniert, und die hölzernen Trennwände so neu, dass es noch nach Harz und Sägemehl roch. »Was für ein wunderschönes Pferd!«, rief sie aus, als sie eine Stute mit fast weißem Fell entdeckte. Das Pferd senkte den Kopf und suchte in Brunons Taschen nach etwas Essbarem. Obwohl Laura sich nicht mit Pferden auskannte, war sie sicher, ein reinrassiges Tier vor sich zu haben.

»Ihre Großmutter hat Ihnen sicher von den Grauschimmeln der von Datskis erzählt.«

»Nein.« Erschrocken stellte Laura fest, wie wenig sie wusste.

»Können Sie reiten?«

»Meine Großmutter hat mir Unterricht geben lassen, aber ich kann es nicht sehr gut.«

»Wenn Sie möchten, können wir das Gut zu Pferde erkunden.« Er betrachtete ihr leichtes Sommerkleid und die Sandalen. »Haben Sie Reitkleidung dabei?«

»Eine lange Hose.«

»Dann verschieben wir den Ausflug auf morgen oder übermorgen. Keine Sorge, ich gebe Ihnen ein ruhiges Pferd und besorge Ihnen einen Reithelm.« Er schloss die Stalltür, und sie traten wieder hinaus auf den Hof.

»Es ist so schön, dass das ehemalige Haus meiner Großmutter in so gutem Zustand ist.« Fast hätte Laura Bergensee und Charlottes bestürzte Reaktion beim Anblick der Ruine erwähnt, aber etwas hinderte sie daran. »Ihre Familie hat sich gut darum gekümmert. Das Haupthaus zu restaurieren muss Sie ein Vermögen gekostet haben.«

Brunon legte den Kopf in den Nacken und lachte laut auf. »Meine Familie hat das Haus nicht renoviert. Mein Großvater könnte sich nicht einmal die Farbe leisten, ganz zu schweigen von den Handwerkern, die Mauern und Dach repariert haben.« – »Sie sind also nicht die neuen Besitzer von Grünwaldsee?«, fragte sie erstaunt.

Brunon steuerte auf das Haus seines Großvaters zu. »Ich habe Ihnen doch gesagt, dass die Angehörigen der Familie Niklas stets die Verwalter waren, nicht die Besitzer.«

»Es ist in einem so ausgezeichneten Zustand.«

»Selbst die Kommunisten haben es bemerkt, wenn sie ein Schmuckstück vor sich hatten. Als die Armee das Haus in den Fünfzigerjahren aufgab, erinnerte sich jemand in einer Behörde an die Grauschimmel der von Datskis. Die meisten waren im Kochtopf gelandet oder nach Russland geschafft worden, doch mein Großvater hatte einige Tiere auf benachbarten Bauernhöfen versteckt. Es waren genug, um ein Zuchtprogramm zu beginnen, und er erbot sich, es zu leiten. Die Regierung wollte unbedingt eine Sportart fördern, mit der man an internationalen Wettbewerben, insbesondere der Olympiade, teilnehmen konnte. Also war man mit seinem Vorschlag einverstanden. Und als hier eine Reitschule und ein Gestüt eröffnet wurden, machte man ihn zum Verwalter. In den letzten vierzig Jahren waren Datski-Grauschimmel bei jeder Olympiade im Spring- und Dressurreiten dabei.«

»Wenn meine Großmutter das wusste, hat sie es nie erwähnt.«

»Oh, sie hat es sicher gewusst. Datski-Grauschimmel sind unverwechselbar«, verkündete er mit Nachdruck. »Wenn man einmal einen gesehen hat, vergisst man ihn nie wieder. Ist Ihre Großmutter denn nicht mehr geritten, seit sie aus Ostpreußen fort ist?«

»Ich glaube nicht. Aber sie arbeitet noch. Sie ist Malerin.«

»Malerin, nicht Musikerin? Das wundert mich aber. Mein Großvater sagt, niemand hätte so gut Klavier und Geige gespielt wie Fräulein Charlotte von Datski. Vor dem Krieg wollte sie Konzertpianistin werden.«

»Meine Großmutter ist musikalisch? Davon hatte ich keine Ahnung.« Laura starrte ihn verdattert an. Dann fiel ihr wieder ein, dass Charlotte erzählt hatte, sie sei Mitglied eines Orchesters der Hitlerjugend gewesen. Allerdings hatte sie stets gedacht, dass sie die dritte Geige oder Flöte gespielt hatte – aber Konzertpianistin? »Sie besitzt eine riesige Klassiksammlung, aber ich habe sie nie auf dem Klavier oder einem anderen Instrument spielen gehört.«

»Charlotte Datski, die Malerin«, meinte Brunon Niklas. »Seltsam, dass sie in Polen gar nicht bekannt ist.«

»Sie illustriert Kinderbücher und ist zwar sehr begabt, doch nur in der Verlagsbranche ein Begriff.«

»Offenbar wissen wir viel weniger über unsere Familien, als wir glauben, insbesondere unsere Großeltern. Und was machen Sie beruflich?«

»Ich drehe Dokumentarfilme fürs Fernsehen.«

»Zu welchen Themen?«, erkundigte er sich unverblümt.

»Hauptsächlich über historische oder aktuelle Ereignisse. Ich habe gerade einen über die Stasi fertiggedreht.« Sie setzte sich auf die Stufen, die zur Veranda des Haupthauses führten, blickte sich um und versuchte sich vorzustellen, wie es gewesen sein mochte, in Grünwaldsee aufzuwachsen.

»Ich studiere Agrarwissenschaften an der hiesigen Fachhochschule. Meine Mutter und mein Bruder wohnen zwar in Warschau, aber ich bin die meiste Zeit über hier. Ich liebe diesen Ort. Selbst als es in Grünwaldsee noch von Parteibonzen wimmelte, hatte es immer etwas Besonderes an sich. Bleiben Sie noch länger?«

»In Polen? Etwa ein oder zwei Wochen.«

»Ich meinte nicht Polen, sondern diesen Ort hier. Sicher möchte Ihre Großmutter Ihnen eine Menge zeigen. Meine Großeltern werden darauf bestehen, dass Sie bei uns übernachten.«

»Diese Reise war Großmutters Idee. Sie plant sie schon lange. Ich bin nur mitgekommen, um ihr Gesellschaft zu leisten, und weil ich neugierig war, wo sie aufgewachsen ist und was sie zurücklassen musste. Also ist sie diejenige, die die Entscheidungen trifft.«

Er nickte. »Dann wollen wir mal sehen, was sie entschieden hat.«

Charlotte und das alte Ehepaar saßen in einem kleinen, düsteren, vollgestellten Wohnzimmer. Ein gewaltiger Ofen dominierte ein Drittel des Raums, der Rest wurde von mächtigen Möbelstücken aus dunklem Holz eingenommen, die für die Küche eines Riesen angefertigt zu sein schienen. In der Mitte des Zimmers stand ein runder Tisch mit einer handgeklöppelten Spitzendecke. Darauf befanden sich eine Flasche Wodka, ein Teller mit selbst gemachtem Marzipan und eine Kaffeekanne.

»Tut mir leid.« Charlotte stand auf, um ihre Enkelin und Brunon zu begrüßen. »Ich habe dich gar nicht vorgestellt. Das ist Marius Niklas, der Sohn des letzten Verwalters meines Vaters, der auch Brunon hieß. Und das ist seine Frau Jadwiga. Marius, Jadwiga, das ist meine englische Enkelin Laura Templeton.«

Sie wiederholte das Ganze für Marius auf Deutsch und wünschte, sie hätte mit Jadwiga Polnisch sprechen können. Doch sie hatte diese Sprache nie fließend beherrscht, obwohl vor dem Krieg auch polnische Arbeiter auf dem Gut beschäftigt gewesen waren.

»Schön, Sie kennenzulernen.« Als Laura dem alten Mann die Hand schütteln wollte, hob er sie an die Lippen und küsste sie.

»Brunon wurde nach seinem Urgroßvater benannt?«, fragte Charlotte.

»Er kam im selben Jahr zur Welt, als meine Mutter im Sterben lag. Sie war sehr froh, dass der Name meines Vaters auf diese Weise weiterleben würde.«

»Sie sehen ihm auch recht ähnlich«, meinte Charlotte zu Brunon und schüttelte ihm die Hand.

»Ich freue mich, endlich Ihre Bekanntschaft zu machen, Madam. Mein Großvater redet ständig über Sie und die alten Zeiten.« Brunon übersetzte für den alten Mann, was er gerade gesagt hatte.

»Doch nur über die guten Dinge«, schränkte Marius auf Deutsch ein, bevor er Jadwiga alles erklärte.

»Wir haben offenbar eine Feier verpasst, Laura.« Brunon warf einen Blick auf den Wodka.

»Bitte setzen Sie sich, Fräulein Laura«, forderte Marius sie in der – richtigen – Annahme auf, dass sie das Deutsche fließend beherrschte. »Jadwiga holt Tassen und Gläser.«

Als Laura den Blick durch den Raum schweifen ließ, bezweifelte sie, dass noch ein weiterer Stuhl hineinpassen würde.

»Vielleicht wäre der Zeitpunkt ja günstig, unseren Gästen das Haupthaus zu zeigen«, schlug Brunon vor.

»Ich habe zwar einen Schlüssel, aber der Besitzer könnte nicht einverstanden sein«, erwiderte Marius zögernd.

»Es stört ihn schon nicht«, sagte Brunon selbstbewusst.

»Vielleicht möchte er Fräulein Charlotte und ihre Enkelin ja selbst herumführen«, entgegnete Marius.

»Und wenn er erst in einigen Tagen zurückkommt?«

»Ist der Besitzer denn verreist?«, fragte Charlotte, die dem auf Polnisch geführten Gespräch einigermaßen hatte folgen können.

»Er könnte jeden Moment wieder da sein«, antwortete Marius knapp.

»Ist er Pole?«

»Russe.« Marius wandte sich ab, weil er Charlotte nicht in die Augen schauen konnte. Er glaubte zu wissen, wie eine von Datski dazu stehen würde, dass Grünwaldsee jetzt einem Russen gehörte. Bevor er den Mann kennengelernt hatte, hatte er selbst überlegt, ob er in dem Häuschen bleiben sollte, das nun seit über dreihundert Jahren das Heim der Familie Niklas war. »Er ist ein recht netter Kerl«, fügte er hinzu, um den Schock ein wenig abzumildern.

»Wie lange wohnt er schon hier?«, erkundigte sich Charlotte.

»Seit einem Jahr. Nach dem Umsturz im Jahr 1989 haben

die Behörden Grünwaldsee zum Verkauf angeboten. Doch aus verwaltungstechnischen und juristischen Gründen hat es erst seit Anfang letzten Jahres einen neuen Besitzer.«

»Bis jetzt hat er etwa das Fünfzigfache des Kaufpreises ausgegeben, um das Haupthaus zu renovieren«, ergänzte Brunon.

»Heutzutage sind die Russen die einzigen, die Geld haben«, merkte Marius an.

»Hat er Familie?« Charlotte musste sich beherrschen, damit ihre Stimme nicht zitterte. Es war zwar wie ein Wunder gewesen, dass Grünwaldsee sich nicht verändert hatte. Doch die raue Wirklichkeit, dass es nun nicht mehr das Zuhause eines von Datski war, schmerzte mehr, als sie es für möglich gehalten hätte.

»Er ist unverheiratet.« Marius starrte in sein Glas. »Außerdem wohnt er nicht im Haupthaus, sondern im Sommerhaus am See. Das war das erste Gebäude auf dem Gut, das er renoviert hat, auch wenn nicht viel mehr getan werden musste, als das, was Ihr Vater 1939 hat erledigen lassen. Allerdings hat er die Fenster ausgetauscht und das Dach neu gedeckt.«

»Ich habe es gesehen«, erwiderte Charlotte leise.

»Wenn Sie den Zustand des Gutes, insbesondere des Haupthauses, gesehen hätten, bevor er mit den Arbeiten angefangen hat, hätte es Ihnen das Herz gebrochen.« Marius leerte sein Wodkaglas. »Grünwaldsee wurde ausgeplündert, zerstört und vernachlässigt wie alle anderen Gebäude während der Zeit des Kommunismus.«

»Der Russe, der das Anwesen gekauft hat, hat als erstes einen Bauunternehmer hinzugezogen, der auf Altbausanierungen spezialisiert ist. Er hatte sehr klare Vorstellungen davon, was zu tun war. Zuerst das Mauerwerk, Reparaturen an der Fassade und ein neuer Dachstuhl. Dann wurden die Böden frisch gefliest und die Holzbauteile im Haus selbst ausgetauscht. Die sanitären Anlagen und die Stromleitungen wurden modernisiert, und zum Schluss wurden sämtliche Wände gestrichen. Aber warum sitzen wir hier herum und reden darüber, wenn wir es uns genauso gut anschauen können?« Brunon öffnete die Tür.

»Woher wusste er, welche Farben er nehmen musste?« Charlotte folgte Brunon nach draußen.

»Ich habe ihm dabei geholfen«, gab Marius zu, wobei er sich fragte, ob Charlotte nun glauben würde, er sei zum Feind übergelaufen.

Charlottes Stimme bebte. »Ist noch etwas von unseren Möbeln übrig?«

»Die Russen haben alles mitgenommen«, entgegnete Marius knapp. »Sie haben die Sachen zu riesigen Haufen aufgetürmt. Sämtliche Elektrogeräte wie Nähmaschinen, Lampen, Radios, Herde, Kochplatten und was sonst noch einen Stecker hatte, wurde in der Stadt und in den umliegenden Dörfern eingesammelt und zu einer Lichtung im Wald gebracht. Dort blieben die Sachen zwei Jahre lang liegen. Zwei ganze Winter, bevor man sie endlich auf Lastwagen lud und nach Russland abtransportierte.« Bedrückt schüttelte er den Kopf. »Sicher können Sie sich vorstellen, wie gut sie da noch funktionierten.«

»Was für eine Verschwendung«, murmelte Charlotte.

»Die Möbel stapelten sie auf einer anderen Lichtung.« Marius ging voran über den Hof. »Schmuck, Spielzeug und alles, was sonst noch klein und wertvoll war, wanderte in Säcke und Taschen. Sie waren wie die Heuschrecken. Die gesamte Gegend war wie leergefegt. Keine Menschen, keine Wertgegenstände, keine Lebensmittel. Nur verlassene Häuser blieben zurück. Dort wurden dann vertriebene polnische Familien aus dem Süden angesiedelt.« Marius nahm die Hand seiner Frau. »Und ich hatte das Glück, dass eine dieser Familien die von Jadwiga war.«

Brunon stieg die Vortreppe des Hauses hinauf und streckte seinem Großvater die Hand hin, damit der ihm den Schlüssel gab. Aber Marius zögerte.

»Wollen Sie wirklich hinein, Fräulein Charlotte?«

»Es ist lange her, dass ich Fräulein Charlotte war, Marius. Nennen Sie mich einfach nur Charlotte. Und, ja, ich will. Ich möchte es mir gerne noch ein letztes Mal ansehen.«

Nachdem Brunon die Tür geöffnet hatte, bemerkte Charlotte, dass alle darauf warteten, dass sie voranging. Sie trat ein.

Der Geruch nach Farbe und Lack, der ihr entgegenschlug, ließ sie beinahe zurücktaumeln. Als sie zu Boden blickte, stellte sie fest, dass sie auf nagelneuem Parkett stand.

»Alle Fußböden mussten ausgetauscht werden«, erklärte Marius. »1945 und 1946 hatten wir kalte Winter. Die russischen Soldaten haben das Parkett herausgerissen, um den Ofen zu schüren. Später haben die Behörden billiges Linoleum verlegt. Es hat nicht lange gehalten.«

Charlotte spürte, dass von ihr eine Antwort erwartet wurde. »Das Holz ist von guter Qualität.«

»Nicht so gut wie das alte. Aber wenigstens sind jetzt die

Kratzer weg, deretwegen Ihre Mutter die Hausmädchen immer geschimpft hat, weil sie sie einfach nicht entfernen konnten.« Charlotte stellte fest, dass Marius' Stimme belegt klang.

»Ist die hier auch neu?« Sie berührte die Treppe, nicht sicher, ob Stufen und Geländer nur abgeschliffen und lackiert oder vollständig ersetzt worden waren.

»Die alte wurde verheizt wie das Parkett.«

»Der Handwerker hatte einen scharfen Blick für das Original. Haben Sie da auch geholfen?«

»So gut ich konnte«, räumte er ein.

»Das haben Sie ausgezeichnet gemacht, Marius. Es wäre schrecklich, wenn Grünwaldsee verfallen wäre.« Sie blickte hinauf zu der offensichtlich frisch gestrichenen Decke. Doch der kunstvolle Stuck sah genauso aus wie der alte.

»Er wurde mit den Originalformen gegossen. Es waren noch genügend davon übrig, sodass der Stuckateur das Muster nachvollziehen konnte.« Marius setzte sich auf die unterste Treppenstufe und schaute sich um. »Der Flur hat nach Kriegsende am meisten abgekriegt, weil die Soldaten hier auf ihre Befehle warteten. Aber sie werden feststellen, dass der Kamin im Wohnzimmer noch der alte ist.«

Charlotte öffnete eine Tür, die nach rechts abging. Unmöbliert wirkte der Raum atemberaubend riesig. Die hohen Fenster gaben den Blick frei auf den Wald zu beiden Seiten des Wegs, der zum See führte. Sie ging zu Kamin und strich mit der Hand über den glatten Marmor. »Nicht nur der Kamin«, flüsterte sie. »Selbst der Sims hat überlebt.«

»Und zwei der Kronleuchter im Ballsaal.« Marius stand auf und schob die Doppeltüren des größten Raums im Haus auf. »Da der dritte beim Versuch, ihn abzunehmen, zu Bruch gegangen ist, haben sie beschlossen, sie hängen zu lassen.«

In jedem Zimmer war es das gleiche – der Geist des alten Hauses wehte durch die funkelnagelneuen, gut geschnittenen und unmöblierten Räume mit den kahlen Wänden, Decken und Böden. Die Farben waren dieselben wie 1945: Grün und Gold im Wohnzimmer, Blau, Weiß und Silber im Ballsaal und im großen Speisezimmer und Rot im Billardzimmer, wo allerdings der Billardtisch fehlte. Charlotte fühlte sich wie ins achtzehnte Jahrhundert zurückversetzt, als Wilhelm von Datski seine Braut aus Hannover nach Schloss Grünwaldsee geholt und beschlossen hatte, dass ihm die alte Burg aus rotem Backstein nicht mehr gefiel. Also hatte er sie abreißen lassen und einen Architekten damit beauftragt, auf den Fundamenten den Familiensitz Grünwaldsee im klassischen Stil zu errichten.

Nur in der Küche hatte man keine Rücksicht auf die Vergangenheit des Hauses genommen. Moderne Arbeitsflächen aus Edelstahl, schwarz-weiße Unterschränke und blitzblanke Kacheln verdeckten die Narben aus der Zeit des Kommunismus, als das Haus eine Reitschule und ein Hotel für Parteibonzen gewesen war.

»Das beste habe ich für den Schluss aufgehoben.« Marius durchquerte die Küche und kehrte über den Dienstbotenflur in die Vorhalle zurück, wo er in die Bibliothek trat. Regale aus dunklem Holz bedeckten die Wände, aber Charlotte bemerkte sofort, dass sie zwar den Originalen ähnelten, allerdings neu waren.

»Wurden die Regale und die Bücher auch verheizt?«

»Alle, auch die aus dem Arbeitszimmer Ihres Vaters.« Marius öffnete die Tür eines kleineren, gemütlicheren Zimmers. Es befand sich im entgegengesetzten Ende des Hauses wie der Ballsaal und hatte Blick auf den See.

»Wie viele Zimmer gibt es denn hier?« Laura konnte kaum fassen, wie groß dieses Haus war.

»Ich habe sie nie gezählt«, erwiderte Charlotte. »Wissen Sie es vielleicht, Marius?«

»Für ein Haus, das auf einem Gut wie Grünwaldsee steht, nicht viele. Auf dieser Etage befinden sich außer der Küche, den Lagerräumen und den Unterkünften der Dienstboten noch zwei Wohnzimmer, das Speisezimmer für Gesellschaften, das Esszimmer der Familie, der Ballsaal, die Bibliothek, das Herrenzimmer, das Billardzimmer, das Arbeitszimmer Ihres Vaters, das Verwaltungsbüro, der Wintergarten und vier Allzweckräume.«

»Allzweckräume?« Laura sah ihre Großmutter fragend an.

»Meine Mutter benützte eines davon als Morgenzimmer, eines als Arbeitszimmer und eines als Nähzimmer für die Haushälterin. Meine Brüder besetzten das vierte und ließen niemanden, nicht einmal die Dienstmädchen, hinein. Ich möchte mir lieber gar nicht vorstellen, was sie da drinnen getrieben haben.«

»Sie haben geraucht und getrunken wie die Wilden«, antwortete Marius. »Als ich sechs war, bin ich einmal zum Fenster hineingeklettert. Von dem Bier und den Zigaretten, die sie mir verabreicht haben, ist mir speiübel geworden. Erinnern Sie sich?« Er führte sie in das Arbeitszimmer von Charlottes Vater.

»Papas Schrank!«, rief Charlotte aus. »Also ist doch etwas übrig geblieben.« Sie ging zu dem riesigen, mit Schnitzereien verzierten Schrank aus Ebenholz hinüber, der in einer großen Nische stand und vom Boden bis zur Decke reichte. »Hier wurde die gesamte Buchführung des Gutes, zurückreichend bis ins dreizehnte Jahrhundert, aufbewahrt.« Sie öffnete die Schranktür und spähte hinein. »Warum wurde der nicht auch verheizt?«

»Das Holz ist sehr hart. Die Russen waren zu faul, ihn mit der Axt zu bearbeiten, solange es Brennmaterial gab, an das leichter heranzukommen war.«

»Nach allem, was geschehen ist, steht Papas Schrank noch an seinem Platz. Ich kann es kaum glauben.«

»Versuchen Sie mal, ihn zu verschieben, Fräulein Charlotte. Zehn Männer sind daran gescheitert, sodass die Baufirma die Wand dahinter nicht neu verputzen konnte. Tut mir leid, dass wir nicht nach oben können«, fuhr Marius fort, als sie in die Vorhalle zurückkehrten. »Die Räume wurden gestern möbliert. Wenn Sie eine Woche später gekommen wären, hätten vermutlich überall Möbel gestanden.«

»Dann möchte der neue Besitzer also in Grünwaldsee einziehen?« Charlotte musste sich am Türrahmen festhalten.

»Das weiß ich nicht. Mit mir hat er nicht darüber gesprochen.«

Als Marius sah, dass Charlotte schwindelig wurde, bot er ihr den Arm. »Es ist fast Essenszeit. Bleiben Sie doch und essen Sie mit uns.«

»Bitte«, fügte Jadwiga auf Polnisch hinzu, da sie vermutete, dass wieder eine Einladung erfolgt war.

Charlotte blickte Laura nach, die mit Brunon die Stufen hinunterging. »Nur, wenn es nicht zu viel Mühe macht.«

»Mühe? Im Haus Ihrer Familie?«, erwiderte Marius entrüstet, als ob Charlotte niemals fort gewesen wäre. »Außerdem ziehen Sie noch heute Abend aus dem Hotel aus und bei uns ein. Brunon wird Ihnen mit den Koffern helfen.«

»Vielen Dank, Marius, aber das tun wir lieber nicht. Ein Besuch ist ja gut und schön. Doch ich könnte nie wieder in Grünwaldsee übernachten.« Charlotte blickte über den Hof, hinüber zu dem Häuschen, das nur zwei Zimmer hatte. Marius' Einladung rührte sie. Offenbar war er einer spontanen Eingebung gefolgt, ohne an die praktische Umsetzung zu denken. »Im Hotel haben wir es sehr bequem. Wenn wir dürfen, würden wir gerne wiederkommen.«

»Morgen?« Marius' Miene hellte sich auf. »Ich spanne eine der alten Kutschen an, und dann fahren wir durch das Gut und besuchen die Kirche.«

»Haben Sie noch die Kutschen von früher?«, fragte Charlotte, während sie sich den Ställen näherten.

»Sogar zwei, und sie sind richtige Schmuckstücke.« Er ging in den Stall, öffnete eine Box und führte die Stute heraus, die Brunon zuvor Laura gezeigt hatte. »Die hier ist unser ganzer Stolz. Weil sie bald Mutter wird, muss sie im Stall bleiben.«

Charlotte bekam einen Kloß in der Kehle. »Sie sieht aus wie Elise.«

»Das sollte sie auch, denn sie stammt von ihr ab. Wir haben ihr Fohlen auf Zalewskis Bauernhof versteckt. Als der Krieg aus war, haben wir sie zurückgeholt und decken lassen. Wie finden Sie sie? Sie ist zwar nicht so schön wie ihre Vorfahrin, hat aber ihr Temperament geerbt.«

»Ein prachtvolles Tier.« Charlotte schmiegte das Gesicht an den Hals des Pferdes, damit niemand ihre Tränen bemerkte.

»Laura hat mir vorhin erzählt, dass sie reiten kann«, meinte Brunon zu seinem Großvater. »Darf ich morgen mit ihr einen Ausritt um den See unternehmen?«

»Können Sie reiten?«, fragte Marius Laura auf Deutsch.

»Natürlich kann sie das«, antwortete Charlotte stolz. »Sie hat Von-Datski-Blut in den Adern.«

*Dienstag, 23. Dezember 1941*
*Ich habe in diesem Jahr kaum geschrieben. Die Leitung von Grünwaldsee nimmt jede wache Minute in Anspruch. Brunon und ich schuften sechzehn Stunden täglich, nur um die Bauernhöfe am Laufen zu halten. Doch ganz gleich, wie die Ernte auch ausfällt, es reicht kaum, um die Arbeiter durchzufüttern, nachdem wir die Quote des Kriegsministeriums erfüllt haben.*

*Weil Irene und Brunon darauf bestanden haben, bin ich nach Warschau gefahren, um die Truppen zu unterhalten. Ich wusste, dass Irene genauso gut für Erich und Grünwaldsee sorgen würde wie ich. Ständig wiederholte sie, die Soldaten hätten schließlich so wenig Grund zur Freude. Außerdem hofft sie, dass jemand bei einer Behörde auf den Gedanken kommt, auch für die Soldaten in Russland etwas zu organisieren. Sie denkt immer nur an Wilhelm.*

*In Warschau sind wir in einem Konzertsaal an der Mauer des jüdischen Ghettos aufgetreten. Herr Schumacher nahm mich beiseite und erklärte mir, der Bezirk hinter der Mauer gehöre zu denen, die das Reich für die Juden bestimmt habe, und warnte mich davor, zu viele Fragen zu stellen. Nina, die in Berlin Sonderurlaub bekommen hat, um an der Konzertreise teilzunehmen, ist mit der Straßenbahn durch das Ghetto gefahren und sagte, die Bedingungen dort seien elend. Die Straßen und Häuser seien schmutzig und ungepflegt, die Menschen verdreckt und in Lumpen gehüllt. Offenbar sind sie nicht in der Lage, richtig auf sich und ihre Kinder zu achten.*

*Mir fielen die Szenen vor dem Haus von Irenes Eltern wieder ein. Sind Ruth und Emilia im Ghetto von Warschau oder an einem ähnlichen Ort? Und wovon leben sie, falls das so ist? Es ist ja schon in Grünwaldsee schwer genug, Nahrungsmittel und Kleidung für alle aufzutreiben. Dabei wirft das Gut noch kleine Gewinne ab, und für den Notfall haben wir außerdem unsere Ersparnisse. Dann erinnerte ich mich an Georg und fragte Nina, ob sie im Ghetto irgendwo Soldaten gesehen hätte. Aber sie antwortete, darüber dürfe man nicht reden. Am liebsten hätte ich selbst die Straßenbahn genommen, doch die Zeit reichte nicht mehr. Denn nach zwei Tagen erhielt ich ein Telegramm von Irene, in dem stand, Mama gehe es schlechter. Bei meiner Rückkehr traf ich Mama gebrechlich, schwach und aufgelöst an. Irene berichtete, sie habe angefangen, nach Papa zu suchen, sobald ich abgereist sei. Irene habe zwar versucht, sie zu beruhigen und zu beschwichtigen, aber sie sei mitten in der Nacht aufgestanden, habe das Haus verlassen und sei zum See gegangen. Ein Mädchen vom Reichsarbeitsdienst habe sie um drei Uhr morgens ins Wasser waten sehen. Ich war so froh, weil jemand Mama vor dem Ertrinken gerettet hat, dass ich das Mädchen gar nicht fragte, was sie um die-*

*se Uhrzeit am See zu suchen gehabt habe. Brunon hat mir anvertraut, sie und ein Pächterssohn, der gerade auf Urlaub zu Hause ist, seien einander nähergekommen.*

*Irene war sehr bestürzt, und ich konnte ihr nicht ausreden, dass sie keine Schuld träfe. Mama wäre auch mitten in der Nacht aufgestanden, wenn ich zu Hause gewesen wäre. Sie wird immer verwirrter, und wir können nichts tun, um ihr zu helfen. Nur noch ihre äußere Hülle ist bei uns, ihr Verstand ist die meiste Zeit unerreichbar.*

*Letzte Woche sind zwei Mädchen vom Reichsarbeitsdienst gegangen, da sie heiraten. Noch nie hatten wir so einen Mangel an Arbeitskräften. Aber die größte Plage sind die Leute, die darauf beharren, dass wir auf Bergen von Butter, Sahne und Fleisch sitzen. Selbst Menschen, die es eigentlich besser wissen müssten, wie die Adolfs, erwarten von uns, dass wir ihnen um diese Jahreszeit etwas zukommen lassen.*

*Die Kriegsnachrichten sind gar nicht gut. Seit Amerika sich den Alliierten angeschlossen hat, kämpfen wir offenbar gegen die ganze Welt. Allerdings war heute ein ganz besonderer Abend. Ich hatte die Adolfs und Papa und Mama von Letteberg zum Weihnachtsfest eingeladen. Frau und Herr Adolf und Mama von Letteberg kamen schon heute und werden bis Neujahr bleiben. Irene und ich spielten Klavier, während die anderen Weihnachtslieder sangen und das Wohnzimmer und den Baum schmückten. Für einige wenige Stunden gelang es uns, den Krieg zu vergessen, allerdings nicht die Menschen, die wir verloren haben. Ich weiß, dass wir alle an Claus' Bruder Peter dachten.*

*Insgeheim hoffen wir, dass die Zwillinge und Manfred Adolf zu Weihnachten nach Hause kommen. Aber niemand wagt es auszusprechen, weil wir Angst haben, enttäuscht zu werden. Irene weint jedes Mal, wenn ihr einfällt, dass sie und die kleine Marianne Weihnachten vielleicht ohne Wilhelm verbringen müssen. Obwohl Marianne erst sechzehn Monate alt ist, ist Irene schon wieder im siebten Monat schwanger.*

*Claus hat geschrieben und angekündigt, er werde nicht nach Hause kommen. Er findet es nicht richtig, wenn vorgesetzte Offiziere Urlaub nehmen, während ihre Männer auf ihren Posten bleiben müssen. Doch es gibt keinen Grund, warum sein Vater nicht bei Mama von Letteberg sein sollte. Sicher wird er es versuchen. Seit sie per Telegramm von Peters Tod erfahren hat, ist sie nicht mehr die alte.*

*Ich habe es geschafft, eine Gans für das Weihnachtsessen abzuzweigen. Nachdem das Kriegsministerium sich seinen Anteil geholt hatte, waren nur noch zwei schlachtreife Gänse übrig, und ich habe darauf bestanden, Brunon eine davon zu geben. Wir verdanken ihm so viel. Ohne seine Treue, seinen gesunden Menschenverstand und seine Hilfe könnte ich Grünwaldsee niemals leiten.*

*Wie jedes Jahr haben wir einen Baum gefällt. Aber da Zucker Mangelware ist, sind die Süßigkeiten für die Kinder an den Zweigen recht merkwürdig geraten. Brunon und die anderen alten Männer schnitzen wie die Wilden, und Irene, Minna, Martha und ich nähen uns die Finger wund, damit jeder Junge ein Spielzeugtier und jedes Mädchen eine Puppe bekommt, obwohl wir dazu einige alte Kleider zerschneiden mussten. Ich wage gar nicht, mir vorzustellen, wie es nächstes Jahr werden soll, wenn wir bis dahin nicht den Krieg gewonnen haben.*

*Zumindest ist genug Gemüse da, und wir haben unsere*

*Fettmarken zusammengelegt, um Stollen zu backen. Da Mandeln inzwischen seltener sind als Bananen, haben wir das Marzipan aus Walnüssen hergestellt. Es schmeckt gar nicht so schlecht. Mit den Geschenken war es ein wenig schwierig. Für Claus habe ich ein Paket mit allen Konserven zusammengepackt, die ich finden konnte, einschließlich unserer letzten Leberwurst. Hoffentlich bekommt er es auch. Seinen Rang habe ich in großen roten Buchstaben auf das Paket geschrieben, denn jemand, der es wagt, einen Oberst zu beklauen, wird bestimmt erwischt und bestraft.*

*Die Zwillinge sind beide zum Hauptmann befördert worden, aber ich kann mir nicht vorstellen, dass sie an der Front unentbehrlich sind. Deshalb habe ich Claus und Papa von Letteberg angefleht, alles Menschenmögliche zu tun, um ihnen zu Weihnachtsurlaub zu verhelfen. Mama ist inzwischen so krank, dass sie niemanden mehr erkennt. Irene wird mit jedem Tag dünner und blasser. Ich mache mir Sorgen um sie und ihr Baby.*

*Freitag, 26. Dezember 1941*

*An Heiligabend waren alle da: Wilhelm, Paul, Manfred, Papa von Letteberg, Greta und Helmut Kleinert – und sogar Claus. Offenbar hat sein General darauf bestanden, ihn in den Urlaub zu schicken. Nachdem wir unsere Geschenke geöffnet hatten, verbrachten wir einen wundervollen Abend mit Musizieren und Singen. Ich glaube, Claus hat eine andere. Als er zur Abendessenszeit mit den Jungen hereinkam, schlug er nicht vor, hinauf in unser Zimmer zu gehen. Stattdessen gesellte er sich zum Essen zu uns und saß dann bis spät in die Nacht mit seinem Vater, den Zwillingen, Manfred und*

*Herrn Adolf zusammen und redete. Als er endlich nach oben kam, stellte ich mich schlafend. Doch ich hätte mir die Mühe sparen können, denn er hat mich nicht angerührt. Vor Erleichterung hätte ich beinahe geweint. Ein schöneres Weihnachtsgeschenk hätte er mir gar nicht machen können.*

*Als er am Morgen des Weihnachtstags aufwachte, holte ich Erich in unser Schlafzimmer, um Claus frohe Weihnachten zu wünschen und dem »Eheleben« einen Riegel vorzuschieben. Er war erstaunt und überglücklich, dass Erich schon laufen und sprechen kann. Ich war stundenlang auf den Beinen und half Martha bei der Zubereitung unseres Weihnachtsessens, denn ich fand es nur recht und billig, dass sie, Brunon, Marius und Maria gemeinsam in ihrem Häuschen essen und uns ausnahmsweise einmal nicht bedienen müssen. Als ich später nach oben ging, um mich umzuziehen, spielte Claus mit Erich in der Badewanne. Deshalb schaffte ich es, mich wieder hinauszuschleichen, ohne dass er mich sah.*

*Weichnachten ging es bei uns hoch her. Claus beschäftigte sich viel mit Erich, und Mama schien die Jungen und Greta zu erkennen. Sie aß sogar mit uns zu Abend, wollte aber anschließend sofort wieder in ihr Zimmer.*

*Da Brunon den halben Herbst mit Holzhacken verbracht hat, war es warm im Haus. Er hatte in jedem Zimmer im Erdgeschoss, außer im Ballsaal, ein Feuer angezündet, sogar im großen Esszimmer, und ich war froh, als ich feststellte, dass wir dank Marthas und meiner Bemühungen genug zu essen hatten. Die Mädchen schlugen sich auch ohne Marthas Aufsicht recht wacker. Nachdem sie den Käse, den Aufschnitt und die von mir vorbereiteten Wintersalate angerichtet hatten, gab ich ihnen den restlichen Abend frei.*

*Die Zwillinge, Herr Adolf, Papa von Letteberg, Manfred und Claus hatten ausreichend Getränke besorgt, sodass wir alle ein wenig beschwipst waren. Aber das war ja nicht weiter schlimm.*

*In Berlin muss die Versorgungslage wirklich besser sein als hier. Helmut und Greta brachten belgische Schokolade, französische Trüffel, Liköre und für jeden ein teures Geschenk mit – goldene Manschettenknöpfe für die Jungen und Claus und eine Goldbrosche für mich. Greta bekam von Helmut eine Halskette aus Saphiren und dazu die passende Tiara, ein Armband und Ohrringe. Das ganze hat sicher ein Vermögen gekostet.*

*Claus schenkte mir Diamantschmuck, der seiner Großmutter gehört hat. Weil ich das bereits abgeschickte Essenspaket so vollgepackt hatte, hatte ich nicht mehr viel für ihn. Nur drei warme Hemden. Als ich mich entschuldigte, sah er den kleinen Erich an und bat mich um einen zweiten Sohn. Ich schlug eine Tochter vor. Dagegen hätte ich wirklich nichts einzuwenden, denn Erich bereitet mir viel Freude. Aber ich weiß, dass ich eine bessere Mutter wäre, wenn ich mir nicht ständig Sorgen wegen des Krieges und der Frage machen müsste, ob unser Gut das nächste Jahr übersteht.*

*Am Abend des Weihnachtstages kam es zu einer schrecklichen Szene. Manfred, der den ganzen Tag getrunken hatte, beschloss nach dem Abendessen, uns einen Witz zu erzählen. Er macht auch weiterhin keinen Hehl daraus, dass er Kommunist ist, und achtete nicht auf die warnenden – und vergeblichen – Blicke von seinen Eltern und Irene.*

*Eigentlich fing der Witz ganz harmlos an. Wie bei der Taufe von Dornröschen, begann er, seien auch bei Hitlers Taufe drei gute Feen anwesend gewesen. Jede von ihnen machte dem Führer ein Geschenk. Die erste versprach ihm, dass jeder Deutsche ehrlich bleiben, die zweite, dass jeder Deutsche klug sein, und die dritte, dass jeder ein glühender Nationalsozialist werden werde. Im nächsten Moment rauscht die böse Fee herein. In ihrer Wut, weil sie nicht zu dem Fest eingeladen war, stellt sie die Bedingung, dass jeder Deutsche nur zwei dieser Eigenschaften bekommen soll. Und deshalb gibt es jetzt in Deutschland kluge, unehrliche Nazis, ehrliche, dumme Nazis und intelligente ehrliche Deutsche, die keine Nazis sind. Als er fertig war, wurde es totenstill im Raum, obwohl ich schwören könnte, dass Papa von Letteberg geschmunzelt hat.*

*Claus und Paul waren verärgert, aber Wilhelm geriet außer sich vor Wut. Er beschimpfte Manfred als Vollidioten und fügte hinzu, indem er uns, insbesondere mir und Irene, solche landesverräterischen und schuljungenhaften Witze erzählte, riskiere er, dass wir alle wegen seiner Dummheit noch im Lager landeten oder erschossen würden.*

*Ich glaube, er hätte Manfred wohl eine runtergehauen, wenn Irene ihn nicht ins Sommerhaus geschleppt hätte. Danach bestand Paul darauf, dass Manfred mit den anderen Männern ins Billardzimmer ging. Ich hörte sie zwar streiten, doch als sie um Mitternacht wieder herauskamen, schienen sich die Gemüter beruhigt zu haben.*

*Also verbrachte ich den Weihnachtsabend mit Greta, Frau Adolf und Mama von Letteberg. Greta redete die ganze Zeit nur über sich, darüber, wie viel Geld Helmuts Vater verdient, über die neueste Mode in Berlin, die Bälle, die sie besucht, und die Hochzeit, die sie und Helmut nach dem Krieg feiern werden. Mama von Letteberg warnte uns, Manfreds albernen*

*Witz bloß nicht zu wiederholen, weil man uns sonst für Feinde der Partei halten würde. Sie und Wilhelm haben recht. Wenn nur ein Wort davon die falschen Ohren erreicht, machen wir uns alle verdächtig.*

*Claus, Manfred und die Zwillinge brachen in aller Früh auf. Weil ständig Leute dabei waren, hatte ich keine Gelegenheit, mit Wilhelm und Paul über Ruth und Emilia zu sprechen. Außerdem hatte ich nach Manfreds Kindereien Angst, Wilhelm noch einmal zu verärgern. Doch uns allen fiel auf, dass die vier ungewöhnlich still waren.*

*Claus und ich mussten nur zwei Nächte miteinander verbringen. In der ersten war er so müde, dass er sofort einschlief, und in der zweiten so betrunken, dass er mich nicht einmal küsste, als wir im Schlafzimmer allein waren. Deshalb verlief das »Eheleben« sehr kurz und beschränkte sich auf heute Morgen. Vielleicht schaffe ich es ja, ihm noch ein Kind zu schenken. Ich habe keine Ahnung, wann ich ihn wiedersehen werde, doch als er mich umarmte und den kleinen Erich zum Abschied küsste, glaubte ich fast, dass er uns wirklich vermisst.*

*Den ganzen Abend lang hörten wir auf der Straße marschierende Schritte. Zunächst dachte ich, es wären unsere Soldaten, die Urlaub hätten und nach Westen wollten. Aber Brunon ging sich erkundigen und erklärte uns, es handle sich um russische Kriegsgefangene, die nach Deutschland gebracht würden. Irene und ich sahen sie uns an. Einige waren verwundet, und alle machten einen durchgefrorenen, elenden und hungrigen Eindruck. Als wir ihnen Brot und alte Decken geben wollten, wurden wir von den Wachen angeherrscht und als dumme Gänse, Verräterinnen und schlechte Deutsche beschimpft.*

*Kurz darauf klopfte ein Hauptmann bei uns an und teilte uns mit, er werde auf eine Bestrafung verzichten, da wir junge Mädchen seien, die es nicht besser wüssten. Falls wir noch einmal versuchen sollten, Untermenschen und feindliche Soldaten mit Lebensmitteln und Kleidung zu versorgen, die im Reich dringend gebraucht würden, würden wir ins Gefängnis wandern.*

*Dieser Krieg wird von Tag zu Tag alberner. Es will mir nicht in den Kopf, was es dem Dritten Reich nutzen soll, wenn man Irene und mich ins Gefängnis sperrt und grausam mit Kriegsgefangenen umspringt, die doch nichts weiter getan haben, als auf Befehl für ihr Land zu kämpfen.*

# 10

Charlotte legte ihr Tagebuch weg. Das Bild der blutüberströmten, ausgemergelten Elendsgestalten stand ihr auch sechzig Jahre später noch deutlich vor Augen. Die mageren Körper unter Schlägen geduckt, waren die Männer in löchrigen Stiefeln nach Westen geschlurft.

Sie sah sich in ihrem Hotelzimmer um. Obwohl es erst halb neun war, fühlte es sich an wie Mitternacht. Sie fragte sich, ob ihre Erschöpfung vom Krebs oder von der emotionalen Belastung herrührte, die das Wiedersehen mit Marius und Grünwaldsee für sie bedeutet hatte. Es gab noch so viele ungeklärte Punkte, die sie besprochen hätte, wenn sie mit Marius allein gewesen wäre.

Laura klopfte an die Tür. »Wie hübsch du bist«, stellte sie bewundernd fest, als ihre Enkelin in einem wadenlangen blauen Seidenkleid hereinkam.

»Ziehst du dich nicht zum Essen um?«

»Ich habe bei Marius so viel gegessen, dass ich nichts mehr hinunterbringen würde.«

»Fühlst du dich nicht wohl?«, erkundigte sich Laura besorgt. »Oder hast du dich heute überanstrengt?«

»Ich bin müde«, gab Charlotte zu. »Die Rückkehr nach Gründwaldsee hat so viele Erinnerungen in mir wachgerufen. Gib mir fünf Minuten. Ich möchte zwar nichts essen, aber ich ziehe mich rasch um und begleite dich in den Speisesaal.«

»Das brauchst du nicht. Ich habe in der Hotelhalle zwei jüdische Mädchen aus Amerika kennengelernt. Sie sind mit ihrer Mutter hier. Ihre Urgroßeltern haben Ostpreußen 1920 verlassen, und jetzt sind sie auf der Suche nach ihrem früheren Haus. Man kann nie wissen, vielleicht ergibt sich ja ein Stoff für einen Dokumentarfilm, wenn ich mit ihnen zu Abend esse. Das Thema Auswanderung nach dem Ersten Weltkrieg ist bis jetzt noch kaum behandelt worden.«

»So viele Menschen kehren in ein Land zurück, das es nicht mehr gibt«, murmelte Charlotte nachdenklich. »Damit meine ich die Vergangenheit, nicht Ostpreußen.«

»Die Vergangenheit ist ein fremdes Land, in dem die Uhren anders ticken«, zitierte Laura die erste Zeile von *Ein Sommer in Brandham Hall* von Hartley.

»Stört es dich wirklich nicht, wenn ich hierbleibe?«

»Überhaupt nicht. Aber du musst dir später etwas aufs Zimmer bringen lassen, und wenn es nur etwas zu trinken ist«, beharrte Laura.

»Vielleicht ein Glas Brandy und Eiscreme«, meinte Charlotte mit einem spitzbübischen Grinsen.

»Wir müssen morgen nicht nach Gründwaldsee, Oma.«

»Hast du vergessen, dass Marius und Brunon uns das Gut zeigen wollen?«

»Wir können absagen und anderswohin fahren.«

»Nein«, erwiderte Charlotte entschlossen. »Wenn ich es aushalte, das Haus zu sehen, werde ich die Felder wohl auch ertragen.« Sie griff nach ihrem Tagebuch.

Laura schlich hinaus und schloss leise die Tür hinter sich, während ihre Großmutter sich wieder in die Vergangenheit vertiefte.

*Mittwoch, 22. Juli 1942*
*Manchmal habe ich den Eindruck, dass ich in diesem Tagebuch nur Tragödien niederschreibe. Vor lauter Tränen kann ich die Seite kaum sehen. Paul ist am 1. Juli in Sewastopol gefallen. Obwohl sein Tod schon drei Wochen zurückliegt, kam das Telegramm erst gestern. Brunon war bei mir, als der Botenjunge auf dem Hof erschien, und erbot sich, es den Dienstmädchen mitzuteilen und sie zu warnen, Mama bloß nichts zu verraten. Aber ich darf nicht riskieren, dass sie es zufällig erfährt. Also bin ich in ihr Zimmer gegangen.*

*Ihre Schreie waren entsetzlich, dauerten jedoch zum Glück nicht lang. Fünf Minuten später lächelte sie wieder und konnte oder wollte sich nicht mehr an die Nachricht erinnern. Irene war vor Eintreffen des Telegramms mit Marianne und ihrem neuen Baby Karoline zu ihren Eltern gefahren. Ich bin froh, denn ich möchte niemanden sehen, nicht einmal Brunon oder Martha. Ich glaube, sie hatten Verständnis dafür, dass ich, nachdem ich bei Mama gewesen war, mein Tagebuch holte und mich in Pauls Zimmer einschloss. Auch wenn sie sicher wissen, wo ich bin, haben sie nicht angeklopft.*

*Die Zwillinge haben dieses Zimmer seit ihrer Geburt miteinander geteilt. Nach Wilhelms Hochzeit hat Paul weiter hier geschlafen, wenn er auf Urlaub zu Hause war. Jetzt sind mir nur noch seine Hinterlassenschaften geblieben. Seine Bücher, sein Schachbrett, seine Kragen- und Manschettenknöpfe, seine Krawattennadeln und sein Rasierwasser. Es ist genauso wie bei Papas Tod. Vorhin habe ich Pauls Schrank aufgemacht und seine Kleider berührt. Kleider, die er nie wieder tragen wird. Es ist so ungerecht. Er hatte noch nicht einmal angefangen, das Leben zu führen, das er sich wünschte.*

*Ich höre eine Frau auf dem Hof schluchzen und weiß, dass es Maria ist. Eigentlich sollte ich sie trösten, obwohl es mir wie Heuchelei vorkommt, denn Paul hat niemals mit mir über sie gesprochen, und wir alle haben so getan, als wäre nie etwas zwischen ihnen gewesen.*

*Ich weiß nicht, ob ich die Kutsche vorfahren lassen soll. Für das Auto haben wir kein Benzin. Soll ich Irene abholen oder warten, bis sie heute Abend wiederkommt? Ich hoffe und bete, dass Wilhelm nichts zugestoßen ist. Der Gedanke, ihn auch noch zu verlieren, ist unerträglich …*

*Sonntag, 27. Dezember 1942*
*Dieses Weihnachtsfest war noch trister als das letzte. Mit jedem Jahr werden wir weniger. Erst Papa, dann Peter und nun Paul und Maria. Sie hat sich eine Woche, nachdem sie von Pauls Tod erfahren hat, das Leben genommen. Mit einem Sack Steine um den Knöchel ist sie vom Bootssteg in den See gesprungen. Wir glauben, dass sie ein Kind von Paul erwartete. Zum fraglichen Zeitpunkt konnte ich nicht darüber schreiben, weil ich mir Vorwürfe mache. Wenn ich mit ihr geredet, sie wie eine Schwester behandelt, mit ihr über Paul gesprochen und sie in die Familie aufgenommen hätte, wäre sie noch am Leben, und wir hätten Pauls Kind, um es liebzuhaben.*

*Jetzt ist uns nur ihr Grab geblieben, und es ist meine Schuld, weil ich nicht auf ihre Trauer geachtet habe.*

*Brunon und Martha waren sehr tapfer. Der Arzt war uns eine große Hilfe, denn er hat »Ertrinken bei einem Unfall« auf den Totenschein geschrieben, sodass wir Maria auf dem Friedhof von Grünwaldsee begraben konnten und nicht außerhalb davon bei den anderen Selbstmördern.*

*Manchmal fühle ich mich wie vom Tod umzingelt, obwohl ich mir große Mühe gebe, nicht darüber nachzudenken. Wilhelm und Claus sind unterwegs zur russischen Front, Manfred ist bereits dort. Sie müssen diesen Krieg überleben. Sie müssen! Sie müssen! Sie müssen!*

Charlotte erinnerte sich, dass ihr bei den Ausrufezeichen der Bleistift abgebrochen war. Es war, als hätte sie Wilhelm, Claus und Manfred durch schiere Willenskraft am Leben erhalten wollen.

*An diesem Weihnachtsfest waren keine Gänse mehr übrig, die wir hätten schlachten können. Also mussten wir uns mit den alten Hühnern begnügen, die nicht mehr legen. Alle außer Manfred konnten nach Hause kommen. Leider auch Greta und Helmut. Ihre Verlobungszeit ist wohl die längste der Menschheitsgeschichte. Als ich sie fragte, wann sie endlich heiraten wolle, antwortete sie: »Erst, wenn der Krieg vorbei ist.« Ich erwiderte, dann müsse sie sich vermutlich darauf einrichten, als alte Jungfer zu sterben. Sie beharrt darauf, ihre Arbeit für den Krieg sei viel zu wichtig, um sie wegen einer Ehe aufzugeben. Als ob es nichts wäre, Grünwaldsee zu leiten.*

*Wilhelm, Claus, Papa und Mama von Letteberg und die Adolfs besuchten uns am Weihnachtstag. Es gelang mir, ein ordentliches Weihnachtsessen auf die Beine zu stellen. Aber wenn Mama und Papa von Letteberg nicht Schinken und andere Lebensmittel mitgebracht hätten, hätte es wohl kaum für alle gereicht. Ich habe versucht, Mama zu überreden, mit uns zu essen. Doch sie sah sich ständig um und fragte nach Papa und Paul, bis wir fanden, es sei besser für alle und gnädiger ihr gegenüber, sie wieder in ihr Zimmer zu bringen.*

*Claus und Wilhelm blieben nur zwei Tage. Sie hatten zwar zwölf Tage Urlaub, aber schon fünf Tage für den Hinweg gebraucht und wieder eine fünftägige Rückreise vor sich. Wie immer zogen Wilhelm und Irene sich ins Sommerhaus zurück. Claus verhielt sich noch abweisender als üblich und geriet außer sich, da er feststellte, dass ich Erich ein Nachtlicht gestattete. Er warf mir vor, ich wollte, dass er ein Kleinkind bliebe, anstatt ihn zum Mann zu erziehen. Als ich ihn daran erinnerte, dass Erich erst zwei sei, brüllte Claus, er wolle einen Mann als Sohn, keinen Waschlappen. Das Ergebnis war, dass ich nachts aufstehen musste, denn Erich schrie, weil er sich in der Dunkelheit fürchtet. Ich war froh, dass Claus nur zwei Tage zu Hause war. Länger hätte ich es nicht ausgehalten.*

*Während Irene sich beim Abschied weinend an Wilhelm klammerte, winkte ich Claus nur zu. Ein Mensch, der von seinem zweijährigen Sohn erwartet, dass er sich wie ein Mann benimmt, wäre von öffentlichen Zuneigungsbekundungen seiner Frau sicher peinlich berührt gewesen.*

*Der einzige Wermutstropfen ist, dass Mama von Letteberg sich taktvoll erkundigte, ob zwischen mir und Claus auch alles in Ordnung sei. Wie denn, wenn wir uns bei jeder Begegnung nur streiten und ich es verabscheue, von ihm angefasst zu werden?*

*Sonntag, 7. Februar 1943*

*Es wurde durchgegeben, dass die sechste Armee in Stalingrad gekämpft hat bis zum letzten Mann. Wie bei der berühmten Schlacht bei den Thermopylen gibt es keine Über-*

*lebenden. Wilhelm und Claus sind zwar nicht bei der sechsten Armee, allerdings in Russland, und wir wissen, dass Offiziere häufig Nachrichten an andere Regimenter überbringen. Gütiger Gott, in Stalingrad waren eine halbe Million Soldaten im Einsatz. So viele deutsche Jungen, die ich kannte, waren dort stationiert. Ich wage kaum, daran zu denken, und mache mir entsetzliche Sorgen um Wilhelm, Manfred und Claus. Wie dumm von mir, beim letzten Weihnachtsfest zu glauben, dass es nicht mehr schlimmer kommen kann.*

*Ich bin froh, dass die viele Arbeit auf dem Gut mir nur wenig Zeit zum Schlafen und Grübeln lässt. Nach den Beschlagnahmungen durch die Armee sind kaum noch Zuchttiere übrig.*

*Selbst der geistig zurückgebliebene Wolfie wurde eingezogen, keine Ahnung, was sie mit ihm anfangen wollen. Alle Männer sind fort, bis auf die kleinen Jungen wie Marius, der mit seinen zehn Jahren nach der Schule schuftet wie ein Sklave, und die Alten wie Brunon, der sich abplagt, obwohl er eigentlich in den Ruhestand gehen sollte.*

*Weil es so wenig Lebensmittel gibt, verzichten wir auf vieles, damit die Kinder etwas bekommen. Wir hatten Besuch von Beamten des Kriegsministeriums. Sie überreichten uns eine Liste von Lebensmitteln, die wir abgeben sollen, um die Quote für das nächste Jahr zu erfüllen. Ich weiß nicht, ob es an der Sorge um Wilhelm und Claus, an der Erkenntnis, dass wir die Quote unmöglich schaffen können oder an Claus' Verhalten während seiner Heimaturlaube lag, jedenfalls verlor ich die Beherrschung. Ich teilte den Beamten mit, ich könnte überhaupt nichts mehr abliefern, wenn ich nicht zusätzliche Arbeitskräfte bekäme.*

*Anschließend genierte ich mich entsetzlich. Aber Brunon meinte, ich hätte es genau richtig gemacht, denn zwei Tage später erhielt ich ein amtliches Schreiben, in dem stand, uns würden zwölf russische Kriegsgefangene als Arbeitskräfte zugeteilt.*

*Ich musste Tausende von Formularen unterschreiben, in denen ich zusicherte, den Lohn nicht den Männern, sondern dem Reich auszuzahlen. Außerdem dürften meine Familie und ich den Russen nichts zu essen geben oder anderweitig mit ihnen fraternisieren.*

*Der Offizier aus dem Kriegsgefangenenlager warnte uns, wir müssten, was ihr Aussehen und ihr Verhalten anging, mit Untermenschen rechnen. Ich erklärte ihm, ich sei 1939 mit dem Orchester der Allensteiner Hitlerjugend in Russland gewesen. Er müsse mir also nicht erzählen, wie die Russen in den ländlichen Gebieten lebten.*

*Heute Morgen kamen sie die Straße hinuntergetrottet. Wir versammelten uns und beobachteten, wie sie auf den Hof traten. Brunon und Marius hatten sich mit Heugabeln bewaffnet. Doch diese Mühe hätten sie sich sparen können. Die Gefangenen wurden von drei Soldaten mit Gewehren in Schach gehalten, obwohl sie den Eindruck erweckten, als hätten sie gar nicht mehr die Kraft, Schwierigkeiten zu machen oder zu fliehen. Ihre Handgelenke, Hände und Gesichter, die aus ihren Lumpen ragten, waren mit Dreck verkrustet und schrecklich mager. Ihre Augen waren dunkel mit schwarzen Augenringen, die vom Schmutz oder von Erschöpfung herrühren konnten. Außerdem hatten sie Läuse. Ich sah, wie in ihren Bärten etwas herumkrabbelte, und sie kratzten sich ständig unter den Achseln.*

*Brunon schickte sie sofort an die Arbeit und ließ sie Schnee schippen, Mist wenden und die Ställe saubermachen. Zum Pflügen ist der Boden noch zu hart. Sie sind keine besonders guten Arbeiter, trödeln herum und tun nichts, wenn die Wachen sie nicht anschreien oder ihnen drohen.*

*Ich beobachtete sie von Mamas Zimmer aus, wohin ich Erich zu seinem täglichen Besuch gebracht hatte. Ich versuche, Mama jeden Nachmittag eine kleine Freude zu machen, gehe zu ihr, und dann serviert Minna uns Eichelkaffee, denn etwas anderes gibt es nicht mehr. Von echtem Bohnenkaffee und Kuchen können wir nur träumen. Dann sitzen Mama und ich da, trinken den scheußlichen Kaffee und tun so, als wäre alles in Ordnung.*

*Zum ersten Mal seit Monaten setzte Mama sich neben mich. Nachdem sie den Männern eine Weile bei der Arbeit zugeschaut hatte, war sie fast wieder wie früher. »Du musst den Arbeitern etwas zu essen geben, Charlotte. Dein Papa sagt immer, mit leerem Magen kann ein Mann nicht arbeiten.«*

*Als ich in die Küche kam, beklagte sich ein Mädchen vom Reichsarbeitsdienst gerade, sie hätte sich im Stall eine Laus eingefangen. So etwas kann ich auf keinen Fall dulden. Wenn die russischen Gefangenen Läuse haben, die Typhus übertragen, kriegen wir hier noch eine Epidemie.*

*Also rief ich sofort im Lager an und ließ mich mit dem Kommandanten verbinden. Er erwiderte, er könne nichts dagegen tun. Die Russen lebten nun einmal wie die Tiere, weigerten sich, sich zu waschen, und hielten sich nicht an die einfachsten Hygienevorschriften. Ich sprach mit Brunon darüber, der meinte, die einzige Lösung sei, die Russen in Grünwaldsee wohnen zu lassen, wo wir für ihre Reinlichkeit sorgen könnten. Das ist unmöglich. Ich kann doch nicht zwölf feindliche Gefangene in einen Haushalt aufnehmen, der nur aus Frauen, Babys, alten Männern und Schulkindern besteht.*

*Deshalb rief ich in Papa von Lettebergs Büro an, um ihn um Rat zu fragen. Ohne die zusätzlichen Arbeitskräfte kann ich die Quote der Armee nicht erfüllen, ich darf aber auch keine Typhusepidemie riskieren, die die Kinder und uns alle womöglich das Leben kostet. Hoffentlich ruft er heute Abend zurück und sagt mir, was ich tun soll.*

*Dienstag, 9. Februar 1943*
*Papa von Letteberg rief an und teilte mir mit, Wilhelm und Claus seien am Leben, in Sicherheit und unverletzt. Aber Manfred sei in Stalingrad gewesen. Die Adolfs und Irene sind untröstlich. Der arme, idealistische, naive Manfred. Ich kann es nicht fassen, dass er nie wieder ein Familientreffen stören wird.*

*Die Tragödie hat Irene und mich noch enger zusammengeschweißt. Meine geliebte Schwägerin und Schwester! Selbst wenn der Krieg morgen vorbei wäre, haben wir inzwischen so viel verloren, dass die Welt nie mehr sein wird wie zuvor. Wir beide haben fast den ganzen Tag um Manfred, Paul und Peter geweint. Es ist so schwer, wenn man nicht einmal eine Leiche beerdigen oder an einem Grab trauern kann, sondern sich mit einem Gottesdienst begnügen muss.*

*Papa von Letteberg durfte mir zwar nicht sagen, wo Claus und Wilhelm sind und was sich an der russischen Front tut, aber er hat das Problem mit den russischen Kriegsgefangenen gelöst.*

*Er hat sich persönlich mit dem Lagerkommandanten in*

*Verbindung gesetzt und gefordert, dass die Männer, die in Grünwaldsee arbeiten, saubergehalten werden. Daraufhin rief der Kommandant mich an, um mir zu versichern, dass das in Zukunft so gehandhabt werden würde. Allerdings merkte ich ihm an, dass er wütend auf mich war, weil ich es gewagt hatte, mich an einen höherrangigen Offizier zu wenden, denn nun hat er ein zusätzliches Problem, mit dem er sich herumschlagen muss.*

*Ich habe Brunon in Papas Arbeitszimmer gebeten, um unter vier Augen mit ihm zu reden, und ihm erzählt, Mama wollte, dass wir den Gefangenen etwas zu essen geben. Er entgegnete, die Soldaten hätten wiederholt gesagt, die Russen dürften nichts bekommen. Allerdings bedienen sie selbst sich immer wieder in der Küche.*

*Mir blieb nichts anderes übrig, als ihm zuzustimmen, dass wir die Gefangenen auf Abstand halten müssen. Das bedeutet jedoch, dass wir ihnen nur Arbeiten zuteilen können, die sie nicht mit uns, den Mädchen vom Reichsarbeitsdienst oder den Polen in Berührung bringen. Brunon und ich sahen uns die Dienstpläne an und beschlossen, die Russen zum Pflügen und Anpflanzen auf die Kartoffelfelder zu schicken, sobald es wärmer wird. Das bedeutet, dass niemand in ihre Nähe kommen muss, vorausgesetzt, sie bleiben auf dieser Seite des Gutes. Während die Wachen zu Mittag essen, sperren sie sie in eine Scheune, und abends werden sie von den Feldern direkt zurück ins Lager gebracht. So werden wir sie kaum zu Gesicht kriegen.*

*Ich hoffe nur, dass unsere Lage durch die Gefangenen leichter wird.*

*Ich bin des Kämpfens so müde. So entsetzlich müde.*

*Sonntag, 30. Mai 1943*

*Heute sind Wilhelm und Claus nach einem viertägigen Urlaub an die Ostfront zurückgekehrt. Ihr Aufenthalt war viel zu kurz. Als ich ihn und Wilhelm in einem Armeewagen in den Hof fahren sah, waren alle Auseinandersetzungen vergessen. Die beiden waren so blass, kränklich und erschöpft, dass ich sofort Mitleid mit ihnen bekam. Die Mädchen vom Reichsarbeitsdienst und die Frauen, deren Männer an der Front sind, bestürmten sie mit Fragen. Aber sie antworteten nur, die deutsche Armee gebe ihr bestes.*

*Wilhelm machte einen so geschwächten Eindruck, dass Irene und ich den Arzt rufen wollten. Doch Claus, der am Steuer gesessen hatte, beteuerte, das sei überflüssig. Sie brauchten nur Ruhe und etwas zu essen.*

*Ich rannte in die Küche, um nachzuschauen, was wir noch im Haus hatten, während Irene nach oben ging und Badewasser einließ.*

*Weder Claus noch Wilhelm kamen in unsere Nähe, bevor sie nicht entlaust waren. Nachdem sie gebadet hatten, wickelte Martha ihre Uniformen in Gummiplanen, damit sie zum Dampfreinigen in die Wäscherei gebracht werden konnten. Dann zogen die beiden Zivilkleidung an und setzten sich zum Essen.*

*Weil wir weder genug Heizmaterial noch Dienstmädchen haben, haben wir noch weitere Zimmer geschlossen. Deshalb deckte ich den Tisch in Mamas Morgenzimmer. Falls die beiden es merkwürdig fanden, dort zu essen, verloren sie kein Wort darüber.*

*Während sie badeten, bat ich Marius, eines der Hühner zu schlachten. Wir konnten es zwar nicht entbehren, aber schließ-*

*lich musste ich ihnen ja etwas vorsetzen. Die ersten neuen Kartoffeln waren geerntet, und dazu gab es Weißkraut.*

*Martha, die mir das Kochen beigebracht hat, sagt, ich sei inzwischen fast so gut wie sie.*

*Ich servierte Wilhelm und Claus die Suppe aus Schinkenknochen und Trockenerbsen, die Martha für alle auf dem Gut zubereitet hatte. Sie war schauerlich dünn. Irene und ich opferten unsere Brotrationen, und als die beiden das verspeist hatten, waren das Hühnchen, die in Hühnerfett gebratenen Kartoffeln und das Weißkraut fertig, sodass eine einigermaßen anständige Mahlzeit auf den Tisch kam.*

*Vom letzten Sommer war noch ein Einmachglas mit Kirschen übrig. Dazu gab es ein Glas von Papas Brandy. Da ich ihnen den Eichelkaffee nicht antun wollte, kochte Irene Hagebuttentee.*

*Die zwei verkündeten, sie hätten noch nie so gut gegessen. Was für ein himmelweiter Unterschied zu den Menüs mit vier oder fünf Gängen, die früher bei uns üblich waren.*

*Anschließend wollten sie nichts als schlafen. Irene ging mit Wilhelm zu Bett, doch ich kehrte zurück auf die Felder. Schon wieder ist eine Katze verschwunden. Diesmal ist es Marthas Lieblingskatze. Brunon und ich sind sicher, dass die Russen sie schlachten und essen. Aber ich möchte es nicht melden, um den Wachen keinen weiteren Anlass zu liefern, sie schlecht zu behandeln.*

*Als Martha gestern Brunon und Marius das Mittagessen aufs Feld brachte, sah sie, wie einer der Soldaten den jüngsten russischen Gefangenen schlug. Obwohl er viel zu jung wirkt, um bei der Armee zu dienen, wird er ständig von den Wachen verprügelt und getreten. Sie sagte, sein Kopf sei ganz blutig ge-*

*wesen, und dann habe es laut geknackt, als hätte der Soldat dem armen Jungen den Schädel gebrochen.*

*Gestern nach dem Abendessen – es gab Kräuteromelette, Schwarzbrot und eine der letzten Flaschen von Papas Wein – hörten wir die Gefangenen die Straße entlangmarschieren. Claus ging zum Fenster. Er sagte, die Russen seien der übelste Abschaum. Wenn wir erlebt hätten, wie sie mit gefangenen deutschen Soldaten umgesprungen seien, würden wir sie nicht auf dem Gut dulden.*

*Ich versuchte, ihm zu erklären, wir hätten keine Arbeitskräfte, obwohl das Reich auf unsere Ernten angewiesen sei. Wilhelm saß schweigend da und sagte kein Wort, während Claus sich austobte. Dann wandte er ganz ruhig ein, die Russen würden uns vielleicht nicht so schlecht behandeln, wenn wir beim Einmarsch in ihr Land nicht so grob zu ihnen gewesen wären.*

*Noch nie habe ich Claus so wütend erlebt.*

*»Sie sind Untermenschen! Frag doch sie!« Er wies auf mich. »Sie hat Russland vor dem Krieg besucht. Die Ansichten und das Verhalten dieser Leute ist mittelalterlich, und sie haben die Barbarei auf die Spitze getrieben.«*

*»Läufst du mit geschlossenen Augen herum?«, rief Wilhelm aus.*

*Ich flehte sie an, wegen der Kinder und Mama nicht zu streiten. Auch Irene mischte sich ein, und es gelang ihr, Wilhelm zu beschwichtigen. Ich glaube, er würde sogar mitten in die Hölle hineinspazieren, wenn sie ihn darum bäte. Aber ich wusste auch, dass ich nichts tun konnte, um Claus versöhnlicher zu stimmen. Wenn ich ihn wirklich lieben würde oder ihm so nah stünde wie Irene Wilhelm, wäre es mir möglicher-*

*weise gelungen, ihn zu beruhigen. Doch so wäre jeder Versuch zwecklos gewesen. »Meuterei und Revolution gehören nicht in den Wortschatz eines Soldaten«, lauteten seine abschließenden Worte zu Wilhelm. »Und du stehst kurz vor beidem.«*

*Wenn ein Oberst und ein Hauptmann so miteinander sprechen, stehen unsere Chancen, den Krieg zu gewinnen, wohl sehr schlecht.*

*Wilhelm beendete den Streit, indem er fragte, ob er Mama sehen könne. Obwohl ich ihm erklärte, dass er nicht zuviel davon erwarten solle, gingen er, Irene und ich zu ihr. Sie saß am Fenster. Die Russen marschierten noch immer die Straße entlang. Ihre Schritte waren schleppend. Die Soldaten hinter ihnen lachten und rissen Witze.*

*»Du musst ihnen wirklich mehr zu essen geben, Charlotte«, sagte Mama, ohne sich umzudrehen. »Sie können ja kaum einen Fuß vor den anderen setzen.«*

*Als Wilhelm mir einen Blick zuwarf, schüttelte ich den Kopf. Er nahm ihre Hand. »Mama«, flüsterte er. Sie wandte sich um, und ich hätte schwören können, dass sie ihn für einen Sekundenbruchteil erkannte. »Papa kommt gleich nach Hause. Du musst jetzt deine Spielsachen wegräumen«, meinte sie dann.*

*Wir leisteten ihr noch eine Weile Gesellschaft, aber es hatte keinen Sinn. Ich weiß nicht, was mit mir los ist. Früher war ich so nah am Wasser gebaut, doch inzwischen weine ich kaum noch. Wahrscheinlich hat sich mein Herz durch Pauls und Papas Tod, Mamas Erkrankung, Claus' abweisendes und distanziertes Verhalten und dadurch, dass er so anders ist, als der Mann, den ich zu heiraten glaubte, in einen Stein verwandelt. Im nächsten Moment beobachtete ich, wie Claus Erich über den Hof trug, um die Pferde zu streicheln, und das Gefühl der Liebe zu meinem Sohn überwältigte mich schier.*

*Was immer auch geschehen mag, solange ich Erich habe, ist das Leben lebenswert. Ich werde das alles überstehen und für uns beide kämpfen, ganz gleich, wogegen. Er hat ein Recht darauf, dass ich für ihn mein Bestes gebe.*

*Samstag, 10. Juli 1943*
*Heute Morgen kam im Radio, unsere Armeen hätten vor fünf Tagen eine Offensive entlang einer zweihundertfünfzig Kilometer langen Front im russischen Kursk gestartet. Jetzt ist mir klar, warum Claus und Wilhelm Ende Mai Urlaub bekommen haben und warum Wilhelm so seltsam, niedergeschlagen und voller Sorge um Irene und die Kinder war. Ich muss annehmen, dass sie beide an den Kampfhandlungen beteiligt sind.*

*Seit sie fort sind, regnet es ununterbrochen, und ich fühle mich so elend wie das Wetter. Inzwischen bereue ich es, dass ich Wilhelm bedrängt habe, mir von Pauls Tod zu erzählen. Es war nach dem Mittagessen am letzten Tag ihres Urlaubs. Wir hatten den Ponywagen kommen lassen, um mit den Kindern eine Ausfahrt zu unternehmen. Doch Wilhelm sagte, er habe Kopfschmerzen, und zog sich in Papas Arbeitszimmer zurück. Ich erfand eine Ausrede für Claus und Irene, folgte ihm und bestand darauf, dass er mir genau schilderte, was Paul zugestoßen war.*

*Pauls Kommandant hatte Mama und mir geschrieben, Paul habe eine Kopfverletzung davongetragen und sei schnell gestorben. Brunon versuchte mich mit den Worten zu trösten, Paul habe nicht leiden müssen, aber ich glaubte nicht ganz, was in dem Brief stand. Claus hatte am Anfang des Krieges nämlich gesagt, vorgesetzte Offiziere trösteten die Angehörigen von gefallenen Soldaten immer damit, dass der Betreffende rasch und schmerzlos gestorben sei.*

*Wilhelm beteuerte, dass das in Pauls Fall auch stimmte. Er habe ein Bataillon befehligt, das die russische Frontlinie unter Beschuss nahm. Doch der Feind habe Männer und Geschütz mit seinen Haubitzen in die Luft gesprengt. Als ich mich nach Pauls Grab erkundigte, erwiderte er, es sei nicht mehr genug von ihm übrig gewesen, um ihn zu bestatten. Ich bin sicher, dass er mir das eigentlich nicht verraten wollte, doch als er einmal angefangen hatte, über Paul zu sprechen, konnte er gar nicht mehr damit aufhören.*

*Der Gedanke, dass Pauls wunderschöner junger Körper in Stücke gerissen wurde, ist unerträglich. Seit Wilhelm es mir erzählt hat, male ich mir ständig Pauls Tod aus.*

*Wilhelm vertrat die Auffassung, dass wir schließlich alle einmal sterben müssten, weshalb ein rascher Tod in der Schlacht gar keine so schlechte Alternative sei, worauf ich erwiderte, Paul sei noch keine fünfundzwanzig Jahre alt gewesen. Wilhelm meinte, die Jugend und die Wahrheit seien das, was in einem Krieg zuerst vor die Hunde ginge. Die Explosion habe Paul ein langes Dahinsiechen in einem Feldlazarett erspart.*

*Allerdings begreife ich immer noch nicht, warum Paul überhaupt sterben musste. Dieser Krieg erscheint mir so sinnlos, auch wenn ich das Wilhelm nicht sagen konnte, denn schließlich musste er zurück an die Front.*

*Und das bedeutet, dass ich wieder einmal einen Gedanken für mich behalten muss. Claus würde außer sich geraten, wenn er mein Tagebuch finden oder auch nur die Hälfte meiner Ansichten zu hören bekommen würde. Ich weiß, dass sie unpatriotisch sind, aber verrate ich wirklich mein Land, wenn ich möchte, dass der Rest meiner Familie am Leben bleibt?*

*Wilhelm fuhr fort, es gebe nichts Schlimmeres, als hilflos danebenzustehen, während ein Kamerad elend an Erfrierungen oder Wundbrand verrecke. Das sagte er in einem ernsten und aufrichtigen Ton, der mir verriet, dass er diese Erfahrung schon einige Male gemacht hat.*

*Dann schilderte er den russischen Winter, und als ich nachfragte, gab er zu, dieser sei genauso grauenhaft, wie die zurückkehrenden Soldaten behaupteten. Claus und er hätten sich nur deshalb keine Erfrierungen geholt, weil sie beide einem Kommandoposten zugeteilt seien.*

*Als er zu reden begann, konnte ich nichts weiter tun, als dazusitzen und seine Hand zu halten. So gerne ich ihn auch getröstet hätte, fielen mir einfach nicht die richtigen Worte ein. Während er sprach, musste ich ständig an Papas Äußerung denken, bei einem Krieg könne nichts Gutes herauskommen.*

*Wilhelm war sicher, dass die gesamte sowjetische Bevölkerung nur deshalb gegen uns sei, weil SS, Gestapo und sogar die Wehrmacht jeden Mann, jede Frau und jedes Kind in Russland durch ihre Unmenschlichkeit und Brutalität gegen uns aufgebracht hätten. Er berichtete, beim Vorrücken unserer Truppen über die Grenze wären die Leute anfangs aus ihren Häusern gelaufen, um die Kreuze auf unseren Panzern zu berühren und zu küssen. Sie hätten die Wehrmacht als christliche Retter betrachtet, die gekommen seien, um sie von den gottlosen Kommunisten zu befreien. Inzwischen jedoch spuckten sie die Leichen unserer Gefallenen an. Nachdem er geen-*

*det hatte, schwieg er eine lange Zeit. »Ich habe hinter den Vorhang aus Lügen geblickt, Charlotte«, meinte er schließlich. »Also weiß ich bei Gott, was gespielt wird. Aber ich wage nicht, mit jemandem darüber zu sprechen, nicht einmal mit dir, denn in unserem wundervollen Dritten Reich kann die Wahrheit tödlicher sein als eine Kugel.«*

*Die Stille in Papas Arbeitszimmer war noch quälender als Wilhelms Worte. Ich verstand nicht, was er mir mitzuteilen versuchte. Die Grausamkeiten des Krieges habe ich zwar nicht selbst gesehen, doch nachdem er mir von Pauls Tod erzählt hatte, habe ich versucht, sie mir vorzustellen. Da es in Kriegszeiten gefährlich ist, zu viel zu wissen, müssen wir alle aufpassen, was wir sagen. Das hatte ich aus Wilhelms Reaktion auf Manfreds albernen Witz gelernt.*

*Wilhelm schlug die Hände vors Gesicht, während ich hilflos neben ihm saß und nicht wusste, wie ich ihn trösten sollte. Irene hätte eine Möglichkeit gefunden, doch sie und Claus waren noch mit den Kindern unterwegs. Als auf der Treppe ein Geräusch ertönte, sprang Wilhelm auf, als hätte man auf ihn geschossen. Ich ging zur Tür. Es war nur Minna, die Mama ihren Kräutertee brachte. Also versuchte ich, Wilhelm zu beruhigen, aber es war zwecklos.*

*Er brach in Tränen aus und versuchte nicht einmal, sie wegzuwischen. Seit unserer frühen Kindheit hatte ich ihn nicht mehr weinen gesehen. Dann griff er nach meiner Hand und drückte sie so fest, dass er mir fast die Finger zerquetschte.*

*»Ich habe Dinge gesehen, von denen du und andere normale, anständige Menschen nicht einmal träumen würden, Charlotte. Grausige und abstoßende Dinge, die mir den Seelenfrieden rauben, mein Leben vergiften und selbst meine Lie-*

*be zu Irene und den Kindern zerstören. Manchmal wähne ich mich in einem Irrenhaus. Ich mache mir Sorgen um Irene, Marianne, Karoline, dich, Erich und die Zukunft jedes deutschen Kindes in unserem ruhmreichen Land. Denn wir hinterlassen ihnen ein Erbe des Leids, das sie unserer Sünden wegen werden antreten müssen. Es ist ein brutales, unmenschliches und hasserfülltes Erbe, das Deutschland und die Deutschen noch lange verfolgen wird.«*

*Draußen auf dem Hof hörte ich Kinderlachen. Claus und Irene waren zurück. Wilhelm nahm meine Hand und flehte mich an, auf seine Frau und seine Kinder zu achten. Ganz gleich, was auch geschehe, ich dürfe sie niemals im Stich lassen. Mein Versprechen reichte ihm nicht. Er drückte meine Hand auf Papas Bibel und zwang mich, zu schwören.*

*Erschaudernd fragte ich mich, wovor er denn solche Angst hatte, und versuchte, ihm zu erklären, dass es doch die Männer an der Front wie Claus und er seien, die sich in Gefahr begaben – nicht die Frauen und Kinder zu Hause. Städte wie Dortmund und Berlin seien zwar bombardiert worden. Aber nicht einmal die Engländer würden es für lohnend halten, ein Flugzeug zu schicken, um ein Provinzstädtchen wie Allenstein in die Luft zu sprengen.*

*Er lächelte über meine Bemühungen, seine Befürchtungen zu zerstreuen, und ermahnte mich, ich solle gut auf mich und Erich aufpassen. »Dir wird nichts geschehen, Charlotte, denn General von Letteberg wird immer für dich dasein«, fügte er hinzu.*

*Erschrocken über seine düstere Stimmung, flehte ich ihn an, vorsichtig zu sein, nicht nur um seinet- und meinetwillen, sondern wegen Irene und seiner Töchter. Ich sagte ihm, ich könnte es nicht ertragen, ihn genauso zu verlieren wie Paul, und erwähnte sogar Mama.*

*Er lächelte. »Mama, Gott segne sie, bemerkt von alledem nichts mehr. Du bist auf dich allein gestellt, Charlotte.« Er küsste mich sanft auf die Stirn. »Arme, kleine Charlotte, die immer auf Bälle und Feste hat verzichten müssen. Erst warst du ein Kind, und schon am nächsten Tag musstest du die Last von zehn Männern schultern.«*

*Ich erinnerte ihn daran, dass ich ja noch Brunon, Marius, Martha, Minna, die anderen Frauen und die Mädchen vom Reichsarbeitsdienst hatte, die mich nach Kräften unterstützten.*

*»Ein alter Mann, ein paar Frauen, ein Schuljunge, Krüppel, zwangsverpflichtete Reichsarbeitsdienstmädchen und dazu versklavte Polen und Russen, die lieber anderswo wären.«*

*Sein Tonfall war so verbittert, dass ich mich völlig hilflos fühlte. Später jedoch fasste ich einen Entschluss.*

*Ich kannte meinen Bruder und meinen Mann. Beide wären lieber in der Schlacht gestorben, als jemanden um einen Gefallen zu bitten. Doch ich will verhindern, dass Wilhelm wie Paul in Stücke zerrissen wird und dass Claus an der russischen Front dahinsiecht. Mein Sohn soll nicht ohne Vater aufwachsen. Also werde ich an Papa von Letteberg schreiben und beten, dass die Behörden den Brief nicht öffnen. Papa von Letteberg hat bereits seinen Sohn Peter verloren. Ich meinen Bruder Paul, und Irene ihren Bruder Manfred. Haben wir denn nicht genug geopfert? Es kann doch nicht unpatriotisch von mir sein, wenn ich Wilhelm in Sicherheit wissen will. Gewiss denkt Papa von Letteberg noch oft an Peter. Vielleicht kann er ja dafür sorgen, dass Claus und Wilhelm ins Hauptquartier nach Berlin versetzt werden. An eine Stelle, wo sie hart arbeiten müssen – aber wenigstens überleben.*

*Donnertag, 26. August 1943*
*In Allenstein kursieren Gerüchte, dass es an der russischen Front ziemlich übel zugeht. Doch in den Zeitungen steht nichts außer den üblichen Nachdrucken von Reden, Schilderungen von Militärparaden und Beteuerungen, wir siegten an allen Fronten. Sind das alles nur Lügen?*

*Claus und Wilhelm sind noch nicht zurück. Aber andere sind wiedergekommen, weil sie verwundet wurden. Sie sagen zwar nicht viel, blicken jedoch finster und ernst drein. Man muss kein Genie sein, um daraus den Schluss zu ziehen, dass die Lage an der Ostfront heikel ist. Und falls die Russen unsere Truppen zurückdrängen, wird Ostpreußen zuerst in die Schusslinie geraten.*

*Mein Gespräch mit Wilhelm hat mich sehr in Sorge versetzt. Was meinte er mit dem »Vorhang aus Lügen«? Sind die Zustände in Russland denn so schrecklich, wie er sagt? Warum ist Claus derart außer sich geraten, als Wilhelm erzählte, wie schlecht unsere Soldaten die Russen behandeln?*

*Papa von Letteberg rief mich an, nachdem ich ihn in einem Brief um die Versetzung von Claus und Wilhelm gebeten hatte. Er beharrte darauf, er dürfe niemandem Privilegien einräumen, insbesondere nicht seinem eigenen Sohn und Mitgliedern meiner Familie. Das wäre ungerecht gegenüber den Soldaten, die keine einflussreichen Freunde haben, welche sich für sie verwenden.*

*Ich erwiderte, dass mich die Gerechtigkeit einen Dreck*

*schere. Mir ginge es nur darum, meinen Bruder und den Vater meines Sohnes am Leben zu erhalten. Aber er antwortete nicht, und Wilhelm und Claus sind noch immer an der Ostfront.*

*Die Leistung der Kriegsgefangenen, die man zum Arbeiten nach Grünwaldsee schickt, lässt zunehmend nach. Anfangs haben sie sich wenigstens bemüht, doch inzwischen muss man sie zu der kleinsten Aufgabe hinprügeln.*

*Mama beobachtet sie weiterhin durchs Fenster und weist mich ständig an, ihnen etwas zu essen zu geben. Gestern sind wieder zwei Katzen verschwunden. Ich habe beschlossen, mit Brunon über den Zustand der Arbeiter zu sprechen. Die Männer schaffen zu zwölft kaum das, was der geistig zurückgebliebene Wolfie an einem Tag erledigt hat. Sind sie nur faul, oder hat Mama recht damit, dass sie Hunger leiden? Eines steht jedenfalls fest: Wenn es so weitergeht, werden wir die Ernte nicht einbringen, bevor sie auf den Feldern verdirbt, da kann das Kriegsministerium mit den Füßen aufstampfen, so viel es will. Es bekommt seine Quote nicht.*

*Donnerstag, 2. September 1943*
*Gestern haben Brunon und ich uns darauf geeinigt, dass es das Risiko wert ist, die Russen zu verpflegen, wenn sie dann tüchtiger arbeiten. Was man ihnen im Lager gibt, reicht eindeutig nicht.*

*Also habe ich Martha gebeten, aus ein wenig Gemüse aus dem Lagerschuppen und zwei der Hasen, die Brunon mit seinen Fallen gefangen hat, einen Eintopf zu kochen. Es müssen noch fünf Felder mit Karotten und Kohl, vier mit Steckrüben, zwei mit Pastinaken und außerdem der letzte Weizen, der*

*Mais, das Heu, der Hopfen und die Kartoffeln geerntet werden. Eine Menge Arbeit, bevor es anfängt zu frieren.*

*Da die Eintöpfe für die Angehörigen des Haushalts und die Mädchen vom Reichsarbeitsdienst schon auf dem Herd köchelten, konnte sich Martha sicherlich denken, für wen das zusätzliche Essen bestimmt war. Aber sie sagte nichts, sondern machte sich sofort an die Arbeit.*

*Zum Kochen benützte sie einen Kupferkessel aus der Waschküche, um nicht den Argwohn der Soldaten zu wecken. Als diese gemütlich mit den Mädchen vom Reichsarbeitsdienst in der Küche ihr Mittagessen verzehrten, und die Polen in ihren Hütten verschwunden waren, wo sie ihr Essen selbst zubereiteten, schleppten Brunon, Marius und ich den Kessel hinaus zur Scheune. Dort wurden die Gefangenen mittags stets eingesperrt, damit die Soldaten gemeinsam essen konnten.*

*Brunon öffnete eine Seitentür, zu der er den Wachen nie den Schlüssel gegeben hatte. Die Männer lagen auf den wenigen vom letzten Jahr übrig gebliebenen Strohballen. Sie stanken fürchterlich und sahen aus der Nähe noch verwilderter, schmutziger und gefährlicher aus. Ich hatte eine Heidenangst, aber Brunon sprach sie erst auf Deutsch und dann auf Polnisch an und erklärte ihnen, sie hätten nichts zu befürchten. Dann stellten wir den Kessel auf den Boden und nahmen den Deckel ab. Bevor Marius Gelegenheit hatte, den Sack mit den Löffeln, den Schalen und dem Brot zu öffnen, stürzten sie sich auf den Kessel, sodass sie Brunon dabei zu Boden stießen.*

*Sie aßen mit den Händen, fuhren mit ihren schmutzigen Fingern in das kochend heiße Gericht und stopften sich so viel sie konnten in den Mund, wie Tiere an einem Wasserloch. Ich half Brunon auf die Füße.*

*Marius starrte die Männer entgeistert an. »Sie sind wirklich Untermenschen, richtig, Papa?«, murmelte er.*

*Zu meiner Schande muss ich gestehen, dass ich dasselbe dachte, aber Brunon antwortete: »Nein, mein Sohn, sie sind keine Untermenschen, nur halb verhungert.«*

*Erst da fiel mir auf, wie mager ihre Hände und Handgelenke waren, die aus den Lumpen hervorragten. Sie erinnerten mich an Skelette. Zum ersten Mal verstand ich, warum die Katzen verschwanden und warum sie Prügel von den Wachen riskierten, indem sie in den Schweinetrögen wühlten. Allmählich ahnte ich, was Wilhelm gemeint hatte.*

*Angewidert wandte ich mich ab. Allerdings nicht wegen ihrer Tischmanieren, sondern weil ich tatenlos zugesehen hatte und deshalb die Schuld an ihrem Zustand trug. Wie hatte ich nur so blind für die Not meiner Mitmenschen und so gleichgültig sein können, obwohl ich ihnen täglich begegnete?*

*Die Russen arbeiteten nun schon seit Monaten in Grünwaldsee. Selbst meiner kranken Mutter war aufgefallen, was mit ihnen los war. Aber ich, die hier eigentlich das Kommando führte, hatte nicht auf ihre verzweifelte Lage geachtet. Während ich nun zusah, wie sie das Essen in sich hineinschlangen, fühlte ich mich, als beobachte ich durch ein Schlüsselloch eine intime Szene. Ich blickte Brunon an. Da rief jemand meinen Namen.*

*Einer der Männer erhob sich aus der Runde um den Kessel und kam auf mich zu. Er wiederholte meinen Namen, worauf Brunon schützend den Arm um mich legte. Marius rannte zur Tür und wollte sie öffnen.*

*Der Mann wich zurück, entschuldigte sich auf Deutsch für*

*die Belästigung und fügte hinzu, er könne verstehen, warum ich nichts mit ihm zu tun haben wolle. Erst da erkannte ich ihn. Das schmutzige Skelett in Lumpen war Maschas Bruder Alexander, der mir zusammen mit seiner Schwester am Moskauer Bahnhof die Bernsteinkette geschenkt hatte. Der junge Mann, von dem ich gedacht hatte, dass er für einen Russen sehr gut aussah.*

Charlotte legte das Tagebuch beiseite, öffnete die Minibar und schenkte sich einen Brandy ein. »Auf dich, Sascha, wo immer du auch sein magst«, murmelte sie und hob ihr Glas.

# 11

*Morgengrauen, Freitag, 3. September 1943*

*Nach dem Gespräch mit Alexander schickte Brunon Marius zum Schmierestehen hinaus und wies ihn an, uns zu warnen, sobald die Wachen die Küche verließen. Brunon blieb bei den Gefangenen, während ich für Alexander eine Schale mit Eintopf füllte. Dann setzten wir uns nebeneinander und unterhielten uns, während er aß. Ich gab mir große Mühe, mir nicht anmerken zu lassen, wie sehr das Aussehen und der Geruch von ihm und den anderen mich abstieß.*

*Ich entschuldigte mich, weil ich ihn nicht gleich erkannt hatte, aber er meinte, auch seine Mutter, seine Schwester und das Mädchen, das er bei Kriegsanbruch geheiratet hatte, würden ihn in diesem Zustand wohl nicht wiederkennen.*

*Als ich mich nach dem Gefangenenlager erkundigte, erwiderte er, dass kein Gefangener dort länger als zwei Monate überlebte. Wer Glück hatte, starb sogar noch früher. Wie ich so dicht bei ihm und den anderen dasaß, konnte ich nicht fassen, dass mir ihr Zustand so lange nicht aufgefallen war. Sie sind nicht nur abgemagert, sondern am ganzen Körper und im Gesicht von eitrigen Wunden übersät.*

*Ich fragte, was ich tun könnte, um zu helfen. Alexander antwortete, das Wichtigste seien Lebensmittel, da im Lager keine Rationen ausgegeben würden. Auf dem Marsch aus Russland hierher habe man sie abends einfach auf eine Wiese gesetzt und sie aufgefordert, zu grasen wie die Tiere.*

*Obwohl sie gehofft hatten, dass sich die Verhältnisse im Lager bessern würden, gab es auch hier auf dem offenen Feld, wo sie schlafen mussten, nur Gras. Und da so viele Männer dort eingepfercht seien, sei der letzte Halm schon vor Monaten verschwunden. Weil sie nur ein Fass Wasser am Tag bekämen, das nicht einmal zum Trinken reichte, hätten sie keine Möglichkeit, sich selbst und ihre Kleider zu waschen. Latrinen seien auch keine vorhanden, und die Wachen weigerten sich, ihnen Spaten auszuhändigen, damit sie welche graben könnten. So viel zu der Behauptung des Lagerkommandanten, die Russen seien nicht in der Lage, sich sauberzuhalten.*

*Als ich versprach, mein Möglichstes für sie zu tun, flehte Alexander mich an, nicht mich oder die anderen in Grünwaldsee für ihn und seine Männer in Gefahr zu bringen. Er sagte, jeden Tag stürben so viele Russen im Lager, dass sie bereits mit dem Leben abgeschlossen hätten.*

*Ich hielt ihm die Hand hin, doch er wollte sie nicht schütteln, weil er so schmutzig und verlaust war. Um seine Worte zu untermauern, pflückte er eine Laus aus seinem Ärmel und zerquetschte sie. Ich hob sie vom Boden auf und wickelte sie in mein Taschentuch.*

*Dann verließ ich die Scheune und ging in die Küche, wo die Wachen sich an einem von Marthas Apfelkuchen gütlich taten und dazu Eichelkaffee tranken. Alexander hatte mir erzählt, der dickste Wachmann, ein verwundeter Kriegsveteran, sei kein schlechter Mensch und schaue häufig weg, wenn er oder die anderen Männer Futter aus den Schweinetrögen oder rohes Gemüse von den Feldern stahlen. Da die Wachen alle den gleichen Rang, den eines Obergefreiten, bekleiden, beschloss ich, mich an ihn zu wenden.*

*Nachdem ich mir eine Tasse Eichelkaffee eingeschenkt hatte, setzte ich mich ihm gegenüber. Er debattierte gerade mit seinen Kameraden darüber, welches der beste Nachtclub in Berlin sei. Ich zückte mein Taschentuch mit der Laus und legte es vor seinen Teller. Der Mädchen vom Reichsarbeitsdienst brachen gerade auf, doch eine sah sich noch einmal um, bemerkte die Laus und stieß einen Schrei aus.*

*Ich behauptete, ich hätte die Laus in meinen Kleidern gefunden, als ich heute Morgen in den von den Gefangenen geputzten Stall gegangen sei. Der zweite Wachmann, ein magerer, den Alexander als Sadisten bezeichnet hatte, meinte, die Lösung sei ganz einfach: Die Gefangenen sollten nur noch im Freien arbeiten, während die Mädchen vom Reichsarbeitsdienst das Reinigen der Gebäude übernahmen.*

*Ich wies ihn darauf hin, dass wir ohne die Hilfe der Kriegsgefangenen weder die Ernte dieses Jahres einbringen noch die Aussaat für das nächste schaffen würden. Also sei es doch das Beste, wenn die Männer die Möglichkeit erhielten, sich und ihre Kleider zu waschen. Er entgegnete, das sei zwecklos, denn selbst wenn die Russen Lust dazu hätten – was seiner Ansicht nach nicht der Fall sei –, seien die übrigen Gefangenen im Lager schmutzig und verlaust. Also würden sich unsere Arbeiter abends bei ihrer Rückkehr ins Lager gleich wieder Läuse holen.*

*Also machte ich den Vorschlag, die zwölf Gefangenen zu säubern und sie in Grünwaldsee wohnen zu lassen.*

*Ich wusste, dass die Wachen nicht befugt waren, derartige Entscheidungen zu treffen. Doch sie waren in erster Linie Männer und dann erst Soldaten. Alle drei, selbst der dicke verheiratete Obergefreite, stellen den Mädchen vom Reichsar-*

*beitsdienst nach. Häufig höre ich sie zusammen lachen und sah sie paarweise im Holzschuppen verschwinden, wenn sie sich unbeobachtet fühlten.*

*Deshalb erinnerte ich ihn daran, dass auch sie hier wohnen könnten, wenn die russischen Gefangenen bei uns untergebracht würden. Mehr brauchte ich nicht hinzuzufügen. Denn wenn sie nicht gerade die Gefangenen bewachen oder den Mädchen schöne Augen machen, schlagen sie sich in unserer Küche die Bäuche voll, loben Marthas Kochkunst und beteuern, dass Essen sei so viel besser als die Rationen im Lager.*

*Daraufhin meinte ich, ich würde meinen Schwiegervater General von Letteberg in Berlin anrufen. Während er die nötigen Anweisungen gebe, würden Minna, Martha und ich die Kleider der Männer waschen. Unterdessen könnten die Gefangenen sich selbst reinigen. Da die Wachen zögerten, nahm ich die Laus und hielt ihnen vor Augen, dass der Typhus nicht wählerisch sei und zwischen Ariern und Untermenschen keinen Unterschied mache.*

*Als ich die Küche verließ, um in Papas Arbeitszimmer zu telefonieren, sah ich, wie die Wachen ihre eigene Kleidung untersuchten. Nach meinem unerfreulichen Gespräch mit dem Lagerkommandanten versuchte ich gar nicht erst, mich mit ihm in Verbindung zu setzen, sondern rief direkt in Papa von Lettebergs Büro an. Sein Adjutant sicherte mir zu, es ihm auszurichten. Ich betonte, die Angelegenheit sei dringend, und fügte hinzu, Papa von Lettebergs Enkel schwebe ebenso wie der gesamte Haushalt in Gefahr, an Typhus zu erkranken. Außerdem sei es uns ohne die Hilfe der Kriegsgefangenen unmöglich, die für die Verpflegung der Truppen benötigte Ernte einzubringen.*

*Anschließend begab ich mich ins Waschhaus, um Minna und Martha mit den Uniformen der Russen zu helfen. Martha hätte sie am liebsten verbrannt, doch ich wusste, dass die Wachen das nie erlaubt hätten. Also warfen wir sie in die Waschkessel. Da die Männer unterdessen etwas zum Anziehen brauchten, ging ich in die Zimmer von Papa und Paul und plünderte ihre Schränke. Zum Glück besaßen sie viele Sachen, sodass die warmen Hosen, die Unterwäsche, die Hemden und die Pullover auch noch für mehr als zwölf Gefangene gereicht hätten. Marius und Brunon ließ ich desinfizierende Seife, Kämme, Bürsten und Scheren in die Scheune bringen. (Die Scheren versteckten sie, denn sie wollten nicht in eine Debatte mit den Wachen verwickelt werden, ob man sie als Waffen verwenden könnte.)*

*Es war kaum zu glauben, dass es sich bei den Männern, die eine Stunde später herauskamen, um dieselben handelte, die zur Mittagszeit in die Scheune gesperrt worden waren. Alexander bemerkte zwar, dass ich sie aus dem Fenster von Papas Arbeitszimmer beobachtete, gab mir aber kein Erkennungszeichen.*

*Ich verstand den Grund. Für die Schwiegertochter von General von Letteberg, die Ehefrau eines Oberst der Wehrmacht und die Hausherrin von Grünwaldsee gehörte es sich nun einmal nicht, einen Kriegsgefangenen, Untermenschen und Feind des Reiches zu kennen. Warum muss das Leben so kompliziert sein? Alexanders Familie war in Moskau sehr nett zu mir gewesen. Wenn es keinen Krieg gegeben hätte, hätte Papa sicher darauf bestanden, dass ich die Gastfreundschaft erwiderte und ihn und Mascha nach Grünwaldsee einlud.*

*Am späten Nachmittag hatte Papa von Letteberg die Ge-*

*nehmigung beschafft, die Wachen und die Gefangenen in Grünwaldsee einzuquartieren. Wir wussten nur noch nicht, wo. Brunon und Martha erboten sich, ihr Haus den Wachen zur Verfügung zu stellen, was ich sehr großzügig von ihnen fand. Sie wussten, dass es mir unerträglich gewesen wäre, sie bei Mama, Irene, den Kindern und mir im Haus unterzubringen.*

*Ich half Brunon, Marius und Martha, ihre persönliche Habe ins Haupthaus zu schaffen, und gab ihnen die Wohnung am Ende des Flurs im zweiten Stock des Ostflügels. Sie verfügt über vier Zimmer und ein Badezimmer sowie eine Tür, die den Flügel vom Rest des Hauses trennt, sodass sie beinahe einen separaten Eingang haben.*

*Brunon sagte, es sei viel besser, dass er, Martha und Marius bei uns einzögen als die Wachen. Aber er wiederholte es so oft, dass ich ahnte, wie schwer es Martha und ihm fiel, ihr Zuhause zu verlassen.*

*Minna und ich durchsuchten den Wäscheschrank nach zwölf sauberen Decken. Sie waren zwar grob gewebt und von minderer Qualität, jedoch warm genug für diese Jahreszeit. In der Scheune gibt es genug Stroh, auf dem die Männer heute Nacht schlafen können, und morgen lassen wir uns etwas besseres einfallen. Martha kochte noch einen Eintopf und außerdem alle Falläpfel, damit die Russen etwas zum Abendessen bekamen.*

*Nachdem die Wachen die Gefangenen eingesperrt hatten, kehrten sie zum Lager zurück, um ihre Sachen zu holen. Ich warnte sie, dass die Männer nicht ewig in der Scheune bleiben könnten, da wir sie bräuchten, um dort Heu und Stroh zu lagern. Außerdem bauten die Hühner hier ihre Nester. Da sie nicht erlaubten, die Russen im Ballsaal unterzubringen, beschlossen Brunon und ich, sie morgen den Heuboden über den Ställen säubern zu lassen, damit sie dort schlafen konnten.*

*Die Wachen waren damit zufrieden, da sie glauben, dass es nur eine Außentreppe gibt, was ihnen die Bewachung erleichtert. Sie ahnen nicht, dass eine Verbindungstür von Papas Arbeitszimmer direkt in die an die Ställe angrenzende Sattelkammer führt. Durch eine Dachluke in der Sattelkammer kann man auf den Heuboden gelangen. Mein Urgroßvater hat sie einbauen lassen, um Futtersäcke hinaufzureichen oder hinunterzuwerfen, anstatt sie umständlich über die Außentreppe zu transportieren.*

*Sie eignet sich ausgezeichnet zum Weitergeben verbotener Gegenstände. Die Wachen haben uns bereits zurechtgewiesen, weil wir den Gefangenen Suppe und Desinfektionsmittel gebracht haben, die an der Front Mangelware sind. Ich entgegnete, Grünwaldsee sei nicht die Front. Falls es eine Hilfe sei, würde ich Pakete mit beidem an meinen Mann und meinen Bruder nach Russland schicken, damit sie sie dort verteilen könnten. Dazu fiel den Wachen nichts mehr ein. Jetzt sind sie gemütlich in Gründwaldsee einquartiert, während Claus und Wilhelm … Ich wage kaum, daran zu denken, was sie in einem zweiten Winter an der russischen Front werden erdulden müssen.*

*Ich habe kein gutes Gefühl bei dem, was Brunon und ich da treiben. Wir haben den Russen weder mehr Sicherheit gegeben noch ihnen das Leben erleichtert, sondern nur dafür gesorgt, dass sie in besserer Verfassung und arbeitsfähig sind, und zwar, um mehr Lebensmittel für die Kriegsbemühungen herzustellen. Und dabei beten die Russen, dass die Deutschen den Krieg verlieren werden. Wenn Alexander nicht unter den Gefangenen gewesen wäre, hätte ich keinen Finger für sie krumm gemacht. Warum ist es so leicht, Fremde zu ignorieren, selbst wenn sie am Verhungern sind, während man jemanden, den man kennt und der einmal gut zu einem gewesen ist, nicht im Stich lassen kann?*

Ja, warum?

Charlotte legte das Tagebuch weg, ging zum Fenster, öffnete die Balkontür und trat hinaus. Über ihr spannte sich der Nachthimmel gewaltig und endlos über den schimmernden See. Mondlicht beschien die plätschernden Wellen unter ihr. Am Ufer rechts flackerten ein Feuer und Kerzenschein. Die melancholische Weise eines Violinkonzerts von Brahms hallte durch die kühle Nachtluft. Sie roch Grillfleisch und hörte die hohen Stimmen junger Leute, die immer wieder in Fetzen über den See wehten.

Szenen wie diese hatte es am Seeufer in ihrer Jugend häufig gegeben, und sie zweifelte nicht daran, dass es in den seitdem vergangenen Jahrzehnten und in den Jahrhunderten davor nicht anders gewesen war. Wenn sie nun das Hotel verlassen und sich auf die Suche nach der geselligen Runde machen würde, würde sie sicher Jungen sehen, die sie an Paul und Wilhelm erinnerten. Und Mädchen, wie sie und Irene es einmal gewesen waren.

Die schemenhaften Umrisse einer Jacht kamen in ihr Blickfeld. Das gespenstisch weiße Segel flatterte, bis sich der Wind darin fing. Das Boot glitt über die Wasserfläche und durchschnitt die Spiegelbilder von Mond und Sternen. Am gegenüberliegenden Ufer erhoben sich dunkle Wälder am Rand des Sees. Charlotte hielt Ausschau nach dem Licht, das den Bootssteg von Grünwaldsee markierte. War es nur Einbildung, oder konnte sie tatsächlich das weiße kleine Sommerhaus hervorschimmern sehen?

»Ich wusste, dass du nicht schläfst.« Laura stand auf ihrem Balkon nebenan. Sie hatte die Außenbeleuchtung eingeschaltet, um die nun eine Wolke aus Moskitos schwebte.

»Hoffentlich hast du dich mit Insektenschutzmittel eingerieben«, warnte Charlotte. »Die Mücken hier am Grünwaldsee sind besonders angriffslustig, wenn sie Frischfleisch wittern.«

»Warum, glaubst du, sind sie alle da oben, anstatt auf mir herumzukrabbeln?«, gab Laura zurück. Sie beugte sich übers Geländer und blickte in die Ferne. »Es ist wunderschön hier. Hoffentlich verändert es sich nie.«

»Das wird es sicher, aber wenn wir Glück haben, nicht zu drastisch, damit zukünftige Generationen es noch zu sehen bekommen. Am Ufer stehen viel mehr Gebäude als 1945, doch das Wasser ist nicht verschmutzt, und nach dem Gesang und den Lagerfeuern zu urteilen, kommen die jungen Leute noch immer hierher, um sich zu amüsieren.«

»Hast du den Zimmerservice angerufen?«, fragte Laura.

»Das habe ich vergessen. Allerdings habe ich mir einen Brandy aus der Minibar gegönnt, was angesichts der überteuerten Preise sicher Verschwendung war«, gestand Charlotte.

»Ich wusste, dass du dir nichts kommen lassen würdest. Also habe ich den Kellner gebeten, mir etwas mitzugeben.« Laura holte einen Teller, in eine Serviette gewickeltes

Besteck und zwei Schachteln aus ihrem Zimmer. »*Kielbasa* auf Roggenbrot und ein Stück Mohnkuchen.«

Charlotte nahm die Sachen entgegen. »Wer ist hier die Großmutter und wer die Enkelin?«

»Wenn du keinen Hunger hast, schmeiß es weg.«

»Wie war dein Abendessen?«

»Lecker. Polnische Kohlrouladen mit Schweinefleisch, *golabki* also, siehst du, ich lerne schon Polnisch. Zu trinken gab es *krupnik.*«

»Den Feuerwodka hatte ich ganz vergessen.«

»Zwei waren genug für mich. Bei dreien hätte ich vermutlich meinen Namen vergessen«, witzelte Laura.

»Und, hast du Stoff für einen Dokumentarfilm?« Charlotte stellte die Schachteln auf ihren Balkontisch.

»Von den jüdischen Mädchen? Nein.« Laura schüttelte den Kopf. »Wo früher der Bauernhof ihrer Familie war, stehen heute Wohnblocks aus der kommunistischen Zeit. Und der Friedhof, auf dem ihre Urgroßeltern beerdigt wurden, ist inzwischen ein Krankenhausparkplatz.« Sie sah ihre Großmutter an. »Entschuldige, das war gedankenlos von mir. Deine Eltern …«

»Sie wurden in der Familiengruft in der Kirche von Grünwaldsee beigesetzt. Ich muss Marius fragen, ob es sie noch gibt.«

»Ihr hattet in Grünwaldsee eine eigene Kirche?«

»Ja. Du siehst müde aus, Laura.«

»Bin ich auch. Wenn ich drehe, arbeite ich so viel, dass ich meine eigene Müdigkeit gar nicht bemerke. Anschließend könnte ich dann Tag und Nacht schlafen.«

»Warum frühstücken wir morgen nicht auf dem Balkon?

Dann können wir essen, wann wir wollen«, schlug Charlotte vor.

»Ist dir zehn Uhr zu spät, Oma?« Laura wusste, dass ihre Großmutter Frühaufsteherin war.

»Das passt mir ausgezeichnet.«

Charlotte beobachtete, wie ihre Enkelin die Balkontür schloss und die Vorhänge zuzog. Dann nahm sie die Kartons, kehrte in ihr Zimmer zurück und machte die Tür hinter sich zu. Die Moskitos in Grünwaldsee hatten sie immer verschmäht. Doch wie Greta damals gehässig festgestellt hatte, während sie ihre geröteten, angeschwollenen Stiche mit Salbe bestrich, gab es immer ein erstes Mal.

*Sonntag, 5. September 1943*
*Wir hatten den Heuboden schon seit Jahren nicht benutzt, nicht einmal, um Futtermittel zu lagern, weshalb es dort oben ziemlich schmutzig war. Doch nach der ersten Nacht in Grünwaldsee hatten die Russen ihn schon vor acht Uhr morgens blitzblank geschrubbt. Sie legten sich mächtig ins Zeug, insbesondere nachdem Brunon Alexanders Leutnant, der Polnisch spricht, zugeraunt hatte, dass das hier ihr neues Quartier werden sollte. Brunon sorgte dafür, dass sie genug sauberes Stroh zum Schlafen bekamen, und als ich mir alles ansah, machte es einen recht ordentlichen Eindruck.*

*Die Wachen achten streng darauf, die Zivilisten von den Gefangenen fernzuhalten. Brunon, der glaubte, dass ich die Luke vergessen hätte, erinnerte mich an die Falltür, die von der Sattelkammer zum Heuboden führt. Er meinte, auf diese Weise wäre es recht einfach, zusätzliche Lebensmittel hinauszuschmuggeln. Allerdings haben wir nicht viel mehr zu bie-*

*ten als Gemüse, Haferflocken und die Kaninchen und Hasen, die Brunon fängt.*

*Martha bekam die Rationen der Wachen, um für sie zu kochen. Sie sind ziemlich reichhaltig, was ich weiß, weil die Lebensmittel für diese Woche heute Morgen geliefert wurden. Für die Gefangenen gab man uns nur einen kleinen Sack verwurmter Steckrüben, die man nicht einmal an die Schweine verfüttern könnte.*

*Ich würde Alexander gern erzählen, was Wilhelm über die Verhältnisse in Russland gesagt hat. Aber das ist zu gefährlich. Vielleicht wird es in einer oder zwei Wochen, wenn sich bei den Wachen und den Gefangenen der Alltag eingespielt hat, leichter, eine Gelegenheit und einen Ort zu finden, wo uns niemand belauscht.*

*Sonntag, 26. Dezember 1943*

*In diesem Jahr hatten wir an Weihnachten ein wenig Freude, allerdings nur, weil alle in Grünwaldsee gelernt haben, auch mit den kleinen Dingen zufrieden zu sein, die wir vor dem Krieg für selbstverständlich gehalten haben. Zum Glück sind Erich, Marianne und Karoline noch so klein, dass sie es nicht anders kennen. Mein schönstes Geschenk habe ich von Papa von Letteberg bekommen: Wilhelm und Claus sind zum Stab nach Berlin versetzt worden, und zwar schon vier Wochen vor Weihnachten.*

*Ich habe den Verdacht, dass er seine Beziehungen hat spielen lassen, obwohl er es abgestritten hat, als ich mich am Heiligabend in der Bibliothek bei ihm bedanken wollte, wohin er gegangen war, um sich ein Buch auszuleihen. In Gegenwart der anderen hätte ich nie gewagt, ihn darauf anzusprechen.*

*Ich bin auch stets sehr vorsichtig, wenn ich mit seinem Büro in Berlin telefoniere.*

*Wilhelm ist beim Oberkommando des Heeres eingesetzt, das sich im Allgemeinen Heeresamt in der Bendlerstraße befindet. Deshalb habe ich allen Grund zu der Hoffnung, dass er nie wieder nach Russland oder überhaupt an die Front muss.*

*Da es in den Läden keine Spielsachen gibt, habe ich ein paar alte Kleider und einen Mantel aus Kaninchenfell zerschnitten und drei Spielzeugkaninchen daraus gebastelt. Allerdings bezweifle ich, dass sie für die Kinder ein Ersatz für die echten Kaninchen auf dem Gut sind. Wir Erwachsenen richteten uns schon darauf ein, uns mit Glückwünschen und einem zusammengeschusterten Weihnachtsessen begnügen zu müssen. Doch Claus und Wilhelm änderten alles, denn sie kamen beladen mit Geschenken nach Hause.*

*Claus brachte für Erich einen aus Holz geschnitzten Bauernhof und einen kleinen Wagen mit, den er mit Spielsachen füllen und hinter sich herziehen kann. Außerdem noch eine detailgetreue Wehrmachtsuniform in Erichs Größe. Da wir beide in diesem Krieg Brüder und außerdem viele unserer Freunde und Nachbarn verloren haben, fand ich sein Geschenk ein wenig befremdlich. Doch ich schwieg, als ich sie zu dem Hasen, dem Anzug, den ich ihm aus einer Hose von Paul genäht hatte, und Claus' anderen Geschenken auf Erichs Tisch legte. Wie ich allerdings zugeben muss, war ich überglücklich, als ich nach dem Kirchbesuch an Heiligabend feststellte, dass Erich am meisten Freude an den Stiften und dem Papier von Papa und Mama von Letteberg, Claus' Wagen und meinem Spielzeugkaninchen hatte.*

*Mama von Letteberg verbrachte die ganze Weihnachts-*

*woche bei uns. Claus, Wilhelm und Papa von Letteberg konnten nur zwei Tage bleiben. Heute in aller Früh sind sie aufgebrochen. Ich weiß, dass ich allein schuld an den Schwierigkeiten zwischen Claus und mir bin, doch das bringt mich einer Lösung nicht näher.*

*So sehr ich auch versuche, ihn so zu lieben, wie es sich für eine Ehefrau gehört, kostet es mich Beherrschung, nicht laut loszuschreien, wenn er mich anfasst. Er muss doch spüren, wie sehr mir davor graut, mit ihm allein zu sein. Ich zwinge mich, ruhig dazuliegen und alles über mich ergehen zu lassen, denn ich weiß, wie sehr er und Mama und Papa von Letteberg sich wünschen, dass ich noch einen Sohn bekomme. Sie sind nicht die einzigen, denn ich liebe Erich so sehr, dass ich auch gern ein zweites Kind hätte.*

*Es ist offensichtlich, dass die Läden in Berlin, insbesondere für Stabsoffiziere, nicht so leer sind wie die in Allenstein. Wilhelm und Claus haben nicht nur Geschenke und Süßigkeiten für die Kinder mitgebracht, sondern eine ganze Wagenladung Lebensmittel und Präsente für die ganze Familie. Ich bekam von Claus eine Kette, Ohrringe und ein Armband aus Gold und Smaragden. Wilhelm hat Irene Schmuck und Wäsche geschenkt. Claus hat mir auch Wäsche überreicht, aber erst, als wir allein waren. Sie ist mir zu groß und absolut unpassend für eine Ehefrau, sodass ich mich insgeheim frage, ob Claus sie von seiner Geliebten hat aussuchen lassen. Ich weiß nämlich, dass er eine hat, denn Greta hat genüsslich Andeutungen in diese Richtung gemacht, als sie Irene und mir am Weihnachtstag beim Kochen half, während sich die Männer bei Brandy und Zigarren unterhielten. Irene war entsetzt, aber ich habe keinen Grund, an Gretas Worten zu zweifeln.*

*Greta und Irene können nicht begreifen, warum es mich nicht stört, dass Claus mit anderen Frauen schläft. Doch je öfter er diese Abscheulichkeiten mit einer anderen treibt, desto mehr habe ich Ruhe vor ihm. Nur wenn ich Wilhelms und Irenes vollkommene Harmonie erlebe und höre, wie der eine die Gedanken des anderen ausspricht, werde ich eifersüchtig. Nicht auf Claus' Geliebte, sondern auf die Beziehung zwischen meinem Bruder und seiner Frau. Es ist sehr schwer, sich damit abzufinden, dass ich die wahre Liebe nie erfahren werde.*

*Ich will, dass dieser Krieg aufhört. Ich will endlich wieder nach Alleinstein fahren und durch die Straßen spazieren, ohne auf Schritt und Tritt schwarz gekleideten Frauen und Kindern zu begegnen. Ich will das Radio einschalten können, ohne von bombastischen Wagnerklängen angekündigte Kriegsmeldungen zu hören. Allerdings bedeutet das Kriegsende auch ein Zusammenleben mit Claus.*

*Wenn Claus auch im Frieden in der Armee bleibt, wird er mir und Erich hoffentlich erlauben, hier oder in Bergensee zu wohnen. Dann kann er uns im Urlaub besuchen und sonst so viel Zeit mit seiner Geliebten verbringen, wie er will.*

*Ich wünschte, ich könnte aufhören, unsere Ehe mit der von Wilhelm und Irene zu vergleichen. Sie leben nur für die Momente, die sie zusammen sind. Es kostete sie schon Überwindung, das Sommerhaus zu verlassen, um gemeinsam mit den Kindern mit uns zu essen. Als wir alle am Tisch saßen, schlug Papa von Letteberg vor, Claus könne ja nach dem Krieg seinen Abschied nehmen, seine Memoiren schreiben und die Führung von Bergensee mir überlassen. Schließlich würde ich mich in Grünwaldsee wacker schlagen, und das noch dazu im*

*Krieg und nur mit der Hilfe von einigen Kriegsgefangenen, dienstverpflichteten Frauen und Polen. Dennoch würde ich es schaffen, die Quoten des Militärs zu erfüllen, eine gute Gastgeberin zu sein und eine wundervolle Mahlzeit zu zaubern, wie sie nun vor uns auf dem Tisch stünde.*

*Leider lenkte diese Bemerkung das Gespräch darauf, was sich derzeit in Bergensee abspielt. Das medizinische Korps der Armee hat das Haus beschlagnahmt und es in ein Genesungsheim für schwer verletzte oder kriegsversehrte Soldaten verwandelt. Mama von Letteberg schaffe es nicht einmal, das Haus zu besuchen.*

*Ich fahre einmal pro Woche hin und bringe den Männern das wenige, was wir entbehren können. Es ist nicht viel, hauptsächlich ein paar Äpfel und Gemüse. Dann spiele ich den Patienten auf dem Klavier vor. Ich habe damit angefangen, nachdem Paul gefallen ist. Es ist schrecklich, so viele junge Männer zu sehen, denen Augen, Hände oder Gliedmaßen fehlen. Mama und Papa von Letteberg habe ich erklärt, sie seien sehr dankbar, dass sie ihnen ihr wunderschönes Haus zur Verfügung gestellt hätten.*

*Wilhelm findet, ich sollte diese Männer nicht bemitleiden. Immerhin lebten sie noch und könnten lernen, sich umzugewöhnen. Sein neuer Vorgesetzter wurde beim Rückzug aus Nordafrika schwer verwundet. Er hat ein Auge, die rechte Hand und zwei Finger der linken Hand verloren und außerdem schwere Schrapnellwunden an den Beinen und am Rücken davongetragen. Dennoch halten ihn seine Untergebenen für den besten Offizier, unter dem sie je gedient hätten. Alle bewundern und verehren ihn und sind bereit, ihm bis ans Ende der Welt zu folgen. Wilhelm vergöttert ihn offenbar auch. Ich bin froh darüber. Denn sein Gerede über die Sinnlosigkeit des Krieges nach den Niederlagen in Russland grenzte an Landesverrat. Doch sein neuer Vorgesetzter, Oberstleutnant Graf von Stauffenberg, scheint in ihm wieder Interesse an der Arbeit geweckt zu haben. Ich freue mich so für ihn und Irene, denn sie konnte es nicht ertragen, ihn unglücklich zu sehen.*

*Wie immer wenn Claus, Wilhelm und Papa von Letteberg nach einem ihrer Kurzbesuche wieder abreisen, wirkt das Haus unnatürlich still. Brunon hat die russischen Kriegsgefangenen angewiesen, Zaumzeug zu putzen, die Ställe und Schweinekoben auszumisten und die abgestorbenen Bäume im Wald zu fällen und zu Brennholz zu zerhacken. Das bedeutet, dass die Mädchen vom Reichsarbeitsdienst in diesem Winter in den Genuss eines längeren Urlaubs kommen. Wir haben nämlich eine Heidenangst, man könnte die Russen zurück ins Lager schicken, wenn wir ihnen nicht genug zu tun geben.*

*Ich sehe Alexander häufig, aber da er ein ranghoher russischer Offizier ist, beobachten die Wachen ihn mit Argusaugen. Wir achten darauf, uns nicht anzulächeln und uns nicht anmerken zu lassen, dass wir einander kennen. Schließlich soll kein Wachmann oder ein Mädchen vom Reichsarbeitsdienst bemerken, dass wir befreundet sind. Die Wachen gestatten Brunon, Leon, der Alexanders Stellvertreter ist, Arbeitsanweisungen zu erteilen.*

*Da keiner der Russen zugibt, Deutsch zu können, erlauben die Wachen Brunon und Leon, sich auf Polnisch zu unterhalten, was – ein Glück für Alexander und die anderen – die Soldaten nicht verstehen.*

*Für das Weihnachtsessen der Russen hat Martha drei der ältesten Hühner geschlachtet. Sie hätte sie kochen sollen, fand aber, dass das zu alltäglich für Weihnachten sei. Also hat sie sie gebraten, obwohl sie sicher recht zäh waren.*

*Brunon hat die Hühner zusammen mit einer riesigen Pfanne Bratkartoffeln, Sauce und gedämpftem Gemüse in die Sattelkammer geschmuggelt und sie durch die Luke auf den Heuboden hochgereicht. In einem Abfallhaufen hinter der Scheune hatte er am Anfang des Winters einen alten Ofen gefunden und ihn den Gefangenen gegeben. Gott sei Dank hatten die Wachen keine Einwände. Es scheint sie inzwischen nicht mehr zu kümmern, was die Russen so treiben, solange sie ihnen keine Schwierigkeiten machen.*

*Die Gefangenen brauchten nicht lang, um den Ofen zu reparieren und in Gang zu setzen. Sie schlossen ihn an das Abzugsrohr der Küche an, das hinter dem Stall verläuft, damit der Lagerkommandant bei einem eventuellen Überraschungsbesuch nicht bemerkt, dass die Gefangenen über eine Heizung verfügen. Vorausgesetzt, er klettert nicht auf den Heuboden hinauf, und das tut er ganz sicher nicht. Sie verheizen die kleinen Holzstücke, die die Wachen ihnen überlassen, und die Scheite, die Brunon und Marius durch die Falltür nach oben schmuggeln. Brunon sagt, inzwischen sei es dort wärmer als in unserem Wohnzimmer.*

*Brunon sorgt auch dafür, dass das Stroh auf dem Heuboden regelmäßig gewechselt wird. Außerdem habe ich in Mamas Wäscheschrank noch ein paar zusätzliche Decken gefunden. Sie sind zwar alt, aber noch zu verwenden. Ohne die Luke hätten die Russen weder genügend Kleidung, noch Nahrung, Holz, Seife oder Decken.*

*Zum Glück lässt sich die Falltür von beiden Richtungen öffnen, sodass die Gefangenen alles, was die Wachen sicher konfiszieren werden, hinunterwerfen können, wenn wieder einmal ein Kontrollgang stattfindet. Nachdem die Wachen fort sind, reicht Brunon die Sachen zurück nach oben. Ich musste lachen, als Brunon mir erzählte, die Gefangenen hätten sich vor der Luke eine provisorische Latrine gezimmert, damit die Wachen die Öffnung aus der Entfernung nicht sehen können und abgeschreckt werden, einen näheren Blick darauf zu werfen.*

*Als ich eines Nachts in die Sattelkammer kam, stieß ich auf ein zusammengefaltetes Stück Sackleinen, auf das mit Holzkohle mein Name geschrieben war. Drinnen befand sich ein Stück von einem Futtersack, beschriftet mit Noten und einem einzigen Wort: »Danke.«*

*Es fehlte zwar die Unterschrift, aber ich wusste, dass die Nachricht von Alexander war.*

*Ich spielte das Lied, während die Gefangenen auf dem Hof arbeiteten und mich hören konnten. Es ist vermutlich eines der schönsten Musikstücke, die ich kenne, und es hat bestimmt lange gedauert, es aufzuschreiben. Allerdings wagte ich nicht zu antworten. Wer Kontakt zum Feind hält, wird nämlich streng bestraft.*

*Wenn nur dieser Krieg endlich aus wäre, damit alles wieder so wird wie früher. Aber das ist ja unmöglich. Ich werde Papa, Paul, Peter oder Manfred in diesem Leben nicht wiedersehen. So viele Menschen mussten sterben, und es gibt unzählige Lücken, die nicht mehr gefüllt werden können. Wann wird der Winter endlich vorbei sein und ein neuer Frühling beginnen?*

*Montag, 7. Februar 1944*
*Die Schneewehen sind einen Meter achtzig hoch, und die Gefangenen auf dem Hof können gar nicht so schnell schippen, wie die Flocken fallen. Irene ist wieder schwanger. Falls sie nicht schon ein Kind erwartet, wenn Wilhelm auf Urlaub kommt, können wir sicher sein, dass sie es bei seiner Abreise tut. Es wird um Mariannes vierten Geburtstag herum geboren werden. Irene ist eine wundervolle Mutter und viel aufopfernder und weniger zerstreut als ich. Sie und Wilhelm (der aus Berlin anrief, als sie ihm davon schrieb, nur um ihr zu sagen, wie glücklich er sei, wieder Vater zu werden) wünschen sich drei Mädchen. Aber gegen einen Jungen hätten sie sicher auch nichts einzuwenden.*

*Wie bei ihren beiden letzten Schwangerschaften kann Irene nichts bei sich behalten. Da sie abends immer so erschöpft ist, schicken wir sie zu Bett, sobald die Kinder schlafen gehen. Wenn Wilhelm zu Hause ist, schlägt sie sich mit ihm die Nächte um die Ohren. Aber wenn er nach Berlin zurückkehrt, ist es, als sei ein Funke in ihr erloschen, und ich, Martha und Brunon können nichts tun, um sie aufzuheitern.*

*Nachdem ich Erich heute zu Bett gebracht hatte, ging ich von der Küche in die Sattelkammer, um zu kontrollieren, ob die Gefangenen die Sättel und das Zaumzeug auch richtig instand gesetzt hatten. Als ich Licht machte, hörte ich ein Geräusch. Alexander flüsterte durch die Falltür, er habe durch das Fenster die Küchentür beobachtet und gesehen, wie ich das Haus verließ. Er müsse unbedingt mit mir reden.*

*Ich verriegelte beide Türen – die zum Hof und die zu Papas Arbeitszimmer –, und dann kletterte er vom Heuboden in die Sattelkammer. Er brauchte nur Sekunden, um die Luke wie-*

*der zu verschließen, und da Bruno Haken an die Unterseite geschraubt und Pferdedecken daran aufgehängt hatten, musste man schon genau hinschauen, um die Öffnung zu bemerken.*

*Alexander versprach mir, dass er und seine Männer nicht vorhaben zu fliehen, obwohl sie sich jederzeit durch die Luke aus dem Staub machen könnten. Sie wissen nämlich, dass alle in Grünwaldsee darunter zu leiden haben würden, wenn sie es auch nur versuchten.*

*Außerdem sei ihnen klar, dass sie es ohne fremde Hilfe nie durch Ostpreußen und durch die deutschen Linien schaffen würden, ohne gefangen genommen und erschossen zu werden. Allerdings vermittle ihnen das Wissen, den Raum verlassen können, das Gefühl, nicht wie die Tiere in der Falle zu sitzen. Ich wies ihn darauf hin, dass die Sattelkammer der einzige Fluchtweg sei. Abgesehen von der Tür zu Papas Arbeitszimmer, die ins Haus führt, gäbe es nur noch die Tür zum Hof, den die Wachen von ihrem Häuschen aus gut im Blick hätten.*

*Wir saßen auf Heuballen und unterhielten uns, während Alexander mir half, die Sättel und Zaumzeuge zu überprüfen. Es dauerte nicht lang. Einer der Gefangenen, der vor dem Krieg Schuhmacher gewesen war, hatte dafür gesorgt, dass die Männer ganze Arbeit leisteten. Noch nie war das Zaumzeug so gut in Schuss gewesen, weshalb ich Alexander bat, den Männern zu danken.*

*Er erwiderte, sie gäben sich große Mühe in Grünwaldsee, da ich so freundlich gewesen sei, ihnen das Leben zu retten, ihnen etwas zu essen zu geben und sie auf dem Gut wohnen zu lassen. Allerdings fügte er hinzu, dass keiner von ihnen verstehe, wie die Instandhaltung meines Zaumzeugs und der Sät-*

*tel die Kriegsbemühungen des Reiches unterstützen sollten, was mir wieder vor Augen hielt, dass die Gefangenen in erster Linie feindliche Soldaten und nur in zweiter Arbeiter waren.*

*Alexander erzählte mir, sie hätten mich das Stück spielen gehört, das er für mich aufgeschrieben habe. Es habe sie alle sehr froh gemacht, aber auch schreckliches Heimweh in ihnen geweckt. Als ich antwortete, ich hätte gedacht, die Komposition stamme von ihm, entgegnete er lachend, so begabt sei er nicht. Das Stück sei von einem russischen Komponisten namens Schostakowitsch.*

*Noch lange, nachdem wir mit dem Zaumzeug fertig waren, plauderten wir über Musik, Kunst, Literatur und die Konzerte, die wir gemeinsam in Moskau besucht und in denen wir aufgetreten waren. Ich bin überrascht, wie viele russische Komponisten außer Schostakowitsch ich nicht kenne. Allerdings hatten wir in der Schule nur deutsche Komponisten durchgenommen und durften im Orchester der Hitlerjugend ausschließlich deutsche Stücke spielen.*

*Alexander vermisst seine Geige und sein Cello. Ich wünschte, ich könnte ihm unsere Instrumente leihen, aber die Wachen würden ihn spielen hören. Und dann würde es Ärger geben.*

*Das zweite Wohnzimmer, das früher unser Musikzimmer war, wird inzwischen nur noch selten benutzt. Das Klavier ist den Großteil der Zeit zugedeckt, und die Instrumente liegen in ihren Koffern. Ich habe, abgesehen von meinen wöchentlichen Besuchen in Bergensee oder an Weihnachten, nur selten die Muße zu spielen. Die ganze Ausbildung und die vielen Stunden, die Alexander und ich zusammen geübt haben, haben zu nichts geführt. Eine schreckliche Verschwendung.*

*Wir sprachen über unsere Familien. Alexander hat ein Mädchen namens Zoya geheiratet, das 1939 auch mit uns im Orchester spielte. Ich erinnere mich zwar an den Namen, kann ihn aber nicht mit einem Gesicht verbinden. Alexander meinte, es sei eine typische Kriegshochzeit gewesen. Sie hätten einander kaum gekannt, aber geglaubt, diesen Schritt unternehmen zu müssen, für den Fall, dass einer von ihnen ums Leben kommen könnte. Ein wenig wie bei Claus und mir. Bevor seine Einheit nach Polen verlegt wurde, sei ihnen nur eine gemeinsame Woche geblieben.*

*Zoya hat ihm geschrieben, sie erwarte ein Kind von ihm. Allerdings hat er seit Weihnachten 1939 nichts mehr von ihr gehört, weiß also nicht, ob es ein Junge oder ein Mädchen ist. Er gestand mir, er vergäße manchmal sogar, dass er verheiratet sei. Ich kann das verstehen. Mir fällt es leicht, während der Abwesenheit meines Mannes nicht an ihn zu denken.*

*Alexander hat Erich auf dem Hof gesehen und schätzt, dass sein Kind etwa im gleichen Alter ist.*

*Ich hoffe sehr, dass er seine Familie nach dem Krieg wiederfindet. Das Gespräch mit ihm war so entspannend, dass die Schwierigkeiten mit dem Gut und mit Claus, ja, sogar der Krieg einen Moment wie weggeblasen schienen. Alexander bat mich, ihn Sascha zu nennen. Ich erinnere mich, dass seine Eltern und Mascha ihn so angesprochen hatten, als ich in Moskau bei ihnen wohnte.*

*Wenn ich an Papa und Paul und Wilhelms Schilderung von Pauls Tod denke, glaube ich, das Herz müsse mir brechen. Wie viel schlimmer muss es für Sascha sein, der nicht einmal weiß, ob seine Frau, sein Kind, seine Eltern und seine Schwester überhaupt noch leben. In über vier Jahren hat er kein ein-*

*ziges Wort von ihnen gehört. Er sagte, seine Einheit habe schon vor der Gefangennahme kaum Post erhalten.*

*Ich versuchte, ihn aufzuheitern, indem ich meinte, es mache ganz den Anschein, als würden die Russen uns aus der Sowjetunion vertreiben. Bei diesen Worten fühlte ich mich wie eine Landesverräterin, insbesondere deshalb, weil Paul und Manfred dort gefallen sind. Doch während ich mit Sascha redete, ertappte ich mich bei der Frage, was wir bloß in diesem Land verloren haben, auch wenn der Führer darauf beharrt, wir Deutschen bräuchten mehr Lebensraum. Warum werden Menschen deutscher Abstammung aus dem Osten, wo sie seit Generationen ansässig waren, nach Polen umgesiedelt? Und welches Recht haben wir Deutsche, uns polnische und russische Gebiete, Häuser, Ländereien und Feldfrüchte anzueignen, die uns gar nicht gehören?*

*Wir sind beide nicht so naiv zu glauben, dass dieser Krieg schnell und reibungslos zu Ende gehen wird. Alexander sagt, wenn er schon Gefangener sein müsse, könne er sich kein besseres Gefängnis als Grünwaldsee und keine gütigere Wärterin als mich vorstellen.*

*Er ist Hauptmann wie Wilhelm – und wie Paul, bevor er fiel. Nur seinem Leutnant hat er anvertraut, dass er mich kennt. Leon Trepow ist ein alter Schulfreund von ihm, und Sascha hat mir versichert, dass auf ihn Verlass ist. Wenn ich also nicht die Möglichkeit hätte, direkt mit ihm zu sprechen, könne ich ihm durch ihn etwas ausrichten lassen.*

*Als ich auf die Uhr sah, konnte ich nicht fassen, dass es schon Mitternacht war. Seit ich mich erinnern kann, ist kein Abend mehr so schnell vorbeigegangen.*

*Ich habe Sascha versprochen, mich morgen Abend wieder*

*mit ihm zu treffen. Ich werde Lederfett mitbringen, nur für den Fall, dass die Wachen argwöhnisch werden. Aber bei dieser Kälte sperren sie die Gefangenen schon früh im Heuboden ein und beobachten dann die Außentreppe und die Vordertür von ihrem gemütlichen Häuschen aus.*

*Es ist Wahnsinn. Wir befinden uns mitten im Krieg, und ich kann nicht schlafen, weil ich mich auf eine Verabredung mit dem Feind freue. Mit dem Feind! Es ist so einfach, Ausländer als solche abzutun, wenn man sie nicht kennt. Selbst bei unserem Einmarsch in Russland habe ich nur kurz an Mascha, Sascha und ihre Eltern gedacht. Nun kann ich die Vorstellung nicht ertragen, dass er und Wilhelm sich womöglich eines Tages in der Schlacht gegenüberstehen.*

# 12

*Donnerstag, 30. März 1944*

*Die Zeitungen und das Radio bringen ständig Fotos und Berichte über den Einmarsch unserer Truppen in Ungarn, aber es treffen immer mehr Züge mit Verwundeten ein, und es ist offensichtlich, dass in Russland schwere Kämpfe toben. Jeden Tag danke ich Gott dafür, dass Wilhelm nicht dort ist – und Claus ebensowenig.*

*Endlich hat das Frühlingstauwetter eingesetzt. Es liegt kaum noch Schnee, und alle Bäume und Büsche sind voller Knospen. Wir – beziehungsweise die Russen – haben mit dem Umpflügen der Felder angefangen. Noch immer gehe ich fast jeden Abend in die Sattelkammer, benutze inzwischen aber immer die Tür zu Papas Arbeitszimmer.*

*Ansonsten bleibt diese Tür stets verschlossen. Als ich einmal Elises Sattel holte, warf der dicke Wachmann einen Blick in die Sattelkammer und bemerkte die Tür. Ich erzählte ihm, es handle sich um eine alte Tür in den Dienstbotentrakt, deren Schlüssel schon lange verschwunden sei. Zum Glück hat er mir geglaubt. Wie gut, dass es dumme Männer gibt.*

*Obwohl ich vom Häuschen oder vom Hof aus nicht gesehen werden kann, gehe ich erst nach neun in die Sattelkammer, wenn die Wachen das Radio einschalten und ihre Schnapsflaschen hervorholen. Mama, die Kinder und Irene sind da schon im Bett. Martha, Brunon und Marius halten sich oben in ihren Räumen auf, und Minna bleibt in Mamas Zimmer.*

*Inzwischen schläft sie dort, für den Fall, dass Mama nachts aufwacht und wieder umherirrt. Alle sind viel zu beschäftigt, um sich darum zu kümmern, was ich tue. Also weiß außer den Russen niemand, dass Sascha und ich die Abende zusammen verbringen.*

*Wenn die Lampe angezündet, die Luke zu und die Tür abgeschlossen ist, fühle ich mich, als befänden Sascha und ich uns in unserer eigenen kleinen Welt. Wir wickeln uns in Pferdedecken, sitzen da und reden über alles – nur nicht über den Krieg.*

*Es ist seltsam, wie viele Gemeinsamkeiten wir haben: die Musik und die Liebe zur Literatur, zu Pferden und zur Natur. Obwohl Sascha in Moskau aufgewachsen ist, besaß sein Vater ein Haus auf dem Land, und dort hat er auch reiten gelernt.*

*Er schilderte mir die Wälder und Felder rings um die Datscha seines Vaters so genau, dass ich glaubte, selbst dortgewesen zu sein. Vor ein paar Wochen habe ich einige Skizzenblocks, Stifte und Zeichenkohle in die Sattelkammer geschmuggelt. Sascha ist ein sehr begabter Künstler. Er hat ein Porträt von mir und eine Zeichnung von Grünwaldsee angefertigt. In der Schule habe ich auch ganz anständig gezeichnet, es aber aufgegeben, um mich ganz auf die Musik zu konzentrieren. Sascha hält das für einen Fehler und bringt mir jetzt die Grundlagen der Zeichentechnik bei. Er sagt, dass ich mich schon verbessert hätte, doch ich glaube, er will nur nett zu mir sein.*

*Nachdem ich gestern ein ganz passables Porträt von Elise gezeichnet hatte, hat er mich geküsst – nur auf die Wange, und trotzdem erschauderte ich. Er hat sich entschuldigt. Obwohl ich es eigentlich nicht wollte, habe ich ihm von meiner*

*Ehe mit Claus erzählt und ihm anvertraut, wie sehr mich das Eheleben anwidert. Ich konnte gar nicht mehr aufhören zu reden. Anschließend kam ich mir sehr albern vor, aber Sascha war es überhaupt nicht peinlich, und er verhielt sich anteilnehmend und verständnisvoll. Er meinte, es sei leicht für einen Mann, seiner Braut Angst zu machen. Die Liebe sei, wie alles Wertvolle im Leben, etwas, das man sich erarbeiten müsse.*

*Sascha ist einfühlsam, sanft und gütig, also das genaue Gegenteil von Claus, der sich stets streng, ungeduldig und fordernd verhält. Als ich letzte Nacht im Bett lag, malte ich mir aus, wie es wohl sein würde, mit Sascha verheiratet zu sein. Mit ihm zusammenzuleben und -zuarbeiten. Jeden Abend im Wohnzimmer mit ihm über Kunst, Dichtung und Musik zu sprechen, die Mahlzeiten mit ihm einzunehmen und neben ihm zu schlafen. Vielleicht sogar Liebe mit ihm zu machen wie Irene und Wilhelm.*

*Inzwischen hüte ich mein Tagebuch noch sorgfältiger. Wenn es jemandem in die Hände fällt, gerate ich in große Schwierigkeiten. Abgesehen davon, dass einige meiner Einträge an Landesverrat grenzen, würden Sascha und ich bestimmt erschossen werden.*

Charlotte blickte von der Seite auf. Sie hatte gar nicht bemerkt, dass inzwischen der Morgen graute. Im Zimmer war es immer heller geworden, sodass sie die Nachttischlampe gar nicht mehr brauchte. Eigentlich hatte sie nicht die ganze Nacht hindurch lesen wollen, doch sie hatte so vieles vergessen. Nicht Ereignisse, sondern Szenen, Geräusche, das Gefühl von Saschas Haut unter ihren Fingerspitzen, seinen

Geruch nach Tannennadeln, frischer Luft und dem Rauch des Ofens auf dem Heuboden.

Sie erinnerte sich an ihre heftigen Gewissensbisse vom Anbeginn ihrer Freundschaft an. Schließlich hatte sie bei ihrer Hochzeit mit Claus in der Kirche von Grünwaldsee einen heiligen Eid geleistet. Doch die quälenden Schuldgefühle hatten nicht verhindert, dass sie sich so oft wie möglich davonstahl, um sich mit Sascha zu treffen.

Der Abend, an dem Sascha ihr einen keuschen Kuss auf die Wange gehaucht hatte, war der Wendepunkt ihrer Freundschaft gewesen. Zunächst hatte sie es für den Kuss eines Lehrers für seine Schülerin gehalten, als Anerkennung und Belohnung für eine gelungene Arbeit. Allerdings waren von diesem Moment an Dinge zwischen ihnen geschehen, die sie nicht einmal ihrem Tagebuch anzuvertrauen gewagt hatte. Und dennoch hatte sich jede Sekunde unauslöschlich in ihr Gedächtnis eingegraben. Geheime Kostbarkeiten, die sie in ihrem Herzen bewahrt und in den traurigsten Augenblicken ihres Lebens immer wieder hatte Revue passieren lassen.

Die Erinnerungen hatten sie über sechzig Jahre lang getröstet, sie aber auch traurig gemacht. Sie hatten ihr die Kraft gegeben durchzuhalten, als sie nichts und niemanden mehr gehabt hatte, für das sich ein Weiterleben lohnte. Allerdings hatten sie sie auch in tiefe Verzweiflung gestürzt, denn nach einer Weile hatte sie sich gefragt, warum Sascha ihre Freundschaft gesucht hatte. Hatte er es nur für Lebensmittel und einen warmen Schlafplatz getan, damit er und seine Männer überleben konnten? Hatte er sie je so von Herzen geliebt wie sie ihn? Waren ihre Erinnerungen an

Sascha und ihre Liebe echt, oder bildete sie sich wie viele alte Leute Dinge ein, die so nie stattgefunden hatten?

Hatte der wunderbarste Abend ihres Lebens auch Sascha etwas bedeutetet? Hatte er sich ebenfalls daran geklammert, ihn in Ehren gehalten und immer wieder daran gedacht, wie sie es bis heute tat?

Es war ein kühler und frischer, allerdings nicht mehr winterlich kalter Tag gewesen. Charlotte hatte eine mit Heu ausgepolsterte Holzkiste ins Arbeitszimmer geschmuggelt, in der sich eine unvorstellbare Kostbarkeit befand: eine Kanne mit echtem Bohnenkaffee. Mama von Letteberg hatte den Kaffee zusammen mit ein paar anderen Delikatessen aus Berlin geschickt. Charlotte hatte einige Löffel Kaffee und zwei Schokoladentrüffel aus dem Päckchen stibitzt, bevor sie den Rest zwischen ihrer Familie und der von Brunon aufteilte.

Sascha erwartete sie schon. Sobald sie die Tür zur Sattelkammer hinter sich verriegelt hatte, kam er aus der Luke heruntergesprungen und schloss sie. Anmutig landete er auf den Fußballen und schnupperte. »Ich glaube es nicht«, sagte er. Stolz öffnete sie die Kiste und zeigte ihm den Inhalt. »Das solltest du aber«, erwiderte sie.

Sie breitete eine Tischdecke aus Spitze über eine Holzkiste und stellte zwei Porzellantassen und einen Silberkrug mit Sahne darauf. Da sie nicht wusste, ob er seinen Kaffee mit Zucker trank, hatte sie den Honigtopf und außerdem einen Teller für die Trüffel mitgebracht. Nachdem sie alles aufgebaut hatte, fühlte sie sich so albern wie ein Kind, das Haushalt spielt.

Er nahm ihre Hand und führte sie an die Lippen. »Danke«, meinte er. »Ich fühle mich fast wieder wie ein Mensch.«

»Im Gegensatz zu einem Untermenschen?«, gab sie zurück, ohne nachzudenken, und wusste bis heute nicht, warum sie so geantwortet hatte.

Als er ihr in die Augen sah, fühlte sie sich, als könnte er bis auf den Grund ihrer Seele hinabblicken. »Beurteilst du mich und die Russen so, Charlotte?«

»Niemals«, protestierte sie. »Du, Mascha, deine Familie, ihr seid nicht anders als wir.«

»Doch«, widersprach er. »Wir waren und wir sind es. Man muss schon ein ausgewachsener Sadist sein, um Kriegsgefangene auf eine Wiese zu treiben und ihnen zu befehlen, zu grasen wie die Kühe. Und ein noch üblerer Charakter ist nötig, um einen Flammenwerfer auf ein Holzhaus zu richten und dann die Kinder zu erschießen, die daraus fliehen wollen.«

Charlotte erschauderte. Schließlich nahm sie all ihren Mut zusammen und erzählte ihm, was Wilhelm ihr gesagt hatte. Danach fragte sie ihn, was ihr Bruder mit dem »Vorhang aus Lügen« gemeint haben mochte.

Es war fast ein Glück, dass Kaffee noch weitere fünf oder sechs Jahre fast nicht aufzutreiben gewesen war, denn lange Zeit hatte sie der Geruch schlagartig in die Sattelkammer zurückversetzt. Wie gelähmt vor Entsetzen hatte sie zugehört, als Sascha sämtliche Gräueltaten auflistete, die das deutsche Militär gegen die wehrlosen Zivilisten seines Landes verübt hatte.

Er berichtete von Wehrmachtssoldaten, die Schulkinder an ihren Pulten erschossen. Abteilungen der Wehrmacht und der SS hatten Zivilisten, Männer wie Frauen, völlig grundlos aufgehängt oder abgeknallt. In geplanten Operationen waren ganze Kleinstädte und Dörfer ausgelöscht worden. Er selbst hatte mit Überlebenden gesprochen, die sich versteckt und beobachtet hatten, wie die deutschen Todesschwadrone die Landschaft hinter den deutschen Linien durchstreiften und Männer, Frauen und Kinder, Russen, Juden und Partisanen zusammentrieben. Sie brachten sie in den Wald und ließen sie ihre eigenen Gräber ausheben, bevor sie sie niedermähten.

Er war noch nicht fertig, als sie zu weinen begann. Lautlose Tränen liefen ihr die Wangen hinunter. Und in jener Nacht wurde die Scham geboren, die Scham darüber, dass deutsche Soldaten zu so etwas fähig waren. Endlich verstand sie, warum Wilhelm nicht offen zu ihr gewesen war. Es war eine Sache, wenn ein Soldat in der Schlacht kämpfte – aber unbewaffnete Zivilisten und Kinder zu töten, die nicht älter waren als Erich, Marianne und Karoline, war eine völlig andere.

Nachdem Sascha am Ende seines Berichts angelangt war, küsste er ihr die Tränen weg. Sie schlang die Arme fest um seinen Hals und erwiderte seinen Kuss. Sie wollte ihm beweisen, dass sie ihn als gleichwertig betrachtete und dass sie nichts mit ihren wahllos mordenden Landsleuten verband. Aber vor allem wollte sie sich dafür bedanken, dass er ihr die Wahrheit gesagt hatte. Eine Wahrheit, die nicht einmal ihr Bruder ihr hatte anvertrauen können. Nur, dass es nicht bei den Küssen geblieben war.

Als sie danach nackt in Saschas Armen lag, war sie so überglücklich darüber, endlich die wahre Liebe zwischen

Mann und Frau kennengelernt zu haben, dass es sie nicht gekümmert hätte, von den Wachen hinaus auf den Hof gezerrt und wie ein Hund niedergeschossen zu werden. Denn zum ersten Mal im Leben hatte sie die Erfahrung gemacht, was Liebe wirklich bedeutete.

*Mittwoch, 7. Juni 1944*

*Der Frühling ist einem warmen Sommer gewichen. Es ist der schönste Sommer, den ich je erlebt habe. Seit Monaten pflügen, säen und hacken wir von früh bis spät, und danach … danach war ich zu glücklich, um zu schreiben. Inzwischen ist es ein Uhr morgens. Ganz Grünwaldsee schläft, durch das offene Fenster weht die milde Nachtluft herein, und ich fühle mich lebendiger, als ich es je für möglich gehalten hätte. Ich bin eins mit den Sternen, dem Mond, den Bäumen, den duftenden Blumen und der ganzen Natur um mich herum.*

*Die Dunkelheit ist so still und friedlich. Ich muss nur den Atem anhalten und die Ohren spitzen, um Saschas Herz schlagen zu hören, was albern ist, denn der Heuboden ist ja ziemlich weit von meinem Schlafzimmer entfernt.*

*Wenn Sascha sich nur frei im Haus und auf dem Grundstück bewegen, mit mir am Tisch sitzen, den ganzen Tag mit mir zusammensein, hier in diesem Zimmer schlafen und mir beim Schreiben zuschauen könnte. Doch wie Papa immer zu sagen pflegte, wenn Greta eine Bitte an ihn richtete, die er ihr nicht erfüllen konnte: »Wein nicht um den Mond.«*

*Wie jedes Kind muss ich lernen, mich mit dem zufriedenzugeben, was ich habe, anstatt mich nach dem Unmöglichen zu sehnen.*

*Ich habe den Verdacht, dass Deutschland den Krieg verlie-*

*ren wird. Doch wie alle anderen wage ich nicht, meine Befürchtungen auszusprechen, damit man mir nicht vorwirft, ich sei unpatriotisch. Wir wissen, dass in Russland und Italien heftige Kämpfe toben, denn Marius, der zum Postdienst eingezogen worden ist, erzählt, er müsse Hunderte von Telegrammen an die Familien der Jungen und Männer austragen, die dort stationiert seien. Ich hatte gar keine Ahnung, dass es in Allenstein so viel schwarzen Stoff zu kaufen gibt.*

*Irene und ich waren heute Nachmittag bei ihrer Mutter zu Kaffee und Kuchen eingeladen – Eichelkaffee und Honigkuchen. Dabei wurde Geld für das Rote Kreuz gesammelt. Da wir kein Benzin für die Autos haben, habe ich Bruno gebeten, den Wagen anzuspannen. Die Kinder fanden es sehr abenteuerlich, so in die Stadt zu fahren. Wir kamen an der mit Brettern verrammelten Synagoge vorbei, und ich erinnerte mich an den Tag, als wir beobachtet haben, wie Georg und die SS-Männer Ruth, Emilia und die jüdischen Kinder aus dem Gebäude trieben und den alten Rabbi blutig traten.*

*Besteht die Möglichkeit, dass Ruth und Emilia eines Tages wiederkommen? Ich hoffe es, denn dann habe ich vielleicht Gelegenheit, mich bei ihnen zu entschuldigen, weil ich zu feige war, ihnen zu helfen.*

*Georgs Mutter war auch bei dem Kaffeekränzchen. Georg hat einen sicheren Posten in Polen, irgendein Geheimauftrag, bei dem er Zugriff auf alle möglichen Dinge hat, die derzeit Mangelware sind. Ich frage mich, was das wohl für ein Geheimauftrag sein mag. Besteht er darin, weitere alte Männer zu verprügeln und wehrlose Kinder und Mädchen zu misshandeln? Oder arbeitet er gar in einem dieser grässlichen Lager wie Dachau, über die die Leute nur hinter vorgehaltener*

*Hand reden? Ich habe nicht gewagt, mich eingehender bei Georgs Mutter zu erkundigen, da es unhöflich gewesen wäre, in Frau Adolfs Haus einen Streit vom Zaun zu brechen.*

*Frau Adolf hatte insgesamt zwanzig Frauen eingeladen, die ihr beim Geldsammeln helfen sollen. Von uns zwanzig hatten sechzehn einen Sohn, Ehemann oder Bruder verloren.*

*Eigentlich sollte es ein geselliger Nachmittag werden, aber wir kamen unweigerlich auf den Krieg zu sprechen, auch wenn niemand die Frage stellte, die allen sicher auf der Zunge lag – nämlich wie viele Opfer man uns noch abverlangen wird, bevor wir wieder in Frieden leben können. Auf der Rückfahrt war Irene sehr still. Sie drückte ihre beiden kleinen Töchter an sich und blickte ins Leere, was mir verriet, dass sie an Wilhelm, Manfred und Paul dachte. Doch als wir nach Hause kamen, erwartete sie eine glückliche Überraschung. Wilhelm war da!*

*Sein Oberst muss in Ostpreußen etwas Dringendes erledigen. Heute Morgen ist er mit geheimem Ziel aus Berlin abgeflogen und hat Wilhelm als seinen Adjutanten mitgebracht. In zwei Tagen holt er ihn in Grünwaldsee ab. Zum Dank plane ich bereits, ein köstliches Essen für den Oberst zu kochen, wenn er kommt.*

*Während Wilhelm und Irene mit den Kindern spielten und sie zu Bett brachten, gingen Martha und ich zum Sommerhaus, um alles für sie vorzubereiten. Ich nahm etwas Essbares, zwei Flaschen von Marthas selbst gemachtem Erdbeerwein und den Rest von dem Brandy mit, den Claus zu Weihnachten mitgebracht hatte. Der Weinkeller ist schon seit Monaten leer, und selbst der Schrank ist geplündert, weil wir seit Kriegsanfang keine Weine mehr kaufen konnten. Ich habe Irene ver-*

*sprochen, mich um die Kinder zu kümmern, falls sie nachts aufwachen sollten, obwohl sie weiß, dass sie sowieso immer durchschlafen. Außerdem werden Martha und ich morgen auf sie aufpassen und dafür sorgen, dass sie ein Frühstück bekommen, damit sie und Wilhelm den unerwarteten Urlaub so gut wie möglich ausnützen können.*

*Bevor Wilhelm und Irene zum Sommerhaus aufbrachen, übergab er mir noch einen Pflichtbrief von Claus. Wie ich an seinem Blick erkannte, weiß er, dass zwischen uns etwas ziemlich im Argen liegt.*

*Nachdem sie fort waren, sah ich nach Mama und den Kindern. Da es jetzt abends so lange hell bleibt, müssen Sascha und ich noch vorsichtiger sein. Die Wachen und die Mädchen vom Reichsarbeitsdienst unternehmen viele Spaziergänge und überqueren daher ständig den Hof. Ich habe eine Heidenangst, dass sie Sascha und mich reden hören können. Doch heute war es ein Kinderspiel. Als ich zur Scheune pirschte, um nachzusehen, wo die Wachen sich herumtrieben, stellte ich fest, dass drei Mädchen vom Reichsarbeitsdienst mit ihnen in ihrem Häuschen Schnaps tranken. Weil sie das Horst-Wessel-Lied sangen, wusste ich, dass sie schon einiges intus hatten. Also schlich ich mich sofort in Papas Arbeitszimmer und von dort aus in die Sattelkammer.*

*Sascha hatte schon auf mich gewartet. Sobald er hörte, dass ich den Riegel vorschob und unseren Erkennungspfiff ausstieß, kam er aus der Luke gesprungen. Auf seinem Gesicht malte sich das besondere Lächeln, das er nur zeigt, wenn wir allein sind.*

*Bevor ich ihn wiedergetroffen habe, kannte ich dieses Glück nur von Wilhelm und Irene. Nie hatte ich mir träumen las-*

*sen, dass ich es einmal selbst erleben und wie es sich anfühlen würde.*

*Inzwischen weiß ich, warum Wilhelm und Irene einander die ganze Zeit berühren. Zwischen Sascha und mir gibt es keine Schmerzen, keine Scham und keine Demütigung. Nur Liebe. Eine tiefe und innige Liebe, die mit jedem Tag schöner, leidenschaftlicher und wundervoller wird, ganz gleich, ob wir zusammen oder getrennt sind. Wie habe ich nur die Tage und Nächte ohne ihn überstanden? Ich bete ihn an und lebe nur noch für ihn. Zum ersten Mal glaube ich, dass ein höherer Sinn existiert und dass dieses Leben nicht alles sein kann.*

*Ich verstehe nun auch, warum Maria nach Pauls Tod ins Wasser gegangen ist. Wahre Liebe endet nicht auf dieser Erde. Ich bin felsenfest davon überzeugt, dass Maria wieder mit Paul vereint ist, obwohl sie nach den Lehren ihrer Kirche eine Todsünde begangen hat. Wie Maria habe ich keine Angst mehr vor dem Tod, denn ich habe die vollkommene Beziehung und bedingungslose Liebe erfahren. Sascha ist mein wahrer Ehemann und wird es immer sein. Der Ehemann meines Herzens.*

*Ich lasse mich durch die Tage treiben, erledige alles Nötige und lebe nur für die Abende, wenn wir allein sein können. Es genügt mir schon, in den Stunden, die wir getrennt sind, einen Blick auf ihn zu erhaschen. Wir müssen uns nicht in die Augen sehen. Ich beobachte seinen hochgewachsenen, halbnackten Körper und sein blondes Haar, wenn er auf dem Feld sät oder hackt oder wenn er mit den anderen über den Hof geht. Dann erinnere ich mich, wie es ist, seine Haut an meiner zu spüren, seine leise Stimme in meinem Ohr zu hören und zu fühlen, wie sein Herz ganz dicht an meinem schlägt.*

*Sascha kann ich alles anvertrauen – all meine geheimen Wünsche und brennenden Sehnsüchte und alle kleinlichen, peinlichen und böswilligen Dinge, die ich je getan habe. Denn ich weiß, dass er mich so nimmt, wie ich bin.*

*Nur um ein Thema machen wir einen großen Bogen: die Zukunft.*

*Wenn der Krieg vorbei ist, kann man nur mutmaßen, was nach Unterzeichnung der Friedensverträge aus den Gefangenen werden soll. Also versuche ich, nur an die Gegenwart zu denken. An die warmen Tage, die Nächte voller Liebe und den wunderschönen Sommer. Sascha nennt ihn »unseren Sommer«. Ich hoffe und bete, dass es nicht unser einziger werden wird.*

*Ich bin unersättlich, ich will mehr als nur diesen einen Sommer. Ich wünsche mir ein gemeinsames Leben mit ihm und will wissen, dass er immer bei mir sein wird. Die Vorstellung, auch nur einen einzigen Tag ohne ihn zu verbringen, ist mir unerträglich. Ich liebe alles an ihm. Seinen Verstand, seine Gedanken, sein Herz, seinen Körper. Selbst während ich das hier schreibe, ist mir von seinen Berührungen noch ganz warm. Ich muss nur die Augen schließen, um zu spüren, wie seine Finger meine Brüste streifen. Meine Lippen brennen von seinen Küssen, und ich rieche seinen frischen Duft auf meiner Haut.*

*Doch nun ist es Zeit, dieses Buch wieder in sein Versteck in das Loch in der Wand unter dem Fensterbrett zu legen. Ich muss jemandem von meiner Liebe zu Sascha erzählen, sonst platze ich. Also ist es besser, wenn ich meine Gedanken heimlich aufschreibe, als Saschas Leben und auch mein eigenes aufs Spiel zu setzen.*

*Deutsche Frauen wurden schon aus geringerem Anlass erschossen, und ich weiß, wie wenig das Leben eines Russen im Reich gilt. Doch ich will alles tun, damit er in Grünwaldsee bleiben darf, wo ich ihn beschützen und ihm und seinen Männern helfen kann, den Krieg zu überstehen.*

*Samstag, 1. Juli 1944*
*Am 6. Juni sind die Alliierten in Frankreich einmarschiert. Nun führen wir Krieg in Italien, Russland und Frankreich. Deutschland ist von Feinden umzingelt und kämpft an allen Fronten ums Überleben. Claus ist wieder in Frankreich und hat mir eine Postkarte aus Paris geschickt. Falls er mich damit beruhigen wollte, ist ihm das nicht geglückt, denn in Allenstein kursieren wilde Gerüchte, und jeden Tag treffen weitere Verwundete in Bergensee ein.*

*Zum Glück ist Wilhelm nicht an der Front. Das wissen wir, weil sein Oberst ziemlich oft in Ostpreußen zu tun hat. Wilhelm spricht zwar nur wenig über seine Arbeit, aber es heißt, dass sich Hitlers Hauptquartier irgendwo in der Nähe des Gutes der von Lehndorffs in Steinort befinden soll. Wahrscheinlich muss Oberst Graf von Stauffenberg deshalb so oft von Berlin nach Ostpreußen reisen. Bei jedem Besuch gestattet er Wilhelm ein paar Stunden mit Irene. Das letzte Mal ist erst vier Tage her.*

*Zurzeit ist das Wetter das einzig Schöne. Es ist so heiß, dass die Wachen den Russen erlauben, mittags im See zu baden, während sie im Schatten sitzen und das von Martha vorbereitete Essen verspeisen. Anschließend faulenzen die Wachen eine Stunde lang. Sascha stiehlt sich davon zum Sommerhaus, wo ich ihn schon erwarte. Das ist gefährlich, obwohl seine Kame-*

*raden versprochen haben, ihn zu decken. Außerdem lasse ich immer ein paar Werkzeuge im Wohnzimmer herumliegen, damit ich behaupten kann, ich hätte ihn gebeten, ein Bild für mich aufzuhängen, falls doch ein Wachmann erscheint und uns zusammen erwischt.*

*Wir tun so, als wären wir verheiratet und wohnten im Sommerhaus. Oft sprechen wir über das, was wir hier verändern werden, wenn wir Zeit dazu haben, zum Beispiel, wo mein Klavier hinkommt und wo seine Zeichenmaterialien, und über den Schrank, den er bauen will, um unsere Noten unterzubringen. Sein Lieblingsstück ist das von Schostakowitsch, das er für mich aufgeschrieben hat. Aber er mag auch die* Mondscheinsonate *von Beethoven und den* Traum *von Schumann.*

*Ich habe das kleine Wohnzimmer wieder geöffnet. Am frühen Abend nach dem Essen reiße ich die Fenster weit auf und spiele Klavier, so laut ich kann, damit Sascha und seine Männer mich auf dem Heuboden hören. Auch die Wachen kommen oft ans Fenster, lauschen und machen mir Komplimente, wie gut ich spiele. Als mich einer fragte, von wem das Schostakowitsch-Stück ist, hatte ich Angst, sie könnten herausfinden, dass ich es von Sascha habe, weil es von einem Russen geschrieben wurde. Also habe ich behauptet, es sei von mir, und jetzt halten sie mich für ein Genie.*

*Sascha und ich gestatten uns tagsüber nie mehr als eine halbe Stunde im Sommerhaus, aber wir nützen jede Sekunde. Meistens sitzen wir nur nebeneinander auf dem alten Sofa, halten uns an den Händen, starren auf die Uhr auf dem Kaminsims und wünschen uns, die Zeit möge stehen bleiben.*

*In den wenigen heimlichen Momenten mit Sascha bin ich*

*glücklicher, als ich es je während all der Tage und Nächte mit Claus war. Allerdings muss ich vorsichtig sein. Ich habe Irene, Brunon und Wilhelm dabei ertappt, dass sie mich in letzter Zeit so merkwürdig ansehen.*

*Ich weiß, dass ich mich verändert habe. Ich bin ruhiger, ausgeglichener und zufriedener geworden. Man merkt mir an, dass ich glücklich bin. Aber falls jemand, was Sascha und mich angeht, Verdacht schöpft, würde das meinen sicheren Tod bedeuten. Mein Leben ist mir egal. Doch die Vorstellung, dass Sascha erschossen werden könnte, ist unerträglich.*

*Freitag, 20. Juli 1944*

*Heute Nachmittag kam Martha aufs Feld hinausgelaufen und rief, das Radio habe gerade eine Meldung gebracht. Hitler habe einen Anschlag überlebt. Sofort ritten Brunon und ich zurück zum Haus, um mehr zu erfahren. Doch es wurde nur immer dieselbe Durchsage wiederholt. Dazwischen spielte feierliche Begräbnismusik, als wäre der Führer gestorben. Wir fanden das seltsam, denn schließlich hatte es doch geheißen, dass er unversehrt ist.*

*Ich machte mir Sorgen um Irene. Sie stand in der Küche, als Brunon und ich ins Haus kamen, und ich befürchtete schon, sie könnte in Ohnmacht fallen. Sie war kreidebleich und zitterte wie ein Hund nach einem kalten Bad. In letzter Zeit war Wilhelm sehr offen gewesen, wenn er mit Irene und mir allein war. Er kritisierte Hitlers Führungsstil. Zu den unnötigen Verluste in Stalingrad sei es seiner Ansicht nach nur gekommen, weil der Führer einen Rückzug der Deutschen oder eine Kapitulation abgelehnt habe. Ich fragte mich, ob Irene etwas über das Attentat auf den Führer wusste. Und im nächsten Moment kam mir der schreckliche Gedanke, dass Wilhelm womöglich daran beteiligt gewesen ist.*

*Obwohl Irene hochschwanger und erschöpft war und sehr unter der Hitze litt, bestand sie darauf, aufzubleiben, um Hitlers angekündigte Radioansprache anzuhören.*

*Um neun ging ich unter dem Vorwand, nach den Pferden sehen zu müssen, in die Sattelkammer. Ich blieb nur so lange, um mit Sascha durch die Luke zu sprechen und ihm zu erzählen, was geschehen war. Nachdem ich ihm versprochen hatte, ihm so bald wie möglich weitere Nachrichten zukommen zu lassen, kehrte ich ins Haus und zu Irene zurück. Wir mussten lange warten. Die Ansprache erfolgte erst um ein Uhr morgens. Inzwischen sah Irene so blässlich und kränklich aus, dass ich schon dachte, sie würde zusammenbrechen.*

*Als ich Hitler reden hörte, erstarrte ich und glaubte, das Herz würde mir stehen bleiben. Ich erinnere mich noch an jedes Wort.*

*Eine ganz kleine Clique ehrgeiziger, gewissenloser und zugleich unvernünftiger, verbrecherisch dummer Offiziere hat ein Komplott geschmiedet, um mich zu beseitigen und mit mir den Stab praktisch der deutschen Wehrmachtsführung auszurotten …*

*Es hieß, Graf von Stauffenberg habe eine Bombe gelegt. Als dieser Name fiel, war ich sicher, dass Wilhelm seine Hände im Spiel hatte. Ich sah Irene an, brachte aber vor Schreck zunächst keinen Ton heraus. Sie senkte den Kopf. Ich konnte nur an Wilhelm denken. Was würden sie mit ihm und seinem tapferen, charmanten und zuvorkommenden Oberst machen? Wie viele andere waren noch in die Sache verwickelt?*

*Als ich die Sprache wiederfand, fragte ich Irene nach Claus und seinem Vater. Doch Wilhelm war so vorsichtig gewesen, ihr keine Einzelheiten anzuvertrauen, die sie zur Mitwisserin gemacht hätten. Sie erwiderte, er habe sie nur um Erlaubnis gebeten, seinen Hals und ihr Glück zu riskieren. Er habe gesagt, kein Opfer sei zu groß, um Deutschland von Hitler zu befreien, denn der Mann, den wir als Führer bezeichneten, führe uns alle ins Verderben.*

*Irene fuhr fort, Wilhelm habe das Grauen, das er an der russischen Front erlebt habe, keinesfalls vergessen, sondern seinem Oberst und allen, die es hören wollten, von den Verbrechen erzählt, deren Zeuge er geworden war. Wie Sascha vertrat Wilhelm die Ansicht, Hitler habe nicht nur einen Krieg vom Zaun gebrochen, sondern ein Blutbad unter der wehrlosen Bevölkerung der Länder im Osten angerichtet, die wir unserem Reich angeschlossen hatten. Nicht nur Soldaten hätten dran glauben müssen, nein, auch Frauen und Kinder.*

*Wie Irene und ich hatte er beobachtet, dass Juden und andere Zivilisten zusammengetrieben wurden. Allerdings nicht in kleinen Gruppen. Es waren Hunderte und Tausende gewesen, die aufs Land hinaus marschieren mussten, wo sie von unseren Soldaten abgeschlachtet wurden. Wilhelm hatte Irene geschildert, er habe noch nach dem Zuschütten der Gräber Blut aus dem Boden quellen gesehen und Schreie gehört.*

*Irene bestätigte nur Saschas Schilderungen und das, was ich insgeheim befürchtet hatte, seit Ruth und Emilia von Georg mit der Waffe bedroht worden waren.*

*Ich holte die fast leere Brandyflasche. Weder Irene noch ich gingen zu Bett. Ich weiß nicht, warum, denn wir konnten nichts weiter tun, als dazusitzen, einander festzuhalten und zu beten. Nach Saschas Beschreibungen der Geschehnisse im*

*Osten, dem Tod von Papa, Paul, Peter und Manfred und Mamas Krankheit bin ich nicht sicher, ob ich noch an Gott glaube. So, jetzt steht es hier endlich schwarz auf weiß. Bin ich durch Sascha zur Atheistin geworden?*

*Samstag, 21. Juli 1944*
*Wilhelm traf bei Morgengrauen ein. Sein Blick war der eines uralten Mannes. Keiner von uns sagte ein Wort, denn ich wusste, wenn ich es versuchte, würde ich weinend zusammenbrechen. Nachdem ich ihn umarmt hatte, schickte ich ihn zu Irene, denn er war sicher wegen seiner Frau und nicht meinetwegen gekommen. Er küsste seine Töchter und zog sich dann mit Irene ins Sommerhaus zurück. Ich ging in die Sattelkammer. Allerdings konnte ich nur einen Kurzbesuch riskieren, denn die Wachmänner waren bereits aufgestanden und würden sicher bald die Gefangenen auf dem Heuboden wecken.*

*Ich kletterte auf die Leiter, klopfte so an die Luke, dass es auch ein zufälliges Geräusch hätte sein können, und stieß unseren Signalpfiff aus. Als Sascha erschien, erzählte ich ihm, was geschehen war. Er erbot sich, einen Brief an die Russen zu schreiben und ihnen zu schildern, was Wilhelm getan hatte. Vielleicht würde dieser Brief Wilhelm ja schützen. Aber ich bezweifle, dass er es durch die deutschen Linien schaffen wird. Und selbst wenn er durch ein Wunder wohlbehalten die russische Front erreicht, gibt es keine Garantie dafür, dass die Russen ihn nicht zuerst erschießen und erst dann Saschas Brief lesen. Doch ich sattelte Elise und führte sie auf den Hof, für den Fall, dass Wilhelm fliehen musste.*

*Gerade hatte ich Frühstück für die Kinder gemacht, als*

*zwei Mercedeswagen mit acht bewaffneten SS-Männern darin vorfuhren. Ich ging ihnen entgegen, versuchte, mir meine Angst nicht anmerken zu lassen, und teilte ihnen mit, ich würde in meinem Haus keine Waffen dulden, um die Kinder nicht zu erschrecken.*

*Ohne auf meine Forderung zu achten, fragten sie mich, wo Wilhelm sei, worauf ich wahrheitsgemäß antwortete, er halte sich nicht im Haus auf. Sie glaubten mir nicht und machten sich an die Suche. Bevor sie nach oben polterten, sah ich Wilhelm mit Irene an seiner Seite über den Hof kommen. Entweder er oder Irene hatte seine Uniform gebürstet und gereinigt, und sie hielten sich an den Händen, als unternähmen sie einen Morgenspaziergang.*

*Ich rannte hinaus und flehte Wilhelm an, sich auf Elises Rücken in den Wald zu flüchten. Ein ganzes Bataillon Soldaten könnte ihn ein Jahr lang durchkämmen und dennoch nicht alle Verstecke finden, in denen wir als Kinder gespielt hätten. Er hörte mich an, lächelte traurig und schüttelte dann den Kopf, als führe ich mich kindisch auf.*

*Anschließend blickte er hoch und stellte fest, dass der Major, der die SS-Männer anführte, vor der Küchentür stand und uns beobachtete. Er fragte den SS-Mann, ob er zu ihm wolle. Als dieser das bejahte, übergab Wilhelm ihm seine Waffe.*

*Noch nie war ich so wütend und so stolz auf meinen Bruder gewesen. Nur sein vorgeschobener Kiefer verriet, wie mulmig ihm war. Er und Paul hatten immer die Zähne zusammengebissen, wenn Papa sie wegen ihrer Streiche tadelte. Der Major befahl einem seiner Männer, Wilhelm die Hände auf dem Rücken zu fesseln. Wilhelm versicherte ihm, dass das überflüssig sei. Er erklärte, er sei bereit, sie überallhin zu be-*

*gleiten, solange sie seine Frau, seine Töchter, seine Mutter und seine Schwester verschonten.*

*Ich glaube, dass dem Major die Situation peinlich war, denn er ordnete an, Wilhelm loszulassen, und erteilte ihm die Erlaubnis, sich oben von Mama zu verabschieden.*

*Ich begleitete ihn. Es war entsetzlich. Mama erkannte ihn nicht. Bevor wir das Zimmer verließen, umarmte und küsste er mich und erinnerte mich an mein Versprechen, mich um Irene und die Mädchen zu kümmern. Als ob das nötig gewesen wäre!*

*Irene, Marianne und die kleine Karoline erwarteten ihn in der Vorhalle. Die SS-Männer sahen zu, wie Wilhelm sie umarmte und küsste. Er sagte Irene, er liebe sie und bedauere es, dass er sein Land noch mehr geliebt habe. Doch er sei sicher, richtig gehandelt zu haben. Dann blickte er die Soldaten lächelnd an. »Wie Gott dem Abraham versprach, er werde Sodom verschonen, wenn er ihm in der Stadt nur zehn Gerechte zeigte«, meinte er, »hoffe ich, dass Gott auch jetzt Gnade walten lassen und Deutschland nicht zerstören wird, denn wir sind für unser Land eingetreten. Dass wir damit unser Leben riskieren, war uns allen klar.«*

*Danach warf er mir über Irenes Schulter hinweg einen Blick zu. Ich wusste, was ich zu tun hatte, und zog sie von ihm weg. Wilhelm machte auf dem Absatz kehrt und verließ zum letzten Mal das Haus.*

*Irene war völlig außer sich. Sie riss sich von mir los, rief Wilhelms Namen und rannte den Autos nach. Ich dachte, sie würde gar nicht mehr zu schreien aufhören. Minna führte die Kinder in die Küche, Martha holte den Brandy, und wir versuchten, Irene zu Bett zu bringen. Aber sie beruhigte sich erst, als ich versprach, Papa von Letteberg anzurufen und ihn zu bitten, Wilhelm zu helfen.*

*Ich konnte weder sein Büro noch das von Claus erreichen, sondern sprach lediglich mit einer Reihe selbstherrlicher Beamter, die nur wiederholten, als Folge des Anschlags sei das Kriegsrecht verhängt worden. Dann rief ich Irenes Eltern an, die sofort kamen und den Arzt mitbrachten. Dieser verabreichte Irene trotz ihrer Schwangerschaft ein Beruhigungsmittel, da sie anderenfalls vermutlich eine Fehlgeburt erlitten hätte.*

*Um vier Uhr fuhren zwei weitere Wagen mit jeweils drei SS-Leuten vor.*

*Ich wusste sofort, was sie wollten, denn wie ich feststellte, waren zwei Frauen dabei.*

*Als sie nach Irene, Marianne und Karoline fragten, erwiderte ich, Irene sei krank und schwanger, sodass wir um ihr Leben und das des ungeborenen Kindes fürchteten. Doch sie drängten mich nur beiseite und brüllten etwas von »Sippenhaft«, so als hätte Wilhelms Tat auf zwei kleine Kinder und Irene abgefärbt.*

*Sie marschierten schnurstracks nach oben, schubsten Irenes Mutter aus dem Zimmer und zerrten Irene aus dem Bett. Frau Adolf war außer sich. Ich bestand darauf, Irene sehen zu dürfen, und eine der SS-Frauen erlaubte mir, ihr beim Anziehen zu helfen. Allerdings zückte sie ihre Pistole und wich die ganze Zeit nicht von unserer Seite. Ich fragte sie, ob sie wirklich annehme, dass eine hochschwangere Frau aus einem Haus fliehen könne, in dem es von SS-Leuten wimmelte, aber sie antwortete mir nicht.*

*Als wir nach unten kamen, übergab die Frau Irene ihrem*

*Vorgesetzten. Dann gingen sie und ein anderer SS-Mann in die Küche. Sie wussten genau, wen sie suchten, denn sie sahen Erich nicht einmal an, sondern nahmen Marianne an der Hand, hoben Karoline aus ihrem Stühlchen und schleppten sie in die Vorhalle.*

*Ich versuchte zu verhindern, dass sie die Kinder abtransportierten, und flehte, ich sei ihre Tante, weshalb es meine Pflicht, nicht ihre, sei, mich um die Frau meines Bruders und seine Kinder zu kümmern. Doch sie taten, als wäre ich nicht vorhanden. Daraufhin brachte ich den Namen meines Schwiegervaters und den von Claus ins Spiel, aber ebenfalls vergeblich.*

*Schließlich schlug einer der SS-Männer mich so heftig ins Gesicht, dass ich gegen die Treppe taumelte, und drohte, er werde mich und Erich ebenfalls verhaften, wenn ich weiter so ein Theater machte. Doch zuerst werde er sämtliche Hausbewohner erschießen.*

*Irene verhielt sich genauso tapfer wie Wilhelm. Sie küsste ihren Vater, ihre Mutter und mich, bedankte sich dafür, dass ich ihr so eine gute Schwester gewesen sei, und bat mich, für ihre Eltern genauso liebevoll zu sorgen wie für Mama und Erich und – falls Deutschland eine Zukunft hatte und sie überlebten – ihre Töchter.*

*Ihr Vater und Brunon standen mit zusammengepressten Lippen da, während Irenes Mutter, Erich, Martha und Minna in Tränen ausbrachen. Als Mama, aufgeschreckt von dem Radau, aus ihrem Zimmer kam, bat ich Minna, sie wieder zurückzubringen. Inzwischen hatten die SS-Frauen Marianne und Karoline gepackt, stellten die beiden Mädchen nebeneinander vor Irene hin und befahlen ihnen, sich zu verab-*

*schieden. An ihren verdatterten Mienen erkannte ich, dass keines der Kinder verstand, was sie von ihnen wollten.*

*»Eure Namen werden geändert, damit niemand aus eurer Familie euch mehr findet«, verkündete eine der Frauen. »Hitler wird euch eine Ausbildung zukommen lassen, und ihr werdet eure Eltern und einander nie wiedersehen.«*

*Wir alle wussten, dass diese Drohung an uns, nicht an die Kinder gerichtet war. Knapp fünf Minuten später waren sie fort.*

*All mein Betteln und Flehen konnte die SS-Leute nicht erweichen.*

*Ich bat, Marianne und Karoline wenigstens ihre Lieblingspuppen mitgeben zu können, aber sie durften nichts mitnehmen außer den Kleidern, die sie am Leibe trugen. Irene sagte ihren Eltern, es täte ihr leid, sie traurig gemacht zu haben. Doch sie könne und wolle Wilhelms Handeln nicht verurteilen. »Tu für die Mädchen, was du kannst«, meinte sie dann zu mir.*

*Aufrecht und trockenen Auges verließ sie das Haus und starrte dabei geradeaus wie Wilhelm. Ich hatte gedacht, dass man wegen ihrer Schwangerschaft Mitleid mit ihr haben würde, aber man entriss ihr die Kinder und zerrte die beiden in das eine und Irene in das andere Auto. »Vergesst nie, wer ihr seid und wer euer Vater war«, lauteten ihre letzten Worte an ihre Töchter.*

*Nachdem die Autos abgefahren waren, wollte der Arzt mir ein Beruhigungsmittel verabreichen, doch ich lehnte ab. Er brachte Herrn und Frau Adolf zurück in die Stadt. Irenes Baby soll in zwei Monaten geboren werden. Sie werden sicher keine schwangere Frau hinrichten. Was werden sie mit ihr machen? Werden sie die Kinder wirklich voneinander trennen? Werden sie sie töten?*

*Eine Ewigkeit saß ich, Erich auf dem Schoß, in der Küche und wusste nicht, was ich denken oder tun sollte. Ich wünschte, ich könnte zu weinen aufhören.*

*Wann würde es endlich dunkel werden, damit ich zu Sascha gehen und ihn um Rat fragen konnte?*

*Ständig grübelte ich darüber nach, dass ich mein Versprechen an Wilhelm nicht gehalten hatte. Wie hatte ich zulassen können, dass die SS seine Familie abführte?*

# 13

*Mittwoch, 25. Juli 1944*

*Ich fühle mich so elend und niedergeschlagen, dass ich in Grünwaldsee keinen Finger krumm gemacht und Brunon die ganze Arbeit überlassen habe. Da ich am Sonntag niemanden sehen wollte, blieb ich fast den ganzen Tag in meinem Zimmer und las Erich Geschichten vor. Ständig fragt er nach Tante Irene, Marianne und Karoline. Er versteht nicht, warum die bösen Soldaten sie abgeholt haben, und wiederholt dauernd, sie seien doch gar nicht ungezogen gewesen.*

*Mir fehlen die Worte, ihn zu trösten, und ich habe auch nicht die Kraft, nach Mama zu sehen. Da ich sicher bin, dass die Wachen mich beobachten, mache ich einen Bogen um Papas Arbeitszimmer.*

*Heute in den frühen Morgenstunden ist Sascha ein großes Risiko eingegangen. Er ist vom Heuboden in die Sattelkammer geklettert, hat sich über den Hof geschlichen, und ist dann die Mauer zu meinem Balkon hinaufgestiegen. Ich habe gehört, wie er vor der Balkontür meinen Namen flüsterte. Das war Wahnsinn von ihm. Wenn einer der Wachen ihn bemerkt hätte, wäre er erschossen worden.*

*Er blieb bei mir, hielt mich im Arm, damit ich mich ausweinen konnte, und sagte kein Wort. Eine Stunde vor Sonnenaufgang führte ich ihn durch das Haus ins Arbeitszimmer und schloss die Tür zur Sattelkammer auf. Ich ging zuerst hinein, um mich zu vergewissern, dass die Luft rein war. Der*

*Weg durchs Haus war zwar gefährlich, allerdings nicht so riskant wie der über den Hof.*

*Ich ließ ihn in der Sattelkammer zurück und pirschte mich in die Küche, um die Milch und das Brot zu holen, die eigentlich für das Frühstück von Irene und den Kindern vorgesehen gewesen waren. Er reichte das meiste seinen Männern nach oben, blieb aber bei mir, während er seinen Anteil vertilgte. Er berichtete, die Wachen sprächen über nichts anderes als über Wilhelm, Irene und die Kinder. Selbst sie schämten sich, weil man so mit einer Schwangeren und zwei Kleinkindern umgesprungen war.*

*Mama von Letteberg erschien unangekündigt, während ich mit Sascha in der Sattelkammer saß. Aus irgendeinem Grund wusste Brunon, wo ich war, und klopfte an die Tür. Sascha kletterte hinauf auf den Heuboden, ehe ich öffnete. Mein Gesicht war verschwollen, und ich hatte gerötete Augen. Deshalb hoffte ich, Brunon und Mama von Letteberg würden glauben, ich hätte mich eingeschlossen, um zu weinen, ohne dass Mama, Erich oder die Dienstboten es bemerkten.*

*Ich brauchte Mama von Letteberg nichts zu erklären, denn sie war bereits im Bilde. Sie setzte sich zu mir, als ich wieder in Tränen ausbrach. Dann schloss sie die Tür und meinte, ich müsse mich zusammennehmen und tapfer sein, ganz gleich, wie schwer es mir auch fiele. Wenn ich mich nicht ruhig verhielte, würden Erich, Mama und ich abgeholt werden wie Irene und die Kinder. Sie teilte mir mit, Oberst Graf von Stauffenberg sei bereits hingerichtet worden. Die Beweise gegen Wilhelm seien erdrückend.*

*Sie fügte hinzu, Papa von Letteberg werde sein Möglichstes für Wilhelm tun, doch das sei nicht viel, denn jeder Offizier, der in Verbindung zu von Stauffenberg und seiner Abteilung stand, sowie über Tausend weitere Personen seien inzwischen verhaftet worden. Es sei nur eine Frage der Zeit, bis man auch Claus und seinen Vater verhören werde, da man wegen Wilhelm und mir eine Beziehung zu von Stauffenberg vermutete.*

*Als ich sie ansah, wurde mir klar, dass sie ebenso außer sich war wie ich. Sie ist nur besser in der Lage, ihre Gefühle zu verbergen. Am liebsten hätte ich sie gefragt, ob Papa von Letteberg von dem Anschlag auf Hitler gewusst habe oder ob er und Claus zu den Verschwörern gehörten, doch ich wagte es nicht. Mittlerweile ist mir klar, dass es besser ist, so wenig wie möglich über die Beteiligten an dem Attentat zu wissen.*

*Mama von Letteberg glaubt nicht, dass Hitler eine schwangere Frau und Kinder hinrichten lassen wird, insbesondere nicht, wenn sie den alten und angesehen Namen von Datski tragen. Hoffentlich hat sie recht und sagt es nicht nur, um mich zu beruhigen. Papa von Letteberg hat herausgefunden, dass Irene in einem Frauengefängnis unweit von Berlin einsitzt. Doch es ist verboten, ihr etwas zu schicken oder ihr zu schreiben. Was aus den Kindern geworden ist, weiß er noch nicht, aber er bezweifelt, dass wir sie sehen oder ihnen etwas zukommen lassen dürfen.*

*Mama von Letteberg kennt einige der Hintergründe. Oberst Graf von Stauffenberg und drei weitere Offiziere wurden am 21. Juli kurz nach Mitternacht im Hof des Kriegsministeriums von einem Erschießungskommando hingerichtet. Als Mama von Letteberg hinzufügte, der Oberst habe Glück gehabt, einen so schnellen und gnädigen Soldatentod sterben zu können, wusste ich, dass man Wilhelm ebenfalls exekutieren würde.*

*Wilhelm und viele andere werden vor Gericht kommen. Der Führer hat die Festnahme aller beteiligten Männer sowie ihrer Familien angeordnet. Also sind Irene, Marianne und Karoline nicht die einzigen Frauen und Kinder, die abgeholt wurden. Oberst Graf von Stauffenberg oder jemand aus seinem näheren Umfeld hat sich mit den Engländern in Verbindung gesetzt, um den Krieg zu beenden. Nach dem gescheiterten Attentat auf Hitler hat die BBC eine Liste der Verschwörer gesendet. Also wusste der Führer genau, wer ihm ans Leder gewollt hatte. Hatten die Briten denn nicht begriffen, dass diese Offiziere zwar Deutsche, aber Gegner Hitlers waren?*

*Nach einer Weile überredete mich Mama von Letteberg, aus der Sattelkammer herauszukommen und ins Haus zurückzukehren. Der Arzt erwartete uns mit der Mitteilung, Herr und Frau Adolf seien tot. Sie haben einen Abschiedsbrief hinterlassen, sie könnten mit dem, was geschehen sei, nicht weiterleben, und dann Gift genommen. Der Arzt deutete an, sie hätten vermutlich die Schande nicht ertragen, einen Schwiegersohn zu haben, der unseren geliebten Führer habe stürzen und umbringen wollen. Doch ich denke, dass der grausame Umgang mit Irene und ihren beiden Enkelinnen zusätzlich zu Manfreds Tod zu viel für Herrn und Frau Adolf war und dass sie sich deshalb das Leben genommen haben.*

*Claus rief um Mitternacht an und sagte, er müsse zurück an die russische Front und werde auf dem Weg dorthin einen Abstecher nach Grünwaldsee machen. Er fügte dem nichts hinzu. Ich wagte nicht, ihm Fragen zu stellen, weil ich befürchte, dass wir abgehört werden. Mama von Letteberg wusste von der Versetzung. Ich erkundigte mich, ob Hitler ihn so dafür bestrafen wolle, dass er mit einem der Verschwörer ver-*

*schwägert ist, doch sie beteuerte, das sei nicht der Fall. In Berlin sei es inzwischen sehr gefährlich. Deshalb habe Papa von Letteberg dafür gesorgt, dass Claus wieder an die Front geschickt wird, weil es dort im Moment sicherer sei als im Kriegsministerium.*

*Zum ersten Mal bin ich froh über einen Besuch von Claus. Denn in all diesem grausamen und tödlichen Durcheinander hüte ich ein schönes Geheimnis. Seit über einem Monat bin ich schwanger von Sascha. Bis jetzt weiß es noch niemand, nicht einmal er. Aber ich erzähle es ihm, bevor Claus kommt.*

*Wenn ich Claus weismachen kann, dass er der Vater ist, darf ich das Kind vielleicht behalten – zumindest eine Weile.*

Charlotte schloss die Augen. Wieder sah sie Saschas blaue Augen vor sich, die im Schein der Lampe an der Decke der Sattelkammer funkelten. Seit sie miteinander schliefen, hatte sie keine Geheimnisse mehr vor ihm. Und dennoch fiel es ihr schwer, ihm die eigentlich so gute Nachricht zu überbringen.

»Ich muss dir etwas sagen«, flüsterte sie schließlich.

»Ich weiß, was es ist«, erwiderte er ernst.

Sein plötzlicher Stimmungswandel erschreckte sie. »Woher?«

Die Wärme und Vertrautheit nach dem Liebesakt war auf einmal wie weggeblasen. Er wich zurück, setzte sich auf und griff nach dem Hemd, das sie ihm vom Leibe gerissen hatte. Es war ein altes, oft geflicktes Leinenhemd von Paul. »Ist das wichtig?«

»Ja.« Da sie nicht wollte, dass er auf Abstand zu ihr ging, kniete sie sich hin und legte die Hände auf seine Brust.

»Ich habe belauscht, wie Brunon Marius anwies, das Zaumzeug des grauen Hengstes zu putzen, weil morgen dein Mann nach Hause kommt.«

Sie spürte seinen Schmerz, als wäre es ihr eigener. »Du hast keinen Grund, eifersüchtig auf Claus zu sein.«

Er ließ den Kopf hängen, und sie wusste, dass er sich seines Zorns schämte. »Ich kann den Gedanken nicht ertragen, dass du in seinen Armen liegst und dass er dich küsst und liebkost .. «

»Ich liege nicht in Claus' Armen.« Ihr Griff wurde fester. »Ich liebe ihn nicht und werde ihn niemals so lieben wie dich. Aber …«

»Während ich hier festsitze. Ich bin ein Gefangener, ein Sklave, ein Nichts und ein Niemand«, fiel er ihr barsch ins Wort. »Claus von Letteberg ist ein Adeliger, und du bist seine Frau …«

»Ich erwarte ein Kind von dir.« Eigentlich hätte sie sich für diese Mitteilung einen günstigeren Zeitpunkt gewünscht und es ihm schonender beibringen wollen. Sie hatte sich sogar schon die Worte zurechtgelegt.

Er drehte sich um und starrte sie an. Sie erkannte Erschrecken, Angst und noch einen anderen Ausdruck in seinen Augen. »Ich bekomme ein Kind. Dein Kind«, wiederholte sie leise, wohl wissend, dass nur einige dünne Dielenbretter sie von den Männern oben auf dem Heuboden trennten.

»Wann … wann ist es so weit?«

Sie brauchte nicht nachzurechnen, denn sie hatte den ganzen Monat nichts anderes getan, seit ihr Verdacht zur Gewissheit geworden war. »Im Frühling. Ende März, Anfang April.«

Er ließ das Hemd fallen, legte sich ins Heu und blickte zu ihr hinauf. »Du wirst Claus sagen, dass es von ihm ist?«

»Noch nicht jetzt, aber in einem oder zwei Monaten. Was bleibt mir anderes übrig?«, fragte sie flehend. Sie wünschte sich so sehr, Sascha würde ihr Hoffnungen machen, dass es auch anders kommen konnte. Warum flohen sie nicht einfach und fingen irgendwo, weit weg von Deutschland und Russland, ein neues Leben an? Doch noch während sie darüber nachdachte, wusste sie, dass es vergeblich war.

»Solange der Krieg tobt, haben wir beide keine andere Wahl. Aber wenn er aufhört …«

Ihr war klar, warum er den Satz nicht beendet hatte. Genau das war der Grund, warum sie dieses Thema sorgfältig mieden.

»Der Krieg wird aufhören, und wenn es nur deshalb ist, weil es bald keine Soldaten mehr gibt, die kämpfen können«, meinte sie bedrückt.

»Falls Russland siegt, kehre ich nach Hause zurück und nehme dich und Erich mit«, versprach er überschwänglich.

»Zu deiner Frau?« Sie zwang sich zu einem Lächeln, um ihren Worten die Schärfe zu nehmen. Allerdings musste sie ihn daran erinnern, dass auch er nicht frei war.

»Und falls Deutschland siegt?«, gab er zurück.

»Dann kommen die Männer nach Hause.«

»Es wird nicht genug Überlebende geben, um all die Arbeit zu erledigen. Wenn ich Glück habe, kann ich bleiben, als Gefangener und als Sklave, während ihr, du und mein Kind, mit Claus von Letteberg zusammenlebt. Und wenn ich kein Glück habe …«

»Sascha, nein.« Sie schmiegte den Kopf an seine Brust.

Der Gedanke an eine Trennung war ihr unerträglich. »Ich liebe dich.«

»Und unser Kind?«

»Es wird ein Kind der Liebe sein. Ich werde es lieben, verwöhnen und es mit all meiner Kraft behüten. Bitte, Sascha, kannst du dich nicht freuen? Dieser Krieg hat so viel Tod gebracht – Papa, Paul und nun vermutlich auch Wilhelm. So viele Menschen, die ich geliebt habe, so viele Freunde, sind für immer fort. Und die Ungewissheit, was aus Irene und den Kindern geworden ist, ist sogar noch quälender. Jede Nacht stelle ich mir vor, dass man sie foltert, dass sie weinen und dass sie mich um Hilfe anflehen …«

Als er sie auf sich zog, legte sie den Kopf auf seine Brust. Er streichelte ihr Haar. »Dieses Kind kann sie nicht ersetzen, Charlotte.«

»Ich weiß.« Es war, als hätte sich eine eiserne Faust um ihr Herz geschlossen. »Das kann niemand.«

Er blickte sie an und lächelte. Es war das träge Lächeln, das sie so zu lieben gelernt hatte. »Das Kind wird sie nicht ersetzen. Doch es wird uns helfen, auf die Zukunft zu hoffen – unsere Zukunft.«

Fast wagte sie es nicht, die Frage zu stellen. »Und bis dahin?«

»Wir wollen dafür sorgen, dass jede Sekunde in jeder Minute zählt, und einander lieben, wie sich ein Mann und eine Frau noch nie geliebt haben.« Er ließ die Finger über ihren nackten Körper gleiten. »Ich werde dankbar für jeden Tag sein, an dem ich zusehen kann, wie unser Kleines in dir wächst, und darauf hoffen, dass das Schicksal uns erlaubt, zusammenzusein, wenn es geboren wird.«

Charlotte legte das Tagebuch auf den Nachttisch, stand auf und öffnete die Balkontür. Über dem See war die Sonne aufgegangen und schimmerte durch den Morgennebel, der über dem Wasser lag und seinen Schleier über die Wälder breitete wie schon an so vielen Sommertagen zuvor.

Sie kehrte ins Zimmer zurück, holte ihr Umschlagtuch und das Tagebuch und setzte sich an den Balkontisch, um die Idylle zu genießen, die sie nie ganz vergessen hatte. Die Bäume, das Gras, die Blumen, ja, selbst die Schwäne, die, gefolgt von einer Bugwelle, über den See glitten. Alles sah noch genauso aus wie damals zu ihrer Zeit in Grünwaldsee. Wenn Paul und Wilhelm jetzt neben ihr gestanden hätten, sie hätten ihre geliebte Heimat sicher auch wiedererkannt.

Hatte sie je aufgehört, ihre Brüder zu betrauern? Der arme Paul, der arme Wilhelm. Auch nach all den Jahren erschauderte sie immer noch. Die ganze Geschichte hatte sie erst nach dem Krieg erfahren.

Sie hatte nach Berlin fahren wollen, um Wilhelm bei seinem Prozess beizustehen, doch Papa von Letteberg hatte sie überzeugt, die Prozedur würde erniedrigend und schwierig genug für Wilhelm sein, sodass ihre Anwesenheit es nur noch schlimmer machen würde. Also gab sie ihm einen Brief mit, in der Hoffnung, dass es ihm gelingen würde, ihn Wilhelm zuzustecken. Dieser war seines Rangs entkleidet und aus der Armee ausgestoßen worden, bevor man ihn einer »Sonderbefragung«, wie die Gestapo es nannte, unterzog – wie sich herausstellte, war das nur ein beschönigender Ausdruck für Folter.

Wie die anderen Angeklagten hatte er drei Wochen lang gelitten, ohne andere Namen preiszugeben als die der Männer, die seines Wissens nach bereits hingerichtet worden waren. Anschließend hatte man ihn vor den Volksgerichtshof gestellt. Erwartungsgemäß hatte der Richter ihn zum Tode verurteilt. Allerdings hatte man Wilhelm den Soldatentod verweigert, den man seinem Vorgesetzten gewährt hatte. Er wurde nackt an einer Klaviersaite an einem Fleischerhaken in der Zelle des Gefängnisses Plötzensee aufgehängt.

Laut Aussage eines Augenzeugen hatte Wilhelms Sterben volle fünfundzwanzig Minuten gedauert, da man ihn – wie den Bruder seines Oberst – zweimal abgenommen und wiederbelebt hatte, bevor man ihn erneut an den Haken hängte.

Am Morgen seiner Hinrichtung hatte man Wilhelm von Greta unterzeichnete Papiere gezeigt, in denen sie sich von ihm lossagte und ihn als Verräter bezeichnete, der den Namen von Datski in den Schmutz gezogen habe. Doch Charlotte war sicher, dass Wilhelm wohl auch nichts anderes von Greta erwartet hatte.

Ihr Schwiegervater hatte geschworen, er habe ihre letzte Nachricht erhalten, die ganz kurz und schlicht gewesen war: *Ich liebe dich und werde immer stolz auf dich sein, mein geliebter Bruder.*

Charlotte öffnete ihr Tagebuch und blätterte bis zur letzten Seite, wo Wilhelms letzter Brief an sie steckte. Als sie in entfaltete, traten ihr, wie immer beim Anblick seiner vertrauten Handschrift, die Tränen in die Augen.

*Ich bedauere nur, dass wir es nicht geschafft haben und dass Irene, die Kinder, du und Mama jetzt darunter leiden müsst. Hoffentlich wirst du mir eines Tages verzeihen und verstehen, warum ich selbst meine Familie für Deutschland opfern musste. Dein dich liebender Bruder Wilhelm.*

Sie wünschte, sie hätte ihm sagen können, dass sie sieben Monate später alles verstanden und sich von ganzem Herzen und aus ganzer Seele gewünscht hatte, Oberst Graf von Stauffenberg und seine Mitverschwörer wären erfolgreich gewesen.

Charlotte blätterte die nächsten Seiten ihres Tagebuches durch. Die Eintragungen waren kurz und wurden weniger und weniger, bis manchmal nicht nur Tage, sondern Wochen dazwischen lagen. Sie war mit der Leitung von Grünwaldsee beschäftigt gewesen. Allerdings war das nichts Neues und hatte sie eigentlich noch nie daran gehindert, ihre Gedanken zu Papier zu bringen. Aber der Angst war es gelungen. Es war eine alles verschlingende, eiskalte und lähmende Angst, die sie den ganzen Tag verfolgte und ihre Träume in Albträume verwandelte. Sie fürchtete nicht um sich selbst, doch nach dem, was Wilhelm, Irene und ihren Kindern zugestoßen war, machte sie sich Sorgen um ihren Sohn, ihre Mutter, Sascha – und Saschas Baby.

Sie, die früher so offen und freundlich gewesen war, begegnete nun jedem Besucher in Grünwaldsee, ganz gleich ob alter Freund oder Fremder, mit Argwohn. Überall wimmelte es von Denunzianten, und seit der Tat ihres Bruders stand die ganze Familie unter Verdacht.

Der Kommandant des Gefangenenlagers rief an und teilte ihr mit, die Wachen müssten ausgetauscht werden, da jeder erfahrene Soldat an der Front gebraucht würde. Sie wusste, dass es zwecklos war, mit ihm herumzustreiten, und versuchte es deshalb gar nicht erst. Es war nicht so, dass sie die alten Wachen liebgewonnen hätte, aber sie lebten nun schon so lange in Grünwaldsee, dass sie inzwischen zum Inventar gehörten. Als die Ersatzleute eintrafen, blickte sie den drei Obergefreiten voll Zuneigung nach, denn sie waren beinahe Freunde geworden.

Zwei der neuen Wachen waren böswillige, verbitterte Kriegsversehrte mit Holzbeinen. Beide hatten Spaß daran, die Gefangenen zu schlagen und zu demütigen. Der dritte war ein Junge, der sich zwar noch nicht rasieren musste, doch von der Obrigkeit offenbar für alt genug gehalten wurde, um eine Waffe zu tragen. Außerdem war noch ein vierter Mann dabei, ein schrecklich magerer Tuberkulosekranker, der pausenlos hustete und den Großteil des Tages am Fenster des Wachhäuschens stand, um jede Bewegung von Brunon, Marius, Minna, Martha und ihr selbst zu beobachten. Wenn sie seinen Blick erwiderten, machte er sich demonstrativ Notizen.

Offenbar hatte er die Aufgabe, sie auszuspionieren. In diesen düsteren Spätsommertagen gab es nur einen Trost – Sascha. Obwohl die späteren Ereignisse sie an Saschas Motiven zweifeln ließen, hatte sie in jenem Sommer wirklich geglaubt, dass sie und ihr ungeborenes Kind ihm etwas bedeuteten.

Charlotte nahm das Tagebuch, ging zum Bett und zog die Schuhe aus. Dann legte sie sich hin, um in Erinnerungen zu schwelgen.

Ein blauer Himmel. Lange, heiße Tage auf den Feldern, gefolgt von warmen Sommerabenden, die sie hinter frischen Heuballen in der Sattelkammer verbrachten. Falls Brunon sich gefragt haben sollte, warum sie angeordnet hatte, so viel

Heu dort und nicht in der Scheune zu lagern, sprach er sie jedenfalls nie darauf an.

Sascha, der jeden Tag so hart wie ein Sklave, der er ja war, arbeiten musste, hielt sie an diesen heimlichen Abenden in den Armen, teilte die Last ihrer Trauer über den Verlust ihres Vaters, ihrer Brüder und ihrer Freunde mit ihr, weinte mit ihr und versprach ihr, ihr nach dem Krieg bei der Suche nach Irene und ihren Töchtern zu helfen.

Immer wenn Charlotte frisches Heu roch, fühlte sie sich wieder in jene Zeit zurückversetzt, die trotz der Angst, der Sorgen und der Ungewissheit die leidenschaftlichste und intensivste ihres Lebens gewesen war.

*Dienstag, 17. Oktober 1944*
*Deutschland trauert. Feldmarschall Rommel ist tot. Das Radio und die Zeitungen melden, dass er vor drei Tagen bei der Bombardierung seines Wagens durch die britische Luftwaffe ums Leben kam. Doch Brunon hat in Allenstein Gerüchte aufgeschnappt, er sei ebenfalls an von Stauffenbergs Verschwörung beteiligt gewesen.*

*Nach Wilhelms Hinrichtung hat mich die zuständige Oberschwester des Krankenhauses in Bergensee gebeten, meine Besuche einzustellen. Offenbar handelte sie auf Befehl von oben, denn sie wirkte während des Gesprächs sehr verlegen und meinte sogar, wenn es nach ihr ginge, könnte ich gerne wiederkommen. Doch der wachhabende Obergefreite hatte uns belauscht und sagte mir ins Gesicht, die Behörden hielten die Anwesenheit der Schwester eines Verräters in einer militärischen Einrichtung für unpassend.*

*Ich fahre nicht oft in die Stadt, da es überflüssig ist, denn die Läden haben ohnehin nicht viel im Angebot. Tue ich es doch, wechseln die Leute die Straßenseite, damit sie mich nicht zu grüßen brauchen. Ehemalige Klassenkameradinnen, die Mütter von Jungen, die mit Paul und Wilhelm der Hitlerjugend angehört haben, ja, selbst der Arzt und seine Frau, die seit ich denken kann gute Freunde von Papa und Mama waren, wagen nicht, sich in der Öffentlichkeit mit mir sehen zu lassen.*

*So viele sind verhaftet und hingerichtet worden – Generäle, Oberste, Beamte, alles angesehene, zum Teil adelige, kluge und tüchtige Männer, die Deutschland eigentlich nicht entbehren kann. Inzwischen frage ich mich, ob Papa wirklich an einem Herzinfarkt gestorben ist. Der Führer hasst die Freimaurer, und Papas Jugendsünde sowie seine ablehnende Haltung zum Krieg waren ja kein Geheimnis.*

*Ich dachte, dass Papas Tod das Schlimmste wäre, was mir je passieren könnte. Doch nun, keine vier Jahre später, traue-re ich nicht nur um ihn, sondern auch um Wilhelm und Paul. Nur noch Mama, Greta und ich sind übrig, und Mama mag zwar körperlich anwesend sein, doch ihr Verstand ist bei Papa und den Jungen. Was Greta angeht … vor einem Jahr hielt ich es für unmöglich, sie noch mehr zu verabscheuen, als ich es ohnehin schon tat. Aber nun hasse ich sie mit jeder Faser meines Körpers.*

*Seit Wilhelms Hinrichtung sind mittlerweile sieben Wochen vergangen. Von Irene haben wir noch immer nichts gehört. Papa von Letteberg musste alle seine Beziehungen spielen lassen, um zu verhindern, dass Erich, Mama und ich ebenfalls abgeholt werden. Er kam aus Berlin nach Grünwaldsee, um mir von Wilhelms Tod zu berichten, weil er nicht wollte, dass ich es von einem Fremden erfuhr. Mein Bruder wurde nicht einmal wie ein Offizier vor ein Erschießungskommando gestellt, sondern aufgehängt wie ein gemeiner Verbrecher.*

*Ich habe Papa von Letteberg angefleht, mir alles über Wilhelms Hinrichtung zu sagen, was er weiß. Er hat mit einem Soldaten gesprochen, der bei Wilhelms Exekution dabei gewesen ist. Alle Anwesenden seien sich einig, dass mein Bruder wie ein Held gestorben sei. Daran habe ich nie gezweifelt. Doch die Vorstellung, einen starken, gesunden jungen Mann, geschweige denn meinen um alles geliebten Bruder, in der Blüte seines Lebens umzubringen, widert mich an. Eben hat er noch gelebt – und im nächsten Moment war alles vorbei.*

*Wilhelm hat sich geweigert, seine Mitverschwörer zu verraten, und bis zuletzt darauf beharrt, dass nur die bereits hingerichteten Männer von dem geplanten Attentat auf Hitler gewusst hätten. Keine der Frauen, nicht einmal seine Frau, seine Mutter oder seine Schwestern, hätten auch nur die leiseste Ahnung von ihren Absichten gehabt.*

*Kurz darauf schrieb Greta mir einen Brief, der wie die gesamte in Grünwaldsee eingehende Post geöffnet worden war. Ihm lag eine Kopie ihres Schreibens an das Oberkommando der Wehrmacht bei. Darin sagt sie sich nicht nur von Wilhelms Tat, sondern von Wilhelm selbst los.*

*Da von mir niemand verlangt hat, einen solchen Brief zu schreiben, kann ich nur annehmen, dass sie es aus eigenem Antrieb getan hat, um sich von dem zu distanzieren, was sie als »Wilhelm von Datskis schändlichen Verrat« bezeichnet. Allerdings war Gretas Hang zum Egoismus schon immer besonders stark ausgeprägt. Wie Paul es auszudrücken pflegte, hält Greta sich für den Nabel der Welt.*

*In ihrem Brief an mich stand, da Paul und Wilhelm ja tot seien und keine unbescholtenen gesetzlichen Erben hinterlassen hätten – als ob die arme kleine Marianne und Karoline Verbrecherinnen sein könnten –, gehöre Grünwaldsee nun rechtmäßig ihr. Schließlich sei sie Papas älteste Tochter, weshalb sie und Helmut nach ihrer Hochzeit hier einziehen würden.*

*In meiner Wut habe ich beide Briefe verbrannt. Hoffentlich ist Greta vernünftig genug, mich und Grünwaldsee in Ruhe zu lassen. Falls sie versuchen sollte, auch nur einen Fuß in dieses Haus zu setzen, kann ich für nichts garantieren. Wenn das Gut jemandem gehört, dann Marianne und Karoline oder – sofern Irene einen Jungen erwartet – Wilhelms Sohn. Ich werde dafür sorgen, dass seine Erben das Gut bekommen, nicht Greta und ihr Schoßhündchen von einem Verlobten.*

*Papa von Lettebergs Warnung, dass alle Straßen rings um Grünwaldsee überwacht werden, war überflüssig. Am liebsten würde ich Erich fortschicken, aber wohin? Mama von Letteberg käme am ehesten infrage, doch seit ihrem letzten Besuch weiß ich, dass sie mit jedem Gerücht über weitere Verhaftungen in größere Sorge gerät. Sie hat schreckliche Angst, dass Papa von Letteberg als nächstes abgeholt werden könnte. In diesem Fall wären sie und jeder, der in ihrem Haushalt lebt, ebenfalls in Gefahr. Ich kann den Gedanken nicht ertragen, Erich genauso zu verlieren wie Marianne und Karoline.*

*Ich stelle mir lieber nicht vor, was aus den Mädchen werden wird, wenn sie Monate oder gar Jahre in einem Lager oder einem staatlichen Waisenhaus verbringen müssen – vorausgesetzt, dass sie überleben und dass ich sie nach dem Krieg wie-*

*derfinde. Nachdem ich Claus einen kurzen Tag – und wegen des Kindes, das ich erwarte, eine sehr notwendige Nacht lang – gesehen habe, ist er an die russische Front weitergereist. Ich bin sicher, dass er nichts von der Verschwörung wusste. Bei seinem Vater bin ich da nicht so überzeugt.*

*Papa von Letteberg war der Ansicht, dass es an der Ostfront weniger gefährlich sei als in Berlin, weshalb er sich gleich nach der Hinrichtung von Graf von Stauffenberg um Claus' Versetzung bemüht hat. Allerdings entnehme ich den Andeutungen in Mama von Lettebergs vorsichtig formulierten Briefen, dass er inzwischen Zweifel hat. Brunon hat aufgeschnappt, dass es gar keine russische Front mehr gibt, nur noch eine polnische, und dass die Russen sich an der Grenze zu Ostpreußen sammeln.*

*Ende September habe ich Claus geschrieben, dass er wieder Vater wird. Dann habe ich Mama von Letteberg angerufen, um ihr zu sagen, dass ich ihr zweites Enkelkind erwarte. Sie tat, als freue sie sich, doch ich spürte, dass ich ihr nur einen weiteren Grund zur Sorge geliefert habe. Durch eine Schwangerschaft bin ich angreifbarer und kann leichter als Verhandlungsmasse gegen Papa von Letteberg eingesetzt werden, falls man Beweise für seine Beteiligung an der Verschwörung vom 20. Juli findet.*

*Brunon berichtet, Gerüchten zufolge seien Tausende von Angehörigen der Verschwörer, auch alte Leute, Kinder und Säuglinge, in Gefängnisse und Lager verschleppt worden. Ich kann nur hoffen, dass Irene, Marianne und Karoline noch leben und dass die Frauen und Kinder nicht unter allzu schlechten Bedingungen untergebracht sind. Doch da es schon für Zivilisten zu wenig zu essen gibt, wage ich mir ihre Verpfle-*

*gung gar nicht vorzustellen. Die Rationen für die Wachen sind halbiert worden, obwohl sie jetzt nicht mehr zu dritt, sondern zu viert sind. Für die Russen haben wir bereits seit Monaten nichts mehr bekommen.*

*Also wundert es mich nicht weiter, dass der Kommandant des Kriegsgefangenenlagers mich jede Woche anruft, um mich zu fragen, ob wir Ersatzleute brauchen. Laut Brunon hat es offiziell Methode, die russischen Kriegsgefangenen an Hunger sterben zu lassen. Die neuen Wachen beharren darauf, dass die Russen mit einer Schale wässriger Suppe am Tag zurechtkommen müssen. Ich bin froh, dass wir die Falltür haben, obwohl wir sehr vorsichtig sein müssen. Man sieht Sascha und seinen Männern an, dass wir sie heimlich verpflegen, weshalb die Wachen zu allen Tages- und Nachtzeiten den Heuboden durchsuchen, um sie mit etwas Essbarem zu erwischen. Bis jetzt haben wir Glück gehabt.*

*Wenn Irene noch lebt, hat sie inzwischen ihr Kind zur Welt gebracht. Hoffentlich ist es ein Junge, da damit die Frage, wer Grünwaldsee einmal erben wird, hinfällig wäre. Die Armee hat fast alle Tiere beschlagnahmt. Brunon hat einige Pferde auf benachbarten Bauernhöfen versteckt, auch Elise, weil wir überzeugt sind, dass die Armee die Pferde nur wegen des Fleisches konfisziert.*

*Brunon, Marius und ich haben in der Nacht unten am Fluss heimlich drei Schweine geschlachtet, damit die Wachen es nicht bemerken und wir das Blut wegwaschen konnten. Die Schweineviertel haben wir eingesalzen und sie hinter Papas Weinregalen im Keller versteckt. Anderenfalls hätten wir nichts zu essen. Gestern wurde die wöchentliche Brotration wieder um zweihundert Gramm gekürzt. Für uns ist das schon schlimm genug, aber Sascha und die anderen Gefangenen müssen noch mehr darunter leiden. Weil wir so wenig für uns selbst und die Kinder auf dem Gut haben, wird es immer schwieriger, etwas aufzutreiben, um es auf den Heuboden zu schmuggeln.*

*Wenn Sascha mich nicht lieben und trösten würde, hätte ich die letzten Monate nicht überstanden. Nacht für Nacht hält er mich in den Armen, während ich mich ausweine – wegen Papa und Mama, Paul und Wilhelm, Irene und ihrer Kinder und auch unseretwegen.*

*Noch nie habe ich so einen heißen August erlebt. Als die Hitzewelle ihren Höhepunkt erreichte, schlichen Sascha und ich uns in den frühen Morgenstunden aus der Sattelkammer und aus dem Haus und liefen durch den Wald zum Sommerhaus, um im See zu baden.*

*Es war Wahnsinn, ein solches Risiko einzugehen. Doch nach dem, was Wilhelm und Irene zugestoßen ist, erscheint uns unsere gemeinsame Zeit noch kostbarer. Wer weiß, wie viel uns noch vergönnt sein wird? Die Gefahr ist uns weniger wichtig als jeder Moment, den wir miteinander verbringen können.*

*Nun habe ich Erinnerungen daran, wie ich mit Sascha unter den Sternen schwimme, wie ich am Ufer nackt in seinen Armen liege und wie ich zusehe, während der Mond langsam am Himmel untergeht. Nie werde ich diese Nacht vergessen und Sascha sicherlich auch nicht. Es war, als sei es uns gelungen, die Zeit anzuhalten. Lange rührte sich nichts. Es wehte nicht einmal ein Lüftchen. Alles war so totenstill, dass ich fast glaubte, wir seien die einzigen Lebewesen in einer aus Pappe ausgeschnittenen Welt.*

*Es gab nur noch uns, bis ein Vogel zu singen begann und ein Windhauch Wellen auf dem See schlug. Der Vogel hatte den Bann gebrochen, doch trotzdem wollte ich bis zum Morgengrauen bleiben, obwohl Sascha in Sorge war, allerdings nicht um sich selbst – nie um sich selbst –, sondern um mich.*

*Wir stiegen durch das Fenster des Ballsaals ins Haus ein. Dann führte ich ihn den Flur entlang zur Sattelkammer. Dabei musste ich die ganze Zeit daran denken, was geschehen würde, wenn ein Wachmann uns sähe. Die neuen Wachleute haben nämlich darauf bestanden, dass wir ihnen Hausschlüssel aushändigen. Sie benutzen sie nach Belieben bei Tag und bei Nacht und sind immer bewaffnet. Vermutlich würden sie zuerst Sascha erschießen und dann mich.*

*Inzwischen erscheint es mir seltsam, dass ich als Kind solche Angst vor dem Tod hatte. Mit fünf Jahren wachte ich nach Omas Tod Nacht für Nacht schreiend auf. Papa und Greta verloren allmählich die Geduld mit mir. Mama verstand meine Ängste nicht – oder vielleicht doch? Vielleicht empfindet jeder insgeheim genauso. Eine grausige Vorstellung, dass der Körper von Würmern und Insekten gefressen wird, während man in einem schwarzen Nichts versinkt, in dem man nicht einmal mehr denken kann.*

*Ich glaube, Wilhelm und Paul konnten nachvollziehen, was ich durchmachte. Nun, nach allem, was seit Kriegsbeginn geschehen ist, grüble ich häufiger über den Tod nach, als für Erich und mich gut ist.*

*Ich hoffe, dass nach dem Tod noch etwas kommt. Irgendeine Form von Leben, selbst wenn es sich von unserem irdischen Dasein unterscheidet. Dann wären die Zwillinge wieder mit Papa, Maria, Peter und Manfred vereint. Und eines Tages würde ich sie wiedersehen. Aber ich glaube keinen Moment lang, dass dieses Leben, falls es überhaupt existiert, etwas mit einem Gott zu tun hat, der alles sieht, alles weiß und alles verzeiht. Kein Gott würde so schreckliche Dinge zulassen, wie sie unschuldige Menschen und Kinder überall in Europa ertragen müssen.*

*Wäre es ein schneller Tod, wenn ein Wachmann Sascha und mich erschießen würde? Ist eine Kugel in den Kopf so schmerzlos, wie die Soldaten immer behaupten? Was ist, wenn man nach dem Erschießen nicht sofort stirbt, sondern große Schmerzen leidet? Spürt man kurz vor dem Ende den herannahenden Tod?*

*Ich möchte nicht, dass es dazu kommt. Aber ohne Sascha will ich auch nicht weiterleben. Er beharrt darauf, ich müsste durchhalten, falls das Schlimmste eintritt, weil so viele Menschen von mir abhingen. Ich trüge die Verantwortung für Erich, unser ungeborenes Kind, die Kinder von Irene und Wilhelm, Mama, Minna, Brunons Familie – und für ihn. Je mehr das Baby in mir wächst, desto sicherer ist Sascha, dass wir eine gemeinsame Zukunft haben. Ich hingegen habe meine Zweifel und wage nicht, ihn zu fragen, wo diese Zukunft seiner Ansicht nach stattfinden soll.*

*Donnerstag, 19. Oktober 1944*
*Gestern wurden alle gesunden Männer zwischen sechzehn und sechzig zum Volkssturm eingezogen. Der Führer selbst machte die Ankündigung und verteufelte gleichzeitig unsere Verbündeten, weil sie uns im Stich gelassen hätten. Er betonte, Deutschland müsse sich nun allein den internationalen jüdischen Feinden stellen.*

*Ich war entsetzt – nicht, weil wir den Krieg zu verlieren drohen, denn das vermutete ich schon lange –, sondern da ich jetzt auf Brunon verzichten muss. Wie soll ich das Gut ohne ihn leiten? Er hat bereits seinen Marschbefehl und eine Reiseerlaubnis nach Königsberg erhalten. Martha ist sehr bestürzt. Ich habe Brunon versprochen, auf sie und Marius zu achten. Hoffentlich wird es mir, anders als bei Wilhelm, gelingen, wenigstens dieses Versprechen zu halten. Ein Glück, dass Marius erst dreizehn ist.*

*Heute Morgen habe ich einen Brief von Claus bekommen. Die Überschrift lautete »Irgendwo in Polen«. Er freut sich über meine Schwangerschaft und schlägt vor, das Kind nach seinem Bruder Peter zu nennen, wenn es ein Junge wird. Ich habe mich gefragt, ob er vergessen hat, dass Erich mit zweitem Namen Peter heißt.*

*Am liebsten würde ich das Kind Wilhelm Paul nennen. Doch ich weiß, dass Claus das niemals zulassen würde. Man könnte es nämlich so deuten, als billigten wir Wilhelms Teilnahme an der Verschwörung vom 20. Juli.*

*Aber was hat Claus überhaupt mit diesem Baby zu tun? Nur selten ist mir etwas so schwergefallen, wie mich bei seinem letzten Urlaub von ihm anfassen zu lassen. Seit ich mit Sascha schlafe, widert es mich noch mehr an, seinen nackten Körper an meinem zu spüren.*

*In Claus' Abwesenheit ist es so leicht, mir vorzumachen, dass Sascha mein Ehemann ist. Aber vielleicht wird es ja auch immer nur eine Illusion bleiben. Nein, das will ich nicht glauben. Ich will einfach nicht!*

*Die Nächte werden kälter. Sascha und ich verbringen so viel Zeit wie möglich in der Sattelkammer. So verzweifelt wir auch versuchen, den Krieg zu vergessen, wissen wir, dass sich bald alles ändern wird. Da die Russen sich an unseren Ostgrenzen sammeln, kursieren Gerüchte, dass die russischen Gefangenen weiter nach Westen geschafft werden sollen. Hoffentlich nicht. Ich kann mir ein Leben ohne Sascha nicht vorstellen.*

*Mittwoch, 8. November 1944*

*Letzten Monat haben die Russen die Grenze zu Ostpreußen überschritten und deutsche Frauen und Kinder in Nemmersdorf, einem Dorf unweit von Königsberg, niedergemetzelt. Die Zeitungen strotzten von grausigen Fotos, die Kreuzigungen und Menschen darstellten, denen man die Eingeweide herausreißt oder sie bei lebendigem Leibe verbrennt. Ich wünschte, ich hätte sie mir nicht angesehen, denn seitdem lässt mich die Sorge nicht mehr los, dass Erich, Marianne und der kleinen Karoline möglicherweise ein ähnliches Schicksal droht.*

*Sascha sagt, die Fotos könnten Propaganda sein. Allerdings warnte er mich, dass – ob es sich nun um Propaganda handle oder nicht – die Russen bei einem Einmarsch in Ostpreußen sicher nicht zimperlich mit deutschen Soldaten oder Zivilisten umgehen werden, da unsere Armee so viele Gräueltaten verübt habe.*

*Menschen aus dem Osten des Landes haben versucht, sich in Allensteiner Hotels einzumieten. Doch die Polizei hat den Wirten befohlen, sie abzuweisen. Erich Koch, unser Gauleiter, beharrt nämlich darauf, die Russen seien zurückgedrängt worden.*

*Uns allen wurde befohlen, zu Hause zu bleiben, selbst den*

*Leuten, die in der Nähe der polnischen und russischen Grenze leben, und den Einwohnern von Königsberg, obwohl die Russen ziemlich sicher zuerst unsere Hauptstadt angreifen werden.*

*Stimmt es wirklich, dass die Russen zurückgedrängt worden sind? Ist Brunon in Sicherheit? Seit er vor einem Monat Grünwaldsee verlassen hat, hat Martha erst einen einzigen Brief von ihm erhalten. Werden die Russen in Ostpreußen einmarschieren? Was wird dann aus uns? Ich wage nicht, es mir auszumalen.*

# 14

*Dienstag, 26. Dezember 1944*

*Es war das traurigste Weihnachtsfest meines Lebens. Martha, Minna und ich haben zwar versucht, den Tag für Erich, Marius und die Kinder auf dem Gut zu etwas Besonderem zu machen, aber wir waren alle nicht in Feierlaune. Papa von Letteberg musste in Berlin bleiben, und Mama von Letteberg wollte ihn auf keinen Fall allein lassen.*

*Marius hat in der Stadt Gerüchte aufgeschnappt, die Gestapo verhafte noch immer Leute, die sie mit von Stauffenbergs Verschwörung in Verbindung bringen. Sicher fürchtet Mama von Letteberg, dass Papa von Letteberg in Verdacht geraten könnte. Die Alliierten bombardieren deutsche Städte und rücken an der italienischen und der französischen Front vor. Einige sagen, die deutschen Grenzstädte im Westen seien bereits erobert. Ich fühle mich wie im Irrenhaus. Während alliierte Truppen Deutschland von allen Seiten umzingeln, verhaften die Behörden unsere eigenen Offiziere, sperren sie ein und bringen sie um, obwohl wir doch jeden Mann brauchen, um gegen den Feind zu kämpfen.*

*Heute Morgen war ich in der Kirche, um für die Seelen von Papa, Wilhelm, Paul, Peter, Manfred und Herrn und Frau Adolf, um das Leben von Irene und ihren Kindern und um Mamas Seelenfrieden zu beten. Allerdings erschien mir jede Minute in dem kalten, zugigen Gebäude wie Zeitverschwendung. Ein Gottesdienstbesuch ist so eine abgedroschene und sinnlose Angelegenheit, wenn man nicht mehr an Gott glaubt. Doch ich gedachte meiner noch lebenden und toten Angehörigen und wünschte, ich könnte ihnen mitteilen, dass ich im Geiste bei ihnen war. Als Kommunist reißt Sascha ständig Witze über Gott. Er meint, wenn es einen Gott gäbe, sei der offenbar 1939 auf unbestimmte Zeit verreist.*

*Mein einziger Trost ist, dass Mama von all diesen Vorgängen nichts mehr mitbekommt. Als ich ihr an Heiligabend ihr Essen und ihr Weihnachtsgeschenk – Taschentücher, die ich aus zerschnittenen Bettlaken genäht und bestickt hatte – brachte, bat sie mich, Papa und die Jungen daran zu erinnern, dass sie sich warm anziehen sollten, weil es draußen eiskalt sei und Schnee fiele. Manchmal wünschte ich, ich könnte wie sie einfach nicht auf die Gegenwart achten und nur noch in der Vergangenheit leben.*

*Greta hat kein einziges Geschenk geschickt, nicht einmal für Mama. Aber sie hat uns geschrieben, es herrsche Urlaubssperre. Außerdem sei Helmut einem Regiment zugeteilt, und er müsse an die Front. Es wurde ja auch langsam Zeit! Warum müssen alte Männer wie Brunon kämpfen, während junge Burschen wie Helmut gemütlich in ihren Büros herumsitzen? Sie tadelte mich, weil ich ihren letzten Brief nicht beantwortet hatte. Doch ich bringe es nicht über mich, auch nur ein einziges Wort an sie zu schreiben, nachdem sie Wilhelm in den Schmutz gezogen und gedroht hat, mir Grünwaldsee wegzunehmen. Nicht einmal eine Weihnachtskarte hat sie von mir gekriegt.*

*Am liebsten hätte ich Irene und den Kindern Weihnachtsgrüße und Essenspakete zukommen lassen, aber Mama von Letteberg riet mir dringend davon ab, da jeder Versuch einer*

*Kontaktaufnahme ihre Lage verschlimmern könnte – wo immer sie auch sind.*

*Also saßen an Heiligabend nur Martha, Minna, Marius, Erich und ich am Tisch. Es gab Pökelschinken und Salzkartoffeln. Das Essen blieb mir fast im Halse stecken, als ich an die vergangenen Jahre dachte. Damals war das Haus voller Menschen gewesen, Gelächter, Freude und weihnachtliche Stimmung hatten geherrscht. Selbst der Baum, den Marius – er gibt sich solche Mühe, seinen Vater als Verwalter und Familienoberhaupt zu vertreten – gefällt und in die Vorhalle geschleppt hatte, sah verglichen mit dem vom letzten Jahr, ganz zu schweigen von den Jahren davor, ziemlich kläglich aus, denn die wenigen Süßigkeiten für die Kinder auf dem Gut an seinen Zweigen bestanden nur aus Sirup und Kartoffelbrei.*

*Ich fühle mich, als gingen Gespenster im Haus um. Wenn ein Luftzug eine Tür zuschlägt, höre ich, wie die Zwillinge, auf dem Weg zu einem Fest, johlend die Treppe hinunterlaufen. Komme ich am Arbeitszimmer vorbei und öffne die Tür, erwarte ich fast, Papa dort rauchend sitzen und die Zeitung lesen zu sehen, obwohl er jeden Morgen vorgab, er würde in dieser Zeit die Buchführung erledigen. Selbst Mamas Nähzimmer wirkt verlassen.*

*Am Nachmittag des Weihnachtstages, es war gerade dunkel geworden, fuhr ein Lastwagen vor. Die Windschutzscheibe war mit Schnee bedeckt und die Plane eisverkrustet. Da ich mich daran erinnerte, wie die SS Irene und die Kinder abgeholt hatte, wies ich Martha und Minna an, Erich und Marius oben zu verstecken, bevor ich die Tür öffnete. Schon bevor ich das Stöhnen auf der Ladefläche hörte, war ich entsetzt.*

*Als der Fahrer und ein Offizier ausstiegen, warf ich einen Blick in den Lastwagen, in dem sich verwundete Soldaten drängten. Die Männer befanden sich in einem erbärmlichen Zustand und hatten blutige Verbände an den erfrorenen Köpfen, Händen und Füßen. Selbst in der Kälte war der Gestank entsetzlich.*

*Während der Fahrer nach den Männern sah, knallte der Offizier, ein lächerlich junger Leutnant, die Hacken zusammen, verbeugte sich, reichte mir ein Päckchen und einen Brief und sagte, sie seien von Standartenführer Graf von Letteberg.*

*Ich schlug ihm vor, die Männer hinein ins Warme zu bringen, damit sie etwas Heißes trinken könnten. Martha hat immer einen Suppentopf auf dem Herd, auch wenn der Inhalt inzwischen fast nur noch aus Gemüse und Wasser besteht.*

*Doch der Leutnant lehnte ab. Einige Männer seien schwer verwundet. Außerdem hätten die meisten durch Erfrierungen Finger und Zehen verloren. Er meinte, wenn er sie nicht so schnell wie möglich zu den Ärzten in Bergensee brächte, würden sie Wundbrand bekommen. Als ich fragte, ob ich helfen könnte, schüttelte er den Kopf.*

*Ich blickte dem Lastwagen nach, kehrte dann in die Küche zurück und rief nach Martha, Minna und den Kindern. Ich hoffte, das Päckchen würde etwas enthalten, das Erich aufheiterte. Inzwischen ist er alt genug, um zu wissen, dass Weihnachten ein besonderer Tag ist, und diesmal war das Fest für ihn sehr einsam. Er erkundigt sich immer noch ständig nach Marianne und Karoline, sie haben so hübsch zusammen gespielt. Außerdem vermisst er Irene, die den Kindern stundenlang Geschichten vorgelesen hat. Nicht einmal Marius hat es geschafft, ihn aufzumuntern.*

*In diesem Jahr gab es keine Wehrmachtsuniform, sondern einen kleinen Zug aus Holz, von dem Erich ganz begeistert war, eine Schachtel kandierter Früchte, die ich zwischen Martha, Minna und den Kindern aufteilte, und eine handgestrickte Babyausstattung für mich. Ich wage gar nicht, mir auszumalen, wie viel Claus dafür bezahlt hat.*

*Sein Brief war verhalten, doch er schlug mir vor, so bald wie möglich seine Eltern in Berlin zu besuchen. Daraus schließe ich, dass die russische Invasion Ostpreußens nicht mehr weit ist. Allerdings kann ich nicht weg aus Grünwaldsee, solange Brunon fort ist.*

*Nachdem ich Erich zu Bett gebracht hatte, setzte ich mich noch eine halbe Stunde mit Martha und Minna zusammen. Sie waren so niedergeschlagen, dass sie schon vor neun Uhr schlafen gingen. Vielleicht ahnen sie ja auch, dass sich zwischen mir und einem der Gefangenen etwas tut. Sobald ich allein war, suche ich alles Essbare zusammen, das ich finden konnte, nahm zwei Flaschen von Marthas selbstgemachtem Kirschwein und schlich mich in die Sattelkammer.*

*Mama hat recht. Es ist in diesem Jahr wirklich bitterkalt. Obwohl der alte Ofen auf dem Heuboden noch gut funktioniert, hat Sascha mir erzählt, dass die Männer sich die meiste Zeit unter möglichst vielen Kleiderschichten verkriechen. In der Sattelkammer war es fast so eisig wie draußen.*

*Als ich Sascha vorschlug, ihn nach oben in mein Zimmer und mein Bett zu schmuggeln, erwiderte er, das sei zu gefährlich, da die neuen Wachen einen Hausschlüssel besäßen. Also kuschelten wir uns unter die Pferdedecken, nachdem er den Großteil des Essens und des Weins durch die Falltür nach oben gereicht hatte.*

*Wegen seiner Großzügigkeit liebe ich ihn nur umso mehr, obwohl ich wünschte, er würde mehr von den Lebensmitteln, die ich ihm bringe, selbst essen, anstatt sie an seine Männer zu verteilen. Auch wenn keiner von uns weiß, was kommen wird, steht eines fest: Wir werden alle Kraft brauchen, die wir haben.*

*Zum zweiten Mal wagten wir es, über die Zukunft zu sprechen. Sascha schlug vor, ich solle ihm und seinen Männern Pferde und einen Wagen geben, wenn die Russen die deutschen Linien durchbrächen und in Ostpreußen einmarschierten. Dann könnten sie zur russischen Front fliehen und mich und Erich mitnehmen.*

*Ich erinnerte ihn daran, dass ich mich nicht nur um Erich, sondern auch um Mama, Minna, Martha und Marius kümmern müsse. Die Russen würden einer Gruppe deutscher Frauen und zwei kleinen Jungen sicher nicht freundlich gesinnt sein, insbesondere dann nicht, wenn sie erführen, dass eine der Frauen die Schwiegertochter von General von Letteberg und der kleinere Junge sein Enkel ist.*

*Daraufhin entwickelte Sascha einen noch verrückteren Plan. Und während ich warm und gemütlich, mit einem Glas Kirschwein intus, unter den Decken in seinen Armen lag, wollte ich einfach glauben, dass es möglich war.*

*Er meinte, wir könnten uns zur Küste durchschlagen, ein Boot stehlen, ins neutrale Schweden segeln und uns dort ein Haus suchen. Etwas Kleines und Heimeliges wie das Sommerhaus am See. Dort würden wir mit Erich und dem Baby wohnen, uns von unseren Mitmenschen fernhalten und von dem leben, was das Land hergab. Er könne mit dem Boot zum Fischen hinausfahren, und im Winter würde er Hirsche jagen.*

*Außerdem könnten wir ein paar Hühner und eine Milchkuh halten und ein wenig Gemüse anbauen.*

*Es war ein wundervoller Traum, ein schönes Weihnachtsgeschenk, aber inzwischen bin ich in größerer Angst als je zuvor. Ich versuche zwar, es mir nicht anmerken zu lassen, doch Sascha kennt mich zu gut. Ich kann ihm nichts verheimlichen. Bald bricht ein neues Jahr an, 1945. Eigentlich sollte ich glücklich sein und mich auf das Baby freuen, aber ich sorge mich um Erich, Irene und die Kinder, Mama, Deutschland und Sascha und seine Männer. Was wird das neue Jahr bringen?*

Wehmütig verzog Charlotte das Gesicht, als sie die nächsten Seiten betastete. Sie bestanden aus einem gröberen, dünneren Papier mit einer unebenen Oberfläche. Die Seiten stammten aus einem Notizbuch, das man ihr gegeben hatte, als sie in den letzten Kriegstagen eingezogen worden war. Am Tag nach der deutschen Kapitulation hatte sie sie dann in das Tagebuch hineingenäht. Sie erinnerte sich, wie sie in der Ecke einer Küche in einem fremden Bauernhaus gesessen und mit einer von der Bauersfrau geliehenen Nadel Löcher ins Papier gebohrt hatte. Danach hatte sie die losen Blätter mit einem Faden aus dem Saum ihrer Uniform zusammengeheftet, die sie nun nicht mehr brauchte.

Sie klappte das Buch zu, legte sich zurück und warf einen Blick auf die Uhr. Es war acht. Laura hatte sich erst um zehn zum Frühstück angekündigt. Also konnte sie noch eine Stunde schlafen. Sie schloss sogar die Augen, aber das Tagebuch hatte lebhafte Erinnerungen in ihr geweckt, die sie einfach nicht mehr loswurde.

Sie war wieder in Grünwaldsee. Es war Samstag, der 13. Januar 1945. Gerade hatte sie Martha in der Küche beim Gemüseschälen geholfen. Draußen schneite es so heftig, dass Arbeiten im Freien nicht infrage kamen. Deshalb misteten die Russen die Ställe aus. Jedes Mal, wenn das Zischen einer Reitpeitsche oder das Gebrüll der Wachen zu hören waren, zuckten sie und Martha zusammen. Die neuen Wachen schlugen und demütigten die Gefangenen gnadenlos, rührten Sascha und Leon jedoch nie an. Sascha hatte ihr erklärt, dass es sich dabei um einen alten Trick handelte. Indem man die Offiziere bevorzugt behandelte, hetzte man ihre Untergebenen gegen sie auf. In diesem Fall jedoch war der Schuss nach hinten losgegangen. Saschas Männer waren ihm und Leon in die Hölle des Gefangenenlagers gefolgt und hatten ihnen ihr Leben anvertraut. Nun hatte sich dieses Vertrauen bezahlt gemacht. Sie lebten noch, und der Respekt, den sie für ihre Offiziere empfanden, ließ sich nicht so leicht untergraben.

Als alle im Haus zu Bett gegangen waren, hatte sie Verbandsmull und Jod auf den Heuboden geschmuggelt. Die Brandyflasche war zwar schon seit Monaten leer, aber sie hatte noch eine Flasche scharfen selbst gebrannten Wodka aufgetrieben. Einer der polnischen Arbeiter auf dem Gut hatte sie Martha zum Dank geschenkt, weil sie seiner kranken Frau einen Topf Hühnerbrühe gebracht hatte. Sascha entkorkte die Flasche mit den Zähnen und trank einen kräftigen Schluck, bevor er Verbandszeug und Jod nach oben reichte. Nachdem er die Flasche wieder verschlossen hatte, kuschelten sie sich unter der groben Pferdedecke zitternd aneinander.

»Es tut mir so leid.« Eine weitere Erklärung war nicht nötig. »Sind deine Männer schwer verletzt?«

»Sie sind blutig geschlagen, aber sie werden es überleben. Ich wünschte, diese Schweine würden nicht immer auf den Jüngsten herumhacken. Die Haut hängt ihnen in Fetzen vom Rücken.«

Er ballte die Fäuste. »Am liebsten würde ich die Dreckskerle umbringen …« Als er sie ansah, verrauchte seine Wut. »›Ein gütiges Wort ist besser als ein dickes Stück Kuchen‹, heißt es immer. Von dir werde ich doch viele gütige Worte zu hören bekommen, oder, mein Liebling?«

»Ja, und danke, dass du mir wieder ein russisches Sprichwort beigebracht hast. Es liegt eine Menge Wahrheit in ihnen.« Sie küsste seine Nasenspitze, weil sein Mund sich unter der Decke befand.

»Das gilt insbesondere für ›Alle Zeiten müssen sich der Liebe beugen.‹ Ich werde dich auch in fünfzig Jahren noch lieben.«

Sie klammerte sich an ihn und wagte nicht, so weit in die Zukunft zu blicken. »Wenn wir dann noch leben, werden wir alt, buckelig, gichtkrank und grauhaarig sein.«

»Und in Frieden leben, denn Stalin und Hitler werden dann keine Soldaten mehr haben, die für sie kämpfen.«

»›Ewiger Friede dauert nur bis zum nächsten Krieg‹«, zitierte sie ein Sprichwort, das sie ebenfalls von ihm hatte. »Mein Vater hat im letzten Krieg gekämpft, der das Kriegeführen ein für alle Mal beenden sollte. Und zwanzig Jahre nach Unterzeichnung der Friedensverträge hat Hitler diesen hier vom Zaun gebrochen. Wie lange wird es wohl bis zum nächsten dauern?«

Er spürte ihre Verzweiflung und versuchte, sie zu trösten. »Wir werden überleben, Charlotte.«

»Was lässt dich da so sicher sein, Sascha?«

»Dieses kleine Mädchen.« Er legte unter der Decke die Hände auf ihren Bauch und spürte, wie das Baby trat.

»Es ist ein Junge.«

»Ein Mädchen«, verbesserte er sie, »das Liebe in die Welt bringen wird, die wir auf den Trümmern der alten aufbauen wollen. Möchtest du träumen?«

»Von unserem Haus«, willigte sie ein.

Er zog ihren Kopf an seine Brust, denn er wusste, dass sie dort am liebsten lag, weil sie so sein Herz schlagen hören konnte. »Ich finde, wir sollten es von innen und außen weiß streichen.«

»Und die Möbel?«

»Die streichen wir rot und grün. Rot in den Kinderzimmern und Grün im Wohnzimmer und im Esszimmer. In den Bücherschrank der Kinder kommen alle Märchenbücher, die wir finden können, russische, deutsche …«

»Und du bemalst die Wände im Kinderzimmer.«

»Ja, mit Trollen und zähnefletschenden Bären.« Er fletschte mit den Zähnen.

Charlotte vergaß die Vorsicht und lachte auf. »Das verbiete ich dir. Du wirst den Kindern damit Angst machen.«

»Unser Haus wird so friedlich und so erfüllt von Liebe sein, dass wir Gefahren werden erfinden müssen, damit sie lernen, dass manchmal Vorsicht geboten ist.«

»Wenn das nur wahr wäre.«

»Zweifelst du an unserer Traumwelt?«

»Niemals«, log sie.

»Gut, denn wir sollten allmählich darüber sprechen, welche Obststräucher wir im Garten anpflanzen. Rote Johannisbeeren, schwarze Johannisbeeren und natürlich Himbeeren.«

»Aber keine Stachelbeeren, wegen der Stacheln.«

»Keine Stachelbeeren.«

Trotz der eiskalten Luft in der Sattelkammer war es auf dem Heu und unter den Pferdedecken so gemütlich, dass sie erst um drei Uhr ging. Sascha versuchte noch, sie zurückzuhalten. Hatten sie beide geahnt, dass es ihre letzte gemeinsame Nacht gewesen war?

Am nächsten Morgen, der genauso kalt, grau und verschneit war wie der vergangene, wurde es erst spät hell. Das Datum hatte sich für immer in Charlottes Gedächtnis eingegraben: Sonntag, der 14. Januar 1945, ihr letzter Tag in dem Haus, in dem sie aufgewachsen war. Das Mittagessen, eine dünne Suppe aus Karotten und Kohl, stand auf dem Küchentisch. Erichs Gesicht war blass und mager, sodass seine blauen Augen über den eingefallenen Wangen riesengroß wirkten. Charlotte schnitt Brot, während Martha Salz und Pfeffer auf den Tisch stellte und Minna Erichs Serviette entfaltete.

Im nächsten Moment flog die Tür zum Hof auf, und Marius schrie, die Wehrmacht habe sich zurückgezogen, die Russen seien in Allenstein.

Er war atemlos und keuchte.

Flüchtlinge, die schon auf der Straße unterwegs waren, hätten ihm erzählt, ein russischer Hauptmann sei in einem mit Lautsprechern ausgestatteten Panzer durch die Straßen gefahren und habe allen Zivilisten auf Deutsch befohlen, ihre Häuser zu verlassen und um ihr Leben zu laufen, da er für die nachfolgenden Truppen keine Garantie übernehmen könne.

Ihr erster Gedanke hatte Sascha und seinen Männern gegolten.

Eine zurückweichende Armee konnte keine Gefangenen gebrauchen, und sie wusste, dass die neuen Wachen keine Skrupel haben würden, sie zu erschießen. Also bat sie Marius, still zu sein. Er hielt sofort den Mund und blickte zu dem Häuschen hinüber, wo sich die Wachen nach dem Mittagessen ausruhten. Die Gefangenen waren im Heuboden eingesperrt.

Charlotte ging an Martha und Minna vorbei, die zitternd am Herd standen, marschierte ins Arbeitszimmer ihres Vaters, holte den Schlüsselbund aus dem Schreibtisch, trat ins Waffenzimmer und öffnete die Kette, die seine Jagdgewehre sicherte. Es waren insgesamt sechzehn. Einige hatten ihrem Vater, die anderen ihren Brüdern und ihrem Großvater gehört. Neben den Gewehren stand ein Schrank, der die Degen und Säbel der Zwillinge und die Jagdmesser ihres Vaters enthielt.

Um das Leben von Marius und Martha nicht zu gefährden, brachte sie die Waffen selbst in die Sattelkammer, obwohl sie den Weg dazu sechs Mal zurücklegen musste. Währenddessen beobachteten Martha, Minna und Marius die Fenster, doch die Wachen blieben in ihrem Häuschen. Als sich alle Waffen in der Sattelkammer befanden, pfiff Charlotte nach Sascha. Er öffnete die Luke. Beim Anblick der Waffen und Charlottes Gesichtsausdruck weiteten sich seine Augen vor Schreck.

»Eure Armee ist in Allenstein. Sicher ist sie bald hier.« Sie wies auf die Waffen. »Die könnt ihr haben.«

Ehe er sein Mitgefühl zum Ausdruck bringen konnte, kehrte sie in die Küche zurück und begann, Anweisungen zu geben. Marius sollte die kräftigsten der verbliebenen Pferde vor den Karren spannen, Minna die wärmsten Kleider, die sie, Erich und ihre Mutter besaßen, in einen Koffer packen, und Martha die Habe ihrer eigenen Familie zusammensuchen.

Dann rannte sie ins Arbeitszimmer, öffnete den Tresor ihres Vaters und nahm seine Schlüssel, den Grundbucheintrag des Gutes und die Urkunde von der Wand und stopfte alles eilig in einen Rucksack. Anschließend lief sie nach oben und kippte den Inhalt ihres Schmuckkästchens und das ihrer Mutter auf die Papiere. Die goldenen Krawattennadeln und Manschettenknöpfe ihres Vaters und ihrer Brüder flogen hinterher.

Gerade zog sie die Schutzhüllen von ihrem Pelzmantel und dem ihrer Mutter, als sie Schüsse hörte. Sie blickte aus dem Fenster und sah alle vier Wachmänner blutend und bäuchlings im Schnee liegen.

Sie ließ die Mäntel fallen, hastete nach unten, riss die Tür auf und eilte aus dem Haus.

Die russischen Gefangenen kauerten vor den Leichen. Sascha stand, ein Gewehr in der Hand, hinter ihnen. Auf seinem Gesicht malte sich ein Ausdruck, den sie noch nie bei ihm gesehen hatte.

Eine Miene, die ihn vom Gefangenen zum Soldaten machte.

Sie starrte ihn entgeistert an. Tote in Grünwaldsee. Sascha

erwiderte ihren Blick. Sie wusste, dass er ihr ihren Abscheu anmerkte, ging aber nicht darauf ein, sondern schulterte das Gewehr.

»Bleib bei mir. Ich beschütze dich.«

Abgestoßen von dem Soldaten, in den er sich verwandelt hatte, wich sie zurück und betrachtete weiter die Leichen. Alle waren in den Rücken geschossen worden. Der junge Wachmann hatte noch im Tod den Finger um den Abzug gekrümmt.

»Wie konntest du nur?« Obwohl sie am liebsten geschrien hätte, kam nur ein Flüstern heraus. »Ihr wart bewaffnet und hättet sie auffordern können, sich zu ergeben.«

»Vielleicht hätten sie sich geweigert. Ich war nicht bereit, das Leben meiner Männer aufs Spiel zu setzen.« Er trat auf sie zu. »Wie, glaubst du, dass es im Krieg zugeht, Charlotte?«

Sie antwortete nicht, wich jedoch weiter zurück, während seine Männer die Taschen der Leichen nach Wertgegenständen und Zigaretten durchsuchten.

»Was, denkst du, tun Soldaten?«

Seine Stimme klang leise und flehend. »Deine Brüder? Dein Mann? Ich? Wir mussten sie töten, Charlotte. Sie oder wir. Kommst du jetzt mit?«

Sie schleuderte ihm ein einziges Wort entgegen, und zwar so laut, dass die Krähen von den schneebedeckten Ästen der kahlen Bäume aufflogen: »Mörder!«

Dann machte sie auf dem Absatz kehrt und stürmte zurück ins Haus. Minna kam ihr, ihre Mutter und Erich an der Hand, entgegen. Auf allen drei Gesichtern malte sich dieselbe Angst und Verwirrung.

Noch nie war ihr die Verantwortung, die sie nach dem Tod ihres Vaters geschultert hatte, so schwer wie in diesem Augenblick erschienen. Und ohne die Illusion einer Liebe, die ihr Kraft gab, fühlte sie sich unendlich schwach und allein.

In diesem Moment war ihr die schreckliche Erkenntnis gekommen, dass Sascha sie nur benutzt hatte, um zu überleben.

Doch sie liebte ihn viel zu sehr, um ihm das zum Vorwurf zu machen oder ihn dafür zu verachten.

# 15

Charlotte öffnete die Augen. Es war zwecklos, schlafen zu wollen. Das Damals war so nah, und sie fühlte sich in das Durcheinander und die Todesangst ihres letzten tragischen Nachmittags in Grünwaldsee zurückversetzt. Ihr Tagebuch lag neben ihr auf dem Bett. Wenn es einen geeigneten Augenblick gab, ihre Flucht aus Ostpreußen noch einmal zu durchleben, war er jetzt gekommen. Inzwischen hatte sie ihr ehemaliges Haus, auferstanden zur alten Pracht, gesehen. Würden die Geister der Vergangenheit ihr nun endlich Ruhe lassen?

*Januar 1945*
*Ich weiß nicht, welchen Tag wir heute haben oder wie viel Zeit seit unserer Flucht aus Grünwaldsee vergangen ist. Tage, möglicherweise Wochen … Es könnten sogar Jahre sein. Mein altes Leben erscheint mir so weit entfernt, als hätte eine andere Frau es in einer anderen Zeit und in einem anderen Land geführt. Die Gegenwart fühlt sich unwirklich an, so als wäre ich in einem Albtraum gefangen.*

*Dieses Papier ist so rau, dass man kaum darauf schreiben kann, aber es war nett von dem Offizier, mir das Notizbuch zu geben. Er sagte, ich könne es benützen, um an meine Familie zu schreiben. Als ich ihn fragte, an welche Adresse, tat er, als hätte er mich nicht gehört, und ging davon.*

*Mein Tagebuch steckt in meinem Rucksack, aber ich habe*

*nicht gewagt, es aufzuschlagen, seit Leon es mir auf der Lichtung zurückgegeben hat. Ich kann es durch das Segeltuch ertasten. Es ist ein Beweis dafür, dass ich davor auch ein Leben hatte.*

*Die anderen Mädchen und die Offiziere achten die meiste Zeit nicht auf mich, doch ich weiß, dass sie mich anstarren, wenn sie sich unbeobachtet glauben. Sie wissen, was mir zugestoßen ist, und verachten mich dafür. Ich kann es ihnen nicht verdenken. Die Scham hat sich in meine Seele eingebrannt, aber ich habe nicht den Mut, mich umzubringen.*

*Ich schreibe nur, um einen Vorwand zu haben, so viel Abstand zu ihnen zu halten, wie der Platz es zulässt. Ich bin nämlich sicher, dass sie mich nicht in ihrer Nähe haben wollen.*

*Auf der Ladefläche des offenen Lasters ist es so kalt, dass mir der Bleistift an den Fingern festfriert. Allerdings ist es nicht mehr so kalt wie an jenem letzten Tag in Grünwaldsee.*

*Der Schnee fiel schwer, dick und still. Es herrschte eine schreckliche, undurchdringliche Stille, sodass ich mich schon fragte, ob ich durch die Schüsse im Hof taub geworden sei. Bald waren die Leichen der Wachmänner von Schnee bedeckt. Zuerst von einer dünnen Schicht, die das Blut aufsaugte, dann von tiefen Verwehungen, die die Umrisse ihrer Körper verbargen, sodass die Hügel alles mögliche hätten sein können. Aber ich konnte nicht vergessen, das es Tote waren und dass Sascha sie auf dem Gewissen hatte. Damals noch nicht.*

*Martha, Minna und Marius hasteten hin und her, holten Sachen und packten sie in den Wagen. Saschas Männer schnürten die Munition und unsere restlichen Lebensmittel zu Bündeln. Ich hatte den Rucksack mit den Familienfotos, der*

*Urkunde, der Grundbucheintragung, den Schlüsseln und dem Familienschmuck. Wie ich feststellte, hatte Martha Decken, Kleider und Lebensmittel in den Karren geladen. Ich wusste nicht, was ich sonst noch mitnehmen sollte.*

*Das Haus war vollgestopft mit Gegenständen, nicht nur mit unserer persönlichen Habe, sondern mit den von Generationen von Datskis angesammelten Besitztümern. Jedoch hatten wir nur einen kleinen Karren und zwei müde, alte Pferde. Da es mir ungerecht erschien, mich für eine Sache und gegen eine andere zu entscheiden, entschied ich mich gar nicht.*

*Stattdessen wartete ich auf dem Hof auf die anderen. Ich spürte, dass Sascha neben mir stand. Doch er unternahm keinen Versuch mehr, mir zu erklären, warum er die Wachen getötet hatte, und ich war zu erschöpft, um zu sprechen.*

*Ich blickte die Auffahrt entlang zur Straße. Die Szene erinnerte mich an ein Scherenschnitttheater für Kinder – eine endlose Prozession schwarzer Silhouetten hob sich vom weißen Schnee ab. Die langsam weiterziehende Kolonne aus Fahrzeugen und Menschen wurde von einer fahlen Wintersonne beschienen. Es war, als hätten sich nicht nur die Einwohner von Allenstein, sondern die des ganzen Landes auf den Weg gemacht.*

*Ich erinnerte mich, dass Wilhelm mir erzählt hatte, unsere Soldaten hätten russische Zivilisten umgebracht. Ob sich die gleichen Szenen auch in Russland abgespielt hatten, als unsere Armee einmarschierte? Hatten die Menschen ebenfalls ihre Häuser, ihre Bauernhöfe und alles, was sie sich erarbeitet hatten, zurückgelassen und waren um ihr Leben gelaufen?*

*Als Sascha nach meiner Hand griff, riss ich mich los. Ich wollte nicht von ihm berührt werden.*

*»Sämtliche Straßen nach Westen werden so verstopft sein wie die hier. Überall liegt Schnee, und es gibt nichts zu essen.« Seine Stimme klang belegt, aber ich unterdrückte mein Mitleid und wünschte, die Kugeln, die die Wachen umgebracht hatten, hätten auch meine Liebe zu ihm getötet. Denn trotz allem, was wir miteinander geteilt und wie viel wir uns auch bedeutet hatten, waren wir inzwischen mehr als Fremde. Wir waren Feinde.*

*Ich wies auf die Schneeberge, die die Leichen bedeckten. »Du bist russischer Soldat. Es ist deine Pflicht, Deutsche zu töten. Wenn du mich jetzt erschießt, ersparst du mir die Mühe, mich durchzuschlagen, und deine Armee muss sich nicht die Arbeit machen, nach mir zu suchen.«*

*Trotz seines flehenden Blicks konnte ich ihm nicht verzeihen. Nicht, solange die toten Wachmänner zu unseren Füßen im Schnee lagen. In diesem Augenblick begann das Kind in meinem Bauch zu strampeln. Sascha nahm mich in die Arme. Ich hatte nicht die Kraft, mich zu wehren, obwohl ich nicht von ihm umarmt werden wollte.*

*»Komm mit mir«, bat er mich.*

*In diesem Moment wurde mir klar, dass wir uns selbst dann hätten trennen müssen, wenn er und seine Männer die Wachen nicht erschossen hätten. Mich als seine Geliebte hätte er vielleicht schützen können, aber nicht Erich, Mama und Minna. Kein Soldat kann ein Gefolge aus Frauen und Kindern des Feindes mit sich herumschleppen. Alle unsere Zukunftspläne waren nichts als unerfüllbare Träume gewesen. Ich frage mich, ob er das die ganze Zeit über gewusst hatte.*

*Wir zitterten beide, obwohl ich praktisch meine gesamte Wintergarderobe übereinander trug. Ich war so dick einge-*

*packt, dass ich mich kaum bewegen konnte. Sascha hatte die Reste seiner Uniform und dazu Sachen von Paul an. Die Kälte war so gnadenlos, dass man sich fühlte, als würde einem von den unbedeckten Körperstellen – der Nase und der Partie rings um die Augen – die Haut abgezogen. Sascha, der weder eine Mütze noch Handschuhe besaß, fror sicher fürchterlich.*

*Martha und Marius kamen mit den letzten Decken und einem Sack mit Lebensmitteln aus dem Haus. Der Wagen war bereits so vollgepackt, dass er umzukippen drohte. Also machte ich mich von Sascha los und schüttelte den Kopf, worauf sie die Sachen Saschas Männern gaben. Dann legte Martha Marius den Arm um die Schulter und zog ihn in den Stall.*

*Sie erklärte mir, dass sie und Marius bleiben würden. Offenbar hatte sie sich ihre Worte sorgfältig zurechtgelegt, denn sie fügte hinzu, sie könne Grünwaldsee nicht verlassen, weil ihre Tochter hier begraben sei. Außerdem werde Brunon sicher bald zurückkehren. Was würde er denken, wenn er sein Häuschen betrat und Marius nicht da war, um ihn zu begrüßen? Vor den Russen habe sie keine Angst. Sascha und seine Leute seien Ehrenmänner, ganz im Gegensatz zu den Wachen, die den Tod verdient gehabt hätten. Sie und Marius seien polnischer Abstammung, und Brunon spräche sogar Polnisch. Wenn er nach Hause kam, würden die Russen sicher Verständnis dafür haben, dass ihm nichts anderes übrig geblieben sei, als zu gehorchen und in der deutschen Armee zu dienen.*

*Ich tat mein Möglichstes, um sie umzustimmen, und erinnerte sie daran, dass Brunon mich gebeten hatte, bis zu seiner Rückkehr auf seine Familie zu achten. Doch sie blieb fest. Jemand müsse sich um Grünwaldsee kümmern, und Marius und sie kämen da wohl am ehesten infrage. Alle wüssten, was die Russen deutschen Frauen und Kindern, insbesondere den Familien von Wehrmachtsoffizieren, antun würden, wenn sie sie in die Finger bekämen. Sie würden keinen Unterschied zwischen guten und bösen Deutschen machen. Aber den Polen würde nichts geschehen. Minna beendete die Debatte, indem sie Mama zum Wagen führte. Die arme Mama fing an zu stöhnen und zu schreien, entwickelte plötzlich Bärenkräfte und stieß Minna weg, um zum Haus zurückzulaufen. Sascha hielt sie fest, und wir erklärten ihr, wir müssten nach Berlin, um Papa und Mama von Letteberg zu besuchen. Sie verstand nur das Wort »Papa«, und wir wollten ihr die Illusion nicht rauben. Allerdings bestand sie darauf, mit dem Auto zu fahren, worauf ich ihr klarzumachen versuchte, dass wir wegen des Krieges kein Benzin hätten. Da rief sie nach Wilhelm und Paul und meinte, ich wüsste eben im Gegensatz zu den Jungen nicht, wie man etwas beschaffte. Schließlich versprach ich ihr, wir würden sie auch in Berlin treffen. Dennoch waren Sascha und zwei seiner Männer nötig, um sie hinten auf den Karren zu hieven. Sie saß in einem Nest aus Decken und schluchzte in den Wind, während Sascha Minna beim Einsteigen half. Erich klammerte sich an meinen Rock. Sascha hob ihn hoch, sagte ihm, er solle auf seine Mutter aufpassen, und setzte ihn auf den Kutschbock. Er wirkte sehr klein, verängstigt und verwirrt, und sein Gesicht lugte blass aus den vielen Schals hervor, die Minna ihm umgewickelt hatte.*

*Obwohl ich glaubte, dass ich Sascha nie wiedersehen würde, war keine Zeit für große Reden, selbst wenn ich die richtigen Worte gefunden hätte. Alles Nötige war bereits gesagt worden. Es schneite immer noch heftig. Die Flocken umwehten Saschas Kopf und verfingen sich in seinem blonden Haar.*

*Er hob mich hoch und drückte mich fest an sich, bevor er mich auf den Wagen setzte. Aber ich weigerte mich noch immer, ihn zu umarmen oder zu küssen.*

*»Um Himmels willen, fahren Sie, ehe es zu spät ist«, zischte Martha.*

*Als Sascha einem der Pferde einen Klaps gab, fuhren wir vom Hof. Er und seine Männer gingen neben uns her. Wir brauchten zehn Minuten, bis wir die Auffahrt verlassen und uns in eine Lücke der Flüchtlingskarawane einreihen konnten. Die Straße war von langsam dahinrollenden Karren, Radfahrern, Fußgängern und sogar einigen Autos völlig verstopft. Frauen und Kinder, wegen des eiskalten Wetters eingepackt wie Wasserleitungen, stapften durch den Schnee und schoben Kinderwagen mit Babys und allem, was sonst noch hineingepasst hatte, vor sich her.*

*Es waren kleine Jungen dabei, die ich aus der Stadt kannte. Jungen, die eigentlich Spaß haben, Schlittenfahren oder in den Wäldern Skilaufen sollten. Stattdessen zogen sie nun die Schlitten hinter sich her, auf denen ihre Großeltern saßen. Doch trotz der vielen Menschen war kaum ein Geräusch zu hören, nur das Knirschen von Schritten auf festgestampftem Schnee und Eis.*

*Ich drehte mich um, um einen letzten Blick auf Grünwaldsee zu erhaschen – und auf Sascha. Leon sah mich und winkte. Dann schulterten die Männer die Waffen, die ich ihnen gegeben hatte, und marschierten entgegen dem Flüchtlingsstrom in Richtung Stadt zur russischen Armee. Nur Sascha blieb stehen und schaute uns nach. Sein Gesicht war wegen des dichten Schneefalls und meiner Tränen nur verschwommen zu erkennen.*

*Erich zupfte mich am Ärmel und fragte, ob wir Papa und Opa besuchen würden. Opa, flüsterte ich, und als ich wieder den Kopf hob, war Sascha verschwunden.*

Charlotte ließ das Tagebuch sinken und schaute sich im Zimmer um. Die Bilder, Geräusche und Gerüche von damals waren so gegenwärtig, dass sie der Anblick des gesichtslosen Hotelzimmers zunächst verwirrte.

Ruhelos stand sie auf und öffnete die Balkontür. Der See glitzerte, seine Fläche war so reglos und klar wie Glas. Es war bereits unangenehm heiß, und die Blumen auf dem Balkon ließen die Köpfe hängen. Kein Lüftchen regte sich. Charlotte erschauderte von einer Kälte, die sie seit einem halben Jahrhundert nicht mehr gespürt hatte, denn sie war in Gedanken noch immer in der Vergangenheit gefangen. Sechzig Jahre lang hatte sie sich mit Schuldgefühlen gequält, weil sie sich in Grünwaldsee auf diese Weise von Sascha verabschiedet hatte.

Sie holt ihr Tagebuch und ging wieder auf den Balkon. Ohne auf das Panorama zu achten, vertiefte sie sich erneut in ihre Erinnerungen.

*Hoffentlich muss ich nie wieder eine solche Kälte ertragen. Der Frost durchdrang unsere Kleider bis aufs Mark, verwandelte unser Blut in Eis und machte selbst die kleinste Bewegung zur unbeschreiblichen Qual. Mama war bald so durchgefroren, dass sie nicht einmal mehr stöhnen konnte. Die kleinen Abschnitte von Erichs und Minnas Gesichtern, die aus den Kleidern hervorlugten, waren blau angelaufen.*

*Erich schmiegte sich auf dem Kutschbock eng an mich und*

*suchte eine Wärme und Sicherheit, die ich ihm nicht bieten konnte. Da ich mir Sorgen um Mama machte, bat ich Minna, sich zusammen mit ihr in Decken zu wickeln. Als sie fertig war, breitete ich eine Decke über ihre Köpfe. Dann nahm ich eine andere und hüllte Erich darin ein. Sonst konnte ich nichts weiter tun, als die Zügel der Pferde festzuhalten, die immer weiter nach Westen trotteten.*

*Der Abend dämmerte schon, als eine Einheit der SS neben uns erschien. Ein Militärfahrzeug überholte unseren Karren. Dann kamen Lastwagen mit Verwundeten angebraust und drängten alle in den Straßengraben. Vor uns hielt ein Motorrad. Ein Offizier stieg aus dem Beiwagen. Er ruderte mit den Armen und rief etwas, doch ich war zu durchgefroren und zu müde, um ihm folgen zu können.*

*Als die Pferde stehen blieben, schnalzte ich mit den Zügeln, blickte auf und stellte fest, dass der Offizier sie am Zaumzeug festhielt. »Ich beschlagnahme diesen Wagen im Namen des Reiches!«, brüllte er.*

*Er trug die Uniform eines Majors der SS, wirkte aber zu jung, zu klein gewachsen und zu dunkelhäutig, um Offizier in dem neuen Regiment des Führers zu sein. Ich hörte zwar seine Worte, beschloss aber, ihm nicht zu glauben. Kein Ehrenmann hätte zwei alte Damen, ein Kleinkind und eine hochschwangere Frau in einem Schneesturm am Straßenrand ausgesetzt. Also trieb ich das Gespann an. Da zückte er seine Pistole. Ich flehte ihn an, uns in Ruhe zu lassen. Claus wäre empört gewesen, dass seine Frau sich mit einem untergebenen Offizier herumstreiten musste. Außerdem war der Bursche ungepflegt. Sein Haar war zu lang, er hatte sich seit Tagen nicht rasiert, und seine Uniform war schmutzig.*

*Als er zögerte, bot ich ihm einen Platz im Karren an. Seine Antwort bestand darin, dass er in die Luft schoss und mich vom Kutschbock zerrte. Erich fing an zu weinen, und ich protestierte, ich hätte ein Kind und meine kranke Mutter bei mir und würde jeden Moment ein Baby zur Welt bringen. Außerdem teilte ich ihm mit, mein Mann sei Oberst in der Wehrmacht und General von Letteberg mein Schwiegervater. Er könne ja meine Sachen aus dem Wagen laden, um Platz für sich und seine Männer zu schaffen. Doch ich müsse meine Mutter und mein Kind zu meinem Schwiegervater nach Berlin bringen.*

*Allerdings hätte ich mir die Mühe sparen können. Ein halbes Dutzend Soldaten stiegen hinten auf den Wagen. Mama und Minna wurden einfach hinausgeworfen. Mama landete so unsanft auf dem Boden, dass sie sich sicher etwas gebrochen hat. Ein Mann, ein Feldwebel, der ein wenig älter war als die anderen und mit traurigen braunen Augen, reichte mir den immer noch in seine Decke gewickelten Erich. Ich hatte kaum Zeit, meinen Rucksack vom Kutschbock zu nehmen, bevor sie losfuhren.*

*Eine Weile rannte ich neben dem Wagen her und bettelte um Decken für Mama. Ich bin überzeugt, dass der Offizier und seine Männer mich gehört hatten, aber sie drehten sich weg. Also blieb mir nichts übrig, als zu Minna und Mama zurückzukehren. In der Kälte im Karren zu sitzen, war schon schlimm genug gewesen. Zu Fuß zu gehen, war unerträglich. Obwohl ich gute, noch vor dem Krieg hergestellte Winterstiefel mit dicken Gummisohlen trug, geriet ich auf der vereisten Straße immer wieder ins Rutschen.*

*Minna und Mama saßen noch dort, wo man sie aus dem*

*Wagen geworfen hatte. Ich versuchte, ihnen einzureden, die Soldaten hätten uns einen Gefallen getan. Es sei nämlich viel besser, zu laufen, da die Bewegung uns wärmen würde. Dann nahm ich Erichs kleine, in einem Wollhandschuh steckende Hand, griff mit der anderen nach Mamas Arm und reihte mich in die Flüchtlingskarawane ein. Wir hielten die Köpfe gesenkt, da uns der Wind schneidend ins Gesicht wehte. Ich schlurfte weiter und starrte dabei auf die Absätze der Frau vor mir, um nicht an das denken zu müssen, was ich hier tat. Doch es war sehr weit nach Berlin.*

*Als das Baby sich in mir bewegte, erinnerte ich mich an Sascha, obwohl ich ihn und die Leichen im Schnee unbedingt vergessen wollte. Im nächsten Moment brauste ein Flugzeug tief über uns hinweg und nahm uns unter Beschuss.*

*Ich zerrte Erich und Mama an den Straßenrand und schützte meinen Sohn mit meinem Körper, bis die Schüsse verstummten.*

*Anschließend weigerte sich Minna aufzustehen und beteuerte, sie könne keinen Schritt mehr gehen. Die arme Minna. Ich war sehr streng mit ihr und drohte ihr alle möglichen Strafen an, wenn sie sich nicht zusammenrisse. Es war nicht ihre Schuld. Vierzig Jahre als Stubenmädchen bei der Familie von Datski hatten sie nicht auf einen Fußmarsch durch die verschneite Landschaft mitten im eiskalten Winter vorbereitet.*

*Inzwischen hatten wir ein Wäldchen erreicht. Einige andere Frauen hatten auf einer Lichtung etwa zwanzig Meter von der Straße entfernt haltgemacht, und es gelang mir, Minna zu überreden, wenigstens zu dem kleinen Lager mitzukommen. Die meisten Frauen waren zu erschöpft, um zu sprechen, doch ich erfuhr, dass sie heute bereits eine viel weitere Strecke zu-*

*rückgelegt hatten als wir. In kleinen Gruppen drängten sie sich unter den Bäumen zusammen und teilten ihre Decken und die wenigen Lebensmittel. Ein Feuer anzuzünden wagten sie nicht, obwohl es Holz in Hülle und Fülle gab, da sie befürchteten, damit feindliche Flugzeuge anzulocken. Ich überließ es Minna, sich um Mama und Erich zu kümmern, und kehrte zur Straße zurück, in der Hoffnung, einen Bekannten zu treffen, der uns eine Mitfahrgelegenheit oder wenigstens eine Decke für Mama anbieten würde.*

*Unterwegs stolperte ich über einen verwundeten Soldaten. Sein Bein war steif und mit Blut und Schnee bedeckt. Als ich ihm helfen wollte, stellte ich fest, dass er tot war. Seine blicklosen Augen starrten zum sich verdunkelnden Himmel hinauf. Ich wollte sie schließen, doch meine Finger stießen gegen eine Eiskruste, die sich bereits auf seinen Wimpern gebildet hatte.*

*Also stieg ich über ihn hinweg, rief den Leuten in den Karren zu und flehte um eine Mitfahrgelegenheit für Mama und Erich. Ich erbot mich sogar, dafür ihre Sachen zu tragen und nebenher zu laufen. Es war zwecklos, niemand reagierte. Da sah ich das Auto des Arztes. Als ich an die Tür klopfte, öffnete er, lüpfte den Hut und begrüßte mich, als hätte er mich gerade in einem Café oder einem Park in Allenstein getroffen.*

*Seine Frau saß neben ihm. Seine drei Kinder drängten sich auf dem Rücksitz auf Stapeln aus Koffern und Kisten. Ich erklärte ihm, die Armee hätte meinen Karren beschlagnahmt. Nun suchte ich jemanden, der meine Mutter und Erich nach Berlin bringen könne, da sie zu schwach zum Gehen seien.*

*Er entschuldigte sich, ich könne ja selbst sehen, dass er nicht in der Lage sei, jemandem zu helfen. Ich wandte mich an seine Frau und flehte sie an, wenigstens Erich mitzunehmen. Er sei doch noch so klein und würde kaum Platz brauchen. Da sie ohnehin durch Berlin müssten, könnten sie Erich dort abgeben. Selbst falls das Haus meines Schwiegervaters ausgebombt sei, sei ein General im Oberkommando des Heeres in der Bendlerstraße leicht zu finden. Außerdem hielt ich ihnen vor Augen, dass Papa von Letteberg gewiss eine sichere und saubere Unterkunft für sie auftreiben könne.*

*Schließlich schlug die Frau des Arztes vor, Erich könne ja auf ihrem Schoß sitzen. Der Arzt stimmte zu. Ich rannte zurück zu Minna, nahm Erich in den Arm und erklärte ihm, er werde jetzt in einem Auto zu Opa und Oma fahren. Dann bat ich ihn, brav zu sein, und versprach ihm, ihn so bald wie möglich abzuholen. Für mehr reichte die Zeit nicht.*

*Er weinte zwar nicht, aber ich wünsche mir von ganzem Herzen, ich könnte seine verängstigte Miene vergessen, die er machte, als ich ihn Menschen anvertraute, die er kaum kannte.*

*Mir blieb nichts anderes übrig, als mich dort schlafen zu legen, wo Mama und Minna sich bereits im Schnee eingerichtet hatten. Ich zog den Mantel aus und breitete ihn über Mama. So lag sie, mit mir auf der einen und Minna auf der anderen Seite, da. Wir schlossen zwar die Augen, aber ich weinte den Großteil der Nacht wegen Erich.*

*Ich glaube, dass keine von uns wirklich geschlafen hat. Als es Morgen wurde – er war ebenso kalt und dunkel wie der vergangene Nachmittag – waren wir drei am Boden festgefroren. Mühsam rappelte ich mich auf und rechnete fast damit, dass mir die Arme und Beine abbrechen würden wie Eiszapfen. Mama befand sich in einem Zustand der Bewusstlosigkeit, der tiefer war als Schlaf. Minna und ich rieben ihr Gesicht und*

*Hände mit Schnee ein, um sie zu wecken, doch sie rührte sich nicht. Im nächsten Moment erbebte der Boden, und wir hörten das Donnern marschierender Schritte.*

*Ich ließ Mama bei Minna zurück und ging mit einer anderen Frau zur Straße. Inzwischen weiß ich, warum die Wehrmacht die russische Armee als »Dampfwalze« bezeichnete. Ein Panzer rollte langsam die Straße entlang auf uns zu, gefolgt von einer undurchlässigen Wand aus marschierenden russischen Soldaten.*

*Ich rannte wieder zu Minna. Mama hatte sich noch immer nicht bewegt. Nachdem ich nach meinem Rucksack gegriffen hatte, zerrten wir sie auf die Füße. Mit geschlossenen Augen stand sie schwankend da. Die meisten anderen Frauen hatten schon ihre Sachen gepackt und flüchteten in den Wald. Ich brüllte Mama an, sie solle loslaufen. Minna versuchte, mir zu helfen, aber Mama blieb einfach stehen und wiegte sich auf den Fersen. Der Panzer kam näher, die Soldaten verteilten sich, und dann waren nur noch Schreie zu hören.*

Charlotte lehnte sich zurück. In ihrem Kopf überschlugen sich wirre Bilder, und sie erinnerte sich an den Schmerz, einen scharfen, entsetzlichen Schmerz, über den sie nie mit jemandem gesprochen hatte. Die Auswahlkriterien der Russen waren ganz einfach gewesen. Deutsche Männer und Jungen wurden erst ausgeraubt und dann langsam und grausig zu Tode gefoltert. Frauen und Mädchen wurden ebenfalls ausgeraubt und anschließend vergewaltigt. Wenn sie die Massenvergewaltigung überlebten, brachte man sie zu guter Letzt um. Wer Glück hatte, wurde erschossen. Flüchtlinge, denen es nicht gelang, schnell genug die Straße zu verlassen, wurden von den Panzern überrollt. Deutsche Soldaten in Uniform fesselte man aneinander, übergoss sie mit Benzin und zündete sie an. Niemand wurde verschont. Weder die Alten noch die Kinder, die Kranken oder die schwangeren Frauen. Auch nach all den Jahren schämte Charlotte sich für das, was man ihr angetan hatte.

*Ein russischer Soldat schleuderte mich zu Boden. Mamas Stiefel befanden sich neben meinem Kopf. Als sie weggeschleppt wurde, hinterließen ihre Absätze zwei Rillen im Schnee, wie Straßenbahngleise. Ich weiß nicht mehr, ob ich aufschrie. Ich konnte mich nicht bewegen, weil der russische Soldat auf meinen Schultern kniete. Er riss mir den Rucksack weg und kippte den Inhalt neben meinem Kopf in den Schnee. Ich roch seinen Schweiß und den Wodka und den eingelegten Fisch in seinem Atem, als er Schmuck, Papiere und Schlüssel sortierte. Nachdem er die Wertgegenstände eingesteckt hatte, zerrte er mir den Mantel auseinander. Ich hörte Minna schreien. Ich weiß nicht, ob es meinetwegen war oder ob sie ihr auch etwas antaten. Ich versuchte, mich zu wehren, doch da erschien ein zweiter Soldat. Er schob mir den Rock und die Unterröcke hoch und zerfetzte meine Unterwäsche. Andere hielten mir Arme und Beine fest. Sie lachten, als der, der mir den Rock hochgezogen hatte, seine Hose öffnete und in mich eindrang.*

*Das ganze dauerte eine Ewigkeit. Ich schloss die Augen, um die Männer nicht ansehen und die Kälte und die Schmerzen nicht spüren zu müssen. Als es vorbei war, wollte ich aufstehen. Aber der Griff um meine Arme und Beine wurde fester, und dann kam der nächste Soldat und der nächste und der nächste …*

*Die Schmerzen in meinem Unterleib waren unerträglich, als sie sich auf mich stürzten. Ihr Gelächter und die Schreie der anderen Frauen gellten mir in den Ohren. Ich fühlte mich, als würde ich entzweigerissen, und weinte um mich selbst, um Mama und mein Baby. Doch nichts konnte sie erweichen. Ich hielt den Atem an, um mich selbst zu ersticken, und als das nicht klappte, versuchte ich, ganz fest an Sascha zu denken – sein Gesicht, seine sanften Berührungen. Aber der Gestank der Männer, die mich vergewaltigten, ließ sich nicht beiseite schieben.*

*Anschließend lag ich im Schnee und war zu schwach, um zu weinen oder mich zu bewegen. Dann fiel mir Mama ein. Auf allen Vieren kriechend wie ein Hund, folgte ich den Spuren ihrer Stiefel.*

*Ihre Augen waren so blicklos und tot wie die des Soldaten, den ich gesehen hatte. Allerdings konnte ich keine Verletzung an ihr entdecken, nur Blut an ihren nackten Schenkeln. Hoffentlich war sie gestorben, bevor sie ihr die Kleider vom Leibe gerissen hatten. Einer der Soldaten folgte mir. Der Schnee um mich herum war blutig, und die Fetzen meiner Strümpfe waren mit Blut durchtränkt. Ich flehte ihn an, mich nicht mehr anzurühren.*

*Da rief jemand meinen Namen. Als ich aufblickte, stand Sascha vor mir. Er lief auf mich zu und half mir auf die Füße. Leon war bei ihm. Er bückte sich, sammelte meine Schlüssel, die Fotos, die Papiere und das Tagebuch ein, verstaute alles in meinem Rucksack und reichte ihn mir.*

*Die Soldaten fingen an zu brüllen. Einer, der hier das Kommando zu führen schien, zerrte Sascha von mir weg. Ein anderer, der gebrochen Deutsch sprach, wollte wissen, in welcher*

*Beziehung wir zueinander standen. Sascha riet mir, die Wahrheit zu sagen, und wurde getreten, bis er zu Boden stürzte, weil er Deutsch gesprochen hatte.*

*Als ich sah, dass Saschas Männer von Soldaten umzingelt wurden, fürchtete ich nicht nur um mich, sondern auch um ihr Leben. Ich erklärte, sie hätten als Kriegsgefangene auf demselben Bauernhof gearbeitet wie ich. Da alle Mitleid mit ihnen gehabt hätten, hätten sie ihnen zusätzliche Lebensmittel zugesteckt, denn die vom Reich ausgegebenen Rationen seien viel zu klein gewesen.*

*Der Mann, der sich als Dolmetscher aufspielte, beharrte, er habe noch keine russischen Kriegsgefangenen gesehen, die so gesund und wohlgenährt wirkten wie Sascha und seine Männer.*

*Falls ich ihn belügen sollte, würde er mich erschießen. Er war überzeugt, dass Sascha und seine Männer Kollaborateure seien und freiwillig für das Reich gearbeitet hätten.*

*Bevor ich etwas erwidert konnte, zog einer der Soldaten seine Waffe und ging zu einer Gruppe deutscher Frauen hinüber, die halbnackt im Schnee kauerten. Dann hielt er ihnen die Pistole an den Kopf und erschoss eine nach der anderen wie Ratten in einer Scheune. Minna wurde als erste ermordet.*

*Sascha hob das Gewehr und tötete den Mann. »Lauf, Charlotte, lauf!«, schrie er.*

*Das letzte, was ich spürte, war seine Hand, als er mich in Richtung Wald schubste. Meinen Rucksack umklammernd, taumelte ich vorwärts, behindert von den Schmerzen und dem schweren Kind in meinem Bauch. Während ich im Zickzackkurs durch die Bäume rannte, hallte noch Saschas Stimme in meinem Ohren. »Lauf, Charlotte, lauf!«*

*Ich weiß nicht, ob ich sie wirklich hörte oder nur in meinem Kopf.*

*Kugeln schwirrten um mich herum und schlugen im Schnee ein. Ich warf mich hinter einen Busch. Ein Flugzeug raste über mich hinweg und nahm das Gelände unter Beschuss. Als das Motorengeräusch verhallte, wagte ich, mich umzuschauen. Soldaten und Frauen lagen im Schnee. Doch Saschas Männer hatte man zusammengetrieben und umzingelt und nahm ihnen die Gewehre ab.*

*Sascha kniete in der Mitte. Ein Offizier stand neben ihm und hielt ihm einen Revolver an den Kopf.*

*Sascha blickte auf, und kurz glaubte ich, er habe mich gesehen. Er flehte nicht um Gnade für sich und seine Männer, sondern rief nur noch einmal: »Lauf, Charlotte!«*

*Als ich mich umdrehte und losrannte, hörte ich noch einen letzten Schuss.*

*Seitdem bin ich immer weiter gerannt.*

# 16

Laura musste viermal anklopfen, bevor ihre Großmutter aufmachte.

»Warum hast du mich nicht geweckt, Oma? Es ist schon elf Uhr …«

Laura konnte Charlotte gerade noch auffangen, als sie in Ohnmacht fiel. Sie half ihr aufs Bett und griff zum Telefon.

Der Arzt war ein zierlicher, sanftmütiger Asiate, der ausgezeichnet Englisch, Deutsch und, wie Charlotte feststellen konnte, auch Polnisch sprach. Nachdem er Laura und den Hoteldirektor hinausgeschickt hatte, untersuchte er Charlotte wortlos, öffnete dann seine Tasche und steckte das Stethoskop wieder weg.

»Sie sind erschöpft, Madam Datski. Darf ich fragen, was Sie in letzter Zeit gemacht haben?«, erkundigte er sich höflich.

Charlotte lächelte spöttisch. »Letzte Woche bin ich von den Staaten aus nach London und anschließend nach Frankfurt geflogen. Dort habe ich einen Inlandsflug nach Berlin genommen, bin dann mit meiner Enkelin nach Warschau geflogen und zu guter Letzt mit dem Auto hierher gefahren.«

»Bei so einer weiten Reise würde auch ein Teenager umkippen.«

»Und dann war ich so leichtsinnig, die ganze Nacht aufzubleiben und zu lesen.« Als Charlotte bemerkte, dass er sie forschend musterte, fügte sie hinzu: »Ich konnte nicht schlafen.«

»Was fehlt Ihnen?«, wollte er leise wissen.

»Sie haben doch gerade selbst von Erschöpfung gesprochen.«

»Ich bin Arzt, Madame Datski«, erinnerte er sie.

Charlotte zögerte. »Mein Arzt tippt auf Bauchspeicheldrüsenkrebs und wollte, dass ich mich weiteren Untersuchungen und einer Behandlung unterziehe. Ich habe geantwortet, das müsse warten.«

Er schürzte die Lippen. »Ich verstehe.«

»Ich gestatte Ihnen nicht, jemandem von meiner Krankheit zu erzählen.«

»Es ist Ihnen sicher bekannt, dass kein Arzt mit Außenstehenden über den Zustand eines Patienten sprechen darf, falls dieser es nicht ausdrücklich erlaubt.« Er setzte sich auf den Stuhl neben das Bett. »Wann kehren Sie in die Staaten zurück?«

»Wenn ich in Polen alles erledigt habe.«

»Ich könnte Sie in ein Krankenhaus einweisen lassen. Haben Sie eine Reisekrankenversicherung?«

»Ja, aber meine Zeit ist zu kostbar, um sie in einem Krankenhausbett zu vergeuden. Ich bin sechsundachtzig Jahre alt, Herr Doktor, und ich glaube, ich habe das Recht, selbst zu entscheiden, wie ich meine Tage verbringe.«

Er hob seine Tasche auf und öffnete sie wieder. »Solange Ihnen nur klar ist, dass Ihnen nicht mehr viele Tage bleiben, falls Sie sich keine Ruhe gönnen, Madam Datski.« Er kramte in seiner Tasche und förderte ein Tablettendöschen zutage. »Wenn Sie zwei davon schlucken, werden Sie mindestens zwölf Stunden lang schlafen. Ich würde Ihnen raten, sie zu nehmen und einen Tag im Bett zu bleiben, oder zumindest so lange, bis Sie sich wieder besser fühlen.«

Charlotte griff nach dem Döschen. »Was werden Sie meiner Enkelin sagen?«

»Was soll ich ihr denn sagen?«

»Die Wahrheit«, erwiderte Charlotte. »Dass ich erschöpft bin.«

Er klappte seine Tasche zu. »Wie Sie wünschen. Werden Sie mich rufen, wenn Sie einen Rückfall erleiden?«

»Natürlich. Könnten Sie bitte meine Enkelin hereinschicken?« Charlotte lächelte ihn an. »Vielen Dank.«

»Ich weiß, dass der Arzt lediglich Erschöpfung diagnostiziert hat«, protestierte Laura. »Aber ich finde wirklich, dass ich bei dir bleiben sollte, Oma. Wenn nicht in deinem Zimmer, dann wenigstens nebenan, damit du an die Wand klopfen kannst, falls du mich brauchst.«

»Wie soll ich denn an die Wand klopfen, wenn ich schlafe, Laura?«, gab Charlotte zurück. »Ich habe dir doch versprochen, den Zimmerservice anzurufen und mir ein Sandwich zu bestellen. Vor dem Essen nehme ich ein heißes Bad und schlucke zwei von den Tabletten, die der Arzt mir gegeben hat. Währenddessen musst du nach Grünwaldsee fahren, dich in meinem Namen bei Marius entschuldigen und mit Brunon ausreiten.«

»Ich kann unmöglich …«

»Es nicht zu tun, würde von ausgesprochen schlechten Manieren zeugen.«

»Nicht, wenn sie hören, dass du krank bist.« – »Ich bin nicht krank, nur müde, und das ist bei einer Frau in meinem Alter, die so weit gereist ist wie ich in den letzten Tagen, ganz normal. Vergiss nicht, Marius auszurichten, dass es mir leidtut. Ich werde auf sein Angebot, eine Ausfahrt auf dem Gut zu unternehmen, zurückkommen, sobald ich wieder auf dem Damm bin. Vielleicht morgen. Am liebsten würde ich dir Grünwaldsee selbst zeigen, aber man kann es zu Pferde am besten erkunden, und meine Tage als Reiterin sind vorbei. Nimm deine Digitalkamera mit und speichere ein paar Fotos auf deinem Laptop. Dann kann ich mir morgen beim Frühstück all die vertrauten Plätze ansehen.«

Laura zögerte.

»Ich gebe dir meinen Schlüssel, damit du nach mir sehen kannst, wenn du heute Abend zurückkommst. Aber sei leise. Ich kann es nicht ausstehen, geweckt zu werden.«

»Und du versprichst, zu essen und zu schlafen?«

»Ich schwöre.« Charlotte grinste triumphierend. »Und jetzt geh. Ich kann es kaum erwarten, die Fotos zu sehen.«

Nachdem Laura fort war, legte sich Charlotte wieder hin. Sie war wirklich erschöpft und ausgelaugt, wie der Arzt gesagt hatte.

Obwohl sie keine Schmerzen litt, hatte sie aus unerklärlichen Gründen das Gefühl, dass ihr nicht mehr viel Zeit blieb.

Als der Zimmerkellner das bestellte Essen brachte, stellte sie das Tablett aufs Fensterbrett, ohne etwas anzurühren. Während der Kaffee kalt und der Orangensaft warm wurde, schlug sie wieder ihr Tagebuch auf.

*Samstag, 27. Januar 1945*

*Mein geliebter Sascha, das Wissen, dass du tot bist, kann mich nicht daran hindern, mit dir zu sprechen. Kannst du mir mein Verhalten an jenem letzten Nachmittag verzeihen? Ich ahnte nicht, wie der Krieg die Menschen verändert und dass der Überlebensinstinkt sie dazu treibt, die schrecklichsten Dinge zu tun. Selbst gute Menschen wie dich und meine Brüder. Inzwischen ist mir klar, dass du recht hattest und ich im Unrecht war. Die Wachen besaßen Maschinengewehre, du und deine Männer, ihr hattet nur Jagdflinten. Wenn ihr die Wachen aufgefordert hättet, sich zu ergeben, hätten sie euch sicher unter Beschuss genommen.*

*Du hast dein Leben für mich geopfert, und ich hatte nicht einmal mehr Gelegenheit, dir zu sagen, wie sehr ich dich liebe, dass ich dich immer lieben werde und dass du mein Leben so sehr verändert hast. Hoffentlich weißt du das.*

*Als ob es nicht schlimm genug gewesen wäre, dich zu verlieren, Sascha, habe ich auch unsere Tochter verloren. Sie war wunderschön, winzig, aber vollkommen – und so kalt wie die Schneemänner, die Paul, Wilhelm und ich immer in unserem Eiskeller lagerten. Kurz nachdem ich dich zurückgelassen hatte, wurde sie geboren. Bei der Geburt hatte ich nur dich vor Augen, wie ich dich zuletzt gesehen habe, im Schnee kniend, während dir ein Offizier die Pistole an die Schläfe hielt.*

*Du hast zwar gekniet, doch dein Kopf war stolz erhoben. Noch immer sehe ich den Ausdruck in deinen Augen und höre das Knallen des Schusses, das mir in den Wald folgte, als ich feige floh. Ich kann es mir nicht verzeihen, dass ich davongelaufen bin. Wenn ich geblieben wäre, wären wir drei nun miteinander vereint.*

*Ich habe unsere Tochter nach dir Alexandra genannt, Sascha. Sie wurde im Wald geboren wie ein Tier, hat aber nie einen Atemzug gemacht. Ich habe mir so sehr gewünscht, dass sie lebte, und ich habe alles versucht, was mir einfiel. Ich habe ihr den Rücken gerieben, sie in meinen Schal gewickelt und sie fest an mich gedrückt, um sie zu wärmen. Doch es war zwecklos. Bis Einbruch der Dunkelheit versteckte ich mich hinter einem Busch, weil ich zu große Angst hatte und zu durchgefroren war, um mich zu bewegen. Die ganze Zeit habe ich sie liebkost.*

*Sie hatte weißblondes Haar, Sascha, so wie du, nur weicher, und so wohlgeformte Händchen und Füßchen.*

*Als ich sie im Arm hielt, verglich ich ihre Geburt mit der von Erich. Damals wimmelten der Arzt, Krankenschwestern, Mama, Mama von Letteberg und die Dienstboten um mich herum und brachten heißes Wasser, Medikamente, saubere Laken und warme Babysachen. Nun lag ich unter freiem Himmel, blutend, verletzt und missbraucht und ohne einen Menschen, den es kümmerte, ob ich überlebte. Am allerwenigsten kümmerte es mich selbst.*

*Endlich war es dunkel, und ich fasste den Mut, mich auf die Suche nach dir zu machen. Ich wusste, dass du tot bist, aber es spielte keine Rolle. Ich wollte, dass wir zusammen sind. Ich legte Alexandra, in einen Schal gewickelt, auf den Boden, während ich mir mit Schnee das Blut von Rock und Beinen schrubbte. Da die Haken von meinem Pelzmantel abgerissen waren, nahm ich einen anderen Schal von meinem Hals, um ihn als Gürtel zu benutzen. Dabei berührten meine Finger die Bernsteinkette, die du und Mascha mir 1939 geschenkt hattet.*

*Ich konnte kaum fassen, dass die Soldaten sie übersehen hatten. Doch das Wissen, etwas zu besitzen, das von dir stammt, gab mir die Kraft weiterzumachen.*

*Ich nahm Alexandra und ging los. Der Fußmarsch schien Stunden zu dauern, und ich hatte keine Ahnung, in welcher Richtung die Straße lag. Nur der Schnee verbreitete ein wenig Licht. Ich suchte nach Spuren, aber es hatte inzwischen wieder geschneit. Dann entdeckte ich ein schmales weißes Band zwischen den Bäumen. Ich war nicht sicher, ob es sich um dieselbe Straße handelte; ich erreichte die Lichtung, bevor es Morgen wurde.*

*Jemand hatte die Leichen in einer Reihe ausgerichtet. Mama und Minna lagen nebeneinander, aber dich konnte ich nicht finden, mein Liebster. Es waren nur die Leichen der Frauen, nicht die der Soldaten. Ich kratzte den Schnee mit den Händen weg, um ein Grab auszuheben, doch der Boden war hart gefroren. Also legte ich mich neben die Toten, hielt meine Tochter im Arm und hoffte, einzuschlafen und nicht mehr aufzuwachen.*

*Bei Morgengrauen wurde ich von Manfred Adolf gefunden.*

*Im ersten Moment glaubte ich, ich sei tot, und man habe ihn geschickt, um mich an den Ort zu bringen, wo Tote eben hingehen. Er gehörte zu einer Einheit deutscher Soldaten, die mit den Russen gegen das Reich kämpften, dem »Sowjetischen Nationalen Komitee für ein freies Deutschland«, wie er mir stolz berichtete. Manfred schwang noch immer politische Reden, auch wenn ich nicht in der Stimmung war, sie mir anzuhören.*

*Er erzählte mir, die Truppen in Stalingrad hätten, anders als von Goebbels behauptet, nicht bis zum letzten Mann ge-*

*kämpft. Neunzigtausend Mann, darunter auch er, seien in sowjetische Gefangenschaft geraten. Offenbar hatte er die Gelegenheit genutzt, sich eingehender mit dem Kommunismus zu befassen, und war ein noch überzeugterer Anhänger der Roten als früher.*

*Er gab mir eine Decke und Lebensmittel. Beim Essen schilderte ich ihm, was aus Irene, Wilhelm, ihren Kindern und seinen Eltern geworden war. Er lauschte mit finsterer Miene, allerdings ohne ein Wort der Trauer oder der Anteilnahme zu äußern. Aber was hätte er auch sagen sollen? In ganz Osteuropa gibt es niemanden, keinen Mann, keine Frau und kein Kind, der nicht entsetzlich unter den Folgen dieses blutigen Krieges gelitten hat.*

*Es war seltsam zu sehen, wie aus diesem ernsten und idealistischen Jungen, den ich und das ganze Orchester so oft aufgezogen hatten, ein Soldat, Offizier und Anführer geworden war. Dann dachte ich an dich, Sascha, an Wilhelm und an Paul und fragte mich, wie gut wir die Menschen, die wir lieben, eigentlich kennen.*

*Manfred befahl seinen Männern, sich auf einen Abmarsch in fünf Minuten vorzubereiten. Sie gehorchten ihm aufs Wort. Er sagte, ich hätte die besten Chancen, Berlin zu erreichen, wenn ich mich einer auf dem Rückzug befindlichen deutschen Abteilung anschlösse, und versprach, mich so nah wie möglich an eine heranzuführen.*

*Bevor ich ihm und seinen Männern folgte, legte ich Alexandra auf Mamas Brust und küsste meine Mutter und meine Tochter zum Abschied. Ich hatte keine andere Wahl, als sie unter freiem Himmel zurückzulassen, und konnte nur hoffen, dass ein gutherziger Fremder sie begraben würde, wenn das*

*Tauwetter kam. Es gibt doch sicher auch noch andere gutherzige Russen außer dir, mein Geliebter.*

*Manfred riskierte sein Leben, um mich zu dieser Luftwaffeneinheit zu bringen. Der Kommandant, dem mein derangierter Zustand nicht entgangen war, verlor kein Wort darüber. Dennoch war mir klar, dass er und alle anderen wussten, was man mir angetan hatte. Er gab mir eine Pistole (allerdings keine Munition), dieses Notizbuch und die Uniform eines Mädchens, das getötet worden war. Sie passte zwar, aber es fiel mir schwer, die Blutflecken auf Bluse und Jacke zu übersehen.*

*Ich hoffe sehr, dass Erich wohlbehalten bei Mama von Letteberg ankommt. Wenn nicht, werde ich es mir nie verzeihen. Allerdings weiß ich auch, dass er wie die anderen deutschen Frauen und Kinder im Wald ermordet worden wäre, wenn ich ihn bei mir behalten hätte.*

*Sonntag, 28. Januar 1945*
*Wir sind in einer ausgebombten Kirche untergeschlüpft. Das Dach fehlt, und im Mittelgang und auf den Bänken türmt sich der Schutt. Außerdem haben wir kein Benzin für den Generator und keine Munition für unsere Waffen mehr. Einer unserer beiden letzten Lastwagen hat den Geist aufgegeben. Die Mechaniker versuchen, den Motor wieder flottzumachen. Wenn sie es nicht schaffen, werden einige von uns die Flucht nach Westen zu Fuß fortsetzen müssen.*

*Ein paar Mädchen haben Feuer entzündet und kochen Eichelkaffee. Aber ich habe weder Hunger noch Durst und kann nur an Erich denken.*

*Ganz in der Nähe steht ein Wegweiser zum Stadtzentrum*

*von Berlin. Als unser Kommandant mich dabei ertappte, wie ich das Schild betrachtete, ließ er alle antreten und verkündete, dass jeder Deserteur erschossen werden würde. Er fügte hinzu, es würden keine Ausnahmen gemacht, selbst wenn wir in Berlin ein Zuhause, Freunde oder Verwandte hätten.*

*Ich hatte von den Verheerungen gehört, die die Bomben der Alliierten angerichtet hatten. Doch als ich es mit eigenen Augen sah, kamen mir die Tränen. Die Mauern sind noch immer mit Sprüchen bemalt, allerdings mit anderen als denen der Partei. Kurz bevor wir Rast machten, sah ich, dass an der Mauer eines Hotels »Ein Volk, ein Staat, eine Schutthalde« stand, eine Verballhornung von Goebbels' »Ein Volk, ein Staat, ein Führer«. Wilhelm hätte sicher darüber gelacht.*

*Die Offiziere teilten uns mit, der Lastwagen habe endgültig den Geist aufgegeben. Deshalb haben zwanzig von uns den Befehl erhalten, unsere Sachen zu nehmen, nach Westen zu marschieren und uns einer anderen Einheit anzuschließen, die sich dort verschanzt.*

*Ich weiß, dass keiner von uns, weder die Offiziere noch die Zwangsverpflichteten, weiterkämpfen wollen. Da überall nur noch Tod und Verwüstung herrschen, ist Widerstand zwecklos geworden.*

*Soll ich eine Flucht riskieren? Nein. Denn was wird aus Erich, wenn man mich erwischt und erschießt?*

*Donnerstag, 29. März 1945*
*Seit Wochen gehen wir nun schon nach Westen, haben aber nur wenige Offiziere oder Soldaten getroffen, die bereit sind, sich dem Feind noch ein letztes Mal entgegenzustellen. Alle Mädchen sind überzeugt, dass das Ende nah ist, auch wenn es*

*kaum eine auszusprechen wagt. Zumindest ist es in diesem Winkel Bayerns noch ruhig – für den Augenblick.*

*Heute hatte ich von vier bis acht Uhr morgens Wachdienst. Der blutrote Himmel bei Sonnenaufgang erinnerte mich an das brennende Ostpreußen nach der Bombardierung durch die Russen. Nach meinem Dienst ging ich zur Kirche, weil es befohlen wurde, konnte aber nicht so tun, als bete ich. Nicht einmal, als die Offiziere mich ansahen. Wenn sie mich darauf angesprochen hätten, hätte ich geantwortet, die Kommunisten hätten recht und es gebe keinen Gott. Vielleicht hätte ich auch an Erich gedacht und den Mund gehalten.*

*Nun weiß ich, wie es ist, eine Gefangene zu sein. Du hast versucht, es mir zu erklären, Sascha, doch ich habe es nicht richtig verstanden. Man muss dazu nicht eingesperrt in einer Zelle sitzen. Es reicht, dass man nicht die Freiheit hat, zu kommen und zu gehen, wann und wie es einem gefällt.*

*Die anderen Mädchen verlieren allmählich ihren Argwohn gegen mich. Zwei haben mich gefragt, wie es war, von den Russen vergewaltigt zu werden. Wir haben unterwegs viele andere Frauen getroffen, die das gleiche erdulden mussten wie ich, und alle erzählten uns von Freundinnen, die die Tortur nicht überstanden haben.*

*Ständig erinnern uns die Offiziere daran, dass Deserteure erschossen werden. Trotz ihres großspurigen Gehabes wissen wir, dass sie genauso Angst vor einer Niederlage haben wie wir, denn das Kriegsende wird die Vernichtung Deutschlands bedeuten.*

*Ich habe in Grünwaldsee ein sehr behütetes Leben geführt. Erst jetzt sehe ich mit eigenen Augen das wahre Ausmaß der Schäden, die Folgen eines Krieges, den Hitler mit der Zustim-*

*mung von uns Deutschen vom Zaun gebrochen hat. Es kursieren schreckliche Gerüchte über die Briten und die Amerikaner. Angeblich fressen sie kleine Kinder und vergewaltigen und erschießen Frauen. Nach den Ereignissen in Ostpreußen glaube ich das aufs Wort. Doch ich habe den anderen Mädchen gesagt, ich würde mich lieber umbringen als mich noch einmal von einem Soldaten anrühren zu lassen – und das meine ich ernst.*

*Welchen Sinn hat es, Uniform zu tragen und zu versuchen zu kämpfen, obwohl jeder Deutsche weiß, dass der Krieg verloren ist? Ich würde so gerne nach Erich suchen. Auf meine Briefe nach Berlin habe ich keine Antwort erhalten. Es heißt, dass dort schreckliche Kämpfe toben.*

*Ich muss jetzt aufhören zu schreiben, denn ein Obergefreiter teilte uns mit, sie hätten Gabriele und Anna erwischt. Sie stammen aus einem Dorf keine zwanzig Kilometer von hier und wollten nach Hause.*

*Was ist denn so schlimm daran? Ich glaube, die meisten von uns würden am liebsten nach Hause gehen, wenn sie noch ein Zuhause hätten.*

*Dienstag, 10. April 1945*
*Gestern haben wir den Befehl erhalten, die umliegenden Bauernhöfe abzuklappern und nach Arbeit zu fragen. Obwohl von Barrikaden und Kämpfen keine Rede mehr ist, lassen sie uns einfach nicht weg.*
*Bevor wir aufbrachen, mussten wir ein Grab für Gabriele und Anna ausheben. Als wir fertig waren, ließen uns die Offiziere antreten, damit wir der Hinrichtung zusahen. Sie zwangen die beiden Mädchen, sich vor das Grab zu knien, schossen*

*sie in den Kopf und beförderten die Leichen dann mit einem Tritt in die Grube. Anschließend wiesen sie uns an, das Grab wieder zuzuschütten. Sie gaben uns nicht einmal Decken, um die Mädchen einzuwickeln. Ich schloss ihnen die Augen, weil es mir unpassend erschien, sie zu begraben, während sie zu uns hinaufstarrten.*

*Gabriele war siebzehn, Anna achtzehn. Sie wurden erschossen, weil sie aus einer Armee desertierten, die nicht mehr kämpft und Soldatinnen losschickt, damit sie sich als Landarbeiterinnen verdingen. Dabei hat Hitler doch gesagt, er würde niemals zulassen, dass Frauen kämpfen, weil sie ins Haus gehören.*

*Ich fühlte mich wie eine Bettlerin, als ich von Tür zu Tür ging und um Arbeit flehte, während ich mich am liebsten nach Norden davongemacht hätte. Doch selbst wenn ich damit keine Erschießung riskieren würde, wäre es zwecklos. Die Flüchtlinge, die von dort kommen, berichten, das gesamte Umland sei ein gewaltiges Schlachtfeld. Eine Bauersfrau hat mir für zwei Tage Arbeit gegeben. Auch in diesem Durcheinander muss man Kartoffeln setzen und Heu rechen.*

*Frau Strasser weiß nicht, ob ihr Mann und ihre beiden Söhne noch leben. Ihre Tochter ist vor zwei Jahren bei einem Bombenangriff auf Köln umgekommen. Sie war achtzehn. Hoffentlich kehren ihre Söhne und ihr Mann zurück, obwohl ich den Eindruck habe, dass sie nicht glaubt, dass sie sie je wiedersehen wird. Zuletzt hat sie im Dezember von ihrem Mann gehört, als er Königsberg verteidigte, und schließlich ist allgemein bekannt, dass die Stadt von den Russen völlig zerstört wurde. Dann haben sie jeden Deutschen dort umgebracht. Ich muss an Brunon denken. War er dort?*

*Donnerstag, 12. April 1945*
*Gestern Abend sind neue Flüchtlinge eingetroffen. Sie berichten, im Süden Deutschlands werde heftig gekämpft. Hannover sei gefallen, und die Amerikaner hätten den Harz erobert. Es ist bitterkalt.*

*Sie weigern sich noch immer, uns gehen zu lassen. Jeder Tag beginnt mit einem Appell und der Warnung, dass Deserteure erschossen werden.*

*Allerdings wird nach dem, was sie mit der armen Gabriele und mit Anna gemacht haben, ohnehin niemand mehr versuchen, sich davonzumachen. Wir wissen nicht, wer zuerst hier sein wird, die Russen oder die Amerikaner. Ich fürchte mich vor beiden. Außerdem hoffe und warte ich weiter auf einen Brief, aber es kommt keiner.*

*Ich bin in entsetzlicher Sorge um Erich. Einige Flüchtlinge melden, die Russen hätten Berlin dem Erdboden gleichgemacht. Alle Überlebenden – Soldaten, Zivilisten, Frauen und Kinder – seien bei lebendigem Leibe verbrannt worden. Hoffentlich konnten Erich und Mama von Letteberg noch rechtzeitig fliehen und sind in Sicherheit. Solange Papa und Mama von Letteberg noch am Leben sind, werden sie meinen Sohn beschützen.*

*Montag, 30. April 1945*
*Wir wurden alle zum Kriegshilfsdienst geschickt, wo man uns mitteilte, wir würden alle dringend in Augsburg gebraucht. Die Nacht verbrachten wir in einer Kaserne. Doch als wir uns heute Morgen in der Flugzeugfabrik meldeten, seufzte der Vorarbeiter nur: »Jetzt, wo der Tommy vor Augsburg steht, bekommen wir endlich Hilfe.«*

*Da wir offenbar überflüssig waren, mussten wir wieder umkehren. Der Zugverkehr ist zwar eingestellt worden, aber ein Lastwagen holte uns ab. Wir teilten die letzten Lebensmittel untereinander auf. Wir wissen nicht einmal, ob wir zusammenbleiben können. Der Lastwagen fuhr fast die ganze Nacht hindurch und hielt dann neben einem Lager. Wir hatten Anweisung, nicht zu nah heranzugehen, konnten jedoch die Menschen dort sehen. Oder eher das, was einmal Menschen gewesen waren. Nun erinnerten sie eher an graue, umherwankende Skelette.*

*Ich dachte an Irene, Marianne und Karoline und warf meinen letzten Proviant über den Zaun. Die Skelette fielen wie die Geier darüber her. Als ein Wachmann sie anbrüllte, rief ich zurück, er sollte sich schämen, seine Mitmenschen so zu behandeln. Da die anderen Mädchen befürchteten, dass wir Ärger mit den Wachen bekommen könnten, zogen sie mich rasch weg.*

*Jetzt bin ich wirklich und wahrhaftig eine Bettlerin und habe nicht einmal mehr ein Kasernendach über dem Kopf. Wenn ich nicht meine Bernsteinkette, die Schlüssel, die Papiere und mein Tagebuch hätte, das ich immer gut in meinem Rucksack verstecke, ich würde mich allmählich fragen, ob ich mir Grünwaldsee und mein Leben in Ostpreußen nur eingebildet habe.*

*Dienstag, 1. Mai 1945*
*Die Frauen in meiner Einheit wurden endlich entlassen. Wir gingen zu Fuß ins nächste Dorf, wo mir eine Bauersfrau, Frau Weser, für Kost und Logis Arbeit anbot. Sie gab mir auch einen Bettüberwurf, damit ich mir ein Zivilkleid nähen kann.*

*Da wir jeden Tag überrannt werden können, wäre es unklug, in Uniform herumzulaufen, und andere Sachen habe ich nicht.*

*Nachdem unsere Soldaten gestern abgezogen sind, hängten alle im Dorf riesige weiße Fahnen in ihre Fenster. Es ist gespenstisch still auf den Straßen. Die zurückweichenden Einheiten haben alle Brücken in der Gegend gesprengt, aber wenigstens haben die Bombardierungen aufgehört. Die ersten amerikanischen Panzer sind durchs Dorf gefahren. Die Amerikaner fressen weder kleine Kinder noch Menschen überhaupt. Sie haben mich in meinem Bettüberwurf-Kleid keines Blickes gewürdigt, ebenso wie die anderen Frauen. Dem Dorf ist nichts geschehen. Doch bald kommt die Infanterie. Wenn die Soldaten so sind wie die Russen, klettere ich aufs Kirchendach und springe hinunter.*

*Frau Weser sagt, ich kann bei ihr bleiben, bis die Züge wieder fahren und die Straßen geöffnet sind. Ich mache mir entsetzliche Sorgen um Erich, Papa und Mama von Letteberg, Irene und die Mädchen – und auch um Claus. Aber solange noch gekämpft wird, ist es zwecklos, nach Berlin zu fahren.*

*Mittwoch, 2. Mai 1945*

*Kaum zu glauben, dass wir Mai haben. In Grünwaldsee haben wir um diese Zeit mit der Aussaat begonnen, doch hier ist es kalt, und es schneit. Die ganze Welt scheint verdreht, sogar das Wetter. Gestern Nachmittag sind die Amerikaner im Dorf einmarschiert und haben dreißig Häuser requiriert. Allerdings sind die Soldaten nicht so schlimm. Sie haben zwar jedes Haus nach Waffen durchsucht, aber anders als die anderen Ausländer, die durchs Dorf ziehen, plündern, stehlen und ver-*

*gewaltigen sie nicht. Niemand weiß, wer diese Ausländer sind oder woher sie kommen.*

*Am Sonntag war ich in der Kirche, reine Zeitverschwendung, doch Frau Weser erwartete es von mir. Einer ihrer Söhne ist heute Nachmittag nach Hause gekommen. Ich konnte das glückliche Wiedersehen nicht ertragen, nicht wenn ich an Paul und Wilhelm und sogar an Claus denke.*

*Anschließend gingen wir alle zur Beerdigung einer ortsansässigen Funkerin, die von einem Tiefflieger getötet worden war. Zumindest hat sie ein Grab, an dem ihre Familie trauern kann, im Gegensatz zu Paul und Wilhelm. Wie alle, die nicht ins Dorf gehören, lebe ich von Augenblick zu Augenblick und versuche, weder über die Vergangenheit noch über die Zukunft nachzugrübeln. Nur in Momenten wie diesen, wenn alles schläft, wage ich es, mich zu erinnern.*

*Es war grässlich, in das Notizbuch zu schreiben, denn das Papier ist so dünn und rau. Nun, in Frau Wesers Haus, habe ich gewagt, das Tagebuch wieder hervorzuholen, und die Seiten aus dem Notizbuch hineinzuheften. Seit ich die erste Seite geschrieben habe, habe ich mich sehr verändert. Ich lese sie und frage mich, was nur aus dem albernen, fröhlichen Mädchen geworden ist.*

*Frau Wesers Sohn beteuert, Hitler sei tot. Wenn ich bedenke, dass er Wilhelm und die anderen hat hinrichten lassen und so viele Menschen wie Paul in diesem Krieg sterben mussten, hoffe ich, dass das wirklich stimmt. Vielleicht gibt es ja eine Hölle, in der der Führer ewig schmoren kann.*

*Obwohl ich nicht mehr an Gott glaube und das Beten aufgegeben habe, schleiche ich mich manchmal, wenn es ruhig ist, in die katholische Kirche und zünde eine Kerze an. Nur für den Fall, dass doch ein Jenseits existiert und Papa, Mama, Wilhelm und Paul mich sehen können. Manchmal nehme ich noch eine zweite, in der Hoffnung, dass ich Erich, Irene und die Mädchen wiederfinde. Das ist allerdings wirklich nur eine Hoffnung und kein Gebet.*

*Freitag, 4. Mai 1945*
*Der Krieg ist aus. Um neun Uhr morgen früh werden die Kämpfe in Holland, Norddeutschland und Dänemark eingestellt. Die Waffen werden schweigen. Inzwischen sind die Amerikaner fort, und de Gaulles französische Truppen sind einmarschiert. Drei Soldaten wurden in Frau Wesers Bauernhaus einquartiert. Zwei von ihnen sind in Ordnung, der dritte ist ein Widerling. Ich folge Frau Weser auf Schritt und Tritt, um bloß nicht mit ihm allein sein zu müssen.*

*Samstag, 5. Mai 1945*
*Einer der netten französischen Offiziere, die bei uns einquartiert sind, hat uns von einem Lager in Dachau erzählt, wo Juden und politische Gefangene, also Gegner des Reiches, eingesperrt waren. Ich hatte schon vor dem Krieg von Dachau gehört. Frau Weser glaubte seinen Schilderungen der dortigen Zustände nicht, aber ich hatte das Lager und die grauen Skelette ja mit eigenen Augen gesehen und wusste, dass er die Wahrheit sagte.*

*Ich dachte an Irene und die Mädchen und auch an Ruth und Emilia. Sind sie in Dachau? Ich kann nicht vergessen, wie wir in Allenstein im Auto saßen und zusahen, während Georg Ruth, Emilia und die jüdischen Kinder in den Lastwagen trieb.*

*Der Offizier, der uns das Lager beschrieben hat, ist Jude. Er hat sich erboten, mit Frau Weser und mir nach Dachau zu fahren, damit wir uns selbst ein Bild davon machen können. Weil Frau Weser ihm das Gegenteil beweisen wollte, sagten wir zu. Die Fahrt dauerte nicht lang, und ich fand mich vor den Toren desselben Lagers wieder, an dem meine Luftwaffeneinheit angehalten hatte.*

*Wie soll ich dieses Grauen schildern? Der kurze Blick, den ich bereits darauf geworfen hatte, hatte mich ebenso wenig darauf vorbereitet wie Wilhelms Worte oder Saschas Schilderungen des Kriegsgefangenenlagers.*

*Der französische Offizier zeigte uns blutverschmierte Folterkammern. Ich musste an Wilhelm denken und wäre beinahe in Ohnmacht gefallen. Für mich ist es unvorstellbar, dass ein Mensch die dort herumliegenden Gerätschaften verwenden oder die damit zugefügten Schmerzen ertragen kann. Entsetzt und am ganzen Leibe zitternd, brach ich in Tränen aus. Es war kein lautes Schluchzen, sondern ein lautloses Weinen, das einem die Kehle zuschnürt und die Sprache raubt.*

*Er zeigte uns auch die Duschköpfe, aus denen Gas geströmt war, Badewannen, die man mit kochendem Wasser gefüllt hatte, und Mischmaschinen, in denen Menschen bei lebendigem Leibe zermalmt wurden. Und den Bunker, eine zwei Meter große Holzkiste, in die die Gefangenen zwei Wochen lang eingesperrt wurden – oder bis sie vor Erschöpfung starben. Ich sah auch die Krematorien, in denen die Menschen verbrannt worden waren, manche von ihnen lebendig.*

*Die Insassen waren die grauen umherwankenden Skelette, denen ich Lebensmittel gegeben hatte. Unfassbar, dass ein Mensch einen solchen Hunger überleben konnte. Eine der*

*Elendsgestalten sprach mich an und fragte, ob ich das Mädchen sei, das Brot über den Zaun geworfen habe. Zunächst wusste ich nicht, ob es ein Mann oder eine Frau war, aber dann fügte er hinzu, sein Name sei Samuel. Jetzt würden sie von den Amerikanern versorgt. Doch obwohl es nun genug zu essen und Medikamente gäbe, stürben die Menschen noch immer.*

*Ich erwiderte, ich hätte mich nur so verhalten, wie jeder anständige Mensch es getan hätte. Er meinte, mein Schimpfen, die Wachen sollten sich schämen, habe ihm das Leben gerettet, denn in diesem Moment sei ihm klar geworden, dass es immer noch Leute – sogar hübsche junge Mädchen – gebe, die bereit seien, Juden wie Menschen zu behandeln.*

*Es war eine seltsame Erfahrung, denn nach allem, was geschehen ist, fühle ich mich nicht mehr wie ein junges Mädchen, geschweige denn wie ein hübsches.*

*Für einige war die Hilfe zu spät gekommen. Ein entsetzlicher Gestank hüllte die Elendsgestalten ein. Die amerikanischen Soldaten versicherten uns, dass sie sich weiter um die Überlebenden kümmern würden, bis eine bessere Lösung gefunden sei.*

*Die Rückfahrt verbrachten Frau Weser und ich schweigend. Der Kloß in meiner Kehle wurde immer größer, und Tränen traten mir in die Augen. Wie konnte man einem Mitmenschen, selbst einem Feind, etwas so Schreckliches antun? Die Wachen mussten Tiere sein – nein, nicht einmal Tiere. Kein Tier behandelte einen Artgenossen so, wie man mit den Lagerinsassen umgesprungen war.*

*Ein Amerikaner erzählte mir, die Russen hätten sogar noch schlimmere Lager in Polen entdeckt, wo jeden Tag Zehntau-*

*sende von Juden vergast worden seien. War es das, was Wilhelm in Polen und Russland gesehen hatte? Hatte er mit »Vorhang aus Lügen« dieses Grauen gemeint?*

*War Sascha darüber im Bilde gewesen? Er hatte berichtet, dass die Männer in seinem Lager starben, hatte aber nur von Hunger und Schmutz gesprochen. War die Vernachlässigung Absicht? Hatten wir aus diesem Grund nie Lebensmittel für ihn und seine Männer erhalten? Waren die Lager die Wahrheit, die sich hinter der angeblichen Umsiedlung der Juden verbarg?*

*Sicher gab es eine Menge Mitwisser: die Wachen, die Fahrer der Lastwagen, mit denen die Gefangenen weggeschafft wurden, zufällige Zeugen wie ich in Allenstein, die tatenlos zugesehen hatten, wie man die Juden zusammentrieb und abtransportierte, Soldaten, die wie Wilhelm und Paul an der Ostfront gewesen waren.*

*Zumindest hatten mein Bruder und sein Oberst versucht, diesem Wahnsinn Einhalt zu gebieten. Wir anderen hatten die Hände in den Schoß gelegt. Ich hatte doch einen Verdacht gehabt. Warum hatte ich keine Fragen gestellt? Wir alle hätten etwas unternehmen sollen, aber wir haben geschwiegen. Und deshalb wird jeder denkende Mensch das deutsche Volk bis in alle Ewigkeit verdammen.*

*Wilhelm hatte recht. Wir haben unseren Kindern ein schreckliches Erbe hinterlassen.*

*Donnerstag, 10. Mai 1945*

*Heute hörten wir, dass sich Feldmarschall Keitel den Alliierten ergeben hat. Endlich ist es vorbei. Deutschland gibt es nicht mehr, und ich habe, wie so viele andere, fast alle gelieb-*

*ten Menschen und meine gesamte Habe verloren. Und auch meine Heimat.*

*Unzählige Menschen sind tot oder verschwunden. Morgen gehe ich zu Fuß in die nächste größere Stadt, um herauszufinden, ob ich mich irgendwo registrieren lassen kann, um nach Erich, Irene, Marianne und Karoline zu suchen. Da der Krieg jetzt vorbei ist, werden sie mich sicherlich nicht daran hindern. Es muss doch jemand von ihnen überlebt haben – es muss einfach so sein! Ich habe furchtbare Angst, meinen Sohn nie wiederzusehen und festzustellen, dass jeder Mensch, den ich je geliebt habe, tot ist.*

# 17

*Freitag, 25. Mai 1945*

*Gerade komme ich aus dem amerikanischen Kriegsgefangenenlager – wieder einmal. Seit zwei Wochen pilgere ich jeden Vormittag dorthin, aber sie wollen mir einfach nicht die Reisegenehmigung ausstellen, die ich brauche, um Bayern verlassen und Erich suchen zu können. Ich habe gebettelt und gefleht und ihnen erzählt, ich hätte meinen vierjährigen Sohn im Januar nach Berlin geschickt.*

*Die Antwort ist immer die gleiche: Wenn ich meinen Sohn wirklich so sehr liebte, hätte ich ihn nicht gehen lassen dürfen, und dann noch ausgerechnet nach Berlin! Ich bin zu aufgebracht und zornig, um zu erklären, dass mir nichts anderes übrig geblieben sei. Wenn ich Erich bei mir behalten hätte, hätten die Russen ihn wie die anderen Flüchtlingsfrauen und ihre Kinder erschossen.*

*Heute Morgen habe ich um eine Liste der Überlebenden aus den Konzentrationslagern gebeten, in der Hoffnung, dass vielleicht Irenes Name darauf steht. Da die SS gedroht hat, die Namen der Mädchen zu ändern, weiß ich, dass es zwecklos ist, nach ihnen zu suchen. Falls es so eine Liste gebe, meinten die Amerikaner, hätten sie keine Kopie davon. Dann fielen mir Papa und Mama von Letteberg und Greta ein und ich erkundigte mich, ob die Namen derer bekannt seien, die die Bombenangriffe auf Berlin überstanden hatten. Wieder ein Nein.*

*Als ich zum Bauernhof zurückkehrte, merkte Frau Weser*

*mir meine Erschütterung an. Sie gab mir eine Schale Hühnerbrühe und tröstete mich damit, dass morgen auch noch ein Tag sei. Allerdings werde ich die Angst nicht los, dass ich Erich vielleicht nie wiedersehe.*

*Montag, 28. Mai 1945*

*Endlich haben die Amerikaner die Entlastungspapiere herausgerückt. Jetzt ist es offiziell. Ich stehe nicht mehr unter Verdacht, Angehörige der deutschen Wehrmacht gewesen zu sein, und darf mich frei bewegen. Da sie mir jedoch auch weiterhin die Reisegenehmigung verweigern, kann ich nicht mit der Bahn fahren.*

*Während ich mich noch mit den Bürokraten herumstritt, klopfte mir ein sehr magerer Mann auf die Schulter. Ich hatte ihn nicht erkannt, aber er mich. Es war Samuel Goldberg, der Lagerinsasse, dem ich in Dachau begegnet war. Er sah immer noch kränklich aus, wirkte jedoch schon viel kräftiger als bei unserer letzten Begegnung.*

*Obwohl der amerikanische Arzt in Dachau ihn gewarnt hatte, er sei noch zu schwach zum Aufstehen, konnte Samuel es nicht mehr erwarten, mit der Suche nach seiner Familie zu beginnen. Vor dem Krieg besaß er eine Druckerei in Hamburg und wohnte mit seiner Frau und seinen drei Kindern in einem Vorort. Er und seine ganze Familie, auch seine Eltern und Geschwister, wurden 1941 nach Osten deportiert. Er weiß, dass seine Eltern und seine Brüder nicht mehr leben. Er selbst wurde 1942 in einem Lager von seiner Frau und seinen Kindern getrennt und hofft, dass sie heil davongekommen sind.*

*Die Amerikaner stellten ihm Papiere aus, die ihm und seinen Begleitpersonen Kost, Logis und Fahrgelegenheiten in jeder deutschen Stadt zusicherten. Als ich ihm erzählte, ich suche meinen Sohn, meine Schwiegereltern und meine Schwägerin, bot er mir an, mich mitzunehmen. Ich war überwältigt. Morgen früh steigen wir in den ersten Zug nach Norden. Samuel möchte in Hamburg mit der Suche nach seiner Frau anfangen, denn er bezweifelt, dass sie es so schnell nach Süddeutschland geschafft hat. Außerdem könnten andere jüdische Bekannte etwas über ihr Schicksal oder das der Kinder wissen.*

*Hamburg liegt viel näher bei Berlin als Bayern. Aber ist Erich überhaupt dort?*

*Dienstag, 29. Mai 1945*
*Ich bin noch immer bei Frau Weser, bin verwundet und koche vor Wut. Der grässliche französische Soldat ist gestern spätnachts sturzbetrunken nach Hause gekommen. Er und einige seiner Kameraden hatten den Tag damit verbracht, Hitlers Haus in Berchtesgaden zu plündern. Nun hatte er einen Kissenüberzug voller Frauenkleider und wollte sie mir schenken.*

*Da mir klar war, dass er eine Gegenleistung dafür erwartete, lehnte ich ab, aber er ließ mich einfach nicht in Ruhe. Also wehrte ich mich und rief laut um Hilfe. Doch Frau Weser und ihr Sohn waren im Stall bei einer kranken Kuh, und die anderen Soldaten waren ausgegangen. Als ich ihm mit einer Vase auf den Kopf schlug, schoss er mir ins Bein.*

*Frau Weser und ihr Sohn kamen sofort angelaufen, nachdem sie den Schuss gehört hatten. Es war ein glatter Durchschuss. Jetzt ist mein einziges Paar Strümpfe, handgestrickte, die Frau Weser mir geschenkt hat, hinüber. Außerdem hörte das Bein nicht auf zu bluten, sodass Frau Wesers Sohn den Arzt holen ging. Der war zwar nicht zu Hause, doch sein Bru-*

*der, ebenfalls Arzt, war gerade aus Berlin zurückgekehrt, wo er in einem Militärkrankenhaus gearbeitet hatte. Ich erkundigte mich wie immer, wenn ich jemanden aus dem Norden Deutschlands treffe, ob er Papa und Mama von Letteberg kenne.*

*Ein Wunder geschah, denn er kannte sie tatsächlich und verehrte sie sehr. Allerdings hatte er sehr schlechte Nachrichten. Papa und Mama von Letteberg sind beide tot. Sie starben, als das Haus, in dem sie wohnten, ausgebombt wurde. Er hatte zwar gehört, ihr Enkel sei aus dem Schutt ausgegraben worden, wusste jedoch nicht, ob Erich verletzt und was aus ihm geworden sei. Nun klammere ich mich an die Hoffnung, dass mein Sohn zumindest vor zwei Monaten noch gelebt hat.*

*Da ich mit dem verletzten Bein nicht auftreten kann, gab Frau Wesers Sohn mir einen Krückstock. Samuel war einverstanden, die Reise um einen Tag zu verschieben, aber morgen geht es ganz bestimmt los. Ich werde mit Samuel die Durchgangslager und die Behörden in Hamburg abklappern. Wenn ich dort nichts über Erich, Irene und Greta herausfinde, fahre ich weiter nach Berlin, obwohl es unter russischer Besatzung steht.*

*Sonntag, 30. Juni 1945*
*Gestern habe ich Hamburg verlassen. Samuel und ich haben unsere Familien beim dortigen Roten Kreuz registrieren lassen. Außerdem weiß ich nun, dass Erich in einem katholischen Waisenhaus in Celle ist.*

*Da ich nicht die Geduld hatte, auf einen Zug zu warten, hörte ich nicht auf Samuels Rat und stellte mich an den Straßenrand, um einen Armeelaster anzuhalten. Ein britischer*

*Obergefreiter fuhr mich bis vor die Tür des Waisenhauses, obwohl es ein Umweg für ihn war.*

*Nachdem ich mich vorgestellt hatte, führte eine der Schwestern mich an Erichs Bett in der Krankenstation des Waisenhauses. Er hat Diphtherie und ist sehr krank. Die Oberschwester meinte, er hätte seit zwei Tagen die Augen nicht aufgemacht. Als ihr klar wurde, dass ich nicht vorhatte zu gehen, bot sie mir eine Stelle als Putzfrau an. Dafür bekomme ich etwas zu essen und ein provisorisches Schlaflager auf dem Boden des Schlafsaals für die älteren Mädchen in der Mansarde.*

*Ich kann Samuels Gesichtsausdruck nicht vergessen, als ich ihn verließ, um in einen Lastwagen voller fremder Männer zu steigen. In den letzten Wochen sind wir so etwas wie eine Familie füreinander geworden.*

*Es war herzzerreißend, mit ihm durch die Durchgangslager zu pilgern.*

*Die Listen der Überlebenden werden gerade erst erstellt und haben noch kaum eine erkennbare Ordnung. Ich suchte sie so gut wie möglich nach den Namen Irenes und der Mädchen ab und fragte jeden, den wir trafen, ob sie sie kannten. Doch wie erhielten immer dieselbe Antwort: Die deutschen Angehörigen der Verschwörer seien in den Gefängnissen und Lagern in gesonderten Zellen untergebracht worden, sodass die ›gewöhnlichen‹ Gefangenen oder Insassen sie nie zu Gesicht bekommen hätten.*

*Der Abschied von Samuel fiel mir sehr schwer. Wir versprachen einander, in Verbindung zu bleiben, aber wie soll das gehen, solange keiner von uns ein Zuhause, geschweige denn eine Adresse hat?*

*Die Zustände im Waisenhaus sind zwar katastrophal, doch die Nonnen mühen sich redlich, um sie zu verbessern. Die wenigen Lebensmittel stammen aus Spenden der britischen Armee. Obwohl alle Erwachsenen ihr bestes tun, um das Haus sauberzuhalten, ist das wegen der vielen Kinder hier ein Ding der Unmöglichkeit. Und täglich stehen weitere vor der Tür.*

*Die Mutter Oberin hat mir erzählt, dass viele deutsche Kinder offenbar von ihren eigenen Eltern hier abgegeben würden, doch sie brächte es nicht übers Herz, sie abzuweisen, da sie halb verhungert seien. Lebensmittel sind so schwer zu beschaffen, dass alle Deutschen Hunger leiden. Mindestens einmal, wenn nicht gar zweimal am Tag fährt ein britischer, französischer oder amerikanischer Lastwagen vor und bringt mindestens ein Dutzend kleiner Kinder, die die Soldaten in den ausgebombten Ruinen aufgegriffen haben.*

*In den Schlafsälen müssen sich drei bis vier Kinder ein Bett teilen. Also ist es nicht weiter verwunderlich, dass sich so viele mit Diphtherie oder Masern angesteckt haben. Und als ob das nicht genügen würde, hat eine der Schwestern heute Morgen bei einem Neuzugang Scharlach festgestellt.*

*Falls, nein, wenn Erich wieder gesund wird, muss ich ihn hier rausholen. Aber wo sollen wir hin, ohne Geld und ohne Freunde, die uns helfen können?*

*Samstag, 18. August 1945*
*Endlich ist Erich kräftig genug, um für ein paar Stunden aufstehen zu können. Er ist zwar entsetzlich mager und noch sehr schwach, doch der Arzt hat mir versichert, es würden keine Spätfolgen zurückbleiben, wenn er genug zu essen, Ruhe und Pflege bekäme. Aber woher soll ich das Geld für das Essen neh-*

*men? Heute Nachmittag mache ich einen kurzen Spaziergang mit ihm. Es ist warm und sonnig, und vielleicht tut die frische Luft ihm ja gut.*

*Sonntag, 19. August 1945*
*Ich bin derart wütend, dass ich kaum den Stift halten kann, so sehr zittert mir die Hand. Jetzt, wo ich es weiß, frage ich mich, warum ich es nicht gleich geahnt habe. Weshalb habe ich mich nicht bei der Mutter Oberin danach erkundigt?*

*Ich war selbstverständlich davon ausgegangen, dass Erich von Fremden ins Waisenhaus abgegeben worden war. Aber als ich gestern in der Küche saß und mich mit den Schwestern über unsere Familien unterhielt, sagte ich, ich würde mich auf die Suche nach meiner Schwester und meiner Schwägerin machen, sobald Erich über dem Berg sei.*

*Eine der Nonnen erwiderte, dass ich nicht weit zu reisen bräuchte, um meine Schwester zu finden, sofern sie Greta von Datski hieße. Sie sei am Leben und gesund und arbeite nur knapp dreißig Kilometer von hier als Dolmetscherin für die Briten.*

*Die Nonne fuhr fort, Greta habe Erich im Waisenhaus abgeliefert, nachdem das Hausmädchen von Mama von Letteberg den Jungen in den letzten Kriegstagen zu ihr gebracht habe. Greta habe der Mutter Oberin erklärt, sie könne kaum für sich selbst sorgen, geschweige denn für ein Kind. Da der Rest der Familie getötet worden sei, gebe es sonst niemanden, der sich um Erich kümmern könne.*

*Wie konnte Greta nur so herzlos sein? Wenn ich Marianne oder Karoline gefunden hätte, hätte ich sie niemals in einem Waisenhaus zurückgelassen.*

*Als die Mutter Oberin bemerkte, wie zornig ich war, versuchte sie, mich zu beruhigen. Sie erklärte mir, das Leben sei in den Wochen nach Kriegsende für jeden sehr schwer gewesen. Dann fragte sie, ob Greta meine einzige Schwester sei. Ich antwortete ja, fügte aber hinzu, ich hätte eine wundervolle Schwägerin. Sie beharrte darauf, ich solle Greta dankbar sein, weil sie sich die Zeit genommen und die Mühe gemacht habe, Erich in Sicherheit zu bringen. Ich dürfe es ihr nicht verübeln, dass sie ihn nicht bei sich behalten habe.*

*Ich erinnerte sie an die Diphtherie, worauf sie erwiderte, Greta habe ja nicht ahnen können, dass Erich sich anstecken würde. Abschließend meinte sie, das Leben sei zu kurz, um Groll gegen seine Mitmenschen zu hegen. Ich dürfe nie vergessen, dass Greta meine einzige überlebende Blutsverwandte sei.*

*Obwohl ich nicht sicher bin, wie Greta mich empfangen wird, bin ich entschlossen, die Adresse aufzusuchen, die die Mutter Oberin mir genannt hat. Auch wenn Greta uns nicht helfen kann – oder wahrscheinlich nicht will –, weiß sie vielleicht etwas über Irene und die Mädchen.*

*Ich schreibe nicht zum ersten Mal, dass Irene mir eine bessere Schwester ist, als Greta es jemals war, und ich habe das Gefühl, dass es nicht das letzte Mal sein wird.*

*Montag, 27. August 1945*
*Wie befürchtet, wollte Greta mit mir und Erich nichts zu tun haben. Sie erkundigte sich nur ausführlich nach dem Familienschmuck und glaubte mir einfach nicht, dass die Russen ihn mir weggenommen haben. Sie verlangte sogar, dass ich meinen Rucksack ausleerte.*

*Ich weigerte mich, weil ich befürchtete, sie könnte mir die*

*Grundbuchunterlagen und die Schlüssel für Grünwaldsee wegnehmen. Wer weiß, wann die Russen Ostpreußen wieder verlassen? Hoffentlich bald, damit wir zurückkehren können. Und in diesem Fall gehören die Urkunden und die Schlüssel Irenes Kindern, nicht Greta.*

*Ich achte stets darauf, die Bernsteinkette, die Mascha und Sascha mir geschenkt haben, unter meiner Bluse zu verstecken, weshalb ich auch keine Skrupel hatte, Greta darauf hinzuweisen, mein Schmuck sei ebenso verloren wie der von Mama und Irene, was sie noch wütender machte.*

*Greta hat ein großes sonniges Zimmer im ersten Stock eines hübschen Hauses gemietet. Es gehört Frau Leichner, der Frau eines Offiziers, der vor dem Krieg Architekt war. Herr Leichner wird seit Stalingrad vermisst. Also war Frau Leichner sehr interessiert, als ich ihr berichtete, was Manfred mir erzählt hatte. Wie so viele Frauen in Deutschland hofft sie noch immer auf die Rückkehr ihres Mannes. Ich brachte es nicht übers Herz, die toten Soldaten zu erwähnen, die ich auf meiner Flucht aus Ostpreußen im Wald und am Straßenrand gesehen hatte.*

*Frau Leichner war sofort von Erich begeistert und umgekehrt. Ihr eigener Sohn ist vor zwei Jahren an Keuchhusten gestorben. Als sie hörte, wie Greta uns aus ihrem Zimmer warf und brüllte, sie könne nichts für mich und Erich tun, da sie genug eigene Probleme hätte (ich glaube, das ganze Haus hat es mitbekommen), bot sie mir ein kleines Zimmer im dritten Stock an, unter der Bedingung, dass ich ihr bei der Hausarbeit helfe.*

*Das Zimmer ist wirklich sehr klein, und es gibt nur ein schmales Bett. Allerdings verfügt es über einen Kamin, sodass ich im Wald Holz sammeln kann, wenn der Winter kommt. Frau Leichner ist auch bereit, nachmittags auf Erich aufzupassen, damit ich Zeit habe, mir eine Stelle zu suchen und Geld für Lebensmittel zu verdienen.*

*Ich weiß, dass alle auf Arbeitssuche und freie Stellen rar gesät sind. Aber ein eigenes Zimmer bedeutet, dass Erich und ich wieder ein halbwegs normales Leben führen können. Im Waisenhaus waren zwar alle sehr nett zu uns, doch es handelte sich trotzdem um eine öffentliche Einrichtung. Hoffentlich werde ich meinen Auszug dort nicht bereuen.*

*Greta geriet außer sich, als Frau Leichner ihr mitteilte, dass ich nun auch im Haus wohnen würde. Sie warf mir Schamlosigkeit vor und meinte, es sei eine Demütigung, wenn eine von Datski Fußböden scheuerte und anderen Leuten hinterherputzte. Als ich ihr entgegenhielt, was an ehrlicher Arbeit demütigend sein sollte, stürmte sie in ihr Zimmer und knallte die Tür zu.*

*Ich betrachte diese Situation nur als Übergangslösung. Eines Tages – hoffentlich bald – werden wir nach Grünwaldsee zurückkehren. Aber bis dahin suche ich weiter nach Irene und den Mädchen.*

*Falls sie noch lebt, wird sie mir nichts weiter geben können als ihre Liebe. Doch ich bin sicher, dass sie mir und Erich einen wärmeren Empfang bereitet als Greta.*

*Montag, 8. September 1945*
*Ich dachte, es würde schwierig werden, nicht ständig mit Greta aneinanderzugeraten, da wir ja unter einem Dach leben. Aber es hat sich als erstaunlich einfach entpuppt. Sie arbeitet den ganzen Tag und kommt häufig erst spätnachts oder in den*

*frühen Morgenstunden nach Hause. Immer trägt sie teure Kleider; ihre Kostüme sind aus britischem Wollstoff und ihre Strümpfe aus amerikanischem Nylon. Ihr Parfüm, die Seidenblusen und die Schminksachen stammen aus Frankreich.*

*Als Frau Leichner sich beschwerte, sie wecke das ganze Haus, wenn sie die Nacht zum Tage mache, gab Greta zurück, sie würde gebraucht, um bei Abendessen und Partys zu dolmetschen.*

*Sie hat viele Freunde, alles alliierte Offiziere, doch sie wagt nicht, die Zimmertür zu schließen, wenn sie sie besuchen. Frau Leichner hat ihr gedroht, sie anderenfalls auf die Straße zu setzen, und da Zimmer Mangelware sind, weiß sie, dass sie sicher kein so schönes mehr finden wird – wenn sie überhaupt eines ergattert.*

*Sie arbeitet für einen britischen Major namens Julian Templeton und ärgert sich schwarz darüber, dass er sehr nett zu Erich ist – und zu mir. Oft bringt er uns Konserven und Süßigkeiten für Erich mit.*

*Er hatte eine Tochter in Erichs Alter, doch sie und seine Frau sind bei einem Bombenangriff auf London ums Leben gekommen. Mir hat er eine Stelle als Putzfrau in dem Haus angeboten, das er und seine Abteilung in einem Vorort beschlagnahmt haben. Der Lohn, den er mir zugesichert hat, wird mir eine große Hilfe sein. Dann kann ich mir endlich vernünftige Nahrungsmittel für Erich leisten und unsere Vermieterin dafür zu bezahlen, dass sie auf ihn aufpasst, wenn ich nachmittags arbeiten gehe.*

*Als ich Julian von Irene erzählte, hat er mir versprochen, über das Rote Kreuz Erkundigungen einzuziehen. Ich hoffe von ganzem Herzen, dass sie und die Mädchen noch leben und gesund sind. Da ich Erich nun wiedergefunden habe, kann ich nur noch daran denken, sie und Wilhelms Töchter wiederzusehen.*

»Ich hatte keine Ahnung, dass das Gut so groß ist.« Laura lehnte sich im Sattel zurück und blickte über den See zu den Bäumen am anderen Ufer.

Brunon bot ihr eine Rolle Pfefferminzbonbons an. »Vor dem Krieg war es noch zehn Mal größer und grenzte sogar an die Stadt an. Großvater hat mir erzählt, die von Datskis hätten von fünfundvierzig Bauern Pacht bekommen.«

»Es ist noch viel schöner, als ich es mir vorgestellt habe. Nun verstehe ich, warum Großmutter wollte, dass ich es zu Pferde erkunde. Zu Fuß hätten wir mehrere Stunden bis hierher gebraucht.« Laura holte die Kamera heraus und fotografierte die Wälder, die bis zum Ufer reichten. »Und ich weiß jetzt auch, warum sie noch einmal hierher wollte und aus welchem Grund sie nie über ihre Zeit hier gesprochen hat.«

»Ein Jammer, dass sie sich nicht wohl genug fühlt, um die Ausfahrt mit meinem Großvater zu unternehmen«, meinte Brunon. »Er war sehr enttäuscht.«

»Das war meine Großmutter auch, als der Arzt ihr Bettruhe verordnet hat. Aber wie ich sie kenne, wird sie sich morgen wieder aufrappeln. Grünwaldsee ist so schön«, fügte sie nachdenklich hinzu. »Ich glaube, ich hätte es nie verwunden, wenn es mein Zuhause gewesen wäre und ich es verloren hätte. Außerdem erklärt es, wie meine Großmutter jetzt wohnt. Sie hat sich in Amerika ein Stück Land an einem See gekauft und ein Haus darauf gebaut, obwohl alle sagten, es wäre vernünftiger gewesen, ein bereits fertiges zu nehmen.«

»Sie hat ein Haus an einem See gebaut? Wie Grünwaldsee?«

»Nein, es sieht ganz anders aus.« Laura tätschelte den Hals ihres Pferdes. »Ganz aus Holz und sehr amerikanisch.«

»Ihre Großmutter ist eine weise Frau. So etwas wie Grünwaldsee lässt sich nicht nachbauen.«

Laura zog den Zügel nach links, stieß ihrem Pferd die Fersen in die Flanken und folgte Brunon das Ufer entlang. »Sind wir in der Nähe des Sommerhauses?«

»Es ist etwa ein Kilometer bis dorthin. Die Straße wurde in den Siebzigern erweitert, aber das Sommerhaus ist viel älter. Mein Großvater sagt, es steht schon seit über zweihundert Jahren.«

»Laut meiner Großmutter hat es sich nicht verändert, seit sie es zuletzt gesehen hat, obwohl es offensichtlich renoviert wurde.« Wegen der grellen Sonne hielt sie schützend die Hand vor Augen und schaute über den See. »Was für eine wundervolle Jacht.«

»Auf diesem See ist kein Fahrzeug erlaubt, das einen Motor hat. Nicht einmal zur Zeit des Kommunismus war es gestattet. In der Hälfte der Seen in der Umgebung ist das Wasser mit Öl verschmutzt, und alle Fische sind eingegangen, aber nicht hier.«

»Und in Zukunft?«

Brunon lachte auf. »Mein Großvater hat die Westdeutschen mit ihren Motorbooten zum Teufel gejagt, und da der Russe, der das Gut gekauft hat, derselben Ansicht ist, ist es vermutlich der sicherste See in Polen. Kommen Sie, wir wollen sehen, wie gut Sie bei einem Galopp durch den Wald zurechtkommen. Hoffentlich wissen Sie, wann man sich ducken muss.«

Laura folgte Brunon durch die Bäume. Die warme Sonne sagte ihr, dass es kurz vor Mittag war. Plötzlich bekam sie Hunger und erinnerte sich an die belegten Brote und die Wasserflaschen, die Brunon auf Anweisung seiner Großmutter an seinem Sattel befestigt hatte.

»Ist es schon Essenszeit?«, rief sie.

»Ja, und wenn wir in diese Richtung reiten, kommen wir zum Sommerhaus. Im Garten gibt es eine Bank mit Blick auf den See.«

Er wurde langsamer, und während sie nebeneinanderher ritten, unterhielten sie sich über Politik und andere Themen. Laura fiel auf, wie wohl sie sich in der Gesellschaft dieses jungen Mannes fühlte. Obwohl er kaum älter zu sein schien als ihr Bruder Luke, wirkte er um einiges reifer. Sie fragte sich, ob es wohl daran lag, dass er so viel Zeit mit seinen alten Großeltern verbrachte.

Gerade lachte sie über Brunons Vergleich von Popmusik mit Wagner, als der Pfad eine scharfe Biegung nach links beschrieb. Ein Auto versperrte ihnen den Weg, und sie standen vor einem hochgewachsenen, mageren dunkelhaarigen Mann mit auffällig blauen Augen. Als ihr Pferd scheute, schrie sie es an und klammerte sich daran fest. Doch der Fremde war schneller als sie, ließ seine Angelrute fallen und hielt das Halfter fest.

»Polnische Pferde mögen es nicht, wenn man sie auf Englisch anschreit.« Wie Brunon sprach er Englisch mit amerikanischem Akzent.

»Ich kann kein Polnisch.« Sie drückte die Knie fest an die Flanken des Pferdes.

»Wenn Sie schon in diesem Land sind, sollten Sie es vielleicht lernen«, gab er zurück.

»Ich werde mich bemühen«, entgegnete sie.

»Wie lange sind Sie schon hier?«, fragte er, die Hand noch immer am Halfter.

»Drei Tage.«

»In diesem Fall verzeihe ich Ihnen. Wollen Sie mich Ihrer Freundin nicht vorstellen, Brunon?«

Brunon war rot angelaufen. Laura fragte sich, ob der Mann ein Freund des neuen Besitzers war, denn trotz aller Beteuerungen war es Brunon sichtlich peinlich, dabei erwischt worden zu sein, wie er auf seinen Pferden über sein Land ritt.

»Das ist Laura von …«

»Templeton«, fiel Laura ihm ins Wort.

»Von Templeton?«

Der Mann schmunzelte. »Das ist aber ein ungewöhnlicher Name.«

»Meine Großmutter war eine ›von‹, doch ich heiße einfach nur Templeton.«

»Michael Sitko«, übersetzte er seinen Namen ins Englische und hielt ihr die Hand hin. »Meine Freunde nennen mich Mischa. Werden wir Freunde, Laura?«

»Ich glaube, ich werde nicht lange genug in Polen bleiben, um Freundschaften zu schließen.«

Er sah Brunon an. »Bewegen Sie die Pferde?«

»Ja, und außerdem wollte ich Laura Grünwaldsee zeigen«, gab Brunon zu.

Mischa blickte Laura an. »Abgesehen davon, dass ein Ausritt mit Brunon an einem so schönen Tag sicher ein Vergnügen ist, hat es doch sicher einen bestimmten Grund, warum sie Grünwaldsee sehen wollen.«

»Meine Großmutter ist hier aufgewachsen.«

Er wurde ernst. »Ach, die Dame mit dem ›von‹ im Namen?«

»Sie ist eine von Datski«, verkündete Brunon stolz, bevor Laura ihn daran hindern konnte. Nachdem ihre Großmutter der Dame im Hotel ihren richtigen Namen nicht hatte nennen wollen, hatte Laura den Verdacht, dass es Charlotte lieber war, wenn niemand in der Umgebung von Grünwaldsee von ihrer wahren Identität erfuhr.

»Sie war gestern mit Laura hier. Mein Großvater hat sie sofort erkannt.«

»Und jetzt wohnen Sie und Ihre Großmutter bei der Familie Niklas?«

»Nein, in einem Hotel in Allenstein, ich meine Olsztyn.«

»In welchem?«

»Dem am anderen Seeufer.«

»Das kenne ich. Der Service ist gut, und das Essen ist ebenfalls annehmbar. Und jetzt entschuldigen Sie mich bitte. Ich muss meine Angelsachen holen und einen Anruf erledigen.« Er öffnete die Autotür und legte die Angelrute hinein.

»Es tut mir leid, dass Sie sie meinetwegen fallengelassen haben«, entschuldigte sich Laura.

»Es ist ja nichts passiert.« Mischa nahm ein Mobiltelefon aus der Tasche.

»Bleiben Sie über Nacht?«, erkundigte sich Brunon.

»Ich habe nicht vor, wieder abzureisen. Diese Woche wird das Haupthaus möbliert.«

»Dann kommen Sie doch heute zum Abendessen. Sie wissen ja, dass meine Großmutter immer genug kocht, um eine ganze Armee durchzufüttern.«

»Danke, sehr gern.« Mischa stieg ins Auto und schloss die Tür.

»Arbeitet Mischa für den neuen Besitzer von Grünwaldsee?«, fragte Laura, als sie weiterritten.

»Er *ist* der neue Besitzer von Grünwaldsee.«

»Wirklich? Aber er ist ja noch so jung. Er kann nicht älter als dreißig sein.«

»Vielleicht haben Sie recht. Über sein Alter habe ich mir noch nie Gedanken gemacht.« Brunon hielt neben einem Bootssteg an und stieg vom Pferd. »Haben Sie geglaubt, ein alter Russe hätte das Gut gekauft? Es sind die jungen, die das Geld haben.«

»Und in der Mafia aktiv sind.«

»Mischa würde es sicher nicht gefallen, wenn sie ihn als Mafioso bezeichnen.« Er führte das Pferd zum Ufer, damit es trinken konnte.

»Was macht er denn beruflich?«

»Etwas, womit er so viel Geld verdient, dass er dieses Haus kaufen konnte. Es ist nicht klug, von einem Russen wissen zu wollen, woher er sein Geld hat, insbesondere dann nicht, wenn er in Wohlstand lebt.«

»Wenn er vom Sommerhaus ins Haupthaus zieht, hat er offenbar vor, auf Dauer hierzubleiben.« Auch Laura stieg vom Pferd.

»Einige sagen, dass er aus dem Haupthaus ein Hotel

machen will, aber er hat nie mit mir oder meinem Großvater über seine Pläne gesprochen.«

»Es wäre ein Verbrechen, das Haus in ein Hotel zu verwandeln.«

»Nur wenige Leute sind so reich, dass sie ohne Einkommen ein Haus wie Grünwaldsee unterhalten können.«

Laura erinnerte sich an das, was ihre Großmutter über die Renovierungskosten für Bergensee gesagt hatte. Vielleicht war es ja besser, dass der neue Besitzer ihre romantischen Vorstellungen nicht teilte. Wenn Grünwaldsee auch das nächste Jahrhundert mit einem unbeschädigten Dach und intakten Mauern erleben sollte, brauchte es einen Besitzer, der mit beiden Füßen fest auf dem Boden der Tatsachen stand.

*Freitag, 26. Oktober 1945*
*Wundervolle Nachrichten. Julian hat Irene gefunden. Sie ist in einem Durchgangslager in der Nähe von Berlin. Er hat versprochen, mich und Erich zu ihr zu bringen, wenn er wieder Urlaub hat. Jedenfalls habe ich jetzt ihre Adresse und kann ihr schreiben.*

*Mittwoch, 31. Oktober 1945*
*Irene ist gestern Nachmittag hier eingetroffen. Julian hat ihr ohne mir ein Wort zu verraten eine Reisegenehmigung, eine Bahnfahrkarte, die Telefonnummer seines Büros und einen Brief geschickt, in dem er sie bat, sich mit ihm in Verbindung zu setzen und ihm mitzuteilen, mit welchem Zug sie käme. Dann hat er sie vom Bahnhof abgeholt und sie sofort hierher gebracht.*

*Bei ihrer Ankunft putzte ich gerade die Treppe. Ich machte auf, erkannte sie aber nicht.*

*Sie ist sehr mager und blass und sieht um Jahre gealtert aus. Doch sobald sie zu sprechen begann, stürmte Erich auf sie zu und umarmte sie.*

*Ich bereitete für uns eine Mahlzeit aus Corned Beef, das ich von Julian habe, gekochten Äpfeln und Kartoffeln zu. Nach dem Essen saßen wir die halbe Nacht da und redeten. Greta schaute kurz herein, verhielt sich Irene gegenüber jedoch ebenso kühl wie zu mir.*

*Ich weiß, dass Greta sich auf Wilhelm berufen hat, um die Stelle als Dolmetscherin zu ergattern, denn Julian hat mir sein Beileid zu seinem Tod ausgedrückt. Als ich ihn fragte, woher er wisse, dass mein Bruder von den Nazis aufgehängt worden sei, erwiderte er, Greta habe allen davon erzählt. Selbstverständlich beschäftigen die Alliierten lieber Nazigegner als Befürworter.*

*Es widert mich an, dass Greta es wagt, Wilhelm vorzuschieben, obwohl sie sich vor seiner Hinrichtung von ihm losgesagt hat.*

*Irene war wie Erich ernstlich krank gewesen, in ihrem Fall war es ein schwerer Typhus. Sie las mir einen Teil des letzten Briefes vor, den Wilhelm ihr geschrieben hat. Einer der Wachen im Gefängnis Plötzensee hat ihn ihr nach dem Krieg ins Durchgangslager geschickt.*

*In seinem Brief bittet Wilhelm sie um Verzeihung, besteht aber darauf, Hitler zu töten und Deutschland zu retten sei wichtiger als ihrer beider Leben und sogar das Leben der Kinder gewesen. Er schloss mit den Worten, er hoffe, sie würde es verstehen. Nachdem Irene mir den Brief vorgelesen hatte, meinte sie, sie würde nie begreifen, warum Wilhelm ihrer aller Leben und ihr Glück aufs Spiel gesetzt habe.*

*Sie erzählte mir, Wilhelm habe ihr geschildert, wie die Wehrmacht, die SS und die Einsatzgruppen – die Todeskommandos – mit den Juden, Russen und Polen in Osteuropa umgesprungen seien.*

*Selbst mit den Frauen und Kindern. Er habe ihr auch die Lager in Polen beschrieben.*

*Sie sagte, sie habe in Ravensbrück nur über Wilhelms Tat nachgedacht. Es sei für sie schwer zu verkraften gewesen, dass er Oberst von Stauffenberg unterstützt hatte, wohl wissend, dass sie und die Mädchen an einem ähnlichen Ort landen würden, falls der Plan fehlschlug.*

*Ich widersprach, Wilhelm sei ein Ehrenmann gewesen, der sein Leben riskiert habe. Er habe nicht vorausahnen können, wie Hitler mit seiner Familie und den Familien der übrigen Verschwörer verfahren würde.*

*Da Irene und die Kinder nichts verbrochen hätten, sei er mit Fug und Recht davon ausgegangen, dass sie unbehelligt bleiben würden.*

*Doch noch während des Sprechens bemerkte ich, dass Irene mir gar nicht mehr zuhörte.*

*Sie erzählte mir, sie habe ihr Kind, einen Jungen, ohne die Hilfe eines Arztes oder einer Krankenschwester in einer Gefängniszelle geboren. Keine vierundzwanzig Stunden später habe man sie aus dem Gefängnis geholt und sie durch ein Unwetter ins Konzentrationslager Ravensbrück getrieben. Weil man ihr nur ein dünnes Laken gegeben hatte, um das Kind einzuwickeln, sei es zwei Tage nach ihrer Ankunft dort an Lungenentzündung gestorben.*

*Nach der Befreiung habe sie überall nach Marianne und Karoline gesucht. Doch da man ihre Namen geändert hatte, habe man ihr erklärt, dass sie sie vielleicht niemals wiederfinden würde.*

*Bei diesen Worten brach sie in Tränen aus.*

*Ich bereitete auf dem Boden ein Nachtlager für sie vor und legte mich zu ihr. Die ganze Nacht hielt ich sie in den Armen und weinte mit ihr.*

*Am Morgen versprach ich ihr, nicht eher zu ruhen, als bis die Mädchen zu ihr zurückgekehrt seien.*

# 18

Charlotte betrachtete das Pillendöschen, das der Arzt neben ihr Bett gestellt hatte, rührte es jedoch nicht an. Sechzig Jahre lang verfolgte sie nun schon der Gedanke an die letzte Ruhestätte ihrer Mutter, und sie stellte sich immer wieder vor, wie ihre Leiche, die ihrer Tochter und die von Minna hastig mit vielen anderen in einem Massengrab verscharrt worden waren, würdelos und ohne Trauerfeier. Dann hatten gleichgültige Fremde das Grab wieder zugeschüttet und waren gegangen, ohne die Stelle mit einem Grabstein zu markieren.

Sie hatte sich vorgenommen, eines Tages die Lichtung zu besuchen und ihrer Mutter die letzte Ehre zu erweisen. Warum nicht jetzt, wo sie doch ganz in der Nähe war? Sie fühlte sich nicht mehr so schwach wie vorhin, als Laura den Arzt gerufen hatte, und solange sie derart ruhelos war, war an Schlaf ohnehin nicht zu denken. Also stand sie auf und ging ins Bad.

Zwanzig Minuten später verließ Charlotte, gebadet, in ein schlichtes schwarzes Kostüm gekleidet und das Haar im Nacken mit einem Netz zusammengefasst, ihr Zimmer. Als sie sich beim Durchqueren der Hotelhalle selbst im Überwachungsmonitor sah, war sie überrascht, wie alt sie geworden war. Das Lesen des Tagebuchs schien die Jahre rückgängig gemacht zu haben, bis sie sich fast wieder vorgekommen war wie die junge Charlotte von damals.

Jung, aber niederdrückt von Trauer über den Verlust von Sascha, ihrem so lange herbeigesehnten Baby und ihrer geliebten Eltern und Brüder. Bis jetzt hatte sie geglaubt, sie hätte sich daran gewöhnt, ohne diese Menschen und die Hoffnung auf alles, was hätte sein können, zu leben. Doch der Anblick von Grünwaldsee und die Lektüre des Tagebuches hatte den Schmerz wieder wach werden lassen, bis sie ihn so heftig und quälend empfand wie im Jahr 1945.

Bevor sie gehen konnte – nicht nur fort aus Polen, sondern endgültig –, gab es noch so viel zu erledigen. Sie schmunzelte in sich hinein, als sie an David Andrews Warnung dachte, dass sie mehr Schlaf brauchen würde. Selbst ihr Körper schien zu begreifen, dass die Zeit zu kurz und zu kostbar war, um sie mit Schlafen zu vergeuden.

Charlotte ging in den Blumenladen des Hotels und sah sich um. Die Vasen waren gefüllt mit langstieligen Gewächshausrosen und Orchideen, unverzichtbar für protzige Sträuße. Aber sie wollte etwas Schlichteres.

Schließlich entschied sie sich für drei kleine Gänseblümchensträuße, bezahlte und bat dann das Mädchen am Empfang, ihr ein Taxi zu rufen. Als sie an der Auffahrt von Grünwaldsee vorbeikamen, konnte sie der Versuchung nicht widerstehen, die Zeit nachzurechnen. Mit dem Pferdewagen und zu Fuß hatte der Weg im Januar 1945 viele Stunden gedauert. Sechzig Jahre später und mit dem Auto waren sie schon wenige Minuten später da.

Charlotte sah sich nach Orientierungspunkten um, aber Bäume und Sträucher waren seitdem gewachsen, sodass sich die Landschaft verändert hatte. Sie war nicht einmal sicher, ob sie sich auf derselben Straße befanden. Wie befürchtet, hatte man keinen Gedenkstein errichtet, um an die Toten zu erinnern, die sie 1945 im Schnee hatte liegen sehen. Sie rutschte an die Kante ihres Sitzes und bat den Fahrer, vom Gas zu gehen.

»Wenn Sie zur Gedenkstätte wollen, Madam, die ist gleich um die Ecke.« Er fuhr langsamer und hielt an einer Lichtung, die vielleicht, vielleicht aber auch nicht, die war, auf der sie damals ihre Mutter, ihre Tochter und Minna zurückgelassen hatte. Am Straßenrand stand eine Gedenkstätte aus weißem Holz und Naturstein, die aussah wie all die anderen, an denen sie auf der Fahrt von Warschau und Olsztyn vorbeigekommen waren. Sie bat den Fahrer zu warten, nahm die Blumen, stieg aus und ging darauf zu.

Die Sonne schien, und die Luft war warm und klar. Charlotte blickte zum Himmel. Falls dies die Stelle war, wo sich die Vergewaltigungen und das Blutvergießen ereignet hatten, wies nichts an der Atmosphäre darauf hin.

Eine kitschig bemalte Gipsmadonna betrachtete mit gesenkten Augen die Opfergaben, bestehend aus Blumen und Kerzen, am Fuße des Glaskastens, der sie vor den Elementen schützte. Charlotte zögerte und schritt dann, die Blumen noch immer in der Hand, weiter in den Wald hinein. Die Sträucher waren dicht belaubt, die Bäume höher. War es wirklich hier gewesen?

»Ich habe geholfen, den Schrein zu bauen.« Plötzlich kam Marius auf sie zu. »Als Laura mir erzählte, Sie seien krank, habe ich beschlossen, ein paar Blumen für Sie an der Rezeption abzugeben. Aber als ich aus der Auffahrt kam und Sie im Taxi gesehen habe, bin ich Ihnen gefolgt.« Er reichte ihr einen Strauß Iris. »Die sind noch aus den Zwiebeln, die Ihre

Mutter in dem kleinen Garten hinter dem Haus gezogen hat.«

»Danke.«

»Gestern ist so vieles ungesagt geblieben.«

»Es war nicht der richtige Zeitpunkt.« Charlotte zwang sich zu einem Lächeln. »Eine Heimkehr, selbst nach all den Jahren, sollte glücklich sein.«

»Außerdem waren wir nicht allein.« Er lehnte sich an einen Baum. »Als Sie fort mussten, war ich noch ein Junge und hatte großen Respekt vor Ihnen. Und jetzt …«

»… begegnen wir uns auf Augenhöhe«, beendete sie den Satz, als sie bemerkte, dass er nach den richtigen Worten suchte. »Das liegt an der langen Zeit und am Alter, Marius.«

»Einige der Leichen wurden dort drüben begraben.« Er wies auf eine Stelle am Rand der Lichtung. »Aber nicht alle. Ein paar Stunden nach Ihrer Flucht kamen russische Soldaten nach Grünwaldsee. Sie hatten Befehl, alle Russen festzunehmen, die Gefangene der Deutschen gewesen waren. Die ersten, die sie zum Gut brachten, stammten aus dem Lager vor der Stadt. Sie mussten in Karren transportiert werden, weil die meisten zu schwach zum Gehen waren. Am nächsten Tag schleppten sie die Russen an, die für uns gearbeitet hatten … Meine Mutter sah, wie sie die Auffahrt entlanggetrieben wurden. Sie bestach die Wachen mit den silbernen Kerzenleuchtern Ihrer Mutter, damit sie mit ihnen sprechen konnte. Der Leutnant, Leon, hat ihr erzählt, was Ihrer Mutter und Ihnen zugestoßen ist. Am nächsten Morgen haben wir einen der Wagen angespannt und sind hingefahren.« Er zögerte. »Der Hauptmann war zu erschüttert, um zu sprechen … aber er lebte noch.«

»Ja«, murmelte sie. »Später wurde mir klar, dass er nicht in diesem Wald gestorben ist. Doch … ich habe nicht … ich hätte die Gewissheit nicht ertragen …« Sie blickte ihn an. »Sie und Martha sind ein großes Risiko eingegangen.«

»Nicht wirklich«, antwortete er. »Es wimmelte zwar überall von Russen, doch wie meine Mutter gesagt hatte, interessierten die sich nicht für eine Polin mittleren Alters und einen Jungen. Und die wenigen Deutschen, die es noch in der Gegend gab, waren zu sehr damit beschäftigt, sich zu den amerikanischen Linien im Westen durchzuschlagen, um sich mit Zivilisten abzugeben. Wir haben Ihre Mutter und Minna zurück nach Grünwaldsee geholt und sie in der Gruft bestattet. Meine Mutter hoffte, die Familie würde es nicht stören, wenn ein Dienstmädchen neben seiner Herrschaft liegt, aber der Boden war zu hart, um ein Grab auszuheben. Alle Pastoren und Priester waren geflohen. Wir hielten trotzdem einen protestantischen Trauergottesdienst für sie ab, so gut wir uns an die Worte erinnern konnten. Meine Mutter besaß nämlich nur ein katholisches Gebetsbuch.«

»Das Wort ›danke‹ kann nicht ausdrücken, was ich empfinde.« Tränen traten Charlotte in die Augen. »Seit Jahren werde ich, was ihre letzte Ruhestätte angeht, von Albträumen gequält. Ich hatte gedacht, sie wären mit vielen anderen in einem Massengrab verscharrt worden.«

»Da war auch ein Baby«, fuhr Marius verlegen fort. »Ein kleines Mädchen. Meine Mutter war sicher, dass es Ihres war.«

Charlotte nickte wortlos.

»Da sie auf Ihrer Mutter lag, haben wir sie in denselben

Sarg gebettet. Es war kein richtiger. Ich habe ihn aus Holzbrettern aus den Ställen gezimmert, und im Gegensatz zu meinem Vater war ich nie ein geschickter Schreiner. Wenn Sie das Taxi wegschicken, bringe ich Sie hin.«

Laura und Brunon verspeisten die von Jadwiga belegten Brote, stiegen wieder auf und hatten den See fast umrundet, als sie von Mischa eingeholt wurden. Er saß auf einem Datski-Grauschimmel, einem Hengst, der ziemlich temperamentvoll zu sein schien, denn er schleuderte den Kopf hin und her, sodass Mischa die Zügel kurz halten musste. Laura war erleichtert, dass Brunon nicht dieses Pferd für sie gesattelt hatte.

»Ist Ihre Großmutter Greta oder Charlotte von Datski?«, erkundigte Mischa sich auf Englisch. Wie Brunon hatte der Russe eine direkte Art und hielt sich nicht mit Höflichkeitsfloskeln auf.

Laura, die das ziemlich anmaßend fand, hätte am liebsten »Und ich wünsche Ihnen auch einen guten Tag, Mischa« geantwortet. Doch seine Frage hatte sie neugierig gemacht. »Haben Sie sich mit der Familiengeschichte beschäftigt?«

»Auf dem Speicher lagen einige alte Urkunden.« Sie erinnerte sich an Marius' Worte vom Vortag, jeder Fetzen Papier sei verbrannt worden. Also log entweder der alte Mann oder Mischa. Sie hoffte, dass es Mischa war.

»Wirklich?«, entgegnete sie zweifelnd und fügte dann, ein wenig versöhnlicher, hinzu: »Meine Großmutter ist Charlotte von Datski.«

»Die, die nach dem Tod ihres Vaters während des Krieges das Gut geleitet und bis zum Einmarsch ausgeharrt hat?«

»Ich glaube schon«, meinte Laura und sah Brunon an, der zustimmend nickte. Wieder einmal wurde ihr klar, wie wenig sie über die Vergangenheit ihrer Großmutter wusste.

»Marius hat mir erzählt, sie habe noch versucht, seine Mutter zur Flucht zu überreden, als die Russen praktisch vor der Tür standen.«

»Sie hat so lange mit ihr herumgestritten, dass mein Großvater schon befürchtete, sie würde es nicht mehr schaffen«, fügte Brunon hinzu.

»Marius hat mit Ihnen über sie gesprochen?«, fragte Laura erstaunt, weil Mischa offenbar ebenso gut über die Geschichte von Grünwaldsee im Bilde war wie Brunon.

»Er wollte gar nicht mehr damit aufhören, denn er bewunderte und achtete ihre Großmutter sehr. Vermutlich mehr als jede Frau, die er vorher und nachher kennengelernt hat, einschließlich seiner eigenen.« Mischa grinste. »Sie muss in ihrer Jugend ziemlich beeindruckend gewesen sein.«

»Das ist sie immer noch.« Es war seltsam, mitten in Polen auf einem Pferd zu sitzen und mit einem Mann, den sie kaum kannte, den Charakter ihrer Großmutter zu erörtern.

»Und wie gefällt Ihnen Polen?« Er zügelte sein Pferd und schob sich zwischen sie und Brunon.

»Ich habe noch nicht viel davon gesehen. Aber ich hatte es mir ganz anders vorgestellt. Die vielen Wälder und Seen, dazu das traumhafte Wetter. Eine wahre Idylle.«

»Sie dachten sicher, ein Land, das so lange kommunistisch war, müsste dunkel, kalt und mit verfallenen Plattenbauten vollgestellt sein«, zog er sie auf.

»Ich hatte mehr Tristesse erwartet«, erwiderte sie taktvoll.

»Ja, ja, slawische Melancholie und Menschen mit langen Gesichtern, die traurige Gedichte rezitieren, während sie im Schatten der Chemiefabriken dahinschleichen.«

Brunon lachte, und Laura, die wirklich ganz ähnliche Gedanken gehabt hatte, stimmte ein.

»Sie müssen mir verzeihen«, entschuldigte sie sich. »Aber meine Großmutter hat mir kaum etwas über Grünwaldsee erzählt.«

Mischa holte tief Luft. »Ich liebe diesen Ort ebenso wie Marius und Brunon, die hierher gehören.«

»Mein Großvater hat schon immer in seinem Häuschen gewohnt«, ergänzte Brunon. Sein Tonfall veranlasste Laura, sich zu fragen, ob die Familie Lukas befürchtete, von dem neuen Besitzer an die Luft gesetzt zu werden.

»Und auch im Haupthaus. Ihr Großvater und Ihre Urgroßeltern sind im Winter 1943 dort eingezogen«, fügte Mischa hinzu. »Sie sind bis zur russischen Invasion geblieben.«

»Das hat er mir nie erzählt. Woher wissen Sie das?«, fragte Brunon argwöhnisch.

»Marius hat es erwähnt, als ich mich erkundigte, ob es ihn störe, dass ein Russe Grünwaldsee gekauft habe. Er antwortete, wir wären nicht die ersten Russen, die hier wohnten. Im Krieg hätten sowjetische Kriegsgefangene auf dem Gut gearbeitet. Das Häuschen seiner Familie sei für die Unterbringung der Wachen gebraucht worden.«

»Zwangsarbeit? Hier?«, wunderte sich Laura.

»Hat Ihre Großmutter auch davon nichts gesagt?« Mischa war eindeutig erstaunt.

»Nein. Sie scheinen über die Ereignisse während des Krieges ausgezeichnet informiert zu sein.« Laura gefiel es gar nicht, dass er sich derart gut in ihrer Familiengeschichte auskannte. Sie fand, dass es eigentlich Charlottes Aufgabe gewesen wäre, ihr alles zu schildern, nicht die eines Russen, den weder sie noch ihre Großmutter kannte.

»Ich habe mich lange mit Marius unterhalten. Er berichtete auch, dass in seiner Kindheit große – und manchmal wilde – Feste hier stattfanden. Insbesondere veranstaltet von den Zwillingen. Sie wussten doch sicher, dass ihre Großmutter Zwillingsbrüder hatte.«

»Zwei Brüder namens Paul und Wilhelm, die beide im Krieg getötet wurden.«

»Ja.« Mischa schien mehr mit sich selbst zu sprechen als mit Laura und Brunon. »Das hier ist wirklich ein Paradies.«

»Dann ist es ja gut, dass Sie das Geld hatten, das Gut zu kaufen«, meinte Laura neugierig.

»Das hatte ich nicht.«

»Haben Sie es sich geliehen?«

»Gestohlen habe ich es nicht.« Er zwinkerte ihr zu. »Sie aus dem Westen müssen dringend Ihren Horizont erweitern. Nicht alle Russen sind bei der Mafia, Laura von Templeton.« Mit diesen Worten gab er seinem Pferd die Sporen und ritt in Richtung Sommerhaus.

Marius fuhr die Auffahrt entlang, vorbei an Grünwaldsee und zu der kleinen Kirche mit Blick auf den See. »Da wir Ihre Leiche nicht finden konnten, haben meine Mutter und ich gehofft, dass Ihnen die Flucht geglückt ist. 1947 hörten wir von jemandem, der ihr in Westdeutschland begegnet ist, dass Greta überlebt hat. Doch von Ihnen wussten wir nichts, bis wir in den Sechzigern ein Buch mit Ihren Illustrationen in die Hände bekamen. Mama war überzeugt, es könne keine zwei Charlotte Datskis geben, aber ich war mir nicht so sicher.«

»Greta war schon immer gut darin, sich durchzuschlagen.« Als Charlotte Marius' Gesichtsausdruck bemerkte, musste sie lachen. Seine Familie war Greta auch nicht sonderlich zugetan gewesen.

»Lebt sie noch?« Marius stoppte den Kleinwagen vor der Kirche von Grünwaldsee und schaltete die Zündung ab.

»Oh ja.«

»Treffen Sie sich mit ihr?«

»So wenig wie möglich.«

Charlotte griff nach den Blumen auf ihrem Schoß, während er um das Auto herumging, um ihr die Tür aufzuhalten.

»Wir haben uns so gut um die Gruft in der Kirche gekümmert, wie Sie es getan hätten«, tröstete er sie verlegen.

Kurz berührte sie seine Hand und stieg dann aus. Sie hatte nicht gewusst, was sie erwartete. Auf der Fahrt durch die Stadt hatte sie einen kurzen Blick auf den alten jüdischen Friedhof werfen können und festgestellt, dass sich dort, wo früher Grabsteine gestanden hatten, nur noch eine Brachfläche befand. Auf dem protestantischen Friedhof, wo Irenes Großeltern beerdigt waren, hatte man Häuser gebaut. Doch die Kirche von Grünwaldsee war wie das Haupthaus und das Sommerhaus auf wundersame Weise unverändert geblieben.

Respektvoll machte Marius Platz, damit sie eintreten konnte. Drinnen war es kühl und dunkel und roch noch genauso muffig und nach Staub, wie sie es in Erinnerung hatte. Die Familiengruft war rechts vor dem Altar in die Wand eingelassen. Charlotte kniete sich davor und ließ die Hände über die Inschriften gleiten.

Sie reichten zurück zu dem ersten von Datski, der je in Grünwaldsee gelebt hatte, und umfassten alle seine Erben bis hin zu ihren Urgroßeltern und ihren Großeltern. Darunter befand sich die Plakette mit dem Namen ihres Vaters und die, die sie in Auftrag gegeben hatte, als sie von Pauls Tod erfuhren:

PAUL VON DATSKI
19. August 1918 – 1. Juli 1942

Tränen traten ihr in die Augen, als sie die ungelenke Schrift unter den eleganten gotischen Buchstaben bemerkte.

WILHELM VON DATSKI
19. August 1918 – 19. Oktober 1944

»Der Tod konnte sie nicht trennen«, murmelte sie. »Danke, Marius.«

Neben der Plakette von Wilhelm war eine ähnliche angebracht, auf der die Namen von ihrer Mutter und von Minna standen.

»War so etwas während des Kommunismus denn erlaubt?«, fragte sie Marius.

»Die großen Gotteshäuser wurden geschlossen und verbarrikadiert, aber die kleinen Kirchen auf dem Land kümmerten niemanden. Der Steinmetz hat uns nicht einmal etwas berechnet, als er Wilhelms Namen eingraviert hat. Doch Sie wissen vermutlich, dass Wilhelm wie Claus von Stauffenberg nach dem Krieg als ostdeutscher und sowjetischer Held galt.«

Charlotte legte einen Blumenstrauß vor die Familiengruft, die anderen beiden vor die zwei Plaketten.

»Einer war für Mama, einer für meine Tochter und einer für Minna bestimmt. Ich hatte nicht mit einem Gedenkstein für Wilhelm gerechnet.«

»Auch wenn seine Leiche nicht hier liegt, erschien es mir richtig, seinen Namen unter Pauls anzubringen.«

»Sie haben recht.« Sie ließ sich von Marius beim Aufstehen helfen. »Nach dem Krieg habe ich erfahren, dass von Stauffenbergs Mitverschwörer nach der Hinrichtung verbrannt worden sind. Ihre Asche wurde in alle Winde verstreut.«

»Das habe ich auch irgendwo gelesen.« Sie setzten sich auf eine Kirchenbank.

»Als ob die Folterungen nicht genug gewesen wären, hat man die Verschwörer während der Prozesse auch noch gedemütigt. Sie mussten alte Zivilkleidung tragen, und man nahm ihnen Gürtel, Hosenträger und Schnürsenkel weg. Dann zwang man sie strammzustehen, damit ihnen die Hosen herunterrutschten.«

»Was würde Ihr Bruder wohl davon halten, wenn er wüsste, dass Sie sich nach all den Jahren noch mit Gedanken über seinen Tod quälen, Fräulein Charlotte? Er war ein tapferer junger Mann und so glücklich mit seiner Frau und seiner Familie. Die Zusammenarbeit mit Oberst von Stauffenberg gab seinem Leben einen Sinn. Er starb, weil er das

Richtige getan hat. Für ihn gab es keinen Kompromiss, keinen anderen Weg.«

»Ich versuche, mich an die schönen Zeiten zu erinnern, Marius, aber das ist nicht immer leicht. Insbesondere hier. Der Anblick des Hauses und dieser Gedenksteine hat alles wieder zurückgeholt. Entschuldigen Sie, ich möchte Sie nicht mit meiner Trauer belasten. Ich danke Ihnen noch einmal dafür.« Sie sah die Plaketten an.

»Ich will ja nicht anmaßend sein, doch für mich waren Ihre Brüder eher Freunde als die Söhne des Arbeitgebers meiner Familie.«

»Wenn Paul nicht gestorben wäre, wäre er wohl Ihr Schwager geworden.« Charlotte stand auf.

Sie verließen die kühle Kirche und traten wieder ins Sonnenlicht hinaus. Vor einem mit Moos bewachsenen und verwitterten Grabstein dicht an der Friedhofsmauer blieb sie stehen. »Meinen Sie, Maria würden die Iris gefallen?«

»Bestimmt.«

Charlotte legte die Blumen auf Marias Grab. »Sie war noch so jung.«

»Haben Sie gehört, was aus meinem Vater geworden ist?« Er bot ihr den Arm.

»Ich habe seinen Namen auf der Liste der Soldaten gelesen, die bei der Verteidigung von Königsberg gefallen sind.«

»Wie Sie sehen, haben wir seinen Namen in Marias Grabstein einmeißeln lassen.« Traurig schüttelte er den Kopf. »Hier ist so viel Tod. Ich finde, wir sollten zum Haus fahren. Haben Sie Zeit für einen Kaffee?«

»Ich kehre lieber wieder ins Hotel zurück. Laura weiß nicht, wo ich bin.«

»Sie reitet mit Brunon aus. Also müssen sie anschließend die Pferde in den Stall bringen. Jadwiga lässt sie sicher nicht weg, ohne ihr etwas zu essen und zu trinken anzubieten.«

Charlotte zögerte und betrachtete die Kirche. Dabei ging ihr die Frage im Kopf herum, die sie noch nicht zu stellen gewagt hatte.

»Danke, Marius, ein Kaffee wäre wunderbar.«

Charlotte blickte Marius' Frau nach, die mit einem leeren Tablett über den Rasen davonging. »Jetzt habe ich Jadwiga vergrault.«

»Heute sollen weitere Möbelstücke des neuen Besitzers ins Haupthaus geliefert werden. Er hat der Spedition genaue Anweisungen gegeben, wo jedes Stück hinsoll. Sicher wird er selbst kommen, um die Arbeiten zu beaufsichtigen. Aber Sie kennen ja Frauen, vor allem die polnischen.« Marius zuckte die Achseln. »Wenn es um den Haushalt geht, jagen sie auch dem kleinsten Staubkörnchen hinterher, insbesondere dort, wo schwere Möbelstücke stehen werden.«

»Also lässt sie uns nicht aus Taktgefühl allein?«

»Das auch.« Marius schenkte Kaffee nach, ohne zu fragen, ob Charlotte noch welchen wollte.

Charlotte lehnte sich auf dem Holzstuhl zurück, der jetzt anstelle der antiken schmiedeeisernen Gartenmöbel ihrer Familie hier stand. »Ich hätte nie gedacht, dass ich noch einmal an diesem Platz sitzen würde.« Sie schaute hinauf zu der Pergola, die schon beim Bau des Hauses geplant und bepflanzt worden war. Die Stämme des Blauregens und der Clematis waren dicker, als sie sie in Erinnerung hatte, doch die Blüten waren nicht mehr so üppig. Sie fragte sich, ob es am Alter der Pflanzen lag oder ob ihr Gedächtnis ihr einen Streich spielte.

«Ich musste hie und da einen Teil des Rahmens ersetzen, aber das Ganze ist noch ziemlich stabil, wenn man bedenkt, dass es vermutlich fast dreihundert Jahre alt ist.«

»Das haben Sie gut gemacht, Marius«, lobte sie. »Man sieht gar nicht, wo ein Stück mit dem anderen verbunden ist.«

»Weil ich die Stellen mit Pflanzen getarnt habe.« Er hielt ihr eine kleine Platte hin. »Sie müssen eines von Jadwigas Erdbeertörtchen essen. Sonst ist sie beleidigt und meint, Sie dächten, sie könne nicht backen.«

»Danke.« Gehorsam legte Charlotte eines der winzigen Törtchen auf den hässlichen braunweißen Keramikteller, den Marius ihr reichte.

»Nicht unbedingt Grünwaldsee-Porzellan«, entschuldigte er sich.

»Irgendwo in Russland muss es ein Haus geben, in dem viele vertraute Dinge stehen.«

»Wenn man sich ansieht, wie die hier stationierten Soldaten gewütet haben, als Grünwaldsee ihr Hauptquartier war, sind es vermutlich eine Menge Häuser. Jeden Abend wurde um die Besitztümer Ihrer Familie gewürfelt. Manchmal haben sich die Russen sogar auf dem Hof darum geprügelt.«

Charlotte zerteilte das Törtchen mit der Gabel, machte aber keine Anstalten, es zu essen. »Gegenstände sind nichts als tote Dinge, Marius. In meinem Alter interessiere ich mich nur noch für meine Familie, meine Fotos und meine Erinnerungen.«

»Meiner Mutter ist es gelungen, einige Sachen Ihrer Familie zu verstecken. Ich habe sie gestern für Sie herausgesucht.« Er öffnete die alte Sporttasche, die er mit nach draußen genommen hatte, und holte eine alte in Leder gebundene Bibel und drei Fotoalben heraus. Charlotte erkannte sie als Teil einer hübschen viktorianischen Garnitur, die ihr Großvater auf seiner Hochzeitsreise nach London gekauft hatte. Bei der Hochzeit seines einzigen Sohnes, ihres Vaters, war die Hälfte davon noch leer gewesen. Zu Charlottes frühesten Kindheitserinnerungen gehörte, dass sie im Arbeitszimmer ihres Vaters auf dem Boden gesessen und zugeschaut hatte, wie ihre Eltern Fotos zurechtschnitten, damit sie in die Schlitze auf den Seiten passten.

»Alle Fotos sind noch da«, verkündete Marius stolz.

Charlotte nahm ein Album und strich über den kunstvoll geprägten Ledereinband. »Wo hat Ihre Mutter sie denn versteckt?«, fragte sie mit belegter Stimme.

»Dort, wo sie auch die Bibeln, die Gebetsbücher und die Gesangbücher aus der Kirche hingetan hat: Sie hat sie in eine Plane gewickelt und unter den Misthaufen im Stall geschoben. Nachdem die russische Armee endgültig abgezogen war und das Haus Reitschule und Hotel wurde, haben ich in unseren Wäscheschrank einen doppelten Boden eingebaut und sie dort hineingelegt.«

»Sie sind in ausgezeichnetem Zustand.« Charlotte schlug eines auf. Auf der ersten Seite befand sich eine Studioaufnahme ihres Vaters als junger Mann. Als sie umblätterte, stieß sie auf das Porträt einer jungen Frau, die ein Neugeborenes im Arm hielt. Darunter stand das Datum 16. Oktober 1913. »Meine Mutter mit Greta.«

»Sie haben mir noch gar nicht erzählt, wie Ihre Schwester den Krieg überstanden hat.«

»So wie sie sich immer durchschlägt. Sobald sie erfuhr, dass die Russen die Grenze zu Ostpreußen überschritten hatten, hat sie sich aus dem Kriegsministerium in Berlin verdrückt. Hildegard, die auch dort arbeitete, hat mir berichtet, Greta sei zu ihrem Vorgesetzten gegangen und habe um Urlaub gebeten, damit sie nach Grünwaldsee fahren könne. Sie habe Mama und mich vorgeschoben und behauptet, sie mache sich Sorgen um uns, insbesondere deshalb, weil ich hochschwanger sei. Ihr Vorgesetzter habe ihr abgeraten, weil es zu gefährlich sei und keine Fahrgelegenheiten gebe. Doch Greta hat ihm erklärt, ihr Verlobter habe ihr sein Auto geliehen. Sie habe genug Benzin, weil er schon seit Monaten seine Rationen für den Notfall spare. Und dann kam die größte Lüge von allen, nämlich, dass Gefahr keine Rolle spiele, wenn es um ihre Familie ginge.«

»Aber sie ist nie in Grünwaldsee eingetroffen«, wandte Marius ein.

»Nein, weil sie nach Westen, nicht nach Osten gefahren ist. Sie hatte schon immer ein Händchen dafür, sich rechtzeitig aus der Affäre zu ziehen. Also hat sie Berlin verlassen, bevor die heftigen Kämpfe ausbrachen. Außerdem hat sie, typisch Greta, mithilfe von Helmuts Vater ihr ganzes Geld auf der Bank in Gold umgetauscht. Kurz vor den britischen und amerikanischen Linien hat sie sich in einer Kleinstadt zwischen Hannover und Braunschweig ein Zimmer gemietet. Der Mann ihrer Vermieterin wurde in Russland vermisst und war vermutlich gefallen. Da die Frau mittellos war, nahm sie Flüchtlinge bei sich auf.«

»Damals hat Hitler doch alle zwangsverpflichtet, um sich dem Feind noch ein letztes Mal entgegenzustellen. Davor hat Greta sich bestimmt nicht drücken können.« Marius gab Zucker in seinen Kaffee.

»Doch, das hat sie. Sie hatte genug Reichsmark zurückbehalten, um zwei Monatsmieten im Voraus zu bezahlen. Ihre Uniform hatte sie in Berlin weggeworfen. Sie trug Zivilkleider und gab sich als Kriegerwitwe aus, die nicht eingezogen worden sei, weil sie sich um ihr Kind kümmern müsse. Leider sei dieses vor Kurzem gestorben. Und so wartete sie in aller Seelenruhe ab, bis die Briten die Stadt einnahmen. Frauen, die keine Uniform trugen, haben die Soldaten nicht interessiert.«

Marius zückte eine Schachtel Zigaretten und bot Charlotte eine an. Sie schüttelte den Kopf.

»Noch vor der deutschen Kapitulation bewarb Greta sich als Schreibkraft und Dolmetscherin bei der britischen Armee. Sie hat sich auf Wilhelm berufen, um sich als Gegnerin Hitlers auszugeben, und bekam so die Stelle.«

»Meine Mutter sagte immer, dieses Mädchen hätte keine Skrupel gekannt, wenn es um den eigenen Vorteil ging. War Helmut bei ihr?«

»Nein. Nicht einmal sein Vater konnte verhindern, dass er im letzten Kriegsjahr an die Front versetzt wurde.« Charlotte trank einen Schluck Kaffee. »Helmuts Abteilung ergab sich den Amerikanern, und er landete in einem Kriegsgefangenenlager im Rheinland. Als die Amerikaner ihn 1947 freiließen, machte er sich auf die Suche nach Greta. Damals wohnten sie und ich im selben Haus. Wir hatten zwar gehört, dass Helmut in Gefangenschaft geraten war, doch

Greta kam gar nicht auf den Gedanken, ihren Namen und ihre Adresse oder Helmuts Namen beim Roten Kreuz registrieren zu lassen. Da ich davon ausging, sie hätte es getan, habe ich nichts unternommen. Als er uns endlich fand, war Greta mit einem britischen Major verlobt.«

»Wirklich?«, wunderte sich Marius.

»Sie war eine der ersten deutschen Frauen, die nach Großbritannien geheiratet hat, sobald das Fraternisierungsverbot aufgehoben war. Ihre Schwiegereltern weigerten sich zwar, sie zu empfangen, aber das kümmerte Greta nicht. Sie hatte vor der Hochzeit dafür gesorgt, dass ihr Mann sein eigenes Bankkonto und ein Haus besaß. Die beiden haben sich in einem Vorort von London niedergelassen und wohnen immer noch dort.«

»Hat sie Kinder?«

»Nein, sie hat nie einen Hehl daraus gemacht, dass sie keine wollte, selbst als sie mit Helmut verlobt war. Und dabei waren beide in der NSDAP aktiv. Mich hat das immer gewundert, denn die Partei bestand doch darauf, dass es die erste Pflicht einer Frau sei, Kinder für das Vaterland zu gebären.«

»Was ist aus Helmut geworden?«, erkundigte Marius sich neugierig. »Ich weiß noch, dass er sich von Greta auf der Nase herumtanzen ließ. Doch sonst war er ganz in Ordnung. Mir hat er oft Geld und meiner Mutter Fleischkonserven zugesteckt, wenn Greta gerade nicht hinsah. Dabei flüsterte er immer: ›Aber nichts Greta verraten.‹«

Charlotte schmunzelte. »Ich erinnere mich noch, dass er auch Erich Geld für sein Sparschwein gegeben hat, und zwar mit derselben Warnung. Es war schrecklich, Marius.

Eines Abends Anfang Februar kam Helmut bei uns an. Erich und ich saßen am Tisch neben dem Fenster in dem Zimmer, das uns beiden als Küche, Wohnzimmer, Schlafzimmer und Badezimmer diente. Ich beobachtete, wie Helmut auf der Straße hin und her ging und offenbar eine Hausnummer suchte. Er war schmutzig und unrasiert und trug eine zerlumpte Uniform. Als er mich bemerkte, winkte er und rannte zur Eingangstür. Ich stand auf und ging hinunter, um ihn hereinzulassen. Er umarmte mich und erkundigte sich sofort nach Greta. Im nächsten Moment blickte er auf, sah sie oben an der Treppe stehen, ließ mich los und stürmte auf sie zu. Ich habe sogar noch seine ersten Worte im Gedächtnis: ›Auch wenn wir alles verloren haben, Greta, mein Liebling, haben wir immer noch einander und können eine gemeinsame Zukunft aufbauen.‹

Doch sie wich zurück. ›Nicht mit mir‹, erwiderte sie. ›Deutschland ist am Ende. Ich verschwinde von hier. Ich habe einen neuen Verlobten, einen Engländer, und eine Passage auf einem Schiff, das bald nach England fährt. Er nimmt mich mit nach London. Dort besitzt er ein schönes Haus. Sein Vater ist Unternehmer.‹ Greta zeigte ihm sogar ihren Verlobungsring, einen riesigen Klunker aus Smaragden und Diamanten. Dann fügte sie hinzu: ›Deinen kann ich dir leider nicht zurückgeben, Helmut, denn ich musste ihn verkaufen, um nicht zu verhungern. Und jetzt entschuldige mich bitte, ich komme zu spät.‹«

»Typisch Greta«, seufzte Marius. »Haben Sie wirklich erwartet, dass sie in einem am Boden liegenden Land bleibt und in Armut lebt?«

»Ich hätte zumindest gedacht, sie würde netter zu Helmut sein. Als ich sie später darauf ansprach, warum sie so mit ihm umgesprungen sei, erwiderte sie, Ehrlichkeit sei besser als Heuchelei.«

Es gab da noch viele Dinge, die Charlotte Marius nie hätte erklären können. Er hatte sein ganzes Leben in Grünwaldsee verbracht, und sie bezweifelte, dass er überhaupt von der Existenz von Frauen wusste, wie Greta gegen Ende des Krieges eine geworden war.

Helmuts Miene damals hatte ihr verraten, dass *er* es sehr wohl ahnte – Gretas modisches Kostüm, die teure Frisur, die neuen Schuhe und die Nylonstrümpfe. Also hatte es sich erübrigt, ihm zu erklären, was ihre Schwester so trieb. Mehr als die Hälfte aller jungen deutschen Frauen, ob verheiratet oder nicht, fraternisierten mit jedem Soldaten der Siegermächte, von dem sie sich Lebensmittel, Zigaretten oder Waren vom Schwarzmarkt erhofften. Franzose, Amerikaner oder Brite, das spielte keine Rolle. Allerdings hatte Greta ihre Ziele höher gesteckt als die Mehrheit ihrer Geschlechtsgenossinnen, denn sie gab sich nur mit wohlhabenden Offizieren ab und schlief sogar mit ihnen, wenn die für sie lebenswichtigen Luxusgüter dabei heraussprangen. Und im Gegensatz zu den meisten hatte sie es schließlich tatsächlich geschafft, sich einen von ihnen zu angeln.

»Und was war mit Ihnen? Wir haben gehört, die SS hätte Ihren Karren beschlagnahmt, sodass sie gezwungen gewesen seien, Erich dem Arzt zu übergeben. Der Arzt und seine Frau haben es uns erzählt, als sie vor einigen Jahren Allenstein besuchten.«

»Nachdem der Arzt Erich mitgenommen hatte, wurden Mama und Minna getötet. Ich habe mich im Wald versteckt. Meine Tochter kam dort tot zur Welt. Und danach … danach hat Manfred Adolf mich gefunden.«

»Er war einmal mit General Paulus hier. Mama war überrascht, dass deutsche Soldaten für die Russen kämpften.«

»Manfred war schon immer Kommunist und bereits vor dem Krieg ein Gegner Hitlers. Durch seinen Seitenwechsel hatte er die Möglichkeit, sich für das einzusetzen, an das er sein Leben lang geglaubt hatte. Wie viele Soldaten konnten das nach Kriegsende von sich behaupten? Zumindest nicht viele Deutsche, die ich kenne«, meinte Charlotte traurig. »Er machte sich nach dem Krieg einen Namen in der ostdeutschen Politik, aber das wissen Sie sicher besser als ich. Ich frage mich, ob er der kommunistischen Partei auch nach dem Mauerfall treu geblieben ist.«

»Er ist kurz darauf gestorben. Manche sagen, an gebrochenem Herzen.«

»Manfred hat sein Leben und das seiner Männer riskiert, indem er mich zu einer abziehenden Luftwaffeneinheit brachte. Der kommandierende Offizier hat mich sofort zwangsverpflichtet. Also musste ich bei der Einheit bleiben, bis wir im Mai 1945 in Bayern demobilisiert wurden.«

»So weit weg von zu Hause.«

»Das Schlimmste war, dass ich nicht wusste, wo Erich war oder ob er überhaupt noch lebte. Das Chaos der letzten Kriegstage muss ich Ihnen ja nicht schildern. Ich habe wochenlang gesucht, bis ich ihn in einem Waisenhaus fand.«

»Hat Greta sich denn nicht um ihn gekümmert?«

»Greta hatte ihn selbst dort abgeliefert.« Trotz der Worte der Mutter Oberin, Greta habe Erich in Sicherheit gebracht, hatte Charlotte ihrer Schwester nie verziehen, dass sie ihren Sohn im Stich gelassen hatte.

»Ihr Vater hätte sie mit der Reitpeitsche durchgeprügelt«, empörte sich Marius.

»Vermutlich.« Charlotte wollte nicht länger darüber reden. »Nachdem ich Erich und Greta gefunden hatte – nicht dass sie sich gefreut hätte, uns zu sehen –, erfuhr ich, dass Irene noch lebte.«

»Und ihr Baby?«, fragte Marius.

»Der kleine Junge starb kurz nach der Geburt.«

»Ein Junge«, meinte Marius enttäuscht. »Wilhelm wäre begeistert gewesen.«

Charlotte konnte darauf nichts erwidern.

»Also sind Sie, Greta und Irene nach dem Krieg in Norddeutschland gelandet.«

»Greta wollte Irene ebenso wenig sehen wie mich und Erich. Schließlich hatte sie vor ihren neuen Freunden mit Wilhelm angegeben.«

»Die Verschwörer waren tapfere Männer. Wenn sie Erfolg gehabt hätten, wäre vielleicht alles anders gekommen.«

»Mag sein. Allerdings wäre Irene, was die Tapferkeit angeht, wohl anderer Ansicht als Sie, Marius. Sie hatte sich in Ravensbrück sehr verändert«, meinte Charlotte bedrückt. »Sie war nicht mehr die Irene, die wir kannten, denn sie hatte viel gelitten. Nicht nur körperlich, sondern auch seelisch, weil sie nicht wusste, wo ihre Töchter waren oder ob sie überhaupt noch lebten. Sie war sehr verbittert.«

»Das war ihr gutes Recht.«

»Ich half ihr, Marianne und Karoline zu suchen. Bei Marianne war es fast zu leicht. Wir entdeckten sie schon eine

Woche später in einem Waisenhaus. Aber Karoline blieb verschollen. Es war entsetzlich, dass wir keine Ahnung hatten, ob sie getötet worden oder an einer Krankheit gestorben war oder ob jemand sie adoptiert hatte. Als unsere letzten Versuche, sie aufzuspüren, scheiterten, zog Irene mit Marianne nach Süddeutschland. Sie änderte ihren Namen, ließ sich in einer Stadt nieder, wo niemand sie kannte, und sagte, sie wolle durch nichts an ihre Zeit mit Wilhelm erinnert werden, nicht einmal durch mich.«

»Sie hat Ihnen also nie wieder geschrieben?«

»Nein. Und ich konnte es nicht, weil ich ihre Adresse nicht hatte. Also schrieb ich an Manfred, bedankte mich dafür, dass er mir das Leben gerettet hatte, und erkundigte mich nach Irene. Falls er meinen Brief je erhalten hat, hat er nie darauf geantwortet. Ich hätte gerne gewusst, wie Marianne sich entwickelt hat, aber ich habe nie mehr von ihnen gehört.« – »Und Ihr Mann?«

Als Charlotte Marius ansah, wurde ihr klar, dass er zumindest einen Teil der Geschichte kannte. »Greta war nicht die einzige, die einen britischen Offizier geheiratet hat. Während ich Irene bei der Suche nach Marianne half, erhielt ich ein Päckchen mit Claus' goldener Uhr, seinem Ausweis, dem Inhalt seiner Taschen und einem Brief: ›*Wir bedauern, Ihnen mitteilen zu müssen, dass Oberst Claus von Letteberg bei der Verteidigung von Berlin am 30. April 1945 gefallen ist.*‹ Ich bekam es erst über ein Jahr später.«

»Und deshalb haben Sie einen Engländer geheiratet?«

»Sie und Ihre Mutter haben für die Russen gearbeitet. Ich habe einen Engländer geheiratet. Wo liegt da der Unterschied, Marius?«

»Ich habe das nicht als Kritik gemeint, Fräulein Charlotte.«

»In Deutschland gab es nichts mehr, was mich hielt.«

»Nicht einmal der russische Hauptmann«, meinte er leise und stellte fest, dass sie aufblickte. »Meine Eltern hatten seit dem Moment, als Sie die Gefangenen nach Grünwaldsee verlegen ließen, den Verdacht, dass etwas zwischen Ihnen beiden war, Fräulein Charlotte.«

Sie schwieg. Es war zwecklos, das Offensichtliche abzustreiten. Nach dem Krieg war Russland der Gegner im Kalten Krieg geworden. Außerdem hatte sie sich um Erich und später um Jeremy kümmern müssen. Alles war anders gewesen. Doch welche Rolle spielte es jetzt für die Jungen, was sie getan oder nicht getan hatte? In Jeremys Fall sogar vor seiner Geburt. »Ich war noch nie gut im Lügen und Versteckspielen, Marius.«

»Sie sperrten die russischen Kriegsgefangenen eine Woche lang in der Kirche ein und schickten sie dann zurück nach Russland. Für die Kommunisten waren Kriegsgefangene Landesverräter. Also wurden sie erst von der einen, dann von der anderen Seite in Lager gesteckt und in beiden Fällen miserabel behandelt. Aber während ihres Aufenthalts hier hatten der Hauptmann und die anderen eine kleine Schonzeit. Meine Mutter und ich haben ihnen so oft wie möglich etwas zu essen zugesteckt.«

»Der Hauptmann hat mir das Leben gerettet, Marius. Für mich hat er sein Leben und das seiner Männer riskiert.«

»Leon hat meiner Mutter erzählt, der Hauptmann hätte einen Mann getötet, der Sie erschießen wollte. Anschließend hat er ihr erklärt, wo wir Ihre Mutter und Minna finden konnten. Wir erwarteten, dass Sie auch dort liegen würden. Als sie nicht dort waren, flehte uns der Hauptmann an, Sie zu suchen. Falls Sie noch am Leben seien, sollten wir Sie irgendwo verstecken, damit er zu Ihnen kommen könne, falls es ihm gelingen sollte, zu fliehen. Er sprach von Flucht, bis zu dem Tag, als sie alle Kriegsgefangenen nach Osten trieben. Er wollte fort und irgendwo weit weg von Russland und Deutschland ein neues Leben anfangen.«

Charlotte lächelte. »Das war nur ein Luftschloss, Marius. Wir wussten es beide.«

»Nachdem meine Mutter sich damit abgefunden hatte, dass mein Vater nie mehr zurückkommen würde, pflegte sie zu sagen: ›Das Schönste im Leben sind unsere Träume und Erinnerungen‹.«

Als Charlotte die lose um die Schultern gelegte Jacke zu Boden fiel, hob Marius sie auf und hängte sie ihr wieder um. Doch Charlotte war so in der Vergangenheit versunken, dass sie es kaum bemerkte.

# 19

Eine halbe Stunde später ruhten Charlotte und Marius sich noch immer im Schatten der Pergola aus, als ein junger Mann über den Rasen auf sie zukam.

»Mischa, ich wusste gar nicht, dass Sie wieder zurück sind.« Marius stand auf und schüttelte ihm die Hand.

Nachdem sie rasch ein paar Worte auf Polnisch gewechselt hatten, führte Marius ihn zu Charlotte, die – ein zerkrümeltes Erdbeertörtchen und eine Tasse kalten Kaffee vor sich – am Tisch saß.

»Fräulein Charlotte, darf ich Ihnen Mischa Sitko vorstellen, den neuen Besitzer von Grünwaldsee. Mischa, das hier ist …«

»Charlotte Datski.« Charlotte erhob sich und hielt ihm die Hand hin, die er wie Marius zuvor küsste.

»Darf ich?« Ohne eine Einladung abzuwarten, zog er sich einen dritten Stuhl heran und nahm Platz. »Ich bin Ihrer Enkelin und Brunon beim Ausreiten am See begegnet.«

»Die Pferde brauchen Bewegung«, rechtfertigte sich Marius.

Lachend klopfte Mischa Marius leicht auf die Schulter. »Das sollte keine Kritik sein, Marius. Ich bin froh, dass Brunon sich nützlich macht. Ihre Enkelin, Laura, hat mir erzählt, Sie hätten früher hier gewohnt, Fräulein Datski. Ich habe mir die Freiheit genommen, meinen Großvater anzurufen, der ohnehin Ende der Woche nach Grünwaldsee kommen wollte. Nun wird er früher anreisen, weil er Sie unbedingt treffen möchte. Sind Sie einverstanden?«

»Ihr Großvater wird hier bei Ihnen wohnen?« Es gefiel Charlotte gar nicht, dass die neuen Besitzer des Hauses ihrer Familie über sie bestimmen wollten.

»Bei mir?«, wiederholte Mischa. »Sie missverstehen die Situation. Ich habe Grünwaldsee mit Geldern gekauft und renoviert, die mir mein Großvater zur Verfügung gestellt hat. Aber er wusste, selbst wenn ich die Renovierung versaue, würden die Investoren das Haus wieder zum Kaufpreis losschlagen können.«

»So spricht man nicht in Gegenwart einer Dame, Mischa«, rügte Marius.

Marius' Ermahnung erinnerte Charlotte an die gute alte Zeit, bevor der Krieg ihr Leben verändert hatte. Wann hatte ein Mann das letzte Mal einen Geschlechtsgenossen getadelt, weil er in ihrem Beisein einen Kraftausdruck verwendet hatte? »Warum möchte Ihr Großvater mich treffen?«

»Weil Sie eine berühmte Künstlerin sind und weil er einige Ihrer Originalbilder besitzt, die im Haus aufgehängt werden sollen.«

»Wirklich?«, wunderte sich Charlotte.

»Er ist Kunstsammler.«

»Sollte ich ihn kennen?«

»Nein. Er hat mir zwar geholfen, Grünwaldsee wieder aufzubauen, aber es gehört uns nicht.« Mischa wandte sich an Marius. »Wir wollen es noch geheimhalten, doch bald wird es in der Presse bekanntgegeben. Das Haus, die Gärten und die Ländereien befinden sich im Besitz einer wohltätigen Stiftung. Meine Aufgabe ist es, das Gut mit Ihrer und Brunons Hilfe zu verwalten, Marius. Das heißt, falls Brunon hier leben und arbeiten möchte.«

»Was ist das für eine wohltätige Stiftung?«, erkundigte Charlotte sich argwöhnisch.

»Das soll Ihnen mein Großvater erklären. Er will noch nicht zu viel von seinen Plänen preisgeben. Es war nicht leicht für ihn, meinen Vater zu überzeugen, mich herkommen zu lassen. Eigentlich wollte mein Vater, dass ich nach meinem Studienabschluss bei ihm einsteige. Jetzt arbeitet er einen meiner jüngeren Brüder ein, damit dieser die Firma übernehmen kann, wenn die Zeit gekommen ist. Als ich das letzte Mal nachgezählt habe, hatte ich sieben Halbbrüder.«

»Eine große Familie«, stellte Charlotte fest.

»Besser gesagt: Familien. Ich hatte fünf – oder waren es sechs? – Stiefmütter. Das war sehr praktisch, denn sie waren zu sehr damit beschäftigt, meinem Vater nachzuspionieren, um auf mich zu achten. Währenddessen war mein Vater hinter jedem Weiberrock her und hatte deshalb auch keine Zeit für mich. Er wollte, dass ich Arzt oder Anwalt werde, doch als er herausfand, was ich in Wirklichkeit studierte, war es schon zu spät.«

»Was haben Sie denn studiert?«, fragte Charlotte.

»Nichts Nützliches«, antwortete Mischa ausweichend. »Aber lernt man an der Universität überhaupt etwas, das man gebrauchen kann?«

Marius stellte die Frage, die Charlotte auf der Zunge lag. »Wollen Sie aus Grünwaldsee ein Hotel machen?«

»Ich sage nur so viel, dass ein Haus von dieser Größe praktisch genutzt werden muss. Heutzutage haben nur wenige Menschen das Geld, eine Villa zu unterhalten, ohne damit auch Geld zu verdienen. Sie hatten wirklich Glück, hier aufwachsen zu können, Fräulein Datski.«

»Und Pech, es zu verlieren, Mr Sitko«, erwiderte Charlotte in versöhnlichem Ton. »Mischa«, verbesserte er sie. »Niemand spricht mich mit meinem Nachnamen an, nur mein Großvater, wenn er mir böse ist, was zum Glück nur selten vorkommt. Also, was soll ich meinem Großvater sagen? Werden Sie sich mit ihm treffen, wenn er kommt?«

Als Charlotte zum Haus hinüberblickte, sah sie Laura und Brunon auf den Hof reiten. »Ja, es spricht nichts dagegen, noch ein paar Tage zu bleiben.«

»Gut, dann rufe ich ihn gleich an, um ihm die gute Nachricht zu überbringen, Fräulein Charlotte Datski.« Nachdem er noch einmal ihre Hand geküsst hatte, eilte er davon.

»Ein ungewöhnlicher junger Mann«, meinte Charlotte zu Marius. »Sehr direkt, oder wie manche Leute sagen würden: Man weiß bei ihm immer, woran man ist.«

Charlotte bemerkte, dass Laura auf sie zukam, und machte sich auf eine Standpauke gefasst, weil sie den Tag nicht im Bett verbracht hatte. »Dann bis übermorgen, Marius.«

»Ich kann Sie mit dem Auto abholen. Wollen Sie nicht schon morgen wiederkommen?«

»Ich habe keine Ahnung, was Laura mit Brunon verabredet hat. Aber ich glaube, ich werde mich an die Anweisung des Arztes halten und mich morgen ausruhen.« Sie achtete nicht auf seine ausgestreckte Hand und umarmte und küsste ihn stattdessen. »Richten Sie Jadwiga meinen Dank für die Erdbeertörtchen und den Kaffee aus, Marius.«

***

»Glaubst du, moderne Architekten gestalten die öffentlichen Bereiche von Hotels absichtlich so, dass sie an Kreuzfahrtschiffe erinnern?«, fragte Laura, als sie auf dem Weg vom Speisesaal zu ihren Zimmern einen langen fensterlosen Flur entlanggingen.

»Ich denke eher, dass sie möglichst viele Zimmer auf möglichst wenig Fläche unterbringen wollen.« Charlotte schloss ihre Zimmertür auf und machte Licht. Laura folgte ihr hinein. Das Zimmermädchen war da gewesen. Charlottes Handtücher lagen, zu Schwänen gefaltet, auf dem Bett. Auf dem Schnabel des einen thronte ihre Lesebrille, auf dem Kopf des anderen balancierte eine rote Geranie.

»Es ist stickig hier drin. Ich verstehe ja, dass das Personal aus Angst vor Einbrechern die Balkontür zumacht. Aber man muss doch nicht gleich die Vorhänge schließen. Kannst du sie bitte zurückziehen und das Fenster öffnen, Schatz?« Charlotte bückte sich zur Minibar.

Laura befolgte die Anweisungen ihrer Großmutter, trat dann auf den Balkon hinaus und blickte über den See. Inzwischen dämmerte der Abend, sodass die Bäume am Ufer grau wirkten und violette Schatten auf das Wasser warfen. Eine Jacht steuerte auf den Bootssteg von Grünwaldsee zu. Sie fragte sich, ob Mischa segelte und ob er ein Boot besaß, das auf dem See ankerte. Als sie sich zum Zimmer umdrehte, bemerkte sie, dass das Tablettendöschen, das der Arzt Charlotte gegeben hatte, unberührt auf dem Nachttisch lag.

Charlotte war ihr Blick nicht entgangen. »Wenn ich heute Nacht nicht schlafen kann, nehme ich zwei. Morgen lasse ich die Sache ruhig angehen und bleibe im Bett.«

»Dann gibst du also zu, dass du trotz der Warnungen des Arztes keine geschluckt hast?«

»Ich bekenne mich schuldig.«

»Du siehst ...«

Charlotte betrachtete ihr Spiegelbild. »Ich weiß, wie ich aussehe, mein Kind, doch wie der Arzt schon sagte, bin ich erschöpft. Emotional wegen meines Besuchs in Grünwaldsee und körperlich wegen der weiten Reise. Und dann auch noch dieses reichhaltige Abendessen. Es ist schon Jahre her, dass ich zwei, geschweige denn drei Gänge gegessen habe. Aber saurem Hering konnte ich noch nie widerstehen. Der war lecker, oder?«

»Ich bereue nicht, ihn bestellt zu haben. Man sollte im Leben alles einmal ausprobieren«, antwortete Laura.

»Du hast ihn aufgegessen.«

»Aber die Geschworenen beraten noch, ob er mir geschmeckt hat.«

»Und dann die Ente in Kirschsauce und die Kirschblinis mit Sahne zum Nachtisch. War das nicht ein Gedicht?«

»Stimmt. Ich wünschte nur, du hättest deinen Teller leergegessen.« Charlottes Appetitlosigkeit in den letzten Tagen machte Laura Sorgen.

»Man soll mehrere kleine Portionen essen und sich gesund ernähren. Das predigt zumindest mein Arzt. Aber vielleicht mache ich, was die Kirschpfannkuchen angeht, eine Ausnahme und gönne mir nochmal welche zum Frühstück. Ich hatte fast vergessen, wie sie schmecken.«

»Habt ihr in Grünwaldsee jeden Tag so gegessen?« Laura zog sich einen Stuhl an den Balkonrand und setzte sich.

»Nicht unbedingt, doch wenn die Kirschen reif waren,

gab es jeden Tag welche. Zur Erntezeit stellten unsere Köchin – Marius' Mutter Martha – und unsere Haushälterin zusätzliche Tische im Ballsaal auf, um alle Arbeiter zu verköstigen. Die Tische bogen sich förmlich unter den verschiedenen Gerichten. Und als Vorspeise hatten wir immer sauren Hering.« Charlotte öffnete die Mineralwasserflasche, die sie aus der Minibar genommen hatte, und stellte sie mit zwei gekühlten Gläsern und einer Flasche Wodka auf den Balkontisch. »Ein kleiner Schlummertrunk?«

»In russischem Stil?« Laura schmunzelte.

»Polnisch.«

»Danke.« Laura nahm das Wasserglas von Charlotte entgegen und goss ein wenig Wodka dazu. »Also haben wir beide heute den neuen Besitzer von Grünwaldsee kennengelernt.« Dieses Thema hatten sie beim Abendessen gemieden, weil sie nicht von jemandem am Nachbartisch belauscht werden wollten.

»Ein ungewöhnlicher Mensch, findest du nicht?« Charlotte rückte ihren Stuhl so zurecht, dass sie das Ufer sehen konnte, das zu Grünwaldsee gehörte. Allerdings war bis auf das Licht am Bootssteg nicht viel zu erkennen.

»Stimmt«, erwiderte Laura. »Er sagte, er sei nicht der erste Russe, der auf dem Gut wohnte. Im Krieg hätten dort russische Kriegsgefangene gearbeitet.«

»Richtig.« Charlotte bekam Herzklopfen.

Laura nahm einen Schluck. »Er hat mir auch erzählt, dass Paul und Wilhelm Zwillinge waren … Das hätte ich lieber von dir erfahren, Oma«, fügte sie tadelnd hinzu.

»Es tut mir leid. Ich habe einfach nie den richtigen Zeitpunkt gefunden, um über die Vergangenheit zu sprechen.«

»Mit mir?« – »Mit dir, mit Claus, mit Erich junior und mit Luke. Ich habe versucht, mit deinem Vater und mit Onkel Erich darüber zu reden, ehe ich mich mit dir in Berlin traf. Aber sie wollten nichts davon hören. Beide sind davon überzeugt, dass es für ihr Leben inzwischen ohne Bedeutung ist. Vielleicht haben sie ja recht.« Charlotte schaute zurück ins Zimmer. Ihr Tagebuch und das Buch, das sie mitgebracht hatte, lagen ordentlich gestapelt auf dem Nachttisch. Sie stand auf, ging hinein und griff nach den Büchern. »Das hier ist mein Tagebuch. Ich habe es 1939 an meinem achtzehnten Geburtstag begonnen und seitdem immer wieder etwas geschrieben. Ziemlich selten, wenn ich ehrlich sein soll. Am Tag meiner Abreise aus Amerika habe ich angefangen, wieder darin zu lesen, und war erstaunt, wie viel ich vergessen hatte. Nicht Ereignisse, sondern Gefühle. Ich muss noch ein paar Seiten weiterlesen, aber wenn du möchtest, gebe ich es dir morgen.«

»Ich soll es lesen?«

»Ich schenke es dir.« Sie hielt das Tagebuch hoch, das nicht mehr so makellos war wie an dem Tag, an dem sie es von Hildegard und Nina geschenkt bekommen hatte. Damals auf der Heimfahrt aus Russland im Zug nach der folgenschweren Konzertreise mit der Hitlerjugend. Inzwischen war es abgewetzt und nach vielen Jahren des Gebrauchs voller Flecken. »Als ich zu schreiben anfing, war ich ein albernes junges Mädchen, das von einer Märchenhochzeit und einem Leben in einem Schloss träumte.«

»In Bergensee?«, hakte Laura nach.

Lächelnd schüttelte Charlotte den Kopf. »Ich malte mir zwar eine Hochzeit aus, dachte aber nicht daran, dass danach eine Ehe kommen würde. Außerdem hat Politik mich so gelangweilt, dass ich mich weigerte, darüber nachzudenken oder über ernste Themen zu sprechen, bis die Politik mein Leben zerstört und so viele geliebte Menschen getötet hat.« Sie zögerte einen Moment. »Es steht auch die Geschichte einer Liebe darin, die mein Leben verändert hat.«

»Zu Claus' Großvater?«, fragte Laura.

Charlotte sah ihr in die Augen. »Nein.«

»Mein Vater hat immer gesagt, der Vater von Onkel Erich sei die Liebe deines Lebens gewesen.«

»Da hat er sich geirrt.«

»Hat dir Großvater je etwas bedeutet?«, erkundigte sich Laura.

»Hat er je das Gegenteil behauptet?», gab Charlotte zurück. »Ja, natürlich muss Julian geglaubt haben, ich hätte ihn nur benutzt«, murmelte sie, als Laura nicht antwortete. Sie trat mit den Büchern hinaus auf den Balkon und setzte sich wieder Laura gegenüber. »Nach dem Krieg herrschte in Deutschland Chaos. Bevor ich anfing, für die britische Armee zu arbeiten, war ich völlig mittellos. Ich hatte nicht einmal genug Geld, um etwas Essbares für Erich zu kaufen. Dann lernte ich deinen Großvater kennen. Wir hatten beide Menschen verloren, die wir liebten. Er war gut zu mir, und ich sehnte mich verzweifelt nach jemandem, der mir Zuneigung entgegenbrachte. Also habe ich mich bemüht, seine Gefühle zu erwidern. Ich glaube, wir verwechselten beide gegenseitigen Respekt und Anteilnahme mit Liebe, denn das war es ganz sicher nicht.«

»Hatte Großvater jemanden verloren?«, wollte Laura wissen.

»Seine erste Frau und seine kleine Tochter, beim Bombenangriff auf London. Hat er dir das nie erzählt?«

»Die Heimlichtuerei scheint in der Familie zu liegen.« Laura trank noch einen Schluck von ihrem Wodka mit Wasser. »Ich war bestimmt schon zwölf, als mir endlich klar wurde, dass zwischen dir und Großvater eine Beziehung besteht, und selbst dann konnte ich kaum glauben, dass ihr einmal verheiratet gewesen wart. Ihr habt in einem Haus gewohnt und meinen Vater gezeugt. Großvater ist so …« – Laura suchte nach einem Wort, das weder abwertend noch gönnerhaft klang – »… ein typischer Mittelschicht-Engländer eben«, meinte sie schließlich. »Und du bist so europäisch, weltgewandt und künstlerisch veranlagt. Warum hast du ihn geheiratet, Oma?«

»Weil ein Mittelschicht-Engländer mir, und noch wichtiger Erich, Sicherheit bieten konnte. Nach dem Krieg hatte ich genug Aufregung für zehn Leben hinter mir. Außerdem war ich schwer krank gewesen und befürchtete, mich nicht mehr um Erich kümmern zu können. Dein Großvater war zwar nicht der beste Stiefvater der Welt, aber er meinte es gut und wollte, dass Erich die beste Erziehung und Ausbildung genießt. Ein Jammer nur, dass das für ihn den Besuch eines Internats bedeutete, eine Trennung, die damals weder für Erich noch für mich gut war.«

»Also hast du ihn nie geliebt?«, fragte Laura geradeheraus.

»Nicht so, wie eine Frau ihren Mann lieben soll. Nein«, gestand Charlotte.

»Und Onkel Erichs Vater?«

»Claus von Letteberg war ein deutscher Adeliger, Offizier und Ehrenmann und außerdem Verfechter der damals verbreiteten Einstellung, dass eine Frau ins Haus gehört. Das hieß nicht, dass ich mich mit Hausarbeit hätte abplagen müssen. Keine von Letteberg hat je gekocht, geputzt oder Fußböden gescheuert. Doch es wurde von ihr erwartet, dass sie Kinder bekam und die Haushälterin und die Dienstmädchen beaufsichtigte. In meiner Hochzeitsnacht wurde mir klar, dass ich einen gewaltigen Fehler gemacht hatte. Ich hatte mich in die Liebe verliebt, nicht in den Mann. Aber wir verbrachten nur wenige Tage zusammen, bevor er wieder zu seinem Regiment musste. Während des Krieges habe ich ihn kaum gesehen. Er nahm seine Offizierspflichten sehr ernst, obwohl er weder ein Nazi noch ein begeisterter Anhänger Hitlers war. Außerdem« – sie lächelte Laura kurz an – »hatte er seine Geliebten.«

»Du hast zugelassen, dass er mit anderen Frauen schlief?« Laura war entsetzt von der Vorstellung, dass eine Frau, ganz zu schweigen von ihrer geliebten Großmutter, sich einfach mit den Seitensprüngen ihres Ehemannes abfand.

»Unsere Ehe war eine solche Katastrophe, dass ich mich über alles freute, was Claus von mir ablenkte. Allerdings kann ich es weder ihm noch den anderen Frauen zum Vorwurf machen, dass unsere Beziehung gescheitert ist. Er hat mich betört, als ich noch zu jung und naiv war, um zu ahnen, was es heißt, Ehefrau zu sein. Später habe ich mich verliebt. Bis über beide Ohren. Die Affäre schenkte mir die glücklichsten Momente meines Lebens und dazu Erinnerungen, die mir in meinen düstersten Stunden einen Grund gaben, nicht den Mut zu verlieren. Denn ich dachte irrtümlicherweise, dass sich niemand an meinen Geliebten erinnern und um ihn trauern würde, wenn ich mich umbrachte. Die einzige Frage – und die quält mich schon den Großteil meines Erwachsenenlebens – lautet, ob er mich wirklich geliebt hat.« – »Was ist aus ihm geworden?«

Anstelle einer Antwort griff Charlotte nach dem Tagebuch und dem Buch, das darunter lag. »Wenn ich heute Nacht mein Tagebuch zu Ende lese, sollst du auch eine Lektüre haben.«

»Nachdem wir letztens über *Ein letzter Sommer* gesprochen haben, habe ich mir im Hotelbuchladen ein Exemplar gekauft. Diesmal schwöre ich, es auch zu lesen.« Laura schenkte sich ein Glas Wasser ohne Wodka ein.

»Denk beim Lesen an mich.« Charlotte stand auf. »Danke, dass du mitgekommen bist, mein Kind.«

Laura ahnte, dass ihre Großmutter ihr heute nicht mehr verraten würde, ganz gleich, wie sehr sie sie auch bedrängte. Dennoch blieb sie sitzen.

»Willst du sehen, ob ich auch wirklich die Tabletten nehme?«, fragte Charlotte.

»Ja«, erwiderte Laura freimütig.

»Sie wirken sehr schnell. Wenn du also nichts dagegen hast, möchte ich zuerst baden. Doch ich verspreche dir, sie heute Nacht zu schlucken, wenn ich nicht schlafen kann. Und falls du den Ersatzschlüssel, den der Hoteldirektor dir gegeben hat, benutzen willst, um morgen nach mir zu sehen, sei bitte leise. Ich habe wirklich vor, im Bett zu bleiben.«

*Montag, 7. Mai 1947*

*Ich kann es nicht fassen, dass die Bäume vor meinem Fenster voll belaubt sind. Meine letzte Erinnerung ist, dass ich Erich auf dem kleinen Schlitten, den Frau Leichner uns geliehen hat, durch den Schnee gezogen habe. Ihr Bruder Albert hat ihn vor dem Krieg für ihren Sohn gemacht. Albert ist wie Peter 1940 in Frankreich gefallen.*

*Heute bin ich zum ersten Mal seit über drei Monaten aus dem Bett aufgestanden.*

*Die Ärzte sagen, ich hätte einen völligen nervlichen und körperlichen Zusammenbruch erlitten. Ich weiß nur noch, dass ich plötzlich und ohne Vorwarnung keinen Sinn mehr im Leben erkannte. Ich habe nur noch Erichs bleiches und ängstliches Gesicht vor mir.*

*Ich wollte ihn trösten, war aber machtlos dagegen, dass ich die Augen schloss, um ihn auszublenden. Ich dachte an Sascha, und inzwischen weiß ich – aber ich kann nicht erklären, warum –, dass ich ihn nie wiedersehen werde.*

*In den letzten beiden Wochen haben die Ärzte und Schwestern mir immer wieder Spritzen gegeben, damit ich wach bleibe. Julian besucht mich und bringt Blumen, Schokolade und von Erich gemalte Bilder mit. Wenn ich sie anschaue, bekomme ich Schuldgefühle, denn Erich malt sich selbst mit Tränen in den Augen. Wenn nur jemand den Krieg überlebt hätte, der für ihn sorgen könnte, so wie Papa und Mama von Letteberg.*

*Julian wiederholt ständig, ich müsse für Erich und für ihn wieder gesund werden. Ich weiß, dass die Ärzte mich sonst für immer hierbehalten würden. Ich bin Julian sehr dankbar für alles, was er für mich und Erich tut. Er bezahlt die Krankenhausrechnungen und gibt Frau Leichner Geld, damit sie Erich beaufsichtigt. Ohne ihn müsste Erich wieder ins Waisenhaus, denn Frau Leichner könnte es sich nicht leisten, meinen Sohn durchzufüttern. Greta würde nie auf den Gedanken kommen, sich um ihn zu kümmern.*

*Noch nie habe ich mich so krank gefühlt. Gestern war Greta mit Julian hier. Sie hat draußen vor meinem Zimmer mit dem Arzt gesprochen. Ich habe sie sagen hören, ich sei schon als Kind sehr schwächlich gewesen. Obwohl ich Julian gegenüber beteuert habe, dass sie lügt, bin ich nicht sicher, ob er mir glaubt. Außerdem beharrt Greta darauf, ich sei gesundheitlich nicht in der Lage, Erich allein aufzuziehen.*

*Julian hat sich erboten, mich zu heiraten und Erich zu adoptieren. Greta findet, ich hätte allen Grund, mich über diesen Heiratsantrag zu freuen. Welcher andere Mann würde eine kranke, mittellose Frau mit einem Kind schon für eine gute Partie halten? Sie fügte hinzu, ich wäre verrückt, ihn abzuweisen. Schließlich hätten wir nur noch einander, und sie würde bald nach England übersiedeln. Also sollten wir besser zusammenbleiben.*

*Julian sagt, wenn ich einverstanden sei, würde er für mich und Erich Passagen für das erstmögliche Schiff besorgen, das nächsten Monat von Hamburg nach Tilbury fährt und die zukünftigen Frauen britischer Militärangehöriger mitnimmt. Greta hat ihr Billet schon. Soll ich Deutschland den Rücken kehren?*

*Ich weiß nicht, warum Greta möchte, dass ich in ihrer Nähe wohne, denn sie hat mich nie so geliebt, wie eine Schwester es tun sollte. Nicht so wie Irene, bevor sie und Wilhelm im Juli 1944 abgeholt wurden.*

*Ich bringe es nicht über mich, die Dinge aufzuschreiben, die Irene mir an den Kopf geworfen hat, bevor sie vor über einem Jahr mit Marianne nach Süddeutschland gezogen ist.*

*Es waren grausame Worte, und ich werde nie ihren Gesichtsausdruck vergessen, als sie mir entgegenschleuderte, sie wünschte, sie wäre Wilhelm nie begegnet. Von diesem Moment an, fügte sie hinzu, sei ich für sie und Marianne ebenso tot wie mein Bruder.*

*Wir waren beide verzweifelt, weil von Karoline weiterhin jede Spur fehlte. Bei den Behörden hörten wir nur immer wieder, es sei unmöglich, sie zu finden, da man ihren Namen geändert habe. Irene beteuerte, Karoline sei wie Marianne schon alt genug gewesen, um sich daran zu erinnern, wie sie geheißen hatte, bevor sie abgeholt wurde. Inzwischen glaube ich, dass Irene die ganze Zeit geahnt hat, dass es nicht so war, es sich aber nicht eingestehen wollte.*

*Wenn man Karoline doch nur nicht von Marianne getrennt hätte … Aber sie haben es nun einmal getan, und das Ergebnis ist, dass wir sie wahrscheinlich für immer verloren haben. Außerdem kamen weder Irene noch ich mit dem Tod unserer Babys zurecht. Als wir noch zusammen waren, erinnerten wir einander ständig an unseren Schmerz, ohne in der Lage zu sein, die andere zu trösten oder ihr zu helfen. Dennoch vermisse ich sie schrecklich, meine Herzensschwester, die mich früher geliebt hat. So anders als Greta, denn die hat nie einen Hehl daraus gemacht, dass sie mich nicht einmal mag.*

*Ich fühle mich entsetzlich schwach und müde. Es wäre sehr viel leichter, mir von Julian die Entscheidungen abnehmen zu lassen.*

*So sehr ich Greta auch verabscheue, sie hat vermutlich recht. Mir bleibt nichts anderes übrig, als die Ärzte zu bitten, mich in Julians Obhut zu begeben, damit ich mit ihm und Erich in England ein neues Leben anfangen kann.*

*Freitag, 30. November 1948*
*Ich habe dieses Tagebuch schon lange nicht mehr aufgeschlagen. Ich hatte gehofft, mit Julians Hilfe für mich und Erich etwas in England aufbauen zu können. Aber nachdem ich es fast anderthalb Jahre lang versucht habe, ist mir klar geworden, dass ein Leben ohne Liebe nicht lebenswert ist. Außerdem ist England grässlich dunkel und trist. Anders als in Ostpreußen regnet es hier die ganze Zeit. Frühling, Sommer, Herbst und Winter, es spielt keine Rolle. Der Himmel ist immer grau und die Luft feucht.*

*Erich und ich sind ständig erkältet und fühlen uns einfach nur elend. Außerdem wagen wir nicht, Freundschaften zu schließen oder mit anderen Leuten zu sprechen, weil sie uns ohnehin nur als Judenmörder oder noch Schlimmeres beschimpfen.*

*Die Frauen, die Kinder und die Männer, die nicht im Krieg waren, treiben es am schlimmsten. Seit meiner Ankunft war ich nur einmal einkaufen. Die Verkäuferin hat sich geweigert, mich zu bedienen. Seitdem gibt Julian eine Liste mit den benötigten Lebensmitteln im Laden ab. Doch die Lieferung enthält stets zerbeulte und beschädigte Dosen und welkes Gemüse. Allerdings habe ich Angst, mich zu beschweren. Als ich es einmal versucht habe, fiel die Lieferung in der nächsten Woche noch schlechter aus.*

*Da Erich in der hiesigen Schule schrecklich verprügelt worden ist, hat Julian nach nur einer Woche dafür gesorgt, dass er sein altes Internat besuchen kann. Wie versprochen, hat er Erich offiziell adoptiert und seinen Namen in Eric Templeton geändert. Allerdings ist Julian machtlos dagegen, dass Eric Templeton auch nicht schneller Englisch lernt als Erich von*

*Letteberg und seinen harten Akzent erst noch verlieren muss.*

*Der arme Erich war erst sieben, als Julian ihn wegschickte. Mir graut davor, die Briefe zu öffnen, die ich jede Woche von ihm bekomme. Es steht immer das gleiche darin. Er schreibt, dass er England und das Internat hasst und mich vermisst.*

*Jetzt habe ich es geschafft, Erichs Leben genauso zu verpfuschen wie mein eigenes, und das ist ganz allein meine Schuld. Julian gibt sich Mühe, nett zu uns beiden zu sein. Vielleicht glaubt er sogar, mich zu lieben. Aber ich habe ihm nicht mehr zu bieten als Respekt. Ich kann nur immer an dich denken, Sascha. Mein erster Gedanke beim Aufstehen und mein letzter beim Schlafengehen gilt dir, und in meinen Träumen sind wir zusammen.*

*Es ist so schwer, die schrecklichen Ereignisse der letzten beiden Tage, an denen ich dich gesehen habe, beiseitezuschieben, doch ich versuche, mich auf die schönen Momente zu konzentrieren. Die Winterabende in der Sattelkammer. Den Sommermorgen, an dem wir unser Leben riskierten, um im See schwimmen zu gehen. Es war Wahnsinn, aber eine verrückte Idee, für die ich heute dankbar bin, denn ich habe nichts mehr außer meinen Erinnerungen. Selbst wenn du mich nur benutzt hast, um dein Überleben und das deiner Männer zu sichern, musst du mich doch ein bisschen geliebt haben. Sonst hättest du nicht dein Leben für mich geopfert.*

*Dann jedoch fällt mir immer das letzte Wort ein, das ich dir entgegengeschleudert habe: »Mörder!« Und dein Blick, als du mir zugerufen hast, ich solle von der Lichtung fliehen.*

*Sascha, ich kann mir nicht verzeihen, wie falsch ich dich verstanden habe und dass ich nicht begriffen habe, dass dir nichts anderes übrig blieb, als die Wachen zu töten. Es war naiv von mir zu glauben, dass ihr die Waffen, die ich euch gab, nur zur Selbstverteidigung einsetzen würdet.*

*Abends, wenn Julian ausgegangen ist oder Radio hört und dabei das Kreuzworträtsel in der* Times *löst, übe ich zeichnen. Ich zeichne so, wie du es mir beigebracht hast. Meine ersten beiden Skizzen stellten dich und Grünwaldsee dar. Sie sind nicht sehr gut gelungen, aber ich muss sie nur anschauen, um deine Stimme zu hören und zu sehen, wie deine Lippen sich zu einem Lächeln verziehen, wenn du aus der Dachluke in der Sattelkammer herunterspringst.*

*Ich schließe die Augen und stelle mir dich, die Heugabel in der Hand, auf dem Feld vor, wie du beim Heumachen hilfst. Erinnerst du dich, wie lange Brunon und ich uns mit den Wachen herumstreiten mussten, bis sie uns erlaubten, euch Heugabeln und andere Gerätschaften zu geben, weil sie befürchteten, ihr könntet sie als Waffen benutzen?*

*Ich sehe vor mir, wie du und deine Männer sich abends auf dem Hof in einer Reihe aufstellen, damit die Wachen euch auf den Heuboden führen und euch über Nacht einsperren können. Aber am liebsten erinnere ich mich daran, wie du dich in der Sattelkammer an mich geschmiegt hast und wie deine Augen im flackernden Licht der alten Öllampe funkelten. Dann haben wir geredet, gelesen und von einem gemeinsamen Leben geträumt. Einem Leben, das es nie geben würde.*

*Julian ahnt, dass etwas nicht stimmt. Er glaubt, dass ich Heimweh nach Grünwaldsee habe, was richtig ist. Doch für ihn ist es nur ein großes Haus mit Dienstboten und viel Geld, das Leben im Wohlstand, von dem Greta unablässig redet. Ganz gleich, worum es in einem Gespräch geht oder wer ihr Gegenüber auch sein mag, sie schafft es immer wieder, das*

*Thema auf unsere adelige Herkunft zu lenken. Ich wünschte, sie würde es nicht tun. Mit ihren Geschichten über die Vergangenheit beeindruckt sie niemanden, sondern fällt den Leuten eher auf die Nerven. Zumindest den wenigen, die gezwungen sind, sie sich anzuhören, also der Köchin und der Putzfrau, die ihr Mann eingestellt hat, und dem Vikar, wenn er ihr einen Besuch abstattet.*

*Immer wieder erkläre ich Julian, dass ich nicht wie Greta bin. Geld, außer der Summe, die man für Lebensmittel und Dinge des täglichen Bedarfs braucht, bedeutet mir nichts. Aber er glaubt mir nicht. Ständig vergleicht er unser bescheidenes Haus und unseren Lebensstandard mit dem von Greta und ihrem Mann. Ich kann ihm noch so oft vor Augen halten, dass es sich um ererbten Reichtum handelt, er rückt nicht von seiner Überzeugung ab, er müsste Erich und mir ein größeres Haus und mehr Geld bieten. Allerdings haben wir nach so vielen Jahren Krieg ohnehin wenig Möglichkeiten zum Geldausgeben. Greta berichtet, die Läden seien praktisch leergefegt. Wenn das stimmt, unterscheidet sich England in dieser Hinsicht nicht sehr von Deutschland.*

*In manchen Dingen erinnert Julian mich an Claus. Beide wünschten sich eine Ehefrau und eine Familie, und beide erwarten von dieser Ehefrau, dass sie den Haushalt führt, ihnen sexuell zu Diensten ist und Kinder bekommt, ohne sich in ihre »Männerwelt« einzumischen.*

*Nicht, dass sich Julians Leben ansonsten mit dem von Claus vergleichen ließe. Ich bin sicher, dass Julian keine Geliebte hat. Doch er ist am liebsten unter Männern und verbringt die meisten Abende im Veteranenclub oder bei politischen Vereinen, sodass ich fast immer allein bin.*

*Bis auf Greta und ihren Mann haben wir nie Besuch. Nach einem Leben in Grünwaldsee, wo ständig Landarbeiter, Dienstboten und Pächter aus und ein gingen, fühle ich mich ziemlich einsam. Ich frage mich, ob Julians Freunde und ihre Ehefrauen nicht zu uns nach Hause kommen, weil ich Deutsche bin.*

*Aber ich habe keinen Grund, mich zu beklagen. Julian betrinkt sich nie und benimmt sich auch nie daneben, ganz im Gegensatz zu einigen unserer Nachbarn, die die ganze Straße aufwecken, wenn sie spätnachts singend und grölend aus dem Pub nach Hause wanken. Aus dem wenigen, was er mir erzählt, entnehme ich, dass in seinen Clubs mehr debattiert als getrunken wird. Doch wenn ich wissen will, worüber, antwortet er nur, das sei Männersache. Er glaubt, er könne mit mir oder anderen Frauen nicht über wichtige Dinge sprechen, weil wir nicht intelligent genug seien, um zu verstehen, was außerhalb des Hauses vor sich geht.*

*Als Kind hat es mich nicht gestört, wenn Papa mir das Haar getätschelt und gemeint hat, darüber bräuchte ich mir nicht mein hübsches kleines Köpfchen zu zerbrechen, denn ich vergötterte Papa und stellte nichts, was er tat, infrage. Doch nach allem, was ich durchgemacht habe, kann ich es nicht ertragen, wenn Julian mich so behandelt.*

*Bevor ich dich kennenlernte, Sascha, hatte ich mich mit meinem Dasein als verwöhntes Schoßhündchen von einer Ehefrau abgefunden, das Claus mir zu bieten hatte. Ich dachte, die Ehe wäre eben so. Nicht einmal als ich sah, wie Wilhelm und Irene miteinander umgingen, war mir wirklich klar, dass zwischen einem Mann und einer Frau so viel mehr sein kann.*

*Ich habe nicht nur mein Leben verpfuscht, sondern auch das von Julian und Erich – und vor meiner Ehe mit Julian das von Claus. Hunderte von Mädchen hätten es als Ehre empfunden, einen von Letteberg zu heiraten, und sich gewiss nicht so ungeschickt angestellt wie ich. Viele Frauen wären auch mit Julian zufrieden und würden ihn glücklicher machen, als ich es kann. Ich hätte ihn niemals heiraten dürfen. Ich wollte, dass Erich einen Vater hat. Und nun hat er einen, den er nicht mag und den er vermutlich nicht einmal respektiert.*

*Von außen betrachtet habe ich alles, was eine Frau sich wünschen kann. Wir wohnen in einem hübschen, recht modernen Haus. Julian fährt jeden Morgen mit dem Zug nach London zur Arbeit, während ich, unterstützt von einer Reinemachefrau, den Haushalt erledige. Erich besucht ein teures Internat, und wir führen ein angenehmeres Leben, als es in Deutschland möglich gewesen wäre. Allerdings habe ich festgestellt, dass mir das einfach nicht genügt.*

*Erich gibt sich große Mühe, so gut wie möglich Englisch zu lernen. Aber seine Mitschüler drangsalieren ihn trotzdem, weil er Deutscher ist. Sie verprügeln ihn zwar nicht so kräftig wie die Kinder in der hiesigen Schule, doch immer wenn wir ihn besuchen, hat er blaue Flecke auf den Armen und im Gesicht, weil die Jungen in seinem Schlafsaal und seiner Klasse ihn schlagen.*

*Julian meint, sie würden ihn schon irgendwann in die Gemeinschaft aufnehmen – aber wie lange das noch dauern soll, sagt er nicht. Außerdem ist es nur ein geringer Trost, solange Erich weinend im Internat im Bett liegt, während ich hier alleine Tränen vergieße. Als ich Julian vorschlug, es noch einmal mit der Schule vor Ort zu versuchen, erinnerte er mich an meinen Nervenzusammenbruch kurz nach unserer Begegnung und fügte hinzu, ich sei noch nicht stark genug, um Entscheidungen für meinen Sohn zu treffen.*

*Wenn ich nur den Mut aufbringen würde, Julian um eine Scheidung zu bitten. Doch ich habe nur das Haushaltsgeld, das er mir gibt. Wo soll ich also hin? Wovon soll ich leben? Wie soll ich Erich versorgen und ihn zur Schule schicken?*

*Ich weiß, dass Julian mit Greta und ihrem Mann über mich gesprochen hat. Sie hat mich gewarnt, ich müsse mich zusammenreißen. Ansonsten hätte Julian das Recht, mich wegsperren zu lassen. Wahrscheinlich in eine Irrenanstalt.*

*Vielleicht wären die Dinge leichter, wenn Greta nicht in der Nähe wohnen würde. Weil ihr Mann und Julian befreundet sind, bestehen sie darauf, dass wir mindestens einmal wöchentlich zusammen zu Abend essen. Ich finde es grässlich. Aber Julian weigert sich einfach, einzusehen, wie sehr Greta mir auf die Nerven geht.*

*Wie Claus war Julian mit Leib und Seele Soldat. Eigentlich wollte er nicht seinen Abschied nehmen, behauptet jedoch, er habe keine andere Wahl gehabt, da ein Offizier mit einer deutschen Ehefrau keine Chance auf eine Beförderung habe. Ich habe den Verdacht, dass er mir die Schuld daran gibt, dass er nicht bei der Armee Karriere machen konnte und stattdessen in einer dunklen, schäbigen Steuerkanzlei arbeiten muss. Vermutlich hat er recht.*

*Greta hat genug Geld, um so viele Kleider, Schminksachen und Parfüms zu kaufen, wie sie will. Außerdem engagiert sie sich für wohltätige Zwecke, in der Hoffnung, dadurch Freundinnen zu finden. Doch nach dem, was sie mir von den Frau-*

*en erzählt, die sie bei den Hilfsorganisationen für Flüchtlinge und Waisenkinder kennenlernt, protzen sie lieber mit ihren Kleidern und ihrem Schmuck und tratschen, anstatt sich um die Leute zu kümmern, für die sie eigentlich Geld sammeln sollten.*

*Greta wollte, dass ich diesen Gruppen auch beitrete, aber Julian hat es verboten. Er sagte, mein Gesundheitszustand gestatte es nicht, Kaffeekränzchen, Flohmärkte und Basare zu organisieren. Doch der wahre Grund ist, dass er sich ein Kind wünscht.*

*Ich bin bereits schwanger. Das Baby kommt nächsten Mai. Julian habe ich es noch nicht erzählt, weil ich befürchte, er könnte Erich anders behandeln, wenn er erfährt, dass ich einen Sohn oder eine Tochter von ihm erwarte.*

*Greta predigt mir ständig, ich müsse mir mehr Mühe geben. Durch eine Heirat Deutschland zu verlassen, sei unsere einzige Chance gewesen. Also solle ich Julian dankbar sein, dass er mir einen Antrag gemacht hat. Dauernd hält sie mir vor, ich könne allein nicht so gut für meinen Sohn sorgen. Außerdem hätte Erich ohne Julian wieder ins Waisenhaus gemusst.*

*Wäre das denn so viel schlimmer gewesen als das Internat, das er nun besucht? Zumindest hätte er dort weiter seine Muttersprache sprechen können und wäre nicht mit anderen Kindern aufgewachsen, die ihn schikanieren und ihm die Schuld am Krieg geben.*

*Das Schlimmste für mich ist das Wissen, dass ich Claus und Papa und Mama von Letteberg verraten habe. Sie wären entsetzt gewesen zu erfahren, dass ein Graf von Letteberg auf einem englischen Internat ist.*

*Das Eheleben mit Julian ist ganz anders als mit Claus.*

*Jeden Montag, Mittwoch, Freitag und Samstag geht er abends aus, und sonntags müssen wir in die Kirche. Also haben wir nur wenig gemeinsame Zeit. Wenn er abends nach Hause ins Bett kommt, ist er meistens sehr müde. Deshalb will er mich nur ein oder zwei Mal in der Woche, und es dauert meistens auch nicht lang, was mich sehr erleichtert. Nach dir, Sascha, kann ich es kaum ertragen, von einem anderen Mann berührt zu werden.*

*Doch wegen des Kindes, das ich erwarte, und auch wegen Julian und Erich muss ich mich mehr anstrengen. Also keine selbstmitleidigen Einträge in dieses Tagebuch mehr. Und auch mit dem Denken und Schreiben auf Deutsch ist jetzt Schluss. Das bedeutet, dass ich mich auf dieser Seite von dir verabschiede, Sascha.*

*An dich zu denken, ist für mich wie atmen. Aber von diesem Augenblick an werde ich alles Menschenmögliche tun, um so zu werden, wie Julian mich haben will: eine englische Ehefrau und Mutter.*

# 20

Charlotte blätterte die Seite des Tagebuches um. Die Worte hatten die trüben, feuchtkalten und dunklen ersten Jahre in England wieder heraufbeschworen. Sie sah sich wieder in Julians trister Vier-Zimmer-Doppelhaushälfte aus braunem Backstein in einem Londoner Vorort. Die Vorhänge bestanden noch immer aus dem Verdunkelungsmaterial aus dem Krieg, das fast alles Licht aussperrte, denn sie bekamen einfach nicht genug Stoffmarken zusammen, um sie zu ersetzen.

Sie erinnerte sich an Erichs Trauer, wenn sie ihn im Internat besuchte, und an den Zerfall und das letztliche Zerbrechen der engen Beziehung, die in Grünwaldsee zwischen ihnen geherrscht hatte. An seinen Rückzug während der Ferienbesuche zu Hause, der ihr fast das Herz gebrochen hatte. Und an die wortlosen Mahlzeiten mit Julian, der kein schneidiger Hauptmann mehr war und ihr auch keine Blumen und keine Schokolade mehr schenkte. Er hatte sich in einen vom Alltag niedergedrückten Mann mit ständig finsterer Miene verwandelt, der zwischen seinem Arbeitsplatz, dem Veteranenclub und politischen Versammlungen hin- und herhetzte.

*Sonntag, 29. Mai 1955*
*Weil Julian mit Jeremy und Erich, die beide übers Wochenende zu Hause sind, in die Kirche gegangen ist, bin ich allein zu*

*Hause. Ich habe schon wieder ein Kind verloren, die vierte Fehlgeburt seit Jeremy. Die Ärzte haben mich davor gewarnt, es noch einmal zu versuchen. Durch die mangelnde medizinische Versorgung nach Alexandras Geburt hat meine Gebärmutter Schaden genommen. Ich hatte Glück, Jeremy überhaupt zu bekommen.*

*Der arme Julian ist enttäuscht. Er hätte gern weitere Kinder, insbesondere eine Tochter, um sein totes Kind zu ersetzen. Aber eine Adoption kommt für ihn nicht infrage.*

*Jeremy ist kränklich und leidet ständig an Husten und Erkältungen, was sicher an diesem feuchten Klima liegt. Ich wünschte, es stünde besser um seine Gesundheit. Julian vergöttert ihn. Doch so sehr ich Jeremy auch liebe, kann ich nicht anders, als an Alexandra zu denken, wenn ich ihn ansehe, unsere Tochter, die nie geatmet hat, Sascha. Sie wäre jetzt zehn Jahre alt, und ich erinnere mich jedes Jahr an ihren Geburtstag. Obwohl ich den Tag, an dem ich euch beide verloren habe, nicht würdig begehen kann, denke ich an euch und hoffe, dass ihr, ganz gleich wo, miteinander vereint seid.*

*Ich hätte es nie für möglich gehalten, jemanden so zu vermissen wie dich, Sascha. Den ganzen Tag bin ich damit beschäftigt, das Silber zu putzen und Nippes abzustauben, Tätigkeiten, an die Julian die Haushaltshilfe nicht heranlässt. Dann koche ich die schweren englischen Mahlzeiten, auf die er besteht, und wasche und stärke seine Hemden, weil er der Wäscherei nicht traut. Allerdings bin ich in Gedanken nie bei der Sache. Stattdessen verbringe ich meine Stunden damit, mir vorzustellen, was geschehen wäre, wenn ich mit dir und deinen Männern nach Osten geflohen wäre anstatt nach Westen.*

*Wären wir einem weniger argwöhnischen russischen Offizier begegnet? Oder hätte ich Alexandra trotzdem verloren? Wären du, Mama und Minna dennoch umgebracht worden?*

*Mir ist klar, dass ich viel zu viel Zeit mit der Vergangenheit verbringe, obwohl ich doch fest entschlossen bin, eine gute englische Ehefrau und Mutter zu sein. Das ist nicht fair gegenüber Erich, Jeremy und Julian. Wenn in meinem Leben etwas Trauriges vorfällt und ich unglücklich bin – so wie jetzt –, greife ich zu diesem Tagebuch, um zu schreiben oder es wenigstens zu lesen. Deshalb habe ich mir zum zweiten und letzten Mal geschworen, dass das hier der letzte Eintrag sein wird. Nachdem ich zu Ende geschrieben habe, werde ich das Tagebuch in einen alten Koffer auf dem Dachboden legen und erst wieder hineinschauen, wenn ich eine uralte Frau bin.*

*Ich muss in der Gegenwart leben und an Julian, Jeremy und Eric denken, der nicht mehr Erich Graf von Letteberg, sondern Eric Templeton ist, ein sehr englischer fünfzehnjähriger Junge. Er will internationales Recht in Oxford studieren. Es wäre schön, wenn sein Vater und seine Großeltern stolz auf seine Leistungen wären, wenn auch nicht auf seine Nationalität.*

*Also, Sascha, ich verabschiede mich zum letzten Mal.*

Doch obwohl sie so fest entschlossen gewesen war, dass das ihr letzter Eintrag werden sollte, folgten darauf noch sieben weitere.

*Samstag, 30. Juli 1955*
*Es ist so viel geschehen, und wie in jeder anderen Lebenskrise habe ich außer diesem Tagebuch niemanden, an den ich mich*

*wenden kann. Erich und ich befinden uns an Bord eines Schiffes, das nach Westdeutschland fährt. Dieses Land als meine Heimat zu bezeichnen, bringe ich nicht über mich, denn das wird immer Ostpreußen bleiben. Aber da die Russen, die Amerikaner und die Briten den Landstrich zwischen der Sowjetunion und Polen aufgeteilt haben, muss ich mich wohl damit abfinden, dass ich Grünwaldsee nie wiedersehen werde. Allerdings ist etwas Unglaubliches passiert: Ich treffe mich mit Claus.*

*Vor zwei Wochen kam mit der Nachmittagspost ein Brief von Roten Kreuz, der mir mitteilte, Standartenführer Claus Graf von Letteberg sei nicht tot, sondern soeben aus der sowjetischen Kriegsgefangenschaft in einem sibirischen Lager entlassen worden, wo er seit 1945 festgehalten worden war. Er ist nicht der einzige.*

*Hunderte, wenn nicht Tausende von Frauen in ganz Deutschland haben, was ihre Ehemänner, Söhne und Brüder angeht, die gleiche Nachricht erhalten. Ich kann mich der Frage nicht erwehren, wie viele Frauen, so wie ich, in der Zwischenzeit wieder geheiratet und mit ihren Kindern ein neues Leben angefangen haben.*

*Nachdem ich den Brief gelesen hatte, brach ich in Tränen aus. So fand Julian mich vor, als er abends von der Arbeit nach Hause kam – weinend und kein Abendessen auf dem Tisch.*

*Er rief Greta an, die sofort erschien. Sie drängte mich, mich mit dem Roten Kreuz in Verbindung zu setzen, damit dieses Claus informieren könne, ich sei inzwischen verheiratet und wolle nichts mehr mit ihm zu tun haben. Aber ich konnte nur an das Versprechen denken, das ich Claus in der Kirche von*

*Grünwaldsee gegeben hatte. Und an Mamas Vorträge über die Heiligkeit der Ehe.*

*Ich weiß zwar, dass ich Julian nie glücklich gemacht habe – genauso wenig wie Claus –, doch wenn Claus mich braucht und mich noch will, hat er die älteren Rechte, und es ist meine Pflicht, zu ihm zurückzukehren. Also erklärte ich Julian und Greta, ich hätte mich entschieden, nach Deutschland zu reisen, mich mit Claus zu treffen und mit ihm zu reden.*

*Der arme Julian machte ein schrecklich verdattertes Gesicht. Am nächsten Tag nahm er sich frei, und wir fuhren zu Erichs und Jeremys Internat.*

*Zum Glück waren Erichs Sommerprüfungen bereits vorbei, und als wir seinem Haustutor mitteilten, wir müssten eine wichtige Familienangelegenheit mit ihm besprechen, gab er uns die Möglichkeit, ihn allein zu sehen. Erich sagt, er könne sich kaum noch an Claus erinnern, was nicht weiter erstaunlich ist, da Claus während des Krieges nur selten in Grünwaldsee war.*

*Ich ahnte, dass es für Erich nur schwer zu verstehen war, dass er einen deutschen Vater hat, der ihn sehen will. Schließlich hat er acht Jahre lang versucht, sich anzupassen und Engländer zu werden. Aber er war zu einer Begegnung mit Claus bereit, allerdings nur unter der Bedingung, dass er seine Ausbildung in England beenden darf, und zwar in Oxford, wenn er dort einen Studienplatz bekommt.*

*Jeremy zu sagen, ich würde mit Eric das Land verlassen, war viel, viel schwieriger. Der Junge weinte und schrie und flehte mich an, bei ihm zu bleiben. Er schlug sogar vor, Erich solle doch allein nach Deutschland fahren. Jeremy konnte Erich noch nie leiden, und umgekehrt ist es genauso.*

*Ich weiß, dass Erich seit Jeremys früher Kindheit eifersüchtig auf seinen Bruder ist, weil er bei mir zu Hause bleiben durfte. Als Jeremy dann ebenfalls das Internat besuchte, war der Altersunterschied von sieben Jahren eine unüberbrückbare Kluft. Ich hatte gehofft, dass sie es wenigstens als Jugendliche schaffen würden, Freunde zu werden. Doch nun sieht es danach aus, als würde das nie geschehen.*

*Als wahrer Gentleman hat Julian mir mitgeteilt, er werde auf meine Nachricht warten, nachdem ich mit Claus gesprochen hätte. Ich versprach, ihm zu schreiben. Dann bat er mich zu meiner Überraschung, eine Urkunde zu unterzeichnen, die ihm das alleinige Sorgerecht für Jeremy zusicherte, falls ich beschließen sollte, bei Claus zu bleiben.*

*Ich flehte ihn an, für eine Entscheidung über meine Zukunft, geschweige denn die von Jeremy, sei es noch viel zu früh, aber er beharrte darauf. Ich glaube, ich versprach ihm sogar beinahe, nach meinem Treffen mit Claus zu ihm zurückzukehren. Doch er erwiderte nur, in diesem Fall würde er die Urkunde eben zerreißen.*

*Das einzige Mal, dass ich bei Julian eine solche Entschlossenheit erlebt hatte, war, als ich ihn gebeten hatte, Erich aus dem Internat zu nehmen. Allerdings wollte ich mich nicht im Streit von Julian verabschieden, weshalb ich die Urkunde unterschrieb. Danach schloss er sie in seine Schreibtischschublade ein und fragte mich, ob ich wisse, was ich aufgeben würde, wenn ich wieder zu Claus zöge.*

*In diesem Moment wurde mir klar, dass Julian mich und Erich nie geliebt oder uns auch nur als Menschen mit eigenen Rechten betrachtet hat. Für ihn waren wir eher so etwas wie Haustiere, die er zwar gut behandelte, aber nur, solange wir taten, was er wollte, und seinen Vorstellungen von einer Ehefrau und einem Stiefsohn entsprachen.*

*Ich konnte nicht fassen, dass er versuchte, mich zu halten, indem er drohte, mir mein Kind wegzunehmen, und das sagte ich ihm auch. Darauf erwiderte er, er verstehe nicht, wie ich es fertigbringen würde, ihn zu verlassen, nachdem er so viel für Erich und mich getan habe. Er habe uns versorgt, als wir mittellos gewesen seien, habe uns verpflegt, nach meinem Nervenzusammenbruch meine Krankenhausrechnung bezahlt und mich geheiratet, obwohl die meisten Engländer eine deutsche Witwe nicht mit der Kneifzange angefasst hätten.*

*Wie damals, als Irene mich so beleidigt hatte, wusste ich, dass Julian mir nur wehtun wollte, weil ich ihm Schmerz zufügte. Aber da ich mir sein Toben nicht länger anhören konnte, ging ich nach oben, um zu packen.*

*Er war sehr kühl, als er mich und Erich zur Victoria Station zum Fährzug brachte.*

*Nun muss ich Claus gegenübertreten. Was wird er sagen, wenn er erfährt, dass ich einen alliierten Soldaten geheiratet habe? Wird er denken, ich hätte ihn und mein Land verraten? Wird er mich hassen, weil ich es zugelassen habe, dass Erich ein englisches Internat besucht? Wie können wir jemals die Trümmer unseres Lebens wieder zusammensetzen, sofern wir das überhaupt wollen?*

## *Westdeutschland*

*Dienstag, 2. August 1955*
*Bevor ich zu Claus durfte, führte ein Major ein Gespräch mit mir. Er erklärte mir, die Zustände in den russischen Gefange-*

*nenlagern seien katastrophal gewesen. Zehntausende deutscher Soldaten hätten in Sibirien ihr Leben gelassen. Aber das wusste ich doch alles. Traute er mir etwa nicht zu, dass ich Zeitung las?*

*Einige sagen, das Leid, das die Russen unseren Soldaten zugefügt haben, sei nur die Rache für den Umgang der Deutschen mit den Juden in den Konzentrationslagern. In meinen Augen handelt es sich eher um ein weiteres Beispiel für die Krankheit, deren Wurzel der Krieg ist.*

*Nachdem der Major fort war, erschien Claus' Arzt. Er teilte mir mit, Claus' Gesundheit sei in Russland völlig ruiniert worden, sodass er den Rest seines Lebens ein Pflegefall sein würde. Er würde nie wieder stark genug für körperliche Arbeit sein. Da er so lange auf medizinische Versorgung habe verzichten müssen, sei er außerdem anfällig für Infektionen und Krankheiten. Abschließend fügte er in schonungsloser Offenheit hinzu, Claus brauche eher eine Krankenschwester als eine Ehefrau.*

*Er hatte recht. Als ich ins Krankenzimmer kam und Claus und die anderen Patienten sah, fühlte ich mich an Sascha und seine Männer in der Scheune von Grünwaldsee erinnert.*

*Claus' Augen hatten den gleichen Ausdruck wie die der Hirsche, die mein Vater und meine Brüder im Wald gestellt und abgeschossen hatten. In den zehn Jahren seit unserer letzten Begegnung ist er um dreißig Jahre gealtert. Seine Haut ist gelb wie Pergament, sein Haar weiß, und seine Hand zittert wie die eines alten Mannes.*

*Claus wird unter anderem wegen Erschöpfung, Unterernährung und Magengeschwüren behandelt. Außerdem musste ihm gegen Kriegsende von einem Feldarzt der rechte Arm amputiert werden. Da der Stumpf nie richtig geheilt ist, will der Arzt es jetzt mit einer Hauttransplantation versuchen.*

*Bei der Amputation wurde Claus die Jacke ausgezogen, in der sich seine gesamte persönliche Habe, auch seine Uhr, befand. Claus glaubt, sie sei bei der Gefangennahme durch die Russen zurückgeblieben. Und deshalb hätte ich den Inhalt seiner Taschen mit einem Brief erhalten, dass er gefallen sei.*

*Da man nicht viel Fantasie braucht, um sich vorzustellen, wie viele tote Soldaten einfach liegengelassen wurden, handelte es sich um einen verzeihlichen Irrtum.*

*Claus' erste Frage war, wie lange ich in Deutschland bleiben würde. Ich antwortete, so lange er mich brauche, und das meinte ich auch so. Er sah so hilflos und schwach aus, dass ich nichts anderes sagen konnte.*

*Claus schwieg zehn Minuten lang, und als er endlich wieder das Wort ergriff, klang seine Stimme heiser. Wenn ich ihn nicht besser gekannt hätte, hätte ich gedacht, dass er weinte. Er meinte, ich sei seine Frau, und er werde mich immer brauchen. Meine Ehe mit Julian – oder Jeremy – erwähnte er nicht, obwohl das Rote Kreuz ihm, wie ich wusste, davon erzählt hatte.*

*Nach einer halben Stunde holte ich Erich aus dem Wartezimmer. Claus konnte kaum fassen, wie groß er geworden war. Er war so stolz auf ihn, und es machte mich glücklich zu sehen, dass er Erich lieben würde, wie es ein Vater tun soll. Zum Glück habe ich darauf bestanden, dass Erich sein Deutsch weiter pflegt.*

*Nach der anfänglichen Verlegenheit konnten die beiden gar nicht mehr zu reden aufhören. Claus ist einverstanden, dass Erich nach England zurückkehrt, um dort die Schule zu been-*

*den. Wenn er aufgenommen wird, darf er auch in Oxford studieren.*

*Also sind Vater und Sohn wieder glücklich vereint. Ich habe eine neue Rolle als Krankenschwester, und ich bin zufrieden. Claus und ich haben von der westdeutschen Regierung eine kleine Entschädigung für unsere Bankguthaben vor dem Krieg erhalten. Es ist zwar nicht viel, aber zusammen mit dem Sold, den man Claus noch schuldet, müsste es reichen, um irgendwo in Westdeutschland eine kleine Wohnung zu kaufen. Claus bevorzugt Süddeutschland. Da wir nicht mehr nach Allenstein zurückkönnen, spielt es keine Rolle, wohin wir ziehen.*

*Von Claus' Kriegsversehrtenrente können wir nicht leben. Und da er krank ist, werde ich mir wohl irgendwo Arbeit suchen müssen.*

*Ich freue mich schon darauf, berufstätig zu sein, denn es bedeutet eine Abwechslung zum Haushalt.*

*Wenn ich mit diesem Eintrag fertig bin, werde ich Julian schreiben und ihn bitten, unsere Ehe annullieren zu lassen. Außerdem werde ich Jeremy in einem Brief erklären, warum ich bei Claus in Deutschland bleiben muss. Er ist zwar noch sehr jung, doch ich hoffe, er wird mit der Zeit verstehen, dass ich ihn sehr liebe und gern bei ihm wäre. Aber Claus ist sehr krank und braucht mich mehr.*

*Mittwoch, 21. September 1955*
*Ich habe mich überall als Übersetzerin beworben. Während ich in einem Verlagsbüro auf ein Vorstellungsgespräch wartete, blätterte ich einige Kinderbücher durch. Weil die Illustrationen miserabel waren, bin ich losgegangen und habe mir Zeichenmaterial besorgt. Wenn die Bilder fertig sind, spreche*

*ich wieder beim Verleger vor, der versprochen hat, sie sich anzusehen. Manchmal ist es ein Vorteil, von Letteberg zu heißen.*

*Freitag, 2. September 1966*
*Heute Morgen um zwei Uhr ist Claus gestorben. Es war eine Erlösung von einer langen und schmerzhaften Krankheit. Eigentlich ist es eher sein Körper, der gestorben ist. Seine Seele war schon 1945 irgendwo in Sibirien geblieben.*

*Der Magenkrebs, dem er erlag, war eine langwierige, entwürdigende und schmerzhafte Angelegenheit. Mehr als einmal flehte er den Arzt an, ihm etwas zu geben, das den Schmerzen ein Ende setzen und ihn umbringen würde. Doch als das Ende kam, war es ruhig, gnädig und friedlich.*

*Ich habe ihn gepflegt und hatte Mitleid mit ihm, auch wenn zum Schluss nichts mehr zwischen uns war als mein Pflichtgefühl, Claus' Dankbarkeit für meine Hilfe – und Erich.*

*Nach seiner Rückkehr hat Claus mich nie wieder angerührt oder das Bett mit mir geteilt. Wie ich manchmal glaube, erinnerte ich ihn an eine Vergangenheit, die er so sehr bereute, dass er nicht mehr in die Zukunft blicken konnte.*

*Da mich nun nichts mehr hier hält, treffe ich Vorbereitungen, um Europa zu verlassen und nach Amerika zu ziehen. Meine Verlage haben mir zugesichert, mir weiter Aufträge zu erteilen, ganz gleich, wo ich wohne. Der gute Samuel Goldberg, der, nachdem er meine Illustrationen in der englischen Ausgabe von* Hänsel und Gretel *gesehen hat, viele Verlage für mich gewinnen konnte, hat sich bereit erklärt, in Europa als mein Agent tätig zu werden.*

*Sascha, wer hätte gedacht, dass die Zeichenstunden, die du mir vor so vielen Jahren in der Sattelkammer gegeben hast, einmal meine berufliche Zukunft fördern würden? So hatte ich die Möglichkeit, Claus, mich und Erich zu ernähren, der inzwischen seinen Abschluss in Oxford gemacht hat und in einer westdeutschen Anwaltskanzlei arbeitet.*

*Ich freue mich auf einen Neuanfang in einem Land, das keine Erinnerungen für mich bereithält. Erich ist verheiratet und beruflich erfolgreich, aber es herrscht keine Liebe zwischen uns. Er hat mir nie verziehen, dass ich Julian nicht daran gehindert habe, ihn auf ein englisches Internat zu schicken. Außerdem grollt er mir, weil ich wieder geheiratet habe, obwohl die Möglichkeit bestand, dass sein Vater noch lebte. Ich habe ihm zwar die offizielle Mitteilung, Claus sei gefallen, die goldene Uhr und die anderen Besitztümer gezeigt, doch er beharrt darauf, ich hätte als Ehefrau treu sein und weiter hoffen müssen.*

*Vor einem Monat habe ich mich mit Jeremy getroffen, der mit Freunden einen Wanderurlaub in Deutschland verbrachte. Er vergibt mir noch immer nicht, dass ich ihn als kleinen Jungen zurückgelassen habe. Inzwischen hat er beschlossen, zur Armee zu gehen, und er hat bereits einen Platz an der Militärakademie Sandhurst. Beide Väter haben allen Grund, stolz auf ihre Söhne zu sein. Sie sind Claus und Julian, beides Offiziere und wahre Ehrenmänner, wie aus dem Gesicht geschnitten.*

*Und falls es zwischen England und Deutschland wieder zu einem Krieg kommen sollte, hätten sie sicher keine Probleme damit, einander im Namen des Vaterlandes über den Haufen zu schießen.*

*Erich und Jeremy war es tatsächlich peinlich, mein Foto in der Zeitung zu sehen, als ich an Demonstrationen gegen die Apartheid und die atomare Bewaffnung teilnahm. Sie begreifen einfach nicht, warum ich mich aktiv in einer Bewegung engagiere, die sich für eine freie und friedliche Gesellschaft einsetzt. Außerdem verstehen sie nicht, warum ich befürchte, dass Kadavergehorsam und politische Gleichgültigkeit einem neuen Hitler den Weg ebnen könnten, der dann wieder die Welt beherrschen und überall für Zerstörung und Blutvergießen sorgen wird.*

*Wer hätte je gedacht, dass die Neffen von Paul und Wilhelm einmal solche Spießer werden?*

## *Connecticut, Amerika*

*Mittwoch, 28. Mai 1969*
*Ich hätte nie geglaubt, dass es noch einmal passieren wird, aber in diesem Buch kann ich aufrichtig sein. Es gibt einen neuen Mann in meinem Leben. Er ist Lektor. Er ist nicht wie du, Sascha, aber dir könnte ohnehin niemand das Wasser reichen. Anthony ist ein gütiger und rücksichtsvoller Mensch. Ich habe ihn letztes Jahr bei einem Verlagsempfang in New York kennengelernt. Seine Frau ist in New Hampshire in einer psychiatrischen Klinik. Aber ich würde ihn ohnehin nicht heiraten, auch nicht, wenn er ledig wäre. Zwei unglückliche, gescheiterte Ehen im Leben reichen mir, und um die Wahrheit zu sagen, wohne ich inzwischen gern allein.*

*Du hast mir beigebracht, was wahre Liebe ist, Sascha. Falls du mich nicht geliebt, sondern mich nur benutzt hast, um zu überleben, hast du zumindest dafür gesorgt, dass ich dich lie-*

*be. Wie ich inzwischen weiß, bedeutet, jemanden zu lieben, das beste für ihn zu wollen und ihm alles zu verzeihen.*

*Anthony liebt seine Frau immer noch, obwohl sie ihn nicht mehr erkennt. Da es die einzige Möglichkeit ist, haben wir uns für Freundschaft, Partnerschaft und – unseren Kindern zuliebe – Diskretion entschieden. So wird mein Leben also enden: In einem neuen Land, mit einem Beruf und neuen Freunden, um meine Tage zu füllen, auch wenn nichts die Menschen ersetzen kann, die ich verloren habe.*

*Connecticut*

*Montag, 13. Oktober 1969*
*Aus Russland ist ein Buch herausgeschmuggelt worden. Es wurde von einem Gefangenen in einem sibirischen Lager geschrieben und heißt* Ein letzter Sommer. *Es ist unsere Geschichte, Sascha, da bin ich ganz sicher. Es gibt einfach zu viele Überschneidungen, als dass es Zufall sein könnte. Der Autor heißt Peter Borodin. Bist du das, Sascha? Kann es sein, dass du noch lebst?*

*New York*

*Samstag, 28. Mai 1988*
*Heute war ich bei einer Signierstunde in New York. Peter Borodin ist von Gorbatschow begnadigt worden und durfte ausreisen, um einige Vorträge über die Ereignisse zu halten, die ihm die Vorlage zu seinem ausgezeichneten Roman* Ein letzter Sommer *geliefert haben, der im Westen hoch gelobt wird.*

*Bei seinem Anblick kamen mir die Tränen. Ich nahm zwei Exemplare des Buches und legte sie vor ihn hin. Als er mich ansah, wusste ich, dass er mich erkannt hatte. Während des Signierens bemerkte ich, dass ihm ebenfalls die Tränen in die Augen traten. Wir brachten beide kein Wort heraus.*

*Da ich mich nicht vor so vielen Menschen zum Narren machen wollte, ging ich und nahm mir vor, wiederzukommen und mit ihm zu reden, wenn die Signierstunde vorbei war.*

*Nach einer Stunde kehrte ich zurück. Er saß noch immer am Tisch und redete mit verschiedenen Leuten. Also versteckte ich mich hinter einem Regal, damit er mich nicht sah.*

*Ich wartete noch eine Weile, bis mir klar wurde, dass wir einander nichts zu sagen hatten, was wir nicht bereits wussten. Wenn ich ihn anspräche, würde ich nur alte Wunden aufreißen und uns beiden Leid zufügen.*

*Deshalb beobachtete ich, wie er noch einige Bücher signierte, und ging dann davon.*

*Ich blickte mich nicht mehr um.*

Schließlich klappte Charlotte das Tagebuch zu. Auf dem Nachttisch lag die Ausgabe von *Ein letzter Sommer,* die sie aus Amerika mitgebracht hatte. Sie griff danach.

»Sascha«, flüsterte sie seinen Namen. Und die Tränen, die sie mehr als sechzig Jahre lang unterdrückt hatte, traten ihr endlich in die Augen.

# 21

Laura hatte geduscht und lag nun in ihrem Mickymaus-Schlafanzug auf dem Bett. Ahmed hatte diesen Schlafanzug gehasst, weshalb sie ihn schon aus Prinzip eingepackt hatte. Sie schenkte sich den Wodka ein, der in Reichweite auf dem Nachttisch bereitstand, und nahm das Bändchen aus der Hotelbuchhandlung zur Hand.

Wenn man bedachte, dass sie *Ein letzter Sommer* jahrelang nicht mehr aufgeschlagen hatte, war es erstaunlich, wie gut sie sich noch an die ersten Worte erinnern konnte.

> Wenn der Schlaf von mir abfällt und ich langsam wieder zu mir komme, werde ich zuerst von Angst ergriffen. Was bin ich? Wo bin ich? Mit der Erinnerung kommt dann das Wissen – und das Staunen. Das Leben ist ein Wunderwerk, ich bin Teil davon, und ich berühre die Frau, die neben mir liegt, voller Dankbarkeit, dass ich nicht allein bin.
>
> Ich umarme ihren Körper und ihre Seele. Doch die Zärtlichkeit weckt neue Ängste. Sie lauern wie ein auszehrendes Krebsgeschwür unter der äußerlich gesund wirkenden Haut und vergiften und zerstören lautlos jeden Augenblick, der vielleicht das vollkommene Glück hätte bringen können.
>
> Sie verderben jede liebevolle Berührung und jedes Lächeln. Es sind Ängste, die über die dunkle und

urwüchsige Furcht vor dem Tod hinausgehen, welche so viele Religionen und käufliche Priester hervorgebracht hat.

Sie und ich haben uns mit dem unausweichlichen Verfallsprozess abgefunden, dem alles Lebendige unterworfen ist. Wenn geschieht, was im Laufe der Zeit nicht zu vermeiden ist, werden wir es sogar willkommen heißen, solange wir dieselbe Erde teilen können.

Wir träumen von einem hohen und wunderschönen Baum, dessen Wurzeln in unsere Körper hineinreichen. Es ist die einzige Form von Wiedergeburt und Auferstehung, an die ich glauben kann. Und obwohl sie ihren Gott hat, teilt sie nun diesen Traum mit mir.

Die Ängste drehen sich um etwas viel Schlimmeres: darum, dass wir einander verlieren könnten. Aber heute bin ich dankbar, dass uns wieder ein Morgen, ein Tag geschenkt worden ist, und versuche, nicht darüber hinaus zu denken.

Unser Bett ist weich, sauber und warm, mit gestärkten, von der Sonne gebleichten Laken, die nach Waldluft duften. Unsere leichte Decke ist mit Daunen und Federn gefüllt. Ein sauberes Bett ist der Inbegriff des Luxus.

Ich küsse ihre Lippen. Sie erwidert meine Zärtlichkeit, ohne aufzuwachen. Ich stehe auf, schlüpfe in meinen alten grün und weiß gemusterten Frottebademantel und schleiche zur Tür. Auf Zehenspitzen gehe ich über die knorrigen Dielenbretter, um einen Blick auf unsere Kinder zu werfen. Von dem kleinen Jungen, der da in seiner Wiege liegt, habe ich eine Figur geschnitzt, als er noch im Mutterleib war. Er hat die Ärmchen über den Kopf gehoben. Seine lockeren Fäustchen ruhen neben seinem im Schlaf rosigen Gesicht. Das weißblonde Haar, von derselben Farbe wie meines, klebt ihm feucht am Köpfchen. Daneben hat sich seine zweijährige Schwester, ein Ebenbild ihrer Mutter, wie eine Katze unter der Decke ihres Bettchens zusammengerollt, sodass nur ihre blonden Locken zu sehen sind.

Mein Fleisch und Blut, so klein und hilflos. Die Angst meldet sich wieder. Wie kann ich sie beschützen, wenn ich nicht mehr bei ihnen bin? Dann fällt mir wieder ein, dass mir dieser Morgen geschenkt worden ist. Im Moment sind sie in Sicherheit. Ich bin in der Lage, auf meine Familie zu achten und für sie zu sorgen.

Ich gehe zu der schmalen Holztreppe und passe auf, nicht auf die verzogenen Stufen zu treten, die knarzen. Alle Holzteile in dieser Hütte sind trocken und alt und machen Geräusche. Ich bleibe stehen, um die Bilder meiner Frau an den weißen Wänden zu betrachten. Aquarelle, die die Kinder und die Landschaft darstellen, liebevoll und sorgfältig gemalt. Mein Lieblingsbild ist eine Tuschezeichnung, die eine Datscha zeigt. Das Gebäude ist klein, nicht mehr als ein Sommerhaus, und hat dennoch einen wundervollen Grundriss. Der Baustil ist osteuropäisch. Ich fahre die Linie des Giebels über der Tür mit den Fingern nach. Es ist eine schlichte Bauernkate und unser Zuhause.

Laura trank einen Schluck, blätterte um und las weiter die Beschreibung des Hauses. Entweder handelte es sich um das Sommerhaus in Grünwaldsee oder ein nahezu identisches Gebäude. Neugierig folgte sie dem Weg des Autors, der zu den Ställen des »großen Hauses« ging und einen grauen Hengst sattelte. War es ein Datski-Grauschimmel? Sie fuhr fort zu lesen.

Auch wenn ich nicht in diese Art zu leben hineingeboren bin, trifft das alte Sprichwort »Kratze an einem Russen, und du findest einen Bauern« zu. Es ist schön, frühmorgens durch die frische Luft zu reiten, über die Felder zu blicken, zu sehen, was schon erledigt worden ist, und festzustellen, was noch getan werden muss. Der Wald riecht nach Tau und Tannennadeln. Ich greife mit den Händen in die gepflügte Erde und sehe zu, wie die von mir ausgesäten Feldfrüchte wachsen und erntereif werden.

Am See halte ich inne und beobachte, wie aus den Bäumen rings ums Wasser der Morgennebel aufsteigt.

Zwei Schwäne, gefolgt von ihren Küken, gleiten am Ufer vorbei. Boris wiehert. Er weiß, dass es Zeit ist, zum Stall zurückzukehren. Aber ich schaue weiter zu, während sich das Sonnenlicht im Wasser spiegelt und die Reiher Jagd auf Fische machen.

Störche flattern über meinen Kopf hinweg und

landen in ihren Nestern auf dem Dach des großen Hauses. Als Boris mit den Hufen stampft, mache ich endlich kehrt, lasse ihn bei seinen Stallgenossen zurück und gehe nach Hause.

Die Hütte wird halb von Obststräuchern verdeckt, dic eine Hecke um den Garten bilden. Aus der Küche höre ich die Stimme meiner Tochter und das Klappern von Pfannen. Tür und Fenster stehen weit offen, und ich sehe, wie meine Frau sich in einem ausgewaschenen blauen Baumwollkleid am Tisch zu schaffen macht.

Der Tisch ist mit unserem rotgrün bestickten Alltagstuch gedeckt. Auf dem Brotteller türmen sich dampfende weiße Milchbrötchen, frisch aus dem Ofen. Der Duft von Kaffee, Käse und würzigen Würsten liegt in der Luft. Ich stelle fest, dass ich Hungei habc.

Meine Tochter läuft mir entgegen, um mich zu begrüßen. Meine Frau lächelt. Ich küsse sie, als ich auf dem Weg zu meinem Platz am Kopf des Tisches an ihr vorbeikomme.

Das Frühstück ist meine Lieblingsmahlzeit. Ich esse langsam, meine Tochter sitzt auf meinem Schoß. Ihre blonden Locken streifen mein Kinn, während ich zusehe, wie meine Frau unseren Sohn stillt. Als er an ihrer Brust einschläft, legt sie ihn in sein Körbchen.

Ich schenke uns die dritte Tasse Kaffee ein. Dann sitzen wir noch eine Weile redend und lachend am Tisch, bis ich zur Arbeit muss …

Laura verfolgte den Tagesablauf der Hauptfigur auf den Feldern. Es war nicht der einsame Tag des modernen Landwirts, der mit seinem Traktor allein ist, denn die Ernte wurde noch von Hand und in Gesellschaft vieler männlicher und weiblicher Helfer eingebracht.

Die Frau des Helden arbeitete Seite an Seite mit ihm, während die Kinder in Sichtweite am Rand des Feldes spielten und schliefen.

Bei Sonnenuntergang begaben sich alle Arbeiter und ihre Familien zum Ballsaal des großen Hauses, wo sie ein Abendessen erwartete. Anschließend wurde musiziert, getanzt und getrunken. Doch der Autor und seine Frau kehrten mit ihren Kindern in ihre Hütte zurück.

> Ich setze meine schlaftrunkene Tochter auf meine Schultern. Meine Frau trägt das Baby in seinem Körbchen. Als wir zum See kommen, will die Kleine unbedingt von meinen Schultern klettern und Schuhe und Strümpfe ausziehen, um im seichten Wasser zu waten. Es ist der letzte Anfall von Unternehmungslust vor dem Schlafengehen. Zu Hause lassen wir die Wanne einlaufen und baden die Kinder.
>
> Während meine Frau die Kinder in Schlafanzüge steckt, gehe ich durch alle Zimmer und mache Licht. Meine Frau legt unseren Sohn in seine Wiege, ich jage unsere Tochter die Treppe hinauf. Der Tag unserer Kinder endet stets mit einer Gutenachtgeschichte. Ich sitze am Fußende des Bettes meiner Tochter und erzähle ihnen die Geschichten, die

schon mein Vater mir erzählt hat und die von Generation zu Generation weitergegeben worden sind.

Wir bleiben bei den Kindern, bis ihnen die Augen zufallen. Später schlendere ich hinaus in den Garten, während meine Frau Klavier spielt. Sie hat sich ein Stück ausgesucht, das ich ihr beigebracht habe. Es spiegelt unser friedliches Leben hier wider – den See, die Landschaft, die Felder, die Wälder. Langsam geht die Sonne unter, verschwindet im See und zieht eine rotgoldene Spur hinter sich her. Das letzte Funkeln verfärbt sich violett. Dann ist es dunkel.

Die Musik verstummt. Meine Frau steht neben mir. Als ich sie umarme, bemerke ich zum ersten Mal ihren gewölbten Leib – unser drittes Kind …

Laura legte das Buch weg und füllte ihr Glas nach. Dann ging sie zum Fenster und blickte hinaus. Doch anstatt den See in seiner heutigen Gestalt, übersät mit modernen Jachten zu sehen, ließ sie ihre Fantasie schweifen und stellte sich den unberührten See aus *Ein letzter Sommer* vor.

Das unpersönliche Hotelzimmer verschwand, als die Schilderungen des einfachen und ruhigen Lebens des Autors sie in eine ferne Zeit zurückversetzten. War vielleicht Grünwaldsee gemeint?

Sie beneidete den Autor um seine harmonische Ehe, und zum ersten Mal wurde ihr klar, dass auch sie für die Probleme in ihren eigenen krisengeschüttelten und kurzen Beziehungen verantwortlich sein könnte. Anders als der Autor und seine Frau hatte sie sich nie Mühe gegeben, ihre Partner zu verstehen. Die Arbeit war für sie stets an erster Stelle gekommen. Die Männer, denen sie, wenn auch nur vorübergehend, Zutritt zu ihrem Leben gestattet hatte, waren nichts als Zerstreuungen gewesen. Jemand, mit dem man die Zeit totschlagen konnte, wenn man gerade nichts besseres zu tun hatte, und den man zurückließ, wenn der nächste Auftrag einen Hunderte von Kilometern weit weg in ein anderes Land oder sogar auf einen anderen Kontinent führte.

War es heutzutage überhaupt noch möglich, eine liebevolle Beziehung zu jemandem aufzubauen? Oder konnte sich die Einheit von Geist, Körper und Seele, wie sie in *Ein letzter Sommer* geschildert wurde, nur in dem gemächlichen Landleben entwickeln, wie Bauern auf der ganzen Welt es schon seit Jahrhunderten führten?

Automatisierung und Hetze hatten nicht nur den von Pferden gezogenen Pflügen und den Sensen den Garaus gemacht, sondern waren in jeden Bereich des menschlichen Daseins eingedrungen. Wenn seine Frau neben ihm aufgewacht wäre und gemeint hätte: »Du bist heute mit den Kindern dran, Schatz. Ich muss nach Australien fliegen, um einen Dokumentarfilm über die Ausbeutung der Krokodile in den Nationalparks zu drehen.« – was hätte der Autor wohl dazu gesagt?

Schmunzelnd schlug sie das Buch wieder auf.

> Sie ist alles für mich, die Frau, die ich liebe. Die Luft, die ich atme, der Boden unter meinen Füßen, ja, auch Essen und Trinken, alles wird bedeutungslos, verglichen mit meiner Sehnsucht nach ihr. Kurz schließt sie mich in die Arme, und wir küssen uns

leise. Zwischen uns ist längst alles gesagt worden. Arm in Arm schlendern wir durch den Garten zurück zum Haus. Während sie die Treppe hinaufgeht, lösche ich im Erdgeschoss alle Lampen, schließe die Tür und folge ihr. Auf dem Weg ins Schlafzimmer werfe ich noch einen Blick ins Kinderzimmer, wo die beiden Kleinen friedlich schlafend in ihren Betten liegen.

Die Fenster stehen offen, sodass sich die weißen Baumwollvorhänge im Wind blähen. Sie sitzt an ihrem Frisiertisch. Ich stelle mich hinter sie, nehme ihr die Bürste aus der Hand, löse ihren Zopf und fahre mit den Händen durch ihr Haar, bevor ich mit dem Bürsten beginne.

Im Bett mache ich mich wieder mit ihrem Körper vertraut, den ich so gut kenne wie meinen eigenen. Wir vereinen uns miteinander, und danach liegen wir uns glücklich und erschöpft in den Armen. Ich beobachte ihr Gesicht, als sie einschläft. Ich kämpfe dagegen an, aber es ist unmöglich.

Ich halte sie im Arm, voller Angst, sie könnte sich in Schatten auflösen. Mir fallen die Augen zu. Ich bin machtlos dagegen.

Nachdem Laura noch ein Stück weitergelesen hatte und wusste, was dann geschehen würde, schloss sie kurz die Augen. Dann ging sie hinaus auf den Balkon. Es war eine warme, milde Nacht.

Laura schaltete die Außenbeleuchtung ein, setzte sich an den Tisch und las weiter.

Eine unerträgliche Kälte durchdringt meinen Körper, bohrt sich in meine Knochen, lähmt mir die Glieder und gefriert mir das Blut. Ich will mich einfach nicht mehr bewegen. Doch das Dröhnen eines Hammers auf Metall holt mich unsanft zurück in eine albtraumhafte Welt. Ich weiß, wenn ich mich nicht rühre, wird man mich töten. Im Nichts zu versinken, ist zwar eine verlockende Vorstellung, aber auch eine selbstsüchtige. Falls ich der Versuchung erliege, werde ich meine Frau und meine Kinder nie wiedersehen.

Ich hebe die Hände. Sie stinken so sehr, dass ich zu würgen anfange. Aber ein Mann mit leerem Magen kann sich nicht erbrechen. Meine Knöchel sind steif. Der Gestank kommt aus den eitrigen Wunden an meinen Fingern, die schlimmer brennen als Mückenstiche. Hinter verklebten Lidern steigen mir Tränen in die Augen. Mit den Daumen entferne ich die Krusten, die meine Wimpern aneinanderheften. Es ist schwierig, die Augen zu öffnen. Als es mir gelingt, betrachte ich meine Hände. Trotz der Schmerzen scheinen sie einem anderen Menschen zu gehören. Dann blicke ich an meinen Fingern vorbei.

Der aus Holzbohlen gezimmerte Unterstand ist morsch von Feuchtigkeit und Alter. Im Winter verwandelt sich die Feuchtigkeit in Eis und bedeckt die Wände mit einer silbrigen Schicht, die anderswo vielleicht hübsch aussehen würde. Die Hütte schützt uns im Sommer nicht vor der Hitze und im

Winter nicht vor der Kälte. Meine Arbeitsbrigade muss im Wald Holz fällen, und wir zweigen jeden Tag etwas davon für den Ofen ab. Aber da der Ofen selbstgebaut ist, geht er sofort aus, wenn man ihn nicht ständig im Auge behält.

Die einzig verlässliche Wärme kommt von den eng aneinandergedrängten, stinkenden Körpern um uns herum. Ich liege auf einem harten Brett mit einer dünnen Strohschicht, die von Läusen und anderem Getier wimmelt. Sie kämpfen mit ihren Artgenossen, die sich bereits einen Platz in meinen zerlumpten Kleidern und an meinem Körper gesichert haben. Können diese Läuse und Insekten denken? Sind sie sich dessen bewusst, dass sie erfrieren werden, wenn sie sich keine freie Körperfalte erobern?

Als ich die Beine über den Rand des Bretts schwinge, schneidet eiskalte Luft wie eine Messerklinge durch meine Lumpen. Ich trage alle Kleidungsstücke, die ich besitze. Einen Pullover, der mehr aus Löchern als aus Wolle besteht, eine Jacke, eine Mütze und die Überreste meiner Armeeuniform. Ich habe den Überblick über die Jahre verloren, die vergangen sind, seit ich die Hose zum ersten Mal angezogen habe. Der zerrissene Stoff ist steif vom Dreck, die Löcher scheuern meine Haut wund, reißen alte Verletzungen wieder auf und erzeugen neue, doch ich wage es nicht, auch nur eine Schicht abzulegen. Nicht zwischen dem Winteranfang und dem Frühjahrstauwetter. Das Kleidungsstück würde innerhalb von Sekunden gestohlen werden, und Ersatz ist nicht zu beschaffen.

Heute stinkt es noch schlimmer als sonst, nicht nur nach Exkrementen und ungewaschenen Körpern. Ich höre einen Schrei.

»Nikolai ist tot.«

»Versteckt ihn«, befiehlt sein Brigadeführer.

Niemand hat etwas dagegen, dass Nikolais Leiche in der Hütte bleibt. Wir sind es gewohnt, mit Toten zusammenzuleben. In unserem Aussehen und Geruch unterscheiden wir uns kaum von ihnen, weshalb wir sie nicht mehr fürchten.

Die Schnellsten scharen sich um Nikolai. Ein Stück Brot, geschwärzt vom Alter und dem Schmutz in Nikolais Tasche, verschwindet in einem Mund. Ich sehe Nikolais Mütze auf dem Kopf eines anderen Mannes wippen, ein anderer nimmt sich seinen Mantel. Ich schließe mich den Geiern nicht an. Nicht, weil ich Skrupel hätte, sondern weil ich wegen meiner Krankheit zu langsam bin. Selbst wenn ich etwas ergattern könnte, bin ich so geschwächt, dass es mir irgendjemand sofort wieder wegnehmen würde.

Nikolais Leiche wird unter ein Schlafbrett geschoben. Dann werden Holzscheite davor gestapelt. Auf diese Weise kann sein Brigadeführer weiter seine Essensrationen einstreichen, bis die Wachen irgendwann das finden, was von seiner Leiche noch übrig ist. Im Winter kann das eine Woche dauern. Manchmal auch zwei.

Mein Brigadeführer weist uns an, zum Appell anzutreten. Ich nehme die Decke von meinem Schlafbrett und hänge sie mir um die Schultern. Nur Dummköpfe oder Neulinge lassen ihre liegen, und sie wird gestohlen. Der Boden besteht aus gestampfter Erde, ist vereist und unter meinen nackten Füßen bitterkalt. Ich schließe mich den Männern an, die sich um den Haufen aus Fellstiefeln hinter der Tür drängen. Die meisten sind zerrissen und halten den Schnee nicht ab. Doch es besteht immer die Möglichkeit, das eigene Paar mit einem besseren zu vertauschen. Augen auf bei der Auswahl! Die Größe muss stimmen, und der Besitzer schwächer sein als man selbst. Wer diese Regeln missachtet, lebt nicht mehr lange genug, um die Stiefel zu tragen.

Da meine Finger zu steif zum Suchen sind, nehme ich die, die ich schon gestern und vorgestern und ich glaube auch letzte Woche anhatte. Von ihnen geht keine Gefahr aus, weil sie die dünnsten und abgewetztesten im Haufen sind. Niemand will sie.

Der Brigadeführer treibt uns aus der Baracke. Ich stelle fest, dass ich blutige Fußabdrücke hinterlasse. Die Sohlen meiner Stiefel sind durchgelaufen. Mir ist sogar zum Zittern zu kalt, als ich mich in die Schlange am Brunnen einreihe. Der Eimer ist leer wieder nach oben gekommen. Paul – er ist der Stärkste in unserer Brigade, weil er keine Skrupel hat, Kranken und Schwächeren das Essen wegzunehmen –, lässt den Eimer mit voller Wucht auf die Eisschicht knallen, die das Wasser bedeckt. Aber der Eimer bleibt leer. Also wird es heute wie an den meisten Wintertagen kein Waschwasser geben. Zum Teekochen muss man Brennmaterial sammeln, ein Feuer anzünden und in einer Dose Schnee schmelzen.

Die Reichen, die dieses rare Luxusgut besitzen, werden überall beneidet. Ich habe zwar eine Dose, werde sie aber vermutlich nicht mehr lange behalten können, weil ich zu schwach bin, um sie zu verteidigen. Im Lager kommen zehn Mann auf eine Dose. Wer eine hat, erhält eine der ersten Teeportionen aus dem Kessel und muss mittags nicht so lange auf seine Suppe warten.

Ich sehe mich nach jemandem um, der stärker ist als ich und für uns beide auf die Dose aufpassen wird. Jemandem, bei dem ich mich darauf verlassen kann, dass er sie mir sofort zurückgibt, nachdem er sie benutzt hat, damit ich etwas von der Suppe und dem Tee abkriege, bevor der Kessel leer ist.

Es reicht nämlich nie für alle; das ist der Grund, warum Nikolai letzte Nacht gestorben ist. Seit ich hier bin, steht er in der Hackordnung ganz unten. Niemand in seiner Brigade wollte ihm helfen oder ihm wenigstens seine Dose leihen. Er war zu schwach, um die Arbeitsquote zu erfüllen, was zur Folge hatte, dass die ganze Brigade nur die halbe Ration erhielt.

Es gibt Männer hier, denen ich schon einmal

mein Leben anvertraut habe und bei denen ich es auch wieder tun würde. Aber da sie wie ich zur Zwangsarbeit verurteilt worden sind, sind sie ebenso geschwächt. Vielleicht sollte ich mich einfach in den Schnee legen und auf den Tod warten. Wenn ich sicher sein könnte, in der wirklichen und wundervollen Welt neben meiner Frau aufzuwachen, würde ich jetzt die Augen schließen. Doch es ist noch nie passiert, wenn ich versuche, tagsüber zu schlafen. Es funktioniert nur auf meinem Schlafbrett.

Ein Wagen rollt auf den Hof, und unser Brigadeführer gesellt sich zu den anderen Vorarbeitern, die sich darum scharen. Er kommt mit einem Sack Brot zurück, das er verteilt. Im Winter ist es gefroren und zu hart, um es zu essen. Man kriegt es nur herunter, wenn man es in warmem Wasser einweicht, und Feuer machen, um Schnee zu schmelzen, können wir erst an unserem Arbeitsplatz im Wald.

Die Wachen erscheinen, um uns hinzuführen. Als sie näherkommen, knurren ihre Hunde uns an. Ich höre, wie Nikolais Brigadeführer ihnen sagt, Nikolai sei heute krank. Sie zucken nur gleichgültig die Achseln. Dann marschieren wir in den Wald.

Wir kommen an einem Berg Leichen vorbei, der wie Holzscheite ordentlich neben dem Tor aufgestapelt ist. Die Füße der untersten Schicht zeigen zur Straße, die ins Lager führt. Die Füße der Schicht darüber ruhen auf ihren Köpfen. Ich frage mich, ob es einfacher ist, sie auf diese Weise zu lagern. Besteht so weniger Gefahr, dass der ganze Haufen in sich zusammenstürzt? Alle sind steifgefroren, ihre Gesichter sind weiß und wie ihr Haar mit Raureif bedeckt. Seit Monaten war schon kein Wagen mehr da, um sie abzuholen. Es wäre ohnehin zwecklos, weil man wegen des gefrorenen Bodens keine Gräber ausheben kann. Also werden sie erst im Frühjahr beerdigt, und bis dahin werden es noch viel mehr geworden sein.

Wir erreichen unseren Arbeitsplatz. Ich sehe die Bäume, die gefällt werden müssen. Der Brigadeführer gibt mir eine Säge. Die Kälte macht mich benommen. Ich weiß nur, dass ich irgendwie bis zum Abend überleben muss, damit ich wieder in die andere Welt zurückkehren kann …

Laura klappte das Buch zu. Wie bei ihrem ersten Versuch, es zu lesen, empfand sie den Unterschied zwischen dem gemächlichen sonnendurchfluteten Traumleben und der albtraumhaften Winterwelt des sibirischen Gulags als unerträglich belastend. Wer war dieser Mann?

Handelte es sich um einen der russischen Gefangenen, die während des Krieges in Grünwaldsee gearbeitet hatten?

Dann fielen ihr die Worte ihrer Großmutter ein: *»Denk beim Lesen an mich.«*

War Oma die Ehefrau in der Traumwelt des Autors?

# 22

Charlotte schlief noch, als das Telefon läutete. Beim Abheben sah sie auf die Uhr. Es war sieben. Sie dachte an Claus, Carolyn und das Baby. Aber stattdessen gellte die Stimme ihrer Schwester aus dem Hörer. Sie sprach Englisch mit starkem deutschem Akzent.

»Bist du das, Charlotte?«

»Greta?« Mühsam setzte Charlotte sich auf. »Was ist passiert?«

»Warum soll etwas passiert sein?«

»Es ist sieben Uhr morgens.«

»Hier ist es acht. Doch ich bin schon seit sechs auf den Beinen. Wenn man einen Haushalt und einen Ehemann zu versorgen hat, muss man früh aufstehen. Aber wenn du schon fragst: Mir geht es nicht besonders. Mit meinem Magen stimmt etwas nicht, und meine Arthritis macht mir zu schaffen. Es ist diese Feuchtigkeit. Vermutlich scheint bei dir die Sonne. In Ostpreußen war es immer viel wärmer und sonniger als in England.«

»Das Wetter ist ausgezeichnet, Greta. Schön, dass du anrufst.« Greta rief nur an, wenn sie etwas wollte, und Charlotte wünschte, sie würde endlich auf den Punkt kommen.

»Charlotte, dieses Telefonat ist zu teuer für deine sarkastischen Bemerkungen. Jeremy und Marilyn haben mir erzählt, wo du wohnst. Warst du schon in Grünwaldsee?« Ein harter Unterton schlich sich in Gretas Stimme ein.

»Ja«, erwiderte Charlotte knapp. »Das Haus sieht genauso aus wie früher. Der neue Besitzer hat es wunderschön restauriert.«

»Mein Gott, du hast tatsächlich mit dem Mann gesprochen!«, empörte sich Greta.

»Mit seinem Enkel. Aber ich werde ihn kennenlernen.«

»Wie kannst du nur …«

»Marius wohnt noch dort in seinem Häuschen«, fiel Charlotte ihrer Schwester ins Wort.

»Dann hat er sicher etwas von unseren Sachen gerettet«, meinte Greta aufgeregt. »Den Schmuck, das Silber …«

»Ich habe dir doch schon einmal erklärt, dass mir der Schmuck auf der Flucht gestohlen wurde, Greta«, zischte Charlotte.

»Das behauptest wenigstens du.«

Wenn Greta hier im Zimmer gewesen wäre, hätte Charlotte sie vermutlich geohrfeigt. Deshalb brauchte sie eine Weile, um sich wieder zu beruhigen. »Marius hat mir berichtet, die russische Armee hätte ihr Hauptquartier im Haus eingerichtet und es im wahrsten Sinne des Wortes ausgeschlachtet. Die Soldaten haben sogar das Parkett als Brennholz verwendet. Aber ein paar Sachen hat er verstecken können.«

»Aha. Das hätte ich wohl nie erfahren, wenn ich nicht angerufen hätte.«

»Doch, hättest du.« Es kostete Charlotte Mühe, ihre Stimme zu beherrschen. »Er hat drei der in Leder gebundenen Fotoalben aus der Garnitur gerettet, die Opa auf seiner Hochzeitsreise in London gekauft hatte. Und die Familienbibel.«

»Sonst nichts?« – »Sonst nichts«, wiederholte Charlotte mit Nachdruck.

»Aber da muss doch noch mehr sein. Das Haus war bis obenhin voll. Und dann waren da noch die Speicher. Die Antiquitäten ... Papas Familie hat nie etwas weggeworfen. Sicher ist noch etwas übrig ...«

»Papas Schrank, Greta. Wenn du so scharf auf ein Souvenir bist, würde ich vorschlagen, dass du herkommst und ihn dir holst.« Charlotte knallte den Hörer hin.

Sie hörte, wie sich der Schlüssel im Schloss drehte. Laura spähte ins Zimmer.

»Entschuldige die Störung, aber ...«

»Hast du das Telefon gehört?« Charlottes Wut auf ihre Schwester verrauchte beim Anblick ihrer Enkelin. – »Ja.«

»Das war Tante Greta, die überzeugt ist, dass ich Familienerbstücke unterschlage und sie ihr verheimliche.«

»Du Arme.« Laura umarmte Charlotte. »Hast du Hunger?«

»Ja«, erwiderte Charlotte, fest entschlossen, sich und Laura nicht von Gretas Anruf den Tag verderben zu lassen. »Wir wollen uns etwas gönnen und auf meinem Balkon statt im Speisesaal frühstücken? Ich bestelle etwas für« – sie sah auf die Uhr – »acht. So habe ich genug Zeit, bis hundert zu zählen und Greta zu vergessen, während ich ein langes, entspannendes Bad nehme.«

»Ich habe gestern *Ein letzter Sommer* zu Ende gelesen«, verkündete Laura, nachdem sie aufgegessen hatten.

»Und?«, fragte Charlotte und griff nach der Kaffeekanne, um ihnen beiden nachzuschenken.

»Über das Elend im sibirischen Gulag denke ich noch genauso. Ich konnte es kaum ertragen.« Laura straffte die Schultern und sah ihrer Großmutter in die Augen. »Warst du die Frau in der Traumwelt des Autors?«

»Ich bin nicht sicher«, antwortete Charlotte leise.

»Kanntest du ihn?«, hakte Laura nach.

»Ja, ich kannte ihn.«

»Und warst du in ihn verliebt?«

Charlotte zögerte. Im nächsten Moment war eine Stimme zu hören.

»Guten Morgen, Fräulein Charlotte von Datski. Guten Morgen, Laura.«

Charlotte drehte sich um. Ein Boot hatte sich genähert und praktisch unter ihrem Balkon haltgemacht. Mischa raffte die Segel, warf den Anker über Bord, stand auf und hielt sich am Balkongeländer fest.

»Guten Morgen, Mischa«, erwiderte Laura.

»Es ist ein wunderschöner Tag. Kommen Sie doch beide mit zum Segeln. Danach könnten wir nach Grünwaldsee fahren, uns von Jadwiga ein Mittagessen kochen lassen und anschließend um den See reiten. Was halten Sie davon?«

Charlotte schüttelte den Kopf. »Die Zeiten, in denen ich in etwas eingestiegen bin, das kleiner ist als ein Kreuzfahrtschiff, sind vorbei. Aber Laura hätte sicher große Lust.«

»Oma!«, protestierte Laura.

»Was? Möchtest du lieber hier mit mir herumsitzen?«

»Wir waren mitten im Gespräch.«

»Das können wir auch später weiterführen. Los, geh schon. Und nimm mein Tagebuch mit. Ich bin gestern damit fertig geworden.« Charlotte holte das Tagebuch vom

Nachttisch und drückte es ihrer Enkelin in die Hand. »Man wird nicht jeden Tag von einem gut aussehenden jungen Russen eingeladen. Wenn ich in deinem Alter wäre, würde ich sofort annehmen.«

»Ihre Großmutter hat recht, Laura. Ich bin ein sehr gut aussehender Russe, und wenn Sie mich zu lange warten lassen, könnte ich es mir anders überlegen«, zog er sie auf.

»Hatten Sie auch schon mal das Gefühl, dass man sie überrumpeln will?« Laura stand auf. »Ich hole nur meine Jacke.«

Charlotte beugte sich übers Balkongeländer. »Sie kommt gleich, Mischa. Könnten Sie Marius bitte ausrichten, dass ich beschlossen habe, heute doch nicht im Bett zu bleiben? Ich komme ihn heute Nachmittag besuchen.«

»Wir könnten Ihnen einen Wagen schicken, Fräulein von Datski«, erbot sich Mischa.

»Das brauchen Sie nicht. Ich bin noch nicht zu gebrechlich zum Autofahren.«

Charlotte blieb auf dem Balkon sitzen, bis Laura zu Mischa ins Boot gestiegen war. Sie sah zu, wie er den Anker lichtete, die Segel setzte und auf den See hinausglitt.

Der Kellner klopfte an und räumte die Reste des Frühstücks ab. Während sie noch darüber nachdachte, ob sie sich den Vormittag über ausruhen sollte, läutete wieder das Telefon. Charlotte durchquerte das Zimmer und machte sich auf einen erneuten Streit mit Greta gefasst.

»Frau Datski?«

»Ja.«

»Hier spricht die Rezeption. Vor mir steht ein Herr, der gehört hat, wie jemand vor dem Hotel Ihren Namen rief. Er hat darauf bestanden, dass ich Sie frage, ob Sie ihn empfangen wollen. Das heißt, wenn Sie die Charlotte von Datski sind, die früher in Grünwaldsee gewohnt hat.«

»Das ›von‹ verwende ich schon seit Jahren nicht mehr«, erwiderte Charlotte.

»Was soll ich ihm ausrichten, Frau Datski?«

»Wie heißt er denn?« Charlotte hörte, dass leise und hastig einige Worte gewechselt wurden, konnte jedoch nichts verstehen.

»Er sagt, er habe Sie als junges Mädchen gekannt und würde sie gerne überraschen.«

»Wie sieht er aus?«, fragte Charlotte neugierig.

Man merkte der Empfangsdame an, dass sie ein Lachen unterdrücken musste. »Distinguiert, ein wenig älter, grauhaarig.«

Charlotte wusste, dass an der Rezeption ausschließlich junge Leute arbeiteten. Also konnte »ein wenig älter« alles von vierzig bis achtzig bedeuten. Sie warf einen Blick auf die Uhr: zehn. Was konnte es schaden, mitten am Vormittag einen fremden Mann im öffentlichen Bereich des Hotels zu treffen?

»Sagen Sie ihm, ich bin in fünfzehn Minuten in der Bar.«

In den nächsten zehn Minuten befasste sich Charlotte so sorgfältig mit ihrem Äußeren wie schon seit Jahren nicht mehr. Sie zog ihren schwarzen Lieblingsrock und eine kupferfarbene Seidenbluse an, schminkte sich, löste ihren Nackenknoten und bürstete ihr Haar, bevor sie es wieder aufsteckte. Dann legte sie die Bernsteinohrringe an, die sie sich vor Jahren zu der Kette gekauft hatte, welche sie immer trug, und benutzte einen Hauch Parfüm. Nachdem sie das Ergebnis noch einmal im Spiegel überprüft hatte, schloss sie die Balkontür und trat auf den Flur hinaus.

»Distinguiert, ein wenig älter, grauhaarig« war eine Beschreibung, die auf fast jeden Mann aus ihrer Vergangenheit zutraf, sogar auch – um Gottes willen – auf Georg. In ihrer Begeisterung, einen alten Freund wiederzusehen, der sich noch an das Allenstein, nicht Olsztyn, erinnerte, das sie gekannt und geliebt hatte, hatte sie ganz vergessen, dass es auch Leute gab, mit denen sie lieber nichts mehr zu tun haben wollte.

Sie fragte sich, ob wohl die Möglichkeit bestand, sich den Fremden unbemerkt anzuschauen, bevor er sie sah, als sie zögernd in die Bar trat.

»Charlotte, ich hätte dich überall wiedererkannt. Du bist immer noch so elegant wie die Frau, die in den Kriegsjahren Grünwaldsee geleitet hat.« Die Empfangsdame hatte recht. Er war distinguiert und hatte schütteres graues Haar.

»Erinnerst du dich an mich?«

Wie bei Marius erkannte Charlotte erst die Stimme, dann das Gesicht. »Helmut?« Sie suchte nach Ähnlichkeiten mit dem jungen Mann, der im Krieg so viele Feiertage mit Greta in Grünwaldsee verbracht hatte. »Was machst du denn hier?«

»Dasselbe wie alle Ostpreußen, die wiedergekommen sind. Ich möchte vor meinem Tod noch ein letztes Mal die alte Heimat sehen.

Ich habe meinen Ohren nicht getraut, als ich den jungen Mann Fräulein Charlotte von Datski rufen hörte. Bist du allein hier?«

»Nein, mit meiner Enkelin.« – »Du und Claus, ihr habt Enkel? Das ist ja wundervoll.« – »Sie ist nicht Claus' Enkeltochter. Laura ist Engländerin.«

Er wirkte ein wenig enttäuscht, hatte sich aber rasch wieder gefasst. »Ich hatte die Engländer ganz vergessen.«

»Die Friedensverträge wurden schon vor langer Zeit unterzeichnet, Helmut«, antwortete Charlotte freundlich. Sie fand, dass er nach Gretas Laufpass allen Grund zur Verbitterung hatte.

»Ich bin mit meiner Frau hier. Sie erwartet uns auf der Terrasse. Wusstest du, dass ich geheiratet habe?«

»Nein, ich fürchte, ich habe alle von damals aus den Augen verloren.«

»Wir haben dich nie bei einem unserer Treffen gesehen. Du hast doch sicher von den Zusammenkünften der ehemaligen Allensteiner gehört.«

»Ja, aber ich hatte leider nie Zeit hinzufahren.« Das war nicht die Wahrheit, und Charlotte spürte, dass Helmut das wusste. Sie hätte die Treffen besuchen können, wenn sie Lust dazu gehabt hätte. Doch ihre Erinnerungen hatten sie daran gehindert. Erinnerungen daran, wie Ruth und Emilia von Georg mit gezückter Waffe in den Lastwagen getrieben worden waren. An den viel zu frühen Tod ihrer Brüder. An die moralische Fragwürdigkeit aller Grundsätze, die ihr in der Schule, vom Staat, der Hitlerjugend und sogar von ihren Eltern eingebläut worden waren.

»Du hast es weit gebracht. Deine Buchillustrationen sind berühmt.« Helmut führte sie an einen Tisch. Eine Frau drehte sich zu ihnen um. Ein Ausdruck banger Erwartung malte sich auf ihrem faltigen Gesicht.

Im Gegensatz zu Helmut erkannte Charlotte sie auf Anhieb. Sie hatte abgenommen und den Großteil ihrer Schönheit eingebüßt, doch ihre Augen waren immer noch genauso blau wie damals, allerdings nicht mehr so offen und vertrauensselig.

»Wir haben deine Karriere verfolgt, Charlotte.«

»Und uns sogar finanziell verausgabt, um zwei deiner Bilder zu kaufen«, fügte Helmut hinzu.

»Wie nett von euch«, stammelte Charlotte erschrocken.

»Das hatte nichts mit Nettigkeit zu tun«, meinte Helmut, um das Schweigen zu füllen, das zwischen den beiden Frauen entstanden war. »Ich habe einen Riecher für gute Geldanlagen. Damals ahnte ich gar nicht, dass du eine so begabte Künstlerin bist. Ich kannte dich nur als Musikerin. Bist du nach dem Krieg je professionell aufgetreten?«

Endlich wandte Charlotte sich von Irene ab und sah ihn an. »Nein, denn ich hatte weder die Zeit noch das Geld, um meine Ausbildung fortzusetzen, selbst wenn ich es gewollt hätte.«

»Außerdem hattest du Familie. Wie geht es dem kleinen Erich?«

»Der ist auch nicht mehr der Jüngste.«

»Oft habe ich mich gefragt, ob er wohl der Erich von Letteberg ist, der sich in den Sechzigern als Anwalt einen Namen gemacht hat.«

»Das ist er«, entgegnete sie knapp.

»Claus' Titel hat er nie benutzt.«

»Die Zeiten der Könige, Prinzen und Grafen sind vorbei, Helmut. Aber Claus war sehr stolz auf Erichs Berufswahl. Erichs jüngerer Sohn, der auch Erich heißt, fängt dieses Jahr in Berlin mit dem Jurastudium an«, fügte sie hinzu. Sie sprach lieber über ihre Enkel als über ihre Kinder.

Helmut holte einen Stuhl für Charlotte. »Bitte setz dich zu uns. Ich glaube, jetzt ist nicht Kaffee angesagt, sondern Champagner.«

»Bitte.« Irene küsste Charlotte auf die Wange.

Charlotte tätschelte Irenes Arm, bevor sie sich auf dem Stuhl niederließ, den Helmut für sie zurechtrückte. »Erichs älterer Sohn ist nach Claus benannt. Er ist als Designer und Hersteller von Möbeln sehr erfolgreich und wohnt in Amerika gleich bei mir nebenan.«

»Ein Schreiner.« Irene lächelte. »Das hätte deinem Vater gefallen.«

»Ja, das hätte es«, stimmte Charlotte zu und dachte an die praktische Ader ihres Vaters. »Und was ist mit euch? Wo seid ihr euch wiederbegegnet? Ihr müsst mir alles erzählen, was nach dem Krieg passiert ist.«

»Das ist eine lange Geschichte«, antwortete Irene. »Ich wollte mich schon vor Jahren bei dir melden, Charlotte, aber ich war nicht sicher, ob du mich noch sehen wolltest, weil ich nach dem Krieg so gemein zu dir gewesen bin.«

»Ich konnte deine Gefühle verstehen. Schließlich warst du im Konzentrationslager und von deinen Kindern getrennt und hast das Baby und Karoline verloren.«

»Wir haben sie nie wiedergefunden«, merkte Helmut rasch an. Charlotte wusste, dass Irene selbst nach sechzig Jahren die Hoffnung auf ein Wiedersehen mit ihrer Tochter nicht aufgegeben hatte.

»Ich habe oft an dich gedacht, Irene.« Charlotte berührte Irenes Hand.

»Wie viel Zeit wir verschwendet haben! Wenn ich mich nicht so dämlich aufgeführt hätte, hätten wir gute Freundinnen bleiben können.« Irene beugte sich vor und umarmte Charlotte.

»Vielleicht auch nicht, Irene«, entgegnete Charlotte. »Wir hätten einander ständig an Dinge erinnert, die man besser vergessen sollte.«

»Ich könnte nie vergessen …«, begann Irene.

»Das musste jeder Deutsche«, fiel Helmut ihr ins Wort. »Zumindest so weit, dass man wieder nach vorne schauen konnte, anstatt ständig in die Vergangenheit zu blicken.«

»Wir haben eine Menge aufzuarbeiten.« Irene zog ein Taschentuch heraus. »Gestern war ich bei meinem Elternhaus. Ich habe vor der Synagoge auf der Straße gestanden und an jenen Nachmittag gedacht.«

»Der will mir auch nicht mehr aus dem Kopf«, meinte Charlotte leise.

»Oft habe ich mich gefragt, was wohl geschehen wäre, wenn ich dich nicht am Aussteigen gehindert hätte.« Irene knetete das Taschentuch.

»Wahrscheinlich wären wir und die Kinder ebenfalls in dem Lastwagen gelandet.«

»Wir hätten trotzdem etwas tun sollen«, murmelte Irene. »Du wolltest es wenigstens …«

»Von wem stammt der Spruch ›Damit das Böse gedeihen kann, genügt es, dass gute Menschen schweigen‹?« Charlotte sah Helmut an. »Du kennst die Geschichte?«

»Irene hat es mir erzählt. Sie hat mir auch gesagt, dass ein Junge, den ihr kanntet, Georg Mendel, daran beteiligt war, die Juden zusammenzutreiben. Wusstest du, dass er nach dem Krieg nach Chile ausgewandert ist? Er und einige seiner ehemaligen SS-Kameraden haben Pinochet und seinen Schergen gute Dienste geleistet. Schließlich waren sie Folterexperten.«

»An diesem Tag bin ich zum ersten Mal Zeugin einer solchen Szene geworden«, gestand Irene. »Bis dahin hatte ich nie an der offiziellen Darstellung gezweifelt, dass die Juden in den Osten, nach Afrika oder nach Madagaskar umgesiedelt werden sollen. Dann kehrte Wilhelm aus dem Osten zurück. Du weißt ja, wie sehr er sich verändert hatte.«

»Hat er dir die Wahrheit gesagt?«, fragte Charlotte.

»Einen Teil davon«, schränkte Irene ein. »Seiner Ansicht nach waren einige Dinge zu schrecklich, um darüber zu sprechen.«

»Ihr beide müsst realistisch bleiben. Was hätten zwei junge Mädchen tun können, um die SS aufzuhalten?«, wandte Helmut ein.

»Emilia hat den Krieg überlebt«, erklärte Irene. »Nina hat sie 1946 getroffen. Sie wollte nach Palästina.«

»Und Ruth?«

Irene senkte den Kopf und wich Charlottes Blick aus. »Wir hätten an diesem Tag etwas unternehmen müssen.«

»Dann wärst du jetzt nicht hier, um darüber zu reden«, merkte Helmut an.

»Für manche Dinge lohnt es sich zu sterben«, erwiderte Irene leise – so leise, dass Charlotte nicht sicher war, ob sie sie richtig verstanden hatte.

»Ich weiß nicht, ob alle einundvierzig Millionen Menschen, die im Krieg ihr Leben lassen mussten, diese Meinung teilen würden«, widersprach Helmut.

»Nein«, sagte Charlotte. »Alle bestimmt nicht. Aber einige schon, Helmut.«

»Ich habe Jahre gebraucht, um Wilhelm zu verzeihen. Aber im Innersten meines Herzens war mir klar, dass er recht hatte«, gab Irene zu. »Ich war nur so wütend, weil ich ohne ihn weiterleben musste und meine Kinder verloren hatte.«

»Er wäre stolz auf dich gewesen, weil du für dich und Marianne etwas Neues aufgebaut hast«, erwiderte Charlotte mitfühlend.

»Ich bin Claus in den Sechzigern begegnet«, brach Helmut das Schweigen, das sich erneut über den Tisch gesenkt hatte. »Hat er dir das nicht erzählt?«

Helmut warf einen Blick auf das Etikett der Champagnerflasche, die der Kellner ihm hinhielt, und nickte zustimmend.

»Er erwähnte, er hätte dich bei einem Veteranentreffen gesehen«, entgegnete Charlotte.

»Kaum zu glauben, aber Claus und ich waren in den letzten sechs Monaten im selben Regiment. Allerdings war der Claus von Letteberg, den ich nach dem Krieg getroffen habe, nicht mehr der Mann, an den ich mich von meinen Besuchen in Grünwaldsee her erinnerte. Es muss schwer für dich gewesen sein, ihn zu pflegen, Charlotte. Ich habe gehört, die Zustände in den russischen Kriegsgefangenenlagern seien noch schlimmer gewesen als in den amerikanischen, und die fand ich schon miserabel genug. Doch wir erfuhren die ganze Wahrheit erst, als Männer wie Claus zurückkehrten. Natürlich wollte er nicht mit mir darüber reden.«

»Mit niemandem, Helmut, aber das verstehst du wohl am besten.«

»Zwischen achtzehn Monaten in einem amerikanischen Lager im Rheinland und zehn Jahren Sibirien besteht ein gewaltiger Unterschied. Trotzdem wollte ich in diesen anderthalb Jahren nur noch sterben. Wir lebten und schliefen im Dreck unter freiem Himmel. Noch nie hatte ich so gefroren und gehungert und mich vom Rest der Welt so verraten und verkauft gefühlt.«

»Worüber habt ihr, Claus und du, bei dem Treffen gesprochen?«, fragte Charlotte, die keine Lust hatte, russische und amerikanische Kriegsgefangenenlager zu erörtern.

»Worüber sprechen alte Soldaten bei solchen Veranstaltungen wohl? Über die falschen Entscheidungen des Oberkommandos natürlich. Was ist mit Greta?« Helmut tätschelte Irenes Hand, wie um ihr zu versichern, dass er nichts mehr für seine frühere Verlobte empfand. »Wie gefällt es ihr in England?«

Charlotte versuchte, sich ihren Zorn nicht anmerken zu lassen. »Du kennst ja Greta. Sie hat das Talent, wie eine Katze immer auf den Füßen zu landen.«

»Ist ihr Mann wirklich reich und besitzt ein großes Haus?«

»In dieser Hinsicht hat er nicht gelogen. Groß war es schon. Allerdings auch kalt, zugig und verfallen. Also hat er das Haus und ein Stück Ackerland verkauft, das er verpachtet hatte, und eine moderne Luxusvilla nach Gretas Geschmack gebaut. Sie hält sich noch immer für den Nabel der Welt.«

»Kinder hat sie keine?«, erkundigte sich Helmut.

Charlotte schüttelte den Kopf. »Sie hat schon als junges Mädchen beteuert, dass sie keine will.«

Helmut sah Irene an. »Ich möchte unsere beiden Mädchen nicht missen.«

»Erzähl mir von ihnen«, bat Charlotte aufgeregt.

»Von unserer gemeinsamen Tochter oder von Wilhelms?«, fragte Helmut.

»Habt ihr Marianne erzählt, wer ihr Vater war?« Charlotte kämpfte mit den Tränen.

»Das brauchten wir nicht. Sie erinnert sich an ihn und unseren letzten Tag in Grünwaldsee.« Fest umfasste Irene Helmuts Hand. »Sie sagt oft, es wäre das Ende ihrer Kindheit gewesen. Als ich nach Bayern zog, benutzte ich wieder meinen Mädchennamen. Und bei meiner Hochzeit mit Helmut haben wir beide seinen Namen angenommen. Du weißt ja, wie schwierig es nach dem Krieg für die Angehörigen der Verschwörer war, weil uns so viele Menschen für Verräter hielten. Doch inzwischen nennt sie sich von Datski und ist stolz darauf.«

Charlotte wandte den Blick ab. Trauer und Leid standen Irene ins Gesicht geschrieben.

»Ich wollte mich mit dir in Verbindung setzen, als Helmut und ich 1953 in München heirateten, aber Frau Leichner hatte ihr Haus verkauft und war weggezogen, und die neuen Besitzer wussten nichts über ihre Mieter«, erklärte Irene. »Ich habe dir nach dem Krieg schreckliche Dinge an den Kopf geworfen, Charlotte, Grausamkeiten, die ich nicht so gemeint und bald bereut habe. Rückblickend betrachtet, hatte ich vermutlich einen Nervenzusammenbruch. Allerdings ist das keine Entschuldigung. Ich brauchte einen Sündenbock, weil ich so viel durchgemacht und verloren hatte. Wilhelm die Schuld zu geben, reichte mir nicht, denn er war tot, sodass ich ihm keine Vorwürfe mehr machen und ihm auch nicht erklären konnte, wie viel Leid er mir zugefügt hatte. Doch du warst verfügbar. Dein Herz war genauso gebrochen wie meines. Das merkte ich daran, wie du wegen Karoline geweint hast. Später – sehr viel später – wollte ich dir schreiben. Und als ich wusste, dass ich dich über deine Verlage hätte kontaktieren können, habe ich mit dem Gedanken gespielt, war allerdings nicht sicher, ob du mich überhaupt noch sehen wolltest.«

»Wie hast du so etwas denken können, Irene? Wir standen uns doch näher als die meisten Schwestern«, rief Charlotte aus.

»Marianne ist Architektin«, verkündete Helmut stolz.

»Wilhelm und Paul hätte das sehr gefreut.«

»Das haben wir ihr auch gesagt, als sie ihren Abschluss gemacht hat.«

»Unsere Tochter haben wir Wilhelmine genannt, nach einem der tapfersten Männer, die ich je kennengelernt habe.« Helmut reichte Irene und Charlotte zwei der Sektgläser, die der Kellner gefüllt hatte.

»Sie ist Ärztin. Beide sind verheiratet und haben Kinder. Mina hat eine Tochter und Marianne Zwillingssöhne.«

»Zwillinge?« Von Gefühlen überwältigt, kramte Charlotte nach einem Taschentuch.

»Wilhelm und Paul. Sie erinnern mich sehr an ihren Großvater und ihren Großonkel. Du musst uns unbedingt besuchen und sie kennenlernen.« Irene wühlte in ihrer Handtasche und förderte ein Foto zutage.

Zwei blonde, lächelnde junge Männer blickten ihr entgegen. Irene hatte recht. Die Ähnlichkeit war unverkennbar.

»Wenn du möchtest, kannst du es behalten«, meinte Irene. »Ich habe noch eines.«

Charlotte legte das Foto vor sich auf den Tisch. »Ich bin so froh, dass ihr beide zusammen glücklich geworden seid«, murmelte sie, unfähig, den Blick von dem Bild abzuwenden.

»Ein Trinkspruch.« Helmut hob sein Glas. »Auf die beiden Wilhelms und Pauls.« Nachdem sie angestoßen und getrunken hatten, fügte er hinzu: »Es wäre schön, wenn du zu uns nach Frankfurt kommen würdest. Und das ist keine dieser nicht ernst gemeinten Höflichkeitseinladungen, mit denen die Leute sonst so um sich werfen.«

Irene holte ein zweites Taschentuch und ein Visitenkartenetui aus der Tasche, nahm eine Karte heraus und reichte sie Charlotte. »Bald, vielleicht auf dem Rückweg?«

Charlotte drehte die Karte um und las die Geschäftsadresse auf der anderen Seite. »Du hast eine eigene Firma, Helmut?«

»Nachdem Greta mir den Laufpass gegeben hatte, habe ich eine Weile bei einer meiner Tanten gewohnt. Ich habe mir etwas von ihrem Schmuck geliehen, ihn versetzt und mit dem Geld einen amerikanischen Lastwagen gekauft. Der Soldat war vermutlich nicht befugt, ihn zu verkaufen, aber schließlich mussten die Waren ja irgendwie von einem Ende des Landes zum anderen gebracht werden. So habe ich gutes Geld verdient, und schon einen Monat später konnte ich den Schmuck meiner Tante wieder auslösen.«

»Vier Jahre später hatte er einen ganzen Fuhrpark an Lastwagen, und nach zehn Jahren zählte seine Firma zu den fünfzig erfolgreichsten deutschen Unternehmen«, ergänzte Irene.

»*Unsere* Firma«, verbesserte Helmut sie.

»Greta würde gelb vor Neid werden, wenn sie das wüsste.« Charlotte schmunzelte.

»Ich hatte ganz vergessen, wie oft ihr euch gestritten habt.«

»Und das tun wir bis heute, Helmut.«

»Lebst du noch immer in Amerika, oder bist du nach Europa zurückgekehrt, um dir ein neues Zuhause zu suchen?«, erkundigte sich Irene.

»Diese Reise hat mich davon überzeugt, dass es hier nichts gibt, für das sich eine Rückkehr lohnen würde.« Charlotte trank von ihrem Champagner.

»Wir haben den Artikel über dich im *Life Magazine* gelesen.«

»Hoffentlich hast du nicht geglaubt, was drinstand, Irene. Ich bin nur eine Auftragsmalerin, die Glück gehabt hat.«

»Warst du schon in Grünwaldsee?«, fragte Irene.

»Ja. Marius ist noch dort.«

»Wir sind unter anderem hier, um für Marianne und Mina Fotos von meinem und deinem Elternhaus zu machen.« Irene stellte ihr Glas weg.

»Marius wird sich sicher freuen, dich zu sehen, Irene. Dich auch, Helmut«, fügte Charlotte hinzu. »Wir haben erst gestern über dich gesprochen, und zwar über deine Angewohnheit, Leuten Geschenke zuzustecken und dabei

›Aber nicht Greta verraten‹ zu flüstern.« Helmut lachte. »Greta war ein Geizkragen und brachte es nicht über sich, irgendetwas wegzugeben, selbst wenn sie es gar nicht mehr brauchte.«

»Marius hat sich große Mühe mit Grünwaldsee gegeben. Er hat sogar in der Kirche Gedenkplaketten für Paul, Wilhelm, Mama und Minna anbringen lassen. Der neue Besitzer hat sich bei der Restaurierung des Hauses selbst übertroffen. Es sieht also wieder genauso aus wie damals. Morgen lerne ich ihn kennen.« Charlotte nahm Irenes Hand. »Kommt ihr mit?«

Sie sah ihren Mann an. »Meinst du, das geht?«

»Falls Charlotte sicher ist, dass wir willkommen sind.«

»Das bin ich.« Charlotte erhob sich. »Wenn ihr mich jetzt entschuldigt. Ich muss noch einiges erledigen.«

»Das kann ich mir denken. Aber du isst doch heute Abend mit uns?«, fragte Irene. »Ja, sehr gerne.«

»Dann treffen wir uns um acht im Speisesaal.«

»Ich werde da sein.« Charlotte küsste Irene und Helmut. »Es ist so schön, euch beide wiederzusehen.«

Auf dem Weg durch die Hotelhalle hielt Charlotte inne. Der Juwelierladen hatte Schmuckstücke aus Gold, Silber und Bernstein im Angebot, der im Schein eines Kronleuchters aus Kristall verführerisch funkelte. Charlotte musterte die Ohrringe, Halsketten, Broschen und Armbänder und betrat dann den Laden. Bei genauerer Betrachtung stellte sich heraus, das die Stücke kunstvoll gearbeitet und von guter Qualität waren. Allerdings auch teuer, wie alles in Polen, was für den deutschen Markt bestimmt ist.

Charlotte sah sich weiter um, bis sie ein Tablett mit traditioneller gestalteten Stücken entdeckte. Dann rief sie die Verkäuferin herbei und erledigte ihre Einkäufe. Die Endsumme ließ die Verkäuferin erbleichen, doch Charlotte reichte ihr nur seelenruhig ihre Kreditkarte. Dann bat sie das Mädchen, die Stücke zu verpacken, riss einen Zettel von dem Block, der sonst zum Addieren verwendet wurde, und schrieb: *Für Greta, als Ersatz für den Schmuck, den die Russen mir gegen Kriegsende gestohlen haben.*

Sie zögerte. *In Liebe, Charlotte* zu schreiben, wäre Heuchelei gewesen. Also entschied sie sich für: *Ich wünsche Dir alles Gute, Charlotte*

# 23

Zurück in ihrem Zimmer, betrachtete Charlotte sich im Spiegel. Sie war blass und hatte dunkle Augenringe. Lag das am Schlafmangel? Oder war der Krebs im Begriff, den Kampf zu gewinnen, der in ihrem Körper tobte? Plötzlich fühlte sie sich todmüde und zu erschöpft für die einfachsten alltäglichen Verrichtungen, von weiteren leidvollen und herzzerreißenden Erinnerungen ganz zu schweigen. Es wäre so einfach gewesen, sich einen Roman zu kaufen, sich ins Bett zu legen und auf den Tod zu warten. Inzwischen war er nicht mehr der schwarze Mann ihrer Kindheit, sondern ein willkommener Freund, der sie vielleicht zu den Menschen bringen würde, die sie liebte. Schlimmstenfalls würde sie zumindest die lang ersehnte Ruhe finden.

Wieder spürte sie, dass ihr Körper ihr mitteilen wollte, wie wenig Zeit ihr noch blieb. Die Nachricht war unmissverständlich und nicht zu überhören, ergab für sie allerdings keinen Sinn, denn sie hatte ja nicht einmal Schmerzen.

Nach ihrer Begegnung mit Helmut und Irene war ihr eines klar geworden, nämlich dass sie die letzten Dinge noch nicht so vollständig geregelt hatte wie gedacht. Sie hatte ihren Nachlass geordnet und ihre wertvollsten persönlichen Besitztümer verteilt, doch sie musste noch einige Briefe schreiben. An Wilhelms Enkel, die nach ihm und Paul benannt waren und die sie wohl nicht mehr kennenlernen würde. Eine Entschuldigung an Claus und Carolyn, weil sie ohne sie in ihre alte Heimat zurückgekehrt und ihnen eine zweite Reise versprochen hatte, die nun sicher nicht mehr stattfinden konnte – zumindest nicht in ihrem Beisein. An ihren Nachlassverwalter Samuel Goldberg, um den Ablauf ihrer Bestattung – eigentlich hatte sie sich einäschern und die Asche in Connecticut verstreuen lassen wollen – zu ändern. Und an ihre Erben, also ihre Söhne und Enkel, damit sie nicht verhinderten, dass sie ohne Trauerfeier dort beigesetzt wurde, wo sie hingehörte – in Grünwaldsee.

Und Greta? Gab es zu ihrem geheimnisvollen Brief, der dem Schmuck beilag, noch etwas hinzuzufügen? Eher nicht. Manche Dinge blieben besser ungesagt. Ein Friedensangebot aus dem Jenseits würde bei Greta nur zu der verständnislosen Frage führen, was sie wohl getan haben mochte, um Charlotte zu kränken.

Sie griff zum Telefon und wählte die Nummer des Haupthauses, die Marius ihr gegeben hatte. Es läutete einige Male, bis sich ein fremder Mann meldete. Zum Glück sprach er Deutsch, und nachdem er sie zweimal gebeten hatte, ihren Namen zu nennen, ging er Marius holen. Nach dem Geräuschpegel im Hintergrund zu urteilen – Poltern, Krachen und Männerstimmen, die auf Polnisch und Russisch fluchten –, wurden gerade die Möbel des neuen Besitzers geliefert.

»Fräulein Charlotte, ist etwas passiert?«, keuchte Marius ins Telefon.

»Nein, nein, Marius. Entschuldigen Sie die Störung. Mir ist nur heute Nachmittag etwas dazwischengekommen, sodass ich Sie nicht besuchen kann … ja, danke. Ich werde morgen Vormittag da sein … Mir geht es ausgezeichnet. Ich muss bloß einige geschäftliche Dinge erledigen und Briefe schreiben … Laura? … Ja, wenn sie da ist, würde ich sie gerne sprechen.«

Charlotte stellte das Telefon auf den Tisch, den sie ans offene Fenster geschoben hatte. So konnte sie die Seeluft atmen und die warme Sonne spüren, ohne dass der Wind ihr die Papiere durcheinanderwehte.

»Oma?« Laura klang noch atemloser als Marius. Charlotte wurde klar, dass Marius sie von draußen hereingerufen hatte. »Mischa fährt mich ins Hotel. Ich bin sofort bei dir …«

»Nein, Schatz, bitte lass dich von mir nicht stören. Ich bin sehr beschäftigt.«

»Beschäftigt?«, wiederholte Laura. »Du sollst dich doch ausruhen.«

»Einige Freunde haben Mischa heute Morgen meinen Namen rufen hören. Sie haben sich an der Rezeption erkundigt und die Mitarbeiterin gebeten, sich mit mir in Verbindung zu setzen.

Ich habe sie seit Ende des Krieges nicht mehr gesehen. Also haben wir uns viel zu erzählen.« Das war ja nicht ganz gelogen.

»Oma …«

»Mir geht es wirklich gut, Laura. Ich habe mich um acht mit ihnen zum Essen im Hotelrestaurant verabredet. Wenn du möchtest, kannst du dazukommen«, fügte sie hinzu. »Falls du lieber bei Brunon und Mischa bleiben willst, ist das auch in Ordnung. Ich freue mich, dass du dich mit jungen Leuten amüsierst.«

»Brunons Freundin ist aus Warschau eingetroffen. Mischa plant für heute einen Grillabend.«

»Dann musst du bleiben.« Charlotte war erleichtert, dass Laura nicht dabei sein würde. Denn so konnten sie frei von der Leber weg über Ereignisse sprechen, die lange vor ihrer Geburt stattgefunden hatten.

»Darf ich diese Leute morgen kennenlernen?«, fragte Laura.

»Sie werden Grünwaldsee einen Besuch abstatten. Richte Marius aus, dass Irene von Datski nach Hause kommt und sich schon auf ein Wiedersehen mit ihm freut.«

»Eine Cousine?«

»Meine Schwägerin.«

»Die Frau eines deiner Brüder …«

»Die Geschichte ist zu lang, um sie am Telefon zu erzählen, Schatz. Wir unterhalten uns später. Ich wünsche dir einen schönen Abend mit Brunon und Mischa. Grüße Marius und Jadwiga von mir.«

Um sechs Uhr abends war Charlotte mit dem letzten Brief fertig. Nachdem sie die Seiten ordentlich dreimal gefaltet hatte, steckte sie sie in Umschläge und klebte diese zu. Dann legte sie den Stapel vor sich auf den Tisch und blätterte ihn durch.

Sie waren nach keinem besonderen System geordnet. Charlotte las die Namen auf den Kuverts und überlegte, ob sie etwas oder jemanden vergessen hatte.

Laura: Sie hatte ihr geschrieben, sie habe ihr all ihren Schmuck vermacht, den sie nach eigenem Gutdünken tragen oder verkaufen solle. Nur die Bernsteinkette solle sie behalten und sie hin und wieder umlegen, um sich nicht nur an sie, sondern auch an Sascha zu erinnern. Außerdem hatte sie ihr ihr Tagebuch und alle Gemälde und Möbel im Haus sowie ihre Skizzen von Grünwaldsee und von Sascha vererbt, und dazu eines der Fotoalben, die Marius für sie aufbewahrt hatte.

Claus: Er sollte ebenfalls eines der Alben bekommen. Dazu ihr Land in Connecticut und ihr Haus, allerdings nicht die Möbel, Gemälde und den Schmuck, die ja für Laura bestimmt waren.

Samuel: Ihm teilte sie mit, sie habe ihre Pläne, was ihre Bestattung anging, geändert. Sie fügte hinzu, sie danke ihm für die sechzig Jahre lange Freundschaft. Über die Gemälde, die sie an Londoner Galerien verliehen habe, könne er nach Belieben verfügen.

Irene: Sie lächelte, als sie den Namen ihrer Schwägerin las. Wenn es so etwas wie Schicksal gab, hatte es Helmut und Irene zur gleichen Zeit nach Olsztyn und in dieses Hotel geführt. Ihr war das dritte Fotoalbum zugedacht, das Marius gerettet hatte, außerdem die Familienbibel, damit die Namen von Mariannes Söhnen unter ihren eigenen, den ihrer vermissten Tante Karoline und den des Sohnes von Irene und Wilhelm eingetragen werden konnten, der in Ravensbrück gestorben war.

Ihre Söhne Erich und Jeremy und ihre jüngeren Enkel Luke und Erich: Ein einfacher Abschiedsgruß.

Marius: Sie hatte nicht damit gerechnet, ihn wiederzusehen. Doch auf ihrem Privatkonto befanden sich noch über fünfzigtausend Dollar, und sie hatte Samuel gebeten, das Geld ihm, Jadwiga und Brunon zukommen zu lassen.

Greta: Der Schmuck, den sie im Juwelierladen des Hotels gekauft hatte.

Der im Namen von Peter Borodin eingerichteten Treuhandfonds: Der Rest ihres Vermögens, alle bis jetzt nicht verschenkten oder verkauften Gemälde und ihre zukünftigen weltweiten Tantiemen, die nach Schätzung des Finanzamtes knapp über sechs Millionen Dollar betragen würden, waren ihm zugedacht.

Charlotte legte die Umschläge auf die Päckchen, die sich in ihrem leeren Koffer auf dem Kofferständer neben dem Kleiderschrank befanden.

Dann öffnete sie den Schrank und holte ein schlichtes schwarzes Abendkleid mit Jacke heraus. Sie hatte es anlässlich eines Abendessens zu Claus' Ehren nach seiner Entlassung aus Russland gekauft. Charlotte hängte das Kleid an die Tür, ging ins Bad und ließ die Wanne volllaufen.

Laura lehnte sich über die Bordwand der Jacht und tauchte die Hände ins Wasser. Obwohl die Sonne schon vor Stunden untergegangen war, war das Wasser warm, und die Millionen von funkelnden Sternen am Himmel spiegelten sich darin. Sie fühlte sich berauscht von zu viel Wein, vom Singen und vor Freude. So lange war es her, dass sie sich einen Urlaub gegönnt hatte – und noch länger, dass es ihr gelungen war, einen ganzen Tag lang keinen Gedanken an die Arbeit zu verschwenden.

»Das Grillen hat mir großen Spaß gemacht. Danke«, meinte sie zu Mischa, der am Bug saß und das Steuerruder bewegte, um den schwachen Windhauch einzufangen.

»Es war ein schöner Tag«, stimmte er zu. »Und es wird

noch schöner, wenn mein Großvater kommt. Er bringt immer Leben in die Bude.«

»Ich freue mich schon darauf, ihn kennenzulernen. Findest du Brunons Freundin auch so nett?« – »Sehr«, erwiderte er. »Die beiden sind ein hübsches junges Paar.«

»Bei dir klingt das so gönnerhaft und sarkastisch.«

»Wirklich?« Er fischte eine Zigarre aus der Tasche, steckte sie in den Mund, griff mit der freien Hand nach dem Feuerzeug und zündete sie an. »Vermitteln sie dir nicht auch das Gefühl, du wärst schon hundert Jahre alt?«

Laura blickte auf. Da seine Augen im Mondlicht so dunkel wirkten, konnte sie ihnen nichts entnehmen. »Mindestens einhundertundzehn«, entgegnete sie spitz. »Aber so geht es mir schon, seit ich dreißig bin.«

»Die dritte Dekade ist die der Zyniker. Ich sollte das wissen, denn ich bin dreiunddreißig. Doch wie du gesagt hast, ist sie sehr nett, und die beiden sind ein hübsches junges Paar. Ich bin sicher, dass es kein Jahr dauern wird, bis ein katholischer Priester sie traut. Sie wird ein weißes Kleid und einen Kranz aus Rosenblüten tragen und einen Blumenstrauß in der Hand haben. Er wird in einem dunkeln Anzug und einem weißen Hemd mit steifem Kragen stecken und sehr stolz und verlegen wirken.«

»Es gibt Schlimmeres im Leben.«

»Ganz sicher. Ich habe nichts gegen die Ehe einzuwenden, insbesondere da es heutzutage so leicht ist, sich wieder scheiden zu lassen.«

»*Du* bist hier der Zyniker.« Sie sah zu, wie er eine dicke Rauchwolke in die Luft pustete. »Rauchen ist sehr ungesund.«

»Aber manchmal, so wie jetzt, am Ende eines langen, sonnigen und schönen Tages, macht es mir Spaß.« Die glühende Spitze seiner Zigarre beschrieb einen Bogen, als er sie wieder an den Mund hob. »Marius freut sich schon sehr auf das Treffen mit deiner Großtante. Wie ist sie denn so?«

»Ich bin ihr nie begegnet«, gab Laura zu.

»Ich dachte immer, ich wüsste kaum etwas über meine Familie. Doch bei dir ist es ja noch schlimmer. Warst du denn nie neugierig, was für ein Leben deine Großmutter und ihre Familie vor dem Krieg geführt haben?«

»Einer der Gründe, warum ich hier bin, ist, dass ich etwas über die Vergangenheit meiner Großmutter herausfinden wollte. Bis jetzt haben wir noch nicht viel darüber gesprochen. Aber wie du gesehen hast, hat sie mir heute Morgen ihr Tagebuch gegeben. Ich werde noch heute Nacht zu lesen anfangen.«

»Bist du mit Grünwaldsee zufrieden oder enttäuscht davon?«

»Ich hatte es mir ganz anders vorgestellt. Nach den wenigen Erzählungen meiner Großmutter hatte ich mit einem kleinen Bauernhof gerechnet. Außerdem steht in allen Zeitungen, dass in Polen Armut herrscht.«

»Lass dich nicht von Äußerlichkeiten täuschen. Wenn sich alle weiter so ins Zeug legen, werden sich die Zustände hier bald zum Besseren ändern.«

»Und woher hat dein Großvater nun das Geld, um Grünwaldsee zu kaufen und zu restaurieren?«

»Was glaubst du?«

»Keine Ahnung.«

»Er hat meinen Vater nicht um Mafiageld gebeten.«

»Kannst du denn nicht einmal ernst sein?«, schimpfte sie.

»Woher willst du wissen, ob das nicht mein Ernst ist? Allerdings hat mein Großvater während seiner Tätigkeit für den KGB viele Bestechungsgelder bekommen.« Als sie finster das Gesicht verzog, lachte er auf. »Ihr Engländer seid so naiv, wenn es um Russland geht. Es ist einfach zu verführerisch, euch aufzuziehen.«

»Aber du musst zugeben, dass ihr gestern noch mittellose Kommunisten wart, und plötzlich wimmelte es nur so von Millionären.«

»Mein Großvater war Goldgräber. In Sibirien.«

»Sagst du denn nie die Wahrheit?«

»Nur wenn es um Belanglosigkeiten geht. Doch anders als ihr steifen Briten sprechen wir in Russland ständig über unsere Familien und die Toten. Insbesondere mit den Trauernden. Unserer Ansicht nach hilft es ihnen zu wissen, dass die Menschen, die sie geliebt haben, nicht vergessen sind. Schließlich ist der Tod etwas Natürliches, das wir alle einmal erleben werden.«

»So spricht ein echter, melancholischer Slawe.«

»Und was weißt du über melancholische Slawen?«

»Ich habe *Ein letzter Sommer* gelesen.«

»Das war das Gold, das mein Großvater in Sibirien geschürft hat. Er hat es geschrieben.«

»Wirklich?« Da Mischa sie so gerne auf den Arm nahm, war Laura nicht sicher, ob sie ihm glauben konnte.

»Er findet, dass ein wenig Trauer dem Leben Würze verleiht, weil man so das Glück besser zu schätzen weiß. Allerdings ist er ziemlich sauer auf das Schicksal, weil es mit den Gewürzen in seinem Fall ein wenig zu großzügig umgegangen ist. Trotzdem ist er überzeugt davon, dass man die schönen Momente nicht wirklich genießen kann, wenn man das Gegenteil nicht kennt. Wer nie eine Tragödie und Elend erlebt hat, hat kein Verständnis für die Armen und spendet nicht für wohltätige Zwecke. Deshalb hat er Grünwaldsee gekauft und einen Treuhandfonds daraus gemacht.«

»Und wer profitiert davon?«

»Zuerst einmal ich.« Mischa grinste. »Ich beziehe eine abgeschlossene Wohnung im Haupthaus.«

»Das klingt aber nicht sehr wohltätig.«

»Ich habe mit sechs meine Mutter verloren und bin deshalb eine bedürftige Halbwaise. Doch der Fonds wird noch zusätzliche Geldmittel brauchen, um das Projekt weiterzuführen. Der Unterhalt von Grünwaldsee ist sehr teuer. Deshalb verhandeln Großvater und ich noch mit meinem Vater, der mehr Geld hat, als er jemals ausgeben kann. Hin und wieder zweigt er ein bisschen von seinen Spielhöllen, Drogenkartellen und Bordellen ab, um es für karitative Zwecke zu spenden.« – »Jetzt machst du dich schon wieder über mich lustig.« – »Ganz und gar nicht.«

»Da redet gerade der Richtige über Wohltätigkeit. Was tust du denn gegen die Armut, wenn du nicht gerade mit dem Segelboot oder dem Sportwagen herumfährst, reitest oder Grünwaldsee renovierst?«

»Nicht genug.« Er zog ein letztes Mal an einer Zigarre, löschte sie im See und steckte den Stummel in die Tasche. »Doch wie du siehst, bin ich ein rücksichtsvoller Mensch und möchte die Fische nicht vergiften. Hier ist ja schon der Anlegesteg deines Hotels.« Er raffte die Segel und warf den Anker über Bord.

»Danke, dass du mich zurückgefahren hast. Ich hatte wirklich großen Spaß. Möchtest du noch auf einen Drink mit hineinkommen?« – »Die Hotelbar ist schon geschlossen.« – »Aber nicht die Minibar in meinem Zimmer.«

»Ich habe viel von euch Engländerinnen gehört. Ihr verführt Männer und lasst sie dann wieder fallen wie heiße Kartoffeln. Ich habe nicht vor, dein Spielzeug zu werden, auch nicht für eine Nacht, Fräulein Laura.« Sie nahm seine Hand und ließ sich von ihm auf den Bootssteg helfen. »Gute Nacht, Fräulein Laura. Wir sehen uns morgen.«

*Ich wartete noch eine Weile, bis mir klar wurde, dass wir einander nichts zu sagen hatten, was wir nicht bereits wussten. Wenn ich ihn anspräche, würde ich nur alte Wunden aufreißen und uns beiden Leid zufügen.*

*Deshalb beobachtete ich, wie er noch einige Bücher signierte, und ging dann davon.*

*Ich blickte mich nicht mehr um.*

Laura fuhr erschrocken hoch, als der Wecker auf ihrem Nachttisch läutete. Sie stellte fest, dass sie die ganze Nacht damit verbracht hatte, das Tagebuch ihrer Großmutter zu lesen. Dabei hatte sie Marius zugesichert, dass sie beide um zehn Uhr fertig sein würden, damit er sie abholen und nach Grünwaldsee bringen konnte.

Sie zog die Vorhänge zurück und trat auf den Balkon. Die Sonne schien kräftig, der Beton unter ihren nackten Füßen war warm. Sie blickte über die Mauer. Charlotte saß, ein Lächeln auf dem Gesicht und eine Kaffeetasse vor sich, in einem kleinen Fleckchen Schatten.

»Guten Morgen, Oma.« Laura setzte sich auf die Mauer und schwang die Beine auf die andere Seite. »War dein Abendessen gestern nett?«

»Sehr nett.« Charlotte schmunzelte.

»Marius war extrem aufgeregt, als ich ihm erzählte, Irene von Datski würde heute nach Grünwaldsee kommen. Er sagte, sie sei die Frau deines Bruders gewesen.«

»Richtig, und sie freut sich schon sehr darauf, dich kennenzulernen und mit dir über deine Cousins zweiten Grades zu sprechen. Sie und ihr Mann Helmut treffen uns nach dem Mittagessen am Haus.«

»Bist du schon lange wach?«

»Nein. Ist das nicht ein wunderschöner Morgen?«

Laura betrachtete den See. »Stimmt.« Sie wandte sich wieder zu Charlotte um. »Ich habe dein Tagebuch gelesen.«

«Alles?«

«Alles«, bestätigte Laura.

«Dann hast du offenbar nicht geschlafen.«

«Richtig.«

«Du bist sicher todmüde.«

»Nein, bin ich nicht. Inzwischen weiß ich, warum du dich so entschieden hast. Insbesondere, was die Trennung von Großvater und meinem Vater angeht.«

»Es ist mir nicht leichtgefallen, Laura. Aber Claus brauchte mich mehr als sie.«

»Mischa hat mir gestern erzählt, sein Großvater habe *Ein letzter Sommer* geschrieben.« Verlegen stellte Laura fest, dass Charlotte schwieg. »Doch da er mich immer auf den Arm nimmt, wusste ich nicht, ob ich ihm glauben sollte.«

»Ich habe es vermutet.«

»Dann ist Mischas Großvater dein Sascha?« – »Nein. Da bin ich ganz sicher.« Beim Aufstehen zitterte Charlotte.

»Wir müssen heute Vormittag nicht nach Grünwaldsee fahren.«

»Doch, wir müssen«, widersprach Charlotte. »Ich möchte Mischas Großvater gern wiedersehen. Ich habe nur Angst, mich der Wahrheit zu stellen, dass die große Liebe meines Lebens nur einseitig und eine Lüge gewesen sein könnte. Sascha könnte gesehen haben, wie leicht zu beeindrucken und naiv ich war. Vielleicht hat er mich benutzt, um sich und seinen Männern das Überleben zu ermöglichen. Trotz allem, was er für mich getan hat, wie mir zum Beispiel im Wald das Leben zu retten, könnte ich ihm weniger bedeutet haben als umgekehrt.«

»Das Tagebuch …«

»Wurde von einer einsamen, unglücklich verheirateten jungen Frau geschrieben, die nur das sah, was sie sehen wollte.«

Laura konnte Charlotte weder trösten noch etwas zu ihren Ängsten sagen. »Außerdem begreife ich inzwischen, warum Tante Greta die Russen so hasst. Onkel Erich hat mir einmal erzählt, was beim Einmarsch in Ostpreußen vorgefallen ist. Die Vergewaltigungen, die Morde, die Grausamkeiten …«, begann sie.

»Was in meinem Tagebuch steht, ist die Wahrheit, Laura«, unterbrach sie Charlotte. »Allerdings haben sich die Russen nicht anders verhalten als die Deutschen bei ihrer Invasion in Russland 1941. Und leider führen sich die Armeen in etwa einem halben Dutzend Ländern auf dieser Welt derzeit genauso auf.« Sie sah ihre Enkelin eindringlich an. »Wenn man ihnen die Wahl lässt, wünschen sich die meisten Menschen ein ruhiges und friedliches Leben im Kreise ihrer Familie und Freunde. Vorzugsweise ohne Armut und Not, damit sie ihre Kinder ordentlich großziehen und ihnen Zukunftsperspektiven bieten können.«

»Wenn das nur für alle möglich wäre.«

»Wäre das nicht wundervoll? Jetzt aber genug philosophiert.«

»Es tut mir so schrecklich leid, Oma.«

»Dir braucht nichts leidzutun, was vor deiner Geburt geschehen ist. Im Großen und Ganzen hatte ich ein sehr schönes Leben. Es war viel länger und besser als das der meisten Menschen auf dieser Welt. Und jetzt geh und zieh diesen Mickymaus-Schlafanzug aus. Sonst hält Marius dich noch für einen Flüchtling aus Disneyland.«

Ein alter Mann hastete die Stufen des Haupthauses hinunter, sobald Marius das Tor von Grünwaldsee passierte. Er war hochgewachsen und schlank, sodass man ihm sein Alter erst ansah, als er in den sonnendurchfluteten Hof hinaustrat. Mischa folgte ihm auf den Fersen.

Er öffnete die Beifahrertür, als Marius bremste.

Charlotte stieg aus, stand vor ihm, starrte ihn an und fiel ihm schließlich um den Hals.

Mischa und Laura, die spürten, dass sie hier überflüssig waren, verschwanden im Haupthaus.

»Du hast einen wundervollen Enkel, Leon.« Charlotte musste sich am Autodach festhalten. »Ich hätte es gleich bemerken müssen. Groß, schlank, schwarzes Haar …«

»Dass ich volles Haar hatte, ist schon eine Weile her.« Er

fuhr sich mit der Hand über den schütteren grauen Schopf. »Ich warne Mischa immer, dass er sich im Alter darauf einrichten muss.« Er hielt ihr den Arm hin. »Wäre es unter deiner Würde, mit einem alten Mann einen Spaziergang zu unternehmen, der als Untermensch und russischer Kriegsgefangener nach Grünwaldsee gekommen ist, Gräfin von Letteberg?«

»Ich habe dich und deine Kameraden nie als Untermenschen betrachtet, Leon.«

»Entschuldige, das war ein schlechter Scherz«, meinte er. »Ich habe dir mein Leben zu verdanken.«

»Das wenige, was ich getan habe, war eine menschliche Verpflichtung.«

»Du hast uns Lebensmittel, Seife und Kleidung gegeben und dafür gesorgt, dass wir es im Winter warm hatten. Damit hast du dein Leben und das deiner Familie aufs Spiel gesetzt. Damals sind Leute aus geringeren Gründen erschossen worden.»

Auf der ersten Stufe geriet sie ins Schwanken und musste sich, plötzlich schwindelig und atemlos, auf seinen Arm stützen.

»Ich denke, du solltest dich besser setzen.«

»Es ist die Hitze.«

»Oder der Schock, mitansehen zu müssen, wie Russen ihre Möbel in Grünwaldsee aufstellen«, merkte er an, als ein Mann mit einem Stapel Stühle an ihnen vorbeikam.

»Die unteren Räume habe ich mir schon angeschaut. Ich glaube, die von Datskis hätten deine Renovierungsarbeiten gutgeheißen.«

»Als ich endlich aus dem Lager entlassen und begnadigt

wurde, stellte ich fest, dass ich ein schwerreicher Mann geworden war. Meine Agenten in London und Amerika hatten Bankkonten für mich eröffnet. Beim Anblick des vielen Geldes wusste ich, dass ich es nie selbst würde ausgeben können. Mischa und ich haben besprochen, was zu tun sei, und er hatte die Idee, die Peter-Borodin-Stiftung für junge Musiker zu gründen, einen Ort, wo Musikschüler mit ihren Lehrern zusammenkommen und miteinander musizieren können, um irgendwann ein wahrhaft internationales Orchester zu bilden. Mir gefiel der Vorschlag. Musik ist eine Weltsprache. Und es war die Musik, durch die du und Sascha euch damals in Russland kennengelernt habt.«

»Ich habe das Interview mit dir im *Time Magazine* gelesen, nachdem du die Stiftung gegründet hattest, wäre aber nie auf den Gedanken gekommen, dass die Akademie in Grünwaldsee entstehen soll.«

»Ich auch nicht. Zumindest zum damaligen Zeitpunkt. Allerdings wusste ich, dass du mit der Akademie einverstanden bist, denn du hast schließlich großzügig an den Fonds gespendet. Außerdem kenne ich die Einzelheiten deines Vermächtnisses an den Fonds.«

»Du hast mein Testament gesehen?«

»Ich bin der Schatzmeister des Fonds.«

»Es ist eine wunderbare Idee, insbesondere für heimatlose Flüchtlingskinder. Ich kann mir keinen besseren Weg vorstellen, um den Vorurteilen, die während des Krieges gang und gäbe waren, ein Ende zu setzen und Grünwaldsee einer neuen Nutzung zuzuführen.«

»Als ich kurz nach meiner Freilassung herkam und feststellte, dass das Haus zu verkaufen war, erschien es mir wie ein Wink des Schicksals. Aber es gibt noch viel zu tun.« Er wies auf die Hütten, die, wie Charlotte, Laura und sogar Marius angenommen hatten, in Hotelzimmer verwandelt werden sollten. »Wir können erst eröffnen, wenn wir Schlafplätze für die Kinder haben. Hat Mischa dir übrigens erzählt, dass er ein begabter Musiker ist?«

»Nein.«

»Wir haben einen Leiter für die Akademie ernannt. Aber Mischa wird einer seiner Stellvertreter. Sobald die Schlafsäle fertig sind, kommen die ersten Schüler. Hoffentlich ist es Ende des Monats so weit. Deshalb haben wir UNICEF gebeten, uns geeignete Kandidaten aus den Flüchtlingslagern zu empfehlen.«

»Es wäre so schön, wenn wir eines Tages eine Welt ohne Flüchtlinge hätten.«

»Dieser Tag bricht vermutlich erst an, wenn wir beide schon längst nicht mehr leben.«

Er begleitete sie ins Wohnzimmer, das nun nicht mehr leer, sondern mit bequemen Polstersesseln und kleinen Tischen möbliert war. »Möchtest du Kaffee oder ein Glas Wein? Mischa hat ein paar Flaschen hier, die er für besondere Gelegenheiten aufspart. Und das hier ist eine besondere Gelegenheit.«

»Wein wäre wunderbar. Danke.« Charlotte setzte sich und blickte sich um. Aus nachvollziehbaren Gründen waren die Möbel eher nach praktischen Gesichtspunkten als wegen ihres Aussehens ausgesucht worden. Doch die friedliche Atmosphäre in dem hübschen Zimmer konnte nichts beeinträchtigen. Zum ersten Mal konnte sie an die Zukunft des Hauses, nicht nur an seine Vergangenheit denken. Sie hatte die Schüler vor Augen, die sich in dem Raum drängen und über Musik, Kunst, Politik und Literatur diskutieren und die Welt verbessern wollten, wie jede Generation es immer wieder versucht. Hoffentlich würden sie damit erfolgreicher sein als ihre Vorgänger.

»Wir haben erst vor acht Wochen die Genehmigung erhalten, die Akademie hier zu eröffnen.«

»Und wenn der Antrag abgelehnt worden wäre?«

»Dann hätten wir eben noch ein paar Leute schmieren müssen.«

»Sascha meinte immer, du würdest noch mit dem Teufel am Höllentor Witze reißen.«

»Das war kein Witz.« Er entkorkte die Flasche. »Da die meisten Einzelheiten jetzt geklärt sind, bin ich sicher, dass gleich nach der Fertigstellung alle Betten besetzt sein werden. Als wir das letzte Mal nachgezählt haben, hatte Mischa es geschafft, für das nächste Jahr Plätze für zweihundert Kinder aus fünfzehn verschiedenen Ländern bereitzustellen. Kein schlechter Anfang.« Er füllte ihr Glas und stellte es neben sie auf den Tisch. »Was hältst du von unserem Mischa?«

»Die blauen Augen kamen mir sehr bekannt vor.«

»Ist dir das also aufgefallen?« Er hob sein Glas. »Auf deine Gesundheit und dein Glück, Gräfin von Letteberg.«

Charlotte zögerte. »Ich würde lieber auf Sascha anstoßen, Leon.«

Ihre Gläser berührten sich. »Auf Sascha.«

»Können wir über ihn sprechen?«, fragte sie leise, nachdem sie beide getrunken hatten.

Er setzte sich neben sie. »Wo soll ich anfangen?«

»Bei der Lichtung im Wald. Ich verstehe nicht, warum sie euch nicht alle an Ort und Stelle erschossen haben.«

»Das begriffen wir damals alle nicht. Später erzählte man uns, dass Stalins Sohn Kriegsgefangener in Deutschland gewesen war. Da sie ihn gegen hochrangige deutsche Gefangene austauschen wollten, haben sie ihm jeden Wunsch von den Augen abgelesen, und er bekam Essen, Trinken und Frauen, so viel er wollte. Das Ergebnis sei gewesen, dass er nach seiner Befreiung seinem Vater den Floh ins Ohr setzte, man könne keinem russischen Soldaten trauen, der den Deutschen in die Hände gefallen sei. Heute weiß man, dass das alles nicht stimmt – Stalins Sohn starb offensichtlich 1943 in Sachsenhausen; Stalin hatte sich geweigert, ihn austauschen zu lassen. Aber uns hat man trotzdem zur politischen Umerziehung und Zwangsarbeit nach Sibirien geschickt.«

»Als ich weglief, habe ich einen Schuss gehört«, sagte Charlotte.

»Der Offizier, der Sascha die Pistole an den Kopf hielt, sah, dass eine der deutschen Frauen sich noch bewegte. Er hat auf sie geschossen.«

»Marius hat erzählt, man habe euch zurück nach Grünwaldsee gebracht.«

»Ja, damals waren wir einfach nur froh, dass wir nicht neben deiner Mutter und ihrem Dienstmädchen tot im Schnee lagen.« Leons Blick verdüsterte sich bei dieser Erinnerung.

»Und ihr wurdet alle in Gefangenenlager gesteckt?«

«Ja. Mit Gerichtsverhandlungen haben sie sich nicht aufgehalten. Wir wurden hinter den feindlichen Linien aufgegriffen, waren also offensichtlich Kriegsgefangene. Und dank deiner Hilfe machten wir keinen misshandelten oder verhungerten Eindruck.«

«Zu wie vielen Jahren wurdet ihr verurteilt?«

»Kennst du den alten Witz über den Gefangenen, der sich beschwert, er sei wegen nichts zu fünf Jahren Sibirien verurteilt worden, und die Antwort erhält, er müsse sich irren? Die Strafe für *nichts* betrüge nämlich zehn Jahre. Sascha und mir haben sie noch viel mehr aufgebrummt.«

Charlotte schlug die Hand vor den Mund.

»Wir wollten nur nach Hause zu unseren Familien. Aber stattdessen bekamen wir eine einfache Fahrkarte nach Osten.«

»Nach allem, was ihr durchgemacht hattet …«

»Wir konnten nichts tun, als uns mit dem Unvermeidlichen abzufinden und uns auf den legendären Fatalismus der russischen Seele zu verlassen. Aber du hast ja *Ein letzter Sommer* gelesen, Charlotte. Du weißt, was geschehen ist.«

# 24

Charlotte zwang sich, an den verschneiten Tag im Januar 1945 zurückzudenken. Wieder hallte ihr Saschas Rufen in den Ohren, während sie von der mit Leichen und Blut bedeckten Lichtung floh und um ihr Leben rannte.

»Ich habe nie den letzten Moment vergessen, in dem ich Sascha gesehen habe.«

Sie beschwor das Gesicht ihres Geliebten herauf. »Er kniete im Schnee, ein Offizier hielt ihm eine Pistole an den Kopf, aber er schrie immer weiter, ich solle loslaufen. Ich habe es getan, weil Sascha es so wollte ... doch seitdem habe ich es bereut, Leon.« Sie wandte sich zu ihm um. »Wenn ich auf der Lichtung geblieben wäre, wären wir gemeinsam erschossen worden.«

»Sascha nicht, nur du, und du hast ein Kind von ihm erwartet«, erwiderte Leon. »Er hätte mit dieser schrecklichen Last nach Sibirien fahren müssen.«

»Er ist trotzdem gestorben.«

»Erst 1947, und seine Nächte, wenn er mit dir in seiner Traumwelt war, waren schön.«

»Als ich beim Weglaufen den Schuss hörte, war ich sicher, dass der Offizier Sascha getötet hatte. Ich war überzeugt, dass er auf dieser Lichtung ums Leben gekommen ist, bis ich von einem Buch mit dem Titel *Ein letzter Sommer* hörte, das aus einem russischen Gulag in den Westen geschmuggelt worden war. Ich habe es sofort gekauft, als es erschien, und zwar schon Jahre bevor du auf Lesereise nach New York kamst. Und als ich es las, begann ich, wieder zu hoffen.«

»Sascha und ich haben im Lager nie über die Fahrt nach Sibirien gesprochen. Wir mussten sie eben ertragen. Deshalb habe ich sie im Vorwort des Buches auch nicht erwähnt.« – »Es muss entsetzlich gewesen sein.«

»Eine Reise in die schrecklichste Hölle der Katholiken ist sicher nicht schlimmer, allerdings vermutlich wärmer. Es gab kaum Züge, weil sie anderswo gebraucht wurden, weshalb wir Tage und manchmal Wochen in Übergangslagern verbrachten. Nirgendwo standen Gebäude. An guten Tagen bekamen wir eine Schale wässriger Suppe, an schlechten gar nichts. Es waren mehr schlechte als gute Tage, und ohne ein Dach über dem Kopf ist es nicht leicht, den russischen Winter zu überleben. Als wir das Holzfällerlager erreichten, wo wir arbeiten sollten, waren von uns zwölf, die Grünwaldsee verlassen hatten, nur noch vier übrig.«

»Es tut mir so leid, Leon.«

»Manchmal gab es im Lager Zeiten, in denen ich die Toten beneidete. Sascha bekam eine lebenslängliche Haftstrafe, weil er einen vorgesetzten Offizier erschossen und einem Feind zur Flucht verholfen hatte. Mich als seinen Leutnant verurteilte man zu vierzig Jahren.«

»Das war alles nur meine Schuld!«, rief Charlotte aus.

»Nichts, was unsere Landsleute Sascha angetan haben, seit wir dich zuletzt gesehen hatten, war deine Schuld, Charlotte. Eigentlich habe ich damit gerechnet, dass du dich an dem Tag, an dem du in New York *Ein letzter Sommer* gekauft hast, nach ihm erkundigen würdest. Warum bist du einfach gegangen?«

»Weil wir beide vor lauter Tränen in diesem Moment nicht sprechen konnten und ich keine Szene machen wollte. Seit ich von *Ein letzter Sommer* gehört hatte, hatte ich wieder ein wenig Hoffnung, Sascha könnte noch leben. Und als ich das Buch las, war ich sicher, dass er der Autor war. Dann erfuhr ich, Peter Borodin plane eine Lesereise durch die Vereinigten Staaten. Ich beschloss, mich durch seinen Verleger mit ihm in Verbindung zu setzen. Doch bevor ich den Brief abschicken konnte, sah ich ein Interview mit dir im Fernsehen. Da wusste ich, dass Sascha tot war und dass du das Buch geschrieben hast, nicht er …«

»Charlotte …«

»Bitte lass mich ausreden, Leon. Als ich dich im Buchladen sitzen sah, wurde mir klar, dass ich nicht die Kraft hatte, zu erfahren, wie Sascha gestorben war. Allein die Vorstellung, wie er gelitten haben muss …«

Leon griff nach ihrer Hand.

Sie blickte ihm in die Augen. »Im Grunde meines Herzens wusste ich schon lange davor, dass Sascha nicht mehr lebte. Im Februar 1947 hatte ich einen Nervenzusammenbruch. Obwohl ich mich um Erich kümmern musste, wollte ich nicht mehr leben, nicht einmal für ihn. Rückblickend betrachtet, muss es mit Sascha zu tun gehabt haben. Ich konnte nicht aufhören, an ihn zu denken, und selbst damals wurde mir klar, dass ich ihn nie wiedersehen würde.«

»Februar …« Leon schwieg einen Moment. »Am Samstag den 23. Februar ist Sascha wie immer schlafen gegangen, aber er ist nicht mehr aufgewacht. Ich glaube, er ist einfach in dem anderen Leben geblieben, von dem er jede

Nacht träumte und von dem er mir so viel erzählt hat. Wenn man uns Bleistift und Papier erlaubt hätte, hätte er das Buch selbst geschrieben. Stattdessen sprachen wir jeden Abend darüber, und er verlangte von mir, dass ich mir jede Einzelheit einprägte. Sogar wenn ich ihm sagte, dass ich zu müde zum Zuhören sei, redete er immer weiter. Es war, als ahnte er, dass ich überleben würde und er nicht.«

»Dann ist *Ein letzter Sommer …*«

»Es war so, wie ich es dir gerade geschildert habe. Jedes einzelne Wort stammt von Sascha«, erwiderte Leon mit Nachdruck. »Es war seine Geschichte, seine und deine. Ich habe nur den Stift gehalten und seine Worte zu Papier gebracht. Und ich schwöre dir, dass er mir, wo immer er auch sein mag, beim Schreiben über die Schulter sah. Wenn ich auch nur ein Wort vom Text abwich, schimpfte er und zwang mich, mich an die langen sibirischen Nächte zu erinnern, in denen ich ihm hatte zuhören und alles wiederholen müssen, obwohl ich doch eigentlich nur schlafen wollte. Deshalb durfte ich die Erlöse auch nicht behalten. Sie gehörten mir nicht, sondern ihm – und dir.«

»Dann ist das Buch wirklich von ihm?«

»Ich schwöre es. Allerdings nicht auf die Bibel, weil ich wie Sascha ein alter Kommunist und Atheist bin. Aber ich kann ja auf *Das Kapital* schwören, wenn du willst.«

»Ich glaube dir, Leon.« Sie lächelte.

»Nach meiner Begnadigung wollte ich allen sagen, dass das Buch von Sascha ist, aber mein Verleger war dagegen. Ein lebendiger Autor kann sprechen und das Interesse der Medien wecken, während ein toter höchstens einen Artikel wert ist. Das Buch war im Westen ein Erfolg und sollte auch in Russland herauskommen. Alle wollten einen Überlebenden der berüchtigten Gulags kennenlernen. Mischa hat die Honorarabrechnungen gesehen und überredete mich, das Theater der Peter-Borodin-Stiftung zuliebe weiterzuspielen. Auf dem Buch steht weder mein noch Saschas Name. Doch Mischa fand, dass es die Geschichte jedes russischen Soldaten sei, der erst von den Deutschen und danach von seinen eigenen Landsleuten eingesperrt worden war. Es käme darauf an, wie man die Honorare einsetzte. Er war sehr überzeugend.«

»Ich glaube, Sascha wäre damit einverstanden gewesen, wie du das Geld verwendest.«

»Deine Spende hat mir sehr viel bedeutet. Nicht des Geldes wegen, sondern weil sie mir verriet, dass du den Zweck der Stiftung gutheißt. Wusstest du, dass ich dich gesucht habe, bevor du zu der Signierstunde kamst?«

»Nein.«

»Ich hatte dich nämlich gesehen.«

»Wann? Wo?« Ihre Hand begann zu zittern.

»In New York.« Sanft nahm er ihr das Glas ab und stellte es auf den Tisch. »Es war bei einer Kunstausstellung. Du warst in Begleitung eines jungen Mannes, der deinem Ehemann so sehr ähnelte, dass ich schon dachte, für ihn wäre die Zeit stehen geblieben.«

»Das war mein Enkel Claus. Er ist meinem Mann zwar wie aus dem Gesicht geschnitten, charakterlich aber grundverschieden. Er ist Schreiner.«

»Schreiner ist ein besserer Beruf als Soldat«, stellte Leon fest.

»Du hättest mich ansprechen sollen.«

»Du warst mit deinen Freunden beschäftigt und hast so glücklich gewirkt. Ich wollte dich nicht stören.«

«Du hast mir noch gar nichts von deiner Frau erzählt. Bist du nach deiner Entlassung aus dem Lager zu ihr zurückgekehrt.«

«Ludmilla?« Leon lachte auf. »Sie hätte lieber mit dem Leibhaftigen zusammengelebt als mit mir. Hat Sascha dir gesagt, dass er und ich schon seit unserem dritten Lebensjahr Freunde waren?«

»Ja.« Sie erinnerte sich, wie sie in der Sattelkammer auf dem Boden gesessen und gelauscht hatte, während Sascha ihr sein Leben vor dem Krieg schilderte.

»Sascha und ich haben alles gemeinsam gemacht – Schule, Musikakademie. Wir haben sogar beide an dem Tag, an dem wir unseren Einberufungsbefehl erhielten, unsere Freundinnen geheiratet, weil wir fanden, dass uns jemand erwarten sollte, wenn wir als Helden wieder nach Hause kämen. Das war keine sehr gute Idee, aber im Krieg macht man viele Fehler, große und kleine. Sascha und ich verbrachten eine Woche auf Hochzeitsreise. Dann zogen wir in den Krieg. Ich habe Ludmilla vierzig Jahre lang nicht gesehen, Sascha seine Zoya nie mehr.«

»Hast du später eine andere Frau kennengelernt?«

»Dutzende.« Wieder lachte Leon auf. »Leider war keine dabei, die mir wirklich etwas bedeutet hat. Nicht wie bei Sascha und dir. Ludmilla war kein Kind von Traurigkeit und verlor keine Zeit, um sich noch vor Kriegsende ein neues Leben aufzubauen. Und glaube mir, sie weiß, wie man sich amüsiert. Doch nachdem *Ein letzter Sommer* offiziell in der Sowjetunion erscheinen durfte, hat sie die Honorare gut verwaltet. Außerdem hat sie unseren Sohn großgezogen, und als Zoya im Krieg an Hunger starb, hat sie auch Saschas Tochter bei sich aufgenommen. Zoya hatte sie nach Sascha Alexandra genannt. Sie und mein Sohn Alexei wuchsen gemeinsam auf. Russische Kinder, die im Krieg geboren und während des Kalten Krieges großgeworden sind, haben gelernt, für den Augenblick zu leben. Die Erinnerung daran, was Deutsche und Russen einander angetan hatten, hing über dem ganzen Land. Ständig rechneten wir damit, von einer amerikanischen Atombombe in radioaktiven Staub verwandelt zu werden. Vielleicht war es im Westen ja anders.«

»Ganz und gar nicht«, meinte Charlotte ernst. »Wir hatten genauso viel Angst vor euch wie umgekehrt.«

»Saschas Tochter fing an zu trinken. Ludmilla schaffte es trotz aller Bemühungen nicht, sie davon abzubringen. Alexei, mein Taugenichts von einem Sohn, war uns da keine Hilfe. Schon bevor Alexandra Alkoholikerin wurde, fand er nichts dabei, jedem Weiberrock nachzujagen. Inzwischen hat er so viele Ehefrauen und Geliebte verschlissen, dass ich den Überblick verloren habe. Aus ihrer kurzen Ehe ist nur ein Gutes hervorgegangen: Mischa ist nicht nur mein Enkel, sondern auch Saschas. Aber das hast du ja an seinen Augen erkannt. Ist es nicht seltsam, wie manche Dinge eine Generation überspringen? Alexandra sah Sascha überhaupt nicht ähnlich und hatte graue Augen.«

»Dann hat Ludmilla Mischa großgezogen?«

»Auch wenn wir uns nicht verstehen und sie nichts mit mir zu tun haben will, ist sie eine gute Frau. Sie sah, wie Alexandra lebte – Männergeschichten und Trinkgelage;

manchmal blieb sie tagelang verschwunden –, und nahm Mischa zu sich, als er zwei Jahre alt war. Manchmal kam Alexandra und holte ihn ab, aber Mischa fand immer Mittel und Wege, zu Ludmilla zurückzukehren. Kein Wunder, denn schließlich war sie es, die ihm etwas zu essen und Kleider gab und ihn sauberhielt. Alexandra starb, als Mischa sechs Jahre alt war. Ludmilla schickte ihn zur Schule, und als die Lehrer seine Musikalität erkannten, setzte sie ihnen so lange zu, bis er aufs Konservatorium gehen durfte. Wir waren beide bei seiner Abschlussfeier. Mit fünfundzwanzig wurde er der jüngste Professor, der je am Konservatorium gelehrt hatte. Man wird ihn sicher nicht gerne gehen lassen. Doch wie ich schon sagte, stammt die Idee, Grünwaldsee zu einer Musikakademie zu machen, von ihm, weshalb ich ihm auch dann eine Stelle angeboten hätte, wenn er nicht mein Enkel wäre. Er ist wirklich begabt, nicht nur als Musiker, sondern auch als Lehrer.«

»Weiß er von Sascha und mir?«

»Ja, ich habe ihm die Hintergründe von *Ein letzter Sommer* geschildert.«

Schmerz malte sich in Charlottes Blick. »Wurde Sascha in Sibirien in einem Massengrab beigesetzt?«

»In Sibirien sind die Winter lang und hart, und wie ich bereits erklärt habe, starb er im Februar. Wir mussten mit der Beerdigung bis zum Frühjahr warten. Ich habe es geschafft, zum Gräberausheben eingesetzt zu werden, und ein Stück abseits vom Massengrab ein eigenes für ihn geschaufelt. Ich habe es auch markiert, damit ich es später wiederfinden konnte.«

Charlotte nahm ihr Glas, stand auf, ging zum Fenster

und betrachtete die Wälder rings um den See. »Danke, Leon.«

»Dafür, dass ich dein altes Zuhause gekauft habe?«

»Nein, weil du verhindert hast, dass es verfällt«, entgegnete sie.

»Und weil ich dir erzählt habe, wie Sascha gestorben ist, obwohl du es dir schon gedacht hattest?«

»Weil du mir gesagt hast, was ich hören wollte, nämlich dass der einzige Mann, den ich je wirklich geliebt habe, mich auch geliebt hat. Und dass unsere Liebe so frei von Hintergedanken war, wie ich immer glaubte.«

»Ich fasse es nicht, wie du je daran zweifeln konntest, Charlotte. Dich und Sascha verband etwas, das nur wenige Menschen im Leben finden. Ich habe euch jedes Mal beneidet, wenn ich euch sah. Ein Blick über den Hof von Grünwaldsee sagte bei euch mehr als bei den meisten Menschen tausend Worte. Es waren die Erinnerungen an dich, die ihn in der schrecklichen Zeit im Gulag am Leben erhalten haben.«

«Bis er aufgegeben hat.«

»Nein, bis es ihm gelungen ist, in die andere Welt hinüberzuwechseln, von der er jede Nacht träumte.« Leon erhob sich und stellte sich zu Charlotte ans Fenster. »Ich fahre dich zum Sommerhaus.«

»Warum?«

»Das wirst du sehen, wenn du dort bist. Ich nehme die andere Weinflasche mit. Dann können wir dasitzen und auf ihn anstoßen – und auf dich. Ich war nämlich damals auch ein bisschen verliebt in dich.«

»Leon …«

»Aber werde jetzt nicht bloß größenwahnsinnig. Schließlich warst du die einzige ansehnliche Frau in meinem Alter, der ich innerhalb von vierzig Jahren begegnet bin.«

Leon parkte das Auto auf dem Weg vor dem Sommerhaus, hielt Charlotte die Wagentür auf und bot ihr den Arm. Allerdings führte er sie nicht hinein, sondern zu der Bank am See, einer von Bäumen und Gebüsch geschützten Stelle, die nur vom Wasser oder vom gegenüberliegenden Ufer aus einzusehen war. Charlotte ließ sich auf die Bank sinken. Erst da bemerkte sie den Stein zu ihren Füßen.

ALEXANDER (SASCHA) BELEZKI
1921–1947
Der für alle, die *Ein letzter Sommer* gelesen haben,
für immer Pjotr Borodin sein wird.
Für jetzt bleiben Glaube, Hoffnung, Liebe, diese drei;
doch am größten unter ihnen ist die Liebe.

»Nach meiner Begnadigung habe ich einen Antrag gestellt, nach Sibirien zurückkehren zu dürfen«, sagte Leon. »Ob ich ihn hierherbringen kann, habe ich lieber gar nicht erst gefragt, weil ich befürchtete, dass man es mir verbieten würde. Den Sarg hatte ich selbst gezimmert und wusste deshalb, dass er viele Jahre überstehen würde. Spätnachts habe ich ihn ausgegraben, ihn in einer Packkiste verstaut und einen Wachmann bestochen, um ihn in einem Güterzug erst nach Moskau und von dort aus hierher zu schaffen. Mischa, Marius und ich haben ihn nachts hier begraben. Auch in Polen haben wir uns den Antrag auf eine Genehmigung gespart, weil wir damit rechneten, dass wir sie nicht bekommen würden. Der Stein stammt von dem Steinmetz, der auch am Grabmal der von Datskis gearbeitet hat. Der Text ist aus der Bibel, und zwar aus den Korintherbriefen …«

»Seit wann lesen Kommunisten denn die Bibel?« Charlotte lächelte.

»Sie war das einzige im Lager verfügbare Buch, weil es den Christen, die zur Umerziehung dorthingeschickt wurden, stets gelang, welche einzuschmuggeln. Sascha und ich waren vor dem Krieg beide begeisterte Kommunisten. Doch schon lange vor unserer Ankunft im Lager hatten wir aufgehört, vom Menschen gemachten Überzeugungen anzuhängen. Allerdings waren wir nach unseren Kriegserlebnissen auch zu zynisch, um an einen allmächtigen und gütigen christlichen Gott zu glauben. Aber mir schien kein Text so gut zu Sascha zu passen wie dieser, denn ich wusste, dass die Liebe für ihn das Wichtigste war. Und das hier ist sein Symbol für die Wiedergeburt und das Leben nach dem Tode.« Er wies auf einen neben dem Grab gepflanzten Schössling.

»Eine Trauerweide.« Charlotte betrachtete die Zweige, die die Wasserfläche des Sees streiften. »Ich fand, dass sie hierher gehört.« Charlotte musterte wieder den Stein.

»Wie ich schon sagte, stelle ich mir gern vor, dass er im Schlaf in jene andere Welt übergegangen und dort geblieben ist. Für ihn war sie Wirklichkeit, Charlotte. Viel realer als das Lager. Er sah zu, wie deine Tochter heranwuchs und sich von Tag zu Tag veränderte, feierte ihre Geburtstage mit dir, saß bei dir in jener Nacht, in der dein Sohn geboren wurde …«

Charlotte hatte noch eine letzte Frage auf dem Herzen. »Und du glaubst nicht, dass ihn das Bild verfolgt hat, wie eine junge schwangere Frau auf dem Hof von Grünwaldsee stand und ihm das Wort ›Mörder‹ entgegenschleuderte?«

»Nein, Charlotte, auf keinen Fall. Ich kenne jede seiner Erinnerungen an dich, und davon hat er nie gesprochen.«

Schweigen entstand, als sie beide zufrieden dasaßen und Gedanken an die Vergangenheit nachhingen.

»Jetzt sind wir schon seit über einer Stunde hier, Charlotte.« Leon stand auf. »Möchtest du noch ein wenig bleiben und allein sein?«

»Bitte, Leon.«

Er griff nach ihrer Hand. »Du frierst ja.«

Sie blickte ihn an. »Leon …«

»Ich weiß.« Er betrachtete das Grab. »Es ist noch genug Platz, um eines Tages einen zweiten Namen einzumeißeln. Aber ich hoffe, das wird noch viele Jahre dauern.«

»Danke, Leon. Wir mussten nie viel erklären.«

»Ich komme später mit Mischa und Laura wieder. Möchtest du, dass Laura es sieht?«

»Ja.«

»Sie weiß …«

»Alles, Leon.«

Charlotte hörte, wie aus dem kleinen Wohnzimmer des Haupthauses Musik heranwehte. Eine geisterhafte Weise, von ihrem jüngeren Ich auf dem Klavier gespielt. Das Stück von Schostakowitsch, das Sascha so geliebt und das er auf einem Futtersack für sie aufgeschrieben hatte.

Plötzlich versperrte ihr ein Schatten die Sicht auf die Sonne. Blaue Augen blickten sie an. Dann sah sie das vertraute träge Lächeln, das sie so liebte, und nahm die Hand, die sich ihr entgegenstreckte.

Sie ist alles für mich, die Frau, die ich liebe. Die Luft, die ich atme, der Boden unter meinen Füßen, ja, auch Essen und Trinken, alles wird bedeutungslos, verglichen mit meiner Sehnsucht nach ihr. Kurz nimmt sie mich in die Arme, und wir küssen uns leise. Zwischen uns ist längst alles gesagt worden. Arm in Arm schlendern wir durch den Garten zurück zum Haus. Während sie die Treppe hinaufgeht, lösche ich im Erdgeschoss alle Lampen, schließe die Tür und folge ihr.